Barbara Bickmore

LÀ OÙ SOUFFLE LE VENT

FRANCE LOISIRS
123, boulevard de Grenelle, Paris

Titre original : *Homecoming*
Traduit par Claude Mallerin

Édition du Club France Loisirs, Paris
réalisée avec l'autorisation des Presses de la Cité

ISBN 2-7441-0955-X

Ce livre est dédié à

Rosamaria Casas, ma chère compagne mexicaine;

Binkie Chater, qui apporte tant de joie à ma vie;

Agustin Velarde, mon professeur d'espagnol, également gourou de l'informatique et excellent ami;

et à

mon fils Mark Clapp;

Walt Davis, dont la précieuse amitié demeure inchangée au fil des années;

Bill et Mary Ann Miller, mes amis très chers.

PROLOGUE

Hormis les forêts de haute montagne et les réserves naturelles, Oberon est peut-être l'un des rares endroits d'Amérique à n'avoir pratiquement pas changé depuis la fin du XVIIe siècle.

Il y a trois siècles existaient déjà le grand manoir et ses dépendances logeant les domestiques, un forgeron, un maréchal-ferrant, ainsi qu'un moulin à vent. En trois cents ans, aucun bâtiment ne fut ajouté, en dehors des ailes est et ouest de la maison.

La construction de la partie centrale, carrée, de cette imposante demeure en brique commença peu de temps après que Martha Hamilton mit au monde, en 1672, le premier enfant né à Oberon. L'aile est fut bâtie une centaine d'années plus tard, en 1793, après la création des Etats-Unis d'Amérique. L'aile ouest, édifiée dans les années 1840, fut détruite dans un incendie en 1908, puis reconstruite au cours des deux ans qui suivirent.

L'un des plus beaux lieux d'Amérique, l'île d'Oberon s'étend sur quatre cents hectares, à un mille de la côte orientale du Maryland, dans la baie de Chesapeake. Elle comprend, au nord, des marécages où hibernent des milliers d'oiseaux et compte plusieurs forêts, trois lacs et une rivière qui jaillit du sol et divise l'île presque en deux; dans la crique formée par ce cours d'eau ont trouvé refuge de nombreux marins, victimes des tempêtes soufflant inopinément, l'été, sur la baie.

Rien n'est plus émouvant que de s'asseoir dans une barque, quand la brume s'élève de la surface de l'eau, d'entendre, au point du jour, le tonnerre d'une centaine de milliers d'ailes battant l'air, le cri des oies sauvages, et de regarder leur magnifique vol assombrir le ciel.

Cela dure depuis la nuit des temps. Venus du Canada, où ils se reproduisent, ces oiseaux géants parcourent des milliers de kilomètres, survolant les étendues arides et les grands lacs, traversant en cacardant cette région rocailleuse que l'on appelle aujourd'hui la Nouvelle-Angleterre et New York, suivant la Susquehanna sur six cent quarante kilomètres, de sa source à la partie septentrionale de l'Etat de New York, jusqu'à la baie de Chesapeake.

Sur cette île basse s'élèvent, haut dans le ciel, des arbres majestueux : pins et chênes massifs, érables, rouges en automne, gommiers, bouleaux, marronniers, le vert brillant du houx éclaboussant ici et là les forêts. Tout le long de la côte atlantique, les bois sont parsemés d'azalées, de rhododendrons et de cornouillers, dont les couleurs flamboyantes accélèrent les battements du cœur au printemps.

Les cerfs abondent, la chasse ayant toujours été interdite, à l'exception des vingt premières années de vie pionnière, où il s'agissait d'une question de survie. Les canetons et les oies servis à la table seigneuriale provenaient des rivières du continent : la Miles et la Choptank, qui serpentent sur des kilomètres. Chaque Hamilton veillait à ce que les oiseaux aquatiques ne courent aucun danger à Oberon. C'était une terre sacrée.

A l'aube, il est tout aussi poignant de contempler la baie miroitante, le ciel strié par les doigts roses du levant, tandis qu'autour de votre barque bondissent les poissons et s'envolent ces oiseaux plus discrets que sont loriots, mélancoliques tourterelles, grives et pinsons, oiseaux bleus, cailles et fauvettes.

La baie est peu profonde, malgré les milliards de litres d'eau déversés par les fleuves et rivières qui s'y jettent : la puissante Susquehanna, le Patuxent, le Potomac, le Rappahannock, les rivières York et James, d'importance historique. Et, sur la côte orientale, la Choptank, la Miles et la Chester, au débit plus lent. Le long de leurs berges poussent pins, noyers d'Amérique, bouleaux, peupliers, chênes et saules.

C'est une île d'une grande beauté et d'une absolue tranquillité, sauf l'été, lorsque surviennent des tempêtes qui font bouillonner les eaux, provoquant de monstrueuses vagues, et obscurcissent les cieux où les dieux déchaînent le tonnerre. Depuis plus de trois siècles, des fermes cultivent le tabac. Parmi les premières terres du Nouveau Monde à être peuplées, Oberon fut découverte, lors d'un voyage d'exploration, par le capitaine John Smith, ce même capitaine qui, un an auparavant, en 1607, avait contribué à la fondation de Jamestown.

Faisant partie d'une concession accordée par la Couronne à lord Baltimore, l'île fut rachetée à ce dernier, et, en 1658, ce furent des domestiques sous contrat et des esclaves — introduits au pays de la liberté depuis sa création — qui y construisirent la première maison. En 1662, Oberon comptait déjà plusieurs domaines : ils existent toujours, après avoir produit du tabac pour l'Angleterre durant des années.

Les premiers peuplements s'effectuèrent le long de la baie de Chesapeake ou des rivières qui s'y jetaient, et c'est sur cette région que, en 1671, Samuel et Martha Hamilton mirent le cap.

Nouvellement arrivé du Surrey, Samuel s'était juré de se tailler un fief plus vaste que le domaine dont devait hériter son frère. Il avait besoin d'une femme pour l'aider — non une de ces jeunes filles de l'aristocratie terrienne qu'il aurait épousée dans son pays, mais d'une femme solide, capable de supporter la rudesse d'une vie en pleine nature. Quelqu'un qui pourrait porter ses enfants, tisser leurs vêtements, préparer leurs repas et l'aider dans son travail, car, au début, ils ne disposaient d'aucun domestique. Et ils ne voulurent jamais posséder d'esclaves.

Ils quittèrent Jamestown, où Martha était née, le soir même de leur mariage, le dernier jour d'avril 1671. Son père, forgeron de métier, essaya de refouler ses larmes en la voyant partir. Incapable de retenir son émotion, sa mère pleura bruyamment, tout en enviant sa fille de se lancer dans une pareille aventure avec un homme aussi beau que Samuel, et d'aussi bonne naissance. La pensée qu'un sang noble coulerait dans les veines de ses petits-enfants la consola, malgré ses craintes de ne plus jamais revoir sa fille.

Lorsque, quatre mois plus tard, les jeunes époux eurent trouvé le lopin de terre qui convenait à Samuel, le maniement des avirons avait musclé leurs bras, leurs mains étaient rêches et calleuses, et, à sa grande surprise, Samuel était tombé amoureux de la femme robuste qu'il avait épousée.

Ensemble, ils construisirent une maison qui ne présentait pas un seul véritable angle droit, sur un terrain borné d'un côté par la rivière Miles et de l'autre par la vaste étendue de la baie de Chesapeake. Par temps clair, ils pouvaient voir la côte orientale, dont les basses forêts brillaient d'un sombre éclat. Martha trouvait qu'il n'y avait pas plus bel endroit au monde.

Par un radieux après-midi d'août, ils s'en allèrent cueillir des baies et, peu marqués par le puritanisme de leurs cousins de la Nouvelle-Angleterre, ils prirent le temps de s'arrêter sous un chêne majestueux pour faire l'amour. Lorsqu'en fin de journée ils regagnèrent leur maison, tout ce qu'il en subsistait étaient des tisons ardents d'où s'élevait une fumée qui obscurcissait l'air.

Leurs provisions pour l'hiver avaient flambé et il ne leur restait que leur barque, dissimulée dans les hauts roseaux de la crique toute proche. La barque contenait un couteau, un marteau et un seau rempli des graines non utilisées lors de leurs plantations de mai, ce qui ne leur était pas d'un grand secours en cette période de l'année. Le pistolet de Samuel demeura introuvable, mais son mousquet, lui, était dans la barque.

— Il faut retourner à Jamestown, dit Samuel, le cœur déchiré.

— Ce sont les Indiens ? demanda Martha, connaissant déjà la réponse avant qu'il n'acquiesçât.

Elle se voyait déjà scalpée, son crâne au bout d'une longue pique.

Ils se dirigèrent vers la barque, et au lieu de longer la baie, Samuel s'en éloigna, ramant en direction de la tache verte, plus proche que la rive opposée. Il ne savait pas alors qu'il s'agissait d'une île.

Ils y passèrent la nuit. Martha avait si peur qu'elle vomit au matin et ne put avaler une seule des baies que Samuel avait cueillies. Craignant qu'ils ne soient découverts par les Indiens, il évita de faire du feu.

Malade, Martha resta allongée pendant plusieurs jours sur le lit de branchages que lui avait confectionné son époux. Elle finit par comprendre qu'elle était enceinte. Elle vomissait constamment. Samuel lui prépara une décoction d'écorce et de feuilles d'arbres. Il se sentait désespéré. La femme qu'il en était venu à tant aimer et qui portait son enfant ne pouvait pas lui jouer le tour de mourir. Il lui fallait la sauver, mais elle était trop mal en point pour voyager. Il tua un chevreuil, dont ils pourraient se nourrir pendant des semaines. Mais il avait besoin de sel pour conserver la viande.

Il devait bien y avoir d'autres fermes dans les environs, sur le continent. Mû par cette certitude, il partit un beau matin, l'inquiétude au cœur, en quête de ses plus proches voisins.

Lorsque, trois semaines plus tard, il revint avec de la

farine, du café et autres provisions, espérant qu'elles dureraient jusqu'à ce qu'il puisse transporter sa femme souffrante au petit village de six maisons qu'il avait découvert, Martha l'accueillit, souriante, avec la carcasse d'un sanglier et des fruits sauvages trouvés dans les bois. Elle lui annonça qu'elle n'avait pas l'intention de partir. Elle voulait mettre au monde leur enfant sur cette île, qu'elle souhaitait acheter, si cela était possible. Car c'est là qu'ils allaient fonder leur dynastie. Là, dans ce paradis terrestre, couvert de prés et de forêts, d'étangs et de marécages.

S'ensuivit une longue querelle.

Finalement, Samuel retourna au village et acheta des scies, des marteaux et des clous. Et en février, au beau milieu d'une tempête de grêle, le premier Hamilton né dans le Nouveau Monde vit le jour. Samuel aida sa femme à accoucher sous le couvert d'un buisson, dans une forêt entourant un petit lac. Aucun des lits de plume que Martha eut par la suite ne lui fut aussi doux que l'odorante couche d'aiguilles de pins où elle enfanta son premier fils. Deux ans plus tard, ils le firent baptiser John par leur premier pasteur. John Jay Hamilton. Mais, entretemps, un autre enfant était né, qui reçut le nom de Talbot Raleigh Hamilton.

Et ils baptisèrent l'île également.

— Oberon, proposa Samuel.

— En voilà un nom étrange, dit Martha.

— C'est le nom du roi des fées dans une pièce de Shakespeare.

Martha n'avait jamais entendu parler du dramaturge, mort seulement cinquante-six ans auparavant. Elle savait écrire son nom, lire un peu, mais ses connaissances ne s'étendaient pas au théâtre.

— Et notre bateau s'appellera *Le Titania*.

Martha regarda leur petite embarcation et sourit. Voilà un nom bien pompeux pour un aussi frêle esquif, songea-t-elle, bien que prête à céder aux souhaits de son mari.

Lorsque Samuel mourut, en 1717, à l'âge de soixante-dix-sept ans, la partie centrale du domaine, à l'extrémité méridionale de l'île, avait été construite, ainsi que toutes les dépendances et le moulin, qui allaient subsister pendant plus de trois siècles. Les ailes est et ouest n'existaient pas encore, mais sur des pelouses vertes et bien tondues se dressait une magnifique bâtisse carrée entourée de jardins qui, s'ils ne rappelaient guère les jardins anglais, n'en étaient pas moins admirables. Vingt-cinq personnes habitaient alors l'île, dont Samuel et Martha, qui survécut sept ans à son mari.

Leur fils aîné, John, et sa femme, Merry, engendrèrent trois enfants ; un seul resta à Oberon, les autres prirent le chemin de l'Ouest. Talbot, leur second fils, et son épouse n'eurent qu'une fille, qui mourut à l'âge de six ans. Charity, la fille de Samuel et de Martha, épousa un homme qui possédait un chantier naval, dont il confia plus tard la direction à son fils.

Pendant les années 1740, la baie fut infestée de pirates espagnols. C'est principalement pour se mettre à l'abri des rapines de ces brigands que les Britanniques s'étaient établis en retrait de la côte ; ainsi Jamestown avait-elle été construite dans une région où pullulaient les moustiques, qui causèrent la mort d'un grand nombre de ses fondateurs.

Lorsqu'une des filles Hamilton, Alice, épousa l'homme qui la courtisait depuis des années et qui, tout le monde le savait, la faisait mourir d'ennui, les gens s'interrogèrent. Et quand naquit l'enfant, sept mois à peine après leur mariage, son teint basané, la noirceur de ses cheveux et de ses yeux provoquèrent des haussements de sourcils. L'on se rappela alors que des navires de pirates avaient été aperçus remontant la côte.

Alice et son mari partirent s'installer à Baltimore, puis à Philadelphie.

Au moment de la guerre d'Indépendance, à laquelle

prirent part trois Hamilton, Oberon était un domaine de grand renom, connu jusqu'à Washington. Les hommes de la famille participèrent à l'administration du comté, puis au gouvernement du pays après l'indépendance.

Dans les années 1800, bien qu'entourés d'Etats qui pratiquaient l'esclavage, les Hamilton jurèrent de ne jamais priver personne de sa liberté. A plusieurs reprises, un Hamilton, Thomas, cacha des esclaves en fuite. S'il avait une conviction, c'était bien que les Etats-Unis constituaient une terre de liberté pour tous, et pas uniquement pour les Blancs. Les Noirs savaient que s'ils arrivaient à atteindre cette île, à un mille de la côte, on s'occuperait d'eux. Ils pouvaient être certains qu'on les nourrirait, qu'on leur fournirait des habits décents et des chaussures. Et qu'on les conduirait vers la liberté, avec peut-être même quelques pièces d'argent en poche.

Oberon. Dans la filière clandestine aidant les Noirs à fuir, le mot était synonyme de sécurité.

Le Maryland lui-même était divisé. Bien que le travail des esclaves profitât à la plupart des grands domaines et que cet Etat fût par tradition un allié du Sud, il vota pour rester dans l'Union et pour abolir l'esclavage. Il est remarquable qu'il soit ainsi, par principe, allé à l'encontre de ses intérêts.

A la fin des années 1800, la plupart des Hamilton avaient quitté l'île pour des contrées plus vertes ou la vie plus trépidante des villes. Pionniers partant à la conquête de l'Ouest, banquiers s'éparpillant sur toute la côte Est, bâtisseurs d'empires dans des domaines comme la construction ou le commerce avec la Chine, fondateurs de compagnies de tabac, ils étendirent par la suite leur règne à l'industrie automobile naissante et à l'acier, mais ceux qui s'appelaient encore Hamilton devenaient rares.

Depuis la création des Etats-Unis, seuls deux lopins de terre étaient restés entre les mains d'une même famille.

En 1949, le seul descendant en ligne directe des fondateurs de la dynastie était Oliver Wendell Hamilton, le premier Hamilton à ne pas recevoir sur l'île un président. Du général Washington à Herbert Hoover, tous les présidents des Etats-Unis avaient en effet été accueillis à Oberon.

Lors de la visite du président Taft, l'aile ouest avait pris feu, l'un des invités s'étant endormi avec un cigare allumé. Le père d'Oliver dépensa une fortune pour la reconstruire et la remeubler dans un style pratiquement identique.

A la fin des années 1880, Oberon cessa d'être une résidence permanente, mais fut gardée intacte à l'intention des futures générations de Hamilton ainsi que des futures générations d'oiseaux sauvages, dont les ancêtres fréquentaient l'île depuis que la route migratoire des oiseaux traversait l'Atlantique. C'était un refuge. Nul n'avait le droit de tuer un oiseau sur Oberon. La réserve naturelle de Blackwater, au sud de l'île, les protégeait. Oberon était un domaine privé et ses propriétaires avaient toujours considéré comme leur devoir de sauvegarder l'avenir du monde.

C'est la raison pour laquelle Oliver Hamilton n'invita jamais Franklin Delano Roosevelt à dîner, convaincu que celui-ci conduisait les Etats-Unis à leur perte. Quant à Harry Truman, Oliver ne lui manifesta pas plus d'égards.

Oliver était l'un des hommes les plus influents d'Amérique. Et bien qu'il fût également l'un des plus riches, très peu de gens en dehors de New York avaient entendu parler de lui. Il n'avait pas l'opulence des Rockefeller, des Ford, des Mellon ou encore d'une centaine d'autres familles dont beaucoup ignoraient l'existence. Personne, pas même Oliver, ne pouvait estimer sa fortune. Mais jamais un Hamilton ne cherchait à savoir le prix des choses. Jamais la famille n'avait été mêlée à un scandale. Et même si c'était l'une des plus vieilles familles des Etats-Unis, ses membres ne participaient pas à la vie mondaine new-yorkaise. Ils avaient beau posséder un superbe appartement dans Park Avenue, ils essayaient de ne pas se faire remarquer. Leur nom était rarement dans les journaux, sauf lorsqu'il leur arrivait de contribuer à la fondation de la bibliothèque d'une université ou lorsqu'ils participèrent, dans les années 1930, à la politique républicaine, bien qu'un Hamilton ne se fût jamais présenté à la présidence. Oliver œuvrait dans les coulisses et par l'intermédiaire de son porte-parole, le *New York Chronicle*, qu'il acheta en 1925, l'année de ses vingt-sept ans, et celle de son mariage avec la belle Silvie Templeton Holister de la baie d'Oyster.

1

La coïncidence n'échappa à aucun des deux.

C'était l'année où Walter Kerr intitula « Un bijou, un pur bijou » sa critique de la comédie musicale à succès *South Pacific*, dont Ezio Pinza rendit célèbre la chanson *Some Enchanted Evening*[1]. « Au milieu d'une pièce pleine de monde... »

Et Sydney vit pour la première fois Jordan Eliot au milieu d'une pièce pleine de monde ; elle l'aperçut de son perchoir : le piano sur lequel elle dansait. Appuyé contre le mur, fumant une longue cigarette, il était le seul homme à ne pas être en habit blanc ou en smoking. Bien que courts, ses cheveux noirs avaient tendance à boucler. Environ un mètre quatre-vingt-huit, les épaules larges, la taille mince, il portait un blazer bleu marine avec, au lieu d'une cravate, un foulard en soie à motifs. Il la regardait, les yeux rieurs. Jamais elle n'avait vu aussi bel homme.

Jordan ne l'avait pas quittée du regard depuis le moment où elle avait grimpé sur le piano et commencé à esquisser des gestes dans l'air, dansant avec une extrême liberté. Elle était la fille la plus distinguée qu'il eût ren-

---

1. *Par un soir enchanté.*

contrée. Des cheveux couleur de miel qui lui caressaient les épaules, de hautes pommettes, un nez aristocratique finement ciselé. Une bouche large et généreuse. Pourtant, elle n'était pas vraiment jolie. Il aimait les femmes plus en chair, bien que sa robe rouge laissât deviner un corps somptueux. Elle était sensationnelle, mais pas jolie, estima-t-il. Ce n'était pas le genre de fille sur laquelle les gens se retournent, et pourtant il ne pouvait détacher ses yeux de sa personne. C'était, décida-t-il, sa gaieté qui l'attirait.

Lorsque leurs regards se rencontrèrent, il entreprit de se frayer un chemin parmi la foule des danseurs, pour se retrouver, à la fin du morceau, devant le demi-queue.

Elle s'agenouilla avant de s'asseoir au bord du piano.

Les premiers mots qu'il lui adressa furent :

— Vous avez de la dynamite dans les jambes !

— Et vous êtes le plus bel homme que j'aie rencontré de ma vie. Jamais je n'ai vu des yeux aussi bleus.

— Vous m'embarrassez, dit-il.

— Tout comme vous m'avez embarrassée avec votre remarque sur mes jambes.

Il s'inclina légèrement, une lueur amusée dans les yeux.

— *Touché*[1], dit-il. Je ne referai pas la même erreur.

Sydney sauta du piano et, se penchant pour ramasser ses chaussures, s'appuya au bras de Jordan tandis qu'elle glissait un pied dans un soulier, puis enfilait l'autre.

— Allons me chercher quelque chose à boire. Je meurs de soif.

— Cela ne m'étonne pas, après cette prestation.

— Vous n'êtes pas de New York, à en juger par votre accent.

— Elk Park, Indiana. J'espère que vous ne retiendrez pas cela contre moi.

---

1. En français dans le texte.

Elle lui jeta un regard oblique :

— Si je dois un jour retenir quelque chose contre vous, ce ne sera certainement pas votre lieu d'origine.

— Eh bien, même si cela ne s'entend pas à votre accent, je suis prêt à parier que vous êtes d'ici. Il n'y a que les New-Yorkais pour s'exprimer de façon aussi directe ou pour danser sur un piano.

Ils arrivèrent au bar.

— Un Coca, demanda Sydney.

— Une bière, fit-il.

— Venez, dit-elle, le prenant par le bras. La terrasse est de ce côté. J'ai besoin d'air.

Ils écartèrent les tentures de soie ondoyante, et l'air de New York, d'une douceur printanière leur parvint. Vue de haut, la ville étincelait comme une multitude de diamants.

— Je m'appelle Jordan Eliot.

Le dos et les coudes appuyés contre la balustrade, elle lui fit face, son verre à la main.

— Sydney Hamilton, dit-elle. Avec deux *y* à Sydney.

— Je n'ai jamais rencontré de fille prénommée Sydney.

— C'est là que mes parents m'ont conçue, au cours de leur lune de miel.

— Une lune de miel en Australie, voilà qui laisse rêveur, dit-il.

Ils restèrent silencieux un instant, lui contemplant la ville, elle l'observant.

— Vous ne semblez pas vous rendre compte que vous êtes le seul homme à ne pas être en tenue de soirée.

Il la regarda de nouveau.

— Là d'où je viens, on ne porte pas ce genre de vêtements. Pas même à l'occasion des bals à Northwestern. Je ne souhaite pas particulièrement connaître les gens qui me jugeraient selon de tels critères.

— Laissez-moi deviner, dit-elle. Vous êtes venu dans

cette grande ville pour étudier le droit des entreprises et faire carrière.

Il rit.

— C'est le cas de la moitié de mes camarades de classe. Pas le mien.

— Alors, vous faites votre internat au New York Hospital.

— C'est bon pour ceux de Cornell, pas de Northwestern...

— Hum, dit-elle. Je me trompe rarement. Voyons. Ah! Wall Street.

— Loin de moi cette pensée. Tous ces métiers me semblent répugnants. Sauf la médecine, mais ce n'est pas pour moi.

— Vous n'avez pas non plus une tête à être physicien.

— Un physicien doit-il nécessairement porter des lunettes, loucher et n'avoir aucun humour?

— Je ne sais pas. Je n'ai jamais vu de physicien à part au cinéma. Je donne ma langue au chat.

— Mon gagne-pain et ma profession sont deux choses différentes.

— Expliquez-vous.

— Ce n'est pas très intéressant.

— Je vois. Vous cherchez à cacher vos activités. Peut-être sortez-vous de prison. Un récidiviste?

Il secoua la tête.

— Vous n'êtes pas le genre de fille à traîner avec un serveur de restaurant.

— Je ne vous crois pas. Serveur? Un diplômé de Northwestern qui a l'apparence d'un stagiaire en entreprise?

— J'ai fait des études de théâtre.

— Oh, mon Dieu! Un aspirant acteur.

— Vous y êtes. A moi de deviner votre profession. Vous êtes secrétaire et vous attendez l'homme de votre vie. Et lorsque vous l'aurez rencontré, vous l'aiderez à gravir l'échelle sociale et à devenir riche.

Il savait déjà que c'était faux. Si quelqu'un appartenait à une famille fortunée, avait de la classe et de l'éducation, c'était bien Sydney.

— Loin de moi cette pensée, pour citer quelqu'un que je viens de rencontrer et pour qui je crois avoir une certaine sympathie.

— Alors, vous avez peut-être fait votre profession de la fréquentation des réceptions.

— En réalité, je n'aime guère les mondanités et je déteste les grandes réunions.

Elle le dévisagea, rejetant ses cheveux en arrière d'un geste de la tête qui fit étinceler ses boucles d'oreilles.

— Je fais ma dernière année à Wellesley, reprit-elle.

— Ah, Boston ! Je n'y suis jamais allé. Mais vous êtes bien originaire de New York, n'est-ce pas ?

— Ce n'est qu'à moitié exact. J'ai vécu toute ma vie ici, mais je suis née dans le Maryland.

— Et vous rentrez chez vous pour le week-end ?

— Oui. Je prends le train de 6 heures du matin pour Boston. Je serai diplômée dans trois semaines.

Il jeta un regard à sa montre.

— Il vous reste cinq heures et demie. Soit nous nous séparons tout de suite sans nous accorder la possibilité de mieux nous connaître, soit nous embarquons sur le ferry pour Staten Island, d'où nous aurons une vue romantique sur New York, et nous prenons ensuite le petit déjeuner dans un libre-service ; après quoi, je vous conduis à Grand Central Station à temps pour votre train. Cette seconde éventualité nous permettant de découvrir ce qu'il y a entre nous.

— Ce qu'il y a entre nous ? Vous voulez parler de ces dix minutes de conversation ?

Il acquiesça.

Sydney rit.

— Voilà presque vingt et un ans que je vis à New York, et jamais je n'ai fait une seule de ces choses.

— Vous avez un manteau ? Où est-il ?

Il lui prit la main et elle le conduisit au vestiaire.

— Nous n'avons pas besoin de dire au revoir, dit-elle. Nos hôtes ne savent même pas qui nous sommes.

— Et je ne sais pas davantage qui sont nos hôtes.

La douceur du soir était telle que Sydney se contenta de jeter son manteau sur ses épaules. Une très légère brise soufflait, aussi s'étonna-t-elle d'avoir la chair de poule. Il marchait à grandes enjambées et elle dut faire un effort pour se maintenir à sa hauteur.

— Où prend-on le ferry ? demanda-t-il.

— Je l'ignore. C'est votre idée. Personnellement, je ne suis jamais allée à Staten Island.

— Jamais ?

— Pourquoi diable irais-je là-bas ?

Il rit.

— Je ne sais pas. Ce qu'on en voit au cinéma donne l'impression que c'est un voyage romantique à faire.

— C'est parce qu'une traversée en ferry est toujours romantique, j'imagine. Eh bien, nous allons le trouver, ce ferry.

Elle leva la main et se précipita vers le taxi qui tournait à l'angle de la rue. Il s'arrêta dans un grincement de freins.

— Le chauffeur saura où aller.

Pendant le trajet, elle apprit que le père de Jordan possédait une quincaillerie à Elk Park, dans l'Indiana, où son grand-père paternel, natif de Friendship, dans le Maine, était venu s'installer après avoir fait la connaissance de sa future femme, dont la famille vivait à Elk Park depuis le milieu des années 1880. Aucun membre de sa famille ne comprenait pourquoi Jordan voulait devenir acteur, mais il s'était fixé ce but dès le lycée. Ayant également fait ses études à Northwestern, Charlton Heston, qui se trouvait dans la classe supérieure à celle de Jordan, commençait à percer au théâtre. Sept ans avant eux, prenant quant à elle la direction opposée, celle de l'Ouest, Patricia Neal avait débuté au cinéma dans *Le Rebelle*, aux côtés de Gary Cooper.

— Northwestern a une bonne réputation pour le théâtre, dit Jordan, prenant la main de Sydney, mais je ne veux pas faire du cinéma comme Pat. C'est peut-être là qu'est l'argent, mais c'est à Broadway qu'il faut être. Hollywood n'est que le bâtard de Broadway. Mais j'ai assez parlé de moi. Parlons de...

— De moi? Eh bien, je suis allée en Europe trois fois. J'ai passé le reste de mon existence ici et dans le Maryland. Je compte poursuivre mes études à l'université de Pennsylvanie, à Philadelphie.

— Vous m'en voyez impressionné. Il n'est pas facile d'y entrer.

Le chauffeur se retourna et ce fut pratiquement en criant qu'il annonça :

— Vous voilà arrivés.

La chance leur souriait : un ferry partait dix minutes plus tard. Il n'y avait que très peu de passagers à cette heure; sans s'être consultés, Sydney et Jordan se dirigèrent tout naturellement vers l'escalier métallique qui conduisait au pont supérieur. Un haut-parleur diffusait de la musique dans la nuit. Ils avaient toute la place pour eux.

Quand la sirène annonça bruyamment le départ, ils s'appuyèrent à la rambarde. Le ferry s'éloigna lentement du quai; la lune dansait sur l'eau.

Ce ne fut pas Ezio Pinza mais Frank Sinatra qui se mit à chanter...

« Some enchanted evening... across a crowded room someday you'll see her[1]*... »*

---

1. *Par un soir enchanté... au milieu d'une pièce pleine de monde, un jour tu la verras.*

Jordan ouvrit les bras et Sydney vint s'y blottir. Alors qu'ils se déplaçaient au rythme lent de la musique en sourdine, elle aima le contact de ses bras autour d'elle. Il la guidait adroitement et elle le suivait sans effort. Il l'attira davantage à lui quand Sinatra susurra : *« It's just one of those things*[1]... »

— *« One of those crazy things*[2] », chanta Jordan dans ses cheveux.

— *« A trip to the moon on gossamer wings*[3] », murmura-t-elle en fermant les yeux.

Elle trouvait que Jordan sentait bon. Ce n'était probablement que de l'after-shave, mais elle en appréciait l'odeur. *Pour un péquenaud,* pensa-t-elle, *il a une certaine classe.*

Elle s'arrêta de danser et il lui jeta un regard interrogateur. Défaisant les manches de son manteau, qu'elle avait nouées autour de son cou, Sydney jeta le vêtement sur l'un des bancs. Non pas qu'elle eût trop chaud. Mais elle voulait être tout contre lui, le sentir quand ils dansaient. Sentir battre son cœur tout contre le sien, sentir sa jambe bouger contre la sienne.

Il lui prit la main et la fit tourner. C'était comme s'ils avaient déjà dansé ensemble, dans un passé lointain, et savaient à l'avance quel pas ferait l'autre. Lorsque la voix de Sinatra s'estompa, ils continuèrent à danser, avec pour seul rythme le clapotis de la mer contre le bateau, leurs corps fusionnant. Puis il la fit de nouveau tournoyer.

La sirène du ferry retentit tandis qu'ils approchaient de Staten Island. Jordan attira Sydney à lui, et, l'enlaçant, écrasa de ses lèvres celles de la jeune fille. Fermant les yeux, elle passa les bras autour de son cou. Sa bouche s'entrouvrit, s'offrant à lui. Elle pouvait sentir la chaleur,

---

1. *C'est juste l'une de ces choses.*
2. *L'une de ces choses extravagantes.*
3. *Un voyage sur la lune sur des ailes transparentes.*

la douceur de ses lèvres qui, insistantes, goûtaient les siennes. Elle avait l'impression que c'était la première fois qu'on l'embrassait vraiment.

Lorsque le ferry heurta le débarcadère, ils se regardèrent puis, la main dans la main, ils dévalèrent l'escalier jusqu'à la jetée de bois et se précipitèrent au guichet. Jordan tendit un dollar à l'homme au visage fatigué qui, vêtu d'un uniforme, essayait de passer pour un officier de marine. Puis, sans cesser de courir, ils regagnèrent le pont du ferry. Essoufflés, ils s'appuyèrent contre la rambarde et éclatèrent de rire. Des voix flottèrent dans l'air, mais cela n'empêcha pas Jordan de l'attirer contre lui.

Contrastant avec la douceur de ses lèvres, l'ardeur de son baiser la surprit, et lorsqu'ils se séparèrent, Sydney dit à voix basse :

— Je ne sais pas si c'est à Elk Park que tu as appris à embrasser comme ça, mais en tout cas j'apprécie.

Jordan l'enlaça de nouveau tandis qu'elle récupérait son manteau.

— Eh bien, les filles n'embrassent pas comme ça à Elk Park. Ailleurs non plus, en fait.

Un groupe de quatre jeunes hommes et deux adolescentes fit irruption, parlant fort.

Enlacés, Sydney et Jordan contemplaient en silence le quai brillamment éclairé de Staten Island. Lorsque le ferry repartit, ils se regardèrent en souriant et Sydney posa la tête contre l'épaule de son compagnon.

— Je ne te connais même pas, dit-il, tandis que Manhattan se rapprochait. Et pourtant je sais que je n'ai jamais rencontré quelqu'un comme toi.

— Je ne pense pas être tellement différente des autres, bien que toute ma vie on n'ait cessé de me seriner le contraire.

— Tu n'as peut-être pas la même vision des choses. Ne crois-tu pas que nos petits-enfants seront ravis d'apprendre que, la première fois où je t'ai vue, tu dansais sur un piano ?

Elle leva son visage vers lui.

— Embrasse-moi encore. J'aime tes baisers.

Il se pencha et rencontra sa bouche, sa langue glissant le long des lèvres de la jeune fille. Le petit groupe à l'autre bout du pont ne leur prêtait aucune attention. Jordan étreignit Sydney et ses baisers éveillèrent chez elle d'autres désirs. Ils ne relâchèrent leur étreinte que lorsque le bateau accosta le quai.

Jordan consulta sa montre.

— Nous avons juste le temps de prendre le petit déjeuner dans un libre-service. Tu plaisantais, n'est-ce pas, quand tu disais que tu n'avais jamais mangé dans ce genre d'endroit ?

— Absolument pas.

— J'en connais un près de Grand Central, dit-il, mais tu devras choisir entre faire le trajet à pied ou payer le taxi. Je n'ai pas assez d'argent pour le taxi *et* le petit déjeuner.

— Je choisis le taxi, dit Sydney. Je tiens à ce que tu m'offres mon premier repas dans un libre-service.

— En fait, c'est encore mieux dans la journée, dit-il, tandis que le taxi roulait dans les rues vides en direction du nord. Leurs haricots blancs à la sauce tomate sont exceptionnels.

— Leurs haricots blancs à la sauce tomate ?

Elle paya le chauffeur qui s'était arrêté devant *Horn & Hardart's*, réalisant que c'était la première fois qu'elle déboursait de l'argent en compagnie d'un homme. Elle regarda Jordan tandis qu'il l'aidait à sortir de la voiture. Eh bien, si seul le physique devait compter, le sien valait la peine. Comme ils entraient dans le self-service, les quelques clients présents se retournèrent pour le regarder. Sydney n'en fut pas surprise. Et sa manière d'embrasser... Décidément, elle ne regrettait pas d'avoir payé le taxi.

Jordan montra de la tête le petit groupe des clients.

— Tu vois? Ils te regardent tous. Es-tu toujours le centre de l'attention?

Sydney éclata de rire.

— Je pensais que c'était toi qu'ils regardaient.

— Est-ce moi qui porte une robe rouge avec un décolleté jusqu'au nombril? demanda-t-il avant de la prendre par la main pour la conduire jusqu'aux distributeurs. De combien de temps disposons-nous? Il faut sans doute que tu ailles chercher ton sac et que tu te changes, n'est-ce pas?

Sydney était fascinée par les petits compartiments vitrés offrant une impressionnante variété de nourriture.

— Je n'emporte jamais de sac quand je rentre chez moi. Et je peux très bien voyager dans cette tenue.

Il leva les sourcils.

— En pleine journée?

— Bien sûr. Personne ne me connaît. Et si jamais je rencontrais quelque connaissance, elle ne serait pas surprise par mon allure. Allez, viens. Où sont donc ces haricots à la sauce tomate?

— Des haricots à 5 heures du matin?

Elle haussa les épaules, scrutant chaque compartiment.

— Ah! regarde, les voilà. A présent, qu'est-ce que je fais?

— Attends une minute. J'ai oublié de changer mon billet d'un dollar contre des pièces de cinq cents.

Son billet d'un dollar? Mais elle le vit donner à la femme au comptoir des billets de deux dollars et recevoir en échange une poignée de pièces de cinq cents.

Il glissa cinq pièces dans la fente et la vitre s'ouvrit avec un petit bruit sec. Sydney retira les haricots à l'odeur alléchante.

— Dire que je déteste les haricots!

— Pourquoi diable as-tu pris ça?

— Parce que tu m'as dit que c'était bon.

— Le pain bis l'est également. Prends donc un jus d'orange pour t'éviter d'avoir le scorbut.

— J'ai plutôt besoin d'un café pour me tenir éveillée. Dans le train, il me faudra réviser. J'ai un contrôle cet après-midi.

— Réviser quoi? demanda-t-il, tandis qu'ils s'asseyaient à la table au plateau de marbre.

Elle sortit un livre de la poche de son manteau.

— Ça.

Il y jeta un coup d'œil.

— Qu'est-ce que tu étudies?

— Si seulement je le savais! J'ai commencé des études d'anglais après avoir passé ma vie à lire et à écrire. Puis je me suis tournée vers les sciences politiques. Et maintenant je termine un double cursus : sciences politiques et histoire.

— Que comptes-tu faire après?

Elle haussa les épaules.

— Je l'ignore. Ces haricots sont délicieux. Divins, même!

Elle beurra le pain bis et avala une gorgée de café.

— Que dois-je faire pour te revoir? demanda Jordan.

Elle se pencha vers lui, un coude sur la table, sa tasse de café dans l'autre main.

— Embrasse-moi encore. J'aime ta manière d'embrasser.

Il parcourut du regard la grande pièce presque vide, puis effleura de ses lèvres celles de Sydney.

— Ce n'est pas tout à fait ce que j'avais en tête, mais je me contenterai de cela pour l'instant.

Il lui sourit.

— Comment te reverrai-je?

— Ecris-moi à Wellesley.

— Tu me répondras?

— Quel degré de persuasion peux-tu montrer dans tes lettres ?

— M'autorises-tu à chercher ton numéro dans l'annuaire de Manhattan ?

— Nous sommes sur liste rouge.

— Tu n'es pas très coopérative.

— Après mes examens, si je m'arrête à New York avant d'aller à Oberon, j'irai dîner chez *Giorgio*.

— Ne viens ni le mardi ni le mercredi. Ce sont mes jours de congé. Sinon, je travaille de 4 heures de l'après-midi jusqu'à la fermeture.

Sydney se radossa à sa chaise et l'observa.

— Es-tu vraiment un bon acteur ?

Jordan posa une main sur la sienne.

— Il faut que je le croie, non ? Lorsque j'aurai un rôle, je te le ferai savoir et tu viendras me voir. Ainsi tu pourras juger par toi-même. Oui, je suis convaincu qu'un jour le nom de Jordan Eliot brillera en lettres flamboyantes au fronton d'un théâtre.

Il lui tendit un paquet de cigarettes. Sydney secoua la tête.

— Voilà une mauvaise habitude que je n'ai jamais prise.

— Cela te dérange si je fume ?

— Oui, si tu m'embrasses après.

Il leva un sourcil, la regarda et remit le paquet de cigarettes dans sa poche.

— O.K., j'attendrai.

— Merci. Je déteste le goût et l'odeur des cigarettes.

— Eh bien, me voilà averti.

Il repoussa sa chaise. Il avait de nouveau envie de l'embrasser. Encore et encore.

— Si nous allons maintenant à la gare, nous pourrons nous embrasser devant les trains en partance sans que personne ne fasse attention à nous.

Sydney lui adressa un sourire.

— Voilà une excellente idée. Meilleure encore que de venir ici manger des haricots à la sauce tomate ou de danser sur le ferry pour Staten Island.

Main dans la main, ils descendirent la rue jusqu'à Grand Central. Avant de pénétrer dans l'immense gare, Jordan se tourna vers la jeune fille et, l'entourant de ses bras, l'embrassa lentement. Un long baiser langoureux. Sydney soupira.

Il la conduisit en haut des marches et regarda autour de lui.

— Nous avons encore une demi-heure. Viens.

Ils trouvèrent une porte par laquelle les voyageurs se déversaient. Là, au milieu de la foule, il l'étreignit passionnément sans que personne ne leur prêtât attention.

Ils parcoururent la vaste salle d'attente, s'arrêtant pour échanger un baiser devant chaque porte ouverte.

— Bon sang! s'exclama Sydney, qui imaginerait un tel érotisme à Grand Central?

— C'est vrai, acquiesça Jordan. Et à l'instant même je meurs d'envie de te jeter par terre et de te faire l'amour avec frénésie.

— Encore une idée merveilleuse, dit-elle dans un murmure. Merveilleuse, mais impossible à réaliser.

— Zut, dit-il. A défaut, trouvons un coin sombre pour nous embrasser vraiment.

C'est ce qu'ils firent.

— Mon Dieu! chuchota-t-il.

— J'ai l'impression de me trouver dans un film porno, dit Sydney. Tout cela est idiot. Nous nous comportons comme des gamins.

— Les sentiments que j'éprouve ne sont pas ceux d'un gamin. Viens, allons chercher ton train.

Il était sur le départ, la locomotive crachant de la vapeur.

— Tu as quelque chose pour écrire? demanda Sydney.

— Non.

— Moi non plus. Il est donc inutile que je te donne mon numéro de téléphone.

— Je saurai te retrouver, dit-il. Sinon, viens me chercher chez *Giorgio*. Quand te remet-on ton diplôme?

— Le 8 juin.

— Rendez-vous chez *Giorgio* le 9. Je t'attendrai.

Elle s'apprêtait à monter dans le train quand il la retint pour l'embrasser comme s'il n'avait pas l'intention de la laisser partir.

— Avons-nous découvert ce qu'il y a entre nous? demanda Sydney en lui souriant.

— Je ne peux pas répondre à ta place, dit-il, lui tenant la main tandis qu'elle grimpait sur le marchepied. Mais, en ce qui me concerne, je le sais.

— En voiture! cria le contrôleur d'une voix chantante.

Elle fit un signe de la main à Jordan, lui jetant un dernier regard par la vitre poussiéreuse tandis que le train se mettait en branle. Plusieurs personnes la dévisagèrent, aussi s'enveloppa-t-elle dans son manteau. Elle ferma les yeux et s'appuya au dossier de son siège. Oh, Dieu, quelle sensation de bonheur!

Jordan Eliot.

Sydney Eliot.

Ses paupières se rouvrirent brusquement. Mais qu'était-elle donc en train d'imaginer? Mrs. Jordan Eliot? La femme d'un serveur de restaurant. Un acteur débutant? Un homme qu'elle ne connaissait que depuis six heures. Ses parents en auraient une crise d'apoplexie.

Puis elle se mit à rire tout fort. Une nuit romantique, quelques pas de danse, un homme qui savait bien embrasser. Vraiment embrasser. Et voilà qu'elle était prête à lier sa vie à la sienne! Elle devait être cinglée.

Elle secoua la tête comme pour en chasser ces pensées saugrenues. Du magnétisme animal, voilà tout ce que c'était. Il était beau, il dansait divinement, avait le sens de l'humour, et ses baisers l'embrasaient. Il ne fallait pas aller chercher plus loin.

Elle ferma de nouveau les yeux et dormit pendant tout le trajet jusqu'à Boston, ce qui ne l'empêcha pas d'obtenir un A à son contrôle.

2

— Tu as dû faire une touche, dit Monday Pearson, debout sur le seuil de la salle de bains, regardant Jordan se raser. Je suis rentré à 5 heures du matin, et tu n'étais pas encore là.

A trois heures et demie de l'après-midi, il avait encore les yeux injectés de sang. Il observait Jordan dans le miroir tout en buvant du jus de tomate.

Egalement serveur chez *Giorgio*, Monday partageait avec Jordan un deux-pièces dans Bleecker Street. Originaire de Falfurias, dans le Texas, il avait un accent à couper au couteau malgré quatre ans passés à Stanford. Jordan était toujours impressionné par les capacités intellectuelles de Monday, qu'il cachait bien, la plupart du temps. Son sens de l'humour, seul aspect de lui-même qu'il montrait, était tout aussi étonnant.

Jordan jeta un coup d'œil à sa montre. Ils prenaient leur service dans une demi-heure. Ils avaient quitté le restaurant à 11 heures la veille au soir pour se rendre à cette réception, chez des gens rencontrés dans un endroit ou un autre par Monday. Il ne cessait de faire de nouvelles connaissances et entraînait Jordan avec lui après leur travail. Mais, s'il ne participait pas à un casting pour une nouvelle pièce, Jordan pouvait dormir jusqu'à plus de midi. Monday, lui, était assis à sa machine à écrire dès

9 heures tous les matins. Et il n'en bougeait pas tant qu'il n'avait pas noirci cinq pages. « Que ce soit nul ou pas, je m'oblige à écrire cinq pages », répétait-il. Il jetait la moitié de ce qu'il produisait et réécrivait le reste, parfois jusqu'à sept ou huit fois.

Jordan se demandait pourquoi Monday estimait qu'il lui fallait habiter New York pour devenir écrivain. Il pensait que celui-ci travaillerait mieux en vivant dans les bois ou les montagnes, à l'abri des distractions. Mais Monday prétendait qu'il avait besoin de New York, ce qui faisait la joie de Jordan. Facile à vivre, son colocataire lui permettait d'avoir une vie sociale. Il aimait les soirs où, après le travail, ils restaient chez eux à boire de la bière et à faire des mots croisés. Monday avait promis d'écrire une pièce de théâtre qui serait récompensée par le prix Pulitzer et dont Jordan interpréterait le premier rôle.

En attendant, il écrivait le matin, travaillait le soir, et s'amusait la nuit.

— J'ai rencontré une fille.

Monday pencha la tête sur le côté et étudia Jordan tandis que celui-ci rangeait son rasoir. Si Monday avait plusieurs aventures dans une même semaine, il savait que Jordan n'avait jamais découché depuis qu'ils avaient pris ensemble cet appartement, neuf mois plus tôt.

— Tu as couché avec elle ?

— C'est mieux que ça.

— Rien n'est mieux que ça.

— Pourrais-tu citer le nom de toutes les filles avec qui tu as couché ce mois-ci ?

Monday secoua la tête.

— Je ne me rappelle même pas le nom de celle avec qui j'ai couché il y a deux nuits.

— La fille que j'ai rencontrée s'appelle Sydney Hamilton, dit Jordan. Sydney Hamilton. Je me souviendrai longtemps de son nom. Elle a une classe folle.

— Je commence à comprendre. Ce genre de fille ne couche pas.

— Monday, mon ami, tu as l'esprit étroit, et si tu n'es pas encore un auteur à succès, c'est que tu préfères les émotions grossières aux choses du cœur.

— Les choses du cœur font peut-être vendre les livres et les films, mais elles vous bousillent l'existence.

— Elles rendent aussi la vie excitante.

— Il suffit de baiser, Jordie, mon garçon. Ne confonds pas glandes et émotions.

Jordan ne faisait aucune confusion. Il voulait revoir Sydney. La revoir encore et encore. C'est en sifflotant qu'il mit le nœud papillon réglementaire des serveurs chez *Giorgio* et il continua de siffloter tout en descendant les quatre étages et en marchant sous le chaud soleil de cet après-midi de mai à Greenwich Village.

— New York est le plus bel endroit du monde, déclara-t-il.

— Oh, doux Jésus ! s'exclama Monday, en lui donnant une claque dans le dos.

Sydney était furieuse contre elle-même. Qu'elle fût en train de réviser un contrôle, de jouer au tennis ou au bridge, de lire, de traverser le campus avec une amie, l'image de Jordan Eliot surgissait dans son esprit.

Lorsqu'elle se couchait le soir, sitôt les yeux fermés, elle se rappelait la sensation de ses baisers.

Elle n'était jamais sortie avec quelqu'un qui ne fût pas dans une école supérieure. La seule personne de sexe masculin de son entourage ne fréquentant pas une grande université était son frère Evan. Il n'avait tout simplement pas un niveau scolaire suffisant, ce qui lui était bien égal. Tous les autres jeunes gens qu'elle connaissait étaient destinés à une vie semblable à celle qu'elle avait toujours eue. Ils deviendraient avocats, médecins ou agents de change, dirigeraient leur propre entreprise ou celle de leur père. Ou ils ne travailleraient pas. Ils feraient le tour du monde en yacht. L'été sur des voiliers, l'hiver à skis. Ils porteraient des complets coûteux avec des chemises blanches ; peut-être bleu pâle pour les plus audacieux. Telles des copies conformes, tous semblables, image fidèle de leurs pères.

Ils n'iraient pas à une réception chez von Demien en blazer et foulard. Ils ne dîneraient pas dans un libre-service, n'y prendraient pas même le petit déjeuner. Comme elle, ils n'avaient jamais mis les pieds dans un tel établissement. Un tour en ferry jusqu'à Staten Island ne leur paraîtrait jamais le comble du romantisme.

Ils dînaient chez *Giorgio* mais n'y travaillaient pas.

Sydney se demanda si Jordan l'avait déjà servie. Elle ne prêtait jamais attention aux serveurs.

Aucun homme parmi ses relations n'aurait songé à devenir acteur. N'était-ce pas là un métier efféminé ? Et pourtant, il suffisait de regarder les acteurs les plus célèbres. Clark Gable n'était peut-être plus de la première jeunesse, mais on ne pouvait nier sa virilité. Gary Cooper. Cary Grant.

Mais les hommes sérieux n'étaient pas acteurs. C'était un monde d'illusions, pas le monde réel.

Mais que savait-elle du monde réel ? Elle avait eu une vie protégée, elle en était bien consciente. Avait-elle le droit de juger de la réalité ou de la non-réalité des choses ? Et combien de ces individus interchangeables qu'elle avait connus l'avaient-ils embrassée comme Jordan ? Combien d'entre eux avaient-ils manifesté la même spontanéité que lui ?

Elle ferma les yeux et se revit dansant avec lui sur le pont du ferry, comme Fred Astaire et Ginger Rogers dans une scène sentimentale. Jamais rien ne l'avait autant touchée que cet homme, autant touchée que cette soirée, dès l'instant où son regard s'était posé sur elle, une expression amusée sur son visage magnifique.

Mais n'était-elle pas en train de réagir à la façon des

hommes, en tombant amoureuse d'un visage et non d'une personne?

Amoureuse? Bon sang, quelle absurdité! Avait-elle seulement réfléchi au sens du mot? Elle ne connaissait même pas Jordan Eliot.

Et pourtant, elle ne pouvait effacer le souvenir de son visage et de ses baisers.

Elle passa la semaine entière avec lui. Où qu'elle allât et quoi qu'elle fît, il était là.

Aussi ne fut-elle pas surprise, un samedi matin, de le trouver dans le hall de la résidence universitaire. Il était à l'autre bout de la salle, appuyé au mur, tel qu'il lui était apparu à la soirée, mais cette fois il ne fumait pas de cigarette. Comme il l'avait accompagnée partout durant la semaine, elle poursuivit son chemin sans même lui adresser un signe de tête.

Sa voix l'arrêta.

— Tu ne dis pas bonjour?

Elle se figea. Etait-elle devenue folle ou était-ce bien lui en chair et en os? Elle se retourna lentement, certaine qu'il allait s'évaporer.

Mais il ne le fit pas.

Il restait là à lui sourire, en pantalon de serge et chemise rayée, un sweater jeté sur les épaules.

— Ainsi tu m'as trouvée?

— C'était facile, mais je t'aurais retrouvée même si cela ne l'avait pas été.

Ils se regardèrent pendant une minute. Puis elle se jeta dans ses bras.

Il l'embrassa, sans se préoccuper des étudiants qui passaient devant eux en souriant.

— Je me suis fait remplacer. Tu devras me supporter jusqu'à lundi matin.

— J'ai un rendez-vous ce soir.

— Annule-le.

Elle éclata de rire, se sentant infiniment heureuse tandis qu'il lui prenait la main.

— As-tu pris ton petit déjeuner?

— Je n'ai même pas dîné hier soir.

Il engloutit des œufs au bacon, des crêpes, un jus d'orange et trois tasses de café.

— C'est ce que j'avais l'habitude de manger après avoir passé une heure à déblayer la neige devant chez nous avant le petit déjeuner, dit-il avec un sourire radieux.

— J'avais raison, dit-elle, répondant à son sourire, tout en buvant son café.

— A quel sujet?

— Je savais qu'au-delà d'un rayon de cinquante kilomètres autour de New York, il n'y avait que des ploucs.

— Vous autres, New-Yorkais, vous êtes si bornés, dit-il. Pour vous, la vie s'arrête aux faubourgs de la ville. C'est vous qui êtes limités. Tu verras. Tu es encore jeune. Tu as besoin de grandir.

Elle savait qu'il cherchait à la provoquer.

— Et quel âge avez-vous, monsieur Expérience? Vingt-quatre, vingt-cinq ans?

— Vingt-cinq. Je suis venu à New York en juin dernier, une semaine après l'obtention de mon diplôme. Avant l'université, j'avais passé trois ans dans la marine. Dans le Pacifique Sud, puis un an au Japon, après la guerre. Je m'attendais à trouver les New-Yorkais raffinés au point d'en rester sans voix. Au lieu de quoi, j'ai découvert des gens très limités, mais si amusants que j'ai l'intention de passer le reste de ma vie là. (Il alluma une cigarette, puis la regarda :) Peu m'importe de devenir riche. Je veux seulement jouer la comédie.

— Tu veux devenir une star?

Sydney se surprit, honteuse, à lui adresser un sourire condescendant. Tous les Américains du Middle West, semblait-il, voulaient devenir acteurs de cinéma. Ou bien écrire le grand roman de l'Amérique. L'arrière-pays regorgeait de rêveurs.

Il secoua la tête et repoussa sa chaise.

— Je ne tiens pas à faire du cinéma. Sauf un film de temps à autre, si cela peut me procurer assez d'argent pour avoir une vie agréable. Ce n'est pas sur les planches de Broadway que l'on risque de faire fortune.

— Alors, tu es un puriste? Tu considères le théâtre comme un art?

Il haussa les sourcils.

— Tu n'as pas l'air de m'approuver.

Il se leva.

— L'addition est pour moi, dit-elle, à moins que tu ne sois le genre d'homme qui ne supporte pas de laisser une femme payer.

— Quel genre d'homme est-ce là? De toute manière, j'ai dépensé le peu d'argent qui me restait pour venir jusqu'ici.

Elle jeta un billet de cinq dollars sur la table et prit la note.

— Dis donc, tu es généreuse. Cinq dollars de pourboire pour un simple petit déjeuner dans un endroit pareil!

— Je pensais qu'en tant que serveur tu apprécierais mon geste.

— On dirait que nous allons nous disputer.

— Je ne le souhaite pas. Il me tarde que tu m'embrasses.

Ils sortirent sous le soleil de mai.

— Tu veux visiter Boston? demanda-t-elle.

Jordan secoua la tête.

— Je veux me concentrer sur ta personne, aujourd'hui. Faisons juste un tour. N'est-ce pas un lac que j'aperçois là-bas? Est-il possible de louer une barque? Ou que dirais-tu de rester tout simplement assis quelque part au soleil, nos regards plongés dans les yeux l'un de l'autre?

— Dieu, que tu es romantique! dit-elle, posant la main sur son bras. Continue comme ça. J'adore t'entendre parler ainsi.

Ils traversèrent le campus jusqu'au lac Waban. Il lui prit la main et comme il la conduisait le long d'un chemin au milieu des arbres, elle dut hâter le pas pour suivre ses longues enjambées.

Une fois hors de vue des bâtiments et des curieux, il s'arrêta et la prit dans ses bras.

— J'ai pensé à toi toute la semaine. Je fermais les yeux et me rappelais nos baisers.

Elle sourit.

— Je me croyais la seule à être cinglée.

— Tu es cinglée, je n'ai jamais rencontré quelqu'un comme toi. Tu es si insouciante. Tu te fiches pas mal de ce que les autres pensent...

— Ce n'est pas tout à fait vrai, dit-elle. Peu m'importe ce que les gens que je ne connais pas pensent à mon sujet. Cependant, tu seras content d'apprendre que je me suis sentie plutôt mal à l'aise dans le train avec cette robe rouge sur le dos.

— Mince alors! Tu m'enlèves mes illusions.

Il l'embrassa de nouveau et elle fondit sous son baiser. En pleine journée, sous la lumière étincelante du soleil.

— Veux-tu que j'assiste à la remise de ton diplôme?

— Oh, mon Dieu, non!

Elle se pencha en arrière pour le regarder, feignant d'être horrifiée.

— Je viens tout juste de te rencontrer. Je ne souhaiterais cela à personne.

— Si c'est important pour toi, je serais heureux d'y assister.

— Eh bien, cela ne l'est pas. Même mes parents s'en fichent pas mal. Il faut dire que tous les membres de ma famille depuis Dieu sait combien de temps ont toujours été diplômés de cet établissement. Ce n'est pas grand-chose. Simplement la fin d'un cursus. Le début d'autre chose.

— Philadelphie, dit-il, s'asseyant sous un arbre sur un carré d'herbe qui surplombait le lac. Quand dois-tu y aller ?

— Pas avant l'automne. Et ce n'est qu'à quelques heures de New York, tu sais. (Elle lui jeta un regard moqueur.) Suffisamment près pour que je puisse venir te voir le soir de ta première.

— Tu passeras au moins l'été à New York?

Elle secoua la tête et une mèche de cheveux lui tomba en travers du visage.

— Personne, absolument personne ne reste à New York l'été. Tu peux faire cuire des œufs sur le trottoir et l'humidité est épouvantable.

Il lui prit la main et la fit asseoir près de lui.

— Que fais-tu alors ? Es-tu de ceux qui vont à Bar Harbor ou à Newport?

— Non.

Il poussa un soupir de soulagement.

— Je vais à Oberon, fit-elle.

Il l'attira à lui.

— Oberon?

— C'est une île dans la baie de Chesapeake.

Il resta une minute silencieux, à contempler le scintillement du soleil sur l'eau, puis il dit :

— Oberon est le roi des fées dans *Le Songe d'une nuit d'été*.

Sydney acquiesça avec un sourire.

— Oberon est un endroit magique. Un royaume de fées.

— Vous avez une maison d'été là-bas ?

Elle se détourna pour lui cacher son amusement.

— En quelque sorte. Parfois nous y descendons pour Noël également. Papa y va toujours en automne pour chasser les oies et les canards.

— On y trouve plus de gibier d'eau en hiver que dans nul autre endroit du globe, énonça Jordan, comme un fait depuis longtemps mémorisé pour un test de géographie.

Elle réalisa alors combien elle aimait sa voix. Elle n'avait rien d'affecté ; au contraire, elle possédait une certaine douceur, quelque chose d'indéfinissable qui inspirait la confiance. De la candeur, tel était le mot. C'était la voix de quelqu'un qui ne trichait pas. Et elle pensa que, si les gens de théâtre puaient l'imposture et l'égocentrisme, Jordan était différent.

— Tu n'es pas comme la plupart des acteurs, dit-elle. Tu n'es pas vaniteux, et pourtant tu sembles avoir une grande confiance en toi-même.

— C'est plus de l'espoir que de la confiance. Je me suis donné trois ans. Soit je parviens à percer dans les deux prochaines années, soit je cherche quelque chose d'autre à faire. Enseigner, par exemple. C'est le métier que mon père exerçait avant de comprendre qu'il pouvait se faire bien plus d'argent en tenant une quincaillerie.

— Et quelle matière penserais-tu enseigner ?

— Bonne question, répondit Jordan. Ma sœur est professeur. Et sais-tu combien elle gagne ? Deux mille quatre cents dollars par an. Je me fais plus rien qu'en pourboires chez *Giorgio*.

Sydney s'apprêtait à lui dire qu'elle avait davantage en argent de poche, mais elle se ravisa.

— L'argent n'est pas la question, dit-il. J'aimerais toutefois pouvoir m'offrir un taxi ou le train pour Boston sans que toute ma vie en dépende. Je ne cherche pas à faire fortune. J'ai beau avoir confiance en moi-même, je n'appartiendrai jamais à la catégorie des Tracy, des Cooper, des Gable ou toute autre grande vedette. Personne à Broadway n'est aussi riche. Je me satisferais d'être à l'aise. Ma femme n'a pas besoin de manteau de fourrure.

La pensée d'une rencontre entre Jordan et son père fit sourire Sydney. Ils se situaient aux antipodes.

— Je parie que tu aimais Roosevelt, finit-elle par dire.

Il la regarda d'un air perplexe.

— C'était un héros. Truman ne se défend pas mal non plus.

Sydney balaya l'air de la main comme pour le contredire.

— Truman pourrait à l'extrême rigueur faire un bon maire dans une petite ville. Mais président des Etats-Unis ?

— Tu verras, dit Jordan en secouant la tête. L'histoire rendra un jour grâce à notre président.

— En ce qui concerne Roosevelt, on m'a élevée dans la conviction qu'après Hitler, Staline et John L. Lewis[1], il était l'homme le plus diabolique du monde.

Jordan se mit à rire.

— Tu te moques de moi, n'est-ce pas ?

Sydney secoua la tête et lui adressa un sourire empreint d'ironie désabusée.

— Pas le moins du monde. Le pays va à sa ruine avec ces administrations-démocraties.

Il la regarda une minute et l'attira contre lui. Elle posa la tête sur son épaule.

— Sydney, ne parlons pas politique. Je veux que nous apprenions à nous connaître, mais ne commençons pas par les choses sur lesquelles nous sommes en désaccord. Parlons de ce qui nous concerne. Laissons de côté pour l'instant la politique et la religion, la morale et la philosophie, d'accord ?

— Qu'est-ce que la morale vient faire ici ?

— Politique et morale sont étroitement liées.

Elle réfléchit un moment et décida que, s'ils continuaient à se voir, ils auraient tout le loisir d'argumenter là-dessus. Il avait raison : à ce stade de leurs relations, il était préférable d'éviter les sujets épineux.

---

1. Syndicaliste américain.

— Jordan Eliot, il se pourrait que tu sois plus intéressant que tous les types avec qui je suis sortie. Embrasse-moi.

Il l'allongea doucement sur le sol, le soleil dessinant des taches sur son visage, à travers les feuilles printanières d'un vert éclatant.

— Tu as une bouche particulièrement expressive, dit-il. J'aime la regarder, la toucher, et je pourrais t'embrasser jusqu'à la fin des temps.

Il lui caressa le sein gauche et elle ferma les yeux. Elle aurait voulu qu'il l'embrasse là, elle aurait voulu sentir sa langue contre sa peau, mais il n'alla pas plus loin.

— Marchons, proposa-t-il. Tu me fais un tel effet que j'ai du mal à me contrôler.

— Je peux t'emmener dans ma chambre.

— Bien volontiers, dit-il, l'entourant de son bras tandis qu'ils regagnaient le campus.

Lorsqu'il partit pour prendre le train de 7 h 20 le lundi matin, il lui annonça :

— Je ne pourrai pas venir le week-end prochain.

Elle passa les bras autour de son cou.

— Je ne veux pas te revoir avant d'avoir obtenu mon diplôme. Ce n'est que dans deux semaines. Je ne pourrais affronter ma famille si j'échouais. Peux-tu prendre une semaine de vacances ?

— Une semaine à mon compte ? C'est impossible.

— Trouve une solution et accompagne-moi à Oberon après mes examens. Viens passer une semaine au paradis avec moi.

— Qui d'autre sera là-bas ?

— Peut-être ma grand-mère. Elle descend toujours aux alentours du Memorial Day [1]. Seuls les gardiens vivent là-bas toute l'année. Laisse-moi te montrer l'endroit que j'aime le plus au monde.

---

1. Fête nationale en mémoire des morts de guerre, le dernier week-end de mai.

— Eh bien, dit-il, l'embrassant sur les paupières, cela vaut bien que je perde mon travail.

— Bon, dit Sydney, sans pouvoir se résoudre à dénouer ses bras, où puis-je te prendre, le... oh, quel jour serons-nous ?

— Je n'ai pas le téléphone. Appelle-moi chez *Giorgio*.

— En voiture ! cria le contrôleur.

Jordan s'arracha à son étreinte et gravit les marches métalliques. Elle le regarda s'avancer dans le couloir et s'installer près de la fenêtre, qu'il essaya vainement d'ouvrir, le regard rivé au sien.

Elle lui lança un baiser tandis que le train s'ébranlait. Comme la distance entre eux s'accroissait, il tendit le cou pour la suivre des yeux, agitant la main jusqu'au dernier moment.

« J'ai réussi ! » dit-elle à haute voix, en regardant le train serpenter et disparaître de son champ de vision. Elle s'était juré d'être la première de sa bande à ne pas s'amouracher d'un de leurs condisciples. Au moment où tout le monde s'attendait à la voir tomber amoureuse, elle était décidée à montrer qu'elle ne l'était pas. Jusqu'à présent cela ne lui avait guère été difficile. Pas un seul parmi la douzaine de garçons avec qui elle était sortie durant ces quatre dernières années n'avait fait battre son cœur. Mais voici que, en l'espace d'une semaine, elle s'était totalement éprise d'un homme, d'un homme qui ne ressemblait à aucun de ceux qu'elle avait connus.

« Jordan Eliot, prononça-t-elle en sortant de la gare dans la fraîcheur du matin. Mrs. Jordan Eliot. »

Elle savait avec une certitude toute nouvelle qu'elle serait sa femme. Sydney Hamilton Eliot, femme d'un acteur tirant le diable par la queue. Femme d'un serveur de restaurant.

Elle fut prise d'une crise de fou rire. Voilà ce qu'il y avait de si amusant dans la vie : on ne savait jamais ce qui allait arriver. Et cela valait certainement la peine de se réveiller pour le découvrir.

Elle fit la roue au beau milieu de la rue, et lorsqu'un couple la montra du doigt en souriant, elle leur cria, agitant les mains en l'air : « Je suis amoureuse ! »

3

Durant les quatre années que Sydney avait passées à Wellesley, Oliver n'était pas venu la voir une seule fois. Silvie, sa mère, lui avait rendu visite à deux reprises. Mais à cette époque, Sydney descendait à New York au moins une fois par mois. Silvie, toutefois, lui avait bien précisé que son père assisterait à sa remise de diplôme. Sydney était persuadée qu'ils prendraient l'avion, car Oliver ne conduisait jamais quand il pouvait utiliser un moyen de transport plus rapide.

Mais Silvie appela sa fille quatre jours avant la cérémonie pour lui annoncer qu'ils arriveraient le samedi après-midi, et qu'ils seraient en voiture. Ils espéraient qu'elle rentrerait avec eux le dimanche. Oliver ne pouvait attendre lundi matin pour regagner New York; ils partiraient juste après la remise des diplômes, et Sydney pourrait s'arranger pour expédier ses affaires par bateau.

Cela convenait parfaitement à Sydney. S'ils arrivaient à New York dimanche soir, elle aurait le temps, le lundi, de faire ses bagages pour aller passer l'été à Oberon, et pourrait partir le mardi. Elle appela Jordan, qui lui avait téléphoné deux fois par semaine depuis leur dernière rencontre.

— Tu viendras avec moi?

— M'aimeras-tu si je me retrouve au chômage?

— Qui parle d'amour? (Au moins, il avait prononcé le mot.) Si tu m'accompagnes — et tu serais bien bête de ne pas accepter ma proposition — je passerai te prendre à ton appartement vers 8 heures mardi matin.

Il lui donna son adresse.

— Le Village? J'aurais dû m'en douter.

— Je suis à deux pas de mon travail.

Bien sûr, il habitait à deux pas de chez *Giorgio*. Cet établissement ainsi que *Mama Leone's*, tous deux situés dans Greenwich Village, étaient les plus fameux restaurants italiens de New York. La réputation de *Mama Leone's* s'étendait au-delà de Manhattan.

— Disons plutôt 7 heures. Il y en a pour six heures de route environ.

Ses parents arrivèrent dans une Packard décapotable rouge feu, conduite par son père. C'était si peu son genre de voiture que Sydney éclata de rire.

— Eh bien, papa, qu'est-ce qui t'arrive?

— C'est un changement de vie, répondit sa mère.

Silvie Hamilton paraissait sortir d'une couverture de Vogue. Même lorsqu'elle prenait le soleil à Oberon ou sur la terrasse de leur appartement de Park Avenue situé au vingt-sixième étage, elle avait l'air d'attendre à tout moment la reine d'Angleterre. Ou plutôt, rectifia Sydney, c'était elle, la reine, sauf qu'elle avait le sens de l'élégance. Une reine américaine. Sydney n'avait jamais vu sa mère décoiffée. Déjà à l'époque où, petite fille, elle venait se glisser, tôt le matin, dans le lit de ses parents, sa mère lui semblait toujours prête pour une audience. Sydney se demanda une fois de plus pourquoi c'était Evan, et non elle, qui avait hérité du maintien et de la distinction de sa mère.

En grandissant, Sydney s'était efforcée de devenir une dame comme sa mère. « Sois toi-même », lui avait vivement conseillé Silvie. « Ne copie personne, ni moi ni quiconque. »

Aussi n'avait-elle jamais reproché à sa fille ses excentricités, lesquelles lui avaient valu plusieurs fois d'avoir sa photo dans les journaux. Oliver n'avait pas davantage réprimandé Sydney. Grand lecteur de journaux, il était abonné à tous les quotidiens de New York, qu'il parcourait au petit déjeuner et lisait plus en détail dans la limousine qui le conduisait à son bureau. Et quand il hochait la tête en découvrant dans le *News* une photo de Sydney sautant tout habillée dans la piscine du sénateur Morton, ce n'était pas tant ses fantaisies qui l'irritaient que le fait que ce journal privilégiât le scandale aux événements politiques. Elle avait été également photographiée avec le prince d'elle ne savait plus quel pays buvant du champagne dans sa chaussure.

Mais lorsque le pauvre Evan se livra à quelque incartade et que le *News* ou autre journal à sensation publia sa photo en faisant des commentaires sur les extravagances des nantis, il eut droit à une belle remontrance.

— Mais, papa ! protesta Sydney, essayant de prendre la défense de son frère. (Elle avait été à la même réception et savait qu'Evan n'avait rien fait de répréhensible.) Tu ne piques pas une crise quand j'agis de la même manière !

— C'est différent, marmonna Oliver.

— Pourquoi ?

— Parce que, ma chérie, tu es une fille, répondit Silvie, posant la main sur celle de Sydney, par-dessus la table du petit déjeuner. Et les filles ont le droit d'être frivoles.

— Je ne pense pas être frivole. J'ai de bonnes notes partout à l'université.

Oliver leva le nez de son journal.

— Pourquoi Evan ne peut-il t'imiter dans ce domaine ?

Pauvre Evan ! Il n'avait jamais paru capable de réussir. Il avait même été renvoyé de Colgate, bien qu'Oliver eût offert à cet établissement une donation importante. Il avait alors envoyé son fils en Europe, en espérant que ce séjour aurait un effet bénéfique sur lui. Il était parti avec le plus jeune frère de sa mère, l'oncle Billy, qui n'avait que douze ans de plus qu'Evan et n'avait jamais travaillé de sa vie. Tout le monde aimait l'oncle Billy, notamment Oliver, qui subvenait à ses besoins. Le père de sa femme et de son beau-frère avait tout perdu en 1929 et ne s'en était jamais remis. Ils lui rendaient régulièrement visite au sanatorium de Yaphank quand Sydney était enfant. Aussi loin que remontaient ses souvenirs, oncle Billy avait toujours vécu avec eux, dans cette grande chambre au bout du couloir à l'étage, dotée d'une terrasse surplombant la ville qu'il aimait tant.

Il les avait quittés pour épouser une femme riche. Il avait vécu quelques années avec elle puis était revenu. Même son ex-femme aimait Billy. Sydney ignorait où son oncle passait la majeure partie de son temps. Il n'appréciait guère Oberon.

« Ah ! la campagne ! » disait-il en se frappant le front, comme s'il ne pouvait imaginer pire destin.

Il vint cependant une fois sur l'île, l'année de la mort de son père, mais resta persuadé que vivre hors de New York était décidément bien barbare.

Sydney et Evan passaient tous leurs étés avec leurs autres grands-parents, le père et la mère d'Oliver. Grand-Papa et Grand-Maman. Grand-Papa n'avait jamais vraiment travaillé, n'en ayant jamais eu besoin. Il pouvait rester tranquillement assis dans sa véranda à Oberon, car lorsqu'il se levait de sa chaise deux heures plus tard, son capital s'était accru de cent mille dollars. Grand-Maman et lui avaient quitté New York pour venir s'installer à Oberon quand ils avaient une soixantaine d'années. Sydney et son frère attendaient les vacances d'été et de Noël avec une vive impatience. Noël était chez les Hamilton le moment le plus heureux de l'année.

Cela faisait à présent trois ans que Grand-Papa était

mort, et comme vivre seul à Oberon n'était pas sûr, Grand-Maman les avait rejoints dans leur appartement de Park Avenue. Oncle Billy et elle passaient des nuits entières à jouer à la canasta et on ne les voyait émerger que bien après midi.

Le samedi de la remise des diplômes, pour la première fois de l'année, la température atteignit les trente-deux degrés. Sydney repéra ses parents parmi l'assistance. Et lorsqu'elle se leva pour prononcer le discours d'adieu au nom de sa promotion — elle ne les en avait pas prévenus, voulant leur faire une surprise —, elle fut ravie de voir la bouche de sa mère s'arrondir en O.

La cérémonie terminée, parents et diplômés se rejoignirent. Sydney aperçut sa mère qui lui faisait signe, levant haut le bras au-dessus de la foule. Silvie portait un tailleur en soie blanche avec une écharpe bleu marine à pois nouée autour du cou. Ses boucles d'oreilles aux perles en forme de larmes faisaient ressortir les quelques mèches grises de sa tempe gauche. Quel âge avait-elle à présent? Quarante-six ans.

— Ma chérie, nous sommes si fiers de toi!

— Eh bien, si je me souviens bien, tu étais deuxième de ta promotion. Tu as eu ton diplôme ici même?

— Ici même, répondit Silvie avec un sourire en prenant Sydney par l'épaule. Voilà une pauvre fille qui ne peut surpasser sa mère.

Mais tu as épousé papa et tu nous as eus, Evan et moi, pensa Sydney. Tu n'as absolument rien fait de tes merveilleuses capacités.

Deux heures plus tard, lorsque Sydney eut rangé dans le coffre de la décapotable tout ce qu'il pouvait contenir de bagages, Oliver lui lança les clefs.

— Tu veux conduire?

— Tu me fais confiance?

— Peu importe, lui répondit-il avec un grand sourire. C'est ta voiture.

Elle poussa un petit cri.
— Oh, papa ! tu es un amour !
Elle fit en courant le tour de la voiture pour aller l'embrasser.
— C'est une idée de ta mère.
Sydney embrassa également sa mère.
— Alors, voilà pourquoi vous êtes venus en voiture ?
— Et bien sûr, tu vas baisser la capote et ma nouvelle permanente sera fichue.
— Maman, tu vas chez le coiffeur demain, de toute manière.
Sydney avait toujours vu sa mère aller chez le coiffeur deux fois par semaine, tous les lundi et vendredi.
La voiture ronronnait en avalant les kilomètres.
— Maman ne peut plus attendre pour aller à Oberon, dit Silvie. (C'est ainsi qu'elle appelait sa belle-mère.) Quand pars-tu ? Je suppose que je ne te verrai pas.
Sydney se tourna vers sa mère. Oliver essayait de dormir sur le siège arrière.
— Je compte partir mardi.
Silvie soupira.
— Eh bien, je descends à la fin du mois. Il nous faudra donc attendre jusque-là pour nous voir.
Sydney posa la main sur le bras de sa mère. Elles se sourirent.
— Quand Evan rentre-t-il à la maison ?
Silvie haussa les épaules.
— Quoi que ton père lui suggère, Evan semble toujours faire le contraire.
— J'aurais dû lui suggérer de se faire virer de l'université, cria Oliver dans le vent qui lui fouettait le visage.
— Evan n'a jamais été doué pour les études, dit Silvie.
— Il est pourtant brillant, rétorqua Sydney, prenant la défense de son frère.
— Il est suffisamment brillant pour obtenir ce qu'il

veut sans travailler, tonna Oliver. Et il obtient toujours ce qu'il veut.

— Pas si cela demande de la discipline, ajouta Silvie. Cela étant, Sydney et lui ne sont pas forcés de faire la même chose. Quand c'est le cas, Evan s'en sort toujours moins bien.

— Billy ne travaille pas, pourtant cela ne semble pas te déranger, fit remarquer Sydney.

— Si Evan avait seulement la moitié de l'esprit de Billy, peut-être cela me serait-il égal. Mais, en plus, il manque d'humour.

C'était exact. Evan n'était pas d'un commerce agréable, bien qu'il eût une certaine personnalité en dépit de sa paresse.

Sydney était prête à reconnaître que leur appartement était plus vaste que la moyenne, mais elle avait pris cet état de fait comme allant de soi. L'ascenseur ne desservait que cet appartement. Personne d'autre n'était autorisé à l'utiliser. Et au vingt-sixième étage, il s'ouvrait sur une petite entrée où des fleurs fraîches, disposées dans un grand vase, accueillaient les visiteurs. Une porte aux sculptures sophistiquées donnait sur la salle de séjour, qui ne mesurait guère que la moitié du hall de Penn Station. Enfants, Sydney et Evan y avaient joué aux billes, fait du patin à roulettes, fêté leurs anniversaires, écouté leur mère leur raconter des histoires avant d'aller se coucher. Et pourtant, c'était comme si ce lieu n'avait jamais été dérangé par un enfant, comme si chaque objet, chaque élément de l'imposant mobilier en noyer était toujours resté à sa place. Il n'y avait jamais un grain de poussière, pas le moindre magazine ou journal qui traîne. On eût dit que la pièce attendait d'être photographiée pour *Maisons et Jardins*. Le fait est qu'elle avait figuré dans presque tous les magazines de décoration du pays et même dans une revue française. Malgré l'ordre qui y régnait, il en émanait une chaleur due au goût avec lequel elle avait été décorée; c'était un endroit que Sydney aimait, bien qu'elle lui préférât la bibliothèque avec ses lambris en bois, toile de fond idéale pour la collection de maîtres de la Renaissance d'Oliver. Pendant tout l'hiver, un feu brûlait en permanence dans la cheminée.

Ils dînaient tous les soirs dans la salle à manger, même quand ils n'avaient pas d'invités. Lors de grandes réceptions, ils dressaient des tables éclairées aux chandelles non seulement dans la salle à manger mais également dans la salle de séjour, avec un serveur en uniforme pour chaque groupe de six personnes. Il y avait toujours quelqu'un en plus au dîner. Les amis de Sydney et d'Evan étaient toujours les bienvenus.

A présent, Grand-Maman était là en permanence, et oncle Billy dînait souvent avec eux. Il lui arrivait de ne pas sortir avant 9 ou 10 heures du soir. Oliver ramenait fréquemment à dîner quelque notable de passage. Après le repas il disparaissait avec son hôte dans son cabinet de travail, et l'odeur de leurs cigares emplissait tout l'étage.

Quand ils n'avaient pas d'invités, Oliver et Silvie s'installaient dans la bibliothèque. Silvie lisait en général un roman et Oliver étudiait la presse internationale. Deux ou trois soirs par semaine, ils dînaient dehors.

Grand-Maman, de son côté, organisait trois soirs par semaine des parties de cartes dans la bibliothèque. Les participants étaient différents à chaque fois. Le lundi soir, le jour du bridge, venaient des veuves comme elle, qui se connaissaient depuis près de cinquante ans. Les grandes dames de New York. Le mardi, les joueurs comptaient trois hommes et cinq femmes. On ne riait pas autant que le lundi, car c'était une partie plus sérieuse. Le vendredi soir, on jouait au poker, et cela durait depuis des années. Prenait invariablement part à cette soirée Carlos, chauffeur de Grand-Maman depuis vingt ans et habitué de ces parties depuis tout aussi longtemps. Ils avaient passé un contrat. Si à la fin de l'année Carlos devait à Grand-Maman de l'argent, il lui apportait un petit bouquet et l'invitait à dîner. Lorsqu'elle était sa débitrice, elle lui payait des vacances. C'est ainsi qu'il était allé à la Barbade, en Grèce, en Espagne et au Mexique.

Grand-Maman regrettait qu'Oliver n'eût pas hérité de son égalitarisme. Jamais son fils n'aurait joué aux cartes avec son chauffeur.

Mais la seule pièce où tout le monde venait à un moment ou un autre de la journée ou de la soirée était la salle du petit déjeuner. On y servait aussi le repas de midi, qui consistait en un buffet dressé en permanence, où chacun pouvait se sustenter à l'heure qui lui convenait. Grand-Maman l'appelait la pièce ensoleillée, car elle était jaune citron avec des fleurs peintes sur les murs. C'est là que Chessie, le retriever, passait tout son temps sur son tapis, bien qu'il eût accès aux seize pièces de l'appartement. Warren, le majordome, le nourrissait de restes et le sortait trois fois par jour, sorties qui constituaient, disait-il, un excellent moyen de rencontrer les jeunes femmes flânant dans le parc. Warren était entré au service de la famille bien avant la naissance de Sydney, bien qu'il parût tout juste la trentaine. Sydney lui donnait dans les quarante-cinq ans, cinquante peut-être. Warren savait parfois avant Oliver ce que celui-ci allait dire ou faire. Il avait les mêmes conceptions politiques que lui, et tenait les déclarations de son maître pour paroles d'évangile. Leurs seules divergences étaient d'ordre religieux. Elevé dans la religion catholique, Warren se figeait quand Oliver se répandait en injures contre le catholicisme, et Silvie finit par dire à son mari que ses tirades contre le pape étaient un manque de tact à l'égard du majordome.

Oliver parut surpris, mais il garda désormais ses convictions religieuses pour lui, ce qui lui valut la gratitude de Warren. Sydney ne connaissait au domestique qu'un vice : les courses. Il passait une heure tous les matins à étudier les pronostics et à discuter des courses de l'après-midi au téléphone. Mais qu'il gagnât ou qu'il perdît, Sydney ne le vit jamais manifester ni joie ni déception. Malgré cette impassibilité, Evan et elle avaient une grande affection pour le majordome. Quand Silvie sortait le soir, il la remplaçait pour leur lire des histoires. Le samedi il les emmenait au musée d'Histoire naturelle, au Planétarium ou au zoo, et jamais il n'avait paru se déplaire en leur compagnie. Il n'avait pas à élever la voix pour qu'ils se tiennent bien.

Oliver lui disait :

— Ils ne se tiennent jamais si bien que lorsque vous êtes là. J'aimerais savoir comment vous vous y prenez.

— C'est un secret, monsieur.

Sydney n'avait jamais envie de faire des bêtises avec Warren. En guise de récompense, il l'autorisait, après le cinéma, à monter sur ses genoux et lui offrait un chocolat chaud tandis qu'il savourait une bière à la bouteille. De temps en temps, il prenait même Evan sur ses genoux, bien qu'Oliver lui eût spécifié que les petits garçons n'avaient pas besoin de câlins. Lui-même serrait toujours la main à son fils, alors que Silvie l'embrassait en l'appelant son polisson chéri.

A l'étage, en haut du long escalier, se trouvaient les chambres. Celle de l'oncle Bill au fond du couloir, puis celles d'Evan et de Sydney. Grand-Maman occupait désormais la pièce en face. A l'autre bout du couloir s'ouvrait l'immense chambre d'Oliver et de Silvie avec ses deux dressing-rooms, d'une taille équivalente aux trois salles de bains et presque aussi grands que la nursery où, enfants, Evan et Sydney avaient passé de nombreux après-midi pluvieux. Sydney s'y était essayée à la peinture à l'huile pendant qu'Evan éclaboussait les murs de ses couleurs à l'eau. Ni l'un ni l'autre n'avaient montré de réel talent pictural. Mais Evan s'était mis au piano, contrairement à Sydney qui avait tout juste réussi à apprendre la gamme. Il jouait instinctivement tout ce qu'il entendait. Quand on lui trouva un professeur, il regimba, refusa de s'exercer et s'arrêta d'interpréter les morceaux de jazz qu'il aimait jusqu'au moment où Silvie renonça à lui faire donner des leçons. Il recommença alors à jouer avec un plaisir évident. Sydney restait des après-midi entiers, recroquevillée dans l'un des grands fauteuils, à l'écouter improviser. Il lui arrivait de chanter et elle lui trouvait une belle voix. Mais il ne chantait jamais devant une autre personne que sa sœur. Evan était pour elle le plus beau garçon du monde, bien qu'il sourît rarement. Le plus beau, certes, du moins jusqu'à la venue de Jordan Eliot.

Hormis Warren et deux chauffeurs, trois autres domestiques étaient à leur service. Sydney les apercevait rarement. Invisibles, ils ramassaient les vêtements que laissait traîner Evan, alors qu'elle pendait soigneusement les siens tous les soirs. Pendant des années, elle avait essayé de faire dormir Chessie avec elle, mais le chien préférait son tapis dans la salle de séjour.

Sydney parcourut du regard le seul foyer qu'elle eût jamais eu, consciente que, si elle épousait Jordan Eliot, jamais plus elle ne vivrait dans un pareil endroit.

C'est là qu'elle avait toujours habité, et pourtant rien ne lui faisait plus chaud au cœur que la voix ou les baisers de Jordan. Trois semaines après leur rencontre, c'était comme si rien d'autre ne comptait plus que cet acteur débutant gagnant difficilement sa vie dans un restaurant italien.

4

Vêtu d'un pantalon en gabardine gris anthracite, d'un corsage gris pâle moulant et de sandales argentées se résumant à de minces lanières, Sydney sonna à la porte du bâtiment de grès brun.

La voix bien reconnaissable de Jordan retentit dans l'interphone.

— C'est toi, Sydney?

— En chair et en os.

— C'est au quatrième étage.

Le vestibule était sombre. Elle s'engagea dans l'escalier au tapis élimé et aperçut en haut des marches Jordan qui lui souriait. Après plus de deux semaines de séparation, elle sentit, à sa vue, ses genoux fléchir. A mi-chemin de son ascension, elle s'arrêta pour s'agripper à la rampe, les jambes chancelantes. Etait-ce ainsi quand on aimait? Elle reprit lentement sa montée. Lorsqu'elle parvint à sa hauteur, il la prit dans ses bras et l'embrassa.

— Bonjour.

— Mmm, répondit-elle.

— Tu m'as manqué, murmura-t-il. J'ai pensé à toi à chaque instant.

Elle ferma les yeux et sentit de nouveau sa bouche sur la sienne. Puis il lui dit :

— Entre. Je suis prêt. Veux-tu un café avant de prendre la route?

— Je pensais que nous pourrions manger en chemin. Je connais un chouette petit restaurant à une heure d'ici.

Elle le suivit dans l'appartement, peu meublé mais extrêmement bien rangé. Elle entendit de l'eau couler, et comme Jordan disparaissait dans la chambre pour y prendre son sac, un autre jeune homme passa la tête par la porte de la salle de bains, une brosse à dents à la main.

— Rien ne pouvait me faire lever à cette heure, fit-il, si ce n'est la curiosité de savoir à quoi ressemble la femme la plus attirante du monde.

— Ne jugez pas à l'apparence, lui répondit Sydney avec un sourire. Tout est à l'intérieur.

— Pas tout, répondit le beau jeune homme coiffé en brosse. Je suis Monday. Monday Pearson.

— Monday? (Probablement un nom de théâtre, pensa-t-elle.) Vous êtes aussi acteur?

— Non. Serveur.

— Ah! *Giorgio's.*

— Exact. Assurez-vous qu'il soit de retour dans une semaine.

— O.K., vous avez ma promesse.

Jordan réapparut, un sweater jeté sur l'épaule, son sac dans la main gauche.

— Allons-y, dit-il, lui prenant la main.

Quand Sydney se dirigea vers la Packard rouge, Jordan émit un sifflement.

— Un cadeau pour mon diplôme, expliqua Sydney. Si tu es gentil avec moi, je te laisserai la conduire.

Comme il se glissait sur le siège du passager, Jordan demanda :

— Que fait ton père au juste?

Sydney passa en première et s'écarta en douceur du trottoir. Des charrettes de camelots bloquaient déjà le passage, leurs propriétaires criant à pleins poumons leurs boniments.

— Il est dans la presse.

— Ce n'est sûrement pas un simple journaliste pour t'offrir de tels cadeaux.

Dense en sens inverse, pour entrer dans la ville, la circulation était assez fluide à la sortie de Holland Tunnel. La route surélevée de Pulaski, en direction du sud, n'était pas non plus encombrée.

Sydney fouilla dans la boîte à gants et en retira un flacon de lait solaire, qu'elle tendit à Jordan.

— Si tu ne t'en mets pas, tu seras rouge comme une écrevisse avant que nous arrivions.

— Très bien, dit-il. Mais parle-moi de ce haut lieu où nous allons.

Elle secoua la tête.

— Non, pas encore.

Ils s'arrêtèrent chez *Borden*, le petit restaurant au bord de la route où Sydney souhaitait prendre le petit déjeuner. Tout en engouffrant des gaufres coiffées de fraises fraîches, Jordan déclara :

— Tu sais, à part ce week-end à Boston, je ne suis jamais allé sur la côte Est. Je ne sais pratiquement rien de la baie de Chesapeake.

— Avec celui du Yang-Tsê Kiang, c'est le plus grand estuaire du monde.

Il la regarda et éclata de rire.

— Ce n'est pas du tout le genre de réponse que j'attendais. Qu'appelle-t-on estuaire? Le point où une rivière se jette à la mer?

Elle acquiesça.

— Je suppose que ta définition est correcte, bien qu'incomplète.

— Alors, parfais mon éducation.

— Allons-y, si tu as fini.

Elle jeta deux dollars sur la table, espérant ne pas le

blesser en payant l'addition. Ils sortirent sous le soleil de juin, déjà chaud à 9 h 30 du matin.

— Veux-tu conduire mon nouveau jouet? demanda-t-elle, lui lançant les clefs.

Il se glissa dans le roadster et mit le moteur en marche. Avant de démarrer, il lui adressa un large sourire.

— Une vraie merveille.

La Packard démarra.

Ils ne parlèrent guère pendant leur traversée du New Jersey. En début d'après-midi, ils dépassèrent Philadelphie et Wilmington, puis pénétrèrent dans la riche région agricole du Maryland. Jordan prit la main de Sydney et la garda dans la sienne tandis qu'il roulait sur l'autoroute.

— Tu vas découvrir une contrée bien différente de ce que tu connais, le prévint-elle. La baie sépare la côte Est du reste du pays. Pendant le week-end, des tas de gens prennent le ferry de Baltimore et d'Annapolis.

— Pour aller où?

— Sur les plages d'Ocean City et de Rehoboth. Un pont est en cours de construction sur le détroit, qui, j'imagine, va changer la physionomie de toute la côte Est. J'ai peur du résultat.

— Joli pays, remarqua Jordan. Qu'est-ce qu'on y cultive?

— Le tabac. Le soja. Les habitants de la côte vivent des ressources de l'Océan : huîtres, crabes. Tu ne connais rien de la vie tant que tu n'as pas mangé la tourte au crabe de la baie.

— Le fait est que je commence seulement à vivre, dit-il, portant la main de la jeune fille à ses lèvres.

Tout son être parut se dissoudre dans le profond soupir d'aise qu'elle poussa.

— J'ai passé à Oberon les moments les plus heureux de mon existence, dit-elle. Je suis contente que tu te sois décidé à venir.

— Les maisons, par ici, les petites villes, ont l'air si anciennes.

— Elles le sont, dit-elle en appuyant la tête sur le revêtement en cuir. La baie est habitée depuis 1608 environ.

Jordan se mit à rire.

— C'est impossible. Les premiers colons n'ont pas débarqué avant... 1619, quelque chose comme ça?

— Non, rétorqua Sydney, se redressant. Jamestown a été fondée en 1607 et John Smith a commencé à explorer Chesapeake en 1608. Le premier Thanksgiving[1] n'a pas été fêté, comme on le croit, à Plymouth Rock, mais en Virginie, au bord de la rivière James.

Jordan lui sourit :

— Tu es une passionnée d'histoire?

— En quelque sorte. Du moins en ce qui concerne cette partie du monde.

— Très bien. Continue à m'instruire.

Elle secoua la tête.

— Je ne veux pas t'ennuyer.

— Tu ne m'ennuies pas. Je veux en savoir davantage.

Elle réfléchit une minute et poursuivit :

— C'est une région fascinante. Le Maryland s'est rangé du côté du Nord pendant la guerre de Sécession, et pourtant il y eut une époque où Oberon comptait des esclaves. Mais l'île a également été le centre d'un réseau clandestin qui permettait aux Noirs fugitifs des Etats esclavagistes de rejoindre le nord du pays ou le Canada.

— Attends. Attends! Quelle est la taille de cette île?

— Quatre cents hectares.

Il digéra l'information.

— C'est quoi au juste : une colonie de résidences d'été? Ou y a-t-il aussi des pêcheurs qui y vivent?

— Tu verras une fois arrivé.

---

1. Fête nationale commémorant, le 4e jeudi de novembre, l'installation des premiers colons en Amérique.

— Comment y va-t-on?
— En bateau, idiot. Comment accède-t-on à une île?
— Je ne suis jamais monté sur un navire.
— Nos bateaux ne sont pas aussi gros. Aucun ne dépasse la taille d'un *skipjack*. L'île n'est qu'à un mille de la côte.
— Aucun de vos bateaux? La taille d'un *skipjack?*
— Les *skipjacks* sont des bateaux à huîtres, très beaux, qui draguent le fond de la baie. On y trouve plus d'huîtres que nulle part ailleurs. Tu verras. Le *Titania*, notre voilier, a la dimension de ces embarcations.
— Titania. Bien sûr. La reine des fées, quand Oberon en était le roi.
Sydney sourit.
— Il y a toujours eu un *Titania* mouillant à Oberon. Depuis 1682.
— Tu te moques de moi?
— Pas du tout. C'est la vérité. Ma famille possède cette île depuis lors.
Jordan garda le silence jusqu'à l'entrée de Chestertown.
— Cette ville semble bien vieille, elle aussi.
— N'est-ce pas charmant? Regarde toutes ces maisons coloniales. Je suppose qu'elles n'ont guère changé depuis les temps révolutionnaires.
— C'est encore loin?
— Une heure environ. Le bateau nous attendra.
Ils roulèrent en silence. Par la capote abaissée, une douce brise soufflait, tempérant l'ardeur du soleil.
— Ta famille possède ce bout de terre depuis plus de deux cent cinquante ans?
Sydney acquiesça.
— C'est phénoménal. Mais que diable fait ton père?
— Il est propriétaire du *New York Chronicle*, mais ce n'est pas ce qui lui rapporte. En fait, il ne cesse d'y injecter de l'argent.
Jordan se frappa le front.

— C'est lui qui édite ce journal conservateur? Mon Dieu! (Il se tourna pour regarder Sydney avec une expression toute nouvelle.) Ah! Il s'agit de ces Hamilton-là!

Sydney demanda :

— Ne peut-il y avoir que toi et moi pendant une semaine?

En guise de réponse, il la prit par l'épaule et l'attira à lui, se penchant pour déposer un baiser dans ses cheveux. Ils continuèrent à rouler en silence jusqu'à ce qu'elle lui dise :

— Tourne à droite au panneau indiquant Saint Michaels.

Saint Michaels était un village du bord de mer comptant deux cent vingt-quatre âmes, avec une jetée où étaient amarrés une douzaine de bateaux de toutes tailles.

— La flottille est de retour au port à cette heure de l'après-midi et elle en repart à l'aube. Gare-toi dans ce chantier naval, dit-elle en montrant l'enseigne à la peinture défraîchie sur laquelle on pouvait lire : WALT'S MARINA.

Dès que Jordan eut serré le frein, Sydney bondit du véhicule.

— Nous laisserons la voiture ici.

Un homme grand et large d'épaules ouvrit la porte de la baraque qui servait de bureau et sourit à Sydney, qui se jeta dans ses bras.

— Je la connais depuis qu'elle est née, expliqua l'homme à l'adresse de Jordan.

Walt avait sorti des cales sèches, où on le remisait l'hiver, le bateau utilisé par les Hamilton pour faire la traversée jusqu'à leur île : un coquet yacht blanc au taud et aux garnitures bleus. Jordan estima qu'il pouvait facilement accueillir six personnes.

— Tu es attendue. Martin est venu apporter des provisions cette semaine, dit Walt, tout en gardant les yeux fixés sur Jordan.

Sydney fit les présentations.

— Il était grand temps que tu amènes un homme avec toi. J'attends ce moment depuis des années. Ce doit être quelqu'un qui t'est cher, ajouta-t-il à l'oreille de la jeune fille.

Son accent prononcé était celui de la côte Est, semblable à nul autre en Amérique.

Le sourire de Sydney révéla à Walt qu'il avait vu juste. Elle sauta sur le bateau avec grâce et fit signe de la tête à Jordan.

— Viens. La traversée dure une demi-heure environ.

— Une demi-heure pour faire un mille?

— Parfois vingt minutes. Ce pourrait être le cas aujourd'hui.

L'eau était calme, pas aussi calme qu'au crépuscule où elle était lisse comme un miroir, mais il n'y avait pas de brise. Il faisait chaud. Chaud et humide.

— Allez! Montons ces valises à bord.

Elle mourait d'impatience de lui montrer Oberon.

Jordan s'assit dans le fauteuil en toile que Sydney lui indiquait tandis qu'elle s'installait à la barre, et mettait le moteur en marche. Il observa la jeune fille tout à sa manœuvre pour sortir de la marina. Puis, levant les yeux, il découvrit les énormes et élégantes maisons coloniales qui se dressaient le long des rives.

— Nous allons descendre la rivière sur environ huit cents mètres puis nous entrerons en eau libre. Mais, contrairement à l'Océan, la baie n'a qu'une profondeur de six mètres en moyenne, ce qui ne l'empêche pas de connaître de formidables tempêtes.

Après l'avoir écoutée, Jordan reporta son attention sur le paysage, impressionné par les dimensions des maisons et du terrain qui les entourait. Charme et opulence. Il espérait qu'Oberon ne serait pas aussi prétentieux. Il craignait de ne savoir comment se comporter avec des gens possédant une propriété aussi imposante.

Ainsi, pensa-t-il, Sydney était une de ces Hamilton qui

depuis toujours faisaient partie de la haute société new-yorkaise. En faisaient partie? Non, la dirigeaient, en édictaient les règles, plutôt, bien qu'on ne parlât pas beaucoup d'eux. Une image floue surgit dans sa mémoire. Deux ans auparavant, la photo de la jeune fille avait paru dans *Life* : elle avait fait sensation pour avoir sauté tout habillée dans une piscine.

A présent ils naviguaient en eau libre, fouettés par le vent. Des mouettes tournoyaient au-dessus du bateau. Leurs cris empêchaient Jordan d'entendre ce que Sydney lui disait, aussi la rejoignit-il à la barre.

Devant eux, des arbres parurent émerger de l'eau. Elle les montra du doigt.

— Voici Oberon. Là-bas, à droite, ce sont nos bois. Nous les appelons la forêt de Martha — plus de cinq cents hectares de chênes. On ne les a jamais coupés. C'est une terre vierge.

— Qui est Martha?

— Tu verras sa tombe. Son mari et elle furent les premiers Hamilton à vivre là. Ils se sont réfugiés dans l'île pour échapper aux Indiens et l'ont achetée en 1682. Elle a accouché dans cette forêt.

Comme ils se rapprochaient de la rive, Jordan s'entendit pousser un cri de surprise. Sur la pointe méridionale de l'île s'élevait une immense maison en brique de deux étages, avec six hauts piliers blancs sur la façade; de part et d'autre du bâtiment principal s'étendaient avec grâce les ailes ajoutées au cours des siècles. Une grande pelouse descendait en pente jusqu'au quai. Des arbres imposants ainsi que des cornouillers répandaient leur ombre sur l'herbe luxuriante entourant la maison derrière laquelle on pouvait apercevoir d'autres édifices en brique.

— J'aime Oberon plus que tout autre endroit au monde, déclara-t-elle.

Il comprenait pourquoi.

Tel un fantôme, une femme flottant dans une large robe blanche courait vers le quai.

— C'est Grand-Maman, dit Sydney avec un plaisir manifeste. Une personne merveilleuse. C'est la mère de mon père.

Jordan se tourna vers Sydney, dont les yeux brillaient de bonheur.

— Elle vit avec nous à New York durant l'hiver. Elle descend à Oberon aux alentours du Memorial Day, qui marque le début de l'été. Mon frère et moi l'avons toujours rejointe dès la fin de l'année scolaire. C'est le premier été où Evan n'est pas là. Il me manque déjà.

— Petit ou grand frère?

Manœuvrant avec dextérité, Sydney amena le bateau le long du quai.

— De deux ans plus jeune. Il est en Italie avec oncle Billy. Ou peut-être en France. En Europe, en tout cas.

— A faire quoi?

Ayant accosté la jetée, Sydney coupa le moteur.

— Du tourisme, je suppose.

Grand-Maman les attendait à l'extrémité du quai. Sa robe blanche lui descendait jusqu'aux chevilles et un foulard blanc, lâchement noué, recouvrait ses cheveux blancs. Ce qui surprenait le plus était son maquillage. Dans son visage d'une blancheur crayeuse, ses yeux marron foncé ressortaient de façon étonnante, lui donnant l'air d'un personnage de dessin animé.

Sydney sauta du bateau et courut sur l'étroite jetée de planches, les bras tendus. La grand-mère et la petite-fille s'étreignirent comme si elles ne s'étaient pas vues depuis des siècles. En fait, la dernière fois où Sydney avait embrassé Grand-Maman remontait au week-end où elle avait rencontré Jordan.

— Je t'ai amené une surprise, dit-elle à l'oreille de sa grand-mère.

— Je vois.

Sydney tendit le bras vers Jordan, qui s'avançait vers elles, essayant de garder l'équilibre sur les minces lattes de bois.

— Jordan Eliot, Grand-Maman.

John serra la main de la pâle apparition.

— Je suppose que vous ne jouez pas au poker, n'est-ce pas?

Jordan secoua la tête.

— Désolé. Eh bien, vous voilà en charge de Sydney, si je comprends bien.

— Moi? protesta la grand-mère. Vous aussi, je suppose.

Elle prit la main du jeune homme, et ils se mirent tous les trois à gravir la pente de la pelouse en direction de la grande maison.

— Voulez-vous que j'aille chercher les sacs? proposa Jordan.

— Non. Martin s'occupera de tout. Mon Dieu qu'il fait chaud! Peut-être après tout vaut-il mieux que vous alliez chercher votre sac. Vous avez apporté un maillot de bain?

Il acquiesça et, lâchant sa main, retourna au bateau.

— Ça saute aux yeux que tu es amoureuse, dit Grand-Maman à Sydney. Et lui aussi.

— Je n'en suis pas tout à fait sûre, répondit Sydney. C'est pourquoi je l'ai amené ici. Je l'ai rencontré il y a un mois seulement, et je veux être certaine de mes sentiments avant de prendre la décision de poursuivre ou non cette relation.

Grand-Maman éclata de rire.

— Tu parles comme si la tête avait quelque chose à voir avec le cœur. Arrête. Je suppose qu'il est déjà trop tard pour faire machine arrière. Et ce l'était sans doute dès les dix premières minutes de votre rencontre. Tu pourras m'en parler plus tard. C'est la première fois que je vois des yeux aussi bleus.

Il avait aussi le plus beau corps du monde. Jamais Sydney n'avait trouvé beau un corps masculin avant de regarder Jordan monter sur le plongeoir dans un maillot de bain qui ne cachait pratiquement rien de son anatomie. Elle avait une folle envie de le voir complètement nu, de le caresser, l'embrasser, de sentir son corps contre le sien. Elle était surprise de ses propres pensées.

Jordan fit un saut de carpe et disparut dans l'eau pour refaire surface à côté d'elle.

— Suis-je ici afin dc rcccvoir l'approbation de ta famille ?

— Je n'ai jamais eu besoin de l'approbation de quiconque. Non, tu es là parce que je veux être avec toi.

— Ta grand-mère est... différente.

Sydney rit et fit la planche.

— Elle est toute blanche, blanche de la tête aux pieds, à jamais. Elle n'est pas conformiste pour deux sous, contrairement à mon père et ma mère. Et pourtant maman et ma grand-mère s'entendent parfaitement. Grand-Papa et Grand-Maman étaient comme le jour et la nuit. Lui ne se souciait guère de sa mise. Il était assez distant, sauf avec sa femme. Il n'aimait pas les visites. Ils sont venus s'installer ici il y a dix ans et ont vécu à Oberon une année entière avant qu'il meure. Tous les Hamilton, depuis deux cent soixante-huit ans, sont enterrés sur l'île, y compris le second bébé de Martha, mort-né. Je te montrerai leurs tombes demain.

Martin apparut sur la terrasse avec un plateau d'argent supportant des verres et un shaker. Il le posa sur la table sous le parasol.

— Voulez-vous que je serve, Miss Sydney ?

Elle regarda Jordan.

— Tu aimes le daiquiri ?

— En cet instant, tout me convient.

Martin remplit deux verres de daiquiri, qu'il alla leur tendre dans la piscine.

— Délicieux, dit Jordan, appréciant sa boisson. Parle-moi de Martha.

Sydney posa son verre sur le rebord et s'y hissa. Les jambes pendant dans l'eau, elle commença :

— Eh bien, ils fuyaient les Indiens qui avaient brûlé leur cabane. C'était en 1672...

Quand elle termina, une heure et demie s'était écoulée. Le soleil était bas dans le ciel et ils avaient vidé le pichet de daiquiri.

Jordan était paresseusement étendu sur sa chaise longue, Sydney pelotonnée à ses côtés.

— Cette histoire est-elle entièrement vraie ? demanda-t-il.

Sydney haussa les épaules.

— Sur la bible de famille sont inscrits les naissances, les décès et les mariages de tous les Hamilton, mais j'ignore les détails. Nous tenons pour certain que Martha et son mari ont ramé jusqu'à l'île pour échapper aux Indiens et que Martha y a accouché. Parmi les archives familiales figurent les documents originaux de leur transaction avec lord Baltimore pour l'achat de l'île, qui leur a finalement été vendue pour une somme légèrement supérieure à celle que les Hollandais avaient payée pour Manhattan. L'année 1685 est encore gravée sur l'un des piliers. Tu te rends compte que ces briques et ces piliers ont été amenés par bateau ?

— Tout ce que je sais de ma famille s'arrête à mes grands-parents, dit Jordan. Ils sont venus à pied de Pennsylvanie dans l'Illinois, durant les années 1880 ou 1890. Point. Avant cela, c'est le mystère total. Les Indiens ? Suis-je allemand, français, anglais ? Je trouve étonnant que tu puisses remonter aussi loin.

— Je me suis toujours sentie importante à cause de cela, avoua Sydney.

— Tu es importante, murmura Jordan tout en se penchant pour l'embrasser. Tu es la personne la plus importante de tout mon univers, ajouta-t-il tandis que la gouvernante annonçait que le dîner serait prêt dans dix minutes.

— Allons nous habiller, dit Sydney, se levant. Pas besoin de nous mettre sur notre trente et un, mais ne restons pas en maillots de bain.

— Ils sont secs. Pourquoi ne pas les garder?

— Pas à Oberon, dit-elle en souriant.

En fait, cela ne l'eût nullement dérangée s'ils n'avaient rien porté du tout.

5

— La dernière fois que je suis monté à cheval, j'étais encore gamin. C'était lors d'un séjour à la ferme de mon oncle Andrew, dans l'Iowa, expliqua Jordan.

Pourtant, Sydney lui trouvait belle allure sur Chester.

— C'est comme la bicyclette. Ça revient vite. Nous irons au pas, avec peut-être un petit trot de temps en temps, mais rien de bien méchant.

— Me voilà soulagé, dit-il avec un sourire.

Ils empruntèrent un chemin derrière les dépendances. Sydney tendit le bras.

— C'était la forge, et là-bas l'atelier du menuisier, dit-elle, montrant un petit bâtiment coquet, éclairé par une unique et haute fenêtre. C'est l'un des plus vieux édifices des Etats-Unis.

L'orgueil perçait dans sa voix.

Jordan était impressionné. Les communs comptaient suffisamment de bâtiments pour former comme un petit village.

— Voici où vivaient les domestiques sous contrat, poursuivit Sydney, désignant de la tête une construction d'un étage, bien entretenue.

— Sous contrat?

— Les émigrants signaient un contrat par lequel ils

s'engageaient à servir pendant sept ans pour payer leur voyage.

Jordan se dit qu'il avait dû apprendre cela à l'école primaire, mais il l'avait bel et bien oublié.

— Une autre forme d'esclavage, dit-il d'un ton songeur.

Sydney acquiesça.

— Au moins, nous n'utilisions pas de prisonniers comme d'autres le faisaient.

Jordan parut surpris.

— En effet, continua-t-elle, jusqu'à la guerre d'Indépendance, des milliers de prisonniers britanniques furent envoyés en Amérique pour travailler sur les plantations. (Elle montra l'extrémité du pré couvert de foin.) Les esclaves habitaient dans des cabanes tout au bout.

Comme ils traversaient le pré en direction des grands arbres qui offraient leur ombre, Jordan s'exclama :

— Nom de Dieu ! Ce moulin à vent est immense !

Sydney sourit.

— Il a été construit au début des années 1700, dit-elle fièrement. Il sert toujours.

— Pourquoi est-il si grand ?

— Pour être vu du continent. Au repos, ses ailes forment un X. Au XVIIIe siècle, la baie entière était infestée de pirates. De l'île, nous avions une vue dégagée sur sa partie méridionale et nous étions les premiers à apercevoir les vaisseaux étrangers faisant route vers le nord. On envoyait alors un domestique changer le X du moulin en croix, pour signaler l'arrivée de pirates.

Jordan sourit à Sydney.

— D'où tiens-tu tout cela ?

Elle haussa les épaules.

— D'anecdotes colportées depuis des années. De bribes d'histoires consignées dans la bible familiale. De vieilles coupures de journaux.

— De journaux?

— Certainement. Ils étaient très civilisés par ici.

Quelques dindes sauvages traversèrent le chemin et se dispersèrent dans les fourrés à leur approche.

Sydney et Jordan restèrent silencieux quelques minutes.

— Ta grand-mère, c'est quelqu'un.

Sydney acquiesça.

— En effet. Je suppose que tu te demandes pourquoi elle porte cette unique...

— *Unique* est le mot approprié.

Sydney éclata de rire, emplie d'une joie incontrôlable.

— Grand-Papa lui aurait dit qu'il était tombé amoureux d'elle dès l'instant où il l'a aperçue, vêtue de blanc, une rose d'un rose pâle à la main. Par la suite, il lui a envoyé des roses de cette couleur tous les samedis, et depuis le jour de leur mariage, elle ne porte que du blanc. Quant à ses fards qui lui donnent l'air d'un fantôme et à ses yeux noircis au khôl, j'en ignore la raison. Elle n'a jamais eu à rendre compte à personne de son apparence, et à présent nul ne la reconnaîtrait, habillée ou maquillée autrement. Grand-Papa a dû lui répéter chaque jour de leur vie commune qu'elle était belle.

— Elle l'est.

— Son père était sénateur de l'Etat de Virginie, et elle a rencontré Grand-Papa alors qu'il terminait l'université. A l'occasion d'un bal à Charlottesville, où elle vivait. Elle avait tout juste dix-sept ans.

Le chemin serpentait à présent parmi les cornouillers, les azalées, les rhododendrons. La saison de leur floraison était passée, mais le sol était parsemé de petites fleurs lavande et jaunes.

— Ça doit être la forêt de Martha, dit Jordan.

— La lisière seulement. C'est un peu plus loin, au bord de l'étang, qu'elle a accouché et qu'ils ont construit leur première maison. C'est là où j'ai appris à nager. J'ai passé l'été, à l'issue de mon année de première, à essayer d'apprivoiser les poissons pour les prendre dans ma main comme Thoreau, à Walden.

— Je ne suis pas allé aussi loin, dit Jordan avec un sourire, mais Thoreau est l'un de mes héros.

Une biche traversa d'un bond le chemin, devant eux. Sydney serra la bride à son cheval et Jordan fit de même, s'arrêtant à côté de sa compagne. Quelques secondes plus tard, suivant sa mère, un faon surgit, maladroit sur ses jambes grêles. C'était un spectacle qui ne manquait jamais d'émouvoir Sydney.

Les bois comptaient de nombreux bosquets de chênes, couverts de houx jusqu'au sommet de leurs branches, de caroubiers, de noyers blancs d'Amérique, qui exhalaient des odeurs de forêt primitive. Le soleil faisait des taches à travers les hautes frondaisons, envoyant des rayons de lumière dorée dans toute la forêt.

Jordan se pencha pour embrasser Sydney sur l'oreille. Leurs chevaux se touchèrent. La jeune fille tourna la tête et leurs lèvres se rencontrèrent.

— Mmm, soupira-t-elle.

— Je suis content que tu ne fasses pas la sainte nitouche. Il y a tellement de filles qui s'amusent à vous provoquer en attendant que vous leur couriez après. Tu es honnête. C'est l'une de tes plus charmantes qualités. Parmi beaucoup d'autres, ajouterai-je. Tes jambes sont également un de tes atouts.

Ses jambes étaient dissimulées sous des bottes noires et une culotte de cheval en serge bistre.

— Jordan Eliot, je suis sûre que tu n'as pas dû courir après beaucoup de filles dans ta vie. Qui chercherait à te fuir?

Il lui répondit par un simple sourire.

— Continuons. Je veux voir l'endroit où Martha a accouché.

Sydney mit son cheval au trot, se demandant si Jordan arriverait à la suivre. Elle jeta un coup d'œil par-dessus son épaule pour s'assurer qu'il ne tombait pas et constata qu'il se débrouillait fort bien.

Quelques minutes plus tard, les rayons du soleil renvoyés par la surface de l'étang filtraient à travers les arbres. Sydney arrêta son cheval et glissa de la selle.

— Cela paraît si facile, à te voir, remarqua-t-il.

— Tu veux un coup de main? demanda-t-elle, le regard moqueur.

Il sauta de la selle, avec moins de grâce que Sydney, bien que sans maladresse, et regarda l'étang devant eux. Tenant son cheval par la bride, il la précéda et marcha jusqu'à la berge, où il se tint immobile, à contempler l'onde et le cobalt du ciel réfléchi dans tout son éclat.

— Ce doit être l'endroit le plus paisible du monde, dit-il doucement.

Sydney s'assit, enroulant les rênes de son cheval autour de son poignet, puis pressa les genoux contre sa poitrine.

— Voici l'eau que Martha et Samuel buvaient, l'eau dont ils arrosaient leur jardin. Telle est l'image que je me fais de la pureté. C'est peut-être ce qu'Oberon représente pour moi. La pureté. Une retraite, loin de la folie du monde, un lieu immuable, empreint d'innocence. Aucun des vices du monde n'y est présent.

Jordan fit tourner son cheval, lui passa les rênes autour du cou, s'installa à côté de Sydney et lui prit la main.

— Un royaume de fées?

— Pas exactement. Grand-Maman dit que si nous vivons bien nos vies maintenant, l'avenir n'est pas à craindre. Il faut cultiver le présent pour que l'instant suivant ait du sens. Ainsi l'avenir est sous notre responsabilité et si nous ne menons pas une vie pure, le chaos s'ensuivra, que nous aurons nous-mêmes engendré.

Jordan médita les propos de Sydney.

— Voilà une philosophie qui me plaît, approuva-t-il au bout d'un moment. Si Oberon, considéré comme microcosme, est correctement entretenu, dans un souci de pureté, alors la pollution n'est pas à craindre. Veut-elle parler de l'environnement ou de l'âme ?

Sydney le regarda et sut avec certitude qu'elle aimerait cet homme toute sa vie.

— Peut-être les deux vont-ils de pair ?

— Alors il faut mettre fin à la cupidité, déclara Jordan.

Cinq minutes passèrent avant qu'il ne demandât :

— Ainsi, cette forêt couvre pratiquement toute l'île ?

— Oh, non ! A l'extrémité septentrionale de l'île s'étendent cinquante hectares de marécages où viennent hiberner les oiseaux. Certains, pour quelque raison inexplicable, y passent même l'été. Papa, et Grand-Papa avant lui, plantait toujours du maïs sur environ cinquante hectares autour des marécages, afin de nourrir les oiseaux. Il y a là-bas plus de canards et d'oies que tu ne pourrais en imaginer. Papa chasse tous les automnes, mais il va sur le continent. Il ne permettrait jamais que l'on chasse à Oberon. Durant des années, les clubs de chasseurs ont essayé de louer les marécages pour la saison de la chasse. Je ne comprends pas très bien comment papa peut interdire la chasse sur ses propres terres et la pratiquer ailleurs.

— Voilà qui est un mystère, en effet.

— Quand j'étais petite — oh, je devais avoir dans les onze ans — papa, un été, nous a appris à Evan et à moi à tirer. Nous sommes devenus si bons tireurs que, le jour de Thanksgiving, il nous a emmenés chasser le canard avec lui. Maman a piqué une crise. Elle craignait que nous ne tirions l'un sur l'autre ou qu'un autre chasseur ne nous prenne pour cible. Alors, papa nous a fait porter des casquettes rouges comme la sienne. J'étais surprise qu'il m'apprenne à tirer et m'emmène avec lui, car il a des idées assez étroites concernant l'éducation des filles. Comme beaucoup de femmes pratiquent le tir au pigeon, il a dû estimer que je pouvais l'accompagner.

Sydney se tut et Jordan attendit la suite. Elle lui paraissait avoir du mal à raconter cet épisode. Il se demanda si elle n'allait pas pleurer.

— Nous nous sommes levés à l'aube, vers les trois heures du matin, et nous nous sommes arrêtés à Saint Michaels pour prendre Walt, qui devait nous guider jusqu'au meilleur endroit, en amont de la rivière. Et, au détour d'un méandre, s'est offert le spectacle le plus merveilleux qu'il m'ait jamais été donné de voir. Il y avait là des milliers d'oiseaux aquatiques. De superbes oies canadiennes, d'une taille inimaginable. Et des canards... J'avais passé ici tous les étés à regarder ces oiseaux voler et je croyais les connaître. Mais ils étaient des milliers ! Ils cancanaient si fort qu'on ne pouvait entendre un autre chasseur tirer. Nous sommes entrés dans l'affût et nous n'avons pas eu longtemps à attendre. Ce fut l'expérience la plus traumatisante de ma vie. Ces magnifiques oiseaux ! Des colverts aux couleurs fantastiques, les mâles du moins — les femelles sont plus ternes —, et des harles. As-tu déjà vu des harles, huppés ou couronnés ?

Jordan ignorait jusqu'à l'existence de ces oiseaux.

— Je ne voulais pas les tuer — je voulais les peindre. Mais papa nous montrait ce qu'il fallait faire et Evan leur tirait dessus tandis qu'ils s'envolaient de la surface de l'eau, et papa me disait : « Allez, ma chérie, vise ! » Mais j'en étais incapable. Mon fusil était sur mes genoux. Papa me l'a mis entre les mains et m'a forcée à viser. Il voulait seulement m'encourager, je pense. Viser fut facile. Comme cet oiseau était beau ! Je voulais voler vers lui, faire partie de lui, mais papa ne cessait de me chuchoter d'appuyer sur la gâchette. Je l'ai eu du premier coup et je l'ai regardé dégringoler du ciel, tournoyant dans sa chute. Il est tombé dans les feuilles mortes, si mort qu'il ne pouvait plus apporter de beauté au monde. Et je me suis mise à pleurer. Papa était écœuré par mon comportement, mais Walt m'a ouvert ses bras et je m'y suis blottie. Il m'a tenue contre lui et laissée pleurer, me caressant les cheveux, murmurant : « Je comprends, mon chou. Vraiment, je comprends. »

Des larmes brillaient dans les yeux de Sydney, malgré les années écoulées, et Jordan l'attira contre lui, la tenant serrée, comme Walt avait dû le faire. Les chevaux, impatients, s'agitèrent derrière eux.

— Je n'ai jamais plus tenu un fusil. Je n'ai même pas pu manger de dinde le jour de Thanksgiving, cette année-là.

Elle leva les yeux sur Jordan pour voir s'il comprenait. Il la serra plus fort et lui embrassa les paupières, le nez, et posa sa bouche sur la sienne.

— Au cas où tu l'ignorerais, déclara-t-il, sache que je suis tombé amoureux de toi.

— Oh, Jordan! dit Sydney dans un murmure. Je crois que c'est arrivé la nuit même de notre rencontre. Ces choses-là arrivent-elles aussi vite?

En guise de réponse, il l'embrassa de nouveau. Puis il se releva et la tira d'une main.

— Viens. Montre-moi le reste de l'île. Montre-moi la maison que Martha et Samuel ont construite de leurs propres mains.

— Ses ruines, corrigea-t-elle.

Ils remontèrent à cheval et prirent un petit chemin à travers le bois. A quelque quinze mètres de l'étang, au milieu d'un bosquet de chênes, se dressaient les ruines de la première maison des Hamilton à Oberon. Des pierres grises d'une taille allant de quatre-vingt-dix centimètres à un mètre vingt délimitaient un espace de trois mètres de large sur quatre de long. Un bien petit espace pour loger une famille aussi longtemps.

— Ces vestiges ont deux cent soixante-sept ans, pour être exact.

— Je suis impressionné. En fait, je ne me sens pas à la hauteur.

— Ne te laisse pas décourager.

— Rien ni personne ne pourra me faire renoncer à toi.

Sydney rit.

— Je ne pense pas t'avoir donné beaucoup de mal. Tu n'as pas eu à me courir après.

Elle rapprocha son cheval du sien et lui tendit la main.

— Tu sais ce dont j'ai envie en cet instant ? De te jeter à terre, peut-être dans cette maison construite par tes ancêtres, et de te faire l'amour, follement, passionnément.

— C'est drôle, j'ai la même envie.

Jordan soupira.

— Seulement, ce n'est pas encore le moment.

— Non ?

La déception perçait dans cette seule syllabe.

— Quand le moment viendra, le ciel resplendira, Sydney.

— C'est une promesse ?

— C'est une promesse. L'aurore boréale sera bien pâle à côté.

En silence, ils regagnèrent l'étang, puis reprirent le chemin des écuries. Il y avait de la magie dans l'air.

6

Sydney traversa la piscine à larges brassées, puis fit la planche, laissant le soleil brûler sa peau claire, qui serait dorée au bout de deux semaines. Jamais elle ne s'était sentie aussi heureuse. Un nouvel été à Oberon. Jordan. Elle soupira de bonheur et rouvrit les yeux. Il était à côté d'elle.

— J'aime te regarder, dit-il. Tu es dans ton élément ici, n'est-ce pas ?

— Faisons la course jusqu'au bord.

— Non. J'ai décidé de ne pas courir cette semaine. Je savoure chaque minute, en espérant que cela durera toujours.

Ils se mirent à nager ensemble, avec de longs et lents mouvements, troublant à peine la surface de l'eau. Lorsqu'ils eurent pied, il lui prit la main et la fit se tourner pour l'embrasser. Ses seins se durcirent contre sa poitrine, tandis qu'il glissait une jambe entre les siennes. Puis il la souleva et la porta jusqu'au bord du bassin, où il l'étendit à l'ombre d'un arbre. Dans la chaleur de cette fin d'après-midi, pas une feuille ne bougeait.

Il la regarda dans les yeux puis fit glisser les minces bretelles de son haut de maillot de bain, découvrant sa poitrine. Sa bouche se posa sur son sein ferme. Elle gémit doucement. Il effleura de la main l'intérieur de ses cuisses.

— Je ne pense plus qu'à toi, murmura-t-il, sa langue contournant le mamelon, ses dents le mordillant.

Cambrant le dos, elle se redressa. Il la regarda, ses yeux rivés aux siens, puis écrasa de nouveau sa bouche sur la sienne avant de relever la tête en souriant.

Elle noua les bras autour de son cou et l'attira à elle pour l'embrasser encore, s'enivrer du goût de ses lèvres, de l'odeur de sa peau.

— Tu sais vraiment embrasser, dit-elle. Ce n'est pas comme la plupart des hommes.

— As-tu embrassé beaucoup d'hommes? demanda-t-il, la tête penchée, fronçant les sourcils.

Elle sourit.

— Suffisamment pour savoir que tu es incomparable. Je veux que tu me fasses l'amour.

— Je le sais bien. Mais je ne le ferai pas, du moins pas jusqu'au bout.

— Tu n'en as pas envie?

— Ne sois pas idiote. Regarde-moi. Tu vois bien que j'en ai envie. Mais c'est encore trop tôt.

— Alors quand?

— Pour l'amour du ciel! dit-il, se levant et retournant dans l'eau. Sydney, ton père me tuerait. Un serveur séduisant sa fille! Comprends bien cela : je ne suis pas de ton milieu, Sydney. Je le réalise maintenant, en étant ici. Oberon représente plus d'argent que je n'en ai jamais rêvé.

Elle eut un rire amer.

— Quelle ironie! Depuis que j'ai quatorze ans, les garçons essaient de coucher avec moi. Et le premier à qui je veux dire oui me dit non.

— Je t'ai fait l'amour la nuit où nous nous sommes connus. Je t'ai fait l'amour à Wellesley. Je rêve de te faire l'amour toutes les nuits et à peu près trente-deux fois par jour depuis notre rencontre. Mais j'ignorais tes origines.

— Oh, c'est trop fort! Je t'ai amené ici pour une semaine idyllique et voilà que cela te refroidit. Tu n'es pas obligé de m'épouser, tu sais. Me faire l'amour ne te lie pas à moi pour la vie.

Il tourna la tête vers elle.

— Tu as vingt et un ans... Nous faisons l'amour et je disparais dans le crépuscule, et tout est bien qui finit bien ?

— Non, fit-elle, la lèvre inférieure boudeuse.

— As-tu parlé de moi à tes parents ? Savent-ils que je suis ici avec toi cette semaine ? Que je suis entré dans ta vie ?

— Non, reconnut-elle.

Jordan revint s'asseoir à côté d'elle, lui prenant la main.

— Suis-je seulement entré dans ta vie ?

— Et comment ! s'exclama-t-elle en lui souriant. Maintenant réponds-moi. As-tu écrit à tes parents à mon sujet ?

Il lui rendit son sourire.

— Non.

— Veux-tu la permission de mes parents pour me faire l'amour ?

— Peut-être suis-je un peu troublé. Je m'attendais à une simple maison au bord de la mer, pas à une île entière avec un manoir.

— Donc, en d'autres termes, je dois attendre qu'un homme aussi fortuné et influent que ma famille me demande en mariage ? Si je trouve cet homme la semaine prochaine, reviendras-tu pour me faire l'amour ?

— Tu es impossible ! dit Jordan, effleurant ses lèvres des siennes. Tu ne peux pas comprendre.

— Ta première leçon de voile consistera à prendre conscience du vent ; il est d'une importance capitale de pouvoir en établir la direction et la vitesse.

— Prendre conscience du vent ? Comment ?

— En le sentant, dit Sydney. Si tu te concentres, tu pourras le sentir. Tu peux aussi observer les rides à la surface de l'eau. Elles forment un angle de quatre-vingt-dix degrés avec le vent.

Jordan regardait Sydney manœuvrer avec adresse le petit voilier.

— C'est aussi facile de lancer le bateau d'ici, loin du quai, que si nous étions sur la plage. Regarde, je mets la barre sous le vent.

— Sous le vent?

— Oui, enfin, face au vent.

Il hocha la tête.

— A présent, nous allons hisser les voiles. Il vaut mieux envoyer la grand-voile en dernier de façon que le balancement de la bôme ne freine pas l'avancée du voilier. Monte donc la drisse du foc.

— La quoi?

— Ces cordes-là. Elles servent à hisser les voiles. Voilà, parfait. Tire fort et fixe-la bien au taquet.

Jordan se demanda comment Sydney pouvait faire autant de choses à la fois, alors qu'il arrivait tout juste à se concentrer sur la tâche qu'elle lui avait donnée.

Au bout de quelques minutes, Jordan fit remarquer :

— C'est un sentiment exaltant de couper les liens avec la terre, si l'on peut parler ainsi.

Sydney lui adressa un sourire.

— Pour ta première course, je t'épargnerai les termes techniques. Détends-toi et apprécie. C'est un jour idéal pour faire de la voile. Nous allons attraper un coup de soleil, mais tu pourras découvrir la splendeur de cette partie du monde.

— Pouvons-nous nager?

— Non. Les méduses pullulent en cette période de l'année.

Jordan s'étendit sur le pont, les mains en oreiller sous la tête et regarda Sydney s'affairer. Six semaines auparavant, il n'aurait pu s'imaginer faisant de la voile dans la baie de Chesapeake, en compagnie d'une femme avec laquelle il rêvait de passer le reste de son existence.

— Qu'est-ce qui fait qu'une personne tombe amoureuse d'une autre ? demanda-t-il, s'interrogeant tout haut.

Sydney écarta les cheveux de ses yeux.

— Le sexe ? répondit-elle sans le regarder.

— Non. C'est probablement un facteur, mais... tu sais quoi ? Nous venons de mondes si différents, et pourtant, lorsque je suis avec toi, j'ai le sentiment d'être chez moi. Pas là où j'ai grandi, mais là où je me sens comblé.

Sydney le regarda et effleura son bras d'un orteil, ses mains étant posées sur la barre.

— Eh bien, Jordan, c'est agréable à entendre. Je te fais donc cet effet-là ?

— Entre autres choses.

— Plus tard, je te montrerai quelques-unes de ces autres choses.

— Promesses, promesses, dit-il, embrassant son orteil.

— Je vous apprécie, Jordan Eliot, dit Grand-Maman, mais mon opinion n'a probablement pas d'importance.

— Bien sûr qu'elle en a ! protesta Sydney.

Après un jambon au four, plat typique de Virginie, ils dégustaient une tarte aux myrtilles, accompagnée de café.

— Elle ne devrait pas, répondit sa grand-mère. Si vous vous aimez vraiment, ce que pensent les uns et les autres ne doit pas compter.

— Je n'ai jamais connu ma grand-mère, dit Jordan, et si cela était possible, je vous demanderais de m'adopter.

— Il y a peut-être d'autres manières d'arriver au même résultat, dit-elle en se levant. C'est l'heure d'aller me coucher. Je me réserve toujours un peu de temps pour lire. Je ne peux m'endormir sans un livre dans les mains. C'est ainsi depuis la mort de ton grand-père...

Jordan se leva et l'embrassa sur la joue.

— Vous avez la tête sur les épaules, dit la vieille dame. Et vous avez un sens de l'humour dont manquent les hommes de ma famille, à l'exception de feu mon mari.

J'estime que c'est la qualité la plus importante. J'ai pris du plaisir à rire en votre compagnie cette semaine. J'espère bien vous revoir. Je ne serai peut-être pas levée quand vous partirez demain matin. Mais revenez. Même si elle ne veut pas de vous. Venez me rendre visite. Je ne suis pas trop vieille pour apprécier un beau jeune homme, aux manières aussi agréables de surcroît.

Il était 3 heures du matin passées quand Jordan et Sydney allèrent se coucher. Ils restèrent assis sur le quai jusqu'à plus de minuit, se tenant les mains, s'embrassant, regardant les lumières sur l'eau. Ils parlèrent de tout ce qu'ils pensaient ne pas avoir abordé. Dieu. La musique. Ils découvrirent, ravis, que l'opéra et les ballets les faisaient bâiller tous les deux, mais qu'ils aimaient la comédie musicale et trouvaient Marlon Brando l'acteur le plus dynamique du nouveau cinéma américain. Sydney était plus attirée par la peinture et les musées que Jordan, qui n'avait aucune connaissance en la matière. Elle lui promit de l'emmener au Metropolitan et au musée d'Art moderne.

Ils laissèrent de côté leurs divergences : la politique, par exemple. Peu importaient leurs différences. C'était ce qu'ils partageaient qui les unissait. Et tout les unissait, sauf l'acte ultime auquel pourtant, l'un comme l'autre, ils aspiraient.

Ils décidèrent de prendre un bain de minuit dans la piscine, et Sydney chercha à provoquer Jordan :

— Je ne vais pas monter dans ma chambre prendre mon maillot, ainsi tu pourras juger si tu aimes ou non mon corps.

Debout au bord de la piscine éclairée, elle se dévêtit, en essayant de paraître naturelle, espérant que Jordan aimerait ce qu'il verrait. C'était la première fois qu'elle tentait de séduire un homme.

Elle n'y parvint pas. Ils se caressèrent cependant,

s'étreignirent sous l'eau, il lui embrassa les seins, tandis qu'elle enroulait ses jambes autour de sa taille.

— Je suis folle de désir, espèce de démon !

Ils firent tout sauf...

Après l'avoir conduit au bus d'Easton, Sydney le regarda disparaître dans le brouillard matinal. Sur le chemin du retour, elle réalisa que sa vie avait pris une toute nouvelle direction.

Bien qu'elle ne l'eût jamais vu jouer, elle savait en toute certitude qu'il allait réussir. Laissant son imagination galoper, elle se demanda ce que ce serait d'être Mrs. Jordan Eliot.

L'été s'installa dans la routine. Oberon était le seul endroit où Sydney tolérait cela. Peut-être parce que, en dehors du dîner, le train-train quotidien y reposait précisément sur l'absence de routine. Le dîner était toujours à 7 h 30, et il aurait fallu un tremblement de terre pour changer cela.

Le petit déjeuner aurait suffi à nourrir une armée. Quelle que fût l'heure à laquelle chacun se levait, 6 heures ou 10 heures du matin, il était servi chaud, sur la longue desserte de la salle à manger qui pouvait facilement accueillir trente personnes. Gruau de maïs, croquettes de pommes de terre, œufs brouillés à la ciboulette, oignons frits, biscuits, confiture de fraises maison et framboises au sirop. Le dimanche, des petits pains à la cannelle et des crêpes aux pommes façon allemande s'ajoutaient au buffet. Les restes allaient toujours à Brandy et Sherry, les deux retrievers blanc et noir qui vivaient à Oberon depuis que Sydney avait onze ans. Oliver les avait dressés et, malgré la rareté de ses visites, les deux chiens lui faisaient toujours fête à son arrivée.

Cet été-là, elle passa encore plus de temps que d'habitude avec Grand-Maman. Sa grand-mère était une des grandes dames de la société new-yorkaise, mais les mondanités ne l'avaient jamais intéressée. Elle préférait signer un chèque pour les bonnes œuvres plutôt que d'assister à l'un de ces bals organisés par les associations caritatives. Son mari lui avait toujours dit : « Tu n'as à impressionner personne. Nous possédions des terres dans ce pays avant même qu'il n'en fût un. Et bon sang ! je t'ai épousée parce que tu n'aimais pas les réceptions. »

Il ne plaisantait qu'à moitié. Quiconque les connaissait savait que Grand-Maman et Grand-Papa avaient fait un mariage d'amour qui avait duré toute leur vie. N'osant parler sexualité avec ses parents, Sydney se souvenait, à dix-huit ans, d'être allée trouver sa grand-mère — qui avait alors quoi ? soixante-huit ans — pour lui demander :

— A quel âge perd-on intérêt pour le sexe ?

Après lui avoir jeté un regard perçant, Grand-Maman avait rétorqué avec un sourire malin :

— Je te le ferai savoir.

Sydney avait trouvé cette réponse merveilleuse.

Grand-Maman passait ses étés à Oberon, à lire dans la véranda, assise dans un rocking-chair plus vieux qu'elle. Quand elle n'était pas plongée dans son livre, elle contemplait l'eau miroitante. Elle aimait les tempêtes. Elle montait dans l'observatoire et regardait les vagues s'écraser contre le quai et les arbres se plier sous le vent, sentant son estomac se nouer quand, surpris par le mauvais temps, les bateaux étaient ballottés par les vagues.

Ce jour-là, Sydney et sa grand-mère discutaient sous la véranda de derrière, qui donnait sur la piscine.

— Je suis ravie que tu aies l'intention de poursuivre un troisième cycle à l'université. Tu as toujours des idées que ta mère et moi n'avons jamais eu le courage d'avoir.

— Je trouve que toi et maman avez eu une vie merveilleuse. N'as-tu pas été heureuse ?

— Aussi heureuse que toute femme de ma génération pouvait l'être, je suppose. Mais j'ai passé ma vie, tout comme ta mère, assise dans un rocking-chair, au sens propre aussi bien que figuré, dans un état contemplatif. Ton grand-père et moi avons eu un mariage heureux parce que j'acquiesçais à tout ce qu'il voulait. Oh, oui! j'ai été heureuse. Mais être heureux n'est pas se réaliser.

Sydney s'assit au bord de la piscine et, après avoir enlevé ses sandales, plongea les jambes dans l'eau, appuyée sur ses coudes.

— Mon plus grand bonheur, à part mes enfants, a été de m'occuper de cette maison. Il n'y a pas de quoi se vanter.

— Comment peux-tu parler ainsi? C'est la plus belle maison du monde, grâce à toi. Et puis, toi et Grand-Papa avez voyagé dans le monde entier...

— Sydney, j'ai suivi. Mais je n'ai pas fait grand-chose par moi-même. Ton grand-père aurait eu une attaque si ç'avait été le cas.

Sydney jeta par-dessus son épaule un regard à sa grand-mère.

— Je désire vivre encore un peu, continua la vieille damc, pour voir ce que tu vas faire de ta vie.

— Eh bien, j'imagine que je ferai la même chose que toi et maman.

Grand-Maman balaya l'air de la main comme pour écarter cette idée.

— Peut-être feras-tu comme nous, mais tu iras plus loin. Le monde change pour les femmes. Cela a commencé avec la guerre. Les ouvrières d'alors n'ont pas été très heureuses de retourner à leurs casseroles, de ne plus gagner leur propre argent ou prendre leurs propres décisions. Tu verras. Dans un avenir très proche, les femmes commenceront à vivre différemment. Et cela va ébranler les hommes. Poursuis tes études, ma chérie. Fais quelque chose avec ta tête et ton instruction.

— Es-tu en train de me conseiller de ne pas me marier?

— Pas du tout, mais entreprends des choses que ta mère et moi n'avons pas eu le cran d'entreprendre.

— Mais je veux un mari et des enfants.

— C'est très bien. Mais tu auras davantage, et je veux être là pour le voir. Ta mère et moi avons toutes les deux obtenu des diplômes universitaires, et qu'en avons-nous fait? Mais toi, tu poursuivras un troisième cycle.

— Grand-Maman, dit Sydney, se relevant, je suis navrée de te décevoir, mais je suis amoureuse.

— Je sais, dit Grand-Maman après un moment de silence.

— Je suis follement amoureuse.

La vieille dame poussa un soupir.

— Je suis certaine qu'il a les mêmes sentiments à ton égard. Il ne te quittait pas des yeux.

Sydney se retourna vers sa grand-mère et la vit sourire.

— Eh bien, au moins il est différent de la famille et c'est bien agréable. Mais dis-moi, es-tu pour autant obligée de te marier tout de suite et d'abandonner tes études?

— Je ne le connais que depuis un mois. Il ne pense peut-être même pas au mariage. Il n'a pas un sou.

— Ton père en sera fou furieux. (Sydney acquiesça d'un signe de tête et se laissa glisser dans la piscine.) Le fait qu'il soit pauvre a un certain charme. Au moins, il est cultivé. Et il est du Middle West. Je l'aime bien. Je le trouve même délicieux. Rafraîchissant après tous ces jeunes hommes que j'ai vus défiler dans l'appartement pendant toutes ces années. Je ne te reproche pas d'être amoureuse de Jordan Eliot. J'espère seulement que tu vas poursuivre tes études. Les femmes auront besoin de plus d'instruction pour obtenir des postes intéressants...

— Si je l'épouse, il sera probablement le premier à m'encourager dans ce sens. Tu sais, il n'avait jamais entendu parler de nous. Te voilà obligée d'admettre que tout le monde ne nous connaît pas, Dieu merci. Ce n'est pas comme les Vanderbilt ou les Rockefeller. Bien sûr ils sont beaucoup plus riches et cherchent à épater.

— Ils ont dû prouver qui ils étaient, contrairement à nous.

— Nous ? Grand-Maman, tu n'étais pas une Hamilton.

Grand-Maman secoua la tête. Ses yeux sombres souriaient.

— Et j'ignorais l'existence des Hamilton jusqu'à ce que je tombe amoureuse de ton grand-père. Grover Cleveland était président pour la seconde fois et le père de Grand-Papa avait organisé une réception en son honneur, à laquelle nous avions été invités. Comme tu le sais, mon père était sénateur de Virginie. Nous avons fait la traversée par un magnifique après-midi de juin. Debout sur le quai, sous un drapeau agité par le vent, se tenait ton grand-père. Nous n'avions pas encore mis pied à terre que mon cœur déjà battait plus vite. Je n'avais pas la moindre idée, lorsque je l'avais rencontré l'hiver précédent, qu'il avait tout cet argent. Il n'avait pas l'allure qui seyait au fils du propriétaire d'un tel endroit. Son pantalon et sa veste étaient froissés, comme toujours. Les vêtements n'ont jamais été la priorité de George.

Sydney se souvenait que son grand-père avait toujours l'air de sortir du lit.

— Il se tenait là, la brise soufflant dans ses cheveux, avec sa moustache adorable... et pendant plus de cinquante ans je n'ai jamais su de quoi il avait l'air sans elle. Puis il m'a pris la main pour m'aider à sortir du bateau et m'a fixée de ses yeux couleur de mer et souri... Nous sommes restés immobiles à nous regarder comme si le reste du monde avait cessé d'exister. Mais je ne savais pas qui étaient les Hamilton et je m'en fichais pas mal. Je crois que le premier qui s'en soit soucié est ton père. Mais plus que l'argent et le statut social, c'est le pouvoir et l'influence qui lui importent. C'est pourquoi il a acheté ce journal. Il veut convertir le monde à ses idées.

— Il est celui qui a cessé d'inviter les présidents à Oberon, n'est-ce pas ?

Grand-Maman secoua la tête.

— Eh bien, nous n'avons pas la réputation d'être égalitaristes, Sydney. Il pensait, et à juste raison, que Roosevelt nous conduirait au désastre économique.

— Grand-Maman, il me semble, au contraire, qu'il nous a sortis du chaos, sortis de la Dépression.

— Seulement parce que la guerre est survenue. Il croyait que le gouvernement devait aider les gens, plutôt que de les laisser s'aider eux-mêmes. En fait, ce n'est ni l'un ni l'autre.

C'est par cette phrase que Grand-Maman concluait toujours une discussion politique.

— Tu as peut-être raison, acquiesça Sydney. Jordan estime que la politique est une affaire de morale.

Grand-Maman réfléchit un instant et sourit.

— Je croyais que la morale, c'était d'avoir envie de coucher avec quelqu'un et de ne pas le faire.

— Peut-être est-ce là de la politique, dit Sydney avec tristesse.

7

Le gris acier du ciel reflétait l'humeur de Sydney.

Comme elle traversait le campus, qui n'avait ni la sérénité ni la beauté de celui de Wellesley, elle se demanda ce qu'elle faisait là, à Philadelphie.

Ses études ne l'intéressaient pas. Et pourtant, elle avait toujours aimé apprendre ; elle avait toujours rêvé d'être quelqu'un, d'accomplir quelque chose. Toutes ses pensées revenaient à Jordan, à cent soixante kilomètres d'elle.

Elle jeta un coup d'œil à sa montre, tandis qu'un paquet de cigarettes vide volait à ses pieds. Quelle ville sale ! 11 h 10. Si Jordan, la veille au soir, était sorti avec Monday, il devait encore dormir. A moins qu'il ne fût à un casting.

Comme elle marchait d'un bon pas pour se réchauffer, une écharpe nouée autour du cou, serrant autour d'elle son manteau en poil de chameau, elle se dit que Jordan, un jour ou l'autre, percerait. Elle espérait que ce serait bientôt. En tout cas, il deviendrait célèbre. Elle ne l'avait jamais vu jouer, mais elle savait qu'il serait merveilleux.

Il avait peur de vivre dans un monde de rêves, mais Sydney était convaincue qu'un jour son nom serait écrit en lettres lumineuses au-dessus de celui de la pièce. Peu importait laquelle, le public se déplacerait avant tout pour voir Jordan.

Et s'il devait renoncer à ses ambitions pour subvenir non seulement à ses propres besoins mais à ceux d'une famille? Voudrait-elle encore de lui, voudrait-elle encore être Mrs. Jordan Eliot?

Il se donnait une année et demie pour réussir. Elle aurait sa maîtrise alors et pourrait trouver un travail pour les nourrir. Ils se marieraient, et ensuite?

Ses parents en seraient malades. Même s'il ne réussissait pas et décidait, par exemple, de devenir banquier. Banquier après des études de théâtre? Professeur? Oh, Dieu! Son père n'accepterait jamais de la voir épouser un professeur. Combien gagnait un professeur? Une misère.

Mais pourrait-elle vivre dans une petite maison sans bonne, à faire la vaisselle tous les soirs, à laver des couches en se demandant s'ils avaient assez d'argent pour aller au cinéma?

Elle tira la lourde porte et entra dans l'amphithéâtre bien chauffé. Si la plupart de ses cours étaient des travaux pratiques, celui-ci était un cours magistral. Elle s'en réjouissait. Elle ne serait pas ainsi obligée de participer et pourrait poursuivre ses rêveries.

Ne pourrait-elle trouver amusant de vivre pendant un temps comme tout le monde? Comme elle le faisait actuellement dans le petit appartement qu'elle occupait. Non, papa, pas de bonne, merci. Juste un petit deux-pièces près du campus. Laisse-moi me débrouiller toute seule.

C'était pour elle un jeu, comme lorsque, enfant, elle jouait à la ménagère. Elle s'était acheté un livre de cuisine, ce que, dans son souvenir, aucune femme de sa famille n'avait encore fait. Il lui était agréable de décider ce qu'elle mangerait chaque soir. Elle prenait plaisir à faire ses courses à la petite épicerie italienne du coin. Jamais elle n'était entrée dans une épicerie auparavant.

Mais elle n'aimait guère faire le ménage. Ni dégivrer le réfrigérateur, tâche à laquelle elle avait dû se livrer la semaine précédente...

Elle avait meublé son appartement sans le conseil de personne, ce qui la remplissait de fierté. Elle aurait bien invité à dîner quelques étudiants avec qui elle avait des affinités, mais une fois chez elle, elle n'avait qu'une envie : rester assise et penser à Jordan.

En retard, Sydney dut s'asseoir au premier rang de l'amphithéâtre plein à craquer. Le professeur avait commencé son cours, mais elle entendait à peine sa voix.

Grand-Maman lui avait dit : « Couche avec lui avant de l'épouser. » Son argument était que le sexe constituait un élément important de la vie conjugale et que si ce n'était pas bien avant le mariage, les choses ne risquaient pas de s'améliorer après. Non qu'elle eût elle-même rencontré ce problème, avait ajouté sa grand-mère en souriant. Grand-Papa et elle s'étaient toujours bien entendus sur ce point. Mais elle avait cru comprendre que... en fait, elle ne pouvait imaginer son fils en amant passionné. Elle se demandait souvent si Silvic... bref, cela ne la regardait pas.

Sydney s'interrogeait : si elle avait couché avec Jordan, penserait-elle autant à lui ? Son désir n'en serait-il pas atténué ? Elle se demandait si elle aimerait son corps. Avait-il déjà de l'expérience en amour ? Et dans ce cas soutiendrait-elle la comparaison avec les femmes qu'il avait eues avant ? Serait-il patient ? Oh, Seigneur !

Abaissant les yeux sur son cahier, elle s'aperçut qu'elle avait griffonné « Jordan, Jordan... » sur toute la page.

Peut-être devait-elle abandonner ses études et rentrer à New York où elle pourrait le voir tous les jours. Dieu merci, les vacances de Noël étaient dans deux semaines et demie. Jordan était venu la voir trois semaines auparavant, lors d'un congé, mais elle sentait qu'elle mourrait si elle ne passait pas bientôt plus de temps avec lui. Ils avaient visité la Liberty Bell[1] et avaient fait une excursion en voiture jusqu'à Valley Forge, s'enivrant de baisers.

Non, il ne rentrerait pas à Elk Park pour Noël. Il y avait à cette période de l'année beaucoup de travail chez *Giorgio*. Monday et lui projetaient d'organiser une fête à ce moment-là. Il aimerait lui présenter quelques-uns de ses amis.

— Evan et oncle Billy seront de retour pour Noël, lui avait-elle dit. Veux-tu te joindre à nous ? Ils seront fous de toi, j'en suis sûre. Et j'ai tellement envie que tu les rencontres. Nous passons la matinée à ouvrir les cadeaux en poussant des oh ! et des ah ! Promets-moi de venir passer Noël avec nous.

— Ne préfères-tu pas t'assurer d'abord que tes parents seront d'accord ?

Elle se mit à rire.

— Si je t'aime, ils seront heureux de t'avoir. Dis-moi que tu viendras.

Elle avait pourtant remarqué le manque d'enthousiasme de ses parents lorsqu'un soir, à la fin de l'été, elle avait amené Jordan dîner à la maison. Elle avait attendu le retour de Grand-Maman à New York de façon à avoir une alliée.

Après le départ de Jordan, son père, d'un ton désapprobateur, avait déclaré entre ses lèvres minces :

— Elk Park ? Dans le Middle West ?

— Son père possède une quincaillerie ? avait ajouté Silvie avec un sourire crispé. Comme c'est charmant !

Ni l'un ni l'autre n'avaient probablement jamais mis les pieds dans une quincaillerie ni dans une ville comme Elk Park.

Mais il allait épouser Sydney. Seigneur ! Jamais de toute son existence il n'avait voulu quelqu'un avec une telle

---

1. Cloche historique conservée à Philadelphie et symbolisant la liberté.

force. Il la voulait dans ses bras, il la voulait dans son lit. Il voulait la regarder se réveiller, il voulait lui embrasser les seins, il voulait... Il la voulait tout à lui.

Mais pouvait-il lui demander de venir vivre dans un appartement sans eau chaude comme celui de Bleecker Street? Lui demander de se comporter comme n'importe quelle autre jeune femme, d'être une épouse et de tenir la maison? Elle n'avait probablement jamais fait un lit de sa vie. Et zut! Pourquoi fallait-il qu'elle appartînt à une famille qui avait de l'argent, et autant?

Enfin, peut-être que l'un des castings auxquels il avait été convoqué la semaine dernière aboutirait à un rôle.

A midi, le lendemain, le 28 novembre 1949, Sydney rentra chez elle pour entendre le téléphone sonner.

L'excitation perçait dans la voix de Jordan :

— J'attrape le train de 2 heures. J'arriverai à temps pour faire honneur à ta cuisine.

— A ma cuisine? Tu dois mourir de faim.

— Les spaghettis que nous avons mangés il y a quelques semaines étaient excellents. Ils ne sont pas meilleurs chez *Giorgio*.

Il lui fallait se précipiter pour faire des courses, acheter une bouteille de chianti, un pain italien, du parmesan, des tomates romaines, des oignons et de l'ail, puis laisser mijoter la sauce un long moment. Tant pis, elle raterait son cours de 4 heures!

Sydney passa l'après-midi à cuisiner, à prendre un bain agrémenté d'une pincée de sels de bain au lilas et à essayer robe après robe pour choisir finalement un pantalon de flanelle grise et un pull-over en cachemire blanc. Elle se brossa longuement les cheveux pour les rendre brillants. Son maquillage se limitait généralement à du rouge à lèvres, mais, pour Jordan, elle ajouta un peu de fard à joues.

Il apparut à la porte avec un petit bouquet de violettes

et une bouteille de champagne, le visage éclairé d'un sourire, les cheveux bouclant sur le front. Elle le regarda : ses yeux saphir illuminaient la pièce, et son cœur. Il était vêtu d'un pull-over bleu tricoté à la main et tenait sur le bras son manteau, dont il ôtait les flocons de neige.

Il entra, jeta son manteau sur une chaise et offrit les violettes à Sydney, ainsi que la bouteille de champagne, avant de se pencher pour l'embrasser.

— Tu sens bon, murmura-t-il dans ses cheveux.

— Tu embrasses toujours aussi bien, dit-elle, prenant les violettes. Quelle joie de te voir! Tu ne m'as pas habituée aux visites impromptues en plein milieu de semaine.

— Une raison particulière m'amène, dit-il, s'écartant d'elle.

— Peu importe la raison puisque tu es là.

— Elle ne te laissera pas indifférente, mais ouvrons d'abord le champagne.

— Je te laisse faire. Je vais chercher des verres.

Elle se rendit à la cuisine et entendit sauter le bouchon tandis qu'elle prenait deux verres à vin. Ses parents avaient des flûtes. Jamais ils n'auraient servi le champagne dans des verres à vin. Une bonne odeur de sauce tomate flottait dans la petite pièce.

Elle tendit les verres à Jordan qui les remplit. Puis, posant un genou au sol, il leva son verre et déclara avec un grand sourire :

— Ma bien-aimée, je suis venu te demander de m'épouser.

— Jordan! Tu as un rôle!

Son sourire s'élargit, inondant son visage.

— Allez, c'est oui ou c'est non? Vas-tu me rendre encore plus fou que tu ne l'as déjà fait?

Elle s'assit sur le plancher, face à lui.

— Raconte-moi. Dans le moindre détail.

Il l'embrassa et, ce faisant, renversa du champagne.

— Hé, bois-donc. Il t'a coûté assez cher!

— La première a lieu à New Haven dans six semaines. La vedette, tiens-toi bien, sera Leonard Matisse, et je jouerai le rôle de son fils.

— Ça alors! s'exclama Sydney, la gorge serrée par l'émotion. C'est un rôle important.

Jordan rayonnait de fierté.

— Matisse m'a choisi lui-même. C'est une pièce merveilleuse.

— Je vais t'épouser. Bien sûr que je vais t'épouser. Je t'épouserais même si tu n'avais pas de rôle.

— J'ai pensé que nous pourrions prévoir cela pour juin, à la fin de ton année universitaire. Jusqu'à la première, je garde mon emploi chez *Giorgio*. Je peux continuer à travailler de 6 heures du soir à la fermeture. D'ailleurs, je gagne plus comme serveur que ce qu'on me propose pour la pièce. Mais je suis sur la bonne voie, ma chérie. Nous sommes sur la bonne voie.

Il se leva, posant son verre sur la table, et l'attira à lui.

— Je veux que tu m'accompagnes dans cette aventure. J'ai besoin de t'avoir à mes côtés, dans ma vie. Je veux tout partager avec toi.

— Oh, Jordan, c'est merveilleux!

— Je sais. J'ai eu la réponse à 11 heures. Je t'ai aussitôt téléphoné et je me suis précipité à la maison pour faire part à Monday de la nouvelle. Bon sang, Sydney! j'ai du mal à mettre de l'ordre dans mes pensées.

Sydney se réjouissait de son bonheur. Mais soudain il cessa de sourire.

— Tes parents vont-ils consentir à ce mariage?

— Jordan, je suis si heureuse. Je suis sûre qu'ils le seront aussi. Certes, papa me voit mariée à un homme riche, issu d'une vieille famille new-yorkaise. Mais il s'en remettra. Quant à maman, nous verrons bien quelle sera sa réaction. Quoi qu'il en soit, j'ai la ferme intention de t'épouser et de passer ma vie avec toi.

Il la prit dans ses bras.

— Je ne sais pas si je pourrai attendre jusqu'à juin.

— Tu sais ce que Grand-Maman m'a dit?

Il haussa un sourcil.

— Que t'a-t-elle dit?

— Que je devrais coucher avec toi avant de t'épouser.

— Elle a dit ça?

— Je lui ai raconté que j'avais essayé de te séduire, mais que tu n'avais pas voulu. Puisque nous allons nous marier, quelle différence peut faire un petit bout de papier?

Il éclata de rire.

— Nourris-moi d'abord. Je n'ai rien mangé de la journée. Et nous pourrons peut-être ensuite discuter de la chose.

Seule la lumière fuchsia d'un néon clignotant dans la rue éclairait la pièce obscure. Jordan se tenait sur le seuil de la porte, un bras appuyé contre le chambranle.

— Je ne comprends pas ton embarras. Tu as le plus beau corps du monde.

Timidement, Sydney tourna la tête vers lui, ses vêtements jonchant le sol autour d'elle. Elle avait voulu éteindre la lumière, tandis que lui voulait la voir se déshabiller. Ils avaient abouti à ce compromis.

Toujours dans l'embrasure de la porte, il commença à se dévêtir. Sydney n'avait jamais vu d'homme nu auparavant. Si, bien sûr, Evan, quand ils étaient enfants. Mais il n'avait pas encore dix ans. A présent, ils se faisaient face à travers la pièce.

Jordan avança lentement jusqu'à Sydney et posa ses mains en coupe sur ses seins.

— Comme c'est bon! murmura-t-elle.

Il l'attira à lui et sa bouche rencontra ses lèvres. Sa langue se mêla à la sienne, se lançant dans une douce exploration, tandis que sa main gauche descendait le long de son dos.

Puis il la souleva et la porta sur le lit. La lumière vacillante venant de l'extérieur dansait sur son corps. Jordan s'allongea à côté d'elle, et, appuyé sur les coudes, commença à la caresser.

— Dieu, que tu es douce ! s'exclama-t-il.

Il se pencha pour lui embrasser les seins.

— C'est la première fois que je fais ça, chuchota-t-elle.

— Je sais, dit-il, tout en glissant la main entre ses cuisses.

Sydney gémit.

Il vint se placer sur elle et lui écarta les jambes. Plusieurs néons répandaient maintenant leurs lueurs clignotantes dans la pièce, mêlant fuchsia, vert Chartreuse et bleu opalin.

— Ce n'est peut-être pas l'aurore boréale, mais cela fera l'affaire pour l'instant.

— Et pour longtemps, murmura Sydney.

Et tandis qu'il entrait en elle, elle se dit que rien ne pourrait la combler davantage.

8

— Papa, te rends-tu compte de ce que tu es en train de dire ? s'insurgea Sydney sous le regard perçant de son père. Tu es en train de dire que la seule raison pour laquelle un homme puisse m'aimer est ton argent. Papa, regarde-moi. Je ne suis pas laide !

Elle semblait proche des larmes.

Oliver alla vers sa fille et posa les mains sur ses épaules.

— Ma chérie, je n'ai jamais dit ça. Mais tu n'aurais aucun doute si tu épousais quelqu'un de notre monde.

— De notre monde ! Papa, pour l'amour du ciel, nous sommes en Amérique.

Oliver secoua la tête et retourna s'asseoir sur son canapé en cuir favori, devant la cheminée de son cabinet de travail.

— Un acteur ! Sydney. Mon Dieu ! Un acteur est si peu fiable, si peu réaliste. Il ne pourra jamais te procurer le style...

— Le style de vie auquel j'ai été habituée ? Papa, tu me crois donc dénuée de force morale ? Je n'ai pas besoin d'argent pour être heureuse.

Oliver l'interrompit d'un rire narquois.

— Ça aide.

— Peut-être. Mais regarde ces millions d'Américains, ces millions de gens dans le monde qui vivent avec infiniment moins d'argent que nous. Je suis prête à essayer, papa.

— Sydney, assieds-toi une minute. Essaie de te calmer et discutons rationnellement.

Le cœur de Sydney battait si vite qu'elle pensait ne jamais pouvoir se calmer.

— Il y a une chance sur cent — non, une sur mille — que ce jeune homme réussisse à gagner assez d'argent comme acteur pour nourrir une famille. Un jour, à moins qu'il n'attende que tu subviennes à ses besoins, il devra faire face à la réalité et se mettre à gagner sa vie. Et comment? En retournant en Indiana travailler dans la quincaillerie de son père? Pourrais-tu supporter cela, ma chérie? Pourrais-tu supporter de vivre dans une petite ville au fin fond de l'Amérique?

L'idée n'était pas pour plaire à Sydney. Comme beaucoup de New-Yorkais, elle pensait qu'au-delà d'un rayon de quarante kilomètres, c'était la cambrousse, l'inculture, et que la vie sociale se limitait au base-ball, aux pique-niques et aux commérages. Comment se passer de musées, de théâtre, de ces dîners mondains dont raffolaient les New-Yorkais, de ces conversations enrichissantes ayant trait à la politique, aux problèmes du monde, à l'économie?

Non, Sydney ne pouvait s'imaginer vivant dans une petite ville, surtout dans une ville telle que celle que lui avait décrite Jordan.

— Il ne souhaite pas retourner en Indiana, papa. Ecoute, c'est un garçon cultivé. Il a une licence avec mention.

— Une licence de quoi? D'anglais? Comment diable pourrait-il gagner sa vie avec ce genre de diplôme?

— Tu embauches bien en permanence des gens licenciés en anglais!

Oliver en convint.

— Et aucun d'entre eux ne pourrait subvenir à tes besoins.

Sydney secoua la tête comme si son père était un cas désespéré.

— Papa, pourquoi les pères semblent-ils toujours vouloir que leurs filles fassent des mariages d'argent plutôt que d'amour?

— Sydney, tu es si jeune. Tu ne peux pas comprendre que les deux doivent aller de pair.

— Peut-être, papa, mais préférerais-tu me voir épouser quelqu'un dont le père et le grand-père auraient gagné des millions mais seraient de parfaites andouilles?...

Oliver se mit à rire.

— Parfaite andouille? Est-ce l'équivalent chez l'homme de la blonde évaporée chez la femme? Evan a certainement eu son compte de blondes évaporées, mais au moins il n'en a épousé aucune. Il est plus sensé que toi.

— Préférerais-tu que je couche avec Jordan sans l'épouser? Que je vive avec lui jusqu'à ce que survienne quelqu'un de notre monde — de ton monde — avec beaucoup d'argent? Et que je le quitte alors? Papa, je sais que ce n'est pas ce que tu veux. Je t'en prie, pense à mon bonheur. J'ai vingt et un ans et c'est la première fois que je suis amoureuse. Je sais que Jordan est l'homme qui me convient. Jamais je n'aimerai quelqu'un comme je l'aime.

— Les désirs oblitèrent le bon sens à ton âge.

Sydney fixa son père.

— Ta mère l'aime aussi.

— Ma mère n'a jamais eu aucun sens pratique.

— A qui la faute?

— En fait, tu n'en auras pas besoin non plus si tu épouses un homme capable de prendre soin de toi.

Sydney crut qu'elle allait se mettre à hurler.

— Ecoute. Envoie-moi ce jeune homme afin que nous ayons une conversation. Au bureau. Voyons, ajouta-t-il en jetant un coup d'œil au calendrier. Que penserais-tu de mardi? Après-demain?

— Il sera en répétition. Il n'y a que le dimanche où il soit libre dans la journée. Et il travaille le soir, chez *Giorgio*.

— Un serveur, dit Oliver avec dérision.

— Ne pourrait-il venir déjeuner dimanche?

— Non, Sydney. Je veux lui parler seul à seul.

Sydney éclata de rire.

— Vas-tu essayer de l'acheter comme tu as acheté les petites amies d'Evan?

— C'est une idée.

— Ne me dis pas que tu n'y as pas déjà pensé. Eh bien, papa, si tu peux l'acheter, tu m'auras guérie de mon amour pour lui. Je pense qu'il n'est pas corruptible et me préfère de loin à n'importe quelle quantité d'argent. Si telle est ton intention, je n'ai aucune inquiétude. L'argent ne vient pas en tête de ses priorités en ce qui concerne le bonheur.

Oliver se pencha en avant, s'appuyant sur ses coudes.

— Et quelles sont ses priorités?

— Oh, papa! c'est quelqu'un de bien. Il ne nie pas l'importance de l'argent. Mais il pense que l'amour de son métier et le sentiment d'apporter sa contribution à la société sont importants.

— Et qu'est-ce qu'apporte un acteur à la société?

— Ne parle pas ainsi. Regarde le nombre de gens qui aiment le théâtre et le cinéma. Les acteurs donnent du plaisir aux spectateurs, et tu le sais très bien, papa. Mais il souhaite également gagner de l'argent. Il voudrait en avoir suffisamment pour...

— Ah, ah!

— ... pour pouvoir aider le monde à changer. Il s'intéresse à l'écologie.

— A quoi?

— A l'environnement. Il croit qu'à force de pollution,

nous sommes menacés de disparaître de la surface de la terre.

Oliver rit.

— Un dingue — c'est bien ce que je pensais.

Sydney se leva.

— Oh, papa, comme tu peux être exaspérant! Mais tu verras. Je lui dirai de venir te voir dimanche.

— A mon bureau.

Un endroit où il pouvait intimider Jordan ou tout autre jeune homme assez téméraire pour demander la main de Sydney.

— Très bien. Nous en passerons donc par le rituel archaïque de la demande en mariage, comme si tu étais tout-puissant et pouvais accorder ma main à qui bon te semble. Non, papa. Tu peux le rencontrer, mais qu'il te plaise ou non, j'épouserai Jordan Eliot.

Oliver n'eut pas l'occasion d'emmener Jordan déjeuner. Celui-ci quitta abruptement la pièce avant que leurs rapports en arrivent à ce stade.

Oliver avait attaqué sans perdre de temps.

— Cent mille dollars ne sont pas assez? Que diriez-vous de cinq cent mille? Un joli demi-million?

Jordan fixa l'homme à l'allure d'aristocrate qui allait devenir son beau-père.

— Vous savez, monsieur, je pensais que les pères ne se comportaient ainsi que dans les films de série B. Soyons clairs. La situation financière de votre fille m'a fait hésiter. Je sais que je ne pourrai jamais lui donner ce à quoi elle est habituée. Mais ne pensez-vous pas qu'elle soit capable de s'adapter? Personnellement, je suis persuadé que Sydney peut faire tout ce qu'elle a décidé.

— C'est possible, mais l'amour ne résiste pas à l'eau froide...

— Nous ne resterons pas longtemps ainsi. Une année au plus. Et si je n'ai pas gagné assez pour que Sydney puisse arrêter de travailler...

— Sydney travailler?

— Oui, monsieur. Elle ne tient pas à avoir fait des études pour rien, et elle est parfaitement disposée à subvenir à nos besoins en attendant que j'en sois capable. Je me suis donné encore une autre année pour réussir dans le théâtre, monsieur...

Oliver eut un rire désagréable.

— Et alors?

Jordan hésita :

— Eh bien, si je ne gagne pas ma vie avec le théâtre, je ne laisserai certainement pas Sydney en pâtir. Je ferai quelque chose.

— Quoi? insista Oliver.

Jordan secoua la tête sans quitter des yeux le père de Sydney.

— Je ne sais pas encore. Une chose est sûre : si je n'ai pas percé, le premier janvier 1952, je laisserai tomber le théâtre, en espérant ne pas le regretter.

— Ça fait presque deux ans. Et ensuite? Vous retournerez en Indiana?

— Mon Dieu, non. Je ferai quelque chose ici, à New York, de préférence, si vous avez peur que Sydney ne parte. J'aime les grandes villes, monsieur.

— Savez-vous combien cela coûte à un cadre moyen de vivre à New York?

Jordan se pencha.

— *Moyen* est un mot qui ne saurait s'appliquer à ma personne, Mr. Hamilton. Si c'était le cas, votre fille et moi ne serions pas amoureux l'un de l'autre. Rien en ce qui nous concerne n'est moyen, monsieur. Mes revenus seront peut-être moyens, selon vos critères, mais ma vie ne sera jamais moyenne, que j'aie de l'argent ou non. Je vais épouser votre fille, monsieur, et j'espère que vous arriverez à l'accepter.

Oliver secoua la tête.

— Jamais. Et je ferai tout ce qui est en mon pouvoir

pour empêcher cette union. Je lui couperai les vivres, Mr. Eliot.

Jordan rit.

— Je crois que cela n'est pas suffisant pour nous faire changer d'avis, Sydney ou moi. Je n'ai jamais eu dans l'idée d'épouser une femme pour sa fortune.

— Je la rayerai de mon testament, et elle n'aura pas un sou. Vos enfants n'auront rien. Et je n'assisterai pas à la cérémonie de mariage.

Mais Silvie ne l'entendait pas ainsi. Et elle voulait pour sa fille un mariage somptueux. Ce fut leur plus grande dispute en vingt-cinq ans de vie commune.

— Elle n'aura pas un sou.

— Cela te regarde, dit Silvie. Mais le mariage est mon affaire.

Ainsi, le 28 juin 1950, Oliver fut obligé d'accorder la main de sa fille à Jordan, ce qu'il fit sans le moindre sourire, avec la plus extrême raideur. Ce fut, au dire des journaux populaires, « le mariage de l'année, sinon de la décennie ».

Jordan était dans tous ses états, et ses parents, sa sœur, son beau-frère et leurs trois enfants très impressionnés. Tout comme ses deux tantes du côté de son père et leurs maris, ainsi que les sœurs de sa mère et leurs familles, qui comptaient une demi-douzaine d'enfants de moins de douze ans.

Silvie insista pour les loger tous à ses frais, au *Plaza*. Elle ne demanda pas d'argent à Oliver, mais Grand-Maman aida sa bru de bon cœur. Elle avait parfois l'impression que Silvie était sa fille et Oliver son gendre.

— Eh bien, dit Grand-Maman à Silvie après le mariage, alors qu'elles se retrouvaient toutes les deux à Oberon, je laisse mon argent à Sydney.

Silvie se mit à rire.

— Ne le lui dis pas. Fais en sorte que ce soit une surprise. Pour l'instant, ils sont persuadés que l'amour triomphe de l'argent et ils ont un sentiment de supériorité. Ce garçon m'est sympathique. Oliver sera surpris, car il va réussir.

Silvie et Grand-Maman avaient assisté à la première et Jordan leur avait fait une forte impression. Grand-Maman ne cessait de répéter : « Pour un acteur, il a la tête sur les épaules. »

— J'obtiendrai d'Oliver qu'il lui laisse la moitié de l'île, sinon, je le raye de mon testament, avait-elle déclaré avec un sourire malicieux.

Mais les deux femmes s'étaient promis de garder le secret.

— Sydney vaut dix Evan, dit Grand-Maman. Or j'ai appris qu'Oliver avait dépensé plus d'un million pour ton bon à rien de fils.

— Un million? Oh, maman! tu dois te tromper. Il ne s'est attiré que quelques petits ennuis. Un million? C'est impossible.

Grand-Maman hocha la tête.

— Un jour ou l'autre quelqu'un devra apprendre à ce jeune homme à utiliser des préservatifs.

Silvie leva les yeux, interdite. Personne n'avait encore prononcé ce mot devant elle, et jamais elle n'aurait pensé l'entendre dans la bouche de sa belle-mère.

— Ouvre les yeux, ma chérie, insista doucement Grand-Maman. Oliver est comme bien des hommes. Il considère que les femmes n'ont pas à connaître les aspects sordides de la vie. Mais pour qui nous prennent-ils? Des poupées en porcelaine? Je ne sais pas d'où il tient cela, certainement pas de son père en tout cas. Oliver a plus de vertus qu'il n'en a besoin pour sa gouverne. Et Evan, trop peu. Il laissera son fils faire n'importe quoi et le tirera d'affaire à chaque fois qu'il se sera mis dans le pétrin. Mais sa fille, dont il a toutes les raisons d'être fier, n'a même pas le droit d'épouser l'homme qu'elle aime.

Silvie lui donna raison. Oliver n'était pas facile à vivre. Mais elle l'avait épousé parce que son père avait fait obstacle à son mariage avec l'homme dont elle croyait être amoureuse, lequel était médecin à Bar Harbor, où sa famille passait toujours l'été.

Elle pensait avec les années avoir réussi à aimer Oliver, mais parfois la rigidité de son mari était plus qu'elle n'en pouvait supporter. Dans ces moments-là, elle partait pour Oberon où elle restait seule — ou profitait de la compagnie de Grand-Maman, si c'était entre le Memorial Day et Halloween.

Où serait-elle allée s'il n'y avait eu Oberon ? Où les gens pouvaient-ils se réfugier pour échapper à ce qui paraissait si souvent inéluctable ? Où allaient-ils pour nourrir leur âme, jouir de la solitude et se retrouver face à eux-mêmes, afin de trouver le courage de continuer ?

— Je pense, avait-elle dit une fois à Grand-Maman, que, s'il y a autant de criminalité dans les grandes villes, c'est parce que les gens n'ont pas assez de place. Entassés les uns sur les autres, ils n'ont pas d'endroit pour faire le plein.

— Pour faire le plein ?

— Pour se ressourcer. Résoudre les problèmes de la vie. Contempler la beauté, le ciel, les arbres... Ecouter les oiseaux. Regarder l'horizon. Si les gens pouvaient faire cela, peut-être y aurait-il moins de crimes.

Grand-Maman estimait que, bien que trop simpliste à son goût, le raisonnement de sa belle-fille se tenait.

— Un endroit où ce que pense le monde n'a aucune importance, poursuivit Silvie.

— Tu veux dire que le monde n'a plus d'importance ?

— Oh, non, répondit Silvie. Le monde reste très important. C'est ce que les gens pensent de vous qui cesse de compter. Et peut-être est-ce dans un endroit tel qu'Oberon que l'on regarde vraiment le monde.

Elles étaient assises dans leurs rocking-chairs sous la véranda de devant, regardant vers le sud. Le reflet du soleil sur l'eau était si éblouissant que Grand-Maman ferma les yeux.

— Silvie, c'est une bénédiction pour moi de t'avoir pour fille.

Silvie avait bien noté qu'elle n'avait pas dit « belle-fille ».

Elle posa la main sur le bras de Grand-Maman, protégeant de l'autre main ses yeux tandis qu'elle regardait un voilier au loin, contemplant la baie miroitante qui la protégeait du reste du monde.

— Un jour, dit-elle, Sydney et Jordan montreront à Oliver à quel point il a tort.

— Il ne voudra jamais le reconnaître. Il est têtu comme une mule.

Grand-Maman rouvrit les yeux, le regard amusé.

— Je sais que cela ne me regarde pas, dit-elle. Mais Oliver a-t-il jamais ri en faisant l'amour?

Silvie la regarda, choquée. Bien sûr que non. Rire en faisant l'amour?

9

Oncle Billy — William Seabright Holister — et Evan Hamilton formaient une drôle de paire. Ils n'avaient ni l'un ni l'autre jamais eu à gagner leur vie et ils ne pouvaient pas même s'imaginer travaillant.

C'étaient des snobs. Billy l'était d'une manière différente d'Evan, mais il ne pouvait comprendre les gens qui n'avaient pas d'argent et vivaient hors de Manhattan. Il ne pouvait comprendre les gens qui ne sentaient pas leur âme magnifiée par l'opéra, n'aimaient pas le théâtre de Broadway, ne lisaient pas les derniers best-sellers, ne passaient pas l'été à Hampton ou à Newport, ou n'allaient pas faire un tour en Europe chaque année. La saison londonienne était le must pour oncle Billy.

Il avait adopté une élocution pontifiante, portait les vêtements les plus coûteux, faits sur mesure, et donnait l'impression d'être l'homme le plus riche et le plus arrogant du monde.

Or, il n'était ni l'un ni l'autre. Il traitait les domestiques avec un grand respect, buvait même un petit verre avec eux dans la cuisine avant d'aller se coucher, ou un café les après-midi d'hiver. Bien qu'il attendît d'être servi — et il l'était toujours —, il ne les considérait pas comme des moins que rien. On savait qu'il jouait aux cartes avec eux, et allait même le samedi après-midi écouter des concerts avec Warren, quand il ne se rendait pas au Metropolitan.

Les domestiques adoraient oncle Billy. Il disait toujours au cuisinier, que ce fût vrai ou non, que le repas était excellent. S'il était seul dans l'appartement un soir, il invitait Warren à regarder avec lui la télévision toute neuve. Ils buvaient du scotch et fumaient des Pall Mall.

Il avait toujours une cigarette à la main, au bout d'un long fume-cigarette, encore plus long que celui de Franklin Roosevelt.

Billy et sa sœur Silvie, son aînée de douze ans, avaient eu une enfance dorée. Ils avaient grandi dans la baie d'Oyster. Billy avait fait ses études à Amherst, obtenant des résultats brillants avec un minimum d'efforts, une vie mondaine absorbante et une bonne humeur générale à l'égard de tout et de presque tous.

La seule étude assidue à laquelle il se fût livré était le piano, pour lequel il avait une passion. Il était devenu l'âme des fêtes en interprétant des morceaux de Cole Porter mieux que ne l'aurait fait Cole Porter lui-même. Si vous arriviez dans une fête new-yorkaise et entendiez *Night and Day* ou *Begin the Beguine*, vous pouviez être sûr que Billy Holister était là.

Personne ne l'appelait jamais Bill.

Il avait le don de faire sourire les gens. Tout le monde appréciait sa présence. Il était intelligent et spirituel, et, bien qu'il fût délicat, il faisait parfois de l'esprit aux dépens des autres.

Mesurant environ un mètre quatre-vingts, il avait un physique ordinaire avec des cheveux blond-roux et un visage fin aux pommettes proéminentes, caractéristiques des Holister. Ses lèvres minces étaient généralement retroussées en un sourire qui jamais, au grand jamais, ne paraissait faux. Malgré tous ses gestes théâtraux, tout son snobisme, Billy n'était pas hypocrite. Et lorsque vous lui parliez, il vous regardait avec une profonde attention, comme si rien d'autre ne comptait.

Il se souvenait des noms et des visages.

Bien qu'il sortît tout le temps avec des femmes, il n'était tombé amoureux qu'une seule fois. Généralement il restait l'ami de ses anciennes conquêtes.

Lors du krach de 1929, Billy n'avait que quatorze ans. Il n'en avait pratiquement pas souffert, et s'était demandé pourquoi son père, qui avait tout perdu, dont leur maison de la baie d'Oyster, avait fait une dépression dont il ne s'était jamais remis. Il avait envoyé Billy vivre avec sa sœur et son mari, dans leur appartement de Park Avenue, où il allait habiter pour le restant de ses jours.

Sa grande sœur Silvie était devenue une seconde mère pour lui et il trouvait en Oliver un mélange de grand frère et de père. Billy adorait Oliver, qu'il faisait rire. Oliver fut fier de lui quand il passa brillamment ses examens à Amherst, et jamais il ne lui reprocha de ne pas travailler.

La seule chose pour laquelle Billy manifestât jamais de la passion, en dehors du piano, était sa famille. Il aimait Oliver, Silvie, Sydney et Evan autant qu'il était capable d'aimer. Il détestait la chasse, mais il avait appris à se servir d'un fusil de façon à pouvoir accompagner Oliver.

Lorsque Sydney avait eu une crise d'appendicite, à l'âge de treize ans, oncle Billy, qui en avait alors vingt-cinq, avait passé une journée et une nuit à son chevet, à l'hôpital. Lorsque Evan avait été renvoyé de l'école, c'est Billy qui l'avait raccompagné à la maison. Il ne lui avait fait aucun reproche et avait plaisanté avec lui.

Les pantalons de Billy étaient toujours repassés avec un pli net comme une lame de rasoir; il fut l'un des premiers à mettre des chemises pastel, puis à rayures. Il portait des costumes en soie même l'hiver, toujours blancs l'été. Du Memorial Day à la fête du travail, le premier lundi de septembre, Billy était habillé en blanc : coutil blanc, chemises blanches, chaussettes blanches, chaussures blanches, avec une cravate bleu marine.

Billy tenait à son confort, mais pour sa famille, et notamment son beau-frère, il se serait coupé en quatre. En retour, Oliver lui versait une pension annuelle, qu'il lui remettait sous la forme d'un chèque, le jour de l'an. Billy n'avait ainsi jamais à demander d'argent et il pouvait dépenser comme il l'entendait dans l'année ce qui constituait une coquette somme.

Si son neveu Evan et lui avaient des points communs, ils n'en étaient pas moins à l'opposé l'un de l'autre.

Evan affichait une arrogance permanente. La plupart des gens avaient le sentiment qu'il les regardait de haut. C'était le cas, mais sa myopie en était partiellement responsable. Depuis l'âge de huit ans, Evan portait des lunettes, ce qui le rendait fou furieux. Cependant, jamais personne n'avait osé le traiter de binoclard. Un regard d'Evan Hamilton pouvait vous donner envie de rentrer sous terre.

C'était une brute à l'école. Il battait les enfants plus petits, plus jeunes ou plus faibles que lui. Sans être très fort, il aimait se battre, et le seul domaine où il excellait dans les différents établissements qu'il avait fréquentés était la lutte.

Il pratiquait également avec adresse le polo, l'équitation et le ski. Il était le seul de la famille à savoir manœuvrer un bateau presque aussi bien que Sydney. Il conduisait systématiquement pied au plancher et, l'année de ses dix-sept ans, il avait accumulé les contraventions jusqu'à une somme de quatre mille six cent soixante-quinze dollars. Oliver avait retiré à Evan son permis et refusé de lui laisser conduire les voitures de la famille, pour que cela lui serve de leçon.

Les domestiques n'aimaient pas Evan, qui semblait à peine les considérer comme des êtres humains. Il les traitait avec mépris s'il n'était pas servi dans la minute.

Il passait des heures à se regarder dans le miroir, à acheter des vêtements, à essayer de paraître aussi élégant qu'oncle Billy. Il y parvenait presque, mais il était privé des qualités qui rendaient son oncle attachant. Il n'avait pas sa gentillesse ; quant au sens de l'humour, il en était même totalement dépourvu.

Il s'irritait facilement, tout particulièrement lorsqu'il perdait au jeu. Or il adorait jouer. A tout. Aux courses, au base-ball, aux cartes. Il aimait également les femmes qui jouaient de l'argent, car elles couchaient indifféremment avec n'importe quel homme riche et beau. Et s'il y avait quelque chose qu'Evan aimât encore plus que le jeu, c'était bien les femmes.

Lorsque Evan avait eu quinze ans, Oliver avait remis à une jeune fille de vingt et un ans une somme de cent mille dollars pour avorter ou faire adopter l'enfant, peu lui importait pourvu qu'elle se fît oublier. A dix-sept ans, Evan déclara à son père qu'il était obligé de se marier et lui présenta Lurlene, qu'il venait de rencontrer à Copacabana. Lurlene lui avait annoncé qu'elle était enceinte, et Evan savait qu'Oliver l'achèterait ; il n'était pas question qu'une quelconque Lurlene devînt une Hamilton.

Après la troisième expérience de ce genre, Oliver avait acheté à Evan une douzaine de préservatifs et demandé à Billy s'il voulait accompagner son fils en Europe, afin que celui-ci fasse ses fredaines là-bas.

— Pour l'amour du ciel, approvisionne-le en préservatifs, et présente-le à des femmes de notre monde, veux-tu, Billy ?

— Elles ne coucheront pas avec lui.

Oliver soupira.

— D'où tient-il son côté cavaleur ? Pas de moi en tout cas.

— Ne me regarde pas ainsi. Cela ne vient pas non plus de notre famille.

Ils le savaient tous les deux, ni l'un ni l'autre n'aurait couché avec les femmes qui plaisaient à Evan.

— Trouve-lui du sang bleu quelque part en Europe, insista Oliver.

Un beau sang bleu, bien sexy, quelque aristocrate ayant besoin d'argent, pensa Billy. Du moins une femme qu'ils n'auraient pas honte de faire entrer dans la famille.

— Veille aussi à ce qu'il ne joue qu'un minimum, veux-tu ?

Ils s'embarquèrent sur le *Queen Elizabeth*, et le seul moment où Billy voyait son neveu était le matin au réveil, alors qu'Evan dormait encore. Il dormait jusqu'au milieu de l'après-midi et n'était jamais là quand Billy regagnait, à plus de 2 heures du matin, la cabine qu'ils partageaient.

Evan ne considérait pas Billy comme son chaperon, et à vrai dire, ce dernier était trop occupé par ses propres divertissements pour surveiller de près son neveu. Mais ce n'était ni aux tables de jeu ni dans le lit des femmes que Billy trouvait ses plaisirs ; il les tirait de la fréquentation des passagers de première classe, d'un dîner à la table du capitaine... Celui-ci le trouva d'ailleurs si charmant qu'il l'invita à trois soirées dansantes. Billy se joignit à l'orchestre et se livra à des improvisations au piano, et les danseurs apprécièrent ses arpèges, si inattendus et si parfaits. Il n'y avait pas une seule mélodie sur laquelle Billy ne fût capable d'improviser.

Mais malgré le charme de Billy et l'arrogance d'Evan, c'était toujours ce dernier qui attirait les femmes. Elles prenaient Billy par l'épaule et plaisantaient avec lui, mais c'étaient les airs sombres et inquiétants d'Evan qui les séduisaient. Même sans savoir qu'il était un Hamilton.

Ses yeux souriaient rarement. Il paraissait lointain et distant, avec toutefois des allures de prédateur, tel un lion à la recherche d'une femelle. Derrière ses cheveux dorés, ses yeux bleus et son aspect juvénile se cachait un danger que percevaient les femmes vers lesquelles il était attiré. Il leur offrait une gageure, l'occasion de prouver ce dont elles étaient capables, si elles arrivaient à l'apprivoiser. Car elles le savaient sauvage.

Il ne s'attarda auprès d'aucune d'elles. Il allait de femme en femme, tel un incendie à travers les forêts. Du moins jusqu'à Monte-Carlo. Billy et lui étaient ravis de leur séjour sur la Riviera. Ils aimaient tous les deux les réceptions et les soirées dansantes. Ils furent invités à des bals costumés et à des pique-niques. Etre un Hamilton comportait certains avantages.

C'est là qu'Evan, enfin, arrêta sa course effrénée à la recherche d'une femme.

Véronique Beauchamp était la fille la plus sensationnelle qu'oncle Billy eût jamais rencontrée. Il avait fréquenté le meilleur monde et savait reconnaître la classe. Mais Véronique avait bien plus que de la classe. Elle avait une silhouette qui faisait se retourner sur elle tous les hommes et elle avait l'air d'avoir été moulée dans la robe blanche qui épousait son corps sculptural. Le blanc éblouissant du vêtement faisait ressortir l'or de sa peau.

Comme Evan, elle avait des cheveux blonds, qu'elle portait noués en un chignon piqué de fleurs. Ses yeux étaient un miroir où se reflétaient ceux d'Evan. Bleus. Bleu acier. Sa bouche, large et généreuse, au rouge à lèvres trop prononcé, « était faite pour embrasser », dit Evan à Billy.

— Je suis prêt à parier qu'elle est dorée partout, dit Billy en allumant une cigarette.

— Qui est-elle? demanda Evan, incapable de détacher les yeux de la jeune femme.

— Tu veux que j'aille me renseigner?

Il acquiesça et oncle Billy se leva pour aller mener son enquête.

Evan n'essaya même pas de la séduire. On lui avait dit qu'il était difficile d'attirer son attention. De plus, elle n'avait pas besoin de l'argent des Hamilton.

Chaque soir, elle était vêtue de blanc, tout comme Billy. Ses robes profondément décolletées laissaient entrevoir sa poitrine ferme et généreuse. Elle ne portait pas de soutien-gorge et quand sa robe était particulièrement moulante, on voyait se dessiner sous le tissu la pointe de ses seins. Elle riait aussi peu qu'Evan.

Sa mère était britannique et son père, résistant, avait péri pendant la guerre. Son beau-père était comte. Comte de...

Peu importait à Evan l'origine de sa famille. A ses yeux, elle était une princesse. Il ralentit sa course pour Véronique. Avec elle, il prit son temps.

10

Ce qui fascinait Véronique, c'était que le jeune Américain à l'air sombre ne faisait aucunement attention à elle.

Il était trop jeune pour elle, en fait, bien que probablement de son âge, mais elle n'avait pas l'habitude d'être ignorée par les hommes, jeunes ou vieux. Il se concentrait sur le jeu, et le soir où elle le remarqua pour la première fois, il gagnait une somme assez importante. Le soir suivant, il perdit avec élégance, sans en paraître le moins du monde affecté. Cela plut à Véronique.

Il souriait à peine. Ses yeux volèrent à travers la pièce, sans se poser sur elle, et pourtant l'espace d'une seconde leurs regards se rencontrèrent.

Il n'était pas beau, mais terriblement séduisant. Elle l'aurait plutôt imaginé avec des cheveux bruns, la peau basanée, et une moustache aussi fine qu'un trait de crayon. Elle se demanda s'il avait déjà couché avec une femme, à quoi pouvaient ressembler ses baisers.

D'ordinaire, elle devait repousser les hommes. Or celui-là ne semblait même pas la voir.

Tous les hommes et presque toutes les femmes se retournaient pour la regarder, tant ses yeux avaient l'éclat du saphir. Quand elle riait, son rire résonnait dans la pièce. Evan, toutefois, remarqua que même alors ses yeux restaient froids.

Son corsage blanc pailleté la moulait, et elle ne portait aucun bijou, à l'exception de boucles d'oreilles en diamant.

Evan envoya Billy converser avec Véronique à la table de baccara. Voilà un homme qui devrait m'intéresser, se dit-elle. La trentaine, élégant, courtois, raffiné. Il semblait né dans un manoir, et elle était sûre qu'il plairait à ses parents.

Mais il ne flirta pas avec elle. Il se contenta de bavarder agréablement. Et lorsqu'il quitta la table, elle avait appris que le jeune homme aux cheveux dorés était incroyablement riche, que son père possédait l'un des plus prestigieux journaux new-yorkais, et qu'il passait la journée du lendemain sur le yacht de la comtesse Schiaparelli.

Une heure plus tard, elle était également invitée.

Quelle journée assommante ! Il ne s'était pas montré une seule fois. Pour Véronique, les gens qui se trouvaient sur le yacht étaient tous vieux, assez vieux pour être ses parents, et elle avait dû repousser les avances d'hommes d'au moins quarante ans.

S'ennuyant à mourir, Véronique décida de dîner seule chez *El Meson*, où elle n'était pas obligée d'être en tenue de soirée. Elle était mal coiffée, la journée au soleil avait desséché sa peau, et elle était d'humeur irritable. Elle n'irait pas aux tables de jeu, mais retournerait après dîner dans sa chambre où elle se ferait les ongles et prendrait un long bain régénérateur aux huiles essentielles.

Comme elle buvait son vin fin, l'homme avec qui elle avait bavardé et le jeune homme aux cheveux dorés entrèrent et attendirent qu'on leur désigne une table. Le plus âgé des deux hommes la montra du doigt, lui fit un signe de tête et entreprit de traverser la pièce.

« Oh, zut ! pensa Véronique. Avec l'allure que j'ai ! »

Le jeune homme, qui avait l'air de s'ennuyer, suivit son compagnon jusqu'à sa table.

— Quel plaisir de vous revoir! Je n'ai pas bien saisi votre nom. Permettez-moi de me présenter, dit Billy, déclinant son identité. Et voici mon neveu, Evan Hamilton.

Evan pensait ne jamais avoir vu femme plus belle. Il aimait la moue de ses lèvres sensuelles au rouge éclatant et ses cheveux cascadant en boucles ondoyantes dans son cou. Elle devait avoir une apparence semblable après avoir fait l'amour.

— Pouvons-nous nous joindre à vous? demanda Billy, tirant déjà une chaise.

— Bien sûr, répondit Véronique. J'étais en train de m'apitoyer sur moi-même, dînant seule.

— C'est sans doute votre choix, dit Billy, la regardant avec une franche admiration, bien que dénuée de toute effronterie.

— En effet.

Véronique se tourna vers Evan qui, sans lui accorder la moindre attention, allumait une cigarette tout en parcourant la salle de restaurant du regard.

— Votre anglais est excellent, dit-il, ne la regardant toujours pas.

— Je suis à moitié anglaise. J'ai fait toute ma scolarité en Angleterre, et j'ai détesté ces années.

Billy et Evan commandèrent à boire, et Evan finit par porter son regard sur la jeune femme.

— Ne vous ai-je pas aperçue hier soir? demanda-t-il, alors qu'il l'avait observée tous les soirs depuis leur arrivée.

— C'est possible, fit-elle. (Jamais elle ne s'était sentie aussi attirée par un homme.) J'ai rencontré votre oncle hier soir.

— Billy, la reprit celui-ci.

Sous le regard d'Evan, Véronique se sentit comme déshabillée, et pourtant, ses yeux, fixés sur les siens et sur sa bouche, n'avaient pas plongé dans son décolleté.

Ils parlèrent peu, Billy se chargeant de la conversation.

Parfaitement conscient de ce qui se passait entre les deux jeunes gens, celui-ci, après son chateaubriand, s'excusa, prétextant un rendez-vous aux tables de jeu.

Véronique et Evan restèrent à se dévisager. Il effleura sa jambe de la sienne, et elle se demanda si c'était délibéré.

— Vous préférez aller danser ou tenter votre chance au jeu ? demanda-t-il.

— Que diriez-vous d'une promenade sur la plage ? proposa-t-elle. Il y a un splendide clair de lune.

Il la suivit hors du restaurant, et ils descendirent le boulevard jusqu'à la plage.

— C'est votre premier voyage en Europe ? demanda-t-elle, se sentant comme mise à nu, totalement vulnérable devant cet homme.

— Vous m'avez observé toute la semaine, dit-il sans répondre à sa question. Je vous ai vue.

— Je croyais que vous ne m'aviez même pas remarquée.

— Où habitez-vous ? demanda-t-il.

Il resta à la regarder dans les yeux, des yeux qui paraissaient sans fond dans le clair de lune. Puis il tendit la main et lui effleura le bras de ses doigts. Ce fut tout.

Elle attendait qu'il l'embrasse. Voyant qu'il n'en faisait rien, elle regretta de n'avoir pas choisi d'aller danser, au moins aurait-elle senti ses bras autour d'elle. Ils continuèrent à se regarder, puis il se retourna, contemplant l'eau dans l'obscurité.

— Je vous raccompagne chez vous ?

Après lui avoir ouvert avec la clef qu'elle lui avait tendue, il s'inclina légèrement et dit :

— A demain. Après-demain peut-être ?

Puis il s'éloigna, la laissant bouche bée, en proie à la stupéfaction. Il savait qu'il aurait pu coucher avec elle. Consciente de sa beauté, elle s'interrogeait. N'avait-il pas éprouvé le moindre désir pour elle ? Il était impossible de savoir ce qu'il pensait, ses yeux bleus aussi froids que la mer du Nord ne trahissant aucune émotion.

Durant les trois jours qui suivirent, elle le chercha, déjeunant et dînant à chaque fois dans des restaurants différents. Tous les soirs, elle changeait de casino. Elle alla même traîner dans les bars des hôtels, et elle se détesta.

Le quatrième soir, elle l'aperçut à la table de trente-et-quarante. Il leva les yeux dans sa direction et lui adressa un léger sourire. Elle dut faire appel à toute sa volonté pour ne pas se précipiter vers lui.

Billy n'était nulle part en vue.

Evan la regarda à l'autre bout de la pièce. Ses épaules étaient nues, la courbe de ses seins apparente sous la mousseline de soie.

Ils se rendirent à Paris dans la Karmann Ghia argentée de Véronique. Billy, à l'arrière, contemplait le paysage; Evan et Véronique n'avaient d'yeux que l'un pour l'autre.

— Mon Dieu! s'exclama son père, quand elle lui annonça qu'ils voulaient se marier. Mais c'est encore un enfant!

Mais Véronique n'entendait pas changer d'avis. Et Evan, pas plus qu'elle, ne voulait attendre.

Oliver et Silvie prirent l'avion pour venir assister à la cérémonie, et Oliver poussa un soupir de soulagement. Il leur donna comme cadeau de mariage un généreux chèque, et Evan annonça qu'il comptait rester encore un peu en Europe. Il avait l'intention de se ranger, maintenant qu'il était marié, bien qu'il eût à peine l'âge pour cela. Il avait fêté ses vingt et un ans trois jours avant le mariage.

Véronique était certainement très belle, mais Silvie la trouva arrogante et peu soucieuse des autres, notamment de ses beaux-parents.

— Quel genre de femme t'attendais-tu à ce qu'Evan choisisse? lui demanda Oliver, tout en songeant que

Véronique et ses parents constituaient une nette amélioration en comparaison des filles qu'il avait dû évincer à coups de dollars.

Billy revint à New York, enchanté de son séjour en Europe. Il n'avait pas perdu d'argent au jeu, mais le jeu n'était pas sa passion. Ce voyage avait été une expérience des plus agréables, et il avait pris plaisir à la compagnie des gens qu'il avait rencontrés.

Evan savait sans même le lui avoir demandé que Véronique n'était pas vierge. Cette pensée l'excitait. Il écouta la douche couler et alluma une cigarette.

Elle aurait acheté une splendide chemise de nuit, imagina-t-il. Un de ces déshabillés censés l'exciter. Comme s'il avait besoin de cela! Jamais il n'avait passé vingt-quatre heures d'affilée avec une femme. Mais il était prêt à parier qu'ils pourraient rester au lit vingt-quatre heures à faire l'amour — vraiment l'amour. Jamais cela ne lui était arrivé. Pas une seule fois.

La douche s'arrêta.

Mettrait-il la robe de chambre en soie grise qu'il avait achetée pour cette occasion ou se contenterait-il de son pyjama bleu marine? Qu'attendait Véronique?

Les draps avaient été rabattus. Des draps en satin bordeaux. Il se mit à rire tout haut. Sa nuit de noces! Des frissons le parcoururent à cette pensée. Il la laisserait se mettre au lit la première. Il espérait qu'elle n'insisterait pas pour éteindre la lumière. Il voulait voir son corps, voir si elle était bronzée partout, contempler ses seins bien fermes, les lécher, les prendre dans sa bouche. Mais il se garderait de toute précipitation.

La porte de la salle de bains s'ouvrit. Il écrasa sa cigarette et se retourna.

Véronique se tenait sur le seuil, les jambes écartées, les mains sur les hanches.

— Mon Dieu! murmura-t-il.

Jamais il n'avait vu un corps aussi magnifique.

Pas de chemise de nuit blanche. Rien.

Elle posa ses mains sur ses seins et, avec un sourire engageant, traversa la pièce sans le quitter des yeux, tandis que du regard il parcourait son corps. Elle était en effet dorée partout.

La prenant dans ses bras, il la porta jusqu'au lit, puis ôta son pyjama. Dieu, qu'elle sentait bon! Elle le fascinait. Ses doigts glissèrent comme des plumes le long de son dos et il l'attira contre lui. Sa bouche effleura son sein gauche, sa langue goûtant sa saveur.

— Doucement, murmura-t-elle.

Il n'avait nulle intention de se presser.

Elle est à moi, ne cessait-il de penser. Tout cela est à moi. C'était quelque chose qu'il avait pour lui seul. Quelque chose, quelqu'un qui l'aimait. La plus belle femme du monde, et il sentait ses ongles s'enfoncer dans ses épaules, ses jambes l'enlacer, sa bouche se coller contre la sienne.

Doucement, se répéta-t-il. Tu as tout le temps. Le reste de la vie.

Lorsque finalement, estimant qu'elle était prête, il la pénétra les yeux fermés, une exclamation jaillit de sa bouche : « Bon Dieu! » Jamais il ne sut s'il avait prononcé les mots à haute voix ou non.

A cet instant, comme à chaque fois qu'il avait pénétré une fille, ce fut le visage de Sydney qui lui apparut, les gémissements de Sydney qu'il entendit.

Il se mit à bouger frénétiquement, ouvrant les yeux pour regarder cette belle femme qui était son épouse, bien plus belle que sa sœur, bien plus belle que toute autre femme. Il vit les perles de sueur sur sa lèvre supérieure, la sentit se cambrer, se mouvoir en rythme avec lui, et il eut soudain envie de lui faire mal. Après tout, elle n'avait pas réussi à chasser l'image de sa sœur.

Il s'enfonça plus profondément en elle. Ses yeux s'ouvrirent et il y lut la surprise. Mais il était trop tard pour arrêter et il continua à aller et venir en elle avec la même régularité que le battement d'un pouls. Lorsqu'il la sentit resserrer son étreinte et entendit son cri d'extase, il s'autorisa à jouir.

Il prit une cigarette et resta étendu, le bras gauche sous la tête, à regarder le plafond.

Véronique, blottie dans le creux de son bras, passa sa jambe sur la sienne. Elle semblait heureuse. Au bout de quelques minutes, il demanda :

— Tu veux descendre aux tables de jeu?

— Après ça? A 2 heures du matin!

Il avait un besoin urgent de se lever, de s'habiller, de sortir de la pièce, de descendre le large escalier jusqu'aux tables de jeu, où il pourrait commander une boisson. Plusieurs boissons.

Et pourtant il savait que de quitter ainsi sa femme la nuit de leurs noces était inconvenant.

Il souffla un rond de fumée, qu'il laissa s'évanouir dans l'air, se demandant comment avait été la nuit de noces de Sydney. Au moins Jordan n'avait pu la regarder en pensant que c'était la plus belle femme du monde.

Avaient-ils couché ensemble avant leur mariage? Sydney avait-elle eu peur? Avait-elle porté une chemise de nuit en soie blanche avec de la dentelle au niveau des seins? Une chose au moins était sûre; les seins de Sydney ne pouvaient être comparés à ceux de Véronique.

Trois semaines plus tard, à minuit, après avoir fait l'amour à Véronique, pour la troisième fois ce jour-là, il lui dit qu'il descendait pour une rapide partie de trente-et-quarante. Son « très bien » étouffé lui indiqua qu'elle était en train de s'endormir.

Il fit un détour par le bar pour prendre un verre. Sur le tabouret à côté de lui était perchée Gisèle quelque chose, une jeune fille de dix-neuf ans qui avait obtenu un rôle de figurante dans le dernier film de Fellini, pas encore à l'affiche. Ses yeux sombres et liquides dévisagèrent Evan.

Il n'arriva jamais aux tables de jeu.

Quand Véronique se réveilla à 7 heures, elle murmura :

— Tu es bien matinal.

Il était tout habillé. Elle ne remarqua pas qu'il portait les mêmes vêtements que la veille au soir lorsqu'il l'avait quittée.

Il sourit. Peu d'hommes sans doute avaient fait l'amour autant que lui durant ces dernières vingt-quatre heures. Au moins, cette fois, il n'avait pas vu Sydney. Pas un seul instant.

Mais il ne s'était pas laissé aller à fermer les yeux.

11

Jordan et Sydney trouvèrent un petit appartement dans Christopher Street, et s'ils laissèrent Monday seul dans celui de Bleecker Street, ils s'arrangèrent néanmoins pour dîner ensemble presque tous les soirs, aux environs de minuit, après la prestation de Jordan.

Sydney se sentait fatiguée en permanence. Elle arrivait à la maison vers les 6 heures, juste au moment où Jordan s'apprêtait à partir pour le théâtre. Ils avaient une demi-heure pour partager les événements de la journée. Non pas que Sydney eût grand-chose à raconter à propos de son travail à Bonwit's. Son chef de rayon ayant remarqué son goût pour la mode lui avait proposé un poste qui, s'il n'avait rien de passionnant, ne l'ennuyait pas. Mais elle préférait écouter les anecdotes, toujours amusantes, de Jordan, relatives à sa clientèle du midi chez *Giorgio*. Le reste du temps, ils se faisaient de folles déclarations d'amour.

Aussitôt Jordan parti, Sydney s'endormait, vers les 7 heures. Elle mettait le réveil à 10 heures et se levait pour aller retrouver Jordan au Saint James, un théâtre expérimental, faisant comme lui le trajet en métro. Elle n'était jamais allée dans les coulisses, et chaque soir, accueillie par Tim, le portier, elle se sentait propulsée sur une orbite magique.

Elle suivait le gros de la troupe, auquel se joignait très souvent Monday, dans de petits restaurants qui restaient ouverts jusque tard dans la nuit. Les jours de paye, ils s'offraient un festin et restaient fréquemment jusqu'à plus de 2 heures du matin à rire dans une joyeuse atmosphère de camaraderie. De temps à autre, les vedettes de la pièce les accompagnaient.

Toutes les nuits, Sydney et Jordan faisaient l'amour. Jordan pouvait dormir jusqu'à midi, mais la sonnerie du réveil tirait du lit à 7 heures une Sydney récalcitrante. Parfois elle pouvait à peine ouvrir les yeux.

Mais les week-ends, ah, les week-ends ! Ils étaient grandioses, merveilleux, malgré les matinées théâtrales. Ils flânaient dans les rues, prenaient leur petit déjeuner dans des épiceries fines, se régalant de *bagels*[1] et de saumon fumé, délices tout nouveaux pour Jordan. Ils se promenaient dans Central Park ou dans le centre-ville, traversant Battery Park même en plein hiver, transpercés jusqu'aux os par le vent humide et cinglant soufflant de l'Atlantique.

Ils passaient souvent le dimanche après-midi dans des salles d'art et d'essai, à voir des films étrangers d'avant-garde, restant des heures à les disséquer tout en mangeant des hot-dogs. Généralement, Monday les accompagnait. Ils regagnaient ensuite tous les trois Christopher Street où Sydney leur préparait un vin ou un chocolat chaud, tandis que les hommes faisaient sauter du pop-corn.

Parfois, lors de chauds dimanches d'été, ils allaient tous les trois pique-niquer à James Beach, un endroit qu'avait découvert Sydney. Mais elle n'avait jamais passé l'été à New York. Ayant la nostalgie de ses longues journées nonchalantes à Oberon, elle partit un week-end rendre visite à Grand-Maman. Bien qu'elle ne pût rester qu'une

1. Petits pains (mot d'origine yiddish).

nuit, sa grand-mère et elle passèrent un excellent moment ensemble.

Monday avait la délicatesse de les quitter au plus tard à 9 heures le dimanche soir. Après son départ, Jordan et Sydney prenaient, dans l'immense baignoire à pattes de lion, un bain qui les menait à d'autres plaisirs.

Evan vint avec sa famille pour Noël. Lui et Véronique avaient un fils, Peter, et elle était de nouveau enceinte, bien que cela ne se vît pas encore. Durant les dix-huit mois qui venaient de s'écouler, alors même que Véronique s'apprêtait à accoucher, Evan avait eu onze aventures extraconjugales, dont l'une avec une femme de vingt-huit ans plus âgée que lui.

Ils menaient tous les deux la grande vie. Ils jouaient régulièrement au casino de Monte-Carlo, s'en tirant généralement sans gains ni pertes. Ils aimaient faire du ski à Gstaad, et Véronique fut furieuse quand le docteur lui déconseilla ce sport pendant sa grossesse. Ils se rendaient à New York pour Noël ainsi que pour la saison théâtrale.

Sydney fut tout excitée en apprenant la venue de son frère avec sa femme et son fils. Ils devaient rester six semaines chez Oliver et Silvie. Sydney expliqua à Jordan que, malgré ses échecs, Evan avait été la personne la plus importante de sa jeunesse. Bien qu'il eût deux ans de moins qu'elle, ils avaient appris ensemble à monter à cheval dans Central Park, et si elle était meilleur marin que lui, Evan était bien meilleur cavalier.

Warren était la seule personne à pénétrer leur intimité. Quand, le dimanche, ils se rendaient avec lui au Radio City Music Hall, au Roxy ou au muséum d'Histoire naturelle ou encore allaient faire du patin au Rockefeller Center, ils partageaient des secrets d'où le reste du monde était exclu. Ils marchaient en se tenant la main, Warren au milieu, utilisant un système de signaux propres à eux. Deux pressions sur la main invitaient à regarder à droite, trois à gauche. Ils ne pouvaient s'arrêter de rire, amusés par le spectacle de la rue : des femmes en saris, des hommes déguisés en femme, des prostituées habillées de façon provocante. En fait, ce fut Warren qui leur apprit ce qu'ils savaient du sexe, avant d'entendre de leurs camarades de classe des détails plus croustillants.

L'été, en l'absence de Warren, ils étaient livrés à eux-mêmes. Ils passaient de longs après-midi paresseux sur leur petit voilier, le *Windsong*. Ils jetaient l'ancre dans des criques et, la baignade étant dangereuse dans la baie durant les mois les plus chauds, ils restaient allongés les mains sous la tête à regarder les grands arbres et les petits nuages blancs parcourant le ciel, à parler d'un millier de choses, explorant ensemble l'univers.

— Je me souviens tout particulièrement d'une tempête, raconta Sydney à Jordan. Je devais avoir quinze ans, et Evan treize. C'était une de ces journées chaudes et oppressantes d'été, si humide que nous pouvions à peine bouger. Après m'être baignée, je lisais dans ma chambre quand mon frère fit irruption en me disant : « Sydney, viens voir ! Viens voir les nuages ! » Regardant par la fenêtre, j'aperçus le ciel qui était encore tout bleu. Evan me prit par la main. « Allez, viens. Descendons sur le quai. » Tandis que nous dévalions la pelouse, nous croisâmes un jeune daim qui fonçait vers la forêt. Une nuée d'oiseaux traversaient la baie, noircissant le ciel en direction du sud-est. Ils se dirigeaient vers nous à une vitesse incroyable. « C'est peut-être une tornade », cria Evan. Je lui expliquai qu'il n'y avait pas de tornade dans cette partie du pays. Assis sur le quai, les jambes pendantes, nous vîmes alors l'eau sur la rive occidentale se mettre à bouillonner. Calme un moment auparavant, elle était à présent agitée de grosses vagues, semblables à celles de l'Océan. Une gerbe d'écume blanche fouetta l'air, retournant un petit bateau. Des nuages noirs déferlaient sur nous, et nous restions là, immobiles, éclaboussés par les embruns.

Evan me serra la main, les yeux brillants d'excitation. En un instant, un rideau de pluie s'abattit sur nous. Les feuilles des arbres sifflaient et les buissons tremblaient, ployant sous les bourrasques de vent. Des éclairs, grandioses, suivirent les roulements de tonnerre qui semblaient ébranler les cieux. Nous ne bougions toujours pas, continuant à nous tenir par la main. Le monde paraissait noyé sous la pluie qui tombait avec une telle force que nous n'aurions pu nous lever même si nous l'avions voulu. Cela ne dura pas longtemps. La tempête passée, regardant de l'autre côté de la baie, nous ne vîmes qu'un écran gris de pluie. Trempés, nous avons éclaté de rire et commencé à danser comme des Indiens sous le crachin qui avait succédé à la tempête.

Quand la vie avait-elle commencé à les éloigner l'un de l'autre?

Depuis quatre ans qu'il vivait en Europe, Evan n'avait pas écrit une seule fois à Sydney. Elle se demandait quel genre de femme était Véronique pour le retenir ainsi à l'étranger pendant toutes ces années. Quand elle la rencontra, Sydney comprit l'ascendant qu'elle avait sur son frère.

Elle n'avait jamais vu de femme aussi belle, mais elle la sentait distante. Elle suivait Evan des yeux partout où il allait, mais c'est à peine s'ils se parlaient. Ni l'un ni l'autre n'accordaient d'attention à Peter, laissant la nourrice s'en occuper. Evan et Véronique allèrent au théâtre et firent le tour des night-clubs cités dans les chroniques mondaines. Evan rendit une visite à Sydney, et après un regard à l'appartement, ne revint jamais. Il était devenu un parfait étranger.

Ce fut le premier Noël que Sydney ne passa pas à Oberon. Grand-Maman, Silvie et même Oliver étaient bien conscients que les temps avaient changé. Toute la journée, Grand-Maman et Silvie se demandèrent ce que faisait Sydney, si elle appréciait les cent cadeaux qu'elles lui avaient si soigneusement choisis. Jordan faillit s'évanouir en voyant le monceau de présents. Sydney n'en conçut aucune joie car, sur les cent, il n'y en avait que deux pour Jordan.

Chacune de leur côté, Sydney, sa mère et sa grand-mère se jurèrent à elles-mêmes d'œuvrer à une trêve de façon à pouvoir passer les prochains Noëls à Oberon, en dépit d'Oliver. Personne n'était à l'aise avec Evan et sa famille, qui ne restèrent que trois jours à Oberon avant de retourner à l'animation de Manhattan.

Sydney avait pris en sympathie les acteurs de la troupe et elle fut presque déçue quand, l'été suivant, Jordan se vit attribuer un rôle beaucoup plus important dans une pièce mise en scène par George Abott, dont le succès était pratiquement assuré. Jordan était propulsé au sommet.

Pendant les six semaines de répétition, il n'y eut plus de réunion tardive, ce qui manquait à Sydney, et pendant une courte période, la normalité s'installa dans leur vie. Ils rentraient à la même heure chaque soir. Ils cuisinaient chacun à leur tour et Sydney avait l'impression de jouer à la dînette. Elle apprit à faire soufflés, crêpes, côtes de porc farcies, tandis que Jordan se consacrait aux lasagnes et à la sauce pour les spaghettis, qu'il préparait avant de partir répéter et laissait mijoter toute la journée.

Une fois par semaine, ils allaient chez Monday, qui invariablement commandait des plats chinois. Sydney détestait la cuisine chinoise, mais elle n'avait jamais eu le cœur de le lui dire.

A l'époque de la première à New Haven, qui devait être suivie par une tournée à Boston, Philadelphie et Baltimore, Sydney eut dix jours à elle. Le soir, elle dînait chez ses parents. Oliver se comportait comme si elle n'était jamais partie et ne s'était pas mariée. Il ne lui posait aucune question sur sa vie, sur son travail ou sur son mari; ils parlaient politique.

— Laisse-lui le temps, disait Grand-Maman quand Sydney lui faisait part de sa gêne à l'égard de son père.

Grand-Maman partit pour Oberon à la fin mai, deux jours après que Sydney eut découvert qu'elle était enceinte de deux mois. Elle redoutait de l'apprendre à Jordan. Que deviendraient-ils sans son salaire? Elle se demandait comment elle avait pu tomber enceinte. Elle avait toujours mis son diaphragme. A moins que ce ne fût arrivé la nuit où, après un excès de boisson, elle s'était endormie d'un lourd sommeil pour être réveillée avant l'aube par Jordan, qui lui avait fait l'amour alors qu'il était encore dans un demi-sommeil. Oh, mon Dieu! une simple fois et...

Mais Jordan fut ravi.

Silvie leur proposa de leur louer un appartement avec ascenseur et eau chaude, même si cela devait mettre Oliver dans tous ses états. Grand-Maman leur fit la même offre; dans la mesure où cela venait d'elle, Oliver n'en saurait rien. Mais Sydney et Jordan refusèrent. Ils voulaient se débrouiller tout seuls.

Silvie, toutefois, réussit à convaincre Sydney d'aller voir le Dr. Beckwith, dont elle paya les honoraires. Elle estimait normal que son unique fille et que le premier de ses petits-enfants reçoivent les meilleurs soins.

Jamais Silvie ne révéla comment elle parvint à le persuader de venir, mais, le jour de la première, Oliver l'accompagna au théâtre, auquel ils se rendirent avec Grand-Maman, Monday et Sydney. La pièce fut un succès et obtint des critiques élogieuses. Le 5 novembre, Jordan était adulé du tout-New York. La fierté de Sydney était à la mesure de son ventre, qui s'était considérablement arrondi, bien que la naissance ne fût prévue que pour fin décembre ou début janvier.

Oliver ne fit aucun commentaire concernant la pièce ou

le jeu de Jordan, mais Grand-Maman secoua la tête comme pour dire : « Tu vois ? Le temps arrange les choses. Laisse-lui-en encore un peu. Jusqu'à l'arrivée d'un petit-fils ou d'une petite-fille, par exemple. »

Oliver se déclara heureux lorsque Sydney quitta son travail pour « commencer à se conduire en femme », attendant la naissance de son enfant.

La pièce tenait l'affiche et Jordan se sentait maintenant autorisé à chercher avec Sydney un appartement décent au Village, qu'ils aimaient tant.

Le lundi suivant, jour de Thanksgiving, l'agent de Jordan, Michael Cross, lui téléphona pour lui dire que la Metropolitan voulait lui faire passer une audition pour un rôle au cinéma.

— Pas question, dit Jordan en riant.

— Allez, Jordy ! (En dehors de Monday, il était le seul à l'appeler ainsi.) Cela ne va pas te faire de mal. L'homme à l'origine de toute l'affaire, Millard Watson, après avoir vu ta prestation l'autre soir, estime que tu ferais parfaitement l'affaire pour ce roman à grand succès, *Bent Willows*, qu'il est train de porter à l'écran pour en faire le film du siècle, si l'on en croit les rumeurs.

Jordan hésita un moment.

— De quel rôle s'agit-il ?

Mike se mit à rire. Il l'avait appâté. Et, bon sang, Hollywood payait beaucoup plus que Broadway.

— Nicholas.

Nicholas ? Bien que persuadé que le septième art n'était que le bâtard du théâtre, Jordan sentit son cœur s'arrêter, l'espace d'un instant.

— Eh bien, je suppose que cela ne peut me faire de mal, en effet.

— Je te l'ai dit.

— Hé, Mike ! ma coupe déborde déjà.

— Je sais, je sais. Le toast que Broadway porte à ton succès, n'est-ce pas ?

La photo de Jordan était déjà dans la moitié des magazines de la ville, et en janvier, elle apparut dans les journaux nationaux. Ce que les médias aimaient chez lui, c'était avant tout son physique de vedette. Il avait cet indéfinissable petit quelque chose qui fait fondre les femmes. Mais les critiques sérieux ne mentionnaient même pas son physique. Ils admiraient le talent qui passait la rampe, la voix qui caressait jusqu'au dernier rang de la salle.

— O.K., continua Mike. C'est l'histoire de quelques heures. Tu n'auras même pas à prendre l'avion pour la côte. Il te suffira de te rendre dans cet entrepôt de Jersey où le film doit être tourné. Watson dit que Felicia Mountebank est en ville ; en fait, elle a vu ta pièce avec lui et sa femme, l'autre soir, et elle pourrait bien vouloir te donner la réplique lors de l'audition. Tu ne pouvais espérer mieux, même si elle est assez âgée pour être ta mère. Ta tante, en tout cas. Jeudi à... attends, voici l'adresse.

Tout à son rôle au théâtre, Jordan faillit oublier son rendez-vous. Il oublia même d'en parler à Sydney et ne la mit au courant qu'une fois l'audition passée, alors qu'ils dînaient avec Monday, après la représentation.

Personne ne fit de commentaire, même si chacun savait qu'un premier rôle dans *Bent Willows* était la célébrité assurée, la montée d'une étoile au firmament.

Mettant l'accent sur cette perspective, Monday se contenta de dire :

— Pour l'amour du ciel, Jordan, tu ne comptes tout de même pas aller chez les mangeurs de lotus ?

— Non, répondit Jordan sans hésiter.

Aucun d'eux ne pouvait s'imaginer vivant ailleurs qu'à Manhattan. Tout ce que la vie offrait d'intéressant tenait sur ce petit îlot, qui pour eux constituait le centre de l'univers.

— Je sais que Jordan trouvera cela bizarre, mais il est si compréhensif... je veux dire tellement plus compréhensif que ton père, disait Silvie à Sydney, le bras autour de l'épaule de sa fille, tandis qu'elles déjeunaient ensemble. Pour toi, pour la famille, tu vas mettre ce bébé au monde à Oberon.

La pensée de rompre avec la tradition familiale répugnait à Silvie. Déjà Evan avait eu ses deux enfants en Europe.

— Jordan estime que je devrais accoucher à l'hôpital. Et s'il y avait des complications ?

Silvie hocha la tête.

— Je sais, ma chérie. Nous toutes qui avons accouché sur l'île avons pensé à cela. Mais il n'y a pas plus expérimenté que le Dr. Beckwith, et au moindre signe de complication, ton père a prévu un hélicoptère qui s'en ira chercher des spécialistes. Toutefois, le Dr. Beckwith dit que tu es solide comme un roc et que tout se passera bien. Il est même prêt à venir à Oberon pour la naissance, comme il l'a fait quand je vous ai eus, Evan et toi.

Sydney soupira.

— Oh, maman, si seulement il n'y avait pas cette brouille entre Jordan et papa. Ne peut-il voir combien je suis heureuse ? Cela n'a-t-il donc aucune importance à ses yeux ? Et regarde le chemin qu'a fait Jordan en un an et demi.

Silvie posa la main sur celle de sa fille.

— Ma chérie, je suis sûre qu'il en est conscient. Mais il a un mal fou à reconnaître qu'il a tort. Il ne peut même pas se l'avouer à lui-même. Mais peut-être que quand Jordan sera devenu le père de son petit-fils... Il faut que tu mettes cet enfant au monde à Oberon. Tu ne peux rompre avec la tradition. Il est déjà bien regrettable que les enfants d'Evan soient français.

— Oh, maman, c'est là mon plus cher désir ! Laisse-moi parler à Jordan. Et alors, bien sûr... (Son visage s'éclaira d'un sourire)... nous devrons passer Noël là-bas, parce que le terme sera proche.

Jordan céda avec élégance, mais la tension entre lui et Oliver n'en subsista pas moins. Oliver se comportait comme si Jordan était transparent. Sydney demanda à sa mère et à sa grand-mère de ne pas lui faire autant de cadeaux, du moins pas plus qu'à Jordan. En fait, elle leur suggéra de les offrir tous au bébé.

Jordan dut partir l'après-midi de Noël pour une représentation le soir même, à laquelle il arriva juste à temps, après avoir pris le ferry à Baltimore, puis l'avion jusqu'à New York. Aussi manqua-t-il la naissance de leur fille, Ashley Hamilton Eliot, qui poussa ses premiers cris à 1 h 33 du matin, le 26 décembre, avant même l'arrivée du Dr. Beckwith. Dès les premières contractions, Oliver alla chercher Walter, et tous deux foncèrent jusqu'à Easton pour aller trouver l'obstétricien. Celui-ci voulut faire transporter Sydney à l'hôpital, mais il ne put convaincre Oliver.

Sydney fut en travail durant trois heures et demie seulement, et elle eut un accouchement facile, trente minutes après l'arrivée du Dr. Clarke.

Quand Jordan revint cet après-midi-là, ce fut avec une autre nouvelle.

— Je pars pour Hollywood le 3 janvier, annonça-t-il, sa fille dans les bras.

— Le 3 janvier! s'exclama Sydney.

— Je ne les ai pas encore prévenus que je quittais la troupe cette semaine. (Il embrassa le crâne d'Ashley, le doux duvet lui arrachant un sourire attendri.) Je ne sais pas comment ils vont faire pour me trouver si vite un remplaçant.

— Tu quittes New York? Jordan, tu ne peux pas faire cela. Tu t'es hissé en haut de l'échelle. New York t'adore.

— C'est seulement pour six mois, Syd. Je leur promettrai de revenir jouer après le tournage. Bon sang! cette pièce va rester à l'affiche un temps indéterminé. Mais je ne peux pas refuser le rôle de Nicholas ni les trois cent mille dollars que cela va me rapporter! Sais-tu combien de temps il faudrait pour gagner l'équivalent à Broadway?

Ayant couché Ashley, il prit Sydney dans ses bras.

— Dès que tu pourras voyager avec le bébé, viens me voir. Ecoute, chérie, je ne l'ai pas voulu, mais c'est le chemin vers la gloire et la fortune. (Il rit.) C'est arrivé beaucoup plus vite que je ne l'imaginais. C'est l'affaire de quelques mois seulement. Une aventure! Tu n'es jamais allée en Californie, toi non plus. Quelque chose de nouveau et d'excitant!

Il sortit de sa valise un appareil photo, et après avoir procédé aux réglages, prit trente-six clichés.

— La femme de ma vie immortalisée pour la postérité. Moi, père! Décidément cette année 1951 restera dans les annales!

Il vint s'asseoir près de Sydney, les yeux emplis de tendresse.

— Peux-tu savoir le bonheur que tu m'as donné? J'aimerai probablement notre fille plus que ma vie quand je la connaîtrai davantage, mais rien, jamais, ne pourra égaler les sentiments que j'ai pour toi.

Sydney leva son visage vers lui.

— Je me demande si nous serons jamais aussi heureux que nous l'avons été, dit-elle.

Personne ne fut surpris quand Evan téléphona pour annoncer que Véronique et lui divorçaient.

Quelques jours plus tard, le *Daily News* publiait une photo d'Evan avec une fille, préposée au vestiaire dans le night-club où il l'avait rencontrée, à Zurich. Sans être aussi belle que Véronique, elle avait, comme elle, une silhouette spectaculaire. Mais, contrairement à Véronique, elle souriait beaucoup.

Menant une vie de bâton de chaise, Evan parcourut la France et l'Italie avec Deirdre pendant trois mois pour finalement l'abandonner, par un matin neigeux, dans un hôtel de Vienne.

12

Ashley contre elle, Sydney émergea de l'avion sous le soleil de février. Les palmiers oscillaient doucement sous la brise. Elle chercha Jordan du regard.

Ce fut Monday qui accourut vers elle, agitant la main.

— Jordan est en tournage, annonça-t-il, tandis qu'il enlaçait Sydney et Ashley. Il m'a envoyé vous chercher.

Sydney eut un serrement de cœur, bien qu'elle fût contente de voir Monday. Comme toujours, il avait l'air d'avoir dormi tout habillé et de s'être coiffé avec un râteau. Il n'avait rien d'un auteur dramatique en passe de devenir célèbre.

Il était là depuis déjà deux semaines, Jordan lui ayant trouvé un emploi au studio.

— Ce n'est pas vraiment un travail passionnant, mais je gagne mieux ma vie que chez *Giorgio* et l'atmosphère est bien plus agréable, dit-il, tout en se précipitant pour récupérer les bagages de la jeune femme. Viens. La voiture n'est pas loin.

Il s'agissait d'une Oldsmobile décapotable jaune citron.

— Jordie et moi l'avons achetée ensemble; nous ne pouvons ni l'un ni l'autre nous en offrir une autrement. N'est-ce pas une merveille?

Jordan ne lui avait jamais dit avoir acheté une voiture.

— Attends de voir où nous habitons. Piscine, palmiers, bougainvilliers, hibiscus.

— Nous? demanda Sydney tandis qu'Ashley ouvrait les yeux et commençait à s'agiter.

— Non, je ne vis pas avec vous, dit Monday avec un sourire. J'habite dans un appartement — un studio, en fait — de l'autre côté de la piscine. C'est le pays des lotus, fichtre! Même les pauvres péons comme nous vivent parmi les fleurs. Bon sang, Sydney, qui pourrait vouloir retourner vivre dans l'Est, avec ses froids hivers et ses étés humides?

Sydney dut reconnaître que c'était un agréable changement, comparé au mois de février à New York.

— Los Angeles ne paraît pas aussi dense que New York.

— En effet, la ville s'étale plutôt qu'elle ne pousse en hauteur. Très peu de gratte-ciel, et encore c'est à peine s'ils méritent ce nom. Elle s'étend sur des kilomètres et des kilomètres. Regarde tous ces orangers, ces citronniers. C'est un endroit merveilleux.

Il s'arrêta devant une résidence, longue et basse, entourée de pelouses luxuriantes et d'eucalyptus. Ashley se mit à pleurer.

— C'est l'heure de la tétée, expliqua Sydney.

— Eh bien, nous sommes arrivés, dit Monday, s'engageant dans une place de parking entre deux bâtiments. On n'a pas besoin de garage ici, on se gare sous les auvents. Là, à gauche, voici votre appartement. La décoration n'est pas terrible, mais c'est compensé par le reste.

L'ameublement laissait en effet à désirer, et c'était peu dire, constata Sydney après que Monday se fut éclipsé pour la laisser allaiter Ashley. Tandis que le bébé tétait vigoureusement, Sydney regarda autour d'elle. Des tapis vert avocat, mais au moins les tentures et les murs étaient blanc cassé. Le canapé et le fauteuil rembourré étaient dorés. Heureusement, ils ne devaient habiter là que quelques mois.

Il y avait une petite salle de séjour, ainsi qu'un espace cuisine-salle à manger avec une table en Formica et un régriférateur également couleur avocat. Dans la plus petite des deux chambres, Jordan avait déjà installé un berceau, à côté d'un petit lit et d'une commode en érable madré, haute et étroite. Ce serait parfait pour Ashley, le temps qu'ils habiteraient là.

Leur chambre comprenait deux lits jumeaux que Jordan avait rapprochés. Des lits jumeaux? Pas commode pour faire l'amour! Et comment pourrait-elle dormir dans ses bras? Peut-être auraient-ils les moyens de s'offrir un grand lit?

Elle posa Ashley dans le berceau et alla ouvrir ses valises. Monday lui avait suggéré de faire un tour à la piscine pendant le sommeil du bébé. « Il est temps d'apprendre à vivre en sybarite », lui avait-il dit.

Elle troqua ses habits d'hiver pour un maillot de bain. Elle était bien blanche. Elle avait intérêt à demander du lait solaire à Monday, si elle ne voulait pas rougir comme une écrevisse en un rien de temps.

Elle prit une serviette, s'assura qu'Ashley dormait et se rendit à la piscine où Monday, en maillot écarlate, l'attendait, un verre de whisky à la main.

Il lui jeta un regard appréciateur.

— La maternité semble te réussir.

Ses seins étaient plus ronds, mais elle avait presque retrouvé sa ligne. Elle espérait que Jordan le remarquerait. Ils n'avaient pas fait l'amour depuis — eh bien, depuis deux mois. C'était avant la naissance d'Ashley et elle n'avait pas encore dix jours quand il était parti pour Hollywood...

— Tu as des jambes superbes, Sydney.

Elle sourit.

— Ce sont pratiquement les premiers mots que m'a dits Jordan.

— Je comprends pourquoi. Jordan est un heureux lascar.

— Tu parles comme dans un film des années trente.

— Hollywood déteint sur moi.

— Ne devrais-tu pas être au travail ?

— Non. Il est plus de 3 heures. Les écrivains ne travaillent jamais après cette heure-là. A dire vrai, je n'ai pas encore une activité débordante. Je me rends à mon bureau à 9 heures, je taille mes crayons, souris aux gens, fais un tour au distributeur d'eau réfrigérée en espérant que quelqu'un se rappellera mon nom, puis je retourne à mon bureau, demande à une secrétaire de m'apporter un café, range mes papiers et attends.

— Tu attends quoi ?

— Je ne sais pas encore. Si rien ne se passe, je reluque les secrétaires.

— Tu sais, une femme ne se limite pas à son physique.

Monday fit la grimace.

— C'est ce que tu ne cesses pas de répéter, tout comme ma mère d'ailleurs. Moi, je regarde d'abord une femme de la poitrine aux pieds, et si j'aime ce que je vois, alors je regarde au-dessus.

— Je me demande pourquoi j'ai de la sympathie pour toi, Monday. Tu es si grossier. Tu manques de sensibilité pour un futur écrivain.

— Comment ça, futur écrivain ?

— Eh bien, qu'as-tu écrit depuis que je te connais ?

— *Touché*[1]. Eh bien, tu te jettes à l'eau ? Je te parie que j'arrive le premier au bout de la piscine.

— Laisse-moi le temps de m'habituer. Après, je suis sûre de te battre.

A l'autre bout de la piscine, seules deux jeunes femmes bavardaient sous un parasol.

1. En français dans le texte.

— En fin d'après-midi, il y a foule. Les gens viennent se baigner à la sortie de leur travail. C'est un lieu prisé.

Sydney plongea un orteil dans l'eau. Pas aussi chaude qu'on l'eût cru. Regardant par-dessus son épaule, elle vit Monday qui l'observait.

— A quelle heure Jordan rentre-t-il?

Monday haussa les épaules.

— Ça dépend du nombre de prises et du nombre de scènes. Il doit être sur le plateau le matin à 6 heures pour le maquillage. Et il finit entre 7 et 9 heures le soir.

Sydney regarda par-delà la piscine, par-delà les toits des appartements situés de plain-pied au milieu des grands arbres qui étouffaient le bruit de la circulation. Quelle pouvait être la vie d'une femme mariée à un acteur de cinéma? Probablement bien différente de celle qu'ils menaient à New York. A dire vrai, ce n'était pas non plus une vie facile, puisqu'elle travaillait toute la journée et qu'il jouait tous les soirs. Ils pourraient au moins dîner ensemble tous les jours et avoir le week-end pour eux.

Elle ferma les yeux et plongea dans l'eau, fraîche et revigorante. C'était autrement plus agréable que la neige fondue et sale qui recouvrait les rues de New York. Quand elle refit surface, elle crut qu'une baleine avait plongé dans la piscine, mais ce n'était que Monday, lequel avait sauté pieds joints. Lorsqu'ils firent la course, il la battit haut la main. Elle avait besoin d'une remise en forme.

A 7 heures, elle allaita de nouveau Ashley, prit une douche, mit sa nouvelle robe en soie vert pâle, le même vert que celui de ses yeux, et des chaussures en toile assorties.

Elle se sentait aussi excitée qu'une adolescente se rendant au bal de sa classe. Elle n'avait pas vu son mari depuis trente-deux jours.

Lorsqu'il franchit la porte, à huit heures et demie, elle ressentit une vive joie, même s'il lui parut fatigué.

La main encore sur la poignée de la porte, il lui dit en souriant :

— Tu es un baume pour mes yeux irrités.

Puis il traversa la pièce et la prit dans ses bras, lui ôtant son rouge à lèvres tandis qu'il l'embrassait. Puis, sans un mot, il la souleva et la porta jusqu'à la chambre.

Tant pis pour ma belle robe, pensa-t-elle. Deux minutes plus tard, ils se souriaient, nus et enlacés.

— Mon Dieu ! que c'est bon de sentir ton corps contre le mien. Il n'y a rien de meilleur.

— Tu veux parier? dit-elle, riant tandis qu'elle s'allongeait sur le lit, l'amenant sur elle.

Il se pencha pour lui embrasser les seins, sa langue allumant chez elle, comme toujours, un incendie.

— C'est le paradis, murmura-t-elle, frémissant sous ses caresses.

Il l'embrassa sur tout le corps, et ses baisers l'électrisèrent. Il y avait trop longtemps qu'ils n'avaient pas fait l'amour. Elle avait envie de lui tout de suite.

Il se pencha sur elle, les yeux rivés aux siens.

— Viens, lui dit-elle.

Avec une lenteur désespérante, il glissa en elle, se retira, pour revenir à nouveau. Elle cambra le dos, se soulevant pour aller à sa rencontre, le sentir au plus profond d'elle-même, le sentir faire partie d'elle. Une chaude et merveilleuse sensation de plaisir envahit Sydney. Puis elle l'entendit gémir et sut qu'il venait de jouir également.

Après être resté quelques minutes sur elle, leurs souffles rauques se mêlant, il la fit rouler sur le lit avec lui. Elle ferma les yeux et il lui embrassa les paupières.

— Même le plaisir de jouer la comédie ne peut se comparer à cela, dit-il en l'entourant de ses bras. Tu m'as manqué. Quand tu n'es pas avec moi, c'est comme si la lumière avait disparu.

— Il y a pourtant plus de soleil ici que partout ailleurs.

— Peut-être, mais maintenant que tu es là, il brille davantage.

Entendant le vagissement d'Ashley, Jordan bondit du lit et courut, nu, jusqu'à l'autre chambre. Un instant plus tard, il était de retour, sa fille dans les bras.

— Comme elle est belle ! s'exclama-t-il. Elle te ressemble.

C'était la vérité. Elle avait le teint de Sydney, la même forme de visage, la même ossature. Elle était bien sa fille. Une Hamilton.

— Tiens, dit Jordan, lui tendant le bébé. Donne-lui le sein.

— Je l'ai nourrie il y a moins de trois heures.

— Ça ne fait rien. Je veux te voir l'allaiter. Je n'ai pas encore eu ce plaisir, tu sais.

Sydney porta l'enfant à son sein gauche, qu'elle se mit à sucer voracement.

Jordan, assis au bout du lit, les regardait en souriant.

— Et tu m'appartiens ! Vous êtes toutes les deux à moi. Si seulement j'étais peintre ! Je n'ai jamais rien vu de plus beau.

On frappa à la porte.

— Bon sang ! C'est Monday. Il était prévu que nous dînions tous ensemble avec une de ses toutes récentes conquêtes. Il apporte des plats chinois. Je m'habille. Prends tout ton temps.

L'amie de Monday, Linda, était ravissante. Ses cheveux bruns et ses yeux de biche marron rappelaient Bambi. Elle était si bien faite que tous les hommes dans la rue devaient se retourner sur son passage. Sa robe beige en lin la moulait comme si elle avait été sculptée dedans. Ses jambes bronzées étaient nues et elle portait des sandales avec des fleurs en plastique sur les orteils.

Sydney la trouva ennuyeuse. Elle gloussait beaucoup, mais n'avait aucune conversation, sauf lorsqu'il s'agissait des ragots d'Hollywood, sur lesquels elle semblait intarissable. Méprisant les fourchettes, ainsi que les baguettes que Monday avait apportées, elle mangea à même le carton, d'une main aux ongles longs et peints en rouge. Sydney, Jordan et Monday, qui se débrouillaient tant bien que mal avec les baguettes, riaient comme des enfants.

— Je vois, les gars, que vous vous êtes entraînés, remarqua Sydney.

— Nous ne nous nourrissons que de plats chinois et de pizza, expliqua Jordan.

— C'est tout ce que nous pouvons nous offrir, renchérit Monday.

Monday et Jordan parlèrent du studio et burent de la bière. Jordan tenait Sydney par la main, lui souriant béatement.

— Je dois me lever à 5 heures, déclara-t-il au bout d'un moment.

Monday ne se le fit pas dire deux fois.

— O.K., *hasta mañana*. Je passerai en début d'après-midi, dit-il à Sydney. Jordan prendra la voiture pour aller au studio, mais j'irai la récupérer en bus, au cas où tu en aurais besoin pour faire des courses.

Avant d'aller se coucher ils allèrent voir Ashley, et bien que Jordan dût se lever dans six heures, ils firent de nouveau l'amour. Epuisés, ils s'endormirent sur le dos, sans même se souhaiter bonne nuit.

Pendant les premières semaines, Sydney s'occupa essentiellement d'Ashley et de la cuisine. Elle avait acheté une poussette et se rendait tous les matins à l'épicerie trois blocs plus loin pour acheter des fruits et des légumes frais. Elle passait chaque jour un temps considérable à confectionner des recettes. Monday venait dîner chaque soir, insistant pour apporter du vin et du pain français.

Sydney participait à peine à la conversation. Ce n'était plus comme à New York où ils discutaient politique ou s'interrogeaient sur le sens de l'univers. Jordan et Monday ne parlaient que de cinéma, du studio et de gens qu'elle ne connaissait pas.

Ils ne se couchaient jamais tard, car Jordan avait besoin de huit heures de sommeil pour conserver sa bonne mine devant les caméras. Et après dîner, il se réservait du temps pour apprendre son texte du lendemain.

Ils n'avaient aucune vie sociale. Sydney ne voyait jamais les gens dont les deux hommes parlaient. L'après-midi, quand Ashley dormait, elle s'asseyait au bord de la piscine, essayant d'acquérir un joli hâle doré. Elle avait découvert une bibliothèque non loin et, avec Ashley dans la poussette, elle s'y rendait une fois par semaine pour se réapprovisionner. Elle avait le sentiment de vivre à travers les livres.

Il en serait ainsi jusqu'à ce que Jordan termine son film. « Juin au plus tard », lui avait-il promis.

Un après-midi, Evan lui téléphona.

— Je pars à Hawaï demain, mais j'ai pensé passer la nuit à Los Angeles pour te voir dans ce royaume enchanteur.

— Oh ! Voilà qui me fait le plus grand plaisir.

— Réserve des places dans un bon restaurant.

Elle n'en connaissait pas un seul.

— Je ne peux pas laisser Ashley. Tu devras te contenter de ma cuisine.

Evan éclata de rire.

— J'ai du mal à t'imaginer en cuisinière, mais je suis prêt à tenter l'expérience. Je serai accompagné.

— Une nouvelle femme ?

— Bien sûr. Ne viens pas me chercher à l'avion. J'ai des réservations au *Beverly Hilton*. Nous prendrons un taxi. Nous serons là vers 7 heures.

— Parfait. Dis-moi, es-tu heureux ?

— Bon sang, Syd, qu'est-ce que le bonheur ? J'ai besoin de quitter New York, de m'éloigner des parents. Ils me rendent dingue.

Sydney passa tout l'après-midi à préparer le dîner. Son problème majeur en cuisine était d'arriver à ce que tout soit prêt en même temps. Elle n'avait pas encore maîtrisé l'art d'être disponible pour ses invités, de boire tranquillement l'apéritif avec eux une heure avant de servir. Aussi choisit-elle de faire des lasagnes, pensant que, tandis qu'elles cuiraient au four, ils pourraient bavarder. Elle espérait que Jordan rentrerait de bonne heure.

Dès qu'il ouvrit la porte, Evan parcourut d'un rapide regard l'appartement, comme s'il s'agissait d'un taudis.

— C'est une blague!

Derrière lui se tenait une blonde — une toute jeune fille, estima Sydney —, un sourire aux lèvres... un sourire qui ne la quitta pas de toute la soirée. Ce n'était pas une épouse pour Evan, seulement une compagne pour ses vacances hawaïennes, se dit sa sœur. Peut-être faisait-elle partie de la thérapie nécessaire à quelqu'un qui venait de divorcer.

Sydney en avait encore gros sur le cœur qu'Oliver n'eût fait aucune objection au mariage d'Evan et eût donné plus d'un demi-million de dollars à une Française, alors qu'il avait pratiquement renié sa fille pour avoir épousé un acteur. Un bel Américain, charmant et cultivé, qui travaillait dur et aurait refusé le moindre centime d'Oliver si celui-ci lui avait proposé de l'argent.

— Ce n'est que provisoire, commença-t-elle à dire, avant de décider qu'elle n'avait pas à s'excuser.

C'était la vie qu'elle avait voulue et elle ne regrettait pas son choix.

Evan jeta un regard autour de lui.

— Tu cherches quelque chose à boire? lui demanda Sydney. Viens à la cuisine.

Evan se servit à boire, ainsi qu'à... Linda? Non, c'était la petite amie de Monday. Ah oui, Louise...

— C'est la première fois que je vais à Hollywood,

remarqua celle-ci, mettant son doigt dans son verre. A Hawaï aussi, d'ailleurs.

— Tu as une mine superbe, dit Evan à sa sœur.

— Je suis heureuse, répondit Sydney. Je suis ravie d'être mère.

Elle alla chercher Ashley dans son berceau et insista pour qu'Evan prît le bébé dans ses bras. Il n'était pas vraiment à l'aise, bien qu'il eût lui-même deux enfants.

— Vois-tu parfois Peter et Diane?

Il secoua la tête.

— Je ne suis pas retourné en Europe depuis notre séparation. (Il regarda son verre.) Véronique est remariée.

Sydney le dévisagea. Il était impossible de savoir ce qu'il ressentait. Il en avait toujours été ainsi.

Au même moment Monday et Jordan se garaient devant l'appartement. Jordan franchit brusquement la porte et tendit la main à Evan, passant un bras autour de son épaule, comme s'ils étaient des amis de longue date. Puis il s'adressa à Louise :

— Evan a toujours eu un penchant pour les belles femmes.

— Un penchant? demanda-t-elle, mais personne ne lui fournit d'éclaircissements.

Monday jeta un œil dans la cuisine.

— Ah! la table est mise pour cinq. Je n'en étais pas sûr. Permettez-moi d'aller me changer, fit-il avant de disparaître.

— Ainsi, vous êtes dans le cinéma, dit Evan comme il s'affalait sur le canapé, tapotant la place à côté de lui.

Louise s'assit en croisant les jambes, son verre dans une main, caressant de l'autre sa jambe lisse. Evan posa la main sur son genou, sans lui accorder plus d'attention.

Sydney étudia son frère pendant que lui et Jordan bavardaient. Il était terriblement maigre, et son visage de patricien affichait une certaine arrogance. Cela avait toujours été le cas, même quand ils étaient enfants. Evan était si sûr de lui-même. Ils l'étaient tous les deux, mais Sydney espérait ne pas arborer le même air de supériorité. Et dernièrement, à Hollywood, elle avait perdu de son assurance. Elle se sentait isolée. Elle avait discuté avec quelques autres jeunes femmes habitant la résidence, mais elles semblaient ne rien avoir en commun. Malgré l'amour qu'elle portait à Ashley, elle détestait rester assise à parler couches ou bouillies, ou de qui couchait avec qui selon la chronique mondaine. Evan expliquait qu'il se rendait sur la grande île de Hawaï pour pêcher le marlin. Ils embarquaient sur le *Lurline* demain, mais il ignorait encore s'ils prendraient, au retour, le bateau ou l'avion. Il se déciderait le moment venu. Il n'hésiterait pas à rentrer plus tôt que prévu si jamais il s'ennuyait.

Il n'était pas pressé de regagner New York.

— Papa essaie de m'initier à ses affaires.

Lesquelles n'intéressaient nullement Evan. Sydney se souvenait avoir entendu sa mère dire que si cela nécessitait de la discipline, ce n'était pas du goût d'Evan.

Plus tard, après le départ de Louise et Evan, Monday déclara :

— Eh bien, je ne blâme pas Evan. Si je le pouvais, je ne travaillerais pas.

— Tu passes la journée à écrire. C'est du travail.

— Pas pour moi.

— Faut-il que tu fasses quelque chose qui ne te plaît pas pour que ce soit du travail ?

Jordan s'interposa.

— Je travaille toute la journée et j'aime cela. J'espère ne jamais avoir à exercer un autre métier, dit-il avant d'ajouter en se dirigeant vers la chambre à coucher : Je reverrai mon texte demain matin. Je suis trop fatigué pour le faire maintenant.

Il était minuit passé.

Lorsqu'il rentra le lendemain soir, Jordan annonça, tout excité malgré sa fatigue :

— Mon agent m'a appelé aujourd'hui. On me propose le rôle principal dans un film.

Sydney se jeta à son cou.

— C'est merveilleux! s'exclama-t-elle, tout en songeant qu'il serait encore plus souvent absent.

— Je sais que tu détestes vivre dans cet appartement. Que penserais-tu d'acheter une maison, si cela marche, suggéra-t-il en prenant une bière dans le réfrigérateur. Dès que nous serons fixés, tu pourrais prendre la voiture pour aller prospecter?

Voilà qui rendait la perspective plus acceptable.

— Tu te charges des recherches et le dimanche nous irons visiter ce que tu voudras. Je serai en mesure de verser un acompte substantiel si j'obtiens ce rôle.

— De quel rôle s'agit-il? demanda Sydney, se blottissant contre lui sur le canapé.

— Ce n'est pas ma tasse de thé, à vrai dire. C'est un film d'aventures. Mike m'a dit que j'aurai le script demain. Il pense qu'il me plaira, même s'il ne s'agit pas d'un drame psychologique. Il faut dire que, comme tous les agents, c'est surtout l'aspect financier qui l'intéresse.

Et, de fait, l'aspect financier s'avéra si fabuleux qu'ils purent s'offrir une maison de sept pièces dans un lotissement au milieu des arbres.

13

Deux ans plus tard, ils avaient quitté cette maison, et Sydney désirait un deuxième enfant.

Jordan avait fait film sur film. Devenu l'une des valeurs les plus sûres d'Hollywood, il décida de prendre des vacances, expliquant qu'il était « vanné » et avait besoin d'une pause.

Ils s'envolèrent pour Hawaï, où Sydney se retrouva enceinte. Ils n'étaient que tous les trois, et s'ils ne pouvaient marcher dans la rue ou prendre leur petit déjeuner au *Royal Hawaiian* sans que des attroupements ne se forment autour de Jordan, du moins échappaient-ils à la vie folle qu'il menait à Hollywood.

A leur retour, ils emménagèrent dans une villa qui rappelait à Jordan, par la taille si ce n'est par le style, celles qu'il avait vues le long de la rivière, la première fois que Sydney l'avait amené à Oberon. Sans être aussi imposante, aussi immense que celle des Hamilton à Oberon, leur nouvelle maison comportait une douzaine de pièces, sans compter les cinq salles de bains. Sydney décida de se charger de la décoration, affirmant trouver dans cette activité un remède à son ennui. Jordan partait avant l'aube et ne rentrait souvent qu'à la nuit tombée.

Quelle que fût l'heure à laquelle il arrivait, ils dînaient dans le patio près de la piscine. Monday était souvent là, accompagné d'une fille différente chaque mois. Toujours sensationnelle, parfois intelligente, mais, la plupart du temps, riant bêtement.

Quand il était présent, Jordan se montrait un père idéal, estimait Sydney. Il n'était jamais trop fatigué pour jouer avec Ashley, pour lui chanter des chansons, la câliner, l'emmener faire des promenades sur le poney qu'il lui avait offert à Noël. Il savait également être un mari aimant et attentionné. Dès qu'il franchissait le seuil, l'ennui faisait place à l'excitation.

Sydney passa plusieurs mois à décorer la villa, pièce après pièce, et son talent, sa patience et son goût en firent un lieu tout aussi admirable qu'accueillant. Elle était satisfaite du résultat. Mais elle ne supportait plus le ménage ni le repassage. Elle continuait à faire la cuisine, car l'heure du dîner était imprévisible.

Une fois la décoration achevée, elle se retrouva à nouveau désœuvrée. Elle avait beau adorer Ashley, elle ne pouvait passer tout son temps à s'occuper de son enfant et à penser à celui qu'elle portait. Jordan l'encouragea à aller jouer au golf. Ce qu'elle fit. Si elle appréciait de faire du sport, les conversations, tournant généralement autour de qui avait quel rôle, qui couchait avec qui, qui montait ou était sur le déclin, l'exaspéraient. Ses journées étaient remplies, mais son esprit aspirait à bien autre chose.

Elle se retrouvait dans un rôle de femme au foyer, rôle dans lequel elle avait reproché à sa mère et à sa grand-mère de s'être confinées, gâchant comme elles son instruction. Elle avait le sentiment de devoir renoncer à ses rêves d'accomplir quelque chose par elle-même. Elle essayait de ne pas envier à Jordan son travail passionnant, tandis qu'elle était reléguée aux tâches ménagères ou réduite à jouer au golf.

Quel que fût le film dans lequel il jouait, ses collègues devenaient ses intimes. Ils invitaient, le dimanche, à des brunches au champagne au bord de la piscine, sa partenaire et son compagnon du moment, ainsi que d'autres amis qu'il s'était faits. Ses partenaires étaient toutes plus belles les unes que les autres, et Sydney se demandait comment se passaient les scènes d'amour. S'étaient-ils embrassés cette semaine ? Cela signifiait-il quelque chose pour lui ?

L'année où ils vécurent à Beverly Hills, il n'y eut pas un dimanche où Jordan ne voulût recevoir. Mais Sydney se sentait invisible, élément annexe dans la vie d'une star de cinéma. Les collègues de Jordan se montraient toujours charmants à son égard, mais jamais ils ne lui posaient aucune question personnelle ni ne l'incluaient dans leurs conversations. De toute manière, celles-ci ayant uniquement trait à leur travail, elle ne pouvait qu'en être exclue.

Bien que ne participant à aucun des films où jouait Jordan, Monday s'intégrait parfaitement, et il aimait les brunches. Il bavardait toujours avec Sydney, et pourtant ils se voyaient sept jours par semaine. Il paraissait deviner son malaise.

Les seuls moments où elle se sentait vraiment proche de Jordan étaient ceux où ils faisaient l'amour, avec passion, inventivité et dans un total abandon. Parfois, il la réveillait, alors qu'il faisait encore nuit, avant de partir pour le studio, et la prenait dans ses bras. Il lui arrivait souvent de lui dire : « Avant dîner, il faut que je te fasse l'amour. » Elle commençait à frissonner de plaisir quand l'heure de son retour approchait. Le dimanche matin, elle le regardait dormir, rejetait les draps pour contempler son corps nu, puis elle l'arrachait au sommeil par ses caresses et ses baisers jusqu'à ce que leur union allume un feu d'artifice dans le ciel.

Des millions d'Américaines rêvaient de lui, et elle le savait encore plus séduisant et viril qu'elles ne l'imaginaient. Elle l'aimait avec une violence qu'elle pouvait parfois à peine contenir.

Lorsqu'ils étaient partis en vacances à Hawaï, elle lui avait demandé :

— Tu ne vois pas d'inconvénient à ce que j'abandonne mon diaphragme ?

Il lui avait souri :

— Je crois que nous pouvons nous permettre d'avoir un autre enfant, si c'est ton désir.

— Ashley a deux ans. Je crois que c'est le bon moment.

Il s'était dit qu'un nouvel enfant comblerait l'insatisfaction qu'il ressentait chez sa femme, sans la comprendre. En cinq ans de mariage, ils étaient passés d'un appartement sans eau chaude à Manhattan à une immense villa à Berverly Hills. Elle avait pratiquement le confort dans lequel elle avait été élevée. S'il appréciait d'être reconnu dans la rue, il regrettait toutefois la liberté de l'anonymat. Il n'en revenait pas de la rapidité avec laquelle tout cela était arrivé. D'abord Sydney. Puis Ashley. Et ensuite le succès, la célébrité, la richesse. Il était l'homme le plus chanceux du monde.

Si seulement Sydney pouvait trouver l'épanouissement avec un second enfant !

Jamais il n'avait rêvé d'une relation sexuelle aussi intense. Personne, en la voyant, n'eût imaginé Sydney capable d'une telle passion. Elle paraissait si grande dame, si froide qu'on ne pouvait pas même l'imaginer décoiffée, et cette pensée le faisait sourire, tout comme la seule pensée de sa nudité le troublait. Après cinq ans de vie commune, il la désirait toujours autant. Il savourait chaque instant de cette vie magique. Mais pourquoi donc cette magie ne s'exerçait-elle pas sur Sydney ? Elle n'avait plus à rougir de son mariage devant ses parents, maintenant.

Non qu'elle en eût jamais rougi. Elle avait toujours pris son parti devant eux. Et Jordan avait constaté que leur attitude à son égard s'était adoucie. On les pressait maintenant de venir à Oberon pour Noël. Comme cela avait dû lui manquer! Depuis leur installation à Los Angeles, elle n'était retournée qu'une seule fois sur la côte Est pour passer l'été à Oberon avec sa grand-mère.

Son absence, ainsi que celle d'Ashley, lui avait semblé durer une éternité. La joie était revenue dans sa vie, à leur retour, à la fin de septembre. Il avait réalisé que, malgré la liaison passionnée qu'il entretenait avec sa partenaire du moment, personne ne comptait autant que Sydney, rien n'était comparable à l'amour qu'il avait pour elle et Ashley.

Il fut déçu lorsqu'elle lui annonça qu'elle avait l'intention de mettre au monde leur prochain enfant à Oberon.

— Je serai en plein tournage, lui dit-il. Un film sérieux, enfin. Je ne pourrai pas te rejoindre pour la naissance.

Mais Sydney se montra inébranlable.

— Il n'y a pas un Hamilton qui ne soit né là-bas.

— La femme d'Evan a accouché en Europe. Et d'autre part, nos enfants ne sont pas des Hamilton.

Elle secoua la tête.

— Un jour, Oberon appartiendra à nos enfants.

— Ton père a dit qu'il te rayait de son testament.

Sydney savait pertinemment que ses enfants et ceux d'Evan hériteraient de l'île, si ce n'était elle et son frère.

— Syd, il n'y a pas d'hôpital là-bas.

— Papa et maman feront venir le Dr. Beckwith.

— Il n'est même pas obstétricien.

Sydney regarda son mari.

— Tout se passera à merveille. Regarde comme j'ai accouché facilement d'Ashley.

Jordan lui prit la main.

— Vas-tu me priver du plaisir d'être auprès de toi dans un pareil moment?

Elle y avait pensé.

— Mes enfants doivent naître sur l'île. C'est la tradition.

Tel était le prix à payer pour s'être uni à l'une des plus

vieilles familles du pays. La tradition le laissait froid. Il voulait être avec sa femme à la naissance du bébé, pas à des milliers de kilomètres. Il voulait participer.

— Et zut! marmonna-t-il.

Elle le regarda, assis sur leur grand lit. Puis elle se dirigea vers le placard qui occupait tout le mur et se mit à considérer ses robes du soir. Sa grossesse n'était pas encore assez avancée pour qu'elle portât des vêtements de femme enceinte, mais elle choisit toutefois une robe assez large. Ils allaient à une fête organisée par Monday chez *Romanoff*. Sa première pièce se jouait à Broadway en novembre, aussi avait-il réuni « quelques amis » pour fêter son départ.

Les quelques amis n'étaient pas loin de la centaine.

En dansant avec Sydney, Monday lui annonça :

— Lacey Stafford a accepté de jouer le premier rôle. Tu te rends compte?

Sydney était ravie pour lui.

— Peut-être pourrais-tu prendre un week-end cet été pour descendre à Oberon?

— Ainsi tu pars, même si cela contrarie Jordan.

Elle acquiesça. Elle n'allait certainement pas se sentir coupable. Elle allait accoucher dans cette chambre qui donnait sur la forêt de Martha. Et si c'était un garçon, elle espérait que Jordan accepterait qu'il s'appelle Hamilton. Hamilton Eliot. Et si c'était une fille... Elle souhaitait que ce soit un garçon. Un garçon après une fille, ce serait merveilleux.

— Je t'envie de retourner à New York, dit-elle à Monday.

— Oui, bien sûr. L'étuve en été, la neige qui se transforme en gadoue l'hiver. La pluie et l'humidité. Je n'en doute pas.

— Mais c'est vrai. La vie trépidante, les spectacles, les changements de saison...

— Tu n'es pas tellement heureuse ici, n'est-ce pas?

Elle secoua la tête et ils s'arrêtèrent de danser à la fin du morceau.

— Je ne suis rien ici. Presque personne ne me connaît. Je suis l'épouse de Jordan — c'est ma seule identité. Et l'autre jour, j'ai entendu des femmes se demander combien de temps notre mariage tiendrait, avec toutes ces splendides actrices qui tournent autour de lui. Cela m'a fichu un coup. En rentrant à la maison, je me suis regardée dans le miroir et, pour la première fois de ma vie, j'ai eu des doutes sur moi-même.

— Oh, bon sang, Sydney, et toi qui disais que le physique n'est pas tout!

Elle le regarda, sidérée.

— Tu n'es jamais sorti avec une femme qui ne soit belle.

— Oui, mais la première fois que je t'ai vue, je n'ai peut-être pas pensé que tu étais sensationnelle, mais après avoir parlé cinq minutes avec toi, j'ai vu ta beauté intérieure. Elle brillait comme un phare.

— Que m'est-il arrivé, dans ce cas?

— Tu as perdu la joie de vivre que tu avais à New York. Tu étais alors pleine d'idées et d'entrain. Ici, tu as l'air d'attendre, d'être à l'écart, en dehors de la vie. Tu n'as plus cette lumière intérieure.

Le portrait qu'il dressait d'elle la vexait.

— Eh bien, dit-elle, je suis suffisamment du côté de la vie pour porter un enfant.

Et pourtant, elle savait que la description faite par Monday était juste. Elle s'y reconnaissait, et cela lui déplaisait. Peut-être essaierait-elle de modifier son comportement après la naissance du bébé.

14

Jordan franchit brusquement la porte, les yeux brillants d'excitation. Il était à deux semaines de la fin du tournage d'*Etoiles du désert*, et Sydney espérait qu'il prendrait au moins un mois de vacances avant le prochain film. Jordan avait refusé plusieurs propositions, les scripts ne lui plaisant pas. Peut-être pourraient-ils retourner dans l'Est. A New York ou à Oberon. Quelque part où il y aurait un peu de fraîcheur, des nuages dans le ciel. Un endroit où elle retrouverait du tonus.

— On vient de me proposer le plus beau script du monde ! clama-t-il. Et le tournage doit se faire en décor naturel.

Il la prit dans ses bras et la fit tournoyer.

— Nous allons en Afrique !

— Nous ?

— Nous. Toi et moi. Du moins, j'espère que tu vas venir. Le tournage a lieu au Congo et doit durer six mois. Bon sang, l'Afrique ! Tu te rends compte ?

Jordan chantait presque. Il courut à la table de l'entrée et se mit à taper dessus, comme sur un bongo.

Sydney le regardait, un mélange d'amusement et de désarroi dans les yeux. Ses enthousiasmes enfantins faisaient partie de son charme.

— Accompagne-moi, Syd. Ce sera une expérience formidable, et le script, nom de Dieu, est fabuleux ! Et tu sais qui sera ma partenaire ? Lili Davidson. Avec un script pareil et Kirk O'Malley comme metteur en scène, le film ne peut être qu'une réussite !

Il l'attira à lui pour l'embrasser, puis se mit à danser dans la pièce.

— Je ne peux pas venir, dit Sydney, et tu le sais très bien.

Il se figea, un pied en l'air.

— Que veux-tu dire par « tu le sais très bien » ? Je ne vois pas pourquoi tu ne pourrais pas venir.

— Je ne vais pas emmener les enfants dans un pays où elles risquent d'attraper toutes sortes de maladies.

— Oui, bien sûr, dit-il avec un sourire. Je le sais. J'ai pensé que nous pourrions demander à ma mère de s'occuper d'elles en notre absence.

— Laisser les filles six mois ? Les laisser alors que Juliet va bientôt marcher et qu'Ashley a tant besoin de moi ! C'est impossible. Je ne veux même pas y penser.

— Ton amour ne doit pas se limiter à l'amour maternel, ma chérie. Nous devons rester ouverts à l'aventure. D'autre part, je leur ai dit que je ne partirais pas sans toi.

Sydney retira sa main.

— C'est du chantage.

Jordan la prit de nouveau dans ses bras, la regardant dans les yeux.

— Sais-tu que tu as perdu cette étincelle, cet appétit de vivre que je te connaissais. Tu as besoin d'un changement. Je crois que ton attachement aux filles au détriment de toute autre chose te plonge dans l'abattement. Nous avons besoin d'aventure, de quelque chose de nouveau. Viens avec moi, partage mon travail, mêle-toi à ma vie. Essaie de comprendre ce que je fais et les émotions que me procure mon métier.

— Je comprends pourquoi tu aimes ton métier, et je suis ravie qu'il en soit ainsi.

— Mais tu ne t'y intéresses pas. Même quand nous invitons mes amis à la maison, tu restes à l'écart. Accompagne-moi, Syd. Je t'en prie. (Il resserra son étreinte.) Je t'aime. Je veux tout partager avec toi.

Comme elle restait silencieuse, il ajouta :

— Tu pourras prendre l'avion pour aller retrouver tes filles à chaque fois qu'elles te manqueront trop.

Elle soupira.

— Comment pourrais-je refuser?

— Tu ne peux pas, dit-il, l'embrassant de façon à ce qu'elle sût qu'elle ne pourrait rester loin de lui un semestre entier, qu'elle irait n'importe où avec lui, même si elle devait renoncer à assister aux premiers pas de Juliet. Elle avait regretté leur vie à New York, l'époque où ils étaient tout l'un pour l'autre. A présent, pour Jordan, le centre de la vie c'était le studio; Sydney et ses filles venaient en second.

Si, en rentrant chez lui, il avait du mal à se débarrasser du personnage qu'il était pendant la journée, il ne s'en mettait pas moins à porter Ashley sur son dos, à chanter des chansons à Juliet. A la maison, ses filles étaient sa priorité. A trois ans et demi, Ashley aimait qu'on lui lût des histoires, et chaque soir Jordan lui faisait la lecture pour l'endormir. Il dînait ensuite avec Sydney, leur seul moment d'intimité de la journée, car, le repas terminé, il était déjà neuf heures et il devait apprendre son texte pour le lendemain.

Le samedi, ils emmenaient les filles à la plage ou bien au zoo. Parfois, Jordan entraînait Ashley et Sydney voir un film de Walt Disney. Il consacrait ce jour-là à sa famille. Le dimanche restait celui du brunch. Les invitations des Eliot étaient prisées. Sydney était passée maître dans l'art de recevoir somptueusement, mais elle restait toujours en arrière-plan, contrairement au temps de sa jeunesse. Jordan avait raison : elle ne partageait pas l'essentiel de sa vie.

Jordan était toujours le centre de l'attention. S'il arrivait à Sydney de se voir citée dans la chronique mondaine, à l'occasion d'un gala pour une première, c'était toujours en ces termes : « Le beau Jordan Eliot et son élégante femme, toujours impeccablement vêtue... » Elle était Mrs. Jordan Eliot. Jamais il n'était mentionné qu'elle était une Hamilton. A Hollywood, rien n'existait hors du cinéma. Jordan était au sommet. Il n'avait peut-être pas encore la notoriété d'un Spencer Tracy ou d'un James Stewart, mais on lui attribuait le même genre de rôles que Gable à ses débuts.

Ils ne firent qu'une simple escale à Heathrow, mais passèrent trois jours à Rome. La ville plut à Jordan autant qu'elle avait séduit Sydney quand elle l'avait visitée, adolescente.

— Reconnais-le, lui dit-il, dévorant tout ce qui s'offrait à son regard. Tu es une citadine. Et tu aimes tout particulièrement les grandes villes.

Elle adorait Oberon, mais elle était bien une citadine. Rome lui redonna de l'entrain.

— Le soleil est différent ici ! s'exclama Jordan, tout excité par son premier séjour en Europe.

Le soleil leur sembla différent en Afrique, également. Ils restèrent quatre nuits à Nairobi, où ils achetèrent ce qu'il leur fallait pour le Congo. Jordan se montra déçu.

— Je pensais que ce serait... oh, disons, plus africain. Or, c'est une ville comme une autre. Regarde toutes ces voitures et ces grands immeubles !

— Tu n'as pas dépassé le mythe du « bon sauvage », on dirait, fit Sydney.

L'urbanisation de Nairobi ne la déçut pas autant que Jordan. Mais la ville n'offrait pas les produits de luxe auxquels elle était habituée ; ils réussirent toutefois à manger un steak passable et burent un excellent vin.

— Le Congo n'est sûrement pas aussi... civilisé, dit Jordan, une expression rêveuse s'allumant dans ses yeux.

Les gorilles. Les éléphants. Y aura-t-il aussi des lions?

Le Congo. Sydney avait des images de sangsues, de rivières brunes coulant paresseusement, d'arbres dégoulinant de serpents, de singes et de corps noirs luisants. Elle fit une provision de bombes insecticides et de lotions solaires.

Le lendemain, l'hôtel commença à se remplir des membres de l'équipe. A l'exception du cameraman et de scs assistants qui étaient déjà sur place, tous les autres se retrouvèrent au bar de l'hôtel. Lili Davidson était la seule à n'être toujours pas arrivée à la nuit tombée.

— C'est du Lili tout craché, marmonna Kirk O'Malley, le metteur en scène. On m'a dit que je me mordrais les doigts de l'avoir choisie.

— Pourquoi l'avoir choisie alors? demanda Jordan, qui n'avait jamais rencontré l'actrice.

Kirk le regarda, haussant les sourcils.

— Vous avez lu le script. Pouvez-vous imaginer quelqu'un qui ferait mieux l'affaire?

Sydney fut séduite par Kirk O'Malley dès l'instant où elle posa les yeux sur lui. Cet homme trapu, bâti comme un gorille, avait le sourire le plus engageant qu'elle eût jamais vu. Il ne cessait de mâcher un cigare qu'il n'allumait jamais. Une épaisse moustache brune surmontait ses lèvres larges et sensuelles.

— Il est aussi attirant qu'un homme puisse l'être, dit-elle à Jordan tandis qu'ils s'apprêtaient à se coucher.

Jordan hurla de rire.

— Attirant? Kirk? Mais il est franchement laid!

Sydney enleva sa robe en lin mauve, déjà froissée, et la pendit dans le placard. Elle fit voler ses chaussures au milieu de la pièce.

— Je n'ai pas dit qu'il était beau. J'ai dit qu'il était attirant. Il paraît tellement viril. Quand il s'adresse à toi, il te donne l'impression que tu es le centre du monde. Je parie qu'il est fantastique au lit.

— Bon sang ! s'exclama Jordan tandis qu'il s'allongeait, attendant que Sydney eût fini de se démaquiller. Tu en pinces pour lui, il me semble.

— Non.

Sydney jeta le bout de coton dans la corbeille à papier et se tourna vers son mari.

— Je dis seulement ce que je pense. Ce n'est pas parce qu'un homme est séduisant que j'ai envie de lui. Tu me suffis amplement.

Jordan sourit.

— Quand j'en aurai fini avec toi, cette nuit, tu ne penseras plus à un autre homme, dit-il, alors qu'elle l'avait rejoint dans le lit. Jamais plus.

Lili Davidson n'était pas belle. Cela surprit Sydney, car, à l'écran, sa beauté irradiait.

Sans être arrogante, l'actrice avait le sens de sa valeur. Ses vêtements étaient d'autant plus coûteux qu'ils paraissaient d'une grande simplicité, comme faits pour être portés n'importe où. En chemisier de soie blanche cintré et pantalon beige bien coupé, Lili laissait deviner l'un des plus beaux corps de femme de tous les temps. Ses jambes bronzées avaient un galbe parfait et ses sandales, de chez Gucci, consistaient en de simples lanières de cuir. Ses mains, qu'elle utilisait beaucoup, car elle parlait toujours avec de grands gestes, étaient d'une finesse étonnante.

Sydney se demanda si ses dents étaient vraies, tant elles étaient blanches et régulières. Elle n'avait jamais vu des yeux comme ceux de Lili, qui, en l'espace d'un battement de paupière, passaient du bleu au vert.

Même sans savoir qui elle était, les gens se retournaient pour la regarder, sans qu'elle parût s'en apercevoir.

Sa voix rauque, familière à plus de cent cinquante millions d'Américains, envoûtait son public.

Kirk O'Malley, manifestement aussi fasciné par

l'actrice que l'était Sydney, présenta l'équipe. L'air grave et solennel, Lili adressa un signe de tête à chacun.

— Bon, dit Kirk, une fois cette formalité accomplie. J'ai entendu dire que vous pouviez retenir le nom de tous les gens qui vous étaient présentés. Tous... (Il se retourna et compta rapidement les personnes présentes dans la grande salle à manger.) Quarante-quatre. Est-ce vrai ?

Lili fit entendre un rire aussi grave et profond que le chant d'une contrebasse. Elle regarda les premières personnes qui lui avaient été présentées, un maquilleur et la costumière.

— LeVar Hailey, Sally Thompkins...

Elle fit le tour de l'assemblée sans se tromper, sans hésiter une seule fois. Quand ses yeux rencontrèrent ceux de Jordan, elle lui dit en souriant :

— Eh bien, vous êtes comme dans vos films.

Mais, parvenant à Sydney, elle fronça les sourcils.

— Mon Dieu, c'est sans doute un acte manqué. Vous êtes sa femme, je le sais, mais je suis bien incapable de me rappeler votre prénom.

Jordan lui sourit.

— Ma femme s'appelle Sydney.

Lili l'étudia.

Je ne l'oublierai plus. Pardonnez-moi.

Et Sydney sentit des problèmes en perspective. Mais ils ne devaient pas prendre la forme qu'elle imaginait.

Un bimoteur les conduisit à Stanleyville, au Congo. De là, ils roulèrent en direction du sud sur des routes d'abord, puis sur des pistes à peine carrossables avant de recourir à des bateaux. Ce grand fleuve qu'est le Congo, renommé pour sa largeur et son débit rapide, démentait, à cet endroit, loin de l'Océan et près de sa source, sa réputation.

L'air humide était suffocant. Sydney se sentait oppressée, les grands arbres formant comme un dais au-dessus de leurs têtes. Entre le lacis de feuilles qui pendaient sur eux en permanence, ils n'apercevaient plus que quelques lambeaux du ciel, bleu opalin.

Sautant d'un arbre à l'autre, les singes les poursuivaient de leurs cris, le long du cours d'eau qui serpentait à travers la jungle d'un vert sombre. Puis la végétation s'éclaircit et un ciel cobalt apparut. Un village de cases se dressait, construit spécialement pour le tournage.

A la différence des habitations indigènes, ces cases où ils allaient vivre comportaient des fenêtres pour l'aération. Sydney se dit que ce serait, après tout, plus confortable qu'elle ne le pensait. Elle était lasse de faire et défaire ses valises, lasse d'être bringuebalée sur des routes défoncées, lasse de se trouver aussi loin de toute civilisation. Et si les filles tombaient malades ? Elle avait perdu tout contact avec le monde.

Jordan, lui, trouvait ce voyage fascinant. Tout, pour lui, était excitant, captivant, et l'émerveillait. La jungle le stupéfiait. Tandis qu'ils remontaient le fleuve au rythme des pagaies en forme d'éventail maniées par les rameurs noirs, il avait observé les berges avec ravissement. Des cigognes nichaient dans les tourbières ; des crocodiles, levant leur horrible tête, se glissaient dans l'eau boueuse. Ils avaient failli heurter un hippopotame qui s'était contenté de les regarder avec de grands yeux tombants. Des oiseaux piaillaient bruyamment. Il n'y avait jamais un instant de silence.

— C'est leur façon d'annoncer aux autres animaux que des étrangers arrivent.

Sydney s'était étonnée de la remarque de Jordan, se demandant comment il pouvait bien savoir cela.

Ce n'est qu'une fois au campement qu'elle avait commencé à se détendre. Des lits de camp avaient été installés dans chaque case, et bien que n'ayant jamais campé, elle était décidée à faire bonne figure et à participer le plus possible, de façon à partager la vie de Jordan, à partager ce qu'elle supposait être le plus important pour lui.

— Si vous vous mettez en short, les prévint l'assistant-réalisateur, enduisez-vous d'insecticide.

Il était arrivé deux semaines auparavant pour préparer le campement.

Eprouvée par l'humidité, Sydney commença par faire un somme. Elle se réveilla pour constater l'absence de Jordan. Elle s'éclaboussa le visage et le cou d'eau, provenant d'un seau, et se demanda comment s'habiller pour le dîner. Si les insectes abondaient, mieux valait ne pas se mettre en short. Elle opta pour un pantalon kaki et un corsage de coton assorti qu'elle avait achetés dans un magasin spécialisé dans les vêtements coloniaux. On lui avait assuré que c'était *de rigueur*[1] en Afrique.

A six heures à peine, le jour déclina. Les tropiques ne connaissent pas de longs et spectaculaires couchers de soleil. La nuit simplement commence. Le jour finit. Le tout en quelques minutes. Et la nuit est aussi longue que le jour. Il n'y a guère de variations saisonnières. Peu après six heures du soir, l'obscurité s'installe.

Il faisait déjà sombre quand Sydney émergea de sa case et se dirigea vers l'endroit où la majeure partie de l'équipe s'était rassemblée, sur des chaises pliantes, pour fumer et boire dans de grands verres. Jordan tapota le siège en toile à côté du sien et lui cria :

— Je te l'ai gardé.

Il parlait avec sa partenaire, qui manifestait son enthousiasme à l'idée de tourner en décor naturel.

— Quand j'ai appris où nous allions tourner, j'ai dit oui avant même d'avoir lu le script. Ce qui m'a également tout de suite décidée, c'est de savoir que Kirk dirigeait le film. C'est le réalisateur le plus novateur que je connaisse. Je l'ai rencontré il y a seulement deux semaines. Que vous soyez dans le film était la cerise sur le gâteau. J'admire depuis longtemps votre jeu.

---

1. En français dans le texte.

Sans faire la moindre pause pour reprendre son souffle, Lili se pencha et sourit à Sydney :

— Bonsoir, Sydney.

Elles se regardèrent. Elles étaient habillées d'une manière identique.

— Votre goût vestimentaire n'a d'égal que votre goût concernant les hommes, plaisanta Lili. Manifestement, nous avons été toutes deux prévenues de la tenue à adopter. Vous êtes formidable.

Sydney lui rendit son sourire, incapable de résister à son attitude amicale.

— Je vous retourne le compliment.

— N'est-ce pas palpitant ? dit Lili de sa voix rauque qui attirait l'attention dès qu'elle parlait. J'ai passé mon enfance à New York, et jamais, alors, je n'aurais imaginé me retrouver un jour en pleine jungle africaine.

— Que veux-tu boire, Syd ? demanda Jordan tandis qu'apparaissait un Africain vêtu d'un short et d'une veste blanche impeccable.

Elle lui passa sa commande et il revint — chose incongrue au cœur de ce continent noir — avec un gin-tonic, agrémenté de quelques gouttes de citron vert.

Pour le dîner, qui fut servi sous forme de buffet sur une longue table recouverte d'une nappe blanche, il y eut de la viande qui avait dû mijoter pendant des heures, de minuscules oignons sucrés, des carottes très tendres et des racines comestibles au goût aigre-doux, que Sydney ne put identifier.

— Avez-vous déjà travaillé avec Kirk ? demanda Lili à Jordan.

— Non, mais j'ai entendu dire qu'il improvisait au fur et à mesure. C'est un génie, sans aucun doute. Il a peur de vous, vous savez.

Lili ne fut pas surprise.

— Tout le monde a peur de moi avant de me rencontrer. Est-ce votre cas ?

Elle le regarda en battant des cils. Ils étaient longs et noirs. Sydney eut le sentiment qu'elle n'allait pas s'entendre avec Lili. Bien sûr, les stars de son envergure et de celle de Jordan étaient l'objet de toutes les attentions. Tout tournait autour d'elles. Peut-être était-ce pourquoi sa relation avec Jordan s'était détériorée. Pour la première fois, elle s'avouait que quelque chose n'allait pas dans leur mariage. Elle et Jordan prenaient des routes différentes. Non, ce n'était pas tout à fait exact. Jordan suivait son chemin et elle, Sydney, n'allait nulle part.

Jordan rit en réponse à la question de Lili.

— Si j'ai pu être intimidé, je ne le suis plus à présent.

D'un geste rapide, Lili lui toucha le dos de la main.

— Parfait. J'ai le sentiment que nous allons créer de la magie ensemble. C'est de bon augure pour le film.

A cet instant, Kirk O'Malley arriva. Il regarda autour de lui et fit un signe de tête à l'homme assis à côté de Lili. L'homme se leva d'un bond et offrit sa chaise à Kirk, qui immédiatement la plaça, de façon à faire face à Lili et Jordan.

— O.K., parlons de demain. Je veux tourner ce premier baiser alors que vous ne vous connaissez pas encore, de façon à ce que vous vous sentiez un peu gauches. Ça donnera de la crédibilité à la scène.

Jordan et Lili se regardèrent.

Plus tard, comme Sydney et Jordan s'installaient sur leurs lits de camp entourés de moustiquaires, Jordan demanda :

— Alors, que penses-tu de Kirk et de Lili ?

— Je ne sais pas.

Il lui déplaisait de dormir sur un lit étroit, séparée de Jordan, même si ce n'était que par quelques mètres.

— Comment ça, tu ne sais pas ? Bon sang, ce sont des géants !

Sydney se demandait si elle supporterait, le lendemain matin, de regarder son mari embrasser la femme pour laquelle il avait une si grande admiration.

15

Lili avait raison. Jordan et elle créèrent une véritable magie cinématographique ; il n'était pas nécessaire de voir les rushes pour être convaincu. Mais Lili pouvait y mettre fin dès que la caméra cessait de tourner. Jordan devint son ami, son confident, et la star inclut Sydney dans son amitié. Elle lui tenait le bras en marchant. Elle allait dîner avec elle, s'asseyait à ses côtés au petit déjeuner. Sydney avait l'impression d'être courtisée, et cela lui était agréable. Lili était la seule personne qui parût accorder à Sydney de l'importance.

Lili traitait les cameramen, la costumière, le maquilleur, les membres de l'équipe avec une camaraderie à laquelle ils n'étaient pas habitués de la part de célébrités. Elle n'avait pas de sautes d'humeur. Elle savait son texte aussi bien que Jordan. Elle se laissait facilement diriger, même s'il lui arrivait d'être en désaccord avec Kirk. Elle était arrivée à séduire tout le monde, Kirk O'Malley compris. Malgré elle, Sydney se mit à l'aimer. A l'aimer beaucoup même.

En dépit de sa sympathie pour l'actrice, Sydney avait du mal à accepter de rester dans l'ombre, de passer son temps assise sur une chaise en spectateur, à éprouver des émotions par procuration. Elle en conçut de l'irritation et commença à boire.

Dès que la journée de tournage s'achevait, chacun se rendait au bar, dressé sous une tente à l'ombre d'un okoumé. Ils buvaient jusqu'à une heure avancée de la soirée. Ils buvaient des heures d'affilée. Et pourtant, le lendemain matin, il n'y avait ni gueule de bois ni yeux injectés de sang. Au début, Sydney se demandait comment ils faisaient, mais au bout de quelques semaines, elle était des leurs, du moins à cet égard. Bientôt, elle prit l'habitude d'aller au bar en milieu d'après-midi pour s'y servir un alcool fort. Puis elle retournait à sa case, où elle s'allongeait sur son lit de camp. Jordan venait la réveiller pour l'apéritif.

Elle écrivait aux enfants chaque semaine, s'efforçant de trouver des choses amusantes à leur raconter, sachant que Juliet était trop jeune pour comprendre et qu'Ashley ne réaliserait pas bien où étaient leurs parents. Elle essaya de leur décrire les grands arbres, les crocodiles glissant le long des berges, les hippopotames sortant leur horrible tête de l'eau. Elle décrivit Lili, Kirk et Arthur, le cameraman qui boitait. Elle leur peignit les porteurs, le Noir qui servait les boissons et les deux chefs cuisiniers amenés par Kirk, coiffés de toques blanches au beau milieu de la jungle.

Un soir après dîner, comme ils étaient assis autour d'un feu de camp destiné à éloigner les insectes, Lili se laissa tomber sur la chaise près de Sydney.

— Cela ne me regarde pas, mais...

Sydney pencha la tête et regarda la star.

— ... vous buvez trop.

Sydney détourna les yeux et se mit à contempler le feu.

— Vous vous ennuyez, poursuivit Lili. Je vous comprends. Je ne pourrais supporter de rester ainsi assise, jour après jour, à ne rien faire. Cela me rendrait folle. Essayez de trouver quelque chose pour vous distraire. Pour vous occuper l'esprit, pas seulement pour faire passer le temps.

Au lieu de s'indigner de l'ingérence de l'actrice dans sa vie privée, celle-ci lui fit chaud au cœur. Quelqu'un faisait attention à elle, se souciait d'elle.

— Mes enfants me manquent, répondit-elle.

— Ils me manqueraient également si j'en avais. Il faut que nous vous trouvions une occupation. Vous nous regardez travailler toute la journée et, le soir, soit nous apprenons notre texte pour le lendemain, soit nous parlons de cinéma. Cela doit être difficile pour votre couple. Je me suis juré de ne jamais me marier. Le métier d'acteur rend égocentrique. Il ne vous reste plus grand-chose à donner aux autres.

— En refusant de vous marier, Lili, vous ne savez pas ce que vous ratez.

L'actrice secoua la tête.

— Je n'ai pas dit que je ne voulais pas de liaisons. Je ne peux m'imaginer sans un homme de temps à autre. Mais je suis dans ce métier depuis assez longtemps pour savoir que les gens avec qui je travaille constituent ma famille. Et pourtant, dans un an, j'aurai oublié la plupart des noms. Toute passion que je peux ressentir actuellement se dissipera après le tournage. A présent, Kirk est le meilleur amant que j'aie jamais eu, mais l'année prochaine...

Sydney leva les sourcils, tout en essayant de ne pas se montrer choquée par les confidences de Lili.

— Vous êtes amoureuse de lui ?

Lili se mit à rire.

— Autant que je m'autorise à l'être. Si mes sentiments pour quelqu'un sont trop forts, il ne me reste plus rien à projeter sur l'écran.

Sydney sourit.

— Vous n'êtes pas aussi blasée que vos paroles le feraient penser, vous savez.

Lili acquiesça.

— Je sais. Je m'attache sincèrement aux gens. Seulement, le film achevé, Kirk et moi nous en resterons là. Il ira tenter sa chance auprès de sa prochaine star.

— A-t-il une liaison avec toutes ses vedettes ?

— Non, je suis injuste avec lui. Non, il n'a pas cette réputation. Et je le trouve fascinant. Il est si fantasque, si impulsif. Je n'ai jamais travaillé avec un réalisateur comme lui auparavant. Il me fait ressentir des émotions dont je ne me savais pas capable. Tout comme Jordan. Mon Dieu, il est fabuleux ! Il est l'un des rares acteurs qui me donnent envie d'être meilleure, de m'élever à son niveau. Comprenez-moi bien, Sydney, je ne suis pas amoureuse de lui, sauf lorsque je joue. Est-ce clair ?

Sydney n'en était pas certaine.

— Lorsque nous tournons ensemble une scène, je me dépasse, je sens que je suis bonne. Et je sais qu'il ne se fie pas, comme Cary Grant, à son seul physique. Il est entièrement dans son rôle, lui aussi. Devient-il le personnage qu'il joue ? Le ramène-t-il chez lui ?

Sydney fit un signe d'assentiment.

— Je suis contente que vous compreniez. En effet, il laisse rarement son personnage au studio. C'est dur parfois.

— Dieu me garde d'épouser un acteur ! Je refuse même d'avoir des aventures avec eux. Je préfère coucher avec un cameraman. N'importe qui, sauf un acteur.

Sydney la regarda, tout en étant écœurée de sa propre servilité. Son énergie était sapée, et pas seulement par la chaleur de la jungle. Elle n'avait même plus le rôle de mère auquel se raccrocher. Et pourtant, malgré les joies que ses enfants lui procuraient, elle aspirait à autre chose.

D'être là, auprès de Jordan, de le regarder, lui et ses collègues, travailler toute la journée n'avait pas réussi à la faire pénétrer dans son monde. Au contraire, elle se sentait encore plus éloignée de lui. Les lits de camp étaient trop étroits pour y dormir à deux. Et lorsque, une ou deux fois par semaine, Jordan grimpait sur le sien pour lui faire l'amour, elle se sentait inhibée, car tout murmure pouvait être entendu dans le camp. Ce n'était qu'un acte purement physique dépourvu de la passion qui, d'ordinaire, les habitait. Son corps ne chantait plus. Elle ne pouvait plus s'abandonner.

Sydney réalisait qu'elle n'était plus la femme dont Jordan était tombé amoureux. Il avait été attiré par la jeune fille en rouge dansant sur le piano, sûre d'elle-même, amoureuse de la vie, prête à tous les défis. Et maintenant, elle ne portait plus de rouge et n'avait plus la même assurance.

Boire n'était pas une solution. Cela la déprimait encore davantage.

Lili fit ce qu'elle put. Un jour, un membre de l'équipe trouva un singe mort, agrippant son petit. Il ramena le bébé singe sur le plateau.

— Ah! une occupation pour Sydney, s'écria Lili, prenant le jeune animal et le lui tendant. Tenez, un bébé pour vous!

Sydney prit la petite créature, à peine vivante.

— Je ne sais que faire avec un singe, dit-elle. Il a l'air presque humain.

— Moi non plus, dit Lili, mais j'ai dans l'idée que si vous trouviez une bouteille et demandiez aux chefs du lait condensé ou quelque chose de ce genre...

Les soins de Sydney réussirent au singe. Le cameraman mexicain l'appela « Mono », nom qui fut adopté par tous. Sydney était stupéfaite des progrès de l'animal, bien plus avancé, au même âge, qu'un bébé humain. Bientôt, il la suivit partout, prenant le biberon improvisé — une bouteille de ketchup avec une tétine trouvée par le cuisinier. Où? Elle ne lui posa pas la question.

Mono dormait avec elle, recroquevillé dans le creux de ses reins.

— Vous formez presque un couple, lui dit Jordan avec un sourire.

Mais Mono ne suffisait pas à occuper ses journées. Elle aurait aimé se promener, mais la jungle pouvait être dangereuse. Et quand, avec l'équipe technique, Lili et Jordan partirent tourner en amont du fleuve, Sydney resta pendant une semaine livrée à elle-même.

N'ayant que très peu de gens à qui parler, elle eut le temps de réfléchir. Assise sur une chaise pliante sous les grands arbres, elle regardait l'eau couler, s'interrogeant sur ce qui n'allait pas, non seulement dans son mariage, mais également chez elle.

Jordan avait toujours cette merveilleuse énergie, cette joie quotidienne qui l'avait tant attirée. Si d'être le centre de l'attention le stimulait, il était heureux et actif même lorsque les regards n'étaient pas tournés sur lui. Et même lorsqu'il était seul. Il avait besoin de solitude, de grands moments de solitude. Il lui disait que cela lui était nécessaire pour découvrir certains aspects de lui-même utiles à son personnage. Ils parlaient de plus en plus rarement; ce monde d'illusions dans lequel il vivait était l'essentiel de ses préoccupations. Il avait peu de temps pour autre chose.

Elle se demandait si cette existence qui lui semblait si vide ressemblait à celles de Grand-Maman et de sa mère. Sa mère avait trouvé à s'occuper en offrant ses services à des associations caritatives, mais était-ce suffisant? Quant à Evan, s'il détestait toute forme de travail, il était toujours actif. Il s'était lancé dans l'élevage de chevaux et passait des heures à étudier leur pedigree. Il suivait le soleil à travers le monde et passait ses étés en Floride ou sur les plages de la Méditerranée. Il avait récemment fait un séjour de trois mois à Bali. Il envisageait d'acheter une maison sur une plage de Hawaï. Il ne gagnait peut-être pas d'argent, n'avait peut-être pas un travail régulier, mais il trouvait toujours le moyen de s'amuser.

Pourquoi n'était-ce pas son cas? Pourquoi n'avait-elle plus de goût pour la vie? Elle était mariée au seul homme qu'elle eût jamais aimé, elle avait deux belles petites filles qu'elle adorait, elle assistait, en plein cœur de la jungle africaine, au tournage d'un film, et elle s'ennuyait tant qu'elle en aurait hurlé. Elle s'ennuyait également en Californie, elle osait se l'avouer à présent.

Une grande partie d'elle-même restait inutilisée, allait être gâchée. Elle n'avait rien pour s'occuper l'esprit. C'était comme si elle s'était perdue en cours de route.

Quand Jordan revint de ces cinq jours de tournage en amont du fleuve, rempli de tout ce qu'il avait vu : cascades, animaux, villages indigènes, Sydney lui annonça qu'elle rentrait.

Surpris, il la regarda.

— Les filles te manquent, tu veux les retrouver?

— Entre autres choses.

— Qu'est-ce que cela veut dire? demanda-t-il, levant les sourcils.

— J'aspire également à me retrouver moi-même.

— Pardon?

Elle s'assit sur le lit de camp.

— C'est ta vie ici, Jordan. Ce n'est pas la mienne. Je ne fais rien de toute la journée. Je n'ai rien à quoi penser. Je ne suis pas d'une nature passive. J'ai besoin de plus pour me sentir épanouie.

— Epanouie? Bon sang, n'as-tu pas tout ce qu'une femme peut désirer?

Sydney soupira.

— Toutes les femmes ne trouvent pas forcément l'épanouissement dans un rôle qui se limite à celui de mère et d'épouse.

— Sydney. (Il y avait de la peine dans sa voix.) Je croyais te donner ce à quoi tu aspirais.

— Matériellement, c'est vrai. Je ne manque de rien.

— Alors?

— Oh, je ne sais pas, Jordan ! Je sais seulement que je ne suis pas épanouie. Je t'aime. J'aime Juliet et Ashley. Mais je ne fais absolument rien. Regarde-moi, j'ai perdu la gaieté qui t'avait séduit. Je n'ai plus aucune spontanéité. Je n'ai pas de travail, aucun défi à relever.

— Tu n'as pas besoin de travailler. Tu as suffisamment d'argent pour faire tout ce qui te plaît.

— Et cela devrait me rendre heureuse ?

Il passa un bras autour de son épaule.

— Je suis heureux. Pourquoi ne peux-tu l'être ? Nous partageons la même vie.

Il l'attira davantage à lui.

— C'est faux. Tu mènes ta vie, et moi, je me contente d'observer.

— Reviendras-tu ? Va passer un mois avec les enfants et reviens. Je t'en prie, Syd. Peut-être est-ce le climat qui ne te réussit pas.

— Tu n'as plus que deux mois de tournage. Mon idée c'est d'aller chercher les filles et de passer avec elles l'été à Oberon. Je ne pourrais supporter d'être séparée de mes enfants plus longtemps.

— Mais tu pourras supporter de rester loin de moi, n'est-ce pas ?

Elle l'embrassa.

— On verra.

Cette nuit-là, quand il lui fit l'amour, elle ne chercha pas à retenir ses cris. Oh ! personne ne pouvait lui donner autant de plaisir que Jordan.

Trois jours plus tard, elle redescendait le fleuve, accompagnée par deux Congolais, qui la conduisirent jusqu'à Stanleyville, où elle prit un avion pour Nairobi, puis pour Francfort. De là, elle appela ses parents, et oncle Billy lui promit d'aller chercher les filles dans l'Indiana.

Cher oncle Billy ! Il détestait la province. Jamais elle n'aurait cru qu'il se proposerait pour cette tâche. Mais il se plut en la compagnie des fillettes et envisagea même, si

Sydney se rendait à Oberon, de les y rejoindre pour une semaine, lors de la canicule d'août, epoque où l'air était irrespirable à Manhattan.

Loin des tropiques, elle se sentit renaître. Elle se demanda si ce n'était pas également son éloignement de Jordan et de son mode de vie qui lui était bénéfique. La perspective de faire quelque chose seule avec ses filles l'enchantait. Et tandis qu'elle commençait à bâtir des projets pour l'été, une sorte d'exaltation s'empara d'elle. Aucun de ses projets n'incluait Jordan.

16

La première chose que vit Sydney en descendant de l'avion fut la mince silhouette d'oncle Billy. Il se tenait au premier rang de la foule, habillé de gris perle, tenant Ashley par la main. Quand la fillette aperçut sa mère, elle lâcha Billy et se mit à courir vers elle. En un bond, Billy la rattrapa et la prit dans ses bras.

Il la posa à terre tandis que Sydney s'approchait d'eux et s'agenouillait, les bras tendus vers sa fille qui vint s'y jeter. Puis elle se redressa et se pencha pour embrasser Billy, qui n'était guère plus grand qu'elle.

— C'est bon de te retrouver, dit-elle.

Elle ne l'avait pas vu depuis trois ans.

— La maternité te réussit, dit-il de sa voix distinguée.

Oncle Billy avait beau ne pas être conformiste, il observait toujours les règles de la civilité. Quiconque l'entendait parler ne pouvait douter une seconde qu'il fût un aristocrate. Même sa façon de tenir la tête, le nez bien en l'air, soulignait son appartenance sociale, le sentiment qu'il avait de sa supériorité. Et pourtant, presque tous ceux qui le connaissaient lui pardonnaient cette arrogance, car son sens de l'humour, sa sociabilité, sa serviabilité — à condition toutefois que cela ne lui coûte pas trop — étaient autant de qualités qui contrebalançaient ses défauts. La seule chose que Sydney n'aimât pas chez lui était son ironie mordante, la façon dont il utilisait parfois son esprit acerbe pour mettre quelqu'un en pièces. Même s'il n'en faisait pas une habitude, il était connu pour cela dans le cercle où il évoluait.

— Juliet est à la maison avec Silvie. Un bébé n'a pas sa place dans un aéroport.

Sydney acquiesça.

— Je ne peux te dire combien je te suis reconnaissante d'être allé chercher les filles dans l'Indiana.

— Warren m'a accompagné. Enfin, tu me vois avec un bébé dans les bras ?

Sydney éclata de rire à la pensée de ces deux hommes compassés s'occupant d'Ashley et de Juliet.

— Pas du tout. Et comment le voyage s'est-il passé ?

— Je ne te le dirai pas, dit oncle Billy avec le sourire.

Dans la voiture, que conduisait Carlos, le chauffeur de Grand-Maman, Billy fit remarquer :

— Tu as maigri. Tu vas bien ?

— C'est la chaleur et l'humidité. J'ai beaucoup transpiré. L'Afrique et moi ne sommes pas faites l'une pour l'autre.

— Et toi et Jordan ?

Billy était fin psychologue. Il donnait l'impression de ne pas s'intéresser aux gens, mais il était toujours le premier à voir derrière leur façade.

— Je pense que oui.

— Où est papa ? demanda Ashley, assise sur les genoux de Sydney.

— Il n'a pas terminé son film, expliqua-t-elle, serrant sa fille contre elle. Nous allons descendre à Oberon et il nous rejoindra plus tard au cours de l'été.

— Il est possible que je vienne également, dit Billy, allumant une longue cigarette au bout d'un interminable fume-cigarette.

Il ajouta, tandis que Sydney abaissait sa vitre :

— Voilà bien trop longtemps que je n'ai pas passé un moment avec toi.

— Je croyais que tu répugnais à quitter Manhattan.

Billy n'avait guère qu'une douzaine d'années de plus que Sydney, mais, pour elle, il appartenait à la génération de sa mère.

— C'est vrai, mais j'ai décidé d'élargir mon horizon. J'aurais dû te rendre visite à Hollywood pendant que tu y étais.

— Ce n'est pas trop tard. Nous y retournons en septembre, quand Jordan reviendra.

Billy cligna des yeux et dit avec douceur :

— Oh, vraiment?

Sydney se tourna vers Ashley :

— Cela te plairait d'apprendre à monter à cheval?

Les yeux de l'enfant brillèrent d'excitation. Elle aimait tous les animaux.

— Oh, oui, maman!

— Suis-je trop vieux pour apprendre? demanda Billy.

— Mon Dieu, que signifient ces changements, alors que tu arrives à un certain âge?

Billy la regarda, les yeux foudroyants.

— J'ai trente-six ans. Ce n'est pas ce que j'appellerais « un certain âge »!

Sydney posa en riant la main sur le bras de son oncle.

— Pardonne-moi. C'est moi qui me sens vieille.

— Eh bien, dit-il en lui souriant, on n'est jamais trop vieux pour apprendre de nouvelles choses. Je veux aussi que tu m'inities à la voile.

— Je croyais que tu avais le mal de mer.

— Il existe maintenant des médicaments. Je prévois de venir à Oberon un week-end durant la première quinzaine du mois d'août, et ta mère a l'intention de descendre passer trois semaines en juillet avec toi. Tu nous as manqué à tous, tu sais.

— Je sais.

Et pourtant, elle aspirait au moment où elle serait seule avec les filles et Grand-Maman, où elle aurait du temps pour réfléchir, du temps pour s'interroger sur son couple. Elle ne pensait pas que le but de la vie était le bonheur, bien qu'il ne fût pas négligeable. Ce qu'elle désirait n'était pas seulement le bonheur, mais l'épanouissement.

Elle voulait davantage de la vie, elle voulait réaliser quelque chose.

Sydney éprouvait un bien-être qu'elle n'avait pas connu depuis des années. C'était merveilleux de pouvoir à nouveau monter à cheval, naviguer... Elle était ravie. Ses journées étaient si remplies qu'elle avait à peine le temps de s'asseoir.

Silvie vint comme prévu trois semaines en juillet.

— Je ne t'ai pas vue depuis si longtemps que j'ai bien l'intention de profiter de ta présence, dit Sydney joyeusement, bien que ce ne fût pas à sa mère qu'elle se confiât.

Elle passait l'après-midi avec Silvie et parfois lui laissait Juliet pendant qu'elle et Ashley faisaient des promenades à cheval. Ashley apprit à monter aussi facilement que Sydney; elle semblait être née sur une selle. Elle adorait aussi la voile. Elles emmenèrent Juliet avec elles, mais celle-ci ne tenait pas en place sur un bateau, insistant pour monter à cheval comme sa mère et sa sœur. Aussi Sydney la prenait-elle sur sa selle pour chevaucher lentement à travers la forêt, où écureuils et tamias fascinaient les deux enfants.

Plusieurs fois par semaine, elles partaient en piquenique avec un panier préparé par Nettie, qui contenait toujours des surprises, qui faisaient non seulement la joie des petites filles mais aussi de leur mère. Ashley et Sydney nageaient dans les petits lacs qui parsemaient l'île, pendant que Juliet sommeillait. Au milieu des roseaux, elles contemplaient les oies qui n'avaient pas migré vers le nord.

Un jour, elles découvrirent une mouette, la patte

gauche entravée par une corde jaune au bout de laquelle pendait un plomb de canne à pêche. Le poids l'empêchait de s'élever à plus de quelques mètres du sol.

A chaque fois qu'elles essayaient de s'approcher de la mouette, elle s'envolait hors de leur portée.

— Nous reviendrons demain lui apporter à manger, dit Sydney.

Sydney revint le lendemain matin avec Ashley, se demandant si l'enfant aurait la patience d'attendre qu'elles aient gagné la confiance de l'oiseau.

— Maman, on va la sauver?

— On va essayer, ma chérie. Mais il nous faudra être très patientes.

Elles restèrent assises, jambes croisées, du pop-corn et des miettes de pain devant elles, au bord de la rivière. D'autres mouettes fondirent sans crainte sur les friandises apportées, alors que celle qui avait la patte entravée se contentait de pousser des cris effrayés. Au bout de deux heures d'attente, l'oiseau avança timidement vers elles.

Sydney était impressionnée par la patience de sa fille. Ashley n'avait pratiquement pas bougé d'un pouce.

— Ne dis rien et continue à rester immobile, lui murmura-t-elle.

Une demi-heure plus tard, alors que la mouette s'était installée confortablement pour manger, Sydney, d'un geste vif, s'empara de l'oiseau, qui se mit à crier et essaya de lui donner des coups de bec.

— Vite, les ciseaux, dit-elle. Fais attention à ne pas lui couper la patte, mais dépêche-toi.

Ashley, les yeux écarquillés, le cœur battant violemment, coupa la corde. Le poids tomba à terre et Sydney lâcha l'oiseau qui prit son essor dans le ciel. Il tournoya au-dessus d'elles, avec des cris perçants, s'élança en vol plané au-dessus de la surface de l'eau, puis descendit en piqué pour remonter avec un petit poisson argenté dans le bec.

Une expression d'extase illuminait le visage d'Ashley.

— On l'a sauvée, hein, maman?

— Oui, ma chérie.

Le sauvetage réalisé par sa fille et elle-même remplissait Sydney d'un formidable orgueil.

— Je crois que c'est le plus beau jour de ma vie, déclara Ashley, tandis que, la main dans la main, elles reprenaient le chemin de la grande maison.

Juliet n'était pas aussi facile à élever que sa sœur. Elle trépignait, faisait des colères quand elle ne réussissait pas quelque chose aussi bien qu'Ashley et ne voulait jamais dormir. Délicieuse et pleine de vie quand elle arrivait à ses fins, elle n'irradiait pas cependant le bonheur comme Ashley.

— Tes filles ont chacune quelque chose de toi, dit Silvie, qui les observait avec tendresse.

— Je ne crois pas que Juliet me ressemble, dit Sydney.

Silvie rit.

— C'est que tu refuses de le voir. Evan et toi n'étiez pas commodes. Tu étais une enfant plus heureuse que Juliet, mais comme elle, tu essayais toujours de faire des choses hors de ta portée. Tu étais toujours à la recherche d'un défi.

— Vraiment?

Sydney ne s'était pas imaginée ainsi.

— Oui, confirma Grand-Maman. Evan, au contraire, renonçait facilement, préférant s'enfermer dans la bouderie. Il était impossible de savoir ce qu'il pensait. C'était un enfant difficile.

— C'est vrai, reconnut Silvie. Il me menait par le bout du nez.

— Et cela m'a toujours irritée, dit Sydney, surprise de s'entendre faire cet aveu à sa mère. Lorsqu'en classe j'obtenais un B, toi et papa vous piquiez une crise, alors que, pour la même note, vous récompensiez Evan.

— Si je me souviens bien, tu n'as jamais eu qu'un seul

B de toute ta scolarité. Evan se donnait du mal pour obtenir de bonnes notes, alors que cela t'était facile.

— C'est faux, protesta Sydney. Je travaillais dur chaque soir. Je passais des semaines entières à rédiger mes dissertations.

— Tu donnais l'impression d'avoir des facilités. Tu aimais étudier.

C'était la vérité.

— Je ne suis pas d'accord, dit Grand-Maman, s'interposant. Tu prétends qu'Evan se donnait du mal pour avoir de bonnes notes. Evan n'a jamais fait le moindre effort. Il abandonne avant même d'essayer vraiment.

Sydney aimait ces après-midi où les trois femmes discutaient de la famille. La conversation prenait un tour différent en l'absence des hommes. Les deux week-ends où Oliver descendit en avion, Sydney espéra se rapprocher de lui, mais en vain.

Il ne voulait pas savoir si elle était heureuse avec Jordan. Il estimait qu'elle avait choisi sa vie, mais il ne pouvait comprendre qu'un couple soit ainsi séparé par des milliers de kilomètres. Toutefois, c'était Jordan qui était à blâmer. Il n'avait rien à faire aussi loin de sa famille. Les familles devaient rester unies.

Et lorsque Silvie avait répliqué : « C'est lui qui nourrit sa famille. La plupart des femmes suivent leur mari là où il trouve du travail », Sydney, jetant un rapide regard à sa mère, s'était demandé si c'était là un reproche à son égard.

Sydney se fit la réflexion que, même si leur famille n'avait jamais été séparée, ils n'avaient pas pour autant été plus proches les uns des autres. L'attitude d'Oliver n'avait jamais vraiment permis cela. Il avait peut-être désiré une meilleure entente avec Evan, mais celui-ci l'exaspérait en permanence. Evan ne correspondait pas à ce qu'il attendait d'un fils, aussi le critiquait-il constamment, ce qui rendait pesante l'atmosphère pendant les repas. Sydney pensait qu'Evan avait dû être soulagé quand il avait été envoyé en pension. Elle-même aurait détesté cela. Mais au moins, à l'heure des repas, il ne s'entendait pas reprocher sa paresse, ses mauvaises notes comparées à celles, excellentes, de sa sœur...

Alors qu'Evan avait seize ans, Sydney, un soir, avait surpris une conversation entre Oliver et lui. Son père lui disait : « Peu m'importe que tu jettes ta gourme. C'est normal à ton âge, mais fais preuve d'un peu d'intelligence, fiston ! Aie toujours un préservatif sur toi, pour l'amour du ciel ! »

Sydney supposa que sa mère n'était pas dans la pièce.

17

Jordan ne rentra ni en juillet, ni en août, ni en septembre. En trois mois, Sydney ne reçut qu'une lettre, où il lui annonçait que le tournage allait durer plus longtemps que prévu, qu'elle lui manquait. Pourquoi ne revenait-elle pas pour quelques semaines ? lui demandait-il. Il racontait que Lili et Kirk avaient de vives discussions, mais qu'on ne pouvait appeler cela des disputes ; il pensait qu'ils étaient tombés amoureux l'un de l'autre. Il regrettait de voir ce tournage s'achever, mais du moins leur famille serait-elle réunie.

Il envisageait toutefois de prolonger son séjour de quelques semaines pour aller au Kenya et faire l'ascension du Kilimandjaro. Beaucoup de gens, paraît-il, l'entreprenaient — cela ne devait pas être trop difficile, juste assez pour être stimulant et lui faire éprouver de la satisfaction, le sommet atteint. Il aurait été dommage d'être aussi près et de ne pas tenter une telle expédition.

Il n'avait aucune envie de vivre au Congo. Il y faisait une chaleur étouffante, mais ce qu'il entendait dire du Kenya...

— Vivre au Kenya ! s'exclama Sydney après avoir lu la lettre de Jordan à Grand-Maman. Mon Dieu ! où est-il allé chercher cette idée ?

Grand-Maman ne fit aucun commentaire.

— Eh bien, continua Sydney, s'il n'est pas de retour à la fin septembre, il va falloir que je songe à mettre Ashley au jardin d'enfants. Elle va avoir cinq ans à Noël.

Grand-Maman la regarda.

— Tu penses retourner en Californie?

— La seule chose qui me rende la vie supportable là-bas, c'est Jordan, et même avec lui... (Sydney secoua la tête.) Non. Je crois que je vais rester chez maman et papa. Il y a suffisamment de place.

— Je peux avancer mon retour d'un mois. Nous pourrons ainsi faire le trajet ensemble. Je téléphonerai à Carlos pour qu'il vienne nous chercher.

Quand elles arrivèrent à New York, Silvie avait fait inscrire Ashley à Chaplin, l'école où Sydney était allée. Elles décidèrent qu'il n'était pas nécessaire d'engager une nourrice, puisqu'elles étaient trois à pouvoir s'occuper de Juliet.

La première chose que Sydney lut dans le *Daily News*, qu'Oliver avait laissé traîner sur la table basse de son cabinet de travail, était que Jordan et Lili avaient une liaison au fin fond de l'Afrique. Elle savait que c'était faux, mais l'échotier disait que, Sydney partie, Jordan s'était senti bien seul et que, apparemment, lui et Lili avaient sur le continent noir d'autres plaisirs que le cinéma.

Sydney savait que c'était avec Kirk que Lili avait une liaison. Peut-être que personne ne croirait que quelqu'un comme Lili pût avoir une liaison avec... eh bien, c'était l'histoire de la Belle et la Bête. C'est drôle, une belle femme pouvait être amoureuse d'un homme laid, mais aucun homme ne pouvait s'éprendre d'une femme laide, ou d'une femme plus âgée. Cela semblait injuste.

A moins que Jordan... Aurait-il été capable de cela? Non, bien sûr que non!

Elle lui écrivait chaque semaine, lui parlait des filles, lui racontait comment Ashley et elle avaient sauvé la mouette, mentionnant les nouveaux mots appris par Juliet et toutes les petites choses qui tissaient sa vie et la rendaient si agréable. Tellement plus agréable qu'en Californie. Elle redevenait elle-même.

De retour à New York, son premier coup de fil fut pour Monday, qui avait repris un appartement au Village. Au cours d'un dîner chez *Mama Leone*, il lui dit que, malgré tout le charme de la Californie, rien à ses yeux ne valait New York, même l'été. Il était tonifié par tout ce qu'il y avait à faire et à voir, et si sa pièce était un succès, il songeait à s'acheter un appartement au Village, et peut-être même une maison sur la côte Ouest. Il n'avait certes pas l'intention de continuer à travailler pour le studio sur les mêmes bases qu'avant. Il se consacrait désormais à ses propres scripts. C'était cela ou rien.

— Ne crois pas ce que racontent les journaux au sujet de Jordan, lui dit-il.

— Je ne le crois pas. Lili a une liaison avec le metteur en scène.

— Oui, bien sûr. Quand Jordan rentre-t-il?

Sydney haussa les épaules.

— Il a l'intention de faire l'ascension du Kilimandjaro.

Les yeux de Monday s'éclairèrent.

— Extra!

— Parfois je me demande comment tu es devenu écrivain. Ton vocabulaire est si limité!

— Holà! on se fâche? Ne serais-tu pas, par hasard, contrariée parce qu'il ne rentre pas directement?

— Sûrement.

— Eh bien, considère plutôt les choses sous un autre angle : cela te permet de rester plus longtemps à New York. Tu détestes la Californie.

Elle le regarda.

— Je déteste la Californie?

— Sans aucun doute. Même la Californie n'égale pas New York en septembre.

— C'est vrai, la ville est merveilleuse en ce moment.

— Nous irons au cinéma ensemble. On passe le dernier film de Jordan, celui qu'il a terminé l'hiver dernier. Veux-tu le voir avec moi ?

— Bien sûr.

— Amène Grand-Maman, si tu le souhaites.

Monday et Grand-Maman avaient de la sympathie l'un pour l'autre.

— Billy aussi ?

— Certainement. Nous formerons une joyeuse bande. Il faut que nous te distrayions pendant que tu es là.

— J'ai pensé aller au journal pour voir ce que papa faisait de ses journées. La dernière fois que je suis passée là-bas, j'étais adolescente. Il ne nous a jamais encouragés à venir lui rendre visite à son travail.

Monday lui jeta un curieux regard.

Le film de Jordan battit tous les records au box-office.

Et Oliver fronça les sourcils lorsque Sydney l'accula un soir dans son cabinet de travail et lui demanda :

— Papa, si je viens au journal demain, tu m'emmèneras déjeuner ?

Oliver, surpris, leva la tête de son journal.

— Appelle ma secrétaire dans la matinée et vois avec elle si je n'ai pas de rendez-vous.

— J'ai l'intention d'aller au journal, que tu aies des rendez-vous ou pas.

Comme il penchait la tête en avant pour regarder Sydney, ses lunettes lui glissèrent sur le bout du nez...

— Tu as une raison particulière ?

Sydney haussa les épaules.

— Je veux seulement voir à quoi cela ressemble. Il y a bien une décennie que je ne suis pas venue à ton bureau.

— Hum.

— Cela t'ennuie que ta famille s'intéresse à ce que tu fais ? demanda Sydney, se recroquevillant dans le grand fauteuil en face de lui.

Un feu brûlait dans la cheminée et il régnait une douce chaleur dans la pièce.

Oliver posa son journal.

— J'aimerais qu'Evan s'y intéresse, au lieu de ne rien faire de sa vie.

— Moi non plus, je ne fais rien de ma vie.

— C'est différent. Tu n'es pas censée travailler.

Sydney étudia ses ongles.

— Et pourquoi donc?

— Ne fais pas l'idiote, Sydney. Les femmes s'occupent de leurs enfants, de leur maison et de leur époux.

— Oh, papa, quelque part en toi-même, tu dois savoir combien c'est ridicule. Pourquoi les femmes feraient-elles toutes la même chose?

Oliver hocha la tête, paraissant réfléchir.

— Les femmes qui sont obligées de travailler donneraient tout pour être dans ta situation. Sydney, sois heureuse de mener la même vie que ta mère et ta grand-mère.

Sydney essaya de contenir sa colère.

— Tu n'as pas répondu à ma question. Me feras-tu visiter le journal, oui ou non, si demain je passe à ton bureau?

— Je trouverai quelqu'un pour te le faire visiter, si je n'en ai pas le temps. Personne dans cette famille n'a jamais manifesté beaucoup d'intérêt pour mon travail.

— Je n'ai rien d'autre à faire. Dis-moi, tu dois rencontrer des foules de gens intéressants dans ce métier.

— Eh bien, maintenant qu'Eisenhower est président, il y a quelques améliorations. Le pays ne court plus aussi vite à sa ruine.

— Tu côtoies les individus qui font bouger les choses.

Il leva les sourcils et lui adressa un regard par-dessus ses lunettes.

— Ma chère fille, *je* fais bouger les choses.

Sydney l'observa. Elle voyait soudain son père sous un nouvel éclairage. Elle avait souvent assimilé son flegme à un manque de caractère. Comment pouvait-il être un de ceux qui façonnaient le monde ? Il parlait rarement de son travail à la maison, ne mentionnait presque jamais les gens qu'il voyait tous les jours. Il parlait en revanche volontiers de politique, et ce n'était que depuis son mariage avec Jordan que Sydney avait décidé que son père n'avait pas toujours raison. Ou, du moins, qu'elle ne partageait pas les mêmes opinions. Il avait des idées trop réactionnaires pour Jordan, qui le qualifiait d'homme de Neandertal.

Il semblait ignorer que ceux qui avaient moins d'argent, moins d'éducation, qui présentaient une couleur de peau différente ou n'étaient pas protestants pouvaient avoir de l'importance. Ils n'existaient pas pour lui, tout simplement. Peut-être était-ce la raison pour laquelle le journal connaissait de grosses difficultés financières.

Il avait soutenu le sénateur Vandenburg avant la guerre, chantant les louanges de la politique isolationniste que ce même Vandenburg avait fini par abandonner. Et dix ans après la guerre, il souhaitait remettre à l'ordre du jour cette politique. Il pensait que quiconque voulait du travail pouvait en trouver. Il était persuadé que Dieu avait été du côté des Alliés, et que Dieu était républicain. Et blanc de surcroît.

Il aimait les femmes. Mais il aimait les femmes qui savaient rester à leur place, et il savait exactement quelle était leur place. Le paradoxe était qu'Oliver aimait les femmes intelligentes. Son épouse avait fait des études brillantes. Il avait approuvé sa fille quand elle avait voulu poursuivre un troisième cycle, et l'avait sévèrement tancée quand elle avait quitté l'université de Pennsylvanie en plein milieu d'année. Mais était-ce parce qu'elle renonçait à passer sa maîtrise ou parce qu'elle épousait Jordan ? Toujours est-il qu'il attendait des femmes de sa famille, en dépit de toute leur intelligence et leur instruction, qu'elles s'en tiennent au rôle traditionnel de la femme. Et ces femmes, supposait Sydney, n'avaient jamais contesté le rôle qui leur était assigné.

Jusqu'à présent.

Et voilà qu'elle remettait les choses en question. Sinon le rôle des femmes en général, du moins le sien. Insatisfaite de la vie qu'elle menait, et cela depuis des années, elle se jugeait responsable de la détérioration de son couple. Malgré l'amour qu'elle portait à Jordan et à ses filles, elle avait besoin d'autre chose. Elle ne savait pas quoi, mais elle voulait voir à quoi s'occupaient les hommes chaque jour, les hommes d'affaires par exemple. Derrière les portes qui étaient fermées aux femmes.

Elle voulait, elle aussi, faire bouger le monde.

— Convaincs Evan de t'accompagner, lui dit Oliver, et si j'ai un rendez-vous pour déjeuner, je m'en libérerai pour vous.

Evan, qui était revenu vivre à New York et avait maintenant son propre appartement dans la 72ᵉ Rue, refusa de l'accompagner.

— Tu sais très bien ce que papa va faire. Il va encore me sermonner et me rabaisser.

— Te rabaisser? Je ne crois pas.

Evan hocha la tête.

— Oncle Billy et toi avez le droit d'être oisifs, alors que moi je devrais faire quelque chose. Le verbe « devoir » est pour moi le mot le plus écœurant du vocabulaire. Je *devrais* marcher sur ses pas. Je *devrais* avoir les mêmes centres d'intérêt que lui. Sydney, peu m'importe que le monde parte à la dérive. Je ne peux rien y faire. Même voter ne changera pas grand-chose. Je me fiche pas mal de ce que fait la plus grande partie de l'humanité. Je n'ai aucune conscience sociale, comprends-tu? Je ne me soucie que de moi-même. Point.

L'appartement d'Evan fascina Sydney, même s'il n'était pas à son goût. Toutes les pièces étaient peintes en blanc et noir, les meubles ultramodernes, les lampes montées sur un pied en acier. Dans la salle de séjour, les fenêtres, montant jusqu'au plafond, ouvraient sur Central Park. Sydney savait que son père subvenait aux besoins d'Evan, tout en désapprouvant son mode de vie. Et dire qu'Oliver l'avait menacée de lui couper les vivres si elle épousait Jordan, et même de la déshériter! Au moins était-elle certaine qu'il laisserait Oberon à ses petits-enfants.

— Tu sors tous les soirs, Evan?

Il sourit à sa sœur, assise de l'autre côté de la table basse.

— Est-ce que je vais d'une femme à une autre? C'est ça que tu veux dire?

Elle secoua la tête.

— Non, je voulais simplement savoir s'il t'arrivait de rester chez toi et de penser.

— A quoi pourrais-je penser? demanda-t-il en allumant une Pall Mall.

— Oh, je ne sais pas. N'as-tu pas besoin de moments de solitude pour nourrir ton âme?

— Bon sang, Sydney! où vas-tu chercher cela? Non, je n'ai pas besoin de tels moments. Mon âme va bien. Et je ne sors pas tous les soirs. Il m'arrive d'avoir quelqu'un ici.

— Une femme?

Il rit.

— Je me fais une règle de ne jamais coucher avec une femme chez moi, si c'est ce que tu veux savoir. Je veux pouvoir me lever et aller où j'ai envie, sans qu'une gonzesse soit dans mes pattes une fois que j'en ai fini avec elle.

— Comme tu peux être grossier!

— Si tu cherches à me donner mauvaise conscience, tu perds ton temps. Je pense que nous sommes sur terre pour être le plus heureux possible. Voilà ce que je fais : je poursuis le bonheur.

— Et le trouves-tu? Es-tu heureux?

— Donne-moi une définition du bonheur. Naturellement, je suis heureux. Je vais où je veux, je fais ce que je veux.

— Que veux-tu ?

Il écrasa sa cigarette dans le cendrier en céramique d'un noir brillant, plus grand qu'une assiette creuse.

— Ça dépend des moments. Dans l'immédiat, ce que je veux, c'est aller dîner au *21*[1]. Tu te joins à moi ?

Sydney secoua la tête.

— Non. J'étais juste venue te demander si tu voulais m'accompagner au journal, demain.

— Il te suffisait de me poser la question au téléphone.

— Eh bien, merci ! (Elle se leva et alla l'embrasser sur le front.) J'avais envie de te voir. Nous nous sommes éloignés l'un de l'autre. Et cela, avant même nos mariages respectifs.

Il lui prit la main.

— Si les femmes que j'ai connues avaient été toi, je ne parcourrais pas le monde à la recherche de quelque chose qui, j'imagine, m'échappera toujours.

— Je ne pourrais supporter quelqu'un d'aussi paresseux que toi. (Elle alla prendre son manteau posé sur une chaise.) J'ai besoin d'un homme qui ait de l'énergie.

— J'ai de l'énergie, protesta Evan. Mais ni pour le travail ni pour les bonnes actions.

Sydney enfila son manteau.

— La maternité te réussit à merveille, ma chère sœur. Tu es superbe.

— Venant de toi, c'est un grand compliment. Il n'y a pas une photo de toi dans les journaux où l'on ne te voie sans une beauté au bras.

— Que fais-tu côté sexe en l'absence de Jordan ?

— Cela ne fait que quatre mois que nous sommes séparés, dit-elle.

---

1. *21 Club.* Club très sélect de New York.

Elle n'avait jamais parlé de ces choses intimes avec quiconque, sauf Jordan. Et que son frère eût abordé le sujet la gênait.

— Quatre mois seulement? Et que penses-tu qu'il fasse de son côté?

— La même chose que moi, j'imagine.

Le rire d'Evan fut sans gaieté.

— N'en sois pas si sûre. Je ne me vois vraiment pas me passer de femme pendant quatre mois! C'est un homme ou pas?

— Merci infiniment, dit Sydney, se dirigeant vers la porte.

L'immeuble qui abritait *The New York Chronicle* était imposant, bien qu'il eût besoin d'un bon ravalement, estima Sydney. Il avait été construit plus d'un siècle auparavant par son arrière-grand-père, un magnat de l'immobilier.

Comme elle franchissait les lourdes portes de chêne, ouvertes par un Noir en uniforme, l'endroit lui apparut comme un vestige du passé. Le hall d'entrée, vide à l'exception d'un bureau derrière lequel se tenait une femme aux cheveux gris et portant des lunettes, donnait l'impression d'avoir été aseptisé. Les sols et les murs en marbre, la batterie d'ascenseurs contre le mur du fond, tout était glacial. Il y avait si longtemps qu'elle n'était pas venue qu'elle avait oublié que c'était ainsi.

La femme lui adressa un bref signe de tête.

— Je souhaiterais voir Mr. Hamilton.

La préposée parcourut une liste de noms sur le bloc jaune posé sur son bureau.

— Votre nom?

— Mrs. Jordan Eliot.

La femme leva brusquement la tête, tout sourire. Le nom de Jordan était un « Sésame, ouvre-toi » partout où elle allait.

— Oh, vous êtes la fille de Mr. Hamilton! C'est tout en haut. Au trentième étage.

Tout compte fait, ici, ce n'était peut-être pas le nom de Jordan le mot magique, mais celui de son père.

Tandis que l'ascenseur s'élevait lentement jusqu'au dernier étage, Sydney s'étudia dans le miroir fixé sur l'une des parois de la cage. Elle avait revêtu un tailleur gris anthracite en laine pour se donner l'allure d'une femme d'affaires, bien que la veste laissât apparaître un corsage gris perle à jabot. Elle avait hésité à mettre des boucles d'oreilles et s'était finalement décidée pour de petites perles qui avaient appartenu à sa grand-mère maternelle. Ses chaussures en daim à talons hauts étaient assorties à son tailleur. Elle aimait ses yeux gris — c'était si rare —, sans la moindre nuance de bleu, plus pâles que l'Océan un jour de tempête. Mais elle savait qu'ils étaient lumineux, que les gens la regardaient... du moins, en dehors du monde du cinéma, où elle avait l'impression d'être inexistante. Elle se sentait plus attirante, plus vivante à New York.

Les portes de l'ascenseur s'ouvrirent sur une pièce avec deux bureaux, occupés chacun par une femme à l'allure de matrone. De chaque côté de la pièce partait un couloir. L'une des deux femmes était au téléphone.

— Mrs. Eliot? demanda la seconde, jetant sur elle un regard interrogateur.

Sydney acquiesça.

— Par ici, dit la femme, précédant Sydney dans le couloir de gauche.

Tous les bureaux avaient leur porte ouverte, à l'exception du dernier, celui de son père.

Après un bref regard à Sydney, Oliver continua à s'entretenir pendant cinq bonnes minutes avec l'homme assis en face de lui. Puis il se leva et, faisant signe à Sydney d'approcher, dit à son interlocuteur :

— Adam, vous vous souvenez de ma fille, Sydney?

Adam Yarborough, le directeur de la rédaction, se leva aussitôt et serra fermement la main de Sydney. Il avait des cheveux bruns bouclés grisonnant aux tempes et portait des lunettes à monture en corne. Son sourire plut à Sydney autant que son énergique poignée de main.

— J'étais encore enfant, la dernière fois que je vous ai vu.

— Les années vous ont réussi, murmura Adam. (Puis, se tournant vers Oliver :) Je m'occupe de cela. J'aurai l'information vers 4 heures.

— Non, dit Oliver. Vous allez faire visiter les locaux à ma fille. Cette information peut attendre.

Adam haussa les sourcils.

— Je vais mettre Chad sur ce reportage.

— Bon choix. Mais envoyez qui vous voulez. C'est votre rayon, pas le mien.

Adam consulta sa montre, puis demanda à Sydney :

— Que souhaitez-vous voir?

Sydney regarda Oliver. Ainsi, il allait l'ignorer ici également.

— Qu'y a-t-il à voir?

— Suivez-moi. Peut-être est-ce la meilleure façon de procéder.

Comme ils prenaient l'ascenseur pour descendre au bureau d'Adam, situé au sixième étage, Sydney expliqua :

— J'ai pensé qu'il était grand temps que je voie en quoi consistait le travail de mon père. Après toutes ces années, je n'ai pas la moindre idée de ce qui se passe dans le monde de la presse.

— Ma femme ne s'intéresse pas à ce qui se passe ici, dit Adam.

— Ma mère non plus, je crois. Papa pense que la place d'une femme...

— ... est à la maison? Eh bien, votre père n'est pas un homme des plus modernes, n'est-ce pas? Je donnerais n'importe quoi pour que ma femme s'intéresse à ce que je fais.

— Mon mari aussi.

Adam se retourna pour la dévisager.

La visite finie, Adam raccompagna Sydney au bureau d'Oliver. Son père était au téléphone. Après avoir raccroché, il lui annonça qu'il ne pourrait pas aller déjeuner avec elle, qu'il en avait encore pour une heure au moins.

— Je peux attendre, dit-elle en s'asseyant sur une chaise.

— Non, répondit Oliver en faisant un signe de tête à Adam. Allez déjeuner avec elle. Je vous rejoindrai le plus tôt que je pourrai.

Sydney détestait se voir ainsi remise entre les mains d'un homme qui avait des choses importantes à faire et n'appréciait certainement pas d'avoir à s'occuper de la fille du patron.

— Peu importe, dit-elle. Rien ne nous oblige à déjeuner ensemble, papa.

Sa voix trahissait son ressentiment.

Adam lança un coup d'œil à sa montre.

— Je meurs de faim.

En pensant qu'il venait de lui consacrer deux heures d'un emploi du temps chargé pour lui faire visiter la maison, Sydney se sentait confuse.

Oliver lui jeta un regard d'excuse.

— Désolé, ma chérie. Le maire ne va pas tarder à arriver. J'étais au téléphone avec lui il y a un instant.

Sydney se leva.

— Ne t'excuse pas. Je vais faire ce que tu attends de moi. Aller chez Bergdof ou Bendel pour m'acheter une belle robe et une étole en renard.

Oliver sourit.

— Voilà une bonne fille.

Sydney retint une violente envie de hurler.

Le dos tourné à Oliver, Adam sourit à la jeune femme.

— Venez, dit-il. Le *London Grill* offre les meilleurs steaks du quartier. Et j'ai toujours dans mes poches un mouchoir en réserve pour les demoiselles en détresse.

Oliver leva les sourcils et regarda Adam. Il n'avait pas la moindre idée de ce que son directeur de la rédaction avait voulu dire.

18

Sydney prit l'habitude de passer au bureau de son père plusieurs fois par semaine. Elle se doutait qu'elle dérangeait, mais c'était la fille du patron, aussi était-elle toujours reçue avec courtoisie. Comme personne n'avait de temps à lui accorder, elle se contentait d'observer, pensant que ce serait une bonne idée d'apprendre la dactylographie. Pourquoi ne pas occuper ainsi son temps en attendant Jordan?

Elle savait qu'Oliver n'approuvait pas ses visites; cependant, il ne s'y opposait pas. Souvent, à midi, il venait la chercher pour l'inviter à déjeuner.

Elle n'avait jamais autant vu son père.

Elle le regardait travailler et découvrit un autre homme que celui qu'elle connaissait, bien qu'il montrât toujours la même assurance. Dans cet univers où les hommes la plupart du temps criaient, répondaient au téléphone d'une voix forte, sortaient précipitamment de l'immeuble, généralement une cigarette aux lèvres, son père était un îlot de calme.

Adam Yarborough était son bras droit. Oliver ne s'occupait pas de la marche quotidienne du journal. C'était l'affaire d'Adam, qui allait et venait, manches de chemise retroussées, col ouvert, cravate de guingois, au milieu de la cohorte des reporters, vociférant parfois contre tel ou tel. Il était toujours en mouvement, rarement à son bureau, où son téléphone ne cessait de sonner.

Les jours où Sydney passait, Oliver invitait souvent Adam à déjeuner avec eux, et elle avait le sentiment de faire partie de quelque chose, tout en sachant que c'était illusoire. Son père et Adam parlaient politique et, s'ils ne l'invitaient pas à participer à la conversation, ils ne l'ignoraient pas. Au fil des semaines, elle en vint à s'intégrer à leur monde, apparaissant de plus en plus régulièrement au bureau. Oliver s'abstenait de tout commentaire, mais elle aurait juré qu'il appréciait son intérêt pour le journal, et même sa compagnie.

Il la faisait assister à ses rendez-vous importants. Il lui annonçait la veille au soir : « Le gouverneur et moi déjeunons ensemble demain. » Sydney comprenait alors qu'elle serait la bienvenue si elle le désirait. Et c'était généralement le cas.

Si quelqu'un fit une remarque sur le cours que prenaient les choses, ce fut Silvie.

— Je t'envie, lui dit-elle simplement. Je suis née trop tôt. Tu as de la chance. Si elles se battent pour cela, les femmes pourront bientôt exercer n'importe quel métier.

Sydney n'en était pas persuadée, mais elle aspirait à une vie qui eût plus de sens, même si elle ignorait ce qu'elle voulait exactement. Telle une éponge, elle absorbait tout ce qu'elle entendait, tout ce qu'elle voyait.

Elle allait une fois par semaine au théâtre avec Grand-Maman. Très tôt, le théâtre avait été un élément important de sa vie. Dès l'âge de treize ans, elle avait passé la plupart de ses samedis après-midi à voir jouer Katherine Cornell, Lund et Fontanne, Helen Hayes et Gertrude Lawrence. Sa mère avait bien essayé de lui faire aimer l'opéra, mais la fois où elle y était allée, Sydney n'avait cessé de s'agiter sur son siège, et la voix de la soprano lui avait fait l'effet d'une craie crissant sur un tableau.

Fréquentant de nouveau les théâtres de Broadway, elle trouvait là bien plus de plaisir qu'au cinéma. Elle se souvenait du début de son mariage, quand Jordan avait sa place à Broadway. Quel bon temps ils avaient eu! Conviée aux fêtes et aux soupers qui suivaient les représentations, elle faisait partie intégrante de la vie new-yorkaise. Jamais cela n'avait été le cas à Hollywood.

Elle se mit même à aimer les vents mordants de novembre, les pluies de neige fondue qui donnaient à la ville un côté vivifiant dont manquait la Californie, constamment baignée de soleil.

Jordan lui envoya une carte postale du Kilimandjaro, où il lui annonçait qu'il avait atteint le sommet. Le lendemain de la réception de sa carte, il était de retour. C'était un samedi. Sydney revenait, en fin d'après-midi, d'une promenade au parc avec les filles. Il était là, debout devant la cheminée de la bibliothèque. Il lui parut plus grand que dans son souvenir, plus beau, conforme à l'image de la star de cinéma qu'il était. Sydney sentit son cœur faire un bond dans sa poitrine.

Ashley courut vers lui les bras tendus. Il la souleva et la serra contre lui, les yeux brillants de bonheur.

— Comment va ma fille? murmura-t-il en l'embrassant.

Juliet agrippa la main de sa mère. Elle mit son pouce dans la bouche et, paralysée par la timidité, observa de loin ce père qu'elle n'avait pas vu depuis neuf mois.

Jordan sourit et, Ashley toujours dans ses bras, demanda :

— Ma princesse m'a-t-elle oublié?

Il posa Ashley et se dirigea vers sa plus jeune fille.

— Tu m'as manqué, lui dit-il, s'agenouillant devant elle.

Alors, éclatant en sanglots, Juliet se jeta dans ses bras. Il se redressa en riant, la fillette serrée contre lui. Puis il prit la main d'Ashley et regarda Sydney dans les yeux pour l'embrasser à son tour.

— J'ai eu peur que vous ne m'ayez toutes oublié.

Ce soir-là, après avoir couché les filles, Sydney et Jordan se rendirent chez *Giorgio*, en quête du bon vieux temps, et parce que Jordan avait dit : « Cette nuit, je ne veux pas te partager avec tes parents. »

Ce fut comme un nouveau coup de foudre. Sydney eut la chair de poule quand Jordan lui prit la main et plongea les yeux dans les siens. Elle se sentit prise de vertige, fixant ses lèvres tandis qu'il buvait son chianti. Le désir refoulé pendant tous ces mois jaillissait.

— Oh, mon Dieu ! Jordan, comme tu m'as manqué !

— Appelle tes parents et dis-leur que nous ne rentrerons pas ce soir. Allons prendre une chambre au *Plaza* ou au *Waldorf* et faisons l'amour toute la nuit. Je veux t'embrasser partout. Je veux m'enivrer de ton parfum, te boire jusqu'à la dernière goutte, t'envoyer au paradis.

Il la fit chanceler de désir. Avant même que la salade fût servie, elle téléphonait à sa mère pour lui dire qu'ils dormiraient à l'hôtel. Silvie se mit à rire et se contenta de dire : « Ah, si j'avais encore ton âge ! » Elle ne pouvait imaginer son père et sa mère faisant ce qu'elle et Jordan allaient faire. Elle ne pouvait imaginer qu'on pût éprouver des sentiments aussi intenses que les siens à l'égard de son mari. Elle ferma les yeux et essaya de se calmer avant de regagner leur table.

Giorgio lui-même les servit, excessivement fier de son ex-employé, leur adressant des sourires radieux.

— Monday vient au moins une fois par semaine, apprit-il à Jordan. Je lui ai proposé d'organiser la fête pour célébrer la première de sa pièce.

— Eh bien, dit Jordan, dévorant Sydney des yeux, je vais te mettre au courant des derniers potins africains.

Sydney lui sourit. Peu lui importait ce qu'il lui racontait tant qu'il la regardait de cette manière.

— Kirk et Lili vont se marier.

Sydney se redressa brusquement.

— Elle m'a affirmé qu'elle ne se marierait jamais !

Jordan éclata de rire.

— Eh bien, l'amour est imprévisible. Qui sait si cela durera ? Mais je jure qu'elle avait l'air aussi amoureuse, sinon plus, que lui. Un petit homme aussi laid avec une femme aussi...

— Somptueuse.

— C'est le mot. C'est bien la preuve que le physique n'est pas tout. Peut-être est-ce parce que ce film est de la dynamite. Elle s'est laissé diriger, elle a suivi ses moindres indications. Et lorsqu'il lui arrivait de faire différemment, Kirk hochait la tête, avec l'air de dire : « Si tu le sens ainsi, je n'y vois pas d'inconvénient. »

— Aurais-tu jamais imaginé cela ? demanda Sydney, qui avait la tête ailleurs.

Elle se souciait peu de ce qui avait bien pu arriver à tel ou tel membre de l'équipe. Tout ce qu'elle voulait, c'était regarder Jordan, l'embrasser, le sentir nu contre elle. En elle.

Il lui parlait de l'exaltation qu'il avait ressentie au sommet du Kilimandjaro. Rien ne le préparait à une telle sensation. Il s'était senti un roi. Mais il regrettait qu'elle n'eût pas été là pour partager son émerveillement. Rien n'était parfait sans elle.

Jordan lâcha sa main, tandis que le serveur apportait les *melanzane al forno*. Ses yeux brillèrent de plaisir à la vue de la nourriture dont il se souvenait avec délectation.

— Sydney, poursuivit-il en levant sa fourchette, tu devrais voir la faune qu'il y a là-bas. C'est incroyable ! Les gazelles, les lions, les éléphants. Il n'y a pas de mots pour la décrire.

Sydney le regardait parler, charmée par son enthousiasme juvénile. Tous les regards étaient tournés vers lui, mais il ne semblait pas s'en rendre compte. Il était trop occupé à lui raconter ce qui l'avait frappé.

Plus tard, au *Plaza*, c'est tout juste s'ils attendirent d'avoir fermé la porte de leur chambre pour se débarrasser de leurs vêtements et s'unir avec feu et violence. Ils firent de nouveau l'amour vers les 3 heures du matin, doucement, tendrement cette fois, et ils recommencèrent à 8 heures, riant dc bonheur, comblés.

Quand le petit déjeuner servi dans la chambre arriva, Jordan annonça :

— Et maintenant, la grande surprise !

Sydney le regarda, dans l'expectative.

— Es-tu prête à entendre la nouvelle ?

— Je suis prête à tout entendre.

Du moins le croyait-elle en cet instant.

— As-tu lu *Pilgrim's Creek* ?

Naturellement, elle l'avait lu. Les chiffres de vente laissaient supposer que pratiquement chaque Américain l'avait lu. Depuis plus d'un an, il figurait sur la liste des best-sellers.

— Julian, dit-il avec un large sourire. Je vais être Julian.

Probablement le personnage le plus romantique qu'on puisse imaginer, pensa Sydney avec morosité. Elle se contenta de dire :

— Tu n'es pas assez vieux.

— Pourquoi crois-tu qu'il y ait des maquilleurs professionnels ?

— Quand cela s'est-il décidé ?

Jordan sentit sa contrariété sans en comprendre la raison, laquelle échappait tout autant à Sydney.

— A Nairobi, après l'ascension. Je ne sais pas comment il s'est débrouillé pour me retrouver, mais toujours est-il que Seth Burgess, qui va diriger le film, m'a appelé. La ligne était si mauvaise que je lui ai promis de le rappeler dès mon retour à la civilisation. Mais il m'a dit qu'il contacterait Mike pour le contrat. J'ai l'intention de parler au préalable avec Mike et de lui dire que je veux, cette fois, un intéressement aux bénéfices. Bon ou pas, tout le monde ira voir le film, à cause du livre. Avant tout, je dois lire le script.

— Mais tu sais déjà que tu vas accepter?

— Evidemment. (Les yeux de Jordan lançaient des éclairs.) Comment pourrait-on refuser un tel rôle? Mais j'ai pensé que je pouvais demander un cachet plus important. Nom de Dieu! Syd, tu te rends compte? Avant peu nous serons doublement millionnaires!

A présent, Oliver se montrerait peut-être plus aimable, se dit Sydney, tout en se demandant pourquoi elle n'était pas plus heureuse.

— Où aura lieu le tournage?

Jordan rit et lui prit la main.

— Sur place, mon chou. A la maison.

A la maison. Los Angeles, sa maison?

Jordan se leva, embrassa Sydney dans le cou, et se dirigea vers le téléphone pour appeler son agent.

Quand il raccrocha, une demi-heure plus tard, ce fut pour annoncer, secouant la tête, l'air sonné :

— Script approuvé, actrice principale approuvée, dix pour cent des recettes et un cachet d'un demi-million, ou un million de dollars tout de suite sans pourcentage sur les recettes.

Sydney s'était recouchée et, recroquevillée dans le lit, avait écouté la moitié de la conversation de Jordan.

— Bien sûr, poursuivit-il, Seth veut Sally Miramar, mais si elle ne me convient pas, il écoutera mes suggestions.

— Sally Miramar?

— Qui diable refuserait de l'avoir pour partenaire? (Un sourire envahit son visage.) Doux Jésus, Syd! j'aurai trente-trois ans le mois prochain, et regarde où j'en suis!

— Tu as l'air d'en avoir vingt-deux.

— Alors, tu es bien trop âgée pour moi.

Ce qui, d'une certaine manière, était vrai. Elle venait d'avoir vingt-huit ans et Jordan avait oublié son anniversaire.

— Viens, dit-il. C'est samedi. Allons prendre les filles et faisons un tour à Jones Beach, pour le plaisir de marcher dans le vent.

Ashley et Juliet restaient collées à Jordan, ne voulant pas lâcher sa main tandis qu'elles gambadaient sur la plage. Il les poussa sur les balançoires. Puis, malgré la grisaille et la fraîcheur de l'air, elles enlevèrent leurs chaussures et avancèrent dans l'eau, sautant par-dessus les vagues.

— Trouvons une maison au bord de l'Océan, suggéra Jordan tout en s'agenouillant près de ses filles pour leur montrer comment faire un château de sable.

Leurs cris de joie remplissaient l'air.

— Où? Au Cap?

Jordan eut l'air perplexe.

— Quel cap? Oh, non, je veux dire près de chez nous. Peut-être à Malibu, à Pacific Palisades ou à Newport Beach. Ce sera amusant de prospecter. Le tournage ne doit pas commencer avant un mois, bien que je doive rencontrer Seth dans deux semaines. Nous pouvons passer quelques semaines paresseuses à chercher le cottage de nos rêves. A moins que tu ne souhaites une plus grande maison.

Sydney sentit des gouttes de pluie.

19

Ils allèrent plusieurs fois au restaurant avec Monday. Jordan lui assura que, quoi qu'il advienne, ils seraient de retour en novembre pour la première de sa pièce. Monday avait les yeux injectés de sang, il avait bien besoin d'aller chez le coiffeur, paraissait toujours avoir dormi tout habillé et touchait à peine à sa nourriture. Il disait qu'il n'avait jamais été aussi heureux, même s'il vivait à coups d'adrénaline.

Ils dînèrent une fois avec Evan, mais ce fut une soirée ratée, car c'est tout juste s'il ouvrit la bouche. Il répondit par monosyllabes aux questions de Jordan et le reste du temps adopta une attitude sarcastique. Mais ses railleries étaient dénuées de l'humour de Billy.

Oliver parvint à se montrer cordial. Il ne pouvait ignorer le succès de son gendre, mais il lui déplaisait que le mari de sa fille fît parler de lui dans tout le pays. Les Hamilton tenaient à rester discrets, aussi prestigieux que fût leur nom. Et pourtant, parlant avec Jordan un matin au petit déjeuner, il lui promit de venir les voir en Californie au printemps.

Jordan pensait que Sydney en serait ravie, au lieu de quoi elle déclara sèchement :

— Il ne viendra pas.

— Peut-être le sous-estimes-tu ?

— Non, répéta-t-elle, s'asseyant sur le lit et lui prenant la main. Il ne viendra pas. Parce que je ne serai pas là-bas au printemps.

La perplexité se peignit sur le visage de Jordan.

— Comment ça ? Tu ne rentres pas en Californie ?

— Pas tout de suite. Je ne repars pas avec toi.

Jordan la dévisagea et elle crut un instant que son cœur allait se briser.

— Jordan. Je ne peux pas.

— Y a-t-il quelqu'un d'autre dans ta vie ?

— Oh, mon Dieu ! pourquoi les gens s'imaginent-ils toujours des choses de ce genre ? Non, tu le sais très bien.

— Alors, qu'y a-t-il ?

Sydney eut un soupir à fendre l'âme.

— Toujours la même chose. Oh, Jordan ! je suis déchirée. Je t'aime. Tu sais combien je t'aime ! Je t'aime plus que tout au monde, comme je n'aimerai jamais personne, mais dans ton monde, je perds mon identité. Je n'existe plus. Je dois trouver ma voie, avoir mes propres activités, ne pas être simplement ta femme.

Elle retenait ses larmes. Elle s'était levée, ce matin-là, en sachant que ce serait le jour de l'affrontement. Jordan partait dans deux jours pour la Californie, persuadé qu'elle l'accompagnerait avec les filles, qu'elle serait ravie de chercher avec lui un cottage en bord de mer.

— Sydney, tu dis des bêtises. Tu peux faire ce que tu veux en Californie. Tu peux trouver ta voie là-bas, avec moi et les filles. Mais enfin, tu n'as tout de même pas l'intention de rester ici avec Ashley et Juliet ? demanda-t-il, incrédule. Non, dit-il d'une voix ferme. Non, Sydney, c'est non. Je refuse même d'en discuter.

— Jordan, ma vie ne regarde que moi.

Il l'entoura de ses bras, l'attirant contre lui.

— Tu sais que très peu de gens s'aiment comme nous. Sydney, tu ne peux jeter ainsi notre amour au rebut.

Elle pleurait à présent.

— Renonceras-tu à ta vie pour moi? Reviendras-tu jouer à Broadway? Tu en as toujours eu l'intention.

— Chérie! bien sûr que non. Renoncer à cet argent? Es-tu folle?

— Et à la gloire?

— Je ne pourrai y renoncer non plus. Je tiens à la gloire. Le monde m'appartient.

— Je sais. Mais vois-tu, Jordan, j'ai beau t'aimer, je veux, moi aussi, que le monde m'appartienne.

Il dénoua son étreinte, s'assit au bout du lit et la regarda.

— Je refuse de t'entendre, Syd. Je ne suis pas prêt à me voir privé de la femme et des filles que j'adore parce que tu veux être toi-même, quoi que cela signifie. Sydney, je ferai n'importe quoi pour t'aider, tout ce que tu veux, mais faisons en sorte que ce soit en Californie.

Aussi finit-elle par retourner là-bas avec lui. Deux jours plus tard, absorbé par les préparatifs du nouveau film, il passait plus de temps avec Seth Burgess qu'avec sa famille. Il lui assura :

— Les week-ends, ma chérie. Je lui ai dit que les week-ends étaient sacrés, quoi qu'il advienne. Dans l'intervalle, réfléchis à ce que tu veux, et je te promets de te soutenir.

Mais le dimanche fut à nouveau le jour du brunch, son prochain film le centre de la conversation, et il étudiait son texte jusqu'à une heure avancée de la soirée. Sydney chercha bien quelque occupation, mais une sorte de léthargie semblait s'emparer d'elle. Ashley paraissait plus introvertie qu'à New York, après avoir été arrachée à l'école qu'elle commençait à aimer. La seule qui paraissait vraiment heureuse était Juliet. Elle avait cessé de faire des caprices, écoutait attentivement tout ce que Jordan lui disait et se montrait affectueuse avec sa mère. Ne trouvant rien d'autre à faire, Sydney passait un temps considérable avec sa plus jeune fille. Mais elle éprouvait de la honte à ne pouvoir être comblée par son amour maternel.

Si j'étais vraiment une femme, pensa-t-elle, je serais heureuse d'accomplir ces choses qui depuis si longtemps occupent mes semblables. Si j'étais vraiment une femme...

Si j'étais un homme...

Qu'est-ce que son père avait dit d'Evan ? « S'il était un homme, il ne passerait pas son temps à parcourir le monde, il apprendrait à diriger ce journal. Il travaillerait toute la journée, et trouverait ainsi satisfaction à sa vie. »

Eh bien, la solution était peut-être là. Travailler et trouver ainsi satisfaction à sa vie. Au lieu de cela, elle pouponnait, jouait au tennis, se baignait, se demandait quelle robe elle allait mettre pour plaire à Jordan quand il rentrerait. Mais il était si fatigué que, après le dîner, il n'aspirait qu'à s'écrouler et à étudier son texte.

Parfois, elle se demandait si elle l'aimait encore.

Elle devait reconnaître qu'elle n'avait pas essayé de trouver du travail en Californie. Trouver un travail ? N'importe quel travail ? Ce n'était pas non plus ce qu'elle désirait.

Soudain, elle sut ce qu'elle voulait : travailler au *Chronicle*. Elle voulait apprendre tout ce qu'il lui était possible d'apprendre au journal. Elle devait avoir sa propre activité, prendre des décisions, faire partie de la maison. Elle savait qu'il lui faudrait commencer par de petites tâches, mais, au plus profond d'elle-même, elle souhaitait faire cette expérience.

Elle désirait travailler pour son père, qui ne voulait pas d'elle, et vivre à New York, à cinq mille kilomètres de l'homme qu'elle aimait.

Ils prirent l'avion pour se rendre à la première de Monday. Jordan se libéra trois jours, le tournage n'ayant pas encore commencé. Les critiques firent l'éloge de la pièce, mais trouvèrent la mise en scène lourde. Ils dirent que

Clem Howard était un mauvais choix pour le premier rôle, alors que Sydney avait apprécié son jeu.

— A voir la tête de Monday, on penserait que sa pièce n'a eu que de mauvaises critiques, dit Sydney à Jordan après la première.

— Tu ne sais pas ce que c'est d'avoir de mauvaises critiques.

Sydney rit.

— Toi non plus.

— J'ai le sentiment que la pièce va bien marcher, dit Jordan, pensant tout haut. Les critiques ont beau dire, Clem Howard est assez populaire pour que les gens viennent le voir. A moins que les producteurs ne le remplacent.

— Tu serais parfait dans ce rôle, risqua Sydney.

— Monday affirme qu'il écrit chaque rôle principal comme s'il était pour moi. Sydney, tu sais ce que Broadway paie? Sais-tu combien de gens vont au théâtre par rapport au cinéma? Chérie, laisse tomber.

— Non, dit-elle, faisant appel à tout son courage. Je ne laisserai pas tomber. Parce que je vais rester ici. Si tu m'aimes, propose à Monday de remplacer Howard.

Jordan en eut le souffle coupé.

— Bon Dieu! j'aurais dû le prévoir. Nous n'aurions jamais dû revenir ici.

Sydney secoua la tête.

— Je serais revenue de toute façon. Je veux être à Oberon pour Noël. J'en ai assez de ne pas voir de neige à Noël. J'en ai assez de ce soleil permanent. Assez du tennis, des cocktails, de cette vie de solitude.

Jordan posa ses mains sur ses épaules.

— Tu remets ça? Sydney, je ne peux pas quitter Los Angeles. Je suis au milieu d'un grand, d'un très grand film.

— Tous tes films sont de grands, de très grands films.

— Estime-toi heureuse.

— Eh bien, moi aussi, je veux jouer un grand rôle.

Il se frappa le front.

— Ainsi, c'est cela? Tu veux être comédienne, toi aussi?

— Oh, Jordan! ce n'est pas du tout ça. Ce n'était qu'une métaphore. Je ne veux pas avoir un rôle au théâtre. Je veux avoir un rôle dans la vie.

Il la regarda d'un air ébahi.

— J'aimerais savoir que faire pour te rendre heureuse. Si je le savais, je le ferais.

Sydney se rapprocha de lui et l'enlaça.

— Je n'en doute pas, mon chéri. Mais tu ne peux pas. Personne ne peut, sauf moi. Je veux faire quelque chose, et non que l'on fasse quelque chose pour moi.

Le lendemain, Jordan reprit seul l'avion pour la Californie. Il rejoignit Sydney à Oberon après Noël, la suppliant de réfléchir. Elle avait pris des dispositions pour qu'Ashley puisse réintégrer Chaplin et engagé une nourrice pour Juliet.

Jordan ne resta que trois jours.

Pendant trois ans, Sydney fut au courant des liaisons de Jordan par la presse à sensation. Aucune de ces liaisons ne semblait durer. Il s'agissait généralement de ses partenaires, les stars les plus fascinantes du septième art.

Il venait voir les filles plusieurs fois par an, descendait toujours au *Plaza*, et demandait qu'elles restent avec lui. Elles adoraient ses visites. Il les accompagnait au zoo, au cirque, au Radio City Music Hall. Il leur consacrait tout son temps. Une fois par an, il les emmenait une semaine dans l'Indiana, voir ses parents. Et il essayait souvent de convaincre Sydney de revenir en Californie.

Quel que fût son émoi quand elle entendait sa voix au téléphone ou le voyait surgir dans l'embrasure de la porte, elle continuait à refuser. Mais elle dînait au *21* avec lui, où des reporters les surprenaient systématiquement, se demandant si les Eliot étaient réconciliés.

Elle ne pouvait résister au désir de faire l'amour avec lui. Après tout, ils étaient toujours mariés. Et qui aurait pu lui inspirer une passion semblable à celle qu'elle éprouvait pour Jordan ? Il suffisait d'un baiser de lui pour lui faire perdre la tête. Mais pas au point de dire oui à Hollywood.

— Je t'aime toujours, tu sais, dit-elle, après qu'ils eurent fait l'amour au *Plaza*, tandis que Juliet et Ashley dormaient dans la chambre attenante.

— Je n'arrive pas à te comprendre. (Il alluma une cigarette, bien qu'elle eût horreur de la fumée.) Si tu m'aimes, pourquoi ne vivons-nous pas ensemble ?

Elle glissa hors du lit et se dirigea vers la fenêtre, contemplant Central Park. Appuyé contre son oreiller, il regarda la silhouette nue de sa femme éclairée en contre-jour par les lumières de la ville. Personne, absolument personne, ne parvenait à le troubler autant que Sydney. Et pourtant, elle n'avait pas la beauté de la plupart de ses multiples conquêtes.

Ils n'avaient plus grand-chose en commun. Elle était devenue distante. Elle était si absorbée par ce fichu journal que plus rien d'autre ne comptait. Elle parlait plus facilement des événements du monde, de politique, d'économie que des petites choses, pourtant beaucoup plus importantes, de la vie courante.

Même Monday le remarqua. Il passait à présent la moitié de l'année à New York, et lui et Sydney dînaient souvent ensemble. Leur amitié n'avait rien perdu de sa chaleur. Sydney se montrait toujours intéressée par les pièces de Monday, assistait aux premières, l'invitait à l'accompagner à des cocktails. Mais, se confiant à Jordan, Monday s'accorda avec lui pour dire que Sydney n'était plus la même.

Jordan changeait également, et il en tirait de la fierté. Il savait que cela n'eût pas été possible avec une vie de famille. Il vivait seul à présent dans sa grande maison de Beverly Hills, continuant à organiser, le dimanche, des brunches coûteux au bord de la piscine. De plus en plus souvent, ses films se tournaient en extérieur.

La presse disait vrai : il avait eu une série d'aventures avec certaines des plus grandes stars d'Hollywood. Aucune d'elles n'avait touché son cœur. Mais aux scènes d'amour qu'il tournait avec elles succédaient des sorties dans les night-clubs et autres lieux de plaisir des environs d'Hollywood, qui le conduisaient à coucher avec elles. Durant un tournage, il emmenait souvent l'héroïne chez lui. Ils apprenaient leur texte ensemble, allaient à la plage, faisaient des excursions dans les canyons ou en plein désert.

Il acheta un cottage à Malibu, où il passait les week-ends, généralement seul, à moins que Monday ne fût sur la côte Ouest. A l'aube, il parcourait la plage, et c'est dans ces moments-là qu'il souffrait le plus d'être séparé de sa famille.

Il lui arrivait de s'emporter intérieurement contre Sydney, qui lui enlevait ses filles. Il aimait Ashley et Juliet et il voulait les voir plus de trois ou quatre fois par an. Il voulait les voir grandir, les voir commencer à penser et à écrire, les voir perdre leurs dents de lait. Il voulait les entendre rire, leur apprendre à nager. Il imaginait Sydney montant à cheval avec elles et il maudissait Oberon.

Il les fit bien venir en Californie, avec l'intention de passer l'été avec elles, mais il était presque toujours absent, et les fillettes eurent davantage affaire aux femmes qu'il avait embauchées pour s'occuper d'elles qu'à leur père. Il était manifeste qu'elles s'ennuyaient; aussi, au bout d'un mois, les renvoya-t-il à Oberon, et il ne demanda pas à renouveler l'expérience.

Il s'estimait dénué de caractère, car à chaque fois qu'il

retrouvait Sydney, après cinq minutes passées en sa compagnie, il avait envie de faire l'amour. Leur relation n'était-elle que physique ? Elle semblait ne rien attendre d'autre de lui.

Sydney affirmait n'avoir jamais partagé sa vie en Californie. Il était convaincu qu'elle n'avait pas vraiment essayé, tout en sachant qu'il ne devait pas être facile d'être la femme d'une star d'Hollywood. Il n'aimait pas la voie que prenait Sydney, car elle l'éloignait chaque année un peu plus de lui. Et elle le privait de ses filles. Celles-ci n'étaient jamais aussi heureuses que lorsqu'il venait à New York. Un été, il leur avait fait la surprise de débarquer à Oberon à l'improviste. Juliet ne l'avait pas lâché une seconde.

— Elle m'en veut de la priver de ta présence, lui avait dit Sydney.

— Moi aussi, je t'en veux.

— Je sais, avait-elle répondu.

Continuant à regarder la silhouette de sa femme debout à la fenêtre, Jordan alluma une cigarette et poussa un soupir.

— Syd, voilà maintenant trois ans que tu refuses de rentrer en Californie. Je crois qu'il est temps que nous envisagions le divorce.

Cherchait-il à la faire réagir ? En lui proposant de mettre un terme à leur mariage, espérait-il la ramener à la raison ? Il voulait une réponse.

— Je savais que nous en arriverions là un jour, dit-elle au bout d'une minute, sans même se retourner pour lui faire face, continuant à contempler la ville qu'elle aimait.

— C'est seulement si je n'arrive pas à te convaincre de revenir vivre avec moi.

— Pas tant que tu seras à Hollywood.

Il se redressa et écrasa sa cigarette.

— Bon Dieu, mais pourquoi ? Je t'aime. Tu m'aimes. Alors, qu'y a-t-il ?

Jetant la tête en arrière, elle se retourna, et traversa la pièce pour venir s'asseoir sur le lit.

— Je te l'ai dit. Je perds mon identité à rester dans ton ombre.

— Comment diable peux-tu perdre ton identité?

Elle réfléchit un instant.

— Si tu n'étais pas devenu aussi célèbre, si tu avais dû te résoudre à faire quelque chose qui ne te plaisait pas, n'éprouverais-tu pas un sentiment de frustration, d'inaccompli?

— C'est le cas du commun des mortels.

— Je ne suis pas le commun des mortels. (Elle prit sa main dans la sienne, cherchant sa compréhension.) Et toi non plus. Tu as trouvé ta voie. J'ai besoin de trouver la mienne.

— Les rôles d'épouse et de mère ne te suffisent pas?

Sydney hésita.

— Les rôles d'époux et de père te suffisent-ils?

— Bonté divine! comment pourrais-je le savoir? Tu ne m'en laisses pas la possibilité.

— Eh bien, renoncerais-tu à ta carrière pour revenir vivre à New York? Pour t'occuper de tes filles et te mêler à mes amis? Pourrais-tu faire cela, Jordan?

— Bien sûr que non.

— Eh bien...

— Je ne suis pas une femme.

Sydney soupira.

— Mais moi, en tant que femme, je suis censée me satisfaire de ce rôle limité? Je ne peux pas, Jordan. C'est tout simplement impossible. Je veux utiliser au maximum mes capacités, tout comme toi.

— Tu parles comme une suffragette de pacotille.

— Je suis désolée. J'aimerais pouvoir me satisfaire du rôle d'épouse et de mère; j'ai bien essayé et j'ai failli devenir folle. Je ne peux supporter de n'être personne.

Jordan avança la main et se mit à lui caresser les seins,

se penchant pour l'embrasser. Ils venaient de faire l'amour durant plusieurs heures, et pourtant son désir renaissait.

— C'est trop bête, murmura-t-il.

Elle en convint. Néanmoins, elle accueillit avec ardeur son étreinte.

20

— Oh ! non ! s'exclama Sydney. C'est impossible ! Tout simplement impossible.

Et pourtant elle était sûre d'être enceinte. Elle le savait avant même d'avoir fait un test. Elle ignorait comment cela était arrivé, car elle utilisait un diaphragme à chaque fois qu'elle faisait l'amour avec Jordan. Et la dernière fois remontait à un mois, lorsqu'ils avaient décidé de divorcer.

Elle s'assit sur son lit. Que faire ? Elle ne pouvait certainement pas demander son aide au Dr. Beckwith. Il serait choqué. Et elle ne voulait pas prendre l'avion pour la Suède ou tout autre pays où l'on pratiquait des avortements sans risque.

Toutefois, elle désirait se faire avorter. Elle n'avait aucun doute là-dessus. Elle ne le dirait pas à Jordan, ni à personne d'autre. Elle n'allait pas gâcher sa vie pour quelques heures d'amusement — bon, d'extase, si on veut. Oh, Dieu ! sommes-nous responsables de nos actions ? se demanda-t-elle tristement. Et comment !

Le moment était venu pour eux de divorcer, et cela non seulement retarderait la procédure, mais élever un autre enfant sans père ne ferait qu'accroître sa culpabilité. Car l'attitude de Juliet était déjà un reproche vivant. La fillette aurait-elle été différente si Jordan et elle étaient restés ensemble ? Sydney se posait la question. Malgré son jeune âge, elle se comportait comme si elle en voulait à sa mère d'avoir quitté son père. Dieu sait pourtant si Juliet était entourée d'amour. Chacun dans l'appartement s'occupait d'elle. Ashley adorait sa sœur. Ses grands-parents l'adoraient. Son arrière-grand-mère l'adorait, Warren et Carlos eux-mêmes donnaient cette impression. Alors, pourquoi était-elle une enfant aussi difficile?

Sydney secoua la tête, comme pour s'éclaircir les idées. Pour l'instant, il lui fallait s'inquiéter de cette grossesse non voulue.

Zut, zut et zut! Elle préférait encore aller à l'étranger que d'avoir affaire à quelque charlatan aux doigts sales. Elle ne voulait pas risquer sa vie. Elle avait entendu dire qu'un curetage était une opération banale, bien qu'illégale.

Il devait bien exister des médecins d'une parfaite moralité capables cependant de faire preuve de compassion pour les femmes dans son cas.

Sydney soupira. Quelle différence y avait-il entre l'immoral et l'illégal? Etait-ce immoral d'avoir couché avec Jordan? Pas à proprement parler. Ils étaient encore mariés, du moins au regard de la loi.

A qui pouvait-elle se confier? Certainement pas à Silvie qui, déjà, jugeait le divorce immoral, contrairement à Oliver, qui semblait soulagé de voir Sydney quitter Jordan. Rien ne pouvait lui retirer l'idée que Jordan en avait après l'argent des Hamilton, alors qu'il gagnait des millions.

Néanmoins, Sydney n'avait pas l'intention de lui demander un centime de pension alimentaire. Après tout, c'était elle qui le quittait. Elle avait un travail et un salaire, bien qu'il ne lui permît pas de faire des folies. Elle supposait que Jordan insisterait pour subvenir aux besoins de ses filles. Il voulait faire partie de leur vie.

Bon Dieu! dit-elle à haute voix. Que n'essayait-elle de

trouver un moyen de se faire avorter plutôt que de laisser ainsi ses pensées vagabonder.

Oncle Billy? Pouvait-elle lui parler? Peut-être pourrait-il la conseiller.

— Sydney! dit Billy en se levant de sa chaise. Quel plaisir inattendu!

Il s'était servi son habituelle vodka-Martini. Il en buvait une avant le déjeuner et deux avant le dîner. Telles étaient les limites qu'il s'imposait, en dehors du vin qu'il s'autorisait pendant les repas. Il avait vu trop de gens se ridiculiser sous l'effet de l'alcool pour avoir envie de se conduire de la même manière.

— Eh bien, je ne sais pas si cela te fera autant plaisir quand tu sauras ce qui m'amène.

— Oh?

Billy portait un pantalon gris clair, un blazer bleu marine et une cravate rayée bleu marine et bordeaux. On l'aurait bien imaginé avec une canne, la balançant dans l'air comme Maurice Chevalier.

— Billy, personne à New York n'a plus de classe que toi.

Billy sourit.

— J'y travaille.

— C'est faux. Cela t'est naturel.

— Je ne prendrai qu'une salade.

Il commandait toujours un plat léger au déjeuner, qu'il prenait le plus souvent au restaurant.

— Pas étonnant que tu sois aussi mince.

Il posa les coudes sur la table et se pencha vers elle.

— Tu fais une drôle de tête. Quelque chose ne va pas?

Un serveur apparut pour prendre leurs commandes. Sydney se dit qu'un soufflé aux épinards passerait bien.

— Tu sais, bien sûr, que Jordan et moi avons entamé une procédure de divorce?

Il acquiesça.

— Ce n'était pas trop tôt! Tu mènes depuis trop longtemps une vie de chasteté. Il est temps que tu passes à autre chose.

— Chasteté ? Ce n'est pas exactement le mot, Billy.

— Ah ?

Il leva les sourcils.

— Je suis enceinte.

Il la fixa d'un air ébahi.

— Je vois que le mot chasteté est en effet malvenu. Pourquoi me racontes-tu cela à moi, Sydney chérie ?

— Eh bien, je ne veux pas de cet enfant. Je suis enceinte de quatre semaines seulement.

— Tu es sûre ? Tu as fait un test ?

Elle secoua la tête.

— Non, mais je le sais. Lorsque Jordan était ici, et cela remonte à un mois, eh bien, enfin, tu comprends.

Billy comprenait. Il attendit que Sydney poursuive.

Elle but une gorgée de vin blanc.

— Oh, Billy ! dit-elle, surprise de sentir ses larmes couler, je ne veux pas de cet enfant.

Elle s'essuya les yeux avec une serviette en papier.

Au bout d'un moment, Billy lui demanda :

— Tu veux mon aide ou mes conseils ?

— Ton aide. (Le garçon les ayant servis, elle ajouta :) J'ai besoin d'en parler avec quelqu'un, je suppose, et je ne connais personne d'autre qui s'abstiendrait de porter un jugement.

— Tu as honte ?

Par-dessus la table, elle posa sa main gauche sur le bras de Billy.

— Oui.

Elle se remit à pleurer.

Billy jeta un regard autour de lui.

— Si tu as l'intention de te donner en spectacle, sortons d'ici.

— Non, non, dit Sydney d'une voix tremblante. Ça va.

C'est simplement que j'ai le sentiment que ce je vais faire est mal.

— Mal? (Billy lui sourit.) Eh bien, allons-nous avoir une discussion métaphysique sur le bien et le mal? Un acte illégal est-il pour autant quelque chose de mal? La notion de mal a-t-elle plus à voir avec la morale qu'avec la légalité?

Sydney ne put s'empêcher de rire.

— O.K., n'employons pas ce mot. Mais quel que soit le terme utilisé, je me sens mal à l'aise. Et j'ai peur.

— Tu es absolument certaine de ne pas vouloir cet enfant?

— Tout à fait certaine. Sauf si un avortement mettait ma vie en danger. Je veux rompre les liens avec Jordan. Je suis au début d'une carrière. Même si c'est chez papa, j'ai un pied dans la boîte. Je me bats depuis trois ans, et je ne veux pas voir mes efforts gâchés.

— Tu aimes toujours Jordan?

Sydney haussa les épaules et réfléchit un instant.

— Plus que je n'aimerai jamais aucun homme, j'imagine. Mais pas assez pour mourir d'asphyxie.

Il avait fini son assiette, alors que Sydney avait à peine touché à la sienne.

— Tu veux savoir si je connais un moyen...

— Oui. Tu connais tellement de gens, et tout le monde semble te confier ses secrets.

— Et tu ne t'es même pas demandé si j'avais été mêlé à quelque chose de cet ordre, dit-il avec un sourire.

— Non, je n'ai pas pensé à ça. Je veux juste savoir si tu connais quelqu'un de sûr, ce qui m'éviterait d'aller à l'étranger.

— Que dirais-tu de passer un week-end aux Bermudes avec moi?

Sydney mangeait maintenant d'un bon appétit.

— C'est légal aux Bermudes?

— Là n'est pas la question. Il y a là-bas une clinique où

cela se pratique couramment. C'est sans risque, cher, rapide, notamment à moins de six semaines. Aucune femme ne peut être sûre d'être enceinte avant six semaines.

Comment savait-il tout cela ?

— Nous pourrions prendre l'avion vendredi dans la journée et revenir lundi matin. Personne n'y trouvera à redire. Cinq mille dollars.

— Cinq mille dollars !... Eh bien dis donc !

Elle ne possédait pas cette somme.

— J'ai de l'argent de côté, dit-il. Mais ce n'est qu'un prêt. Tu me rembourseras un de ces jours.

— Tu ne penses pas que ce que je fais est mal ?

— Sydney, ma chérie, ne me demande pas d'être ta conscience. C'est à toi de décider si c'est bien ou si c'est mal. Je suis prêt à t'aider, quelle que soit ta décision.

— Je ne veux pas de cet enfant, Billy. Je ne peux me permettre de l'avoir.

— Alors, ne le garde pas.

— Cela me semble injuste, murmura-t-elle comme pour elle-même. Les hommes n'ont pas la vie gâchée par ce genre de choses.

— Eh bien... (Billy promena son regard dans la pièce, et, n'apercevant personne de sa connaissance, poursuivit :) Détrompe-toi, cela affecte aussi la vie d'un homme parfois.

Elle pencha la tête de côté et se mit à l'étudier. Elle se demandait si quelqu'un connaissait vraiment oncle Billy.

— Tu ne vas rien dire à Jordan ? demanda-t-il.

— Tu seras le seul à être au courant.

— Une fois que tu te seras mise en accord avec ta conscience, fais-moi signe, si tu veux toujours aller aux Bermudes. Je me charge de prendre les billets et de trouver un hôtel. En d'autres termes, je me charge de tout.

Sydney se détendit.

— C'est tout décidé, dit-elle. Je ne veux pas avoir à réfléchir davantage. Nous partons donc en week-end ensemble ?

— Exactement. Je rentrerai bronzé, et tu reviendras sans te sentir affaiblie ni traumatisée, à moins que tu ne désires te flageller. C'est très simple, en fait.

— Tu as déjà fait cela ?

— Une ou deux fois.

Sydney ne lui posa pas d'autres questions.

— T'ai-je déjà dit que je t'aimais ?

Il lui sourit, lui tapotant la main.

— Tu me l'as dit en me faisant confiance. Et tu sais aussi que je t'aime, car sinon tu n'aurais jamais eu le courage de me parler comme tu l'as fait. Je suis flatté, Sydney.

Trois jours plus tard, le vendredi après-midi, Sydney et Billy s'envolaient pour les Bermudes.

Pendant tout le voyage en avion, Sydney eut envie de vomir. Ses nausées n'étaient pas dues à la grossesse, mais au sentiment de culpabilité qui la rongeait.

La seule infraction à la loi qu'elle eût jamais faite était l'excès de vitesse. Elle n'avait jamais triché à un examen, jamais copié, n'avait fait que de petits mensonges. Elle n'avait jamais eu à se poser de questions sur sa moralité.

La loi, dans tous les Etats-Unis, condamnait l'acte qu'elle allait commettre. Illégal, il devenait donc immoral. L'âge requis à New York pour consommer de l'alcool était dix-huit ans, et elle n'avait pas transgressé le règlement. Elle avait toujours honoré son père et sa mère, et était demeurée vierge jusqu'à son mariage.

Devait-elle rester mariée à Jordan, bien qu'ils fussent séparés depuis trois ans, et garder cet enfant ? Otait-elle la vie à un être, même si ce n'était encore qu'un fœtus de cinq semaines ? Etait-elle une meurtrière ?

— Qu'as-tu ? lui demanda oncle Billy. Tu t'agrippes à l'accoudoir comme si c'était ton premier vol.

Elle sentit la main de son oncle sur la sienne.

— Ma chérie, si tu as des doutes...

— Non, dit-elle, secouant énergiquement la tête. Non, je ne veux pas de cet enfant. Je veux aller de l'avant, pas à reculons.

— Quelles que soient tes raisons, elles ne regardent que toi, murmura Billy d'une voix douce. C'est ton corps, ta vie. Personnellement, ce que je trouve scandaleux, c'est de mettre au monde un enfant non désiré. Il est curieux que les adversaires de l'avortement soient ceux-là mêmes qui défendent la peine de mort et s'opposent aux mesures sociales.

Sydney n'avait jamais considéré la chose sous cet angle.

— Papa aurait une attaque, n'est-ce pas, s'il savait ?

Billy éclata de rire.

— Une foutue attaque, admit-il, étonnant Sydney par sa familiarité tout à fait inhabituelle. Mais tu n'es pas obligée d'avoir l'esprit aussi étroit que ton père.

Sydney avait toujours cru Billy puritain et voilà qu'il taxait Oliver d'étroitesse d'esprit. Le fait est que non seulement son père avait l'esprit étroit, mais il était également sectaire et plein de préjugés. Pour Oliver, si vous n'étiez pas blanc et protestant, vous n'étiez pas américain. Il croyait à la démocratie américaine tant que les républicains étaient au pouvoir.

Ces dernières années, en fait depuis sa rencontre avec Jordan, Sydney s'était mise à remettre en question les valeurs de son père. Elle commençait même à trouver ses convictions immorales, bien qu'elle ne le lui eût jamais dit en face.

Plus tard, elle avoua à Billy qu'elle avait eu une peur bleue. Il avait dû la laisser à l'hôpital, qui présentait l'aspect d'un hôtel de luxe. Sa chambre était coquette. Le samedi matin, conduite jusqu'à l'ascenseur sur un lit roulant dans le couloir reluisant de propreté, elle se dit que là, au moins, elle ne courait pas de risques d'infection.

Lorsque l'anesthésiste, après lui avoir tendu un masque, lui demanda de respirer profondément, elle se sentit aussitôt aspirée dans un tourbillon noir.

Elle ne vit pas le médecin, et elle crut qu'elle ne reverrait jamais ses enfants, ni Billy, ni... Elle perdit conscience. A son réveil, elle vomit pendant une heure, contrecoup de l'anesthésie, mais elle ne souffrait pas. Une infirmière lui suggéra d'aller, dans l'après-midi, s'étendre au soleil ou sous un parasol.

N'ayant pratiquement rien mangé pendant le voyage, elle dévora avec appétit le steak qu'on lui servit, tout en observant les pensionnaires, des femmes riches venues de tous les coins du monde.

Sydncy se demanda ce que faisaient, dans de telles circonstances, celles qui n'avaient pas cinq mille dollars en poche. Prenaient-elles à jamais en grippe ces enfants qu'elles n'avaient pas désirés, les faisaient-elles adopter? Sautaient-elles dans le vide? Se condamnaient-elles, elles et leurs rejetons, à la pauvreté et à l'exclusion?

Ces questions la confortaient dans le sentiment qu'elle avait fait le bon choix.

Quand il vint la chercher avec un chauffeur, le dimanche à midi, son oncle, la regardant dans les yeux, lui demanda :

— Tu vas bien, ma chérie?

Il ne lui posa pas d'autres questions, mais la divertit, pendant le trajet du retour, en lui racontant comment il s'était fait courtiser par trois femmes d'un certain âge.

— Je n'ai jamais compris, se plaignit-il, comment Evan s'y prenait pour attirer les jeunes et belles femmes comme des mouches, alors que je ne récolte que celles qui sont désespérées. Ne suis-je pas plus beau qu'Evan?

— Si, répondit Sydney, tout en pensant qu'il était également beaucoup plus sympathique que son frère.

Quatre mois plus tard, Sydney méditait encore sur la différence entre légalité et moralité. Elle en arriva à la conclusion que, si les hommes décidaient de ce qui était légal, chacun devait juger en conscience de ce qui était moral. De temps à autre elle rêvait qu'elle était en prison, bourrée de remords en songeant aux raisons qui l'y avaient conduite.

Et encore six mois plus tard, elle avait cessé d'être Mrs. Jordan Eliot. Reprenant son nom de jeune fille, elle redevenait Sydney Hamilton.

Elle finit par quitter l'appartement de ses parents, malgré tout le confort qu'elle y trouvait, pour s'installer, à seulement cinq blocs de chez eux, dans une maison de grès brun, avec un jardinet sur l'arrière. Elle acheta aux filles un chiot, qu'elles appelèrent Copper.

Leur nounou, Bernice, occupait une chambre au troisième étage. Y logeait également Ella, la cuisinière, laquelle supervisait le travail de la femme de ménage qui venait dans la journée.

N'ayant pas le temps de s'occuper de l'aménagement, Sydney confia à regret la tâche à un professionnel, qui la suivit pendant trois jours, pour étudier sa personnalité, son mode de vie, ses goûts vestimentaires et autres. Sceptique au début, elle se demanda si le résultat reflétait vraiment sa personnalité. Tous les murs étaient blancs, d'un blanc ivoire très chaud. Le décorateur avait choisi des meubles qui conféraient un style différent à chaque pièce.

Dans la salle de séjour, longue et étroite, les canapés et les fauteuils étaient recouverts d'un tissu à motifs floraux vert sombre et lie-de-vin, avec des touches de bleu marine et de vert pâle. Des peintures impressionnistes dans les tons pastel ornaient les murs, et ce n'est qu'au bout d'un certain temps que Sydney, satisfaite, trouva de l'allure à la pièce tout en la jugeant reposante. Au bout de quelques semaines, elle s'y sentit tout à fait bien.

La moquette et les sièges de la salle à manger étaient d'un rouge profond et en même temps lumineux. Juliet voulut une couleur semblable pour sa chambre, aussi lui trouva-t-on un tapis et un dessus-de-lit d'un rouge cerise qui la ravit. La chambre attenante, séparée de la sienne par une porte pratiquement toujours ouverte, était celle d'Ashley. Les couleurs tendres y dominaient : lilas, bleu et rose, ainsi qu'Ashley l'avait demandé. A huit ans, elle avait des goûts aussi définis que sa sœur cadette bien que totalement différents.

Physiquement, les fillettes ne se ressemblaient pas non plus. Ashley avait les cheveux blonds et le teint de porcelaine de sa mère; son visage se couvrait de taches de rousseur lors des étés dans la baie de Chesapeake. Mais alors que Sydney avait des yeux d'un gris diaphane, ceux de sa fille hésitaient entre le gris et le bleu, selon ce qu'elle portait. Elle était généralement d'humeur paisible, contrairement à sa mère, son père ou Juliet. C'était une enfant studieuse, qui aimait l'école et faisait ses devoirs sans qu'on eût à le lui dire, et en éprouvait du plaisir. Pendant ses loisirs, elle avait presque toujours le nez dans un livre, à moins qu'elle ne jouât avec Juliet.

Malgré leurs différences, les deux sœurs étaient les meilleures amies du monde. Patiente, Ashley aidait Juliet à apprendre à écrire. A Noël, on leur offrit une boîte d'aquarelles et elles se mirent aussitôt à peindre des chevaux, animaux qu'Ashley adorait. Le samedi matin, les deux filles prenaient des leçons d'équitation. Warren les accompagnait, comme il avait accompagné leur mère.

Sydney avait acheté un poney à Ashley pour ses six ans, mais à l'approche de ses huit ans, la fillette commença progressivement à monter des chevaux, avec beaucoup d'assurance et sans la moindre appréhension.

Juliet ressemblait à Evan en ce sens qu'elle avait du mal à rester en place et à se concentrer. Elle avait toujours besoin d'activité. Lunatique, elle se retirait parfois en elle-même et devenait alors inaccessible.

Indisciplinée, même au jardin d'enfants, elle se montrait rebelle à toute autorité. La seule personne à pouvoir la commander était Ashley, qui obtenait d'elle tout ce qu'elle voulait. Même si elle se montrait souvent affectueuse à l'excès, Juliet se mettait facilement en colère contre sa mère, parce que celle-ci ne lui accordait pas assez d'attention. Sydney se faisait pourtant une règle d'être chez elle à 6 heures. Elle dînait chaque soir avec ses filles. Si elle devait sortir, elle attendait qu'elles soient couchées.

L'été où le divorce de Sydney fut prononcé, Evan vint passer quelque temps à Oberon. Son dernier séjour remontait à l'époque où ils étaient adolescents. Sydney se demandait ce qui le rendait aussi cynique. Il n'avait jamais eu à travailler, il parcourait le monde entier, suivant le soleil et la jet-set. Il avait actuellement une liaison avec l'un des top models de John Power, dont le visage, au printemps et cet été-là, ornait la couverture de *Harper's Bazaar*, *Vogue* et plusieurs autres magazines. Elle apparaissait même sur une publicité affichée dans le métro new-yorkais, associant la marque Camel et le sex-appeal.

Venu pour une quinzaine de jours, Evan resta un mois, et Sydney partit avant lui, à la fin août. Il lui promit de ramener les filles pour la rentrée des classes.

S'il se joignait à elles pour les promenades à cheval et les baignades, jamais il ne les accompagna faire de la voile ou ramasser des coquillages. Il restait assis sur une chaise dans la véranda et buvait.

Sydney l'avait tout de suite remarqué.

— Tu bois trop, lui dit-elle.

— Ne commence pas, répondit-il, les yeux fermés, les lèvres serrées.

Sydney étudia le corps mince et bronzé de son frère.

— Tu as les plus belles jambes que j'aie jamais vues chez un homme, dit-elle en riant.

Sans ouvrir les yeux, il répondit avec nonchalance :

— Toi et moi avons toujours eu un beau corps. C'est l'exercice.

Il avait transformé l'une des pièces de son appartement en salle de gymnastique.

Ashley et Juliet s'entraînaient à plonger à l'autre bout de la piscine.

— Et côté sexe, ma chère sœur? demanda-t-il.

— Je crois que tu es obsédé. N'as-tu rien d'autre à quoi penser?

— Jordan et toi, vous continuez à coucher ensemble quand il vient à New York?

— Cela ne te regarde pas.

Loin d'être découragé par les rebuffades de sa sœur, Evan poursuivit :

— Tu es dans la fleur de l'âge, Syd. Tu n'as pas encore trente ans. Vas-tu gâcher ces belles années?

— Je ne gâche nullement ma vie, tout au contraire.

— Veux-tu dire que c'est moi qui gâche la mienne? Ce n'est pas mon avis. Mais une fille comme toi sans homme, quel gâchis!

— Les hommes ne se bousculent pas à ma porte, mais j'en trouve toujours un pour m'accompagner au théâtre ou dans les réceptions quand je le souhaite.

— Ah oui! Monday Pearson. Tu couches avec lui?

Elle ne voulait plus coucher avec quiconque. Elle ne voulait plus de grossesse, plus de conflits intérieurs. Elle ne voulait plus avoir à transgresser la loi.

— Le sexe et l'amour ne sont pas ce qu'il y a de plus important dans la vie.

— Ah oui? C'est quoi alors?

21

— Vous savez, Sydney, vous embellissez avec les années, lui dit Adam Yarborough.

Appuyé au chambranle de la porte, une cigarette entre les doigts, il regardait la jeune femme, assise à son bureau.

Elle lui sourit, l'esprit préoccupé.

— Vous ne venez pas à la fête ? demanda-t-il.

Il était 2 heures de l'après-midi, et la traditionnelle fête de Noël du journal battait son plein.

— Vous ne voulez tout de même pas passer pour une bêcheuse, n'est-ce pas ? insista-t-il.

— Personne ici n'est assez bête pour croire cela.

Sydney connaissait à présent le nom de tous les employés du journal. Elle connaissait aussi le nom de leur épouse, la date d'anniversaire de leurs enfants. Elle savait qui avait un membre de sa famille hospitalisé ou gravement malade, et elle était au courant de chaque naissance.

Non pas qu'elle fût familière avec le personnel et s'immisçât dans la vie privée des gens. Mais, contrairement à Oliver, elle était capable d'appeler chacun par son prénom, gratifiant de petites tapes amicales sur l'épaule ceux qui faisaient du bon travail. L'argent n'était pas une récompense suffisante à ses yeux.

Bien qu'elle intimidât souvent ses collègues du *Chro-*

nicle, on l'aimait bien. On n'avait pour Oliver que du respect ; on ne le connaissait pas suffisamment pour éprouver de la sympathie ou de l'antipathie à son égard. Oliver était le grand patron, en haut, qui n'apparaissait que rarement aux étages inférieurs, là où s'accomplissaient les besognes quotidiennes.

C'est Adam qu'on voyait. Oliver et Adam avaient chaque jour un entretien, et il incombait à Adam de mettre en œuvre les lignes d'action définies par Oliver. Adam manquait parfois de tact, mais on savait toujours à quoi s'en tenir avec lui. Quand il était furieux, il le faisait savoir sans ambages. Il laissait libre cours à sa colère, puis c'était fini. Quand il était satisfait, il le disait également. Au journal, rares étaient ceux qui répétaient les mêmes erreurs.

Mais ce que ne toléraient ni Adam ni Oliver, c'était avant tout l'incompétence. L'incompétence, l'inefficacité et la paresse. Adam donnait généralement trois avertissements. Après cela, il fallait vider le bureau et aller chercher du travail ailleurs.

Sydney ne demanda jamais à Oliver pourquoi il avait une telle confiance en Adam. C'était un bon journaliste, elle en était consciente, et il partageait les convictions politiques de son patron. Son père avait occupé une chaire au département d'histoire de l'université de Purdue, qu'il venait de quitter pour partir en retraite. Adam était toujours bien habillé, même s'il achetait probablement ses vêtements aux soldes de Macy's ou de Bloomingdale's. Ses cravates étaient de fidèles répliques des cravates préférées d'Oliver, mais il les portait de guingois et lâchement nouées sur un col de chemise ouvert. Il ne fréquentait pas les mêmes cercles qu'Oliver et Sydney.

Il habitait le centre de Manhattan et avait deux fils adolescents. Sydney avait rencontré une fois son épouse, plusieurs années auparavant. Elle se souvenait d'une femme assez séduisante, mais sans grande personnalité, qui avait dû être belle à l'époque où ils s'étaient rencontrés à l'université, mais qui était maintenant fanée, bien qu'elle n'eût sans doute pas quarante ans. Elle la revoyait vêtue d'une robe bleu marine. Sydney aurait juré que la femme d'Adam portait toujours des robes bleu marine ; c'était bien son style.

Si Sydney n'avait pas développé une véritable amitié avec Adam c'était parce qu'elle se sentait attirée par lui, bien qu'il n'eût pas cette qualité qu'elle jugeait si importante : la capacité de rire de lui-même et du monde. Ce n'était pas un bel homme. Mesurant plus d'un mètre quatre-vingts, puissant et musclé, il devait peser dans les quatre-vingt-cinq kilos. Il fréquentait un gymnase trois fois par semaine.

Son visage était trop long pour être beau, ses lèvres trop minces et sévères, son nez trop aquilin. Ses cheveux d'un blond roux étaient raides et séparés par une raie à gauche, et ses yeux couleur whisky vous dévisageaient derrière des lunettes à monture de corne qui le faisaient ressembler au professeur d'université qu'était son père. Quand on lui remettait quelque chose à lire, il les repoussait sur son front. Sydney se demandait pourquoi il se donnait la peine de les porter.

— Alors, vous venez trinquer avec l'équipe ? demanda-t-il.

Il l'avait toujours traitée comme si elle n'existait pas vraiment, comme si elle n'avait pas de personnalité propre. Elle n'était que la fille du patron. Elle savait que c'était son père qui lui avait inculqué cette attitude. Durant les trois ans et demi qu'elle avait passés au journal, officieusement, puis officiellement, elle avait senti qu'il n'écoutait qu'à moitié ses suggestions et n'en tenait jamais compte, approuvé en cela par Oliver. Parfois, un projet qui lui tenait à cœur parvenait à impressionner Oliver, et dans ce cas, Adam reconnaissait que l'idée était bonne. Hormis ces cas rarissimes, elle ignorait ce qu'il pensait d'elle, ou même s'il avait une quelconque opinion à son sujet.

Elle avait entendu Oliver dire plus d'une fois qu'Adam était le fils qu'il aurait aimé avoir. Elle savait que pour être la fille qu'il aurait aimé avoir, il aurait fallu qu'elle soit toujours mariée, et pas à n'importe qui. Le gendre idéal jouait au polo le dimanche après-midi, avait son propre bureau à Wall Street; au pire, c'était un médecin réputé, installé sur Park Avenue. Que son père tolérât sa présence au journal tous les jours, en lui confiant des missions sans importance et en l'écoutant de temps à autre était déjà beaucoup.

Elle se demandait pourquoi elle ne cherchait pas un véritable emploi ailleurs. Se lever chaque matin et s'habiller pour aller travailler lui donnaient l'impression de se préparer pour une bataille, bien que ce ne fût pas le genre de combat pour lequel elle se sentait faite. Et pourtant, malgré l'attitude d'Oliver et d'Adam, elle aimait le journal, consciente des possibilités qu'il offrait.

— Venez, dit Adam en lui tendant la main.

Surprise par son geste, Sydney se leva, et il la prit par le bras pour l'entraîner hors du bureau.

Elle jeta un coup d'œil à sa montre.

— Je ne pourrai pas rester longtemps. J'ai un avion à prendre pour le Maryland.

— Votre père n'est pas là, et j'ai pensé que ce serait gentil à vous de faire une apparition. (Oliver n'assistait jamais aux fêtes de la maison.) Un verre ne vous fera pas de mal. Et puis, l'avion attendra. C'est votre avion. Je veillerai à ce que vous décolliez à temps pour arriver là-bas avant la nuit. Qu'en dites-vous?

Sydney leva des sourcils étonnés.

En fait, elle s'amusa tellement qu'elle fit attendre le pilote pendant une demi-heure. Oliver avait acheté l'année précédente un avion, qu'il avait pris la veille pour se rendre à Oberon et qu'il lui avait aussitôt renvoyé. Parties avec Silvie et Grand-Maman dès le début des vacances scolaires, trois jours auparavant, Ashley et Juliet attendaient sans doute son arrivée avec impatience, tout comme celle du Père Noël. Warren était également là-bas. Le majordome, qui devait maintenant avoir dans les cinquante ans bien qu'il en parût quarante, descendait toujours à Oberon pour les fêtes de fin d'année.

Il avait préféré faire le trajet en voiture, car s'il détestait l'avion, il adorait conduire. Quand il était seul, il grillait tous les feux rouges et avalait les kilomètres, mettant la radio fort et chantonnant.

Tout au plaisir de la fête, ne s'autorisant toutefois que deux verres, Sydney n'avait pas vu le temps passer. Elle fut surprise d'entendre Adam lui annoncer :

— Il est 3 h 30, il est temps qu'on vous conduise à Teterboro. Vos filles ne vous pardonneraient pas d'arriver tard.

Comment savait-il qu'un avion l'attendait? Comment pouvait-il connaître les sentiments de ses filles à son égard? En tout cas, il ne se trompait pas.

— Venez, ajouta-t-il. Je vous appelle un taxi.

Elle fut étonnée de le voir monter à côté d'elle.

— Vos enfants doivent également vous attendre, protesta-t-elle, ravie toutefois de sa compagnie.

— Je trouve toujours des raisons pour retarder le moment de rentrer chez moi, même le jour de Noël.

Cet aveu la laissa sans voix.

— Dînez un soir avec moi, Sydney. Vous rendez-vous compte que nous nous connaissons à peine?

Les rues étaient encombrées de voitures essayant de sortir de Manhattan pour regagner Long Island, le Connecticut ou le New Jersey.

Une fois à Teterboro, l'aidant à porter ses bagages, Adam accompagna Sydney jusqu'à l'avion.

— Bonnes vacances, cria-t-il avec un sourire, par-dessus le bruit des moteurs.

— Merci. Bonnes vacances à vous aussi.

Elle fut surprise de le voir se pencher et effleurer sa joue de ses lèvres.

— J'espère que le Père Noël sera généreux avec vous. Vous avez été une bonne petite fille cette année. Dites-le-lui de ma part.

Petite fille ! Il osait l'appeler ainsi, elle, une femme proche de la trentaine et mère de deux enfants. Néanmoins, elle ne le quitta pas des yeux tandis qu'il attendait pour partir que l'avion eût l'autorisation de décoller, et durant l'heure qui suivit elle pensa à lui, se demandant comment se passerait Noël pour lui, ce qu'il offrirait à ses enfants, si sa femme apprécierait ce qu'il avait choisi pour elle.

Que serait-il advenu si, au lieu de lui effleurer la joue, ses lèvres avaient rencontré les siennes ? Se seraient-elles attardées, aurait-elle aimé leur contact ?

Elle savait qu'elle devait s'interdire de telles pensées. Le travail et le plaisir étaient deux choses bien distinctes. D'autre part, c'était un homme marié. Et pourtant, jusqu'au moment de l'atterrissage, elle se demanda pourquoi il avait suggéré ce dîner... et quel goût pouvaient avoir ses baisers.

22

Sydney n'aurait jamais osé espérer un tel cadeau de la part de son père.

Présenté dans une grande boîte d'environ soixante centimètres sur un mètre, il semblait peser une tonne. Oliver insista pour que Sydney ouvrît son présent en dernier. Comme elle dénouait le ruban et dépliait avec précaution le papier rouge et or, il déclara non sans une pointe d'orgueil :

— Je l'ai enveloppé moi-même.

Silvie lui lança un regard intrigué. C'était elle qui, presque toujours, se chargeait des achats de Noël, à l'exception de ce qui lui était destiné. Tous les ans, Oliver lui offrait invariablement des dizaines de sous-vêtements et de chemises de nuit en soie qu'il avait soigneusement choisis.

Dans la grande boîte, Sydney découvrit une boîte plus petite qui en contenait elle-même une plus petite encore. Après avoir ouvert ainsi six boîtes, Sydney trouva un bloc de béton auquel était attaché le magazine du dimanche du *Chronicle*.

— J'ai mis le bloc de béton pour t'égarer, lui dit son père avec un large sourire.

— Eh bien, c'est réussi.

Sydney ne voyait pas ce qu'Oliver trouvait là de si drôle. Elle n'avait jamais compris les plaisanteries de son père.

— Tu es contente ? demanda-t-il. C'est ce que tu voulais ?

Sydney haussa les épaules.

— Je ne saisis pas.

— Je te charge de la direction du magazine du dimanche.

Elle regarda Oliver, bouche bée, les yeux humides, une larme roulant sur sa joue.

Puis elle fondit en larmes, pleurant comme une Madeleine.

— Oh, papa !

Elle se précipita pour serrer son père dans ses bras, répétant :

— Oh, papa !

— C'est une récompense, précisa-t-il, visiblement heureux de la réaction de Sydney. Et une marque de confiance.

Evan reçut une nouvelle Jaguar.

Sydney se levait maintenant avec une ardeur nouvelle pour affronter le quotidien. Si elle tenait à être à son bureau à 8 heures, elle s'efforçait pourtant de rester à la maison jusqu'au départ d'Ashley et de Juliet pour l'école. Trouvant dangereux qu'elles s'y rendent à pied, Grand-Maman leur envoyait sa Rolls avec Carlos, matin et après-midi.

Sydney n'éprouvait aucun besoin de posséder une voiture en ville. Si elle voulait sortir de New York, elle avait celle de sa grand-mère ou de ses parents à son entière disposition. Et pour se rendre à Oberon, elle prenait l'avion que possédait maintenant Oliver. Mais, comme son oncle, elle n'avait guère envie de quitter la ville, sauf pour aller à Oberon et, de temps en temps, à Washington. Elle se demandait si la capitale allait devenir plus intéressante au cours des années à venir. La prochaine, 1960, serait la dernière année de la présidence d'Eisenhower. Personnellement, elle était favorable à la candidature de ce jeune sénateur du Massachusetts, sans le dire ouvertement, surtout devant son père.

Elle avait pris une semaine de congé après Noël, qu'elle passa avec ses filles à Oberon, où elles avaient patiné sur les étangs. Elle les emmena un jour à Washington, dont l'accès était maintenant facilité par la construction de Bay Bridge, et les conduisit au Smithsonian, dont la visite ennuya la petite Juliet, âgée à présent de sept ans, suscitant ses protestations et sa mauvaise humeur.

Le 2 janvier, Sydney fit ses débuts officiels à son nouveau poste. Ce jour-là, Oliver lui fit un autre cadeau : un nouveau bureau, plus grand, au trentième étage. C'était une pièce en angle, dont les fenêtres donnaient sur le nord de la ville et sur l'Hudson.

— La décoration n'est pas mon fort, dit-il; et puis j'ai pensé que cela t'amuserait de t'en charger. Tu as carte blanche. Par ailleurs, à partir d'aujourd'hui, tu es officiellement salariée.

A trente et un ans, elle allait pour la première fois gagner sa vie. Pour la première fois, on lui donnait des responsabilités. Elle se jura que son magazine du dimanche serait le plus lu de la ville. Pour cela, elle devait le rendre plus attrayant, afin de capter l'attention des lecteurs.

Elle s'assit à sa table de travail, se demandant si elle devait se concentrer sur la décoration de son bureau ou méditer sur la restructuration du journal, quand on frappa à la porte. Sans attendre de réponse, Adam entra et lui tendit en souriant un bouquet de violettes comme ceux qu'on vendait dans les boutiques du métro. Sydney avait toujours aimé les violettes.

— J'imagine qu'il convient de vous féliciter.

— Oh, Adam! Comme c'est gentil à vous!

Elle prit le bouquet, qu'elle garda dans les mains pendant toute la durée de leur conversation.

— Je suis venu vous proposer une secrétaire. Il vous en faudra une, naturellement. J'ai une candidate, plus que compétente. Je crois que vous vous entendrez bien toutes les deux.

Sydney pencha la tête. Elle n'avait même pas envisagé cette question.

— Eh bien, dit-elle, je peux toujours la recevoir.

Etait-ce pour Adam un moyen de l'espionner, d'essayer de la garder sous sa coupe ? Elle ne lui faisait pas entièrement confiance. Elle ne savait même pas si elle avait de l'amitié pour lui.

— Elle s'appelle Kelley. Mary Kelley. Je vais vous l'envoyer.

Comme il restait planté là, elle s'enquit d'un ton brusque :

— Y a-t-il autre chose ?

— Oui. Que diriez-vous d'une invitation à dîner, un soir ? Nous sommes collègues, maintenant.

— J'aime dîner avec mes enfants.

Elle se demanda pourquoi elle faisait ces difficultés.

Il toussa.

— A déjeuner, alors ?

Qu'attendait-il d'elle ? Elle n'ignorait pas les conséquences que pouvait avoir son attirance pour un homme marié. Et le supplément du dimanche n'avait absolument rien à voir avec lui. L'édition de ce magazine n'était pas son affaire.

Toutefois, il était le bras droit d'Oliver.

— A déjeuner, je veux bien, répondit-elle.

— Aujourd'hui ?

— Pourquoi pas ? A 1 heure ?

— D'accord. Avez-vous un endroit préféré ?

— Faites-moi la surprise. J'aime laisser le choix à mes chevaliers servants.

Elle réalisa alors la stupidité de l'expression. Combien de chevaliers servants avait-elle dans sa vie? Elle était consciente d'avoir, d'un seul coup, établi une relation d'homme à femme plutôt que de s'en tenir à la stricte camaraderie. Elle se serait giflée.

Il l'emmena chez *Lindy*, un restaurant où elle n'était jamais allée, bien qu'il fût réputé. Il ne lui parla que du journal et de politique. Il lui dit que, s'il pouvait lui être de quelque utilité, elle n'avait qu'à demander. Il mettait ses ressources à sa disposition.

Après l'avoir écouté presque une heure, elle se pencha, bras croisés, sur la table.

— Vous rendez-vous compte de ce que vous me dites? Si je comprends bien, vous ne me croyez pas capable d'exercer cette fonction?

— Pas du tout. Je ne fais que vous proposer mon aide, au cas où vous en auriez besoin, c'est tout.

— Ce journal est toute votre vie, n'est-ce pas?

Il acquiesça.

— Et votre femme, vos enfants?

— Eh bien, quoi?

— Les hommes n'ont jamais l'air de considérer leur famille comme aussi importante que leur travail. Elle leur paraît aller de soi, je crois. Avez-vous renoncé à quelque chose pour les vôtres? Leur apportez-vous l'aide dont ils ont besoin?

Il se pencha en arrière, détournant son regard.

— Je leur donne ce qui leur est nécessaire. J'ai un salaire confortable, mon épouse se fournit dans les magasins de luxe, mes fils fréquentent des écoles privées, comme tous ceux qui en ont les moyens dans cette ville. Nous prenons chaque année deux semaines de vacances dans un endroit choisi par ma femme. J'emmène mes fils à l'ouverture de la saison de base-ball. Nous allons à New Haven pour les jeux de Yale, puisque mon aîné a tenu à entrer dans cette université. Je crois être un assez bon père.

— Vous semblez sur la défensive. Etes-vous aussi un bon mari?

Pourquoi faisait-elle intrusion dans sa vie privée?

Adam prit sa tasse de café, qu'il but à petites gorgées tout en la regardant dans les yeux.

— Je ne pense pas que mes relations avec ma femme vous concernent.

Elle fut déconcertée, mais pourtant ravie de la réponse.

— C'est également mon avis. Quant à moi, je suis parfaitement capable d'exercer cet emploi. J'ai une foule d'idées et j'ai l'intention de les réaliser. Si je bute sur un point où vous pouvez m'aider, je ferai naturellement appel à vous. Mais pour l'instant, je n'ai besoin de rien.

Adam lui adressa un sourire de travers qui découvrit une dent mal plantée, ce qu'elle n'avait jamais remarqué auparavant.

— J'ignorais quelle tête de mule vous pouviez être, Sydney.

— Ce terme implique une insulte, mais votre ton en fait un compliment...

— Je ne sais pas quelle a été mon intention, dit-il. En tout cas, soyez sûre que c'est la dernière fois que je vous propose mon aide.

— Merci pour votre offre et pour votre compréhension de ma volonté d'agir seule.

— Oh! (Il repoussa sa chaise.) Ai-je bien compris?

— Vous ne seriez pas à la place où vous êtes si vous étiez obtus au point de ne pas comprendre.

Sydney se leva à son tour et se dirigea vers la sortie du restaurant.

Une fois dehors, Adam héla un taxi.

— Si vous êtes pressé, prenez-le, proposa-t-elle. Personnellement, je préfère aller à pied.

Il y avait un soupçon de neige dans l'air froid et

humide. Elle s'éloigna d'un pas rapide, obligeant Adam à courir pour la rattraper.

Elle enfonça ses mains gantées dans les poches de son manteau de cachemire gris et se mit à fredonner.

— Vous n'avez pas un comportement de riche, dit Adam qui l'avait rejointe à grandes enjambées.

Sydney éclata de rire.

— Tout d'abord, c'est mon premier travail salarié. Ensuite, comment se comportent les riches ?

— Ils ne vont pas à pied.

— Eh bien, je crois qu'être riche, c'est pouvoir faire tout ce qui vous plaît. Or j'adore la marche.

— Ah oui, c'est votre premier emploi, murmura-t-il. Comment avez-vous donc vécu jusqu'ici ?

— Bien que cela ne vous regarde pas, sur un fonds en fidéicommis laissé par mon grand-père.

— Vous n'êtes pas riche, alors ? Et y a-t-il quelque chose de vous qui me regarde ?

— Pas vraiment.

Sydney sortit ses mains pour prendre le bras d'Adam et ils se mirent à marcher ensemble à vive allure.

— Je suis en train de songer, Adam, que ce serait agréable pour tous les deux si nous pouvions être amis. Je ne connais personne d'autre qui s'intéresse aux mêmes choses que moi ou avec qui je puisse parler de ce travail.

— C'était tout à fait le sens de mon propos, répondit-il en pressant la main gantée qu'elle avait passée sous son bras, quand je vous ai proposé mon aide.

Sydney approuva, se sentant mieux disposée à son égard qu'elle ne l'avait jamais été.

— Dois-je attendre d'avoir besoin de vous ? Et si je veux seulement vous voir ? Discuter avec vous ?

— Sydney, vous vous moquez de moi ? Vous me demandez de rester hors de votre vie, puis vous me dites « soyons copains ». Vous vous y entendez, à embrouiller les gens !

— Je n'aurais pas dû boire au repas. L'alcool me trouble l'esprit et me donne envie de faire la sieste. Bon, cela n'arrivera plus.

En cette journée du 2 janvier 1960, où le ciel d'étain ne cracha guère plus qu'une douzaine de flocons de neige sur New York, Sydney se sentit immensément heureuse ; la tête lui tournait, sans qu'elle sût si c'était le whisky, ses nouvelles responsabilités ou cette joie partagée avec quelqu'un. Le sort désignait Adam.

A 3 heures, une femme de six ou sept ans plus jeune que Sydney frappa à la porte ouverte de son bureau.

— Je suis Mary Kelley, dit-elle d'une voix douce.

Elle était vêtue d'un tailleur noir et d'un corsage rouge et à ses oreilles pendaient de petites perles noires. Ses cheveux de jais, très raides, lui descendaient jusqu'aux épaules, une frange se découpant sur son front. Elle portait des lunettes teintées et son rouge à lèvres écarlate dessinait sur son visage une entaille éclatante.

— Entrez. (Sydney lui désigna la chaise en face d'elle.) Je suis en train de réfléchir à la manière de décorer cette pièce et de faire du magazine quelque chose qui ne ressemble à aucun autre supplément du dimanche. A votre avis, ces deux problèmes ont-ils une égale importance ?

Mary s'assit en croisant les jambes.

— C'est un examen ?

Sydney secoua la tête.

— Non, simplement une manifestation de mon état d'esprit. (Elle se renversa dans son fauteuil pivotant, avant d'ajouter :) Parlez-moi de vous.

— Je suis de Philadelphie, diplômée de Bryn Mawr, où j'ai étudié grâce à une bourse. Je prépare un troisième cycle à l'université Columbia, en cours du soir.

— Alors, pourquoi être secrétaire ? Vous visez un surplus de qualification ?

— Non. (Mary eut un sourire serein.) Je veux être secrétaire de quelqu'un qui me confiera de hautes responsabilités, qui ne saura que faire sans moi et me lancera des défis qui rendront ma vie palpitante.

Sydney garda le silence une minute, les yeux fixés sur la jeune femme qui la regardait aussi.

— Qu'attendriez-vous de moi et de ce travail si vous deveniez ma secrétaire?

— Une formation, afin d'être en mesure de vous remplacer à la direction du magazine du dimanche quand vous prendrez la direction du journal.

Sydney se récria :

— Vous n'y allez pas de mainmorte, vous!

— Vous m'avez posé la question. Si nous travaillons ensemble, vous verrez que ma franchise frôle parfois le manque de tact.

— Je parie n'importe quoi que vous êtes reçue à tous vos examens avec mention.

Mary eut un large sourire, découvrant des dents si blanches qu'elle aurait pu poser pour des publicités de dentifrice, se dit Sydney.

— Gagné!

— Je ne peux résister aux gens intelligents. (Sydney se leva pour aller regarder par la fenêtre.) Je n'ai pas une idée exacte de ce que deviendra cette fonction ni de ce que je souhaite en faire. Je veux le numéro de téléphone de votre domicile et j'attends que vous soyez là pour répondre aux appels. Si je voyage, je pourrais avoir besoin que vous m'accompagniez et vous occupiez de tous les détails. Je ne veux pas avoir à m'en soucier. Je vous demanderai éventuellement votre avis, mais ne soyez pas vexée si je n'en tiens pas compte. Aujourd'hui, quelqu'un — votre ancien patron — m'a justement traitée de tête de mule, et j'ai pris cela pour un compliment. J'attends de vous que vous preniez des initiatives, que vous anticipiez mes besoins et mes désirs. (Elle se tourna pour regarder Mary.) Relatifs au travail, naturellement. Avez-vous de la famille?

— Vous voulez dire un mari?

Sydney acquiesça.

— Non, je n'ai même pas de petit ami. Je vais au cours trois soirs par semaine et, de plus, je n'ai rencontré personne à qui je pourrais donner la préférence sur un métier passionnant.

— Je ne sais pas s'il le sera. Dans un premier temps, je pensais avoir besoin de quelqu'un seulement pour taper mon courrier.

— Je prends en sténo plus rapidement qu'on ne parle et je tape cent dix mots à la minute.

Sydney se rassit.

— Cela ne vous ennuie pas?

— Si je faisais cela à longueur de journée, ce serait le cas. Et, pour le moment, je ne fais que cela, chaque jour, en bas, parmi les dactylos.

— Comment considérez-vous le travail pour une femme?

Mary éclata de rire.

— Comme le paradis.

— Bien. (Sydney tendit la main à Mary.) Je crois que l'affaire est conclue. Occupons-nous de vous procurer une table et tâchons de faire de cette antichambre, à l'entrée de mon bureau, un endroit que vous trouverez attrayant. Evidemment, ce serait bien d'harmoniser les décorations de nos lieux de travail respectifs.

Les yeux de Mary étincelèrent.

— Où habitez-vous? demanda Sydney.

— A Greenwich Village. Christopher Street.

Là où elle avait vécu avec Jordan. Elle n'était pas retournée au Village depuis des années. Monday y avait encore un appartement, bien qu'il ne fût pas souvent à New York.

— Bon, dit Sydney. Jetez un coup d'œil à l'antichambre et réfléchissez à ce qui vous plairait comme mobilier et à tout ce dont vous avez besoin. Je vais informer le service du personnel que vous êtes affectée à mon service. Et j'aimerais que vous m'appeliez Sydney, plutôt que Mrs. Hamilton.

Mary se leva pour prendre congé.

— Je commence demain ?

— Non, tout de suite. Ce que vous avez laissé inachevé en bas peut rester dans cet état. C'est la faute d'Adam, qui vous a recommandée. Comment se fait-il que vous ne lui ayez pas demandé un emploi de journaliste ?

— Cette activité ne m'intéresse pas. Je préfère travailler avec vous.

— Secrétaire, plutôt que journaliste ?

— C'est la voie d'un avenir passionnant aux possibilités illimitées.

Sydney espéra que Mary ne serait pas déçue.

Quand la jeune femme eut passé la porte, Sydney prit un bloc de papier et se mit à écrire fébrilement. Depuis que son père lui avait mis cette charge sur les épaules, les idées l'assaillaient. Peut-être appellerait-elle Denton Walker pour voir s'il était intéressé par la réalisation d'une nouvelle maquette pour le magazine.

Elle prêta peu d'attention à Juliet et à Ashley qui, au dîner, lui racontaient leur journée, s'efforçant toutefois de ne pas se laisser obnubiler par son travail avant de les avoir bordées et de leur avoir lu une histoire. Elles avaient chacune leur chambre, mais elles demandaient en général à dormir ensemble.

Quand elle redescendit, elle alluma la télévision pour savoir ce qui se passait dans le monde. Mais elle renonça à regarder les informations car Jordan jouait dans le film qui passait sur CBS. Elle resta là sans bouger, fascinée, comme chaque fois qu'elle le voyait à l'écran ou qu'il était là en chair et en os, ce qui devenait rare. Il ne faisait généralement que passer, en route pour l'Europe ou l'Afrique. Aux dernières nouvelles, il partait tourner un film à Ceylan.

Son cœur bondit à sa vue, elle fondit quand elle entendit sa voix. Elle étreignit un coussin au moment où il enveloppait l'héroïne de son regard si particulier, un regard dont il avait souvent gratifié Sydney. Une larme roula sur sa joue. Oh, Jordan ! pensa-t-elle, je ne pourrai jamais plus aimer personne comme je t'ai aimé. Peut-être ne pourrai-je plus du tout aimer.

Elle soupira, ou plutôt gémit quand le film se termina. Elle éteignit la télévision et, immobile, les yeux dans le vague, songea à la folie de son divorce.

Puis elle se leva et, comme une somnambule, éteignit les lumières et alla se coucher. En se glissant entre les draps de percale, sous l'édredon en duvet, elle fixa son reflet dans le miroir.

Ressaisis-toi, se dit-elle, en voyant le désordre de ses cheveux et la tristesse de sa bouche. Si tu étais encore avec lui, tu ne siégerais pas dans un bureau à toi, au trentième étage, responsable du magazine hebdomadaire de l'un des journaux de New York les plus anciens, les plus respectables et les plus ennuyeux.

Eh bien, personne, jamais plus, ne dirait que le supplément du dimanche était ennuyeux. Il serait bientôt lu avec la plus grande attention.

Et c'était là une gageure qu'elle ne pourrait réaliser si elle était encore la femme de Jordan.

23

Elles n'avaient pas terminé de décorer leurs bureaux que Sydney et Mary se rendirent compte que leurs relations étaient exceptionnelles. Mary était du genre à ne pas prendre les choses à la plaisanterie ; toutefois elle avait un humour étonnant, et Sydney se surprit à rire en travaillant, ce qui était tout nouveau pour elle. Elle avait toujours été très tendue quand elle essayait de contenter son père par des besognes qui ne menaient à rien. Maintenant, c'était un plaisir de venir chaque jour au journal.

Denton Walker prit un vif intérêt à réaliser une nouvelle maquette du magazine du dimanche. Il s'absorba dans ce projet au point d'abandonner pendant deux mois tous ses autres engagements. Il passait pratiquement sa vie dans le bureau de Sydney. Il arrivait comme les deux femmes à 9 heures ; puis ils passaient tous les trois la matinée ensemble avant d'aller déjeuner. Sydney comprit bientôt que, pour obtenir d'autres résultats, elle devait procurer à Denton un espace de travail indépendant.

Elle le connaissait depuis ses années universitaires à Wellesley, quand lui-même fréquentait l'université de Boston. Elle l'avait rencontré par l'intermédiaire d'une camarade, Amy McLaughin, qui sortait assez régulièrement avec lui. Le club féminin auquel celle-ci appartenait la menaçait d'exclusion parce que le garçon était noir.

En fait, Denton était café au lait. Sydney supposait qu'il y avait plus de Blancs que de Noirs dans son ascendance, car elle lui trouvait plutôt un type caucasien ; mais pour la société c'était un homme de couleur. Denton, fier de ses origines, ne cherchait jamais à passer pour un Blanc.

Il vivait cependant dans un monde de Blancs. Son père était proviseur d'un lycée pour Noirs de Charlotte, en Caroline du Nord, où sa mère enseignait l'anglais. Son père avait obtenu un doctorat en philosophie à Columbia et sa mère une maîtrise à l'université de New York.

Les Noirs trouvaient qu'il fréquentait trop les Blancs, et les Blancs le trouvaient trop noir pour l'accepter, sauf Amy, qui était follement amoureuse de lui. A ses yeux, c'était le plus beau, le plus doux, le plus gentil, le plus intelligent de tous les hommes.

C'était aussi l'avis de Sydney, qui comprenait pourquoi Amy avait été séduite. Denton, après avoir obtenu une licence d'anglais, avait décidé que sa véritable vocation était la photographie. Il était parti pour la France, laissant Amy devant un dilemme : l'attendre ou chercher un autre compagnon. Elle prit le second parti.

A trente ans, Denton s'était fait un nom en France, où il était devenu le photographe de mode le plus en vue, se faisait payer très cher et choisissait ses clients. Il se dit alors qu'il était temps de retourner dans son pays pour voir s'il y jouirait du même succès. Sa renommée le précédant, les offres affluèrent, notamment de *Vogue* et de *Harper's Bazaar* : en moins de trois ans, il avait un élégant appartement dans East Eigthies et plus de commandes qu'il ne pouvait en exécuter. Tous les modèles qui posaient pour lui en tombaient amoureux, y compris les hommes.

Sydney ne savait rien de sa vie privée depuis qu'Amy et lui avaient cessé de se voir, mais ils avaient toujours gardé le contact, s'écrivant une carte à Noël et une ou deux lettres par an.

— Au lieu de faire la guerre, je travaillerai à votre nouvelle maquette, Sydney.

— Que voulez-vous dire par là ?

— Je suis fatigué de photographier les belles femmes.

— Pauvre garçon ! murmura Mary.

Du sol où il était assis, au milieu de douzaines de croquis, il leva les yeux sur elle.

— S'il y avait la guerre, j'irais bien en tâter. Par goût de l'action et au nom de la justice.

— Donc, en attendant la prochaine, vous m'accordez du temps ?

— Non, répondit-il en souriant. Vous ne payez pas assez. Je fais cela seulement un mois ou deux, jusqu'à la réalisation de la maquette que vous souhaitez.

— Je ne sais même pas ce que je souhaite.

— Une maquette qui nous fasse tous les trois craquer, quelle qu'elle soit.

— Je veux aussi changer le nom. Fini le supplément du dimanche du *New York Chronicle* !

— Ce n'est pas un nom, approuva Denton.

Sydney quitta Mary et Denton pour téléphoner à Miranda Collins, laquelle n'avait jamais entendu parler de Sydney ; par contre, tout le monde aux Etats-Unis connaissait Miranda Collins, la présentatrice-réalisatrice de l'émission « CBC Morning Show ». Elle avait commencé comme rédactrice pour devenir la suppléante de Giselle Martin, alors présentatrice de l'émission, du moins à titre symbolique. Les téléspectateurs adoraient Miranda.

Giselle Martin disparut assez vite et Miranda travailla avec Hank Parton. Mais en moins d'un an, Parton quitta aussi l'émission, qui devint celle de Miranda, première femme à réaliser une émission du matin à la télévision. Sydney croyait à toutes les rumeurs qui couraient à son sujet : Miranda dévorait ses collègues. Miranda n'aspirait qu'au pouvoir.

Sydney expliqua à la secrétaire de Miranda qui elle était, et la présentatrice la rappela.

— Vous voulez faire un article sur moi?

— Non. J'ai d'autres projets. Pourrions-nous déjeuner ensemble?

Elle l'entendit feuilleter des pages avant d'avoir sa réponse.

— Mon agenda est plein pour les deux semaines à venir. Est-ce pressé?

— Assez. Seriez-vous libre pour dîner?

— Je me couche à 9 heures.

— Eh bien, rendez-vous à six heures et demie, chez moi.

Elle donna à Miranda son adresse.

— Mrs. Hamilton, je ne pense vraiment pas que votre journal et moi...

Miranda était notoirement de tendance libérale, bien qu'elle restât tout à fait objective dans ses informations politiques. C'était seulement d'après les gens qu'elle invitait à son émission qu'on pouvait deviner son opinion.

— Mes filles sont bien élevées, et je vous servirai le meilleur soufflé que vous ayez jamais mangé.

Sydney avait demandé à Mary de s'enquérir des plats favoris de Miranda. A tout hasard.

Miranda se mit à rire.

— D'accord. Mercredi, six heures et demie.

Sydney alla retrouver Denton et Mary.

— Je voudrais que vous veniez dîner à la maison, fit-elle, mercredi à 18 h 30.

— 18 h 30! s'écria Denton. Ce n'est pas une heure pour manger.

— C'est l'heure de mes enfants, et Miranda Collins est une couche-tôt.

— Miranda Collins? De quoi s'agit-il?

— Venez le découvrir. Je veux qu'elle vous rencontre tous les deux.

Ashley et Juliet étaient devant la cheminée à boire du cidre. Ashley ressemblait à une petite fille modèle, avec ses beaux cheveux blonds bien peignés, sa jupe écossaise foncée et son chandail bleu marine à col Peter Pan. Juliet, ses boucles d'un noir de jais en désordre, avait, à son habitude, la physionomie d'un enfant qui vient de faire une bêtise. Elle se promenait en collant, car elle détestait avoir les pieds emprisonnés dans des chaussures. Vêtue d'un pull-over rouge et d'une jupe en flanelle grise toute froissée, elle semblait prête à faire les quatre cents coups. Jamais on n'aurait cru que les deux fillettes étaient sœurs.

Quand on la présenta aux visiteurs, Ashley se montra la politesse même, leur tendant la main, les regardant droit dans les yeux. « Enchantée », déclara-t-elle avec un accent de sincérité. Juliet, fidèle à elle-même, considéra les invités d'un air soupçonneux. Ils trouvèrent Ashley extrêmement séduisante, mais c'est de Juliet qu'ils gardèrent le souvenir.

Sydney s'inquiétait parfois de voir que les fillettes ne se battaient pas, ne se disputaient même jamais. Elle trouvait cela anormal; elle se rappelait les tours qu'Evan lui avait joués, les cris dont elle le poursuivait, le traitant d'empoté quand il n'avait pas agi à sa convenance. Ashley et Juliet étaient aussi dissemblables que pouvaient l'être deux sœurs. Toutefois, c'était peut-être cette différence même qui les rendait si proches. Leur esprit fonctionnait comme celui de jumelles; chacune lisait dans les pensées de l'autre, bien qu'elles ne fussent pas très souvent du même avis.

Denton, qui les traitait en adultes, était déjà là ainsi que Mary quand Miranda arriva, vêtue d'un grand manteau de vison lui descendant jusqu'aux chevilles et encore parsemé de flocons de neige.

Elle était moins imposante en chair et en os qu'à la télévision. Elle semblait plus jeune et possédait une grâce qui n'apparaissait pas lorsqu'elle était assise derrière son bureau d'animatrice.

Sydney lui présenta Mary et Denton, puis ses enfants. Miranda sembla ravie.

— Oh, comme elles sont jolies ! Alors, ce n'est pas un dîner cérémonieux.

Les coups d'œil qu'elle jetait autour d'elle laissaient penser qu'elle était favorablement impressionnée.

— Quelle charmante maison ! s'écria-t-elle en s'approchant de la cheminée, les mains tendues en avant pour se réchauffer. Je suis venue à pied, mon bureau n'est qu'à quelques pâtés de maisons d'ici.

Des gouttes de neige fondue coulaient de sa chevelure. Elle s'assit sur un coussin, dos au feu, secouant ses cheveux.

— Ils seront secs dans deux minutes.

Denton lui servit un scotch-soda, avec un zeste de citron.

Etant donné que Miranda se couchait à 9 heures, Sydney fit servir le dîner à 7. Après le repas composé d'un soufflé, d'une salade et de crêpes suzette en dessert, les fillettes souhaitèrent bonne nuit à la compagnie et disparurent dans leur chambre.

— Café et travail dans la salle de séjour ? proposa Sydney.

Elle expliqua à Miranda qu'elle avait repris le supplément du dimanche avec l'intention de le transformer complètement et lui exposa ses premières idées. Elle invita Denton à faire de même concernant la nouvelle maquette. Puis elle déclara à Miranda :

— Vous réalisez les meilleures interviews, vous le savez, tout le pays le sait. J'aimerais que vous écriviez pour nous.

Miranda se mit à rire très fort.

— Que j'écrive !

— Donnez-nous seulement des enregistrements

d'interviews. Je vous en demanderais bien un par semaine, mais que diriez-vous de deux par mois? Cela deviendra notre image de marque : les interviews de Miranda Collins. Nous gagnerons des lecteurs qu'on ne touche presque jamais. Entre l'influence du journal et votre poids personnel, nous atteindrons une audience pour laquelle d'autres journalistes seraient prêts à commettre des meurtres.

Miranda se renversa sur son siège rembourré, croisa ses longues jambes bien galbées et but son café à petites gorgées.

Après un moment de silence, troublé par les seuls craquements du feu, elle dit avec un sourire :

— Il n'y a pas assez d'heures dans la journée pour tout ce que j'ai à faire. Pourquoi me charger de cela?

Sydney haussa les épaules.

— Pas pour l'argent, bien que je puisse vous payer très largement. Pour votre satisfaction personnelle, peut-être? quoique je sache votre ego amplement comblé. A vrai dire, je n'ai pas de raison à mettre en avant. J'espérais seulement que cela pourrait vous intéresser.

— Ainsi, vous faites venir cet homme de talent, outrageusement beau, cette jeune femme à l'esprit vif, vous me montrez une charmante scène de famille, puis vous sortez vos armes et me proposez un travail que j'ai fait toute ma vie. Vous savez, j'ai commencé comme journaliste dans les coulisses.

— Ce qui ne vous a valu presque aucun crédit, ajouta Mary.

— Cela pourrait même être des interviews que vous avez déjà réalisées à l'antenne, reprit Sydney. Vous montreriez certains aspects des personnalités que le public ignore, en évitant toutefois les sujets épineux. Vous les avez toujours éludés dans vos interviews, et c'est à mon avis une des raisons de votre succès. D'ailleurs, ce n'est pas à moi de vous dire ce que vous avez à faire. Vous le savez mieux que personne.

— Vous vous focalisez sur quoi ? Un magazine ?

— Focaliser... répéta Mary. *Focus !* C'est un nom parfait pour cette parution.

Focus fit ses débuts le 15 mars avec, en couverture, une superbe photo de Miranda Collins, prise par Denton Walker.

Les semaines suivantes, les annonceurs réclamèrent des espaces publicitaires à cor et à cri. En moins de six mois, le magazine éclipsa tous les autres aspects du journal, et la publicité lui rapporta, par page, plus qu'à aucune autre publication de New York.

Sydney installa Mary dans le bureau voisin du sien, la prit comme assistante et engagea une nouvelle collaboratrice, Andrea, pour leur servir de secrétaire à toutes deux. Denton était parti pour l'Indonésie, secouée alors par des troubles politiques. Mary était follement amoureuse de lui, bien qu'elle sût que c'était sans espoir.

« Il a photographié les plus belles femmes du monde. Je n'ai aucune chance », disait-elle parfois à Sydney.

Aussi fut-elle surprise de recevoir des lettres de lui toutes les semaines.

Sydney avait peu vu Adam depuis leur déjeuner, au début de janvier. Fin mai, devant le succès de *Focus*, Oliver passa dans le bureau de Sydney pour la féliciter. C'est seulement alors qu'Adam y monta à son tour. Sydney et Mary étudiaient une mise en page quand il frappa à la porte ouverte et demanda :

— Est-ce ici que nichent les filles à succès ?

Il lança un regard à Mary.

— Vous avez rapidement fait votre chemin.

Mary lui sourit.

— Vous l'aviez prédit.

— J'ai souvent raison.

Sydney était contente de sa visite.

— Je suis venu voir si je pouvais vous inviter à dîner, Sydney, lui dit-il.

Devant son hésitation, il se tourna vers Mary.

— Vous qui avez déjà dîné avec moi, expliquez-lui que je ne suis pas un grand méchant loup, que je ne vous ai pas séduite et que je vous ai donné le bon conseil qui vous vaut d'être ici aujourd'hui.

— C'est tout à fait vrai, reconnut Mary.

— En quel honneur? demanda Sydney à Adam.

— Pour avoir le plaisir de votre compagnie plus longtemps qu'à déjeuner.

— Alors, après 8 heures, si c'est possible.

— Ah! Toujours la sollicitude maternelle. Naturellement, cela peut être après 8 heures. Et même beaucoup plus tard, si cela vous convient mieux.

— Je risquerais de m'endormir sur votre épaule. Et j'aurais tellement faim que je ne serais pas d'un commerce agréable.

— Vendredi?

Sydney se demanda si sa femme élèverait des objections. C'était le début du week-end et il emmenait dîner la fille du patron?

Quand il vint la chercher, le vendredi soir, il était vêtu d'un costume gris avec une cravate impression cachemire noir et or. Sydney le trouva élégant, un terme qu'elle n'avait encore jamais employé pour lui. Elle se félicita d'avoir opté pour une tenue féminine, un fourreau de soie turquoise. Pour seuls bijoux, elle portait de grands pendants d'oreilles en argent qui accompagnaient les mouvements de sa tête.

— Vous êtes sensationnelle! admira Adam.

Il flottait dans l'atmosphère une petite note estivale : les feuilles, perdant leur vert printanier, prenaient une teinte plus foncée. Park Avenue, sous la lumière électrique, avait l'aspect d'un mirage. Un taxi les attendait. Pendant la traversée de la ville, Adam s'écria :

— Comment peut-on vivre ailleurs qu'ici?

Sydney se posait aussi parfois cette question, tout en se rappelant avec une pointe de nostalgie l'hiver à Los Angeles, dans une Californie dorée sous le soleil, alors que le ciel de New York était lourd de neige. Pourtant, L.A. ne l'avait jamais excitée comme New York. Elle ne puisait nulle part ailleurs une telle provision d'énergie. Ici, les idées lui venaient en foule, alors qu'elle se morfondait en Californie.

Ils dînèrent chez *Passe-Partout*. Un trio jouait des airs des années quarante et du début des années cinquante, et le steak était le plus tendre qu'eût jamais goûté Sydney.

C'était la première fois, à ce qu'il lui semblait, qu'Adam ne la traitait pas avec condescendance. Il la couvrait d'éloges, admirait la rapidité extraordinaire avec laquelle *Focus* avait capté l'attention du public.

— La maquette est l'œuvre de Denton Walker, précisa-t-elle. Je suis enthousiasmée par la qualité de ce qu'il a produit. J'espère que nous pourrons la maintenir maintenant qu'il n'est plus là.

Pour Sydney, c'était stimulant d'être avec Adam, de « parler boutique » avec quelqu'un qui, autant qu'elle, se laissait dévorer par le journal.

Dans l'attente du dessert, Adam l'invita à danser.

Il se mouvait avec habileté et grâce, la tenant d'assez loin. Mais quand le trio attaqua un slow, il la serra de plus près, fredonnant sur la musique : « Ils chantent des chansons d'amour... »

Sydney ressentait intensément sa présence, la pression de sa main dans son dos, légère, mais ferme; elle trouvait agréable le contact de ses doigts sur les siens. Pour la guider, il approchait sa jambe de la sienne plus qu'il n'était nécessaire.

Des applaudissements clairsemés accueillirent la pause,

et Sydney fut soulagée quand Adam, la tenant toujours par la main, la reconduisit à la table.

— Ces chansons vous touchent-elles, Sydney?

La fourchette en suspens, elle demanda :

— Quelles chansons?

— Les chansons d'amour?

Elle sentit un frisson lui parcourir les épaules et le dos. Oh, zut! elle ne voulait pas d'une liaison amoureuse. Elle n'en avait pas le temps. Et, en tout cas, pas avec un homme marié, qui de surcroît travaillait pour son père.

— J'en ai assez, de l'amour! répondit-elle, savourant ses poires au vin. J'ai trop à faire pour cela. Il n'y a pas de place pour un homme dans ma vie.

Il dégustait son café tout en la regardant.

— Ce n'est pas ce que je vous ai demandé. Je vous ai demandé si les chansons d'amour vous touchaient.

Elle éluda à nouveau sa question.

— Je ne suis pas seule.

— Oh, seule!

Il prit sa fourchette et entama sa forêt noire.

— Que signifie ce ton?

Elle savait qu'il ne fallait surtout pas laisser la conversation prendre ce tour.

— La vie en couple n'allège pas la solitude, fit Adam. Je suis plus seul marié que lorsque j'étais célibataire.

Sydney détourna le regard vers la piste de danse déserte. Elle n'allait pas poursuivre ce sujet en lui posant des questions. Elle ne ferait aucun commentaire; elle ne voulait aucune intimité entre Adam et elle.

Ils terminèrent leur repas en silence. Adam commanda un autre café.

— Je vois souvent votre photo dans les colonnes d'autres journaux, lors de premières ou de soirées au profit d'œuvres caritatives. Vous êtes toujours au bras d'un homme.

— Probablement Monday. Monday Pearson est un

vieil ami. Il sort avec des minettes, d'habitude. Il a besoin de quelqu'un avec qui s'afficher sans honte. Mais je ne crois pas être seulement cela pour Monday. Nous passons toujours de bons moments ensemble, nous ne manquons pas de sujets de conversation ni d'occasions de rire.

— Ainsi, ni lui ni personne ne possède votre cœur?

— Mon Dieu, quelle conception romantique! Non, cela ne m'intéresse vraiment pas, Adam. J'ai mes filles et ma carrière. Aucun homme ne me supporterait. Je veux faire les choses à mon idée. Les hommes n'aiment pas jouer les seconds rôles.

— Vous avez raison, cette place a toujours été réservée aux femmes.

— Eh bien, je n'attendais pas cela de vous! Je suis impressionnée.

— Je voudrais bien vous impressionner. Je ne crois pas y être jamais parvenu.

— Papa considère que le soleil se lève et se couche avec vous. N'avez-vous pas assez d'un admirateur dans la famille?

Il repoussa sa chaise, se leva, l'invitant à une autre danse.

Quand il passa son bras autour d'elle et qu'il se mit à mouvoir son corps contre le sien, elle réalisa que, depuis Jordan, c'était la première fois qu'elle s'accordait si bien avec le rythme d'un homme.

Elle leva les yeux vers lui et lui sourit, se demandant s'il se rendait compte de l'effet qu'il produisait sur elle.

— Que fait votre épouse pendant que vous sortez avec une autre femme?

— Je me demandais quand vous aborderiez cette question, murmura-t-il, sans lui répondre.

En sortant du restaurant, il s'apprêtait à héler un taxi quand Sydney lui demanda :

— Vous déplaît-il de marcher? C'est une belle nuit.

Adam lui prit la main.

— Cela me ravit, au contraire.

Ils adoptèrent un pas de promenade. Sydney se sentait heureuse.

— J'ai passé une bonne soirée, Adam.

— Vous en paraissez surprise.

— C'est vrai, je le suis. Figurez-vous que je ne sais même pas où vous habitez !

— Nous pourrions y passer.

— Non. Donc, c'est dans le centre-ville.

— Je suis dans l'annuaire.

— Je n'ai jamais eu la curiosité de chercher votre adresse.

— Peut-être le ferez-vous, maintenant ?

— Peut-être. Mais ce ne serait pas bien, n'est-ce pas ?

De nouveau, il ne répondit pas, lui prit la main, qu'il glissa sous son bras. Il y avait peu de circulation dans l'avenue, où régnait une douceur printanière. Il leur fallut plus d'une heure pour arriver devant la maison de grès brun de Sydney.

— Voulez-vous entrer ?

— Non, malgré mon désir. Je vais continuer mon chemin jusqu'à chez moi.

Le lendemain matin, il apparut dans le bureau de Sydney une demi-minute après son arrivée.

— Vous devez savoir que je ne me suis pas endormi avant 5 heures ou presque.

Elle haussa les sourcils.

— Est-ce la raison de votre mine épouvantable ?

— Oui.

Et, tournant les talons, il disparut.

Elle n'était pas étonnée. Pour la première fois depuis que Jordan avait déserté sa couche, elle était restée éveillée à se demander ce que ce serait d'avoir Adam contre elle, de sentir ses mains sur son corps. Elle avait eu du mal à dormir, elle aussi.

24

Dans le courant de la journée, elle reçut un appel de Monday. Il revenait d'Hollywood et éprouvait le besoin de se mettre au courant des événements. Il avait acheté le *Chronicle* à l'aéroport et il était enthousiasmé par *Focus*.

— C'est sensationnel ! dit-il. Il n'y a pas longtemps que j'ai appris que tu y travaillais d'arrache-pied ; je me demandais ce que cela donnerait. J'espère que New York apprécie. C'est la seule partie valable du torchon paternel.

Monday, comme Jordan, ne pardonnait pas au journal son orientation conservatrice. Il faudrait qu'elle aborde un jour ce sujet avec Adam, et elle verrait si elle avait de l'influence sur lui, à défaut d'en avoir sur son père.

— Comme tu le sais probablement, c'est la première de *Branches d'Olivier* cette semaine, mais je suppose que tu dois déjà avoir une place.

— Non, je n'ai pas de réservations. Il n'y a généralement pas de créations l'été, et je n'étais pas au courant de celle-ci.

— C'est une pièce off-Broadway. Un de mes amis y joue. Je ne peux pas comprendre que tu n'occupes pas toutes tes soirées, Sydney.

— Tu parles en véritable ami, dit-elle, souriant comme chaque fois que Monday la taquinait.

— D'accord pour aller voir cette pièce vendredi? Et on dîne ensemble après?

— Vendredi est mon plus mauvais jour, celui où on met sous presse.

— Alors, c'est non?

— Monday, t'ai-je jamais dit non?

— Dans ce cas, je devrais te faire des propositions plus hardies, plaisanta-t-il.

— Pourquoi ne passerais-tu pas un jour de la semaine, pour voir mon bureau? Et à quoi je m'occupe?

— Peut-être. Je serai content de te voir, comme toujours.

Le reste de la journée et le lendemain, Sydney pensa à Adam, vingt-quatre étages au-dessous, déçue de ne pas le voir apparaître dans son bureau.

Le jour suivant, à 4 heures de l'après-midi, Monday entra en coup de vent, vêtu d'un pantalon lie-de-vin et d'une chemise jaune vif, aux manches retroussées. En guise de salut, il la souleva de terre dans une étreinte vigoureuse et la fit tournoyer.

— Ça alors! Quel air important tu as dans ce grand bureau!

— Et toi, cher ami, tu fais plaisir à regarder. Tu embellis, je te jure, à mesure que les années passent.

— Sydney, c'est mon esprit que tu dois aimer.

— C'est bien ce que j'aime en toi. Physiquement, tu es trop grand, trop maigrichon, trop... trop blond, trop style Hollywood pour moi.

Il éclata de rire et la remit sur ses pieds. Il inspecta la pièce jonchée de piles de papiers disséminées sur l'épais tapis.

Mary arriva, chargée de dossiers, les lunettes de travers, son rouge à lèvres effacé à cette heure de l'après-midi. A la vue de Monday, elle s'arrêta, s'apprêtant à repartir.

— Excusez-moi, Sydney...

— Non, entrez, venez découvrir un des trésors de ma vie.

Sydney fit les présentations et Mary écarquilla les yeux.

— Monday Pearson, le dramaturge?

Monday acquiesça, heureux que l'on connaisse son nom.

— J'ai adoré *Carillons du vent.*

C'était une création de l'année précédente qui se jouait encore.

A ce moment apparut Adam, les manches relevées lui aussi. Il jeta un regard à Sydney d'abord, puis aux piles de papiers éparpillées dans la pièce, et enfin à Monday.

Sydney prit Monday par le bras et le présenta à Adam, qui lui tendit la main.

— Sydney m'a parlé de vous, dit-il.

— Elle n'a pas tout dit, j'espère. Sydney et moi sommes de vieilles connaissances.

— Adam est le directeur de la rédaction du journal, dit-elle.

— Vous devez être content du succès de Sydney.

— Elle n'appartient pas à mon service! Je n'ai rien à voir avec *Focus*. C'est son œuvre, et je l'admire.

Ces paroles procurèrent à Sydney un immense plaisir.

— Je ne serais pas arrivée à ce résultat sans mon bras droit que voici. (Elle désigna Mary.) Elle fait tout : je suggère, et elle réalise. Cela ne l'empêche pas, en plus, d'avoir des idées intéressantes.

— Le mérite m'en revient, dit Adam. Je savais qu'il ne lui faudrait pas longtemps pour gravir les échelons.

— Si je comprends bien, c'est une grande histoire d'amour entre vous, fit remarquer Monday avec un sourire. Cela crée d'excellentes conditions de travail.

Le téléphone sonna, et Sydney alla répondre tandis que les trois autres continuaient leur conversation. C'était un appel du propriétaire du quotidien *The Cleveland Plain Dealer*. Sydney l'avait rencontré deux ans auparavant au congrès national de la presse, et elle essaya de se rappeler son visage.

— L'allure de votre *Focus* nous plaît. Nous avons cherché des idées, essayé deux autres suppléments du dimanche, mais sans rien trouver de bouleversant. Combien voulez-vous pour que nous diffusions également votre *Focus* ?

Sydney s'assit. Elle n'avait jamais envisagé une diffusion dans d'autres villes !

— Je ne sais pas, dit-elle. Il faut que j'en parle au service financier.

— Eh bien, réfléchissez-y. Nous aimerions le présenter pour le week-end de la fête du travail. Je vous serais reconnaissant de me rappeler à la fin de la semaine prochaine, que vous acceptiez ou non. Vous avez fait un travail formidable. Il n'existe rien de ce genre. Où prenez-vous vos idées ?

— Secret d'Etat, plaisanta-t-elle. Je suis flattée, Mr. Jorgenson. Je vous rappellerai vendredi, quelle que soit ma réponse.

— Bien sûr, vous réalisez jusqu'où pourrait grimper le prix de vos espaces publicitaires si vous aviez une clientèle nationale ?

Comme si elle n'y avait pas songé !

— Eh bien, ça alors ! dit-elle en raccrochant.

— Pourquoi souris-tu comme ça ? demanda Monday. Tu as l'air d'un chat qui a avalé un canari.

Elle leur apprit la nouvelle.

— Il faut fêter ça. Venez, il va être 5 heures. J'offre une tournée générale, suggéra Monday.

De la tournée, on passa au dîner, puis Monday proposa :

— Si nous allions tous voir *Branches d'Olivier*, vendredi soir ?

Sydney l'aurait étranglé. Adam allait certainement refuser.

Ce ne fut pas le cas.

En un sens, Sydney fut déçue, parce qu'elle aurait voulu Monday pour elle toute seule. Elle voulait l'entendre parler de la côte Ouest, de Jordan, elle voulait lui raconter tout ce qui lui était arrivé; d'un autre côté, elle pensa que ce serait amusant de retrouver Adam en société.

Branches d'Olivier s'avéra un désastre. L'ami de Monday jouait bien, mais la pièce était lamentable. Avant la fin du second acte, ils se glissèrent tous les quatre hors du théâtre.

La nuit, comme très souvent à New York l'été, était chaude et moite. Pourtant Sydney aimait cette atmosphère. Ils déambulaient côte à côte, riant et éreintant la pièce.

Monday les conduisit à un petit bar qu'ils ne connaissaient pas, non loin de Chinatown.

Sydney observait Mary qui ne semblait pas le moins du monde fatiguée. On ne se doutait pas, à la voir, qu'elles avaient mis le jour même leur enfant sous presse. Le bouclage se faisait le vendredi, jour d'extrême tension. Mary semblait se détendre et s'amuser énormément. A l'exception du déjeuner, Sydney n'était jamais sortie avec Mary. Ce soir-là, celle-ci portait une robe émeraude qui jetait des étincelles vertes dans ses yeux noisette. Monday, comme toujours, manifestait une joie de vivre contagieuse.

Adam, renversé sur son siège, dégustait son verre tout en prenant plaisir, lui aussi, à écouter les mots d'esprit de Monday et à rire avec lui. Sydney s'était plus ou moins attendue à un accrochage entre eux, mais Monday le faisait participer à la conversation. Adam, si sûr de lui au travail, était un homme effacé en société. Sydney pensa qu'il se sentait peut-être hors de son élément parmi les Hamilton. Monday, lui, semblait partout chez lui et communiquait ce bien-être aux autres. Quel chic type! se dit

Sydney, une fois de plus. Elle était heureuse que leur amitié eût survécu à son divorce.

Monday les enflamma avec des histoires sur Hollywood, tout en insistant sur le fait que sa place était à New York. Il avait commencé une pièce, et c'est pourquoi il était revenu. Il ne pouvait écrire au pays des mangeurs de lotus, il avait besoin de New York pour le stimuler.

— Viens avec moi à Oberon pour le week-end, lui proposa Sydney. Mes filles aimeraient te voir, et je meurs d'envie de continuer à discuter avec toi.

— Quand partez-vous ?

— Tiens-toi bien ! A 8 heures ce matin-même. Papa possède un avion maintenant. Il n'y a qu'une heure de trajet. Viens, Monday, nous serons de retour de bonne heure lundi matin.

Il tendit le bras par-dessus la table, entre Adam et Mary, pour lui prendre la main.

— Bien volontiers.

Sydney était ravie à la pensée d'avoir Monday pour elle seule pendant le week-end. Il lui brosserait à grands traits le sujet de sa pièce et lui parlerait de Jordan.

Les seules fois où elle avait de ses nouvelles, c'était quand il téléphonait à ses enfants. Il passait parfois en coup de vent à New York, mais depuis son avortement, ils ne s'étaient pas revus, sauf entre deux portes, quand elle récupérait les filles au *Plaza*. Il lui envoyait encore des cadeaux pour Noël et se souvenait de son anniversaire, mais ils étaient convenus que se revoir les empêcherait de vivre pleinement leur vie.

Elle imaginait qu'il avait dû coucher avec des dizaines de femmes depuis leur rupture, alors qu'elle n'avait pas même embrassé un homme. Plusieurs années sans homme ! Elle avait trente-trois ans. Subitement, elle s'apitoya sur son sort. Elle qui croyait posséder tant de richesses : Ashley et Juliet, un travail passionnant, ses collègues de travail, se sentit soudain frustrée.

Elle vivait dans un univers essentiellement masculin, environnée d'hommes à longueur de journée, année après année. Pourtant, elle ne sortait avec aucun d'eux, ne recevant de leur part que de rares invitations. Les hommes qu'elle avait connus célibataires étaient mariés. Les intimidait-elle ou bien ne les intéressait-elle pas ? Pour la première fois depuis qu'elle avait quitté la Californie, elle se sentit dépourvue de séduction.

Peut-être était-elle injuste envers elle-même. La plupart des femmes se mariaient jeunes et n'avaient qu'un homme dans leur vie. C'était son cas. Avait-elle réellement des besoins sexuels ? Avait-elle besoin de se sentir séduisante aux yeux d'un homme ? Lui serait-il agréable d'être de nouveau embrassée ?

Sous la table, la jambe d'Adam frôla la sienne. Elle lui lança un coup d'œil, mais il regardait ailleurs, riant, ainsi que Mary, aux plaisanteries de Monday.

Elle se posait des questions sur Adam. Il avait dit, la semaine dernière, qu'il était plus seul depuis son mariage qu'avant. Donc, son mariage n'était pas une réussite. La trouvait-il séduisante ? Et elle, quels étaient exactement ses sentiments à son égard ?

Elle mit de côté ses réflexions pour écouter Monday.

25

Ashley et Juliet reçurent Monday à bras ouverts et s'accrochèrent à lui, refusant de le libérer. La première envie de Monday, avant même le brunch, fut d'aller nager. Ashley et Juliet coururent enfiler leurs maillots. Dans l'après-midi, Sydney, Monday et les filles firent de la voile ; ils jetèrent l'ancre dans une crique où les fillettes lancèrent des lignes dans l'espoir d'attraper quelques poissons.

Comme toujours, Grand-Maman et Silvie apprécièrent la présence de Monday. Oliver était arrivé en avion le vendredi après-midi, et s'il rejoignait la famille pour dîner, Sydney le vit peu durant les deux jours qu'il resta.

Le dimanche matin, Sydney et Monday partirent à cheval, bien que s'étant couchés à plus de 2 heures du matin. C'était la première fois qu'elle le voyait seul depuis son retour à New York. Elle ne voulut pas l'interroger sur Jordan, dont Monday lui dit cependant quelques mots : il l'avait vu souvent, ils avaient parlé de son nouveau projet de pièce et il ne le croyait sérieusement attaché à aucune femme. Il avait passé presque tous ses week-ends dans la maison de Jordan, à Malibu. Ils y étaient seuls, en général, à refaire le monde. « Malheureusement, le monde n'était pas à l'écoute, plaisanta Monday. Il doit être maintenant parti pour les Seychelles, à moins qu'il ne soit retourné en Afrique. Il va au Kenya assez régulièrement. »

Quant à lui, il n'avait pas de compagne attitrée. L'écriture était une maîtresse exclusive. Bien sûr, il voyait régulièrement des femmes, mais il fixait ses conditions. Il ne pouvait supporter d'en avoir une continuellement près de lui, surtout quand il écrivait. Peut-être, après avoir remporté le prix Pulitzer, aurait-il le loisir d'élargir ses centres d'intérêt. Pour le moment, il butinait çà et là, se lassant vite de ses nouvelles conquêtes, qu'il délaissait une fois les premiers émois passés.

— Pourtant, tu conserves tes amis pendant des années, lui dit-elle plus tard, alors qu'ils étaient assis au bord de la piscine, après un bain de minuit.

— Oui, parce que, en amitié, quand on commence à se taper mutuellement sur les nerfs, on peut se retrancher derrière ses autres occupations. L'amitié dure beaucoup plus longtemps que l'amour. Elle n'exige pas, comme lui, du temps ni de la violence dans les émotions, sauf occasionnellement. Sydney, quelle sagesse nous avons eue de ne jamais coucher ensemble ! Ne crois pas que je n'y aie jamais pensé. J'imagine que tout homme qui te connaît en a l'idée. Mais dès que le sexe s'en mêle, l'amitié n'est plus la même. J'entends conserver sa valeur à la tienne. Toi et moi resterons longtemps amis. J'ai besoin de ton amitié, comme de celle de Jordan. On doit cultiver l'amitié, et non l'exploiter.

— Je connais quelques amitiés qui ont évolué en amour, et cela a été magnifique.

— Peut-être...

Il avait raison. Malgré sa vive affection pour Monday, elle n'avait jamais eu envie de coucher avec lui. Elle l'aimait, mais n'était pas amoureuse de lui. Ses apparitions soudaines étaient des rayons de soleil dans sa vie, et cela valait de l'or.

— Mais si tu ne commences pas par l'amitié avec

une femme, il ne s'agit alors que d'une relation purement physique.

— Et alors, quel mal y a-t-il à cela? répliqua-t-il en souriant. Je continue à trouver que c'est un des aspects les plus gratifiants de la vie.

Elle avait oublié cet aspect de la vie. Depuis longtemps. Trop longtemps.

— Et Adam? demanda Monday.

— Adam? Oh! nous ne sommes que collègues. De plus, il est marié.

— On ne le dirait pas, à la façon dont il te regarde.

— Vraiment?

— Allons, Sydney! Tu dois bien t'en rendre compte!

— Eh bien, il est marié et père de famille. De plus, avec la fille du patron, on ne pousse pas les relations au-delà de l'amitié.

Monday secoua la tête en sirotant son Baileys.

— Tu as raison, naturellement. Mais n'existe-t-il pas un homme en particulier pour toi, Sydney?

— Pas d'homme en particulier. Pas d'hommes en général.

— C'est que tu ne le veux pas, alors.

— C'est une succession difficile que celle de Jordan.

— As-tu eu d'autres hommes, si je ne suis pas indiscret?

— Seulement Jordan.

A la douceur de sa voix, n'importe qui aurait deviné qu'elle était toujours amoureuse de lui.

— Prends un amant. Tu n'as pas besoin d'être amoureuse pour cela. Les femmes mélangent tout, c'est absurde, Sydney. Le contact d'un corps chaud près de toi, voilà ce qu'il te faut, et si tu veux être tranquille, choisis un homme dont tu sais, dès le départ, qu'il ne peut être à toi. Adam, par exemple.

Sydney se mit à rire.

— Je ne pourrais pas plus séduire un homme marié que voler sans ailes.

— Tu n'as pas besoin de séduire. Ça peut se faire tout simplement. Sachant que les sentiments ne sont pas en jeu, vous ne risquerez rien. Vous saurez tous deux, avant même de vous allonger, qu'il n'y aura pas de suite, et vous pourrez même le dire tout haut. Cela vous rendra les choses plus faciles quand, le matin, vous partirez travailler tous deux au même endroit.

— Oh, Monday! ne parle pas de cette façon.

— Il me semble intelligent, et tu ne peux pas résister à l'intelligence, je le sais bien. Il a un physique agréable. Il est un peu trop silencieux, mais il écoute. La plupart des hommes ne savent pas écouter.

— Mon cher Monday, tes conseils sont franchement pernicieux.

Toutefois, Sydney n'était pas offusquée : elle s'était déjà demandé ce qu'elle ressentirait à être embrassée par Adam.

Dans la matinée, Nettie leur prépara un pique-nique et ils allèrent à cheval au-delà de la forêt de Martha. Ashley et Juliet, bien droites sur leur selle, galopaient sans peur, précédant leur mère et Monday.

— Ce sont de belles petites filles, Sydney. Il n'est pas étonnant que Jordan ait le cœur brisé d'être si loin d'elles.

— Vas-y! Culpabilise-moi.

— De toute façon, il est rarement chez lui. Je ne comprends pas pourquoi il tourne des films qui lui font parcourir le monde entier. Mais cela lui convient. Si j'étais le père de ces mignonnes, je ne pourrais supporter de ne les voir que deux fois par an.

— Il pourrait les voir toutes les semaines s'il voulait.

Monday acquiesça.

— Seulement, il lui faudrait habiter plus près.

— C'est son choix.

— Pas exactement. C'est surtout le tien. La plupart des femmes acceptent de vivre où leur mari travaille.

— Elles l'acceptent, mais est-ce qu'elles le désirent?

— Je suis désolé, je te fais de la peine. Mais c'est que, Sydney, tu n'es pas comme la majorité des femmes.

— Je ne suis pas unique. Tu verras de plus en plus de femmes qui aspirent à s'assumer.

Quand Sydney arriva à son travail le lundi matin, Mary lui déclara :

— Il paraît que vous avez passé un week-end magnifique!

— Les nouvelles vont vite. Comment diable l'avez-vous appris?

— Monday m'a appelée la nuit dernière, lui annonça-t-elle avec un large sourire.

— Ah bon!

Sydney s'assit à son bureau et répondit au sourire de son assistante et amie.

— « Bon », c'est beaucoup dire. Il m'a réveillée!

— Et vous n'avez pas protesté?

— J'ai seulement trouvé pénible de ne pouvoir me rendormir que trois heures plus tard.

— C'est l'effet des coups de téléphone tardifs. Mais je tiens à vous mettre en garde. J'ai beaucoup d'affection pour Monday. C'est l'une des personnes que j'aime le plus au monde, mais sachez qu'il ne croit pas aux relations de longue durée. Il entre dans la vie des femmes et en sort comme... un courant d'air, parfois même une tempête, et il cause des ravages sur son passage.

Mary fit la grimace.

— Je suis prête pour une petite diversion, temporaire ou non. Je ne veux pas encore me marier. Pas au moment où je commence la plus passionnante des carrières. Mais merci pour l'avertissement. Quant à moi, je ne me crois pas de la même étoffe que ces starlettes d'Hollywood avec qui il sort.

— Je l'ai toujours connu sortant avec les filles les plus stupides, les plus vides que j'aie jamais rencontrées.

— Peut-être le moment est-il venu pour lui de s'intéresser à une femme séduisante, intelligente et ambitieuse, fit-elle en tendant une liasse de papiers à Sydney. J'aimerais croire que je suis cette femme. En tout cas, je suis contente que vous ayez passé un bon week-end.

— Ai-je bien entendu? dit la voix d'Adam, résonnant dans l'entrée. Vous avez passé un bon week-end?

— C'est vrai. Merveilleux.

Mary s'excusa.

— J'ai des coups de fil à donner. On déjeune ensemble?

Sydney fit un signe d'assentiment, et Mary disparut.

— Elle m'a coupé l'herbe sous le pied. C'est justement pour vous inviter à déjeuner que je venais.

— Désolée, Adam. Vous avez entendu la dame.

Il traversa la pièce, ses lunettes brillant sous le soleil du matin. Sydney remarqua le bout de ses doigts jauni par le tabac, sa belle carrure, ses tempes à peine grisonnantes, ses yeux brun doré, non pas azur comme ceux de Jordan.

— Que puis-je faire d'autre pour vous, Adam?

Il secoua rapidement la tête.

— Rien, puisque vous êtes déjà prise pour déjeuner.

Il se retourna et partit.

En se remettant au travail, Sydney se demanda comment était sa femme.

Au déjeuner, Sydney avait l'habitude de discuter avec Mary de vastes projets, mais aujourd'hui, elle devait commencer la mise en page et voir de quels articles elle disposait. Miranda Collins avait été une idée sensationnelle. Ses interviews étaient toujours envoyées à temps, de la longueur voulue, amusantes et enrichissantes.

Sydney jeta un coup d'œil à sa montre. Miranda aurait fini son émission, à cette heure. Elle l'appela à la chaîne et lui donna rendez-vous pour mercredi à déjeuner. Peut-être l'inviterait-elle un de ces week-ends à Oberon. Elle s'était prise d'une grande affection pour elle, tout comme Mary. Sa réputation de mijaurée était sans fondement, autant qu'elle pouvait en juger. Elle était allée la voir deux fois à CBC, et avait assisté à l'émission en direct. Elle s'était bien amusée. Miranda et ses collègues travaillaient dans une atmosphère de franche rigolade et de camaraderie. Pas une fois Sydney n'avait vu Miranda perdre son sang-froid ou s'emporter contre quelqu'un. De 6 h 30 à 9 heures, elle était inaccessible, concentrant son attention sur ses invités. Elle était bien informée à leur sujet, posait des foules de questions intelligentes et percutantes, ce qui représentait une gageure, chaque interview étant limitée à dix minutes. Elle paraissait devant la caméra plus calme qu'elle ne l'était dans la vie, où elle se montrait souvent surexcitée.

Oui, elle l'inviterait un week-end à Oberon, avec Mary. Il lui était venu à l'esprit, récemment, qu'elle avait une vie trop étriquée, partagée entre ses filles et *Focus*.

Sydney descendit discuter avec les responsables du service financier puis, revenue au trentième étage, se rendit au bureau de son père.

Ils étaient rentrés ensemble en avion la veille au soir, mais ils ne s'étaient guère parlé. Sydney se demanda s'il lui avait confié *Focus* pour se débarrasser d'elle.

Elle s'assit en face de lui. Il avait un air imposant derrière son immense bureau, les gratte-ciel de New York se profilant dans son dos.

— Papa, dit-elle. La semaine dernière, le patron du *Cleveland Plain Dealer* a appelé pour demander s'ils pouvaient diffuser *Focus*.

Oliver leva la tête vers elle.

— Hum !

— Les gens du service financier m'ont donné un chiffre qu'ils estiment valable, ajouta-t-elle, avant de préciser : Mais je ne crois pas que cela soit assez.

Les yeux de son père étincelaient.
— Alors, ça leur plaît, hein ?
— Si d'autres journaux étaient intéressés, nous pourrions, bien sûr, augmenter les tarifs de nos espaces publicitaires, et le magazine prendrait de l'expansion dans tout le pays.
Oliver toussa.
— J'apprécie ton initiative, Sydney, mais vraiment, si ce n'est que Cleveland... Je veux dire, Cleveland n'est pas tout le pays.
— Il s'agit d'un des journaux les plus considérés.
— Mais de Cleveland.
Sydney haussa les épaules et rétorqua, sur la défensive :
— Eh bien, c'est un commencement.
— C'est cela, Sydney, approuva Oliver. Mais je vais te dire une chose : c'est ton enfant. Tu fais payer ce que tu veux. Que *Focus* coule ou marche, c'est vraiment sans importance pour moi. Fais ce que tu veux.
Ainsi, c'était cela ! Quand son père le lui avait confié, il considérait que le supplément du dimanche n'était rien.
Elle se leva.
— Nous sommes sortis du rouge, tu sais.
— Je sais. Aussi, tu décides de tout, Sydney.
Elle descendit par l'ascenseur au sixième étage, où se trouvait le bureau d'Adam. Elle attendit qu'il eût fini de s'entretenir avec deux hommes pour entrer, s'assit et lui raconta ce qui s'était passé, en sollicitant son avis.
— Les journaux des grandes villes ont tous leur propre supplément du dimanche, dit-il. Mais *Focus* va entrer dans des journaux comme le *Portland Oregonian*, le *Detroit Free Press*, le *Sacramento Bee*, le *Omaha Nebraskan*, vous verrez, Sydney. Cleveland n'est qu'un début. *Focus* va se répandre dans tout le pays.
Sydney se redressa, les yeux brillants :
— Oh, Adam ! Vous le pensez vraiment ?

Il alluma une cigarette.

— J'ai su, dès le premier numéro, que vous aviez trouvé quelque chose d'original. Oui, je le pense sincèrement. La publicité nationale va l'envahir. C'est une affaire qui peut rapporter de l'or.

— Mes filles ne sont pas là l'été. Je suis disponible pour dîner avec vous un soir.

Il se pencha afin de consulter son agenda.

— Attendez, dit-elle, avant d'accepter ce dîner, vous devez réaliser que c'est peut-être, pour vous comme pour moi, jouer avec le feu.

Leurs regards se rencontrèrent, sans qu'elle pût lire dans ses pensées.

Il baissa à nouveau les yeux sur son agenda.

— Vous mettez *Focus* sous presse vendredi. On fête ce tirage ?

— Je pars samedi matin à Oberon, vous savez. Si la soirée se termine tard, je vais être fatiguée tout le week-end.

— Alors, disons demain.

Sydney sourit et se leva pour sortir. Au moment où elle mettait la main sur le bouton de la porte, Adam lui dit :

— Sydney, le feu dont vous parlez, cela m'est vraiment égal de m'y brûler.

La chair de poule envahit son bras gauche, ses deux épaules, puis descendit le long de sa colonne vertébrale.

26

— Nous vivons comme deux étrangers, expliquait Adam.

— Comment le prennent vos fils ?

— Je ne crois pas que cela les affecte. Nous dînons tous ensemble au moins trois fois par semaine. Nous allons ensemble à l'église le dimanche. Mais Shirley et moi n'aurions pas de sujet de conversation s'il n'y avait les garçons. Elle parle, depuis peu, de chercher du travail.

— De quel genre ?

— Je n'en sais rien. Quelque chose pour lui occuper l'esprit. Parfois, elle reste assise devant la télévision et semble, malgré notre absence de dialogue, attendre mon retour, comme si j'allais éclairer sa vie.

Sydney finit son camembert et but son espresso à petites gorgées.

— C'est le cas ?

Il se mit à rire.

— Vous me connaissez depuis des années. Pourrais-je éclairer la vie de qui que ce soit ? Ma seule envie, en rentrant, c'est d'enlever mes chaussures, allonger les jambes et m'endormir devant la télévision. Je brûle toute mon énergie au travail.

Sydney en doutait. Mais l'énergie a besoin de carburant, et son mariage n'avait pas l'air, ni pour lui ni pour sa femme, d'être très stimulant.

— Où avez-vous passé vos vacances l'année dernière?

C'était toujours Shirley qui choisissait leurs lieux de villégiature.

— Dans un chalet au bord du lac Umbagog, dans le Maine, à la limite du New Hampshire.

— Quelles étaient vos activités?

— J'ai pêché avec mes fils. Nous avons fait du canoë, du bateau à moteur. J'avais emmené un fusil, et les garçons et moi tirions sur des cibles.

— Que faisait votre femme?

— Je ne sais pas. Elle se promenait et lisait beaucoup. Pourquoi diable voulez-vous savoir ce que je fais en vacances, Sydney?

Elle haussa les épaules.

— Je sais vraiment peu de chose de vous en dehors du travail. Il est peut-être temps que je m'informe.

— Je n'existe pas en dehors du travail.

— Je ne peux le croire vraiment. Vous existez, ce soir. Vous existiez la semaine dernière quand nous sommes allés voir *Branches d'Olivier* et tout le monde vous a trouvé de bonne compagnie. Si je n'ai pas eu davantage de conversations avec vous pendant des années, c'est parce que j'ai cru que nous serions en désaccord sur tous les sujets, mais certainement pas parce que vous manquiez de personnalité.

Il parut surpris.

— En désaccord sur quoi?

Elle eut un petit rire.

— La politique, les lois sur le port d'armes, la guerre, le genre de livres que vous lisez, la religion...

— Et le sexe? A votre avis, serions-nous en désaccord sur cette question?

— Ainsi, vous y avez pensé également?

Ils restèrent silencieux, les yeux dans les yeux.

— Je vous ai rencontrée la première fois quand vous aviez dix-sept ans. Il y a combien de temps, quinze ans?

— Plus ou moins.

— Sydney, depuis lors, j'ai toujours pensé à vous de cette façon.

— Eh bien, Adam Yarborough!

Elle étendit la jambe et frôla la sienne, légèrement.

— Jusqu'à ces dernières semaines, je croyais n'avoir absolument aucune chance.

Il y eut un nouveau silence.

Sydney but son café, gardant son regard rivé au sien.

— Et maintenant?

Il posa sa main sur celle de la jeune femme.

— Maintenant, je me prends à rêver.

— Réalisez-vous que cela ne nous mènerait nulle part? Et si je devenais exigeante? C'est ce qui arrive presque toujours avec les femmes, selon Monday. Je suis la fille de votre patron. Et si vous étiez renvoyé? Une culbute dans le foin ne vaudrait pas la peine que vous ruiniez votre carrière. Et si nous... si cela ne se passe pas bien, comment nous regarderons-nous en face demain matin?

— Mon Dieu, Sydney, faut-il envisager toutes les hypothèses à l'avance?

— Je n'ai jamais couché avec un autre homme que Jordan.

— Eh bien, je serai damné.

Sydney repoussa sa chaise.

— Ramenez-moi à la maison, Adam.

Arrivé devant sa porte, il demanda :

— J'entre?

— A vous de décider, dit-elle en tournant la clé.

— Je me suis toujours demandé comment était votre maison, comment vous viviez.

Il la suivit à l'intérieur.

— Vous n'êtes jamais allé dans l'appartement de mes parents?

— Si, mais ce n'est pas chez vous.

Avant qu'elle eût allumé la lumière, il la fit pivoter et l'enlaça. Elle sentit ses lèvres sur les siennes, leur chaleur et le goût du café bu après dîner, et elle soupira.

— C'est bon, dit-elle dans un chuchotement.

Il la serra plus fort quand il reprit sa bouche. Elle percevait les battements de son cœur, les mouvements de sa jambe contre la sienne, la vigueur de son étreinte.

Elle passa les bras autour de son cou, et il embrassa son front, ses paupières, avant de prendre son visage entre ses mains pour un baiser si intense qu'il pénétra les profondeurs de son être.

— Voilà ce que je désirais depuis des années, dit Adam d'une voix douce.

Elle lui tendit la main pour le conduire dans la salle de séjour. Elle alluma une lampe. Adam regarda autour de lui.

— Ce n'est pas comme je me l'imaginais.

— C'est-à-dire?

— C'est plus féminin que je ne m'y attendais.

— Je le prends comme une insulte. Ne suis-je pas féminine?

— Ce n'est pas ce que j'ai voulu dire.

— Voulez-vous un cognac?

— Je n'en ai pas besoin.

Ils restaient debout à se contempler, souriants, puis il l'attira à lui, leurs souffles se mêlant.

— Où est votre chambre?

— Deuxième porte à droite, là-haut.

Il la souleva, rejeta la tête en arrière et monta les marches deux à deux. Une fois dans la chambre, il la posa pour qu'elle allume la lumière.

— Laissez-moi vous déshabiller, murmura-t-il.

Il entreprit de déboutonner son corsage, lentement,

tout en l'embrassant. Une fois le vêtement à terre, il défit son soutien-gorge avec doigté et se recula.

— Je veux vous regarder.

Elle resta immobile, se sentant belle pour la première fois depuis des années.

Il se pencha pour lécher son sein gauche.

Elle poussa un petit gémissement et étendit la main pour déboutonner la chemise d'Adam.

— Cela fait si longtemps ! murmura Sydney.

— Moi qui croyais que vous couchiez avec tous les hommes près de qui je vous voyais.

Sydney, sans répondre, lui détacha sa ceinture tandis qu'il faisait glisser sa jupe le long de ses jambes. Elle fit un pas pour s'en dégager, ouvrit sa braguette et caressa son sexe en érection, lui arrachant un profond soupir.

Il la prit à nouveau dans ses bras et la porta jusqu'au lit, sans cesser de l'embrasser. Quand il fut allongé près d'elle, il promena sur tout son corps des mains douces, mais pressantes, et fit pleuvoir des baisers sur son oreille, son cou, son bras, son ventre.

— Venez, chuchota-t-elle.

Il la pénétra, et ils firent l'amour ensemble dans une telle harmonie que Sydney crut défaillir. Elle sentit la chaude marée se répandre en elle. Transportée de plaisir, elle ferma les yeux sur une explosion d'étoiles et cria :

— Reste !

Puis ils s'immobilisèrent, hors d'haleine. Se détachant d'elle, il roula sur le côté, et après un moment rompit le silence :

— Je n'avais pas imaginé que ce pourrait être si bon. Pas la première fois, en tout cas.

— Ah ! Tu laisses entendre qu'il y en aura une seconde ?

— Je sens que je ne vais plus pouvoir me passer de cette drogue.

— Il y a pire drogue, je crois.

Elle lui prit les doigts, qu'elle baisa un à un.

— Tu as un corps magnifique, lui dit-il.

— J'aime le tien aussi.

Il rit.

— Personne ne m'a jamais dit cela.

Sydney se redressa et lança les jambes sur le côté du lit.

— Tu me quittes ? demanda Adam.

— Je descends chercher du vin, mais promets-moi de ne pas partir.

Ses yeux lui sourirent.

— Promis.

Quand elle revint, Adam était sous la douche. Elle s'assit sur le lit, calée contre un oreiller. Il apparut dans l'embrasure de la porte et s'exclama :

— Tu es l'incarnation même des plaisirs libertins !

Il s'avança et lui prit le verre de vin des mains en se penchant pour déposer un baiser sur son front.

— Allonge-toi, je veux embrasser tous les endroits qu'il est possible d'embrasser, et d'autres encore.

Sydney se pelotonna contre lui.

— Tu n'es pas resté plusieurs années comme moi sans relations sexuelles. Tu ne peux savoir ce qu'on ressent après une si longue et si frustrante chasteté.

— J'ai bien l'intention de te faire rattraper ces années de célibat. Peut-être même en une seule nuit.

Elle allait lui demander s'il comptait rentrer chez lui. Il était presque minuit. Mais elle se dit que cela ne la regardait pas. De plus, elle voulait ce qu'il avait promis. Elle voulait être couverte de baisers. Elle voulait le sentir en elle encore et encore.

Ils ne s'endormirent pas avant 3 heures. Ils auraient dormi beaucoup plus longtemps, mais le réveil sonna à 7 heures.

— Tout est changé désormais, tu sais, furent les premiers mots d'Adam tandis qu'il s'approchait pour l'embrasser. C'est la nuit la plus athlétique que j'aie passée depuis des années.

— Tu t'en plains ? Et moi, je ne me souviens pas de jouissances plus intenses, reconnut-elle en lui caressant la joue. Je me sens dans une forme merveilleuse après une nuit pareille.

— Quelle nuit, en effet !

Il se pencha pour l'embrasser, glissa la main sur son ventre, le long de ses cuisses, et elle sentit le feu se rallumer en elle.

— Il est 7 heures, murmura-t-elle. Ne commence pas ce que tu ne pourras finir.

Il interrompit ses baisers, le temps de répondre :

— Il y a un commencement à tout. Je n'ai jamais été en retard une seule fois pendant toutes ces années passées au *Chronicle*.

— Le sort en est jeté, dit-elle, frémissant sous ses attouchements. On ne peut pas en rester là.

— Cette fois, murmura-t-il, tu viens sur moi.

C'était la position favorite de Sydney.

Ils prirent leur douche ensemble. Soudain, elle éclata de rire.

— La bonne va être choquée. Je ne me suis jamais réveillée, ici, auprès d'un homme.

Elle choisit une robe de jersey rouge, moulante, une tout autre tenue que celles qu'elle portait habituellement au bureau. Et des chaussures rouges, assorties. Adam riait de son élégance.

Des petits pains au son, du jus d'orange et du café attendaient sur la table de la salle à manger.

— Je ne mange jamais davantage, mais j'imagine que tu prends un copieux petit déjeuner.

— Pas aujourd'hui. Nous ne devrions peut-être pas arriver à la même heure.

— Oh, voyons ! Combien de milliers de personnes travaillent dans ce bâtiment ! Nous pouvons très bien nous être rencontrés devant l'entrée. Et nos bureaux ne sont pas au même étage.

— Cela me remet à ma place, n'est-ce pas ? Je suis au sixième et toi, tout en haut, avec les chefs.

— Ne commence pas ! protesta Sydney en étalant de la confiture de fraises sur son pain, tandis qu'Adam buvait du café au lait. Tu sais parfaitement qu'après papa, c'est toi qui as le plus d'influence.

— C'est ce qui fait l'agrément de ma vie, reconnut Adam. Un gosse de Peoria exerçant son influence sur l'esprit de centaines de milliers de New-Yorkais !

— Et sur le monde ?

— C'est toi qui vas marquer le monde de ton empreinte, avec *Focus*.

Sydney sourit.

— C'est assez impressionnant, n'est-ce pas ? Penses-tu vraiment que d'autres journaux vont s'aligner sur Cleveland ?

— Tu verras bien. Viens, allons-y. Je peux encore conserver mon record de ponctualité si nous courons.

— Il faudra que je me procure une voiture, ne serait-ce que pour nous conduire au travail les prochaines fois.

— Cela veut dire qu'il y aura d'autres fois ?

— C'est à toi de voir. Je crois qu'il est clair que cela m'a plu.

Au moment où ils sortaient, sans avoir vu la bonne, Adam demanda :

— Cela t'ennuie que je sois marié ?

Sydney réfléchit tandis qu'ils avançaient, tout en espérant voir arriver un taxi libre.

— Je n'aime pas les mensonges, or tu vas devoir mentir à ta femme.

Adam resta silencieux.

— C'est bien cela, n'est-ce pas ? insista Sydney.

Ils s'arrêtèrent au coin pour faire signe aux taxis qui passaient. Finalement, l'un d'eux s'arrêta et ils y montèrent. Après avoir donné l'adresse au chauffeur, Adam prit la main de Sydney.

— C'est probable. Oui, je vais lui mentir.

Sydney lut dans ses yeux qu'il avait envie de l'embrasser, mais il se retint et, pendant que le taxi se frayait un chemin dans le trafic à coups de klaxon, il lui serra très fort la main. Sydney n'avait pas ressenti un tel bien-être depuis longtemps.

Elle le revit à 4 heures de l'après-midi. Elle avait travaillé dur toute la journée, y compris pendant le déjeuner. Elle avait passé plus de la moitié de son temps au téléphone.

Quand Adam apparut à la porte, Sydney ordonna à la secrétaire :

— Faites patienter s'il y a des appels.

Adam ferma la porte derrière lui.

— Viens ici, lui dit-il.

Elle se leva, s'avança lentement vers lui et s'offrit à ses baisers.

— Sydney, je n'ai pensé qu'à toi toute la journée. Je ne sais même pas ce que seront les gros titres de demain.

— Cela m'a fait exactement l'effet contraire. Je ne sais où j'ai pris l'énergie d'abattre tant de travail, dit-elle pour le taquiner.

Il lui prit le visage entre ses mains.

— Je veux que tu saches que je n'ai jamais eu une nuit aussi magnifique. Je ne me suis jamais senti aussi bien. Jamais.

Il n'avait pas l'air de quelqu'un qui était resté éveillé les trois quarts de la nuit.

— En rentrant du travail, je mange un morceau, et je dors à poings fermés, fit-elle.

— Ça signifie que je ne dois même pas te téléphoner?

— Adam, ne me téléphone pas de chez toi, jamais. D'accord? Quand je t'aurai au bout du fil, je ne veux pas t'imaginer là-bas. C'est une partie de ta vie à laquelle je refuse de penser.

— Ne te considère pas comme un second rôle.

— La seule chose qui m'importe, c'est le moment formidable que nous avons vécu. J'aimerais recommencer, si tu peux t'échapper et si tu le veux. Je ne me sens coupable de rien.

— C'est moi qui devrais me sentir coupable d'avoir commis l'adultère.

— Je n'ai pas à répondre de ta moralité. Moi, je pourrai dormir sans remords.

Il jeta un regard dans la pièce.

— Un jour, je viendrai ici t'étendre sur ce beau tapis et nous ferons l'amour ici-même, dans ton bureau.

— D'accord. Maintenant, va-t'en. J'ai encore du travail.

— Demain soir, avant ton départ pour Oberon?

— Tu sais que le vendredi est mon jour le plus chargé.

— Je ne resterai pas la nuit.

— Emmène-moi d'abord dîner.

— Ah! On peut donc t'acheter!

Elle se détourna en riant pour regagner sa table de travail.

— Laisse la porte ouverte. Andrea doit se demander pourquoi on l'a laissée si longtemps fermée.

— Elle ne se doute de rien.

— Tu as raison. *Adiós*.

Après le départ d'Adam, elle garda plusieurs minutes les yeux fixés sur la place qu'il avait occupée. Mon Dieu, quel plaisir d'envisager de nouveaux ébats! Après une si longue période de vide. Peut-être pourrait-elle maintenant regarder les films de Jordan sans pleurer.

Elle se pencha sur ses papiers en pensant à Adam. Ce

qui la surprenait le plus, c'était de trouver en lui un amant aussi passionné et prévenant. Elle ne l'aurait jamais cru capable de tendresse. Demain soir, quel bonheur ! Il la caresserait encore, elle sentirait ses baisers, un homme la désirerait. Et elle le désirerait. Ardemment.

27

Malgré tout le bien que lui fit son week-end à Oberon, Sydney brûlait d'impatience de rentrer pour retrouver Adam. Elle se sentait plus vivante qu'elle ne l'avait été depuis des années, consciente de son corps et de ses besoins. Elle aurait bien suggéré à Adam de venir la chercher à sa descente d'avion, s'il n'y avait pas eu son père, car elle était sûre qu'Oliver n'apprécierait pas.

Elle regrettait d'avoir recommandé à Adam de ne pas lui téléphoner.

Le lundi, elle l'attendit toute la journée. Il était un peu plus de 5 heures quand il entra lentement, l'air fatigué et presque hagard. Il s'affala sur la chaise en face d'elle et s'apprêta à allumer une cigarette, puis, se ravisant, remit le paquet dans la poche de sa chemise.

— On dirait que tu as eu une rude journée, dit-elle, remarquant ses yeux injectés de sang derrière ses lunettes.

— Ce n'est pas la journée, c'est le week-end.

— Des ennuis chez toi?

— Non, ici, dit-il en pointant un doigt sur son front. Il semble que je ne puisse penser qu'à toi.

— Oh! Ce n'est que cela?

Elle sourit, heureuse.

— On dîne ensemble? proposa-t-il. Trois jours sans toi, c'est plus que je n'en peux supporter. (Devant l'hésitation de Sydney, il ajouta :) Je viens de téléphoner chez moi pour dire à Shirley que je serai en retard.

— Eh bien, avec plaisir.

Elle se demandait déjà comment ils feraient quand ses filles reprendraient l'école. Bah! ils avaient encore six ou sept semaines devant eux. Peut-être tout serait-il fini entre Adam et elle au retour des enfants.

Elle se reprocha ces pensées. Elle avait fait deux fois l'amour avec lui et elle envisageait déjà la fin de leur liaison...

Ce qu'elle voulait de lui était uniquement d'ordre physique. Elle était restée si longtemps sans affection, sans caresses, sans jouissance sexuelle! Mais maintenant qu'elle y avait goûté, qu'elle savait pouvoir coucher avec un homme qui n'était pas son mari...

— Eh bien, tu es prête? Je vais chercher ma veste et je te rejoins dans le hall.

— J'y serai dans dix minutes. (Comme Mary entrait, Sydney rectifia :) Mettons quinze.

Adam fit un signe de tête à Mary et s'en alla.

— Il devient très cordial, ces temps-ci, commenta Mary en lançant un dossier sur le bureau de Sydney. Veut-il connaître le secret de votre réussite?

— J'en doute. (Sydney montra le dossier.) Cela peut attendre jusqu'à demain matin?

— Encore plus longtemps. Eh bien, à demain.

Sydney retint son amie par le bras.

— Attendez une seconde. Nous avons passé toute la journée ensemble et vous ne m'avez pas dit un mot de votre week-end.

— Vous sembliez très préoccupée.

— Avez-vous vu Monday?

Le visage de Mary s'éclaira.

— Je ne l'ai pas seulement vu. J'ai passé le week-end avec lui.

— Et alors?

— Ce fut divin.

— Non ! Qu'avez-vous fait ?

— Nous nous sommes promenés dans Central Park et Monday a fait de la cuisine chinoise. Et moi, j'ai regardé le plafond.

Sydney éclata de rire. Elle était en partie ravie du tour que prenaient les événements. Mary était tout à fait différente des filles avec qui Monday sortait d'habitude. Elle espérait seulement qu'elle n'aurait pas le cœur brisé.

Elle n'avait même pas envisagé que le sien puisse l'être, alors qu'elle avait une liaison avec un homme marié. Un homme qu'elle était impatiente de retrouver.

Adam la quitta un peu avant minuit.

— Je n'ai pas envie de partir, tu sais, lui dit-il en mettant sa chemise.

Sydney sourit.

— Adam, je ne suis pas possessive. Je n'ai pas besoin que tu me consacres ta vie. Nos relations, quelles qu'elles soient, nourrissent en moi un terrain resté stérile toutes ces années.

— Tu n'es pas la seule à avoir connu des années stériles. J'ai eu des rapports sexuels avec Shirley, mais tu éveilles en moi un je-ne-sais-quoi que je n'ai jamais ressenti avec elle, et il ne s'agit pas uniquement de sexe, même si c'est important. Tu me fais quelque chose ici, dit-il en montrant son cœur. Et ça ne m'était jamais arrivé. Je ne sais plus où j'en suis. Je passe mon temps à penser à toi, à me rappeler ton corps, ta façon de frémir sous mes doigts, tes gémissements. Tu jouis sans retenue, expérience nouvelle pour moi.

— Ce que tu me fais est si merveilleux !

Il s'assit sur le lit près d'elle.

— Penses-tu à moi quand nous sommes séparés ?

— J'ai pensé à toi tout le week-end, répondit-elle en lui donnant un petit baiser. Et je t'ai attendu toute la journée.

— Faut-il que tu ailles chaque week-end à Oberon ?

— Je veux y aller. N'est-ce pas assez de cinq nuits en ville?

— J'ai envie de passer d'autres nuits entières avec toi, de temps en temps.

— Eh bien, arrange-toi pour cela.

Il se leva et prit sa veste, qu'il avait jetée sur le dossier d'une chaise.

— Plus facile à dire qu'à faire.

— Je sais, c'est plus simple pour moi.

— J'ai toujours pensé que tout dans ta vie était simple.

— Parce que j'avais de l'argent, tu veux dire?

— De l'argent. Une position sociale. De l'influence.

— Et ce sont des choses qui t'attirent?

— Elles attirent toujours ceux qui ne les possèdent pas. Tu as considéré toute ton existence qu'elles allaient de soi. Tu fais partie d'une élite, Sydney. (Il la prit dans ses bras et l'attira à lui, ses lèvres sur les siennes.) Je n'ai pas envie de partir, je ne peux pas me rassasier de toi.

— Tes baisers sont délicieux, Adam.

— A vendredi?

Sydney scella son accord par un dernier baiser et alla chercher dans sa penderie un kimono de soie lilas, qu'elle enfila.

— Je t'accompagne à la porte.

Tandis qu'ils descendaient l'escalier, main dans la main, Adam demanda :

— Sydney, ma chérie, pourquoi ne m'inviterais-tu pas une fois à Oberon? J'en entends parler depuis que je travaille au journal.

— Et papa ne t'a jamais proposé d'y aller un week-end? Peut-être pourrais-je t'obtenir une invitation, mais seulement si tu amènes ta famille. Papa croit au caractère sacré du mariage.

— Moi aussi.

— Et moi également. Mais j'imagine que si ton mariage était réussi, nous n'aurions pas de liaison. Ou du moins nous ne serions pas aussi pressés d'arracher nos vêtements quand nous entrons dans cette maison.

— J'ai du mal à ne pas me dévêtir quand j'entre dans ton bureau. (Devant la porte, il la reprit dans ses bras.) Je ne veux pas amener ma femme et mes enfants à Oberon. Je veux être avec toi. C'était par simple curiosité. J'ai vu des photos de cet endroit et j'ai toujours désiré y aller. Peut-être est-ce seulement par envie d'y être invité. Vous n'y recevez pas beaucoup de monde, n'est-ce pas ?

Sydney secoua la tête.

— C'est notre refuge. Nous y invitions les présidents, mais papa a cessé avec Roosevelt. Et naturellement, il n'avait que faire de Truman. Il aimait bien Eisenhower mais, lui, il prend l'avion tous les week-ends pour Camp David. Si John Kennedy est élu, papa va encore piquer une crise. Il n'invite jamais un démocrate ou un catholique.

— Je suis républicain et méthodiste.

— Mon Dieu ! s'écria Sydney en lui embrassant le bout du nez.

Il ouvrit la porte en riant.

— Bonne nuit, mon amour.

Sydney resta sur le seuil, à regarder sa silhouette rapetisser tandis qu'il s'éloignait. Peut-être trouverait-il un taxi au coin de la rue, même à cette heure.

L'avait-elle bien entendu dire : « Bonne nuit, mon amour » ?

Le mardi, Sydney ne vit pas Adam. Mary et elle travaillèrent sans arrêt et, par l'intermédiaire d'Andrea, se firent envoyer des sandwiches. Adam téléphona de son bureau à 4 heures de l'après-midi pour lui dire simplement : « Tu me manques. »

Miranda appela pour lui demander si elles pouvaient dîner ensemble le soir même, au lieu du lendemain, et Sydney accepta de la retrouver à 7 heures chez *Tartuffe*. Elle demanda à Mary si elle voulait venir.

— Je passe toutes mes soirées avec Monday. Pour rien au monde je ne renoncerais à celle-ci. Il retourne en Californie dans deux semaines.

— Ah ! Vous ne passez que les soirées avec lui ?

Mary sourit.

— Je rentre le matin chez moi pour me changer, mais Monday m'a fait la surprise, hier soir, de mettre ma brosse à dents près de la sienne. J'étais heureuse comme un gosse à Noël.

A la connaissance de Sydney, Monday ne laissait pas ses maîtresses passer la nuit chez lui et changer ses habitudes de travail. Mais peut-être faisait-il une exception pour Mary parce qu'elle travaillait toute la journée.

Miranda, étourdissante dans une robe à pois surmontée d'une énorme collerette, la prévint aussitôt :

— Rappelez-vous, je veux être au lit à 9 heures.

— Comment pouvez-vous avoir une vie aussi active en vous levant à quatre heures et demie tous les matins ? demanda Sydney quand elles eurent commandé leurs daiquiris.

— Une vie active ? Vous plaisantez ! Mais je vois ce que vous voulez dire. J'adore ma vie. Je n'en changerais pour rien au monde, pour aucun homme, si charmant soit-il. Certes, je pourrais abandonner cette émission du matin si on me proposait de présenter le journal du soir, mais ce n'est pas pour demain. Donc, je ne vais guère dans le monde. Mais cela peut attendre, ma chère Sydney. Je n'ai aucun désir qui ne soit actuellement satisfait.

Sydney étudia le menu.

— Quelle chance vous avez !

Miranda posa la main sur le bras de Sydney.

— Que voulez-vous dire par là ? Que vos désirs personnels ne sont pas satisfaits ?

— Ne vous sentez-vous pas seule, parfois, au milieu des gens ?

— Oh, ma chérie ! J'étais bien plus seule pendant mes dix ans de vie conjugale que je ne le suis maintenant.

Adam avait dit quelque chose du même genre.

— J'ai une chienne, continua Miranda. Elle me suit partout dans l'appartement en remuant la queue. Elle vit à l'unisson avec moi. Elle sait quand je suis contrariée, même si je ne l'exprime pas ; elle vient alors s'asseoir à côté de moi et me regarde avec ses grands yeux bruns pleins d'amour. Elle guette le moment où je prends la laisse et elle saute de joie. Elle dort dans mon lit, tout contre moi. Elle me donne un amour inconditionnel, et je suis le centre de son existence. Non, je ne suis pas seule. Jamais. Depuis des années et des années.

Le garçon apparut. Sydney commanda une escalope de veau, Miranda une quiche.

— J'ai apporté mes articles du mois prochain. N'êtes-vous pas fière de moi ? Je parie que je suis la seule à être en avance sur le programme.

— J'apprécie !

Sydney éprouvait une réelle amitié pour Miranda. Chaque fois qu'elles se retrouvaient, leurs échanges gagnaient en intimité.

— Je voudrais votre ex-mari dans mon émission, mais je n'arrive pas à le joindre. J'ai appris qu'il devait passer à New York en revenant du Kenya ou de quelque autre pays lointain.

— Oh, vraiment ?

Jordan ne l'avait pas avertie de sa venue.

— Ainsi, vous n'êtes pas au courant ? Si vous le voyez, vous voudrez bien lui donner mon numéro de téléphone ? Les seules fois où il accepte d'être interviewé, c'est pour faire la promotion d'un nouveau film.

Quand Sydney arriva chez elle, un peu après 9 heures, elle se servit un verre de Baileys et alluma la télévision. Pour la première fois de l'été, elle se sentait seule. Sans Ashley et Juliet. Sans Adam. Sans chien.

Elle était assise à regarder les images, dormant à moitié, quand le téléphone sonna.

— Salut, princesse!

Il n'y avait que Jordan qui l'appelait ainsi.

Bon sang! Pourquoi son cœur bondissait-il? Elle qui avait espéré que sa liaison avec Adam lui ferait oublier Jordan!

— On m'a dit que tu venais à New York.

— Je suis à Oberon. (Sa voix, comme toujours, était joyeuse.) Je savais que les filles y étaient, et comme j'avais une escale à Dulles, j'ai décidé d'aller les voir. Tu descends ce week-end?

— Telle était mon intention.

— Bien. Alors nous pourrons rentrer ensemble dimanche après un week-end en famille. Ça te va?

— Naturellement.

— Tu n'es pas très loquace, ce soir.

— Jordan, tu ne m'as pas laissée placer un mot. Je serais heureuse de te voir en même temps que les filles.

— Ta grand-mère me traite comme si je faisais encore partie de la famille.

— Personne ne m'a pardonné mon divorce.

— Sauf ton père, hein? Ça lui a fait le plus grand plaisir, j'en suis sûr.

— Oui. Papa descend tous les vendredis et moi, les samedis matin.

— Ne peux-tu venir vendredi, toi aussi?

— Jordan, c'est le jour où je mets *Focus* sous presse.

— Ta présence est vraiment indispensable?

Sydney hésita. Peut-être, s'ils travaillaient dur les deux prochains jours...

— Je vais voir ce que je peux faire. Je ne peux rien te promettre.

— Essaie. J'aimerais te voir, Sydney. Il y a bien trop longtemps... J'ai entendu dire que ça marchait bien pour toi, je te félicite.

— Merci, Jordan.

— Je serai déçu et les filles aussi, si tu ne peux pas arriver vendredi. Nous pourrions pique-niquer samedi, puis faire de la voile.

Mary serait probablement ravie de sauter sur cette occasion pour montrer qu'elle était capable de diriger les opérations. Quant à elle, elle pouvait travailler tard le lendemain soir et jeudi.

— Je serais heureuse de tenter l'expérience, dit Mary.

Elles faisaient le bouclage ensemble chaque semaine. Mary en savait autant sur *Focus* que Sydney. Mais Sydney considérait le magazine comme son enfant.

— Nous travaillerons tard ce soir.

— Non. La mère de Monday est en ville et je tiens à la rencontrer.

— Mais vous ne connaissez Monday que depuis trois semaines !

Mary haussa les épaules.

— Eh bien, soit, dit Sydney. Je resterai ce soir, et demain nous travaillerons toutes les deux d'arrache-pied. De toute façon, je ne dois pas partir avant vendredi aprèsmidi.

Au moment où Mary acquiesçait, le téléphone sonna.

— Un appel du *Omaha Nebraskan* ! annonça Andrea.

Le directeur de la rédaction lui dit qu'il avait lu plusieurs numéros de *Focus*, qu'il avait parlé avec Cleveland et avec Adam Yarborough. Pouvaient-ils discuter affaires ?

Ainsi, Adam essayait de l'aider ?

— Oui, bien sûr.

Un sourire éclaira le visage de Sydney.

Après avoir raccroché et transmis la bonne nouvelle à Mary, elle appela Adam.

— Je crois que je te dois des remerciements.

Elle le mit au courant de l'appel du *Omaha Nebraskan*.

— Ce n'est pas fini, Mrs. Hamilton. Vous êtes libre au moins pour prendre un verre après le travail ?

— Non. Je dois faire des heures supplémentaires ce soir.

— Oh?

— Je pars tôt vendredi avec papa pour le Maryland.

Après un instant de silence, Adam demanda :

— As-tu une raison particulière?

— Jordan est là-bas. Il a téléphoné pour me demander de venir plus tôt que d'habitude. Nous irons, lui, les filles et moi, faire du bateau samedi.

Adam ne fit aucun commentaire.

— Bon, dit-il, et il raccrocha.

A six heures et demie, heure à laquelle il ne restait plus que Sydney au trentième étage, Adam franchit d'une enjambée la porte ouverte qu'il claqua derrière lui. Il se planta devant Sydney, les yeux flamboyants.

— Je ne me suis jamais miné pour une femme, je n'ai jamais éprouvé de jalousie. Mais depuis que tu m'as dit que tu allais voir Jordan ce week-end, je suis sur le point d'exploser. Inutile de me dire que je suis injuste, je le sais. J'ai une femme que je retrouve à la maison tous les soirs. C'est toi qui devrais être jalouse, et le fait que tu ne le sois pas me rend dingue. Mon travail en souffre, je perds la tête, je pense sans arrêt à toi.

Il s'avança jusqu'au bureau.

— Lève-toi.

Sydney le regarda un moment puis s'exécuta.

— Je t'ai dit qu'un jour je te baiserais sur ce tapis. Eh bien, le moment est venu.

Il fit le tour du bureau, la prit dans ses bras et colla sa bouche sur la sienne avec rudesse.

— Je te jure, Sydney, que pendant tout le temps que tu passeras avec Jordan ce week-end, tu te rappelleras ce que nous allons faire ici ce soir.

28

Ce ne fut pas tout à fait ce qui arriva, mais presque.

Sydney se sentit comme embrasée pendant les trois jours et les trois nuits qui suivirent.

Cela se passait ainsi entre eux, se disait-elle, parce que le sexe, après toutes ces années, avait repris ses droits. Elle ne croyait pas que l'amour y fût pour quelque chose.

Après deux heures en compagnie d'Adam sur le tapis de son bureau, il lui fut impossible de se remettre au travail. Ils sortirent pour un dîner tardif et quelques verres.

— Comment vais-je sortir *Focus*, si tu me fais de telles choses ?

— C'est peut-être à cause de *Focus* que nous les faisons, rétorqua-t-il, la bouche pleine de truite arc-en-ciel. Tu es la seule femme que je connaisse qui s'intéresse aux mêmes sujets que moi.

— Au sexe, tu veux dire ? demanda-t-elle avec un sourire dont elle ne s'était pas départie depuis une heure.

Il se mit à rire.

— Sydney, ma chérie, tu me fais des choses dont aucune femme n'a jamais eu l'idée.

— Pauvre chéri frustré ! (Elle lui prit la main et la retourna pour lui baiser la paume.) J'aime ton style, moi aussi. Tu me fais oublier le monde réel.

— Seulement ?

— Je ne vais pas gonfler encore plus ton ego. Si mes réactions à ton égard ne te paraissent pas parfaitement claires, c'est que tu es aveugle. Et si le *Focus* de cette semaine est moins bon, je m'en prendrai à toi.

— Non. A Jordan qui a réussi à te convaincre de quitter la ville le jour où tu mets sous presse. Tu ne ferais pas cela pour moi. N'est-ce pas?

— Adam, ne commence pas! Si tu me proposes une nouvelle soirée comme celle-ci, je serai capable de m'envoler pour l'Arabie.

Elle déjeuna avec lui le vendredi avant de s'envoler pour Oberon. Mary et elle avaient *Focus* bien en main. Son assistante savait exactement quoi faire et Sydney décida de déjeuner avec Adam plutôt que de manifester un manque de confiance envers Mary.

— Ajoute le *Sacramento Bee* à la liste, dit Sydney. Merci, monsieur.

— Qu'est-ce qui te fait penser que j'y suis pour quelque chose?

— Je le pense, c'est tout.

— J'ai simplement envoyé des numéros de *Focus* à quelques directeurs de rédaction que je connais assez bien. Nos congrès annuels nous procurent toutes sortes de contacts intéressants.

— Je t'en suis reconnaissante, Adam. Vraiment. Tout cela est passionnant. Je crois que ma vie ne pourrait être plus palpitante.

— En fais-je partie?

— Assurément. Pourquoi as-tu toujours besoin qu'on te rassure? Le résultat n'est-il pas probant?

Il secoua vivement la tête.

— Je pense à toi depuis si longtemps que je n'arrive pas à croire à ce qui nous arrive. Tu me galvanises, Sydney. Les week-ends sont longs sans toi. C'est à peine si j'entends ce que me dit Shirley. Et quand tu rentres, j'ai envie d'aller te chercher à ton avion.

— Papa n'apprécierait pas, tu sais.
— Je m'en doute.
— Peux-tu t'échapper dimanche soir ? Si cela t'est possible, nous serons de retour avant la nuit.
— La nuit ne tombe qu'après 9 heures à cette époque.
— Alors, à 10 heures ?
— J'essaierai, Sydney. Si je ne suis pas là à dix heures et demie, tu sauras que je n'ai pas su inventer de mensonge assez crédible.
— Alors, attendons lundi.
— Ce serait plus facile, mais vingt-quatre heures, c'est une éternité !

A la réflexion, elle n'était pas sûre d'être disponible pour lui, après un week-end avec Jordan.

— Non, il vaut mieux attendre lundi. Jordan va revenir avec nous. J'imagine qu'il passera la nuit chez moi.

Adam lui jeta un regard perçant, mais ne fit aucune remarque.

Elle consulta sa montre.

— Il faut que je coure. J'ai dit à papa que je le retrouverais à Teterboro, à 15 h 30.

Elle lança un coup d'œil autour d'elle. Il n'y avait personne dans le restaurant que l'un ou l'autre connût. Aussi se pencha-t-elle pour effleurer ses lèvres de sa bouche.

Il saisit sa main, qu'il garda tandis qu'ils quittaient le restaurant.

— Je t'appelle un taxi ?
— Volontiers, répondit-elle en lui pressant la main.

Dans l'avion, contre toute attente, Oliver parla pendant presque tout le trajet. Il était au courant pour le *Bee* et le *Nebraskan* et ses félicitations la transportèrent de joie.

— Je suis fier de toi, Sydney. Je n'aurais jamais imaginé que le supplément du dimanche ferait de l'argent.

Ce furent des instants encore plus délectables que la soirée du jeudi, qu'elle avait crue insurpassable.

Walt arrêta ce qu'il était en train de faire.

— Je vais vous conduire de l'autre côté.

Depuis l'ouverture de Bay Bridge, son activité s'était considérablement développée et il employait maintenant deux hommes. En été, il laissait tout tomber le vendredi, à l'arrivée d'Oliver, pour l'amener à l'île, où il restait généralement à dîner.

Comme chaque fois qu'elle s'apprêtait à voir Jordan, Sydney avait des palpitations. Pourquoi, après tout ce temps, ressentait-elle le même trouble que des années auparavant? N'arriverait-elle jamais à l'oublier? Depuis leur divorce, il ne lui avait fait aucune avance, mais leurs relations conservaient une certaine intimité. Elle n'avait jamais réussi à éprouver des sentiments purement platoniques à son égard.

Lorsqu'ils accostèrent, le cœur de Sydney battait à tout rompre.

— Cet homme ne sortira donc jamais de ta vie? lui dit Oliver.

— C'est le père de mes enfants.

— Tu aurais dû te trouver un homme comme Adam, faute d'épouser quelqu'un comme nous.

— Adam?

Avant qu'Oliver eût quitté le bateau, Jordan y avait sauté, lui adressant à peine un signe de tête. Il serra très fort Sydney dans ses bras.

— Eh bien, tu es l'image même de la réussite, lui dit-il en souriant, avant de planter un baiser sur sa joue.

Voilà, pensa Sydney, ce qu'elle n'avait pu obtenir en tant que Mrs. Jordan Eliot : la réussite personnelle. Ne l'oublie pas, se dit-elle.

Walt les suivit avec un panier de poissons, sa contribution hebdomadaire aux soirées du vendredi.

Jordan se consacra à ses filles pendant tout le week-end. Discipline et heures de coucher n'étaient plus respectées en été. Aussi, à 11 heures du soir, étaient-ils tous les quatre dans la piscine à s'éclabousser mutuellement. Puis Jordan leur raconta des histoires, et les trois femmes de sa vie l'écoutèrent, fascinées. Sydney emmenait toujours Ashley et Juliet voir les films de leur père, même quand ils dépassaient leur entendement d'enfants. Elle leur montrait son nom en caractères lumineux aussi hauts qu'une maison, au fronton des salles de cinéma. Elle gardait dans un album les articles le concernant, découpés dans tous les journaux de New York. Elle-même voyait ses films deux ou trois fois. Elle regardait les interviews qu'il donnait le soir à la télévision.

Quand les fillettes furent couchées, aux environs de minuit, Jordan et Sydney restèrent assis dans le patio à boire du vin.

— Je n'ai vu Monday qu'un week-end, dit-elle. Il s'est pris d'amitié pour mon assistante, et il ne m'en a même pas parlé.

— Pauvre fille! L'as-tu prévenue?

— J'ai essayé. Mais à quoi bon? Tu le connais. Il les envoie toutes valser. Mais Mary n'est pas comme les autres. Elle est intelligente.

— Peut-être a-t-il trouvé celle qui lui convient?

Ils gardèrent le silence tandis que les lucioles luisaient dans l'obscurité.

— Et toi, Sydney? Aucun homme dans ta vie?

Elle secoua la tête.

— Pas vraiment.

— Gâcher ainsi toutes tes merveilleuses qualités?

— Je n'appelle pas cela les gâcher. Je me fais un nom dans le monde de la presse.

Jordan acquiesça. Elle dut contenir son envie de passer la main dans ses cheveux ondulés.

— Mais je te connais assez pour savoir que tu as besoin de chaleur humaine. Tu as besoin d'amour.

— Comme tout le monde.

— Peut-être.

— Manifestement, toi, tu ne souffres pas de manque d'amour, si j'en crois les journaux.

— Amour ou sexe ? Ce n'est pas la même chose, tu sais.

Elle en faisait l'apprentissage

— Les femmes — c'est Monday qui le dit — confondent sexe et amour.

Jordan sourit.

— Il y a du vrai, dans cela. Mais moi, Sydney, je ne suis tombé amoureux d'aucune. C'est toujours toi qui règnes sur mon cœur.

— Oh, Jordan ! Pour l'amour de Dieu ! On croirait un dialogue de film de série B.

— Je te dis seulement ce que j'éprouve, et que j'ai toujours éprouvé.

— Mais cela n'exclut pas la présence d'autres femmes dans ta vie.

— C'est vrai. Je suis un mâle au sang normalement chaud. Mais il ne s'agit pas seulement d'amour physique. J'ai besoin de compagnie. De quelqu'un avec qui partager les choses qui me sont chères.

— Ce que nous n'avons pu réaliser, après notre départ pour l'Ouest. Le milieu du cinéma ne m'a jamais acceptée.

— Cela ne t'a jamais intéressée d'en faire partie.

— Allons-nous passer à nous disputer le peu de temps dont nous disposons ?

— Excuse-moi. Je me demande souvent comment nous aurions pu rester ensemble, ce qui n'a pas marché, et comment c'est arrivé.

Comme Sydney ne répondait pas, Jordan enchaîna :

— Les filles sont extraordinaires. Elles me manquent

dans ma vie quotidienne, mais tu t'occupes bien d'elles. Elles sont affectueuses et charmantes.

— Juliet ne me laisse pas une minute de répit.

— C'est une polissonne.

— Un vrai petit diable. La seule personne qui semble la comprendre, c'est Ashley. (Sydney se leva.) Je vais me coucher, puisque nous allons de bonne heure faire de la voile. Nettie nous prépare un pique-nique. Tu veux partir vers 9 heures ?

Jordan ne bougeait pas.

— Je vais rester ici pour m'imprégner encore un peu de la magie d'Oberon.

Sydney avait déjà tourné le dos à Jordan quand elle entendit :

— Tu as embelli, Sydney. C'est formidable d'être avec toi ! Je te le promets, pas de discussion demain.

— Vers où t'envoles-tu cette fois ? demanda Sydney.

— Je rentre pour l'instant, mais dans deux mois, je pars tourner en Thaïlande. Nous y séjournerons quatre ou cinq mois. Puis j'envisage d'acheter une terre au Kenya.

— Acheter une terre en Afrique ? (Elle se retourna pour lui faire face.) Jordan, tu es fou !

— N'est-ce pas une partie de mon charme ? Sais-tu les ravages que font la sécheresse et la chasse là-bas ? Toute cette magnifique faune est en voie d'extinction, même les éléphants et les lions vont disparaître si nous ne les protégeons pas. Je vais faire ce que je peux.

— Créer ta propre réserve, c'est ça ?

— Tu as un ton ironique, mais c'est exactement ce que je projette.

Sydney secoua la tête, en pensant que Jordan n'avait pas le moindre sens pratique.

Etendue sur son haut lit à baldaquin, elle ne trouvait pas le sommeil. Elle essaya de se concentrer sur la façon dont Adam faisait l'amour, sur leurs ébats du jeudi soir. Elle s'était sentie euphorique, débordante d'énergie, comblée au point qu'elle ne pouvait penser à rien d'autre. Alors, pourquoi maintenant Jordan occupait-il toutes ses pensées ?

Au matin, sa tension avait disparu. Ils mirent le cap sur le nord, sous un ciel couleur saphir sans un soupçon de nuage et jetèrent l'ancre dans une crique, où ils se baignèrent avant de déjeuner. Tandis que Jordan et les fillettes barbotaient en poussant des cris, Sydney alla s'étendre sur le pont. Couchée sur le ventre, les yeux fermés, elle essaya encore de penser à Adam, à ses baisers, mais les éclats de rire de Jordan refoulaient l'image de l'homme marié.

29

Le samedi soir, Oliver annonça qu'il prenait une semaine de congé, ce qui ne lui était jamais arrivé en plein été. Personne ne fut plus surpris que Silvie. C'était comme si on lui avait fait un cadeau.

Sydney et Jordan s'embarquèrent seuls sur le canot à moteur. Une fois chez Walt, le garçon qui servait de chauffeur aux Hamilton les conduisit en moins de vingt minutes au petit aéroport, comme toujours rempli des avions qui faisaient la navette.

— Ce n'est pas comme autrefois, n'est-ce pas? dit Jordan. Rappelle-toi comme c'était long de venir ici en voiture.

— Je ne serais jamais venue passer le week-end à Oberon avec les enfants si papa n'avait pas acheté cet avion.

— J'ai pensé prendre des leçons de pilotage.

— Je suis surprise que tu ne l'aies pas fait.

— Je descends au *Plaza*?

— Tu peux loger dans ma chambre d'amis.

— Tu as été bien sèche pendant tout le week-end. Est-ce à cause de quelque chose que j'ai pu dire ou faire?

— Non, dit-elle d'un ton brusque.

— Tu ne veux pas que je dérange ta vie, c'est cela?

— Oh, Jordan! Non. Je suis plus heureuse que je ne l'ai jamais été...

— Plus heureuse qu'avec moi au début?

— Je suis plus active, et j'en suis fière. Nous étions jeunes et amoureux, rien d'autre ne comptait.

Il se renversa sur son siège et ferma les yeux.

— Ecoute, je vais descendre au *Plaza.*

Sydney poussa un soupir de soulagement. Chaque fois qu'il surgissait dans sa vie, elle était incapable de mettre de l'ordre dans ses pensées.

Quand elle arriva, le matin, à son bureau, Adam était là à l'attendre. Pendant une seconde, Sydney se sentit irritée. Venait-il aux informations?

Les jambes croisées, les manches retroussées à son habitude, il paraissait chez lui dans ce bureau. Sydney jeta un coup d'œil à sa montre. Il était 9 h 15.

Mary lui tendit le *Focus* de la veille. Sans prendre le temps de les saluer, Sydney s'assit à son bureau, ouvrit le journal et le parcourut. Comme elle relevait les yeux, s'apprêtant à dire bonjour, le téléphone sonna.

— Le *Daytona Sands*, annonça Andrea.

Sydney savait déjà ce qu'ils voulaient.

Adam attendit qu'elle eût raccroché puis félicité Mary pour le magazine; quand celle-ci s'absenta quelques instants, il demanda :

— A ce soir?

— Je ne sais pas, Adam. Je me sens sous pression. Une autre fois?

— Bon sang! Je le savais. Je l'ai su tout le week-end. Je le savais la semaine dernière avant même ton départ. Personne n'arrive à la cheville de cette grande star d'Hollywood, n'est-ce pas?

— Adam, j'ai du travail. Je sais ce que tu veux me demander. Non, je n'ai pas couché avec Jordan. Il n'a même pas logé chez moi la nuit dernière. Mais dis-moi : depuis que nous baisons ensemble, as-tu aussi baisé ta femme?

Sydney se dit que c'était la première fois de sa vie

qu'elle prononçait ce mot, et elle l'avait employé deux fois dans une seule phrase.

— Tu n'as pas le droit d'être jaloux, poursuivit-elle. Nous ne sommes liés par aucune obligation. Ce que chacun fait quand nous ne sommes pas ensemble ne regarde pas l'autre. Que tu aies fait l'amour ou non avec ta femme n'a aucune importance. Notre comportement quand nous sommes ensemble, voilà ce qui importe, Adam. En dehors de cela, ne t'occupe pas de ma vie, et je ne me mêlerai pas de la tienne.

Sydney prit la tasse de café laissée par Mary et en but quelques gorgées, les coudes appuyés sur le bureau. Elle tourna les yeux vers Adam.

— Nous avons bien commencé la semaine!

Elle baissa la tête quand il disparut.

Une semaine auparavant, elle était impatiente de le voir, de sentir ses baisers. Aujourd'hui, après un week-end de tension, ses nerfs craquaient.

Mary entra avec son éternelle liasse de papiers.

— Un week-end épuisant?

Sydney fit signe que non.

— Je suis seulement de mauvaise humeur. Si je vous rembarre, ne le prenez pas pour vous, et si je suis encore comme ça demain, secouez-moi.

A 5 heures, elle téléphona à Adam.

— Je m'excuse pour ma conduite de ce matin. Ce n'est pas ta faute. Je n'avais aucun droit de te faire cette scène.

— Tu étais trop près de la vérité pour que je me mette en colère. Mais j'apprécie ton coup de fil.

— Je ne veux pas que nous passions la soirée ensemble, mais je suis disponible pour prendre un verre rapidement, si tu en as envie.

— Vers 6 heures?

— D'accord. Appelle-moi quand tu seras prêt à partir.

Ils se mirent en marche dans la touffeur accablante de

cette soirée de juillet et entrèrent, trois pâtés de maisons plus loin, dans un bar où ne traînait personne du journal.

Ils commandèrent les boissons et s'installèrent confortablement dans la pénombre rafraîchie par l'air conditionné.

— Il faut que je sache, Sydney. Es-tu encore amoureuse de lui, après toutes ces années?

Sydney hésita.

— Adam, c'est moi qui ai voulu partir. Je sentais que je sombrais, j'étais perdue, je ne savais plus qui j'étais, sinon son ombre : Mrs. Jordan Eliot! C'était insupportable. Pourtant, je l'aimais, oh oui, je l'aimais! Mais pas assez pour vivre ma vie par procuration.

— Tu n'as pas répondu à ma question.

Sydney fit tourner son whisky dans son verre, qu'elle fixait, l'air absent.

— Je ne sais pas, Adam. Je crois que non. Mais il est vrai qu'en sa présence je suis troublée, tendue. Auparavant, c'était exaltant. Maintenant, c'est stressant. J'ai été sur la défensive tout le week-end, comme ce matin.

Il lui prit la main.

— C'est de l'autodéfense, ma chère. Contre lui et contre moi. Tiens-nous à distance, et nous ne te ferons pas de mal.

Elle but son whisky, laissant sa main dans la sienne, leurs regards rivés l'un à l'autre.

— Adam, je ne te savais pas si sensible.

Il se mit à rire.

— Je ne sais pas si je le suis, Syd.

— Ne m'appelle pas ainsi, s'il te plaît.

— D'accord.

Il abandonna sa main et commanda un autre verre.

Ils restèrent quelques minutes sans rien dire, puis il proposa :

— Demain soir?

— Je vais dîner chez les Harriman.

— Un univers qui m'est complètement étranger.

— Il n'est peut-être pas plus intéressant que le tien.

— De quoi allez-vous parler?

— De politique, d'autant que les élections présidentielles approchent. Tout le monde ne parle que de cela. Les Harriman ne sont pas républicains, mais je suis sûre que bon nombre de leurs invités, demain, seront du même côté que toi. Les gens que je fréquente aiment le *Chronicle*, qui épouse toutes leurs causes.

— Et toi, qui reçois-tu à dîner?

Elle sourit et fit courir ses doigts sur le dos de la main d'Adam.

— Toi. Tu es le seul que j'aie reçu depuis longtemps.

— Mercredi soir?

Elle réfléchit une minute.

— Appelle ta femme, prenons un sandwich et allons chez moi faire follement l'amour. Ou plutôt, allons tout de suite chez moi, nous verrons ensuite si nous pouvons trouver quelque chose à manger.

— Tu ne sais vraiment pas ce que tu veux!

Mais il se leva et se dirigea vers la cabine téléphonique.

Ils finirent par ne pas manger du tout.

30

Au cours des deux années suivantes, quarante-six journaux à travers le pays diffusèrent *Focus*. Pendant cette période, on découvrit que Silvie avait un cancer inopérable. En moins de trois mois, son poids était tombé à quarante-neuf kilos, un mois plus tard, elle était morte. Oliver, désemparé, resta trois semaines sans aller au journal, puis il décida de prendre sa retraite.

Il appela Sydney à son bureau.

— J'ai une proposition à te faire.

— Papa, ne prends pas de décision précipitée.

Toute sa vie, elle s'était demandé pourquoi son père et elle n'étaient pas plus proches l'un de l'autre. Elle avait désiré l'aimer. Ou plutôt, elle l'avait aimé et elle s'était étonnée qu'il ne lui donnât pas en retour toute son affection. Il n'y avait entre eux aucune complicité dans le travail.

— Je veux arrêter de travailler si dur. Je vais me propulser président du conseil d'administration.

Sydney l'écoutait attentivement, pressentant un événement important. Il n'allait certainement pas lui céder sa place. Il n'avait jamais eu une totale confiance en elle. De plus, il ne laisserait pas une femme diriger son journal, son enfant.

— Assieds-toi, dit-il. Ce sera sans doute une longue conversation.

Sydney s'assit, jambes croisées, et regarda son père.

— Parlons d'Adam.

— Adam ?

Ainsi c'était cela. Il allait nommer Adam directeur.

— Oui. Crois-tu que j'ignore ce qu'il y a entre vous depuis deux ans ?

Sydney se surprit à rougir. Allait-il condamner la conduite de sa fille de trente-cinq ans ?

— Si je n'avais pas été d'accord, tu penses bien que je n'aurais pas laissé faire. Dans le monde de la presse, Adam est unanimement reconnu comme un homme de grand talent.

— Il a des qualités, je sais, papa.

— Au moins, ton goût en matière d'hommes s'est-il amélioré.

Oliver se pencha en avant, la tête rentrée dans les épaules.

— Tu l'aimes ?

Sydney prit une profonde inspiration.

— Je ne sais pas, papa. J'en ai parfois l'impression.

— Et lui, il t'aime ?

Elle se leva et alla vers la fenêtre pour contempler la ville.

— J'ai essayé de bannir ce mot de mon vocabulaire ces deux dernières années.

— Je lui pose la question ?

— Je préférerais que tu ne le fasses pas.

— Pourquoi ?

Elle se retourna vers lui.

— La réponse pourrait ne pas me plaire. De plus, comment pourrait-il être sincère ?

— J'aimerais savoir ce qu'il en est.

— Papa, ça ne te regarde absolument pas !

— Si ! Et mes décisions à propos de ce journal te concernent, toi, ainsi qu'Adam.

— Je le présume, sinon nous n'aurions pas cette conversation.

— Je vais vous donner ce à quoi vous aspirez depuis dix ans. Tu épouses Adam, et je vous nomme codirecteurs.

Sydney revint s'asseoir.

— Tu sembles oublier qu'il est marié.

— S'il ne l'était pas, j'aurais parlé plus tôt. L'as-tu déjà rencontrée, elle ?

— Une fois ou deux. Disons que je l'ai aperçue au milieu d'une pièce pleine de monde.

Au milieu d'une pièce pleine de monde...

Pourquoi Jordan survenait-il toujours de façon inattendue dans sa vie ?

— Alors, tu ne la connais pas ?

— Pas vraiment.

— Adam ne l'aime pas. Pas comme j'ai aimé Silvie. Lui et toi êtes parfaitement assortis.

— Il a des fils.

— Ils sont grands, l'un est à Yale et l'autre va partir à l'automne prochain.

— Il ne veut peut-être pas la quitter.

Oliver alluma un cigare. Sydney détestait cette odeur.

— Il n'ose peut-être pas espérer que tu puisses être à lui.

— Je suis à lui toutes les fois qu'il le veut.

— J'en doute. Voilà, Sydney, c'est ma proposition. Pourquoi ne pas en discuter avec lui ? Ou préfères-tu que je le fasse ?

— Oh non, papa ! Tu me mets dans une terrible situation. (Elle hésita.) Que feras-tu s'il ne veut pas m'épouser ?

— Je suis prêt à parier que c'est son désir le plus cher, que c'est toi qu'il aime, et non sa femme.

Sydney regarda son père en se disant qu'il ne paraissait pas ses soixante-quatre ans. Cinquante-cinq tout au plus.

— Cela te plairait d'être son épouse?

— Il faut que j'y réfléchisse. Je suis assez satisfaite de ma vie telle qu'elle est.

— Si je le nomme codirecteur, il doit faire partie de la famille.

Sydney voulait ce poste.

— Combien de temps m'accordes-tu, papa?

— Combien te faut-il?

— Je ne sais pas.

— Deux semaines? Un mois au plus. Personnellement, je pense que vous êtes bien assortis. Vous pouvez vous apporter l'un à l'autre ce dont vous avez besoin, et, tous les deux, me donner ce que je désire.

Au moment où Sydney mettait la main sur le bouton de la porte, son père l'arrêta.

— Tu vas lui transmettre ma proposition?

— Je n'ai aucune idée de ce que je vais faire. C'est si soudain.

— Retourne-toi, Sydney. (De son bureau, il la regarda droit dans les yeux.) Une suggestion. Parle-lui de vos relations personnelles et de leur avenir avant de lui annoncer que je veux vous hisser au sommet. Autrement, tu ne sauras jamais s'il t'épouse pour le pouvoir ou parce qu'il t'aime.

Sydney aurait à méditer ce conseil.

— Je ferai en sorte que Mrs. Yarborough y trouve son compte. Elle ne manquera jamais d'argent.

— Tu m'achètes un mari, papa?

— Si c'est le prix à payer.

Devant quel dilemme il la plaçait!

— Tu ne crois pas que je pourrais diriger seule le journal?

Il baissa les yeux sur son bureau en désordre.

— Tu le crois, toi ? demanda-t-il, relevant la tête, après un moment de silence.

— Parfois.

— Je ne pense pas que tu sois prête.

Peut-être avait-il raison. Tout ce qu'elle connaissait vraiment, c'était le supplément du dimanche, sa grande réussite.

Comme elle ouvrait la porte, Oliver lui dit calmement :

— Sydney, tu as fait tes preuves dans un monde essentiellement masculin et tu te débrouilles mieux que la plupart des hommes que je connais. Simplement, tu n'es pas prête à prendre seule les rênes du *Chronicle*.

— Et Adam le serait.

— En tant que directeur de la rédaction, Adam sait ce que représente la publication d'un journal. Cependant, il a encore beaucoup à apprendre pour devenir un patron. Mais tous les deux, vous aimez les gageures. Non, je ne confierai pas le journal à lui seul. Le *Chronicle* est une affaire familiale, et je veux qu'Adam fasse partie de la famille.

Elle savait depuis toujours qu'Oliver avait trouvé en Adam le remplaçant d'Evan.

— D'accord, papa. Mais ne lui dis rien, s'il te plaît, le temps que je réfléchisse.

— Naturellement.

On était en avril. Le printemps arrivait lentement à New York, mais Sydney imaginait le Maryland en pleine floraison, avec les cornouillers émaillant les forêts de leurs fleurs rose et blanc, les azalées couleur de flamme. L'air devait y être d'une douceur qu'on ne connaissait jamais à New York.

Elle prit l'ascenseur pour descendre au bureau d'Adam et se demanda alors quelle allure elle avait. Elle portait son tailleur corail de chez Givenchy, un de ceux qu'elle préférait. Les revers d'un corsage en soie blanche étaient rabattus sur sa veste. Un rang de perles autour de son cou et de petites boucles d'oreilles assorties apportaient une note de féminité à l'ensemble.

Adam était au téléphone. Sans attendre qu'il eût terminé elle entra et ferma la porte derrière elle. Il lui adressa un clin d'œil et lui fit signe qu'il en aurait fini dans une minute.

En raccrochant, il s'exclama :

— Quelle bonne surprise ! Tu ne passes guère me voir.

— Au cours de nos deux années de liaison, je ne t'ai pas demandé grand-chose, n'est-ce pas ?

— Tu ne m'as jamais rien demandé, en fait, pas même de me voir davantage.

— Peux-tu te libérer pour le week-end ?

Ses yeux se mirent à briller.

— Sydney, chaque fois que je te l'ai proposé...

— Je sais. Mais le peux-tu ? Ce week-end ?

— Dis-moi pourquoi.

— Je veux que tu viennes à Oberon.

— Mon Dieu ! Enfin ! Ce doit être sérieux.

Elle lui adressa un sourire.

— Je suis d'humeur à t'avoir pour moi pendant tout un week-end. Et j'aimerais te montrer Oberon.

— J'ai toujours désiré...

— Je sais.

— Qui d'autre y sera ?

— Seulement nous deux. Et les deux domestiques, bien sûr.

— Tu renonces à un week-end avec tes enfants pour être avec moi ?

— Je passe les étés avec toi, quand elles ne sont pas là.

— Personne ne pourrait m'empêcher de prendre ce week-end.

— Vendredi, en début d'après-midi.

— Je m'arrangerai.

— Dis à ta femme où tu vas.

Il la regarda, étonné.

— Qu'y a-t-il, Sydney?

— Tu n'as pas à lui dire que nous ne serons que tous les deux. Mais elle a certainement entendu parler d'Oberon. Dis-lui que tu y es invité.

— Pourquoi?

— Je ne sais pas. Mais dis-lui, s'il te plaît.

Quand elle s'apprêta à sortir, il lui demanda :

— Je te vois d'ici là?

— Non, je ne pense pas. C'est seulement dans deux jours. Nous grignoterons quelque chose à 1 heure et nous embarquerons tout de suite après. A bientôt!

Elle avait besoin de temps pour réfléchir.

Si elle acceptait, elle donnerait *Focus* à Mary.

Monday n'était pas en ville. Il ne passait à New York qu'à peine cinq ou six mois sur douze. Mary vivait alors pratiquement avec lui. Quand il était à Hollywood, elle avait rarement de ses nouvelles. Cette situation la rendait folle.

Sydney ne se demandait pas pourquoi Oliver agissait ainsi. Elle ne l'avait jamais compris. Il devait avoir ses raisons. Ce qui comptait, c'étaient ses sentiments à elle.

Elle voulait ce journal. Elle voulait exercer un pouvoir, une influence. Son père avait peut-être raison. Elle n'était pas prête pour occuper seule le poste de direction. Elle avait encore beaucoup à apprendre, et les seuls qui pouvaient l'instruire étaient son père et Adam. Mais épouser Adam? Qu'en penserait-il? Ils n'avaient jamais parlé de mariage. Ils n'avaient même jamais prononcé le mot « amour ».

Le voir plus de deux fois par semaine? Passer chaque nuit ensemble? Cette perspective la fit sourire. Leur ardeur sexuelle ne s'était nullement émoussée avec le temps. Adam continuait à être un amant tendre et inventif et, ensemble, ils étaient totalement libérés. Même pendant l'année scolaire, ils s'arrangeaient pour faire l'amour deux fois par semaine, et une fois par semaine il restait la nuit entière, s'éclipsant avant le réveil d'Ashley et de Juliet.

Les fillettes s'étaient prises d'affection pour « oncle Adam », et de temps en temps il dînait avec elles. Parfois, le samedi après-midi, elles allaient toutes les trois le retrouver dans Central Park, ou au zoo du Bronx, ou encore au musée d'Histoire naturelle. Il achetait des glaces aux petites filles et conversait avec elles comme si elles étaient des adultes. Il leur faisait des cadeaux à Noël et leur disait qu'elles allaient lui manquer quand elles partaient en vacances à Oberon.

Il ne parlait que rarement de ses fils. Jim était maintenant en deuxième année à Yale ; aux vacances d'automne, Adam, Shirley et Steve se rendaient à New Haven pour les matches de football. Sydney ne demandait jamais quelle explication il donnait à Shirley quand il ne rentrait pas chez lui. Adam mentionnait rarement sa femme, sauf pour dire qu'elle avait trouvé un travail à la Croix-Rouge, et qu'elle en avait plein la bouche.

Sydney imaginait Adam au lit avec sa femme et se demandait si c'était aussi excitant que ses propres ébats avec lui. Le principal attrait de leur liaison n'était-il pas, pour lui, son illégitimité ? Est-ce pour cela qu'il la voyait ? Pour avoir quelque chose à cacher à sa femme ? Pour se sentir libre ?

Avait-elle envie de l'épouser ? De passer une éternité avec lui ? De renoncer à sa chère indépendance ? Il serait là pour le dîner et le petit déjeuner, corps chaud auprès d'elle nuit après nuit. La routine s'installant, les plaisirs sexuels ne perdraient-ils pas de leur piquant ? D'un autre côté, n'y avait-il pas des signes laissant prévoir un mariage réussi, tant ils auraient de choses à partager ? L'exercice du pouvoir, des décisions à prendre ensemble...

Oui, mais l'amour ? Si Adam s'intéressait vraiment à elle, n'aurait-il pas déjà quitté sa femme ? Ne lui aurait-il pas parlé d'amour auparavant ? Certes, il lui avait dit qu'elle le rendait fou de désir. Il leur était arrivé, après l'amour, de rester au lit à parler de leur travail, à échanger toutes sortes d'idées.

L'aimait-elle ? Certainement pas comme elle avait aimé Jordan, mais Adam et elle évoluaient dans le même univers. Toutefois, en dehors du travail, ils ne fréquentaient pas la même société. Depuis qu'elle était seule, elle n'avait jamais donné de grand dîner. Si elle le faisait, mettrait-elle Adam au nombre de ses invités ? Les directeurs de rédaction n'étaient pas à New York des personnages influents, contrairement aux patrons de presse. Serait-il mieux accepté s'il était son mari en même temps que codirecteur du *Chronicle* ?

Mari et femme codirecteurs d'un grand quotidien. Cela ferait du remue-ménage, non ? Le journal avait toujours été l'affaire d'Adam. Ils travailleraient désormais sur le même terrain et elle était sûre que cela modifierait leurs rapports.

Adam était-il capable de l'épouser dans le seul but d'obtenir ce poste ? Se laisserait-il acheter ? Consentirait-il à l'épouser si le titre n'allait pas de pair avec le mariage ?

Elle devait réfléchir. Quel temps consacrerait-elle à discuter avec Adam ce week-end ? Pourquoi voulait-elle que la discussion ait lieu à Oberon ? Parce qu'il avait toujours désiré y être invité ? Parce que c'était son univers à elle et qu'il y serait quelque peu intimidé ?

Elle aurait souhaité que sa mère fût encore vivante, non qu'elle lui fît beaucoup de confidences, mais Silvie était réconfortante. Ainsi, Oliver était au courant de sa liaison avec Adam. Si sa mère l'avait su, aurait-elle approuvé ? Ou aurait-elle été choquée que sa fille eût une liaison avec un homme marié ?

Au moins, Sydney ne pleurait plus en regardant les films de Jordan.

Elle n'avait amené que deux hommes à Oberon avant

Adam. D'abord Jordan, puis Monday. Et maintenant c'était cet homme qui pouvait devenir son mari et associé.

— J'ai averti Nettie de notre venue, lui dit-elle. Elle va nous préparer un dîner inoubliable, j'imagine.

Les yeux d'Adam embrassaient le paysage.

— Je ne savais pas que ce serait aussi joli.

— Je te le dis depuis des années.

Il la rejoignit à la barre, tandis qu'elle mettait le moteur en marche.

— Je ne t'ai jamais imaginée manœuvrant un bateau.

— Je suis bon marin.

— Y a-t-il un domaine où tu n'excelles pas?

— Il y en a une quantité. Il y a ce à quoi j'excelle et le reste.

Lui passant les bras autour du cou, il promena ses regards des deux côtés de la rivière tandis qu'ils se dirigeaient vers l'ouest.

Les cheveux au vent, elle se sentait bien. Peut-être cela pourrait-il marcher. Peut-être consentirait-il à quitter sa femme.

Quand elle avait fait part à son père de ses scrupules à briser l'union d'Adam, Oliver avait rétorqué : « Ma chère fille, tu connais mes sentiments sur le caractère sacré du mariage. Si je croyais un seul instant qu'Adam aime sa femme, je ne suggérerais pas cette... euh... alliance... »

Cet argument l'avait soulagée. Elle se rappelait Adam déclarant qu'il n'avait jamais été plus seul que dans le mariage. Ils n'avaient jamais discuté de Shirley. Cela ne semblait pas important. Maintenant, cela l'était. Si ce week-end n'aboutissait pas, ce serait fini entre eux. Définitivement. Oh, elle ne le souhaitait pas! Leurs relations lui plaisaient. Elles l'équilibraient tout en la stimulant.

Le soleil chauffait agréablement les épaules de Sydney. Elle rejeta la tête en arrière et dit :

— Embrasse-moi. J'ai besoin d'un baiser de toi.

Il se pencha et sa bouche s'unit à la sienne. Elle se mit à rire.

— Je me sens extraordinairement heureuse.

Il la serra contre lui, alors que le bateau quittait la rivière pour entrer dans la baie. Elle tendit le bras vers Oberon.

— Tu vois cette terre là-bas. C'est là. L'endroit le plus parfait de l'univers.

— Voici donc ton rcfuge.

— Je veux que tu voies tout. Nous prendrons la jeep demain matin et je te montrerai les lacs, la forêt de Martha, avec les cerfs, le phare et...

— Tu n'es plus la même. Je te sens soudain plus détendue. C'est l'effet de ce lieu, n'est-ce pas?

Elle fit un signe d'assentiment et son cœur, comme toujours, se mit à battre plus fort quand ils contournèrent la pointe de l'île et que la maison apparut.

— Fantastique!

Sydney avait déjà sauté à terre pour fixer les amarres. Elle lui tendit la main pour l'aider.

— Tu crains que je tombe à l'eau?

Il semblait, lui aussi, de bonne humeur.

— J'irai à ton secours. Je nage très bien.

Nettie vint à leur rencontre et appela Robert pour qu'il vienne prendre le sac d'Adam. Sydney, elle, n'emportait jamais de bagages. Elle avait ici tout le nécessaire. Sauf un diaphragme, réalisa-t-elle soudain, terrifiée. Mon Dieu! Elle n'y avait pas songé un instant, n'ayant jamais eu besoin de se protéger à Oberon.

— J'ai donné à monsieur la chambre verte, dit Nettie.

— Non, dit Sydney, installez-le dans la grande chambre, près de la mienne.

Quand Nettie eut disparu, Adam fit remarquer :

— Je crois que tu l'as choquée.

— Viens, laisse-moi te montrer la maison, à moins que tu ne veuilles faire un brin de toilette.

— Cela peut attendre. Mon Dieu, Sydney, voilà donc le genre de vie que mène l'autre moitié de la société, n'est-ce pas? (Puis après un coup d'œil à l'immense salle de séjour, il se reprit en riant :) Un pour cent! Que dis-je? Le quart d'un pour cent, non?

Sydney lui prit la main et lui fit traverser la pièce, passant rapidement devant les tableaux impressionnistes et les photos de famille dont les murs étaient couverts.

On n'avait pas encore rempli la piscine, que Robert s'apprêtait à mettre en état pour l'été.

— Eh bien, nous pourrons utiliser le Jacuzzi, dit-elle.

— Je n'ai jamais mis les pieds dans un Jacuzzi.

— Attends-toi à un délice des plus sensuels. Nous y goûterons avant d'aller au lit. Cela procure une agréable chaleur.

— Ta compagnie, à elle seule, est un délice.

Ils traversèrent la maison puis sortirent et, dépassant la piscine, allèrent jusqu'à l'orée du bois. Sydney envoya promener ses sandales pour marcher pieds nus sur la pelouse fraîchement tondue. Elle lança ses bras en l'air tout en gambadant. Adam la contemplait.

— Je ne pense pas que même ici tu aies envie d'entendre ces mots, hasarda-t-il. Mais sais-tu à quel point je t'aime?

Sydney s'immobilisa, les yeux fermés, serrant inconsciemment les poings jusqu'au moment où Adam s'écria :

— Je le savais! J'ai gâché ce week-end avant même qu'il commence.

Elle ouvrit les yeux et le vit debout devant elle.

— Je suis désolé. Je sais que tu ne veux pas de liens. Je sais que nous ne sommes pas du même monde. Mais je n'ai pas pu me retenir en voyant ta joie de petite fille. J'ai lutté pour ne pas te faire cet aveu avant même que nous devenions amants.

Elle plongea son regard dans les yeux qui cherchaient les siens si intensément.

— Adam, ce n'est pas moi qui ai peur des liens. C'est toi qui en as, qui es marié. Je n'ai pas voulu que tu sentes une pression de ma part. Je t'aime, moi aussi.

L'aimait-elle ? Puisqu'elle l'affirmait, elle décida que ce devait être vrai. Avec qui d'autre pourrait-elle envisager une vie aussi prometteuse ?

Il l'embrassa avec une tendresse qui la bouleversa. Personne au bureau, en ville, ne devait imaginer Adam sous cet angle. Elle l'entoura de ses bras.

— Oh, Adam ! C'est si beau.

Il se demanda si elle parlait de leurs déclarations d'amour ou du paysage.

31

Ils dînèrent tard. Il faisait nuit quand ils terminèrent.

Ils n'avaient cessé de discuter tout l'après-midi, et Sydney avait été surprise qu'il ne fût fait aucune allusion au journal.

— Ce pourrait être agréable, suggéra Sydney, d'aller faire un tour au bord de l'eau et de boire ensuite notre cognac dans le Jacuzzi.

— J'ai le sentiment d'avoir quitté la réalité, dit Adam, se levant et lui prenant la main.

Ils traversèrent la vaste pelouse jusqu'au débarcadère et s'avancèrent sur la jetée en bois. Sydney s'assit, enleva ses chaussures et plongea les orteils dans l'eau.

Adam s'installa auprès d'elle, regardant, par-delà la baie, les lumières clignotant sur le continent. La soirée était chaude. Il n'y avait pas la moindre brise et des échos lointains de conversations glissaient sur l'eau. Des lueurs vacillantes indiquaient la présence de bateaux ancrés non loin.

— C'est comme si je retournais quarante ans en arrière. Non pas que j'aie grandi dans un bel endroit, mais j'ai le même sentiment de féerie.

— Adam, je crois que tu es schizophrène.

Il secoua la tête et la regarda, sans pouvoir distinguer son visage dans l'obscurité.

— Parce que j'aime ce lieu?

— Non. Au bureau, tu es brusque, impatient, tu cries, tu ne t'arrêtes jamais. Ici, tu es doux, sensible, tendre.

Il se pencha pour l'embrasser.

— Toi aussi, tu as une double personnalité. Tes collègues seraient étonnés de découvrir en toi cette femme que j'ai appris à connaître.

Sydney n'était pas de son avis. Elle pensait que tous ses collègues savaient quelle femme elle était vraiment.

— Tu illumines ma vie, dit-il.

— Je te la complique également?

— Tu ne peux savoir à quel point.

La main dans la main, ils restèrent silencieux, à écouter les sons étouffés au loin.

— Rentrons, dit Sydney. Il commence à faire frais. Le Jacuzzi nous réchauffera.

— Je n'ai pas apporté de maillot de bain.

Elle se tourna vers lui, se haussa sur la pointe des pieds pour l'embrasser dans le cou et se mit à rire.

— Ne sois pas idiot. Tu n'en as pas besoin. Il n'y a personne d'autre que nous ici.

Les alentours de la piscine étaient éclairés. Sydney éteignit les lumières, à l'exception de celles du Jacuzzi.

Elle déboutonna son corsage et le jeta sur la table du patio.

Adam regarda autour de lui.

— Tu es sûre que nous sommes seuls?

— Et même si nous ne l'étions pas?

— J'ai reçu une éducation petite-bourgeoise et suis loin d'avoir la même aisance que toi en pareille circonstance.

— Eh bien, nous allons élargir tes horizons.

Sydney avait enlevé ses vêtements et trempé un orteil dans l'eau tiède avant de s'y glisser entièrement.

— Ah, merveilleux! C'est sublime. Viens me faire l'amour ici même.

A la surface du Jacuzzi flottait une légère brume de

vapeur ; agitée de tourbillons, l'eau était délicieusement chaude. Elle évoquait la douceur d'un âge primitif.

Adam la rejoignit, reconnaissant qu'on ne pouvait guère approcher le paradis de plus près. L'eau léchait les seins de Sydney.

— J'aime te regarder, dit-il, assis en face d'elle.

— Je me sens belle quand tu me regardes de cette manière.

— Tu es belle. Je pourrais te contempler ainsi éternellement.

Elle avança jusqu'à lui et se recroquevilla pour s'asseoir sur ses genoux, ses seins contre sa poitrine. Elle noua ses bras autour de son cou et amena sa bouche sur la sienne, sa langue goûtant ses lèvres.

— Prenons notre temps, dit-elle. Faisons en sorte que ce soit aussi magnifique, aussi bon et merveilleux que possible.

— J'ai oublié les serviettes, annonça-t-elle, plus tard, en riant.

Aussi traversèrent-ils la maison en répandant des gouttes d'eau partout jusque dans l'escalier, et même dans la chambre de Sydney, où ils s'allongèrent sur son lit, leur cognac toujours à la main.

— Tu me gâtes tant, fit Adam, que je vais devenir insupportable.

— Adam, je ne veux plus jouer les seconds rôles.

Silence de mort.

Elle sentit le corps d'Adam se raidir. Il posa son verre vide sur la table de chevet, près de lui.

— Cela peut vouloir dire deux choses. Tu m'as invité ici soit pour me donner mon congé soit pour me faire une demande en mariage.

— Que préfères-tu ?

Elle fut surprise de sentir son estomac noué.

Fixant le plafond, il resta un moment sans répondre.

— Il ne s'agit pas de ce que je préfère. Il y a d'autres personnes à prendre en considération.

— Ce n'était pas ma question.

Il se tourna vers elle avec un regard dont l'intensité étonna Sydney.

— Sydney, s'il ne tenait qu'à moi, je passerais le reste de ma vie auprès de toi. Tu devrais le savoir.

— Ce n'est pas cette réponse que j'attends. Je veux partager mon existence avec toi, Adam. Je ne veux plus que tu partes de chez moi à minuit, sans savoir quel mensonge tu as inventé pour Shirley, sans savoir si tu la baises après m'avoir quittée, ou si tu l'as baisée la nuit précédente. Je me découvre jalouse et possessive.

Il passa un bras autour d'elle.

— Voilà quelque chose que j'espère entendre depuis des années, tout en étant persuadé que jamais je n'aurai cette chance.

— C'est bien pour te faire une demande en mariage que je t'ai amené ici. Je sais que ce n'est pas aussi simple pour toi. Je sais que tu dois tenir compte de tes fils et de ta femme. Mais le divorce existe.

— Pour commencer, je ne baise jamais Shirley — pour reprendre ta charmante expression — après t'avoir quittée. Je préférerais ne pas l'avoir dans mon lit. Si j'ai pu toutefois lui faire l'amour, c'est seulement quand elle me faisait des avances, de façon à ce qu'elle ne se doute pas que deux fois par semaine je couche avec la femme la plus attirante qui puisse exister. Je reste éveillé la nuit, déchiré à la pensée que tu ne veux pas de moi plus de deux fois par semaine. Je donne des coups de poing dans mon oreiller, et Shirley croit que je suis contrarié par mon travail et que je devrais prendre plus de vacances. Je ne peux lui dire que je suis amoureux de la fille de mon patron, qui a plus d'argent que je n'en gagnerai jamais, qui évolue dans des cercles dont j'ignore même l'existence, qui fréquente des gens qui font les gros titres des journaux. Je ne peux pas lui dire que je suis torturé parce que j'ai le sentiment d'être un jouet pour toi, quelqu'un qui te donne la jouissance sexuelle dont tu as été privée pendant des années, avec qui tu peux parler travail, mais pas quelqu'un dont tu serais fière de partager la vie. Sydney, mon amour pour toi, s'il m'a vivifié, n'a pas fait du bien à mon ego.

Elle était stupéfaite.

— T'ai-je jamais donné l'occasion d'avoir de telles pensées ? Elles sont ridicules.

— Jamais tu ne m'as dit que tu tenais à moi, que tu m'aimais. Je pensais que...

Elle se redressa et le regarda.

— Adam Yarborough, je veux être ta femme. Je serais fière d'être Mrs. Adam Yarborough. Seulement il y en a déjà une.

Il avait une réponse toute prête.

— Je mets depuis quelques années de l'argent de côté, juste au cas où nous en viendrions là. Je peux lui offrir de l'argent si nous divorçons. Je lui laisserai l'appartement, tout ce que je possède. Les garçons sont assez grands pour que nous ne nous disputions pas à leur sujet, mais...

Sydney ne lui souffla mot de la proposition de son père. Ce serait pour plus tard.

— La fête du travail, dit-elle. Marions-nous en septembre, à Oberon. Cela te laisse cinq mois pour tout régler.

— Je vais essayer. Mon Dieu, chérie, je n'arrive pas à y croire ! Ton père ne risque-t-il pas d'en avoir une attaque ?

Sydney secoua la tête.

— J'ai le sentiment que papa approuvera. Tu es comme un fils pour lui. Plus que ne l'est Evan.

— Viens ici, dit-il avec un large sourire. (Il enfouit sa tête entre ses seins et glissa la main entre ses jambes.) Oberon est magique.

Il quitta son appartement pour s'installer dans un studio, mais passa tous ses moments de liberté chez Sydney. Son amitié avec Ashley grandit, car Adam discutait avec elle de littérature et d'histoire, domaines qui passionnaient cette enfant calme et introvertie. Lorsqu'elle dut porter des lunettes, au lieu d'en éprouver de la contrariété, elle en fut très fière, estimant qu'elles lui donnaient l'air intelligent, or l'intelligence était ce qu'elle prisait le plus.

Un jour, Juliet envoya promener Adam. Elle ne voulait pas le voir sur le seuil lorsque Sydney lui faisait la lecture le soir ou quand elle la bordait. Elle refusa de rester dans sa chambre et voulut dormir avec sa sœur, ce à quoi Ashley ne vit pas d'inconvénient.

Quand Sydney essayait de parler à Adam, Juliet venait s'asseoir sur ses genoux et exigeait son attention. Elle devint très pénible, se laissant souvent aller à la colère.

— Elle est jalouse, dit Sydney. Je ne vais pas la punir pour ça. Mieux vaut ignorer ses colères.

Mais elle veilla à donner à Juliet plus d'attention et d'affection que d'habitude. Peu à peu la fillette s'adoucit, mais elle demeurait maussade.

— Tu n'es pas mon père, dit-elle plusieurs fois à Adam, d'une voix rageuse.

— J'essaie de l'être, répondait-il.

Il avait lu quelque part que, dans un second mariage, c'étaient généralement les enfants qui posaient problème, et il se sentait déconcerté.

Sydney dit à son père :

— Je pense que ce serait un beau cadeau de mariage d'annoncer à Adam tes projets.

Oliver acquiesça. Adam lui avait déjà demandé la main de Sydney, ce à quoi il avait répondu : « Mon rêve le plus cher se réalise, Adam. Soyez le bienvenu dans la famille. »

Aucun des deux hommes n'avoua jamais à Sydney qu'Oliver avait offert à Adam un million de dollars pour sa femme. Adam, souhaitant le moins de remous possible, finit par accepter, après que Shirley l'eut menacé de lui intenter un procès. Pour un million de dollars, elle accepta de prendre l'avion pour Juarez, où ils divorcèrent durant le week-end.

— Finalement, pourquoi ne pas fixer la date du mariage au 4 juillet, à Oberon? suggéra Sydney.

Ainsi, le 4 juillet 1961, jour du cent quatre-vingt-sixième anniversaire de la déclaration d'indépendance, Sydney devint la seconde Mrs. Adam Yarborough, en présence de son père, d'oncle Billy, de Mary, Monday, Miranda, Warren et Walt; Ashley et Juliet faisaient office de demoiselles d'honneur. Comme d'habitude, ni Sydney ni Oliver ne savaient où se trouvait Evan. Aux dernières nouvelles, il était dans les îles grecques ou en croisière quelque part sur le Nil, mais ces nouvelles remontaient à plus de deux mois. Il vivait toujours avec sa troisième femme, qu'il n'avait jamais amenée en Amérique afin de la présenter à la famille. Ils avaient eu leur second enfant l'hiver précédent.

Sydney essayait de se rappeler depuis combien de temps elle n'avait pas vu son frère. Cinq ans? Plus? Elle se dit qu'elle ne devait pas lui en vouloir de ne pas assister à son mariage, puisqu'il n'en était pas averti. Après tout, il était présent à son premier mariage à elle, alors qu'elle n'était allée à aucun des siens.

Tout s'était passé beaucoup plus vite qu'Adam ou elle ne l'imaginaient. Oliver, pensa Sydney, était un acteur accompli.

Après la cérémonie, il annonça à Adam qu'il les nommait, Sydney et lui, codirecteurs du journal, et que c'était là son cadeau de mariage. Il demandait seulement que, dans l'encadré administratif, Sydney fasse figurer le nom de Hamilton : Sydney Hamilton Yarborough.

Lorsque, ce soir-là, ils se couchèrent, Adam, le visage grave, lui demanda :

— Tu étais au courant, n'est-ce pas?

Sydney sourit.

— Papa m'en avait soufflé un mot. C'est un beau cadeau, tu ne trouves pas?

Elle avait pensé qu'il manifesterait plus de joie.

— Réfléchis, Adam, dit-elle en l'enlaçant. Tout ce pouvoir, cette influence! N'est-ce pas excitant? Nous allons stupéfier New York.

— Pourquoi s'arrêter à New York? Pourquoi pas le monde? dit-il, sans le moindre sourire, sans même paraître réjoui.

Elle se pencha pour l'embrasser, mais les lèvres d'Adam restèrent scellées.

— C'est pour cela que tu m'as épousée, Sydney? Oliver refusait de te donner le journal à toi seule?

Sydney sentit le sang dans ses veines se transformer en glace. Soudain, elle eut si froid qu'elle eut envie d'éteindre la climatisation.

— Adam, nous allons vivre ensemble des moments merveilleux, nous serons importants et puissants, nous travaillerons la main dans la main, tout en continuant à avoir la vie sexuelle la plus satisfaisante du monde. Nous serons un couple avec qui il faudra compter. Et rassure-toi, même sans tout ça, je t'aurais épousé. Quoique, ajouta-t-elle, l'air malicieux, peut-être pas si nous n'avions pas eu une aussi bonne entente sexuelle.

Il la regarda dans les yeux.

— Je m'interroge, murmura-t-il, songeur. Je m'interroge sérieusement.

Sydney jeta sur une chaise la veste de son tailleur en satin blanc de chez Mainbocher. Elle dégrafa son soutien-gorge et ôta sa jupe et son slip. Elle prit la main d'Adam et la posa sur sa poitrine.

— Ah, Sydney, l'effet que tu me fais...

Après avoir prouvé que le mariage ne diminuait en rien la spontanéité de leurs rapports sexuels ni leurs performances, ils s'apprêtaient à s'endormir quand Adam murmura :

— Directeurs du *New York Chronicle !*

— Tu es en passe de devenir l'une des personnes les plus importantes de New York.

— Toi aussi.

— Nous allons constituer une force que personne ne pourra ignorer. Adam et Sydney Yarborough !

Il y eut un silence, puis, alors que Sydney était presque endormie, Adam lui souffla à l'oreille :

— Tu as beau avoir pris mon nom, je suis un Hamilton maintenant, n'est-ce pas ?

32

— Nous perdons cent mille dollars par an?! s'exclama Sydney, incrédule.

L'ampleur du déficit ne semblait pas émouvoir Oliver. Depuis des années il injectait de l'argent dans le journal. Mais Sydney l'ignorait, n'ayant jamais participé aux discussions au sommet.

Adam regarda les chiffres.

— Le tirage est tombé de deux cent cinquante mille à cent quatre-vingt-dix mille exemplaires.

Oliver paraissait vouloir se défendre auprès des nouveaux directeurs.

— Notre audience se situe entre celle du *Times* et celle du *Daily News*.

Sydney poussa un soupir qui trahissait son exaspération.

— Qui sont nos lecteurs?

— Sydney, je sais à quoi tu penses, ce que tu as toujours souhaité. Je l'ai compris quand tu as créé *Focus*. Tu voudrais t'adresser à un public plus large.

— Tu perdrais davantage s'il n'y avait pas *Focus*. Si nous voulons gagner des annonceurs, je vais te dire à qui il faut s'adresser : aux femmes!

Oliver n'alla pas jusqu'à sourire de mépris; il était trop bien élevé pour cela.

— Pourquoi les femmes ? demanda Adam.

— Parce que ce sont les femmes qui font le marché. Ce sont elles qui achètent tout ce qui concerne la famille.

— Sauf les voitures, l'interrompit Adam.

— Elles en choisissent les couleurs. J'ai fait une rapide étude après que tu m'as balancé ces chiffres sur mon bureau, papa. Les femmes raffolent des petites annonces. Regarde la foule dans les magasins qui font de la publicité pour des offres vraiment intéressantes.

— Les femmes ne lisent pas les journaux.

Sydney fixa son père, bouche bée.

— Elles ne savent même pas ce qui se passe dans le monde, poursuivit Oliver. Elles votent pour Kennedy parce qu'il est bel homme, pas pour son programme.

Sydney émit un gémissement.

— Vous pensez tous les deux que les femmes sont des écervelées...

Adam secoua la tête.

— Disons qu'elles s'intéressent à d'autres choses : leur famille, la cuisine, les potins...

— Tu n'as pas un grand respect pour mon sexe, n'est-ce pas ?

Il y eut un silence dans la pièce.

— Tu n'es pas un exemple caractéristique, ma chérie, répliqua Adam.

Oliver regarda sa fille.

— Sydney, je ne veux pas d'un journal rempli de niaiseries.

— Des niaiseries ? C'est donc tout ce que nous avons en tête ? Les aliments pour bébés ? la mode ?

Les deux hommes restèrent à nouveau silencieux.

— Tu préfères perdre de l'argent et t'adresser aux hommes d'affaires qui n'achètent pas le *Times*, aux réactionnaires, à ceux qui s'intéressent davantage au passé qu'au futur, à ceux qui achètent des valeurs rapportant gros! Savez-vous, tous les deux, que vous êtes en retard sur votre époque?

— Sydney, si cela me coûte cent mille dollars par an, ce n'est pas un problème. J'ai acheté ce journal il y a quarante ans dans le seul but de pouvoir faire entendre mon point de vue. Trop peu de gens dans le monde se donnent la peine de réfléchir. Et si je peux contribuer à amener quelqu'un à penser correctement, peu m'importe de perdre de l'argent.

Sydney secoua la tête et se dirigea vers la porte. Puis elle se retourna.

— Papa, pourquoi nous as-tu nommés directeurs, si rien de ce que nous disons n'a d'importance?

Oliver la dévisagea, puis jeta un coup d'œil à Adam.

— Ce que dit Adam a du sens pour moi. Presque toujours.

Les larmes montèrent aux yeux de Sydney tandis qu'elle sortait de la pièce et claquait violemment la porte derrière elle.

Un soir, Sydney dit à Adam :

— Je n'arrive pas à comprendre comment tu peux concilier ton attitude générale à l'égard des femmes et ton comportement envers mes filles et moi.

— Que veux-tu dire?

— Tu nous traites comme si nous étions... importantes uniquement pour toi.

— Et pourquoi pas? Tu es importante pour moi.

— Mais pas assez importante pour participer à la marche du monde?

Il eut un rire embarrassé.

— Sydney, ma chérie, je ne prendrais aucune décision sans te consulter.

— Ce n'est pas une réponse.

— Viens ici, dit-il, tendant les bras vers elle.

— Va au diable!

Lorsque cette année-là Jordan vint voir ses filles et les emmena au *Plaza* pour une dizaine de jours, Adam demanda à Sydney :

— Tu vas aller le voir là-bas ?

Sydney sentit la tension dans sa voix.

— Chéri, les choses ne sont-elles pas claires pour toi ? Je l'ai quitté. Je t'ai épousé. Non, je n'ai pas l'intention d'aller au *Plaza*. Ecoute, ne pouvons-nous pas nous comporter en êtres civilisés ? Vos rapports à tous les deux m'ont semblé amicaux lorsqu'il est venu chercher les filles.

Adam en convint.

— Il m'a paru plutôt correct. Je lui ai dit que j'espérais qu'il ne m'en voulait pas d'aimer ses filles et il m'a répondu qu'on n'avait jamais trop d'amour et qu'il était ravi de mes sentiments.

Mais Sydney commença à réaliser qu'Adam n'était pas seulement jaloux de Jordan. A chaque fois qu'ils sortaient dans le monde, il lui faisait, à leur retour, des reproches du genre : « Fallait-il que tu danses aussi souvent avec Nelson Rockefeller ? » Ou bien : « Bernard Baruch n'est-il pas trop vieux pour toi ? » Ou encore : « Simon Wystrander ne t'a pas lâchée de toute la soirée, n'est-ce pas ? »

Sydney essayait toujours de le rassurer, bien que sa jalousie la rendît folle.

— Adam ! lui disait-elle, voyant son visage renfrogné. Je n'ai épousé aucun de ces hommes, non ?

— Non, parce qu'ils n'auraient pas pu te donner ce que tu désirais.

Elle l'embrassait passionnément, pressant son corps contre le sien.

— Tu es tout ce que je désire.

— Non, je ne le suis pas. J'ai été pour toi le moyen d'accéder à la direction du journal, et tu le sais très bien.

— Notre liaison date de bien avant ça. Et elle n'avait rien à voir avec le *Chronicle*.

Elle lui défaisait alors sa ceinture, lui faisant oublier sa jalousie le temps de leurs ébats. Mais Sydney supportait de moins en moins son attitude. Il lui déplaisait d'avoir à faire l'amour pour le calmer. Il lui déplaisait de le voir considérer comme une menace tout autre homme, tout homme riche et socialement présentable. Il lui déplaisait, alors qu'elle passait de délicieux moments à bavarder avec l'un de ses vieux amis, de croiser le regard furieux d'Adam à travers la pièce.

Elle expliqua à Mary que le fait d'être la femme d'Adam et la codirectrice du *Chronicle* lui donnait une double impression d'impuissance. La seule fois de sa vie où elle s'était sentie importante était lorsqu'elle avait la charge de *Focus*.

— Vous voulez le reprendre? demanda Mary.

— Oui, dit Sydney avec un sourire. Mais c'est impossible. De plus, vous faites un travail si remarquable que je ne pourrais pas vous suivre.

— Je pensais prendre un congé, dit Mary.

— Je n'en suis pas surprise. Vous n'avez pas pris plus de deux semaines de vacances par an depuis que vous êtes là... cela fait combien de temps?

— Quatre ans, répondit Mary.

— De combien avez-vous besoin?

— Un mois, peut-être.

— Eh bien, je pourrai m'occuper de *Focus* pendant ce temps, et ce sera avec plaisir. (Sydney sourit.) Vous partez avec Monday?

— Je vais à Hong Kong.

— Hong Kong? Mon Dieu, mais pourquoi?

— J'y rejoins Denton.

— Denton? Denton Walker?

— Il m'a appelée de Saïgon. Il m'a dit qu'il avait besoin de repos et de détente et m'a proposé de le retrouver à Hong Kong pour un petit voyage.

Sydney saisit Mary par le bras.

— Denton? Et Monday?

— Monday? Nous ne sommes pas mariés! Il refuse même de prononcer ce mot. Je ne lui appartiens pas. Je suis libre d'aller où je veux avec qui je veux.

Sydney approuva.

— Eh bien, voilà un nouveau tournant. Je ne savais même pas que Denton était encore dans votre vie.

— Je l'ai vu à son passage, l'été dernier.

— Vous ne me l'avez pas dit, remarqua Sydney, blessée.

— Je sais. C'est parce que Monday est l'un de vos meilleurs amis.

— Vous couchez avec les deux?

— Oh! Sydney, personne d'autre que vous ne me poserait une telle question.

— Je l'espère bien.

Comme Mary ne répondait pas, Sydney conclut :

— C'est donc le cas. Bon, bon.

— Je sais qu'en Californie Monday sort avec de superbes femmes. Je ne suis pas la seule dans sa vie.

Sydney ne l'ignorait pas.

— Quand partez-vous?

— Si cela vous va, dans deux semaines.

Voilà qui laissait à Sydney peu de temps pour s'organiser, mais quel plaisir ce serait de reprendre *Focus* pour un mois! Adam et Oliver seraient sans doute contents de ne plus l'avoir dans leurs jambes.

— Je passerai demain à votre bureau et nous prendrons des dispositions, dit Sydney. (Puis, tapotant la main de son amie :) Bonne chance, chère Mary.

33

En 1962, Lyndon Baines Johnson, devenu vice-président des Etats-Unis, avait perdu l'immense pouvoir qu'il avait acquis en tant que leader de la majorité au Sénat pendant de nombreuses années. Le président et lui éprouvaient une antipathie mutuelle, peut-être même se haïssaient-ils. Il essayait de se trouver des tâches à accomplir, étant exclu par JFK de la plupart des décisions.

La secrétaire de Sydney lui annonça que le vice-président était au bout du fil.

— Mrs. Yarborough, dit-il avec un épais accent texan. Votre vice-président à l'appareil.

Sydney avait voté pour lui et Kennedy, sans le dire à son père ni à Adam. Elle ne pouvait imaginer de voter pour Nixon, qui ne lui paraissait pas digne de confiance.

— Oui, Mr. Johnson.

— Je suis dans votre belle cité, et je souhaite faire le tour de tous les journaux.

Pourquoi diable? se demanda-t-elle.

— Oui, monsieur.

— Midi, aujourd'hui, cela vous conviendrait-il? Est-ce que cela interromprait quelque chose d'important?

Sa voix était étonnamment chaleureuse.

Sydney jeta un coup d'œil à son agenda.

— Non. Je serais ravie de vous faire visiter les locaux.

— A midi pile, alors.

Sydney n'avertit ni Adam ni Oliver, lequel aurait pu interdire à Johnson l'entrée du bâtiment. Non, il n'aurait tout de même pas fait cela, mais le vice-président avait certainement une raison de l'appeler, elle, plutôt que son mari ou son père.

La seule personne à laquelle elle fit part de la venue de Johnson fut Mary.

— Croyez-vous qu'il désire vraiment visiter l'endroit?

— Il cache probablement sa véritable intention. Quelles que soient ses raisons, il sera là à midi, et vous devrez lui proposer une collation.

— Un sandwich au poulet?

Mary se mit à rire.

Mais Sydney était sérieuse. Elle se fit livrer des sandwiches au poulet, de la bière et des Coca, ainsi que des pickles et des chips. LBJ était un homme du peuple. Du reste, c'était tout ce que Sydney prenait quand elle n'avait pas rendez-vous pour déjeuner.

Elle n'avertit pas le portier, qui expédia sans cérémonie le vice-président des Etats-Unis dans son bureau, au trentième étage, où elle avait demandé à Oliver et Adam de la rejoindre.

Sa poignée de main fut cordiale; il était plus grand qu'elle ne l'imaginait.

— Permettez-moi de vous présenter le président du conseil d'administration et mon associé.

— Je sais qui ils sont, dit-il en pointant vers elle un des doigts de sa grande main charnue. Vous pouvez me les présenter, mais c'est vous que je suis venu voir.

Elle se sentit flattée.

Oliver ne se donna pas la peine de se lever. Adam, au moins, sourit à Johnson et traversa la pièce pour venir lui serrer la main, tout en jetant à Sydney un regard interrogateur.

— Je vais faire visiter le journal à notre vice-président, dit-elle. Je suis sûr que le personnel sera ravi de le rencontrer.

Elle se délectait de cette situation, qui laissait son père abasourdi.

— Nous avons entendu dire le plus grand bien de cette petite dame à Washington, dit LBJ.

Bien que n'aimant pas l'expression « petite dame », Sydney eut un frisson de plaisir. Que pouvait-on bien savoir d'elle à Washington ?

— Attendez, dit Adam en enfilant sa veste. Je vous accompagne.

— Ce n'est pas nécessaire, Adam, lui répondit Sydney. Mais, si tu le désires, joins-toi à nous pour déjeuner.

Adam, l'air embarrassé, resta figé au milieu du bureau.

— Je t'appellerai quand nous serons prêts, dit-elle, lui adressant un sourire suave.

L'excitation du pouvoir s'emparait d'elle.

Elle ignora si LBJ apprécia sa visite ou ce qu'il en retira, toujours est-il qu'il serra la main à tout le monde, gratifia chacun d'un sourire aimable et d'un mot gentil. L'énergie irradiait de sa personne.

— C'est une visite officielle ? lui demanda Sydney.

Le vice-président secoua la tête.

— Pas du tout. L'idée m'a pris d'aller voir les véritables décideurs politiques de ce pays : la presse.

Sydney sourit.

— Pourquoi le *Chronicle* ? Nous sommes un journal conservateur qui a toujours été opposé à votre administration. Et pourquoi moi ?

— Vous ? (Un sourire illumina son visage.) Le monde change. Nous avons une chance avec vous. Et c'est pourquoi j'ai désiré vous connaître. Aucune chance avec votre père, cet homme est sectaire. (Il toussota.) Sans vouloir vous offenser. Mais, vous, vous avez participé au défilé pour les droits civiques. Vous êtes apparue à la télé pour dire que vous étiez en faveur de la légalisation de l'avortement...

— Eh bien, il serait plus exact de dire que je suis pour que les femmes aient le choix, rectifia-t-elle. Je pense qu'il y a de meilleures façons de ne pas avoir d'enfant, mais l'avortement reste un recours qu'on ne peut interdire.

— Vous voyez? C'est bien ce que je disais. Je vous ai vue dans l'émission « Rencontre avec la presse » et j'ai été impressionné. Les seules autres femmes de votre envergure sont Patterson et Graham, dit-il, nommant les directrices de *Newsday* et du *Washington Post.*

Sydney admirait Alicia Patterson et trouvait Kay Graham et elle-même bien ternes en comparaison.

— Kay Graham et moi n'arrivons pas à la hauteur d'Alicia, dit-elle.

— Pas encore. Mais cela ne saurait tarder.

Quel homme charmant! pensa Sydney, se prenant de sympathie pour ce Texan ouvert et dénué de toute prétention.

Il eut même l'air de considérer ce déjeuner de sandwiches dans son bureau comme l'événement le plus intéressant de sa journée. Elle sentait Adam mal à l'aise.

— Que voulait-il? demanda-t-il après le départ du vice-président.

— Je n'en ai pas la moindre idée, reconnut Sydney. Il m'a expliqué qu'il était venu à New York pour rencontrer tous les patrons de presse.

— Pourquoi ne s'est-il pas adressé à Oliver, alors?

Il n'avait pas dit « à moi », constata Sydney.

— Il m'a vue dans « Rencontre avec la presse » et je lui ai plu.

— Oh, cette émission! dit Adam.

Il avait été embarrassé par les opinions affichées par Sydney et par son franc-parler lors de son passage à la télévision. Quant à Oliver, il ne lui fit jamais aucun commentaire, bien qu'elle fût pratiquement certaine qu'il avait vu l'émission.

La seconde fois où Sydney s'entretint avec LBJ, ce fut en 1964, alors qu'il était président des Etats-Unis depuis sept semaines. Il lui téléphona le second jeudi de janvier.

— Je viens de lire vos éditoriaux, lui annonça-t-il, et j'ai pensé qu'il fallait que j'appelle la petite dame pour lui dire combien je les appréciais.

— Modérez votre enthousiasme. J'ai dû me battre pour les obtenir. Ils se contentent de dire que vous avez bien assuré la relève, ils n'approuvent pas la politique démocrate pour autant.

— C'est un début. J'aimerais que vous veniez me voir la semaine prochaine. Je voudrais que vous rencontriez lady Bird également. Venez donc pour déjeuner.

— Puis-je amener mon mari?

LBJ rit.

— Bien sûr. Si vous pensez que cela vous protégera.

Sydney détestait cette façon propre aux hommes de transformer un entretien d'affaires en flirt.

Adam ne pouvait refuser une invitation à la Maison-Blanche; en fait, il se montra tout excité à cette idée. Ils se rendirent à Washington dans l'avion d'Oliver, et lady Bird leur fit visiter la Maison-Blanche avant le déjeuner. Son accent du Sud n'était pas aussi prononcé que lorsque Sydney l'avait vue à la télévision et elle la trouva beaucoup plus sophistiquée qu'elle ne s'y attendait. Beaucoup plus séduisante également, dans une robe en lin jaune à la mode, les cheveux coiffés avec art. Mais sa voix tremblait et Sydney se dit qu'elle ne s'était pas encore adaptée au rôle dans lequel elle se trouvait propulsée.

— J'essaie, dit-elle. Je fais de mon mieux.

— J'en suis persuadée, la rassura Sydney, qui trouvait cette femme sympathique.

Au déjeuner, à sa surprise, ils ne furent que tous les quatre. Le président déclara :

— Je n'ai aucun espoir que mon projet de loi sur les droits civiques passe au Congrès. J'aurais plus de chances si j'étais encore le chef de file de la majorité, ajouta-t-il en riant.

— Les droits civiques ? Vous voulez dire les droits des Noirs, n'est-ce pas, monsieur ? demanda Adam d'un ton poli.

Mais Sydney était si embarrassée par sa question qu'elle lui aurait donné un coup de pied si la table n'avait pas été aussi grande.

Johnson se tourna vers lui et déclara d'une voix forte, sans sourciller :

— Il y a encore dans ce merveilleux pays qui est le nôtre de grandes poches de pauvreté, que je veux éliminer. Nous devons être daltoniens. Des pauvres, dans l'impossibilité de trouver du travail ou de garder un toit sur leur tête, obligés de réclamer des tickets d'alimentation... quelle humiliation ! C'est un pays vaste et riche et je veux faire le nécessaire pour que les pauvres ne soient pas oubliés. Les droits des Noirs ? Peut-être, Mr. Yarborough, mais aussi les droits fondamentaux de tout être humain.

Sydney remarqua qu'il appelait Adam « Mr. Yarborough », mais qu'il disait « Sydney » quand il s'adressait à elle. Le président s'adressait-il différemment aux hommes et aux femmes, ou bien se sentait-il sur un terrain moins officiel avec elle ?

Adam et le président s'accordèrent au moins sur une chose : cette guerre au Moyen-Orient ne pouvait être arrêtée, les Etats-Unis ne pouvaient montrer la moindre faiblesse. Ils avaient gagné toutes les guerres dans lesquelles ils s'étaient engagés et considéraient, par conséquent, toutes les guerres qu'ils menaient comme morales. Et bien sûr, la morale devait triompher, car Dieu était de son côté.

Sydney aurait voulu demander ce qu'il y avait de moral

à tuer des jeunes gens à cause de l'étain que possédait par exemple le Vietnam, ou à cause du communisme, quand celui-ci ne les menaçait pas.

— On dirait, dit-elle, que tout ce qui a la moindre teinte de communisme doit être étouffé dans l'œuf. Je pense qu'il y a bien pire que la menace du communisme. Jamais il n'envahira le monde.

Les deux hommes la regardèrent.

— Qu'est-ce qu'il y a de pire? demanda Adam.

— Eh bien, je n'aime pas le communisme, poursuivit Sydney, mais il y a des pays où les mauvais ne sont pas des communistes, comme dans tant de ces nouvelles nations africaines. Nous avons tendance à soutenir quiconque n'est pas communiste, quel que soit le degré d'asservissement dans lequel il maintient son peuple. C'est le cas de Sukarno, ou du dirigeant du Chili.

— Voudriez-vous que je retire nos troupes de cette guerre? demanda le président.

— Vous vous étiez engagé à le faire.

— Vraiment?

Le repas s'acheva toutefois sur une note agréable, et durant le trajet de retour, Adam fit remarquer à Sydney qu'il y avait certains points sur lesquels il était même d'accord avec le président.

— Cependant, je n'ai pas aimé la façon dont il te regardait, ajouta-t-il.

— Oh, pour l'amour du ciel, Adam! Je ne peux parler à un homme sans que tu t'imagines qu'il veut coucher avec moi. Tu m'as bien regardée? Je ne suis pas particulièrement belle.

— Tu le deviens dès que tu te mets à parler.

— Eh bien, je ne suis pas prête à me taire.

Ainsi, elle était belle quand elle s'animait? C'était bon à savoir.

— Et, ajouta Adam en riant, tout en enveloppant sa

main de la sienne, si l'on connaissait tes qualités au lit, tous les mâles de ce fichu pays te courraient après.

Mais ils faisaient de moins en moins souvent l'amour. Etait-ce parce qu'ils étaient trop fatigués le soir ou parce que leurs divergences la mettaient au désespoir? Elle changeait, ce qui n'était pas le cas d'Adam. Leurs disputes de la journée avaient des répercussions sur ce qu'ils faisaient ou ne faisaient pas la nuit.

A chaque fois qu'elle regardait un vieux film de Jordan à la télévision, ou qu'elle emmenait les filles au Radio City ou au Paramount voir son dernier film, elle refusait ensuite qu'Adam la touche. Elle voulait simplement rester allongée dans le lit, à se rappeler les baisers de Jordan, ses caresses, ses mots d'amour et la façon dont son corps y répondait.

C'était Jordan le premier qui l'avait amenée à changer sa manière de penser. Qui lui avait appris à réfléchir par elle-même, à prendre en considération ceux qui avaient moins d'argent qu'elle, moins de liberté, moins d'éducation. Et maintenant qu'elle avait commencé à remettre en question les idées que lui avait inculquées Oliver, il n'y avait plus de retour en arrière possible. Elle devait également à Jordan d'avoir pris conscience du fait que les ressources de la planète n'étaient pas illimitées et qu'il fallait les protéger.

Il avait dit d'Oliver : « Plus personne, aujourd'hui, sauf ton père, n'utilise encore le mot “nègre”. J'aurais imaginé plus de sensibilité chez un homme de son éducation. Quelles que soient ses convictions, tout homme de Neandertal qu'il est, on attendrait de lui des manières plus civilisées. »

Sydney avait dû en convenir.

Quelques mois plus tard, alors que Mary rentrait d'un nouveau voyage en Orient et que Monday venait de passer un mois à New York, Sydney, au cours d'un déjeuner, demanda à son amie :

— Monday est-il au courant de votre liaison avec Denton ?

Mary secoua la tête.

— Pas vraiment. Je lui ai menti. Enfin, disons que c'est un mensonge par omission. Il pense que j'effectue tous ces voyages pour le journal. Hong Kong, Singapour, l'Australie... Je ne lui ai pas exactement dit ça, mais...

— S'ils vous demandent tous les deux en mariage le même jour, lequel choisirez-vous ?

Mary secoua la tête.

— Dieu m'en garde, Sydney. De toute manière, aucun des deux ne demandera jamais à m'épouser. Je suis liée à deux hommes qui haïssent jusqu'au mot de mariage. Je ne suis même pas sûre de vouloir me marier. Je ne veux pas abandonner mon travail. Ils sont tous les deux très conservateurs, vous savez. Ils pensent que les femmes sont là pour rendre la vie des hommes agréable.

— Pourtant, toutes les héroïnes des pièces de Monday sont des femmes libérées.

— Nos idées n'ont souvent pas grand-chose à voir avec notre façon de vivre. Je prends l'avion pour Singapour ce week-end et je serai de retour dans une semaine. *Focus* est prêt pour deux semaines.

— Vous m'en voyez impressionnée.

Deux mois plus tard, Mary lui annonça :

— Je suis enceinte.

— Oh, mon Dieu ! Vous savez de qui ?

— De Denton. Je suis sûre de la date.

— Quels sont vos sentiments à ce sujet ?

— Vais-je le lui annoncer ? C'est le sens de votre question ?

— Je ne sais pas au juste.

Mary se pencha par-dessus la table.

— J'ai beaucoup réfléchi. Je suis heureuse, Sydney. Je veux l'enfant de Denton.

Sydney parut surprise.

— Vous allez donc le garder?

Mary eut un signe d'assentiment.

— Allez-vous le lui dire?

— Je me pose la question. Je ne veux pas qu'il se sente obligé de m'épouser, mais d'un autre côté, n'a-t-il pas le droit de savoir qu'il va être père?

Sydney se demandait si Mary pensait abandonner son poste.

— J'espère que cela ne m'obligera pas à quitter mon travail, dit celle-ci, répondant à la question non formulée de son amie.

Sydney se sentit soulagée.

— Arrangez-vous comme vous voulez. Je vous soutiendrai. Il va de soi que je ne veux pas que vous partiez. Nous sommes en 1964, après tout. Les femmes peuvent travailler et être mères de famille en même temps.

Mais Denton Walker fut tué par une bombe avant d'avoir l'occasion d'apprendre que Mary portait son enfant. Et Monday les surprit en proposant à Mary de l'épouser et de reconnaître cet enfant comme le sien.

— Personne ne croira qu'il puisse être le père d'un enfant de couleur, déclara Mary. C'est ce que je lui ai dit. Naturellement, je ne veux pas l'épouser, mais auriez-vous imaginé cela? Je pensais qu'il serait furieux...

— Eh bien, nous ignorions toutes les deux qu'il pouvait se montrer aussi chevaleresque.

— Vous allez donc avoir un enfant illégitime? demanda Sydney.

— Exactement, et je n'en ai pas honte.

Sydney admira son amie.

— Je vais faire tout à la fois. Etre mère, mener à bien une carrière ambitieuse et ne pas renoncer à ma liberté pour un homme.

Elle parlait en femme fière d'elle-même, mais en réalité

elle était affligée par la mort de Denton, qu'elle devait encore pleurer longtemps après la naissance de son fils.

La personne que ces événements transformèrent le plus fut Monday. Il acheta un appartement dans les quartiers chics de New York et vendit celui de Greenwich Village. Il fit de la côte est son quartier général et cessa de sortir avec des starlettes et autres jolies poupées. S'il ne voyait pas Mary tous les jours, du moins l'appelait-il quotidiennement. Il fut le premier à voir son fils, David. Il se proposa d'être le parrain.

Mary dit qu'elle ne croyait pas en ce genre de bêtises.

34

Adam apprécia autant que Sydney les week-ends d'été qu'ils passèrent à Oberon. Mais Oliver ne semblait plus avoir de goût pour la vie depuis la mort de Silvie. Il restait assis dans la véranda avec Grand-Maman et regardait en direction de la baie, trouvant rarement l'énergie ou le désir de faire autre chose. Il se mit à séjourner plusieurs semaines d'affilée à Oberon.

Grand-Maman ne paraissait pas vieillir. Elle marchait peut-être plus lentement, parfois avec l'aide d'une canne, mais sa vue restait excellente. Elle gagnait toujours plus qu'elle ne perdait aux cartes, et elle traversa même un jour le bois pour venir au secours d'une oie blessée trouvée par Ashley et Juliet.

Dans l'île, Juliet perdait de son caractère rebelle. Les deux sœurs étaient toujours occupées. Il n'y avait pas assez d'heures dans une journée pour tout ce qu'elles avaient à faire... Elles demandaient à Nettie de leur préparer un pique-nique et, leur petit déjeuner pris, partaient à cheval et ne revenaient qu'en fin d'après-midi.

— Personne ne se fait de souci pour elles? demanda Adam.

Sydney se contenta de lui jeter un regard. Elle avait joui de la même indépendance quand elle était petite fille.

Quand ils étaient à New York et que les fils d'Adam

revenaient pour l'été, ils dînaient tous ensemble une fois par semaine. Parfois, ils allaient au restaurant, puis au théâtre, mais le plus souvent ils dînaient chez eux et passaient la soirée à discuter. Sydney et Adam étaient généralement couchés à 9 heures.

Dès le début, les fils d'Adam parurent accepter Sydney. L'aîné expliquait : « Papa et maman n'ont pas fait un mariage satisfaisant. Nous nous sommes souvent demandé comment ils avaient bien pu s'unir. Maman est plus heureuse ainsi, bien qu'elle refuse de l'admettre. Elle aime son travail et vit davantage. Elle dit qu'elle ne se remariera jamais. »

Dans les années qui suivirent, Sydney apprit par les journaux que Jordan avait acheté un domaine au Kenya, ce qu'il confirma lors d'un de ses passages à New York.

— Je passe la plupart de mon temps libre là-bas. Nous construisons un pavillon.

— Nous ?

Jordan se mit à rire.

— Il ne s'agit pas d'une femme, ma chérie. J'ai employé le pluriel de majesté, j'imagine. Je construis un pavillon que je mettrai peut-être à la disposition des associations qui ont mon approbation. Par exemple, la société Audubon ou d'autres associations efficaces — ou du moins s'efforçant de l'être — dans la protection de la faune et de la flore. Les éléphants sont en voie de disparition en Afrique. Peux-tu imaginer cela ? L'extinction des éléphants ! On pourrait faire là un refuge et un centre d'enseignement. « Venez passer une semaine ou deux en Afrique et tombez amoureux des trésors qu'il faut protéger. » Ça devrait être une bonne propagande pour la cause. Tu devrais venir voir, Syd. C'est tellement beau ! J'ai failli acheter un terrain en Tanzanie pour être dans le pays du Kilimandjaro, mais je préfère la politique du Kenya. De l'emplacement que j'ai choisi pour ce pavillon, on peut voir la montagne. Elle s'encadrera dans la fenêtre de ma chambre. C'est près du parc naturel de Tsavo.

Sydney n'en avait jamais entendu parler.

— Tu ne t'ennuies pas là-bas ?

— M'ennuyer ? dit Jordan en riant. J'ai beaucoup plus à faire là-bas qu'à Hollywood. Non, Sydney, je ne m'ennuie pas au Kenya.

Elle se demandait si c'était parce que Maite Rowe, sa dernière partenaire, l'accompagnait.

— L'année prochaine, dit-il, quand le pavillon sera habitable, même s'il n'est pas terminé, j'espère pouvoir prendre les filles pour l'été et les emmener là-bas. Je veux qu'elles voient l'Afrique avant que celle-ci ne soit fichue. Je veux leur montrer cet endroit que j'aime tant et leur faire découvrir certaines des choses qui me sont les plus chères.

Un été sans les filles ? Pourtant elle savait qu'elle les laisserait partir.

Il n'y eut pas un jour où Juliet ne pensa au prochain été. Elle allait le passer avec la personne qu'elle aimait le plus au monde — à part Ashley, bien sûr. Et cette année-là, elle ne fit guère acte d'indiscipline, bien qu'elle eût quinze ans.

Sa mère, pensait-elle, s'intéressait plus au président, qui allait se représenter aux élections, qu'à elle. Chaque jour, Sydney exprimait son inquiétude de voir Richard Nixon élu. Adam avait appris à se taire quand Sydney enfourchait son dada, mais c'étaient ses vues à lui qui prévalaient dans le *Chronicle*. Et en cas de controverse, Sydney devait s'incliner, car c'étaient toujours lui et Oliver qui, en dernier recours, prenaient les décisions.

Sydney et Adam furent invités à l'un des derniers dîners que Johnson organisa à la Maison-Blanche.

Le président et Adam ne tombèrent d'accord que sur la guerre. Les avis de Sydney et LBJ divergeaient sur ce sujet mais concordaient sur pratiquement tous les autres points de politique. Toutefois, elle n'était plus sûre d'éprouver pour lui la même sympathie qu'au début.

Ils s'étaient rencontrés à New York, lors d'un dîner à mille dollars l'assiette, organisé pour collecter des fonds destinés au sénateur Javits. Sydney, à sa surprise, s'était retrouvée assise près du président à la table officielle. Il lui avait adressé un large sourire et s'était penché pour lui murmurer : « Je n'ai pas amené lady Bird, car je savais que j'allais vous voir, ce soir. » Et quand sa jambe avait frôlé la sienne sous la table, elle avait brusquement changé de position. Il ne lui avait pas fait d'autres avances, mais elle n'avait pas aimé ses insinuations. Tous les hommes qui détenaient un pouvoir essayaient-ils d'en abuser? s'était-elle demandé.

Lorsque Adam l'avait accompagnée à la Maison-Blanche, elle avait soigneusement choisi une robe du soir bleu pâle de chez Cassini qui mettait son teint en valeur. Mr. Howard lui avait suggéré de porter un postiche qui donnerait l'impression que ses cheveux étaient relevés en chignon, des mèches retombant sur son oreille gauche. Grand-Maman lui avait proposé les boucles d'oreilles en diamant, en forme de larmes, qu'elle gardait dans un coffre depuis plus de cinquante ans. Lorsqu'elle les avait montrées à sa petite-fille, Sydney lui avait demandé si elle ne voyait pas d'inconvénient à ce qu'elle fasse modifier la monture, trop sophistiquée pour les années soixante.

— Tu as l'air d'une princesse! s'exclama Adam, sur un ton de chaude approbation.

Sydney fut ravie de la comparaison.

Elle étudia son image dans le miroir. Elle avait peut-être trente-neuf ans, mais on pouvait encore lui envier sa taille, et elle supposait qu'Adam avait eu raison quand, une dizaine d'années auparavant, il lui avait dit qu'elle embellissait avec l'âge.

Un orchestre de l'armée de l'air trié sur le volet jouait

une musique des années quarante et cinquante, ses membres étant dispersés dans la pièce de façon à ce qu'il y ait un musicien à chacune des vingt tables dressées. Sydney était à la même table que l'ambassadeur de Grande-Bretagne, Shirley McLaine, Leonard Bernstein, le sénateur O'Malley et la femme du secrétaire au Trésor. La conversation fut si animée qu'elle ne vit pas passer le temps.

Après dîner, on les conduisit dans la salle est, pour écouter le trio Peter, Paul et Mary. Elle les trouva charmants, mais leur musique ne pouvait se comparer à celle de sa jeunesse. Elle n'aimait guère Frank Sinatra, mais au moins savait-il s'habiller pour le public. Jamais il ne serait monté sur scène en blue-jeans et sans être rasé.

Un bal était ensuite prévu et Sydney savait qu'Adam resterait encore sur la touche. Il n'avait jamais pu lui apprendre les échecs et elle n'avait jamais pu lui apprendre à danser.

Elle dansait avec le sénateur McCallum quand le président l'enleva pour la faire tournoyer dans la pièce.

— Vous êtes un très bon danseur, monsieur le président.

Les années l'avaient marqué, son visage accusait de profondes rides, mais ses yeux pétillaient tandis qu'il la tenait fermement, plus serré qu'il n'était nécessaire, et Sydney pensa : tiens, il est vraiment corpulent. L'excellente coupe de son habit dissimule son estomac.

— C'est surtout agréable de vous tenir serrée, ma chère, murmura-t-il dans ses cheveux.

Comme l'orchestre jouait un pot-pourri interminable, elle se mit à espérer que quelqu'un viendrait les interrompre, puis elle réalisa qu'on n'interrompait pas le président des Etats-Unis. Quand la musique s'arrêta enfin, Sydney tendit la main à Johnson, lui dit « merci monsieur le président » et commença à s'éloigner. Mais le président, passant un bras autour de sa taille, entreprit de traverser la pièce avec elle. C'est alors qu'elle tomba sur le sénateur Javits.

— Ah ! n'est-ce pas notre danse ? demanda le sénateur.

Plus tard, Sydney lui en fut reconnaissante : il était en fait bien meilleur danseur que le président, et danser avec lui ne la mettait pas mal à l'aise.

Dans le taxi qui les menait au *Shoreham* cette nuit-là, Sydney dit à Adam :

— Adam, les journaux ne sont pas les seules sources d'information. Achetons une radio ou une chaîne de télévision.

Sydney pensait qu'un homme depuis toujours dans la presse écrite comme Adam trouverait cette idée insupportable. Ils regardaient rarement la télévision, et elle ne pouvait se rappeler la dernière fois qu'elle avait allumé la radio.

Adam avait sur la télévision et la façon dont elle couvrait l'information un regard aussi méprisant que Jordan sur le cinéma à l'époque où il considérait Hollywood comme le bâtard de Broadway.

— C'est du divertissement, pas de l'information, disait-il d'une voix railleuse.

Le lendemain matin, comme ils prenaient en toute hâte le petit déjeuner dans leur chambre d'hôtel, afin d'être au bureau à 9 h 30 au plus tard, Sydney revint à la charge.

— Tu sais, Adam, une station de radio à Binghamton ou une chaîne de télévision à San Francisco...

— A Binghamton ? dit-il d'une voix cassée.

Dans l'avion, ils occupèrent les quarante-cinq minutes de vol à lire les éditions du matin du *Washington Post* et du *New York Times*.

Le soir au dîner, Adam déclara :

— Binghamton n'est pas une bonne idée. Il faut se concentrer sur les endroits où se trouve le pouvoir.

Sydney leva un sourcil et pencha la tête.

Cette nuit-là, ils firent l'amour en riant, commençant par des ébats dans le bain moussant pour finir sur l'épais tapis de sol.

Après cela, pour la première fois, Adam alluma la télévision dans leur chambre. Nus, la main dans la main, ils regardèrent les informations de 11 heures en les commentant, puis ils firent à nouveau l'amour, lentement et longuement, jusqu'à ce que, empêtrés dans les couvertures, ils soient pris d'une crise de fou rire tandis qu'ils essayaient de s'en extraire.

Six semaines plus tard, Adam entra dans le bureau de Sydney et s'assit en face d'elle.

Il croisa les jambes et lui sourit.

— Joyeux anniversaire ! dit-il.

Comme il ne le lui avait pas souhaité au petit déjeuner, elle avait pensé qu'il avait oublié la date, à moins que, la sachant en état de choc après avoir appris la veille au soir la victoire de Nixon, il eût préféré la laisser à ses pensées.

Elle se contenta de lui adresser un pâle sourire et de lui dire faiblement « merci ».

— Voilà quelque chose pour te remonter le moral.

Il lui tendit des documents par-dessus le bureau.

— Qu'est-ce que c'est?

— Nous sommes propriétaires de KPTV à Chicago, dit-il. J'ai pensé que cela te ferait plaisir.

Sydney le regarda, consciente de son attente, de son désir de lui plaire, et se força à sourire. Elle se leva, contourna le bureau et se pencha pour l'embrasser.

— Quelle charmante attention !

Elle se demanda pourquoi elle n'était pas plus contente. Pour une fois, il l'avait écoutée.

Mais il ne l'avait pas consultée. Il lui aurait plu de prospecter, de parcourir le pays en avion pour discuter avec les propriétaires et les directeurs de diverses chaînes. D'étudier les données démographiques, de prendre la décision finale.

Il lui avait ôté des mains tout cet aspect des choses.

— Ton père et moi avons décidé que ton idée était bonne. A présent, tu peux t'amuser à gérer cette chaîne.

Un nouveau jouet.

C'est ce qu'ils lui avaient toujours offert. Des jouets.

Son nom figurait en tant que codirecteur sur l'encadré administratif, certes, mais elle n'avait aucune véritable responsabilité; on lui donnait juste de quoi l'occuper de façon à l'écarter de l'essentiel.

Et maintenant, une chaîne de télévision à Chicago. Si elle devait prendre souvent l'avion pour s'y rendre, elle leur laisserait le champ libre. Ni Oliver ni Adam ne considéraient la télévision comme une chose sérieuse. « La lucarne », disaient-ils avec mépris.

Et lorsqu'elle étudia le bilan de la chaîne en question, elle fut pratiquement convaincue que l'affaire ne serait pas rentable. Quelle importance si elle échouait?

Des jouets. Eh bien, pourquoi pas? Après tout, les choses les plus sérieuses échappaient aux femmes. Combien de femmes siégeaient au Congrès? Combien de femmes étaient juges? Adam et Oliver pensaient probablement que les femmes n'avaient pas l'envergure requise pour occuper de hautes fonctions.

Eh bien, elle allait leur montrer ce dont elle était capable. Mais elle ne passerait pas tout son temps à Chicago et ne les laisserait pas l'ignorer. Ils souhaitaient ne pas l'avoir dans leurs jambes; eh bien, loin de les débarrasser de sa présence, elle était résolue à semer la pagaille.

D'un côté elle était furieuse qu'Adam ne l'eût pas consultée, et d'un autre côté elle était consciente qu'il avait voulu lui faire plaisir. C'est elle qui lui avait suggéré cette idée et il avait certainement dû se battre pour convaincre Oliver.

Sydney adressa un sourire radieux à son mari.

— Oh oui! ce sera amusant! déclara-t-elle tout en se

promettant en son for intérieur de faire en sorte qu'il en soit ainsi. J'adore les défis.

Le visage d'Adam rayonnait de plaisir.

— J'espérais que tu verrais les choses de cette manière, dit-il, tendant la main pour lui caresser la joue.

35

— Pour l'amour du ciel ! s'écria Sydney, élevant la voix. (Juliet avait rarement vu sa mère dans un tel état.) Tu me rends folle ! Depuis que tu es revenue d'Afrique... à moins que ce soit depuis qu'Ashley est entrée à Cornell... Quoi que je fasse, rien n'est bien, rien de ce que je pense n'est juste, rien...

D'une voix si calme que Sydney dut tendre l'oreille pour l'entendre, Juliet déclara :

— A mon avis, c'est tout le contraire. C'est toi qui me désapprouves en tout.

— Pas étonnant ! Tu veux sortir jusqu'à des heures impossibles, alors que tu as cours le lendemain...

— Même pendant le week-end, tu exiges que je sois rentrée à minuit.

— Ma chérie, tu n'as pas encore dix-sept ans !

Sa mère l'exaspérait. Elle avait une vision des choses tellement archaïque !

— Tous les garçons que je fréquente ont les cheveux trop longs ou portent des jeans trop serrés.

— Ils portent toujours des jeans. Y a-t-il encore des jeunes gens de ton âge qui savent s'habiller ?

— Oh, maman, je t'en prie !

— Encore une chose. Je déteste que tu m'appelles maman. Ne peux-tu dire Mère ?

Juliet, les yeux mi-clos, regarda Sydney.

— Oh, qu'est-ce que tu es vieux jeu ! Plus personne aujourd'hui ne dit Mère !

— Tu pourrais essayer, d'autant que cela me ferait plaisir.

Juliet n'avait pas la moindre intention d'essayer.

Sydney avait lu quelque part que cela s'appelait de la « résistance passive ».

— Tu ne vas pas tarder à te faire renvoyer du lycée.

Juliet contempla le mur tandis que sa mère poursuivait :

— Tu n'as pas remis un seul devoir depuis le début de l'année scolaire. Depuis six semaines.

Juliet regarda ses chaussures.

— Le lycée m'ennuie. Je n'ai rien à y apprendre.

Sydney soupira.

— Quand donc as-tu acquis toute la sagesse de l'univers ?

Sydney s'avança pour faire face à sa fille, qui gardait les yeux fixés sur ses ongles.

— La seule chose qui t'intéresse, ce sont les garçons, dit-elle. J'espère que tu fais attention.

— Pourquoi ne me procures-tu pas un diaphragme si tu es si inquiète ?

— Oh, mon Dieu !

Sydney tira une chaise et s'assit à côté de sa fille, posant une main sur son bras.

— Je ne pense pas qu'aux garçons, fit Juliet, se dégageant d'un geste brusque. Je pense à des tas d'autres choses.

— Quel genre de choses ?

Sydney s'efforçait de ne pas montrer sa colère.

— Oh ! les valeurs, ce qui est bien et mal, ce genre de trucs.

Même le vocabulaire de Juliet s'était restreint dernièrement.

— Donne-moi un exemple, demanda Sydney d'un ton presque suppliant.

— Tu ne comprendrais pas.

— Je ne comprendrais pas ce qui a rapport aux valeurs ? Teste-moi, Juliet.

Juliet réfléchit un instant et se mit à marmonner :

— Oh, tu sais, au sujet des animaux, par exemple. Tu dépenses ton argent en manteaux de fourrure, alors que papa, lui, dépense le sien pour défendre les animaux, pour éviter qu'ils ne disparaissent.

Sydney dévisagea sa fille. Au bout d'une minute, Juliet trouva un autre argument.

— Pour toi, réussir c'est avoir du pouvoir. Tu ne prends pas le temps de vivre. Tu ne parais jamais t'amuser. Tu ne sais parler que de travail ou de politique.

Sydney s'appuya au dossier de sa chaise, tandis que Juliet continuait :

— Tu penses que fumer du haschisch est immoral, tu penses que coucher avec un type sans être mariée est un péché...

— Holà ! (Elle tendit la main vers Juliet sans la toucher toutefois.) Où es-tu allée chercher cela ? Je crois seulement que le sexe doit s'accompagner d'une maturité affective, incluant la possibilité d'être enceinte.

Juliet leva les yeux sur sa mère et leurs regards se rencontrèrent.

— Que veux-tu dire par maturité affective ?

Sydney soupira et haussa les épaules.

— Le sexe est une affaire d'adultes, et encore, tous ne sont pas capables d'en avoir une approche correcte. Et si le garçon te dit qu'il t'aime seulement pour coucher avec toi et qu'il te quitte ensuite ? Serais-tu capable d'assumer cela ? Et si tu étais enceinte ? Serais-tu capable de décider si tu veux garder l'enfant, si tu veux le faire adopter, si tu veux avorter, si tu es prête à épouser le garçon ?

— Mais enfin, maman ! tu ne songes pas à toutes ces choses sous l'effet de la passion.

— C'est bien ce que je veux dire. Tu n'es pas prête pour cette responsabilité. Es-tu prête à insister pour qu'il utilise des préservatifs à chaque fois, es-tu prête à prendre toi-même des précautions ?

— Est-ce que cela n'enlève pas l'aspect sentimental ?

— Le sexe est bien autre chose. Pour vingt minutes de plaisir, des femmes ont vu leur vie gâchée.

— Vingt minutes ? (Juliet se mit à rire.) Eh bien, je suis navrée pour toi.

Sydney se retint de la gifler. C'était la première fois qu'elle avait envie de la frapper, bien que Juliet eût toujours été une enfant difficile. Et maintenant, tout ce qu'il lui restait à faire était de la regarder et de chercher à savoir combien de garçons lui couraient après. Ce halo de cheveux noirs qui auréolait son visage en forme de cœur, ces yeux à la fois innocents et aguicheurs, ce corps d'adolescente déjà si développé, si mûr. Ce mot s'appliquait parfaitement à Juliet, pensa sa mère. Elle aurait voulu lui demander si elle était encore vierge mais elle n'osait pas. Elle aurait voulu savoir si sa fille prenait de la drogue, mais elle redoutait la réponse.

— Sais-tu combien l'Afrique est différente ? demanda Juliet, serrant les poings. (Elle était vêtue de son habituel jean aussi moulant que son débardeur. Noir. Tout devait être noir.) Tout est pur. L'air est pur, propre, pas d'usines, pas de pollution automobile. Les gens innocents...

— Et mourant de faim.

Les yeux de Juliet lancèrent des éclairs presque menaçants.

— Les gens sont solidaires. Ils s'intéressent les uns aux autres. Ils se fichent pas mal de l'argent et du pouvoir. Ils vivent au jour le jour, mangent et font leur travail sans jamais le laisser accaparer leur vie. Grimper les échelons ne les intéresse pas, ils ne pensent jamais...

— Ils ne pensent jamais?

La voix de Sydney était lasse.

— Oh, maman! c'est toi qui ne penses pas. Enfin, tu ne penses qu'à la politique, sans te préoccuper de morale.

— Ma chérie, dit Sydney, mettant la main sur le genou de Juliet, politique et morale sont étroitement liées.

— Tu ne penses qu'au nombre de gens qui vont acheter ton journal, qu'aux tarifs publicitaires, qu'à gagner le prix Pulitzer. Tu ne penses pas aux individus. Tu fréquentes des personnes qui ne se soucient pas des autres, qui...

Soudain, Sydney cessa d'entendre la voix de sa fille. Celle-ci n'avait pas la moindre idée de ses convictions ni de ses combats pour changer le monde. Apparemment, son sens des valeurs et de la morale n'avait pas imprégné sa fille. Elle n'avait sur elle absolument aucune influence.

— Tu as quitté papa par pur égoïsme, pour devenir célèbre et accéder au pouvoir. Tu ne t'es jamais demandé quel mal tu lui avais fait, n'est-ce pas? Tu as épousé Adam pour avoir la mainmise sur le journal, hein? Tu ne sais même pas ce que le mot amour veut dire!

Cette dernière phrase arrêta les pensées de Sydney.

Peut-être en effet ne savait-elle pas ce qu'était l'amour. Peut-être était-ce là où elle avait péché. Assurément, elle n'avait pas aimé au point de vouloir se sacrifier. Oh, bien sûr, elle aurait donné sa vie pour ses filles, sans se poser la moindre question. Mais pour un homme? Renoncer à sa personnalité pour être une épouse et une mère, seulement ça? Vivre toujours par procuration à travers un mari et des enfants?

Peut-être ne savait-elle pas aimer dans l'abnégation. Et elle avait également conscience que pour nourrir son amour, il lui fallait être aimée en retour. Elle se demanda si en ce moment même l'amour qu'elle avait pour sa plus jeune fille n'était pas mis à l'épreuve.

— Tu penses que je ne t'ai pas assez aimée, c'est ça?

Les yeux de Juliet jetaient des flammes.

— Si tu m'avais aimée, tu n'aurais jamais quitté papa. Tu nous aurais laissés être une famille. Tu n'aurais pas eu besoin de ce journal, tu aurais été présente...

— Ça suffit, maintenant! Cite-moi une seule fois où tu as eu besoin de moi et où je n'étais pas là pour toi. Cite-moi un seul spectacle de ta classe auquel je n'ai pas assisté. Dis-moi quand je n'ai pas été disponible pour t'emmener faire des courses ou aller au cinéma. Dis-moi quand je n'ai pas voulu écouter tes problèmes ou ceux d'Ashley.

Le visage de Juliet se durcit.

— Tu n'as jamais été là pour moi. Tu ignores que la seule chose au monde qui compte est l'amour. L'argent n'a pas d'importance. Aucune importance.

Sydney eut le sentiment qu'on lui avait enfoncé un poignard dans le cœur.

— Oh, mon Dieu! Ma fille est une hippie! *Peace and love!*

Juliet ne releva pas. Pour elle, la formule « Paix et Amour » n'avait aucune connotation péjorative.

— Papa est un vrai père. Ou il l'aurait été, si tu le lui avais permis. Tu nous as privées de la chose la plus précieuse au monde. Si papa avait toujours été avec nous... Si tu nous avais fait passer avant toi-même...

Sydney se leva, toisa Juliet, puis se dirigea vers le téléphone et appela Jordan en Californie.

Jordan répondit à la seconde sonnerie.

Sydney ne perdit pas de temps en préliminaires.

— Ta fille cadette préférerait vivre avec toi. Veux-tu faire un essai?

— Un instant, Syd, dit Jordan, décontenancé. Accorde-moi une minute. Tu me prends au dépourvu.

Sydney jeta un regard à Juliet, assise, bouche bée, les yeux fixés sur sa mère.

— Veux-tu d'elle ou non?

— J'ai toujours voulu l'avoir, mais tu sais quelle vie je mène. Je commence un tournage dans quelques semaines, et j'ignore encore si ce sera ici ou au Canada.

— Elle sèche les cours la plupart du temps, elle n'a pas remis un devoir depuis six semaines, elle n'a la moyenne dans aucune matière. Pourtant, elle est soi-disant une des plus brillantes élèves du lycée.

— Mon Dieu, que s'est-il passé?

— Qui peut répondre, Jordan? Tout ce que je sais, c'est que je n'arrive à rien avec elle. Elle pense que je suis une mauvaise mère et que tu es un père formidable. Que tu as le sens des valeurs, contrairement à moi.

— Oh, voyons, Syd, arrête! Elle doit être dans la pièce et tu essaies de la punir. Que s'est-il passé?

La voix de Sydney était glacée, mais son cœur battait la chamade.

— Je n'ai pas la moindre idée de ce qui s'est passé. Ashley n'est plus là, or c'était la seule personne vers qui elle pouvait se tourner. Elle n'a aucun respect pour moi.

— Pour l'amour du ciel, c'est une adolescente! Depuis quand les adolescents ont-ils du respect pour leurs parents?

— Jordan, je te demande seulement de répondre à ma question. Veux-tu d'elle, oui ou non?

Elle ne savait pas quelle réponse elle avait envie d'entendre. Voulait-elle annoncer à sa fille : « Ton père est trop occupé »? Voulait-elle la punir pour l'avoir à ce point blessée? Ou souhaitait-elle vraiment que Juliet trouve la solution à ses problèmes auprès de son père?

— Eh bien, passe-la-moi, veux-tu? Je sais qu'elle est là. Je le sens à ta voix.

Sydney tendit le combiné à Juliet.

— Ton père veut te parler.

Juliet souffrit autant de solitude en Californie qu'à New York. Personne ne lui disait qu'elle était trop jeune pour fumer ou que ses robes étaient trop courtes, personne n'exigeait de connaître les garçons avec qui elle sortait.

Pensant à sa mère et à ses reproches, Juliet se mettait à rire. Sa mère était tellement naïve ! Elle croyait que « Taf le dragon magique » n'était qu'une innocente chanson pour enfants. Sydney ne se doutait pas le moins du monde qu'il y était question de haschisch.

Ce que Juliet voulait par-dessus tout, c'était aller à Haight-Ashbury. Elle pensait qu'elle trouverait là des centaines de jeunes gens comme elle.

Lorsque son père était parti tourner en extérieur à Vancouver, elle lui avait promis qu'elle serait là tous les vendredis soir quand il l'appellerait pour savoir si elle allait bien, si elle avait besoin de quoi que ce soit. Il l'aimait, elle n'en doutait pas. Il se souciait d'elle. Il la serrait dans ses bras, l'embrassait souvent. Il lui parlait comme si elle était une adulte. Elle appréciait son attitude, bien que parfois elle eût seulement envie d'être une petite fille. Mais il était trop tard. Trop tard pour s'asseoir sur ses genoux et s'endormir, bercée dans ses bras. Trop tard pour résoudre les problèmes.

Elle se remit à faire des cauchemars, certains qu'elle n'avait pas eus depuis presque un an. Elle était seule, regardant par la fenêtre passer des centaines, des milliers de gens ; elle les appelait et personne ne l'entendait. Elle s'entendait appeler « papa », puis « maman », et aucun ne lui répondait. Elle pleurait alors toutes les larmes de son corps, incapable de s'arrêter. Lorsqu'elle se réveillait, son oreiller était trempé de larmes.

Elle repoussait le plus possible l'heure du coucher et finissait par s'endormir devant la télévision. Elle cessa de manger du beurre de cacahuètes, pensant que cela pouvait contribuer à ses cauchemars. Elle se mit à boire une bouteille de bière avant d'aller se coucher. Ou du vin.

Si elle buvait suffisamment, elle s'endormait abrutie par l'alcool et ne rêvait pas. Mais elle était dans un état déplorable le lendemain matin.

Sa colère à l'égard de sa mère ne s'apaisa pas. Si elle n'avait pas quitté Jordan, Sydney serait là pour s'occuper d'elle pendant que son père travaillait, comme cela se passait dans toutes les familles. Les mères ne travaillent pas. Les mères donnent de l'amour et du réconfort. Elle en voulait non pas à Jordan de la laisser seule dans cette grande maison, mais à Sydney de ne pas être là pour la réconforter en l'absence de son père.

Elle réussit à aller aux cours tous les matins, même si elle n'arrivait jamais à l'heure. Et dans ce lycée public, le premier qu'elle eût jamais fréquenté, dans cette ville où une maison coûtait un million de dollars, où les enfants avaient tout ce que l'argent peut offrir, elle trouva d'autres jeunes gens comme elle. Elle alla vers eux, les accompagna à la plage et, pour la première fois de sa vie, se sentit faire partie d'un groupe.

Un après-midi, sur la plage, alors que les cours s'étaient terminés de bonne heure, quelques jeunes gens — trop âgés pour être encore au lycée — s'avancèrent nonchalamment vers eux et commencèrent à parler aux filles.

Des marginaux, dit l'un des garçons de Beverly Hills. Il avait raison. Ils portaient les cheveux longs et il y en avait un qui paraissait ne s'être jamais coiffé de sa vie. Ils fumaient du haschisch sans se cacher. Ils étaient beaux et bronzés. Des surfeurs et des motards. Ils faisaient des virées dans le désert le dimanche matin, expliqua l'un d'entre eux à Juliet. Voulait-elle venir?

La façon dont il la regarda la troubla au point qu'elle eut peur de lui, et justement voulut dépasser cette peur.

— Ouais, pourquoi pas?

Il s'appelait Cool Wellington, lui dit-il.

Elle éclata de rire.

— Cool? Où es-tu allé chercher un nom pareil?

— Je joue dans un groupe le samedi soir, dit-il. Tu devrais venir m'écouter un jour.

— D'accord, dit-elle.

— De temps à autre des musiciens célèbres passent et embauchent l'un d'entre nous pour remplacer quelqu'un qui les a quittés. Figure-toi que, la semaine dernière, nous avons eu la visite de Johnny Mars.

De toute évidence, il essayait de l'impressionner.

— Il y a quelques semaines, les gars se sont arrangés pour faire venir Joan Baez.

Elle hocha la tête, ne croyant pas un mot de ce qu'il lui racontait. De toute manière, cela n'avait aucune importance.

— Tu es plutôt mignonne, dit le garçon, les yeux fixés sur le soutien-gorge de son maillot de bain.

Juliet se sentit nue sous son regard.

— Tu n'es pas mal, toi non plus, se surprit-elle à répondre.

— Quel couple, hein? dit-il en riant, lui prenant la main. Mais je ne connais même pas ton nom.

— Julie, dit Juliet. Personne ne l'avait jamais appelée ainsi. Julie Elliot. Avec deux *l*.

— Tu veux que je vienne te chercher dimanche matin?

— Non. Donnons-nous rendez-vous quelque part.

— Je vais te trouver un casque. Sinon, peu importe comment tu t'habilles.

Sa mère aurait eu une attaque. Cool avait les cheveux jusqu'aux épaules, avec ici et là des mèches plus claires à cause du soleil, et son maillot de bain était si serré qu'il ne laissait pas place à l'imagination. Il lui tendit une cigarette, qu'elle accepta, avalant la fumée. C'était du haschisch. Ça faisait du bien. Elle tira une autre bouffée.

— Brave fille, dit-il, l'étudiant.

— Je ne suis pas une brave fille.

Il eut un large sourire.

— Voilà qui est encore mieux.

36

Jamais elle n'avait vécu quelque chose de semblable. Le vent lui cinglait le visage. Elle comprenait pourquoi Cool avait insisté pour qu'elle porte un casque et une visière. L'ivresse faisait vibrer tout son corps, élevant son esprit à un niveau qui lui était inconnu. Elle s'aperçut qu'ils n'allaient pas plus vite que les voitures, contrairement à l'impression qu'on avait, mais elle avait davantage le sentiment de faire partie du décor — les arbres qui défilaient, les pâquerettes jaunes, les collines ondulantes, puis les routes rectilignes du désert.

C'était la première fois qu'elle allait dans un désert. De vastes étendues sans arbres, et l'asphalte qui se déroulait comme une ceinture sombre devant eux. Bientôt, les quinze motos s'engagèrent sur une petite route de campagne, et les pierres se mirent à voler dans l'air tandis que le sable tourbillonnait autour d'eux. Les nuages de sable et de poussière dissimulaient à Juliet les motos qui précédaient la sienne. Le rugissement des moteurs indiquait qu'elles n'étaient probablement qu'à une longueur de bras.

Ils roulèrent sur des kilomètres au milieu d'une végétation rabougrie, dans une contrée où personne n'habitait, sinon un ou deux Indiens. Vers midi, ils s'arrêtèrent sur une falaise qui surplombait une vallée sableuse traversée par un cours d'eau cristallin de moins de deux mètres de large, ombragé par des peupliers. Au-dessus tournoyaient de grands oiseaux noirs, lançant des cris perçants.

Tous les motards, chacun, ou presque, accompagné d'une fille, retirèrent de leur sacoche des douzaines de packs de bière. Jamais Juliet n'avait vu autant de bières à la fois, sauf dans une épicerie.

— Qui va conduire? demanda-t-elle à Cool, regardant autour d'elle.

— Oh! nous ne rentrerons qu'à la nuit, et alors la gueule de bois nous sera passée. Eh bien, la balade t'a plu?

— C'était merveilleux! (Juliet accepta la bouteille de bière qu'il lui tendait après l'avoir décapsulée avec ses dents.) C'est une des plus belles émotions de ma vie.

Il plissa les yeux et l'observa.

— Eh bien, mon chou, on voit que tu me connais depuis peu.

Il eut un sourire malicieux.

Juliet plaça son casque sur son siège et passa une main dans ses cheveux emmêlés. Le soleil dardait ses rayons sur la terre desséchée. Il faisait aussi chaud qu'en été dans le Maryland, mais l'humidité était moindre.

Assis en tailleur, les motards formaient un grand cercle; ils avaient entamé les réserves de bière et riaient déjà bruyamment. Cool présenta Juliet à quelques-uns de ses compagnons, qui se contentèrent de lui adresser un signe de tête, ne s'intéressant à sa personne que du cou jusqu'aux pieds.

— Tu vas encore au lycée? demanda Cool, quand ils s'assirent.

Juliet admit que c'était le cas.

— Comment se fait-il que tu ne sois pas à l'armée? s'enquit-elle. Je croyais que tous les garçons qui n'étaient plus scolarisés faisaient leur service.

Cool détourna le regard pour fixer l'horizon.

— Eh bien, pas moi. J'irai au Canada, en Suède ou même en prison avant qu'on m'envoie combattre là-bas.

— Même en prison?

Sa question demeura sans réponse.

Ils restèrent assis environ une heure à écouter les blagues, les rires, les grivoiseries de la petite assemblée. Juliet commençait à transpirer, un filet de sueur coulait entre ses seins.

Cool la regarda.

— Tu veux descendre? dit-il, pointant le menton en direction du canyon. Tu veux aller nager?

— O.K.

Il se leva, l'aida à faire de même et prit deux autres bouteilles de bière. Ils se laissèrent glisser le long de la pente, qui n'était pas aussi abrupte que le pensait Juliet. Elle préféra cependant ne pas penser au retour.

— Il y a des serpents dans le coin? demanda-t-elle.

Cool ne lui répondit pas. Quand ils atteignirent le canyon, il lui prit la main et la conduisit vers les peupliers et le ruisseau à l'eau si limpide.

Ils s'assirent sur la rive, les pieds pendants. L'eau était froide, et Juliet eut envie de s'y plonger, de nager au fil du courant qui menait Dieu sait où. Cool lui offrit une bière, mais elle en avait déjà bu trois et refusa. A nouveau, il arracha la capsule avec ses dents, puis lui demanda :

— Tu veux y aller?

Elle se dit que son slip et son soutien-gorge ne montreraient finalement rien de plus que le maillot de bain qu'elle portait lors de leur première rencontre.

— O.K.

Il se leva, ôta son débardeur et glissa hors de son jean. Il n'avait pas de slip. Tout son corps était bronzé. Soudain Juliet eut peur de lui et fut prise d'une folle envie de partir en courant. Il lui adressa un large sourire.

— Ce que tu vois est ce que tu auras.

Elle se leva à son tour et déboutonna son corsage, lentement, et cela suffit à provoquer chez lui une érection. Elle jeta son corsage au sol et défit la fermeture éclair de son jean. Elle ressentait un certain plaisir à exciter aussi facilement un homme. Cela lui donnait un sentiment de pouvoir, bien qu'elle sût qu'elle ne maîtrisait pas la situation.

— Nom de Dieu ! s'exclama-t-il, quels beaux nichons tu as ! Enlève ton soutien-gorge.

— Non, dit-elle, sautant dans l'eau, qui lui montait un peu plus haut que le genou.

Elle s'avança dans le courant rapide, puis s'y allongea, de façon à se laisser emporter.

Cool l'attrapa par le pied et la secoua.

— Où tu vas comme ça ?

Sa main remonta le long de sa jambe, lui faisant perdre son équilibre. Elle voulut le repousser, mais elle avait en même temps plaisir à être touchée. Il lâcha sa jambe et elle se releva, consciente que, mouillés comme ils l'étaient, ses sous-vêtements étaient devenus transparents. Elle aurait aussi bien pu ne rien avoir sur elle.

— J'apprécie que tu ne parles pas beaucoup, dit-il, sa bouche s'approchant de la sienne.

Elle ferma les yeux. Les baisers étaient ce qu'elle aimait le mieux. Cependant rares étaient les garçons avec qui elle était sortie qui savaient vraiment embrasser. Cool l'embrassa comme si c'était un passage obligé, mais il ne sembla pas y trouver grand plaisir. L'entourant de ses bras, il défit son soutien-gorge et, sa bouche sur ses seins, il se mit à tirer comme un fou sur son slip, la traînant hors de l'eau, puis sur la berge ; avant qu'elle ait eu le temps de réaliser ce qui se passait, tout était fini. Il s'écarta d'elle, haletant et repu. Elle resta allongée sur le dos, regardant les arbres, dont les feuilles dentelées se détachaient à contre-jour.

Le ruisseau faisait entendre un doux clapotis. Au loin résonnaient les rires et les cris des motards.

Au bout d'un moment, Cool déclara :

— Je pourrais t'apprendre quelque chose.

Elle pensa qu'il voulait parler de sexe. Elle s'était montrée d'une totale passivité. Mais il ne s'agissait pas de cela.

— Aimerais-tu apprendre à conduire une moto ou bien à jouer de la guitare? Je me débrouille bien. Vraiment bien.

— Il faut que je choisisse?

Il se tourna sur le côté, s'appuya sur un coude et se mit à rire.

— Tu veux apprendre les deux? D'accord. Je t'apprendrai les deux.

Elle ferma les yeux. Et si j'en avais envie, pensa Juliet, je t'apprendrais à embrasser. Mais elle estima qu'il n'en valait pas la peine. Ce garçon ne l'enflammerait jamais. Il ne la toucherait jamais au plus profond d'elle-même. Alors, pourquoi dépenser de l'énergie? Autant économiser ses forces pour apprendre de nouvelles choses.

Le mois qui suivit, elle passa beaucoup plus de temps à apprendre la guitare et à conduire la moto de Cool qu'à aller au lycée.

Un samedi, Jordan téléphona.

— Je t'ai appelée plusieurs fois hier soir, dit-il.

— J'étais chez *Ambrosia*.

— C'est quoi, ça?

— Un endroit où passent des groupes. Une sorte de lieu de rendez-vous pour les musiciens et les comiques.

— Oh, bravo! Tout à fait le genre de personnes que tu dois fréquenter!

Il s'arrêta là. Il savait que Juliet était seule et que c'était sa faute.

— Papa, je veux apprendre à jouer de la guitare.

— Je n'y vois pas d'inconvénient.

— Mais cela veut dire que j'ai besoin d'une guitare.

Il se mit à rire. C'était la première fois qu'une de ses filles lui demandait de l'argent.

— Tiens, voilà le numéro de ma carte de crédit. Achète-toi la meilleure.

Elle n'alla pas jusque-là, mais Cool lui montra celle qu'il aurait achetée s'il en avait eu les moyens. Elle ne l'acheta pas en sa compagnie, mais rentra chez elle et la commanda par téléphone, donnant au vendeur le numéro de la carte de crédit de Jordan. Elle n'avait encore jamais invité Cool chez elle, lui fixant toujours rendez-vous devant le lycée à 3 heures, à la plage ou chez *Ambrosia*, où elle se rendait tous les vendredis et samedis.

Le dimanche, ils partaient en moto. Elle commençait à connaître différentes parties du sud de la Californie, mais toujours dans le désert. Elle passait le dimanche après-midi à boire goulûment de la bière et à avoir des copulations éclair avec Cool Wellington. Pendant l'acte, elle fermait les yeux et jouait mentalement de la guitare, explorant de nouveaux accords, fredonnant en son for intérieur.

Elle ne savait pas ce qu'elle préférait, la guitare ou les virées à moto dans le désert, avec le vent qui cinglait son visage. Tous les dimanches après-midi, Cool lui donnait des leçons de conduite, la laissant manœuvrer sa moto en cercles et rouler lentement sur les routes de canyon.

Utilisant à nouveau la carte de crédit de Jordan, elle s'acheta une tenue de motard en cuir, semblable à celle des autres filles.

Un samedi soir, comme elle était assise, seule, à la table où elle s'installait toujours pour écouter le groupe de Cool, un homme, grand et bien charpenté, en Stetson et veste brodée de l'Ouest, entra chez *Ambrosia*. Quatre hommes l'accompagnaient, tous imposants, la cigarette aux lèvres, portant des bottes et de grands chapeaux de cow-boys. Les serveurs s'agitaient autour d'eux comme des abeilles sur un pot de miel. Quand il s'assit, se renversant sur sa chaise, lui faisant face dans la pièce enfumée, Juliet réalisa qu'il s'agissait de Johnny Mars. Cool lui avait dit la vérité. Mais imaginer Johnny Mars dans un endroit pareil !

Il se comportait en roi. Tout le monde le regardait, et il le savait, considérant cette attention comme son dû. Juliet se dit qu'il était sans doute le point de mire partout où il allait.

Et pourtant il ne faisait rien pour l'être. Ses compagnons se tenaient bien, buvaient de la bière, sans plus. Johnny écoutait le comique, mais il ne riait pas. Il attendait autre chose.

Lorsque le groupe de Cool monta sur scène, Johnny et les hommes attablés avec lui échangèrent un regard, et comme s'ils s'étaient donné un signal, ils se redressèrent tous et parurent écouter avec la plus grande attention.

Après la prestation du groupe, Johnny demanda au serveur de faire venir Cool à sa table. Juliet regardait, retenant son souffle. Elle n'avait encore jamais vu une vedette du western-country. Non qu'elle écoutât beaucoup de country, mais tout le monde connaissait Johnny Mars.

Cool ne jouait pas de country, mais en rock il se débrouillait bien. Juliet ne connaissait pas grand-chose à cette musique, ayant été élevée avec Schubert, Mozart et Frank Sinatra, mais elle savait que Cool était un bon musicien.

Cool vint s'asseoir à la table de Johnny Mars et lui adressa un signe de tête. C'est tout ce qu'elle put voir, car il lui tournait le dos. Il se pencha pour écouter Johnny, puis se redressa, le dos très droit. Johnny et ses hommes se levèrent.

Johnny chaussa des lunettes noires, bien qu'on pût à peine distinguer quelque chose dans la pièce tant il faisait sombre. Quand il tendit la main, Cool sauta sur ses pieds pour la lui serrer, tout en hochant la tête, avant de se retourner, un large sourire aux lèvres.

Tous les yeux suivirent Johnny Mars tandis qu'il se dirigeait vers la porte. Ce fut, après son départ, comme si on avait éteint la lumière.

Cool se retourna et aperçut Juliet à sa table habituelle. Il la rejoignit d'un bond, souriant toujours.

— Tu as vu ça? demanda-t-il. Tu as vu Johnny Mars? Et tu sais quoi?

Il s'assit à la table, ayant du mal à contenir son excitation.

— Il m'a dit qu'il était revenu juste pour moi. Juste pour m'engager! Il commence une tournée le mois prochain, et il veut que je l'accompagne, que je fasse partie de son groupe. Tu te rends compte?

Ce dont Juliet se rendait compte, c'était qu'elle n'aurait plus de leçons de guitare, qu'elle ne sentirait plus le vent dans ses cheveux. Elle n'aurait plus rien à faire le week-end, plus personne pour l'accompagner à la plage après le lycée.

— Je dois aller demain chez lui et commencer à répéter avec le groupe. Il veut que nous répétions jour et nuit jusqu'à notre départ.

Juliet se demanda ce qu'elle allait devenir.

Au moins, son père n'allait pas tarder à rentrer. Noël était dans deux semaines, et Jordan lui avait dit au téléphone vendredi soir qu'ils terminaient le film et qu'elle ferait bien de penser à ce qu'elle voulait pour Noël, parce que ce serait le premier Noël qu'ils passeraient tous les deux. Ils achèteraient un arbre et le décoreraient, rattrapant ainsi les années perdues. Ils feraient rôtir eux-mêmes une dinde et garderaient les restes pour faire des sandwiches le lendemain. Préférait-elle passer Noël dans cette grande maison ou bien dans son cottage de Malibu? Ils pouvaient également fêter Noël en ville et aller à Malibu pour le jour de l'an. Cela lui conviendrait-il? Maintenant qu'elle avait dix-sept ans, il lui laisserait peut-être même boire du champagne à la Saint-Sylvestre.

Lorsqu'elle raccrocha, Juliet se dit que son père ne savait pas qui elle était vraiment. Bon, et après ? Il n'avait jamais été non plus tel qu'elle aurait voulu qu'il fût.

C'était la première fois qu'elle s'autorisait une telle pensée.

37

Cool ne manqua nullement à Juliet. Elle avait Jordan pour elle seule et ne se souvenait pas avoir été aussi heureuse.

Dix jours avant Noël, son père se lança dans de folles dépenses, choisissant des présents extravagants pour Ashley, et même pour Sydney. Il acheta des cadeaux pour des gens que Juliet ne connaissait pas, mais qu'il lui promit de bientôt lui présenter. Il jeta son dévolu sur des écharpes, des bijoux, de beaux sacs en cuir. Ils écumèrent les boutiques de Rodeo Drive, et, dans chacune d'entre elles, on reconnut Jordan et on le traita avec une attention toute particulière.

Une fois cette frénésie d'achats passée, une fois tous ses cadeaux envoyés, il décida de se procurer un sapin, demandant à Juliet son opinion jusqu'à ce qu'ils en trouvent un à leur goût.

Jordan monta au grenier chercher les boîtes contenant des éléments de décoration, dont certains dataient de son enfance. L'arbre décoré, ils s'attardèrent à boire du cidre chaud, admirant le sapin, en faisant le tour, le jaugeant sous tous ses angles.

— Je sais que c'est bébête, dit Jordan, mais n'est-ce pas là tout le plaisir de Noël?

Il plaça sur la platine un disque de Noël et chanta en même temps que s'élevait la voix de Mitch Miller.

Son père apparut à Juliet ébloui par la fête comme un petit garçon.

Il lui demanda de jouer *Jingle Bells* à la guitare et fut agréablement surpris de la voir capable d'improviser. Ils rirent beaucoup.

Le lendemain, quand Juliet se leva, il était déjà occupé à farcir la dinde. De doux effluves flottèrent dans la maison toute la matinée.

Pour le petit déjeuner, il leur avait préparé des galettes cuites au four, du melon et de la papaye, le tout accompagné de café au lait, sans oublier les oranges pressées.

— Tu ne savais pas que ton vieux père était un fin cuisinier, n'est-ce pas ?

Elle l'ignorait. Il lui donnait l'image d'un homme toujours heureux, fredonnant sans cesse, débordant d'énergie.

Elle ne ressentit pas le besoin de fumer du haschisch, s'abstint de consommer de la bière, et but avec son père du café toute la journée. Il se servit un verre de vin au dîner et lui dit que, l'année prochaine, lorsqu'elle aurait dix-huit ans, il lui permettrait d'en faire autant.

Il lui avait demandé, à son retour du Canada, comment elle s'en sortait au lycée. Elle lui avait répondu « bien », ce qui était un mensonge éhonté.

Jordan lui avait donné trois cents dollars afin qu'elle déniche des cadeaux pour sa mère, Ashley, oncle Billy et Adam, ainsi que pour son grand-père. Avec le reste, elle acheta pour son père une cravate qu'elle aimait beaucoup et de magnifiques lunettes noires, puisqu'en Californie tout le monde en portait à longueur de journée. Sachant toutefois qu'il avait les moyens de s'offrir tout ce qu'il désirait, elle chercha une idée originale, quelque chose qu'il ne pouvait acheter. Et elle fut absolument ravie de ce qu'elle trouva, et qui allait déclencher chez son père une émotion inattendue.

Le matin de Noël, il y avait des cadeaux pour Jordan de

la part de gens qu'elle ne connaissait pas et pour elle une montagne de présents de Sydney, deux d'Ashley, plusieurs de Grand-Maman, un autre accompagné d'une carte signée d'Oliver, mais acheté par sa mère, Juliet en était certaine, et un dernier d'oncle Billy.

La moitié des cadeaux déballés, elle ne put se retenir plus longtemps.

— Papa, j'ai quelque chose pour toi qui n'est pas dans l'arbre. Je veux te le donner maintenant. Assieds-toi une minute.

— Puis-je me servir une tasse de café d'abord?

Lorsqu'elle revint avec sa guitare, il était installé sur le canapé, le regard interrogateur. Elle s'assit en tailleur à même le sol et se mit à jouer et à chanter, les yeux fermés, comme c'était souvent le cas lorsque la musique s'emparait d'elle.

Il a surgi de quelque part,
Comme une ombre dans le ciel apparaît,
Je l'ai reconnu sans jamais l'avoir rencontré,
Et j'en sais la raison.

Lentement mon cœur s'est ouvert à la lumière,
Lentement le passé a trouvé compensation,

Lentement
mon cœur s'est ouvert à la lumière,
Lentement
Le passé
A trouvé
Compensation,
Lentement
A grandi la liberté
De demander, sans colère.

Aveugles pendant une éternité,
Nous avons fini par nous voir,

Par-delà la méfiance et les méprises,
Nous avons fini par nous entendre.
Cœur d'enfant
Et cœur d'homme,
Nous avons fini par nous aimer.

Lentement mon cœur s'est ouvert à la lumière,
Lentement le passé a trouvé
Compensation,
Lentement a grandi la liberté
De demander,
Sans
Colère.

Un silence suivit la fin de la chanson. Levant la tête, Juliet vit que son père avait les larmes aux yeux.

— C'est toi qui as écrit ça?

Même la moto n'avait jamais procuré à Juliet un tel plaisir. Elle acquiesça, gagnée par l'émotion de son père.

Il se leva, vint s'agenouiller près d'elle et la serra très fort dans ses bras.

— Oh, ma chérie! C'est le plus beau cadeau qu'on m'ait jamais fait.

Elle était au bord des larmes.

— Je ne savais pas que tu pouvais écrire des choses comme ça. Ma petite fille!

— C'est la première chanson que j'écris.

— Tu iras loin, dit-il en lui souriant. As-tu noté les paroles? Je veux les encadrer.

— Oui, répondit-elle. Je les ai notées pour toi.

— Je les conserverai précieusement. Toute ma vie. Jamais personne ne m'avait encore dédié une chanson. Et une chanson aussi belle. Tu es un poète, tu sais.

Lorsqu'ils eurent ouvert tous leurs cadeaux, séance qui fut interrompue par un coup de téléphone d'Oberon, de sa mère et sa sœur, un peu tristes de passer pour la première fois Noël sans Juliet, Jordan alla surveiller la dinde.

— A présent, c'est mon tour, dit-il. Si tous tes vœux pouvaient être exaucés, que souhaiterais-tu?

— Oh, papa! Je ne désire qu'être avec toi. C'est aujourd'hui le plus beau jour de ma vie.

— Je parle d'un objet. Quelque chose qu'on peut avoir avec de l'argent.

Juliet secoua la tête, l'air intrigué.

— J'ai déjà tout.

— Non, dit son père avec un large sourire. Tu n'as pas tout. C'est une chose dont j'entends parler depuis dix jours.

Elle réfléchit un moment. Non, c'était impossible.

— Oh, papa, tu n'as pas fait ça!

— Viens, dit-il, l'aidant à se lever. Allons voir dans le garage.

Entre la Mercedes noire de Jordan et sa Porsche argentée était garée une Harley-Davidson Heritage Soft Tail bordeaux métallisé.

Juliet resta un instant plantée là, bouche bée, avant de courir vers la moto et de la palper, d'admirer la selle en cuir et de la caresser.

Jordan rayonnait de plaisir.

— Le vendeur m'a dit que c'était ce qu'il y avait de mieux. Je lui ai approximativement donné ta taille et ton poids et il m'a recommandé ce modèle. J'ai choisi cette couleur qui me plaisait, mais nous pouvons la changer demain, si tu le désires...

— Oh, non! protesta Juliet, qui pouvait à peine parler. Je l'adore ainsi.

Au milieu de leur dîner, alors qu'ils avaient attaqué la dinde, Cool téléphona.

— Joyeux Noël! dit-il.

— Salut!

Il était comme mort pour elle.

— Je voulais juste te dire un petit bonjour. Tu me manques. (Comme Juliet restait silencieuse, il demanda :) Tu as passé un bon Noël?

— Merveilleux.

Pourquoi ne lui parlait-elle pas de la moto?

— Nous commençons la tournée par Minneapolis le 10. Puis nous allons à Madison.

— Aussi loin au nord?

Ce fut sa seule question.

— C'est la vie, mon chou, lui dit-il en guise d'adieu.

Elle faisait chaque jour de la moto, sans toutefois y consacrer des heures. Elle voulait rester avec son père, alors entièrement disponible. Son prochain tournage ne commençait qu'en février, et il devait avoir lieu à Hollywood même. Il ignorait comment son public allait réagir. Il avait accepté le rôle d'un escroc. Un escroc qui s'avère finalement honnête; sinon il n'aurait pas incarné le personnage. Mais serait-il crédible en escroc plus ou moins miteux? L'un de ses réalisateurs préférés, Bernie Kellerman, l'avait convaincu qu'il ferait parfaitement l'affaire.

Depuis que Juliet avait rejoint son père en Californie, il n'avait pas organisé un seul de ses fameux brunches du dimanche matin, aussi n'avait-elle rencontré que très peu de ses amis. Parmi eux se trouvait un photographe, Alan Hawke, qui réalisait toutes les photos de Jordan. Il y avait aussi Paul Mellon, qui faisait quelque chose dans le cinéma, bien que Juliet ne sût pas exactement quoi. En fait, Jordan ne connaissait personne en dehors du milieu cinématographique.

— Lors de mon prochain film, nous pourrons dîner ensemble tous les soirs, lui dit son père. Même si je dois partir avant que tu te réveilles pour aller au lycée.

Le lycée... Maintenant que Cool n'était plus là, elle n'avait plus personne avec qui partager ses loisirs. Bien sûr, elle pouvait rouler à moto tous les jours après les cours, rouler dans les collines, au fond des canyons ou le long de la plage. Elle demanda si elle pouvait emmener sa moto à Malibu quand ils s'y rendraient le 30.

— Naturellement. Au fait, j'ai pensé organiser une petite fête pour la Saint-Sylvestre. Nous serons peu nombreux. Mais j'aimerais te présenter à quelques-uns de mes amis.

A l'entendre, il donnait cette réception en son honneur.

Juliet se dit qu'elle avait tout ce qu'elle pouvait attendre de la vie. Elle se réveillait chaque matin le sourire aux lèvres et conservait ce sentiment de bien-être toute la journée. Son père, sa guitare, sa moto. Elle ne pouvait désirer plus.

Jordan n'avait invité que douze personnes pour la Saint-Sylvestre. Un couple avait déjà un engagement, mais les autres amis conviés acceptèrent et vinrent accompagnés.

Juliet aimait cette maison en bord de mer. Elle était sans prétention. Une simple construction de bois avec, à l'unique étage, un balcon regardant l'Océan, sur lequel donnaient les deux chambres. Jordan l'avait aménagée avec une sobriété presque puritaine, toute de verre et de cuir noir. On était loin des chaudes couleurs et du style de sa maison de Beverly Hills, décorée par Sydney presque vingt ans auparavant. C'était sa simplicité qui plaisait à Juliet. On entrait directement dans la cuisine, puis on passait au salon-salle à manger, une grande pièce de dix-huit mètres de long sur sept de large, prolongée par une véranda donnant sur la mer. Au pied de la véranda, les fleurs poussaient à profusion, et une grande haie, plantée par Jordan pour préserver son intimité, empêchait de voir l'Océan, bien qu'on entendît le ressac incessant des vagues.

Le soir de la Saint-Sylvestre, il faisait si doux que les portes vitrées de la véranda étaient ouvertes, et l'air iodé pénétrait dans la maison.

Alan Hawke vint avec sa femme et Paul Mellon arriva

en compagnie d'un très bel homme que Juliet trouva efféminé, mais qui avait beaucoup d'esprit. Carole Cooper et son mari firent leur apparition, et Juliet en resta abasourdie. Carole Cooper avait été la partenaire de Jordan dans deux films. Elle n'était pas tout à fait aussi belle qu'à l'écran, peut-être parce qu'elle était très peu maquillée, mais elle possédait une vivacité qui fit aussitôt d'elle le centre de l'attention. Elle avait une silhouette merveilleuse, mais c'était à ses yeux et à sa voix qu'elle devait sa célébrité. Une voix rauque, bien reconnaissable, et une présence certaine.

Elle se montra aux petits soins pour Juliet, lui disant :

— J'ai tellement entendu parler de vous et de votre sœur ! C'est formidable pour votre père de vous avoir enfin ici. Je sais combien vous lui avez manqué pendant toutes ces années.

Juliet la trouva sympathique. Mais celle qui l'époustoufla le plus n'arriva qu'à 11 heures.

Elle entra sans sonner, manifestement chez elle. Elle portait une robe de mousseline blanche, et ses boucles d'oreilles en argent tournoyaient au gré de ses mouvements. Elle avait le sourire facile, et sa voix était si douce qu'il fallait se pencher vers elle pour l'entendre. Elle avait l'air d'une petite fille, estima Juliet, avec ses grands yeux bleus étonnés et confiants. Elle posa la main sur le bras de Jordan et lui sourit comme s'ils partageaient un secret. Il se pencha et l'embrassa sur la joue, paraissant se réjouir de son attitude possessive.

Juliet la reconnut alors. Hildy Vandeberg; sa photographie avait fait la couverture de tous les magazines du pays, non seulement de ceux de cinéma, mais aussi de *Time, Harper's Bazaar* et *Vogue*. Cette année, on lui avait consacré plus d'articles qu'à toute autre star de cinéma. Plus qu'au président.

Juliet entendit son père lancer :

— Viens ! Viens faire la connaissance de la seconde femme de ma vie !

Hildy tendit la main, un sourire posé sur ses lèvres larges et sensuelles.

— Il me tardait de vous rencontrer. Je regrette de n'avoir pu passer Noël avec vous, mais je le fête toujours en famille, à Austin.

Elle avait un léger accent du Texas.

Pour la première fois depuis son arrivée en Californie, Juliet eut froid.

— Votre père, le vendredi soir, était incapable de sortir avant de vous avoir eue au téléphone.

Elle était donc à Vancouver, elle aussi ! Jordan n'avait pas une seule fois prononcé son nom. Jouait-elle également dans le film ou accompagnait-elle simplement Jordan ?

La soirée s'acheva là pour Juliet, qui passa le reste du temps dans une sorte de brouillard. A minuit — ça, elle se le rappelait — son père lui versa un verre de champagne et se pencha pour l'embrasser, avant d'embrasser Hildy. 1969 faisait son entrée.

— A la fin du prochain tournage, déclara Jordan, si Hildy et moi avons en même temps un moment de répit entre deux films, j'aimerais que nous allions tous les trois en Afrique. Je voudrais lui montrer mon pavillon là-bas. Lui montrer la nature telle qu'elle devrait être. Je pense qu'elle sera séduite, tu ne crois pas ?

Juliet ne répondit pas.

— Peut-être à la fin de l'année scolaire, ajouta son père. Un cadeau pour ton diplôme, en quelque sorte.

— Voilà qui me ferait le plus grand plaisir, dit Hildy de sa voix inimitable.

Juliet but quatre verres de champagne à l'insu de Jordan, puis, alors que la fête se poursuivait, elle monta dans sa chambre et s'endormit tout habillée.

A son réveil, elle avait une terrible migraine. Elle pouvait voir l'Océan de son lit et elle décida, quelle que fût la température, d'aller prendre un rapide bain de mer. Ce serait une excellente façon de commencer la nouvelle année.

Elle s'arrêta en maillot de bain dans la cuisine pour se servir du jus d'orange. Les verres étaient éparpillés sur les tables. Les carottes se racornissaient dans les assiettes, les olives noires se desséchaient, les glaces avaient fondu.

Peut-être ferait-elle à son père une surprise en s'attaquant à la vaisselle, en nettoyant tout avant qu'il se réveille. Il n'était que 8 heures. Elle n'avait pas la moindre idée de l'heure à laquelle s'était terminée la fête, mais il se lèverait sans doute très tard.

Elle courut sur la plage dans la fraîcheur matinale et, s'élançant la tête la première, plongea dans l'eau glacée, sous une vague qui méritait à peine ce nom. L'Océan était calme, gris, glacial.

Ce plongeon lui suffit. C'était juste ce qu'il fallait pour la réveiller, lui donner de l'énergie. Elle remonta à la surface, se retourna et sortit de l'eau pour apercevoir son père qui lui faisait signe. Il était sur le balcon, torse nu, seulement vêtu de son pantalon de pyjama. Elle le devinait souriant, heureux.

Elle répondit à son geste au moment même où Hildy apparaissait à son côté, portant la veste de pyjama de Jordan, ramenant ses cheveux ébouriffés en arrière de la main gauche, belle bien qu'elle ne fût pas maquillée, et malgré ses yeux encore gonflés de sommeil. Regardant vers l'Océan, elle passa le bras droit autour de la taille de Jordan. Elle ne lui arrivait même pas à l'épaule. Jordan l'enlaça et se pencha pour lui donner un rapide baiser avant d'adresser un nouveau signe de la main à Juliet.

Juliet ne fit pas la vaisselle. Elle prit une douche chaude, se versa un restant de café et mangea un petit pain beurré. Elle glissa dans sa poche les cent vingt-quatre dollars découverts dans la veste que Jordan avait pendue dans le placard de l'entrée et enroula dans une serviette les quelques vêtements qu'elle avait apportés à Malibu.

Elle fourra le tout dans la sacoche de sa moto, arrima sa guitare avec une corde trouvée dans le garage et lança :

— Je vais faire un tour.

— Je fais des crêpes pour le petit déjeuner, cria Jordan dans l'escalier. Ce sera prêt dans une demi-heure.

Juliet ne répondit pas.

Elle se procurerait en chemin des cartes routières, pensa-t-elle. Quel était l'Etat frontière ? Le Nevada ou l'Utah ? A moins que ce soit l'Oregon ? Elle espérait qu'il n'aurait pas encore commencé à neiger et prit la direction du nord-est. Minneapolis était au nord et au milieu du pays. Elle en était pratiquement certaine. Elle devrait sans doute traverser le Nevada. Elle aimait le désert, et peut-être ne neigeait-il jamais là-bas.

Elle aimait les vastes étendues désolées. Elle se promit de goûter chaque instant de sa traversée : la moitié des Etats-Unis à moto.

38

Juliet réalisa qu'elle ignorait jusque-là ce que le mot « froid » signifiait vraiment.

Une bonne chose, toutefois : les routes étaient dégagées. Mouillées mais dégagées, la neige entassée en hauts monticules sur les bas-côtés. Mais elle couvrait les champs, et, des arbres, pendaient des stalactites de glace, étincelles de cristal dans un ciel si bleu qu'on se serait cru dans un film en Technicolor.

Elle se nourrit principalement de crackers accompagnés de beurre de cacahuètes et de jus d'orange et dut se contenter pour dormir de chambres à six dollars la nuit, gardant son argent pour l'essence et pour les grandes villes.

Les routes nationales étaient merveilleuses. Il ne neigea pas jusqu'à Minneapolis. Elle avait imaginé que ce serait facile de trouver Johnny Mars et son groupe, mais tout ce qu'elle put savoir d'eux était qu'ils donnaient leur premier concert à l'auditorium dans cinq jours.

Qu'allait-elle faire jusque-là ?

Ce n'est qu'au bout de trois jours que, calfeutrée dans sa chambre bon marché, elle pensa à appeler les autres motels et hôtels. Elle apprit ainsi que Johnny et ses musiciens logeaient dans l'un des palaces de la ville. Elle laissa un message à Cool, en espérant qu'il la rappellerait, qu'il serait content de la voir.

Il la rappela et fut ravi de l'entendre.

Le gardien de nuit la réveilla à 3 heures du matin pour lui dire qu'elle avait un appel et que le téléphone était dans le hall. Elle enfila son blouson de cuir, car elle avait oublié de prendre des vêtements de nuit, et descendit en trébuchant jusqu'au hall faiblement éclairé.

— Mon chou, que fais-tu à Minneapolis?

Le plaisir de Cool était manifeste, bien qu'exprimé d'une voix pâteuse.

— Je suis venue t'écouter jouer.

En fait, elle n'avait aucun autre endroit où aller ni personne d'autre qui eût envie de la voir. Du moins en était-elle persuadée.

— Je viens tout de suite te chercher.

— Non, marmonna Juliet. Je suis à moitié endormie. Demain matin.

Cool se mit à rire.

— On ne se réveille pas avant 2 heures de l'après-midi.

— Eh bien, je passerai à ton hôtel vers cette heure-là.

Il lui donna le numéro de sa chambre.

Elle ne s'attendait pas au spectacle qui s'offrit à elle. La chambre était occupée par trois autres jeunes gens et deux femmes. Comme elle ne comportait que deux grands lits, Cool et l'un des autres garçons dormaient sur des couvertures, à même le plancher.

Sans manifester le moindre embarras, Cool la prit dans ses bras, le sourire aux lèvres. Il avait manifestement sa dose, comme tous les autres d'ailleurs. Il ne s'était pas rasé depuis plusieurs jours, ses cheveux étaient en désordre, et ses vêtements, dans lesquels il avait dormi, étaient froissés.

— Nom de Dieu, comme c'est bon de te voir! Je te demande une seconde. Je vais me brosser les dents et nous irons chercher quelque chose à manger. Je n'arrive pas à y croire!

Ceux qui dormaient dans les lits roulèrent sur le côté pour voir à qui il parlait. Une des femmes avait les seins découverts.

— Sont-elles avec le groupe? demanda Juliet dans l'ascenseur.

— Non. Il n'y a aucune femme dans le groupe. Elles voyagent avec nous quelque temps, puis elles nous quittent.

A la cafétéria, Cool commanda un hamburger en guise de petit déjeuner, et Juliet un sandwich au bacon, avec laitue et tomate, son repas le plus substantiel depuis son départ de Malibu.

Cool ne lui demanda pas comment elle était arrivée là ni ce qui l'avait décidée à venir; il ne se posa même pas la question de savoir ce qu'il allait faire d'elle. Il lui raconta combien c'était merveilleux d'être avec Johnny, que le groupe était comme une famille. Qu'une tournée en bus — et Johnny en avait deux immenses, l'un pour les instruments de musique, et l'autre pour les gars — ça, c'était la vraie vie. La vraie manière de voir le pays. Ils avaient un magnétophone dans le bus, jouaient aux cartes ou se contentaient de bavarder de choses et d'autres. En fin d'après-midi, ils se mettaient à jouer, ce n'était pas vraiment une répétition : ils essayaient de nouveaux sons. Cool estimait s'être amélioré de deux mille pour cent depuis qu'il avait rejoint le groupe, seulement vingt-neuf jours auparavant. Il n'avait jamais rencontré de types aussi bien que les musiciens du groupe. On avait l'impression qu'ils étaient tous frères. Aucune jalousie. De l'entraide. Une vraie famille, avec toutefois les critiques que l'on peut faire à toute famille.

Johnny avait cherché un guitariste pendant plus de six mois sans en trouver un qui voulût s'intégrer de façon permanente au groupe. C'est pourquoi il était revenu trois fois pour écouter jouer Cool, afin d'être sûr. Il avait fait venir également tous ses musiciens, pour leur demander leur avis. Ils étaient tous tombés d'accord. Johnny lui avait dit sa certitude d'avoir fait le bon choix.

Ils devaient répéter ce soir-là à l'auditorium. Elle pouvait venir voir si elle voulait.

Leur musique pénétra Juliet par tous les pores de sa peau, faisant battre en rythme son cœur. Le type à l'harmonica faisait parler son instrument, le faisait chanter. Elle n'avait jamais entendu un harmoniciste jouer ainsi. Et quand Johnny se mit à chanter, bien que Juliet n'eût jamais beaucoup aimé la country, elle comprit pourquoi il avait un tel succès.

Ce soir-là, il était simplement vêtu d'un jeans très moulant et d'une chemise blanche en coton. Il portait une large ceinture de style indien, qui pouvait provenir d'Arizona ou du Nouveau-Mexique, avec une grosse boucle en argent ornée d'une turquoise au centre, et des bottes de cow-boy éraflées.

Non seulement il avait une voix, mais ce qu'il en faisait vous obligeait à écouter chaque syllabe, vous électrisait à chaque phrase. Vous faisait fondre.

Il était grand. Pas aussi grand que Jordan, mais d'une corpulence plus massive, plus lourde. Pas gros, mais imposant. Et pourtant il se mouvait sur scène avec une grâce aérienne. Quand il cessa de chanter et termina par un solo de guitare, tapant du pied en cadence, Juliet se pâma. Il faisait chanter sa guitare. Il la faisait gémir. Il envoyait des fusées lumineuses qui enflammaient la salle sombre, et Juliet dut enlever le chandail que Cool lui avait passé.

Après la répétition, ils marchèrent dans la nuit neigeuse pour aller dans un bar dont ils étaient déjà les habitués. Lorsque Johnny entra, tout le monde applaudit. Il se contenta de sourire et se dirigea vers un coin obscur. Pendant le trajet, trois femmes les avaient rejoints, dont, sembla-t-il à Juliet, les deux filles qu'elle avait vues le matin même dans la chambre d'hôtel.

Elle se retrouva assise en face de Johnny, qui, après avoir parcouru la pièce du regard et passé les commandes, posa les yeux sur elle et se mit à l'observer en silence. Elle lui renvoya son regard. C'était assurément un homme fascinant. Elle lui donnait dans les trente-cinq ans. De près, il paraissait fatigué. Ses yeux ne souriaient presque jamais.

Au bout d'une demi-heure, il se pencha sur la table, qui était si large qu'il dut crier pour se faire entendre.

— C'est ta copine ? demanda-t-il à l'adresse de Cool.

Cool se mit à rire.

— Je ne sais pas. Mais elle a fait trois mille kilomètres pour venir me voir.

Johnny haussa les sourcils, puis, tendant la main à Juliet, proposa :

— Allons danser.

La piste de danse était de la taille d'un timbre-poste.

— Tu as un nom ? demanda-t-il.

— Julie Elliot.

Il l'attira plus près et l'entraîna sur la piste. Une impression de force se dégageait de lui, et Juliet remarqua qu'on les regardait. Minneapolis n'avait probablement pas beaucoup de grandes vedettes.

— Tu es mineure ?

— Non, mentit-elle. J'ai juste dix-huit ans.

— Tu as de la classe, observa-t-il. Tu n'es pas comme les autres.

— Je ne suis comme personne.

Cela l'avait tourmentée toute sa vie.

— Depuis combien de temps connais-tu Cool ?

— Quelques mois.

Johnny sourit, mais ses yeux restèrent sombres.

— Tu n'es pas très bavarde.

Il la serrait tellement qu'elle pouvait sentir contre son ventre la boucle de son ceinturon.

— Tu passes la nuit avec Cool?

— Certainement pas dans une chambre d'hôtel pleine de monde. J'ai ma propre chambre, dans un motel.

— Tu passeras la nuit avec lui s'il te rejoint dans ta chambre?

Juliet leva les yeux sur Johnny.

— Je me sens obligée de vous dire que la façon dont je passe mes nuits ne vous regarde pas.

Lorsqu'ils retournèrent s'asseoir, une cigarette faisait le tour de la table.

— Marijuana, murmura Cool en la lui passant.

Elle en tira une profonde bouffée. Cela faisait des semaines...

De l'autre côté de la table, Johnny Mars la fixait. Il la regardait droit dans les yeux, ne s'intéressant pas au reste de sa personne. Il ne semblait même pas avoir remarqué son corps, sauf lorsqu'il la tenait serrée en dansant; ce qu'il voyait au fond de ses yeux lui plaisait. Aucun homme n'avait jamais regardé Juliet de cette manière.

Quand ils partirent, il était 2 heures du matin bien sonnées et Juliet avait peine à garder les yeux ouverts.

— Je n'ai pas l'intention de passer la nuit dans un lit avec d'autres personnes, dit Juliet à Cool. Si tu veux être avec moi, viens dans ma chambre. Sinon, on se verra demain.

Cool eut un large sourire.

— Moi, ne pas vouloir être avec toi? T'es cinglée ou quoi?

Il dit aux autres qu'il les retrouverait le lendemain à 3 heures. Ils jouaient le soir et toutes les places étaient déjà vendues. Aux informations, on annonçait de prévisibles embouteillages.

Cool ne savait vraiment pas embrasser, constata une nouvelle fois Juliet. Si je dois rester avec lui un certain temps, mieux vaut que je lui apprenne, pensa-t-elle. Mais au moment où elle trouvait l'énergie de le faire, il était déjà en elle et, cinq minutes plus tard, il ronflait sur le dos, l'air béat.

Juliet ne s'en offusqua pas. Elle voulait seulement avoir quelqu'un auprès d'elle. Que le type soit content et ne la quitte pas. Elle se demanda si Hildy Vandeberg ressentait la même chose quand Jordan lui faisait l'amour.

Elle essaya de s'imaginer son père et sa mère faisant l'amour, mais n'y parvint pas. Elle essaya de s'imaginer sa mère au lit avec Adam et se demanda si elle avait du plaisir ou si elle faisait cela seulement par obligation. Elle se demanda ce qu'était un orgasme et ce qu'il fallait faire pour arriver à ce stade. Et si c'était aussi bien qu'on le disait.

Allongée, écoutant les voitures passer dans le silence ouaté que créait la neige, elle se mit à penser à Johnny Mars et à la façon dont il l'avait regardée, la façon dont il l'avait tenue dans ses bras en dansant, sachant que, si elle avait senti la boucle de son ceinturon, il avait pu sentir ses seins, se demandant si c'était la raison pour laquelle il l'avait tellement serrée. Elle pensa à la voix chaude et rocailleuse qui l'avait pénétrée jusqu'à l'âme. Elle se demanda si les paroles qui l'avaient tellement touchée avaient été écrites par lui. S'il les ressentait profondément ou s'il vendait seulement sa marchandise.

Il ne ressemblait pas aux autres membres du groupe, tous bien plus jeunes. Il ne se livrait pas. Il lui avait dit qu'elle n'était pas loquace. Il était lui-même avare de paroles.

Au milieu de ses rêveries, il lui vint un air qu'elle ne put identifier, dont les paroles surgirent de nulle part :

Dans la grisaille d'une tempête de neige
J'ai dégluti pour oublier ma peur ;
Le froid me faisait sa cour.

Elle pensa à Johnny sur scène, la lumière d'un projecteur dansant sur lui, et se demanda comment il chanterait cela. Connaissait-il la peur ?

Dehors, dans l'obscurité feutrée, la neige tombait à gros flocons humides.

Après Minneapolis, il y eut Madison, dans le Wisconsin, Cedar Rapids, dans l'Iowa, les villes surgissant les unes après les autres dans le paysage hivernal.

Juliet passait l'après-midi dans la pénombre des auditoriums ou des salles de concerts vides, à écouter le groupe répéter. Ou alors ils voyageaient, dormant ou jouant aux cartes, parlant de peu de chose, grattant leurs guitares et écoutant le chant fabuleux de l'harmonica. Elle avait très envie de sortir sa guitare et de jouer, de voir ce qu'elle pouvait apprendre, mais elle n'osait pas. Même s'ils ne se moquaient pas d'elle, elle se sentirait ridicule.

Il y avait toujours une ou deux autres filles avec eux dans le bus, jamais les mêmes. Elles étaient interchangeables. Juliet ne se rappelait jamais leur nom. Parfois ils passaient la nuit à rouler, et elle entendait de petits rires étouffés dans l'obscurité, des gémissements, elle savait ce qui se passait. Dans le bus même.

La plupart du temps, ils étaient défoncés. Elle aussi. Aussi ne fut-elle pas surprise lorsqu'une nuit Larry Martin, l'harmoniciste, vint s'asseoir près d'elle et que sa main toucha son genou. Elle ne dit pas un mot, mais il marmonna quelque chose du genre : « Tu n'es pas comme les autres. » Elle était lasse de l'entendre. Elle aurait voulu savoir que faire pour ressembler aux autres. Elle s'était toujours demandé comment y arriver.

Lorsque la main de Larry remonta le long de sa jambe, elle protesta :

— Cela ne va pas plaire à Cool.

— Mais ça te plairait, à toi? murmura Larry, se penchant pour l'embrasser dans le cou.

— Il sera furieux, insista Juliet.

— Non. Nous faisons tout le temps ce genre d'échanges.

Elle s'assit toute droite et regarda autour d'elle, mais elle ne put rien voir dans le noir, du moins pas à l'arrière.

— Ouais, il est derrière avec la blonde. Il n'y a pas de problème.

Les caresses de Larry se faisaient plus intimes. Juliet ne comprenait pas pourquoi elle ne l'arrêtait pas. Elle était en colère contre Cool. Que fichait-il derrière avec cette fille ?

Larry ôta sa main, alluma une cigarette et lui en offrit une. Pourquoi pas ? Et quelle importance si elle avait bu trois bières depuis le dîner ? Elle tira fort sur la cigarette. Il se rapprocha d'elle, et appuya sur le bouton d'inclinaison de son siège. Puis il monta sur elle, et après un baiser humide lui dit :

— Tu as de superbes nichons.

Les hommes ne pensaient-ils à rien d'autre ? Au moins, il embrassait mieux que Cool, mais la sensation de sa langue dans sa bouche lui déplut. Elle se demanda comment il pouvait jouer aussi bien de l'harmonica. Puis il fit glisser la fermeture Eclair de son jean, et elle sentit sa chair contre la sienne, son sexe entre ses jambes. Il la pénétra sans le moindre préliminaire. Elle le sentit bouger en elle, l'entendit gémir, puis il retomba sur elle, où il resta une minute avant de regagner le siège derrière le sien en fermant sa braguette.

A partir de ce jour, sa musique résonna différemment à l'oreille de Juliet.

Le soir suivant, à Bloomington, dans l'Indiana, où ils devaient passer la nuit dans un hôtel, Larry fut forcé de céder son tour. Dans le night-club sombre et enfumé où ils se rendirent après leur concert, Johnny Mars dit à Cool :

— Trouve-toi quelqu'un d'autre ce soir.

Personne ne demanda son avis à l'intéressée. Cool lui jeta un bref regard, puis fit un signe d'assentiment. Johnny se leva et attira Juliet à lui.

— Viens, dit-il, la conduisant à l'ascenseur.

Johnny n'était pas comme les autres. Il était différent des hommes qu'elle avait connus. Il prit plaisir à l'exciter, à la faire gémir, lui fit éprouver de nouvelles sensations. Et il savait embrasser. Oh, vraiment embrasser! Et quand elle se sentit au bord d'un précipice, qu'elle se sentit chuter, encore et encore, elle se surprit à crier. Elle ne voulait pas qu'il arrête, elle voulait continuer à éprouver cette sensation, toujours plus intense au plus profond d'elle-même.

Il la prit ainsi plusieurs fois.

Elle ferma les yeux. Pour un homme de son gabarit, il se montrait d'une douceur surprenante. Jamais il ne se laissait aller de tout son poids sur elle. Et il continua à lui faire toutes ces choses délicieuses jusqu'à l'aube.

Peut-être était-ce cela, faire l'amour.

Quand une lueur rose annonça le lever du soleil, elle tomba dans un sommeil agité.

La nuit suivante, Johnny dit à Cool :

— Trouve-toi quelqu'un d'autre. Définitivement.

Cool ne fit aucune objection.

39

A partir de ce jour, Juliet partagea la chambre de Johnny, s'assit à côté de Johnny dans le bus. Et, au lit, elle apprit avec Johnny des choses toutes nouvelles pour elle. Pas seulement au lit. Johnny passa également des heures à lui apprendre la guitare.

Une fois établi qu'elle était la petite amie de Johnny, aucun autre musicien ne lui fit plus d'avances. Ils se montraient amicaux avec elle, mais ils avaient la sagesse de la laisser tranquille. Même Cool.

Le jour de ses dix-huit ans, après avoir fait l'amour, Johnny lui demanda :

— Tu veux qu'on se marie ?

Il s'assit au bord du lit, ouvrit son portefeuille et en retira une petite enveloppe contenant une poudre blanche.

Au lieu de lui répondre, elle lui posa une autre question :

— Que fais-tu ?

Johnny sniffait la poudre.

— Allons, chérie. Tu m'as déjà vu faire ça.

Elle était certaine que c'était la première fois.

— Quand ?

— De temps à autre.

— Non, je ne parle pas de ça. Quand veux-tu te marier? je voulais dire.

— Eh bien, pourquoi pas ce soir? (Ils se trouvaient dans une ville différente chaque soir.) J'ignore quelles sont les lois ici. Avons-nous besoin d'un examen sanguin? Y a-t-il une période d'attente? Nous devons être à Nashville ce week-end.

Nashville? Elle ne savait jamais quelle était la prochaine ville de leur tournée.

— Peut-être vaut-il mieux nous marier à Nashville, où nous resterons quelques semaines, poursuivit-il, mais là-bas, pas question de cérémonie dans la stricte intimité. Ce sera le grand tralala.

Epouser Johnny Mars. Porter ses enfants?

— Est-ce que je devrai rester à la maison pendant que tu seras en tournée?

— Non. Cela ne changera pas notre mode de vie. Nous ne ferons que rendre officielle notre liaison.

— Et pourquoi?

— Hé, fillette, dit-il en l'attirant à lui, sa bouche se pressant durement contre la sienne. Je croyais que toutes les femmes voulaient se marier.

Elle avait imaginé que lorsque vous étiez amoureux et que quelqu'un vous embrassait, votre corps chantait, votre cœur battait plus vite. Elle sentit les mains de Johnny sur son corps, le sentit baisser les bretelles de son soutien-gorge, sentit sa langue sur ses seins, mais toutes ces sensations lui étaient extérieures. Rien ne se passait à l'intérieur d'elle-même. Rien ne se passait dans son cœur et son esprit. Peu lui importait qu'il lui fît encore l'amour ou non. Il embrassait mieux que Cool, certes. Il embrassait mieux qu'aucun homme qu'elle avait connu. Mais ses baisers n'allaient pas au-delà de ses lèvres, ne touchaient pas son âme, là où c'était vraiment important.

Cela comptait-il vraiment d'être Mrs. Johnny Mars?

— Je ne sais pas, Johnny. Les choses me conviennent telles qu'elles sont.

Il s'écarta d'elle, et elle vit de la colère dans ses yeux.

— Entends-tu ces filles hurler tous les soirs ? Sais-tu ce que chacune donnerait pour être Mrs. Johnny Mars ? Partager mon lit toutes les nuits ? Es-tu en train de me dire que tu ne sais pas si tu veux m'épouser ?

— Nous sommes ensemble depuis à peine plus d'un mois. Ne crois-tu pas que nous devons apprendre à mieux nous connaître ?

— Qu'y a-t-il à connaître ? Merde, tu as tout juste dix-huit ans. Tu ne connais rien de rien.

Il se leva et se dirigea vers la salle de bains. Il ne ferma pas la porte, mais tourna le robinet de la douche. Juliet resta allongée sur le lit, réalisant à quel point il était en colère. Serait-ce la fin de leurs relations si elle disait non ? Que ferait-elle alors ?

Elle avait besoin de parler à Ashley. Elle n'avait appelé personne de sa famille depuis qu'elle avait quitté Los Angeles. Elle leur avait seulement envoyé des cartes postales pour leur faire savoir qu'elle allait bien.

Elle essaya de faire le vide dans son esprit. Mais elle savait qu'elle ne pourrait pas dormir. Elle tendit le bras sous le lit et en retira la guitare de Johnny. Assise, jambes croisées, elle se mit à jouer un air qu'elle n'avait jamais entendu auparavant, trouvant des paroles appropriées. Elle ferma les yeux, comme à chaque fois que la musique la pénétrait. Et les mots s'incarnèrent, elle vit les fleurs qu'elle chantait. Mais elle ne vit pas Johnny debout sur le seuil en train de se sécher, bouche bée.

Avant qu'elle eût terminé, il demanda :

— Comment se fait-il que tu ne m'aies jamais dit que tu savais chanter ? Et quelle chanson est-ce là ?

Juliet s'arrêta et ouvrit les yeux. Il était beau. Et pour une fois ses yeux étaient doux, ils souriaient presque.

— Je ne sais pas chanter, dit-elle. Je ne faisais que m'amuser.

— Eh bien, ta voix n'est peut-être pas très puissante, mais elle est belle.

— Johnny s'avança vers le lit et s'assit près d'elle, lui prenant la guitare.

— Chante avec moi.

— Tu te moques de moi? demanda-t-elle, soudain intimidée.

— Allez, dit-il, se mettant à jouer.

Il commença à chanter, doucement, secouant la tête comme pour l'encourager.

Ils chantèrent ensemble et, au bout d'un couplet, Juliet se détendit. C'était agréable. C'était là une façon de faire l'amour bien plus vraie que l'autre. Elle se sentait proche de Johnny et posa la main sur sa jambe.

— Bon sang, c'est bien! s'exclama-t-il avec enthousiasme, un large sourire sur les lèvres. J'ai une idée. Trouvons une autre fille et vous ferez toutes les deux l'accompagnement vocal.

— Oh, Johnny, c'est impossible! Je ne suis pas capable de chanter devant un public. Je n'ai pas assez de talent.

— Tu n'as pas une voix assez puissante pour chanter en solo, mais tu feras une parfaite choriste. Allons, mon chou! Nous allons travailler ensemble. Toi et moi, sur scène. C'est mon cadeau de mariage.

Ils trouvèrent la seconde choriste, Grace Easkins, à Nashville. C'était une chanteuse plus expérimentée que Juliet, venue dans la ville avec l'espoir de se faire connaître.

Si une place de choriste dans le groupe de Johnny Mars n'était pas exactement ce qu'elle avait en tête, c'était toutefois un premier pas vers la réussite, car Johnny était aussi célèbre qu'on pouvait l'être. Elle plut à Juliet, qui était ravie de voir une autre femme se joindre au groupe à titre permanent.

Entre-temps, Juliet était devenue Mrs. Johnny Mars.

Toute la fine fleur de la musique country vint assister au mariage. Personne ne fit aucune remarque, même en privé, sur l'âge de Juliet, assez jeune pour être la fille de Johnny Mars. Et elle n'annonça la nouvelle à ses parents qu'une fois tout terminé et après que l'événement eut été signalé dans les journaux et à la télévision.

Quand Juliet se décida finalement à appeler Ashley, sa sœur fondit en larmes.

— Oh, Juliet ! Comment as-tu pu faire ça sans que je sois là ? J'aurais tout laissé tomber pour venir.

Juliet ne pouvait lui donner de réponse.

— Nous étions mortes d'inquiétude à ton sujet. (Comme Juliet restait silencieuse, Ashley poursuivit :) A quoi ressemble-t-il ? L'aimes-tu beaucoup ?

Juliet secoua la tête, bien qu'Ashley ne pût la voir.

— Il est en train de faire de moi une choriste, dit-elle, comme si cela expliquait tout.

— Toi, chanter ?

Ashley n'alla pas jusqu'à rire, mais sa voix trahissait son étonnement.

— Oui, je sais, je ne suis pas une chanteuse, mais cela fait plaisir à Johnny.

Et cela paraissait l'équilibrer. Il buvait moins. Il fumait moins de haschisch. Il ne prenait plus autant de poudre. L'ennui, c'est que Juliet ne savait jamais exactement quand il était défoncé. Et comme il buvait moins, il insista pour qu'elle boive avec lui. Les soirées s'achevaient dans une sorte de brouillard. Elle se couchait de plus en plus tard, se réveillait au milieu de l'après-midi, à la même heure que Johnny. Il lui semblait qu'ils avaient des rapports sexuels chaque nuit, mais la plupart du temps elle ne pouvait s'en souvenir.

— Es-tu heureuse ? lui demanda Ashley.

Au bout de quelques secondes de silence, Juliet lui répondit par une question :

— Qu'est-ce que le bonheur, Lee?

Ashley changea de sujet.

— Maman s'inquiète en permanence à ton sujet. De ne pas savoir où tu es la rend folle. Ce serait bien que tu l'appelles.

— Je n'ai rien à lui dire.

— Oh, pour l'amour du ciel! Maman n'est pas comme tu l'imagines. Elle t'aime. Appelle-la et dis-lui ce que tu m'as dit. Que tu es chanteuse à présent, que tu vas bien.

— J'y songerai, promit Juliet avant de raccrocher.

Ils devaient rester à Nashville jusqu'au mois d'août, faire un album, mettre en place un nouveau répertoire, à présent qu'ils avaient des choristes.

— Ça me rend malade de manger toujours dehors, dit Juliet. Ne pouvons-nous trouver un endroit avec une cuisine?

Ils louèrent un appartement, mais Johnny n'y mangeait jamais. Il se contentait de grignoter un morceau avant de partir répéter sept ou huit heures, soucieux d'être au point avant l'enregistrement. Après les répétitions, il voulait être avec les gars, avec le groupe, manger avec eux, boire, fumer avec eux. Et il insistait toujours pour que Juliet l'accompagne. Grace se joignait également à eux; Juliet pensait qu'elle couchait avec Cool. Mais peut-être couchait-elle avec tous, comme elle-même peu de temps auparavant. Avant que Johnny ne se l'accapare.

Johnny. Elle n'avait pas l'impression de le connaître. Ils partageaient le même lit depuis quatre mois, et il restait un mystère. Qu'y avait-il derrière l'homme public, derrière cette voix qui déchaînait l'hystérie des filles, derrière celui qui aimait faire l'amour avec elle tous les soirs, qui aimait boire et fumer? Y avait-il quelque chose qui lui avait échappé? Il ne pensait qu'à la musique, à la recherche du « bon son », et, une fois de temps en temps, il regardait le football à la télévision. Il était toutefois plus enclin à s'amuser dans les bars, entouré de ses musiciens.

Ceux-ci le traitaient avec un respect mêlé de peur. Il était toujours le centre de l'attention. Quand il parlait, tout le monde se taisait. Quand il se mettait en colère, ce qui était rare, sa fureur était redoutable. Il s'excusait toujours après coup, prenait le gars par l'épaule, lui disait qu'il l'aimait vraiment et qu'il ne savait pas ce qui lui avait pris.

Juliet commença à le voir comme une coquille vide, en quête de quelque chose pour remplir sa vie. Pourquoi l'avait-il voulue ? Elle n'en avait pas la moindre idée.

Il désirait que le « nouveau son » soit prêt pour leur concert de la fin août. Elle se dit que tout ce qu'ils partageaient c'était le chant, leurs leçons de guitare et le sexe.

Sur ce dernier aspect, elle se contenta bientôt de le laisser faire ; passive, les yeux fixés au plafond ou bien fermés, elle inventait des paroles de chanson dans sa tête, indifférente à ce que lui faisait Johnny.

— Jamais je n'ai eu une fille qui baisait aussi bien, lui dit-il une nuit. Je n'ai même pas envie des autres femmes.

— Je ne désire aucun autre homme, lui répondit-elle, en se demandant comment il pouvait trouver qu'elle faisait bien l'amour, alors que seul son corps était présent.

Il roula sur le côté et prit sur la table de chevet une bouteille dont il but une gorgée avant de la lui tendre.

— Je n'en ai pas besoin, dit-elle.

— Besoin ? Merde ! Moi non plus ! Mais j'aime ça. Allez, juste un petit coup. Je déteste boire seul.

Un petit coup qui fut suivi d'un autre, et quand elle émergea, il était 2 heures de l'après-midi.

Et quand elle reprit de nouveau conscience du temps, deux années avaient passé.

40

Ashley, qui ce printemps-là achevait sa quatrième année d'études, regardait par la fenêtre les jacinthes fleurissant les pelouses du campus. C'était une de ces journées de fin avril ou de début mai où le thermomètre montait jusqu'à trente-deux degrés avant de retomber à la normale saisonnière.

Il lui était difficile de se concentrer sur ses études. Dieu merci, il ne restait plus qu'un mois avant les vacances d'été. Elle se demandait si elle allait appeler sa mère ou non.

Peut-être devait-elle traverser seule cette épreuve ?

Roger ne serait pas là pour la soutenir, elle le savait, bien qu'il lui eût affirmé le contraire. Elle pensait à lui tandis que le rideau se gonflait sous la brise printanière.

Elle avait tout d'abord admiré son intégrité et son intelligence, et une chose en avait entraîné une autre. A chaque fois qu'il l'avait touchée, que ses doigts avaient glissé sous son pull-over ou déboutonné son corsage, à chaque fois qu'il l'avait caressée, elle avait senti son corps s'enflammer.

Elle l'avait rencontré dans une fête deux mois auparavant ; les joints circulaient et elle était la seule à ne pas fumer. Elle avait bien essayé le haschisch, mais n'en avait pas aimé le goût, et l'idée que quelque chose puisse s'emparer de son esprit et déformer sa perception de la réalité lui déplaisait. Elle ne voulait pas être sous l'emprise de quoi que ce fût. C'est pourquoi elle ne s'était même jamais mise aux cigarettes, aux bonnes vieilles cigarettes à la nicotine.

Roger était revenu au campus après avoir passé onze mois dans un pénitencier fédéral d'Oklahoma. Elle n'avait jamais entendu parler de lui, mais les gens à la fête l'écoutaient, assis en cercle dans la position du lotus, comme s'il possédait toute la sagesse du monde. Seules des bougies éclairaient la pièce.

— Le plus difficile à supporter est le manque d'intimité, disait-il. Une centaine d'hommes dans une pièce aux lits superposés, avec au bout des urinoirs. De la lumière toute la nuit. Jamais une seconde de solitude.

— Oh là là ! s'exclama une fille.

— Y a-t-il des types qui ont essayé de te baiser? demanda quelqu'un.

— Non, répondit Roger, tandis qu'Ashley l'étudiait. Elle ne pouvait distinguer la couleur de ses yeux dans la pénombre, mais elle voyait son visage carré, son front où tombait une mèche de cheveux, raide et sombre. Dans ses lunettes à monture invisible se reflétaient les flammes dansantes des bougies.

— Que faisais-tu toute la journée?

— Je m'ennuyais. La monotonie et le manque d'intimité sont deux choses qui peuvent vous rendre cinglé. Je lisais beaucoup. On nous laissait aller à la bibliothèque chaque jour. J'ai probablement plus appris là-bas qu'ici.

— Tu es libre maintenant?

— Non.

Non seulement il avait brûlé son ordre d'incorporation, mais il était en plus l'un des cinq objecteurs de conscience qui avaient mis le feu au bâtiment où se tenait le conseil de révision.

— Je passe devant le tribunal dans quatre mois, à moins que je n'accepte de faire mon service. Mais je ne m'y présenterai pas.

— Pourquoi ne t'enfuis-tu pas au Canada?

— Ce n'est pas une manière de lutter pour mes convictions, dit-il.

— Désobéissance civile, murmura Ashley. Henry David Thoreau.

— Et Gandhi et Martin Luther King.

Elle ne lui reparla pas de la soirée, mais alors qu'elle cherchait son manteau, à une heure trente du matin, il la rejoignit.

— Je ne connais pas ton nom, lui dit-il.

— Ashley. Ashley Hamilton Eliot.

— Veux-tu que je te raccompagne?

— J'habite en haut de la colline, à Risley.

— Pas de problème, dit-il, malgré la neige qui tombait à gros flocons.

Elle aimait parler avec lui. Il était intelligent et sérieux, avec toutefois un sens de l'humour prononcé. Elle ne portait pas de bottes car il ne neigeait pas encore à 8 heures du soir quand elle était partie de chez elle, aussi glissa-t-elle plusieurs fois en gravissant la colline jusqu'au pont qui menait à la cité universitaire. Il la prit par le bras pour l'empêcher de tomber.

— Je suis fier de mes parents, lui dit-il. Ils ont failli mourir de chagrin quand je suis allé en prison, mais pas une seule fois ils ne m'ont conseillé de céder. Ce sont eux qui m'ont appris à me battre pour mes idées.

Ils s'arrêtèrent sous un lampadaire, Ashley frissonnant de froid dans ses chaussures mouillées tandis qu'ils regardaient les flocons tomber. Au loin, un chien aboya, mais la neige étouffait tous les autres sons.

Il lui demanda :

— Tu veux aller au cinéma demain soir? J'ai entendu dire le plus grand bien de *MASH*.

C'était en effet un excellent film, tout à fait le genre qu'il aimait.

Le jour suivant, un dimanche, il apparut à Risley à 9 heures du matin pour lui proposer d'aller faire du patin sur un étang de l'autre côté de la route. Ils burent ensuite un chocolat chaud et bavardèrent tout l'après-midi. C'était sans aucun doute le garçon le plus intéressant qu'elle eût jamais fréquenté.

Comme elle devait un jour le reconnaître, ce qui l'attirait en premier lieu chez un homme c'était l'intelligence. Le meilleur moyen de séduire Ashley Eliot était de la fasciner intellectuellement. Mais il fallait également avoir le sens de l'honneur et des principes.

Ce n'est qu'après avoir mordu à l'hameçon qu'elle commença à s'intéresser au physique de Roger. Mince, les cheveux bien coupés, il était habillé proprement ; on ne lui voyait jamais ces jeans délavés ou ces pantalons en velours que portaient la plupart des étudiants. Ses yeux étaient de la couleur de la mer par temps d'orage : gris-vert. Ashley aimait ses doigts, longs et fins. Elle lui dit qu'il avait des mains de chirurgien.

— Je me destinais à être médecin. J'étais en année préparatoire quand on m'a envoyé en prison. Mais maintenant, aucune école de médecine ne voudra d'un type qui a fait de la taule. Aussi vais-je sans doute m'orienter vers l'enseignement.

— Tu seras loin de gagner autant d'argent.

Il acquiesça.

— Peut-être est-ce aussi bien ainsi. J'estime que faire de l'argent le but de son existence témoigne d'une conception bien étroite de la vie.

De jour en jour, il touchait davantage le cœur d'Ashley, sans même s'en apercevoir.

Curieusement, il ne lui posait jamais de questions sur elle. Il ne savait pas qui était sa famille, ignorait si elle avait des frères et sœurs, si elle croyait en Dieu, ou même quelles études elle faisait.

Lorsqu'il apprit qu'elle habitait New York, il se mit à rire.

— J'ignorais qu'on pouvait vivre dans un endroit pareil.

Il était originaire de Liberty, dans le Missouri, et considérait sa ville comme la plus jolie qui soit.

— Tout le monde me prend pour un communiste. Tout le monde sauf mes parents. Personne ne me comprend. On ne m'adresse même plus la parole quand je retourne à Liberty. Mes parents ont l'intention d'aller s'installer à Saint Louis. Leurs amis de toujours ont rompu toute relation avec eux; ils mettent en doute la moralité de gens dont le fils a si mal tourné.

Un mois plus tard, il avait cessé de neiger et de grandes tulipes rouges avaient percé le sol dur tandis que les lilas embaumaient l'air. Ils étaient assis dans l'Oldsmobile bleu foncé d'Ashley, sur une butte dominant le lac Cayuga. Roger glissa la main entre les jambes d'Ashley et elle ne la repoussa pas. Il l'attira à lui et se mit à l'embrasser, ses doigts remontant le long de sa jambe, caressant sa peau douce. Comme sa langue parcourait ses lèvres en les effleurant, elle entrouvrit la bouche.

Elle pouvait sentir ses seins se durcir et se mit à espérer qu'il les embrasserait, à espérer que ses mains continueraient leur exploration. Elle l'entendit murmurer : « Caresse-moi », et elle tendit la main vers son sexe, sentit son désir. Elle écarta les jambes, l'invitant à aller plus loin.

— Mon Dieu ! murmura-t-il. Ce n'est pas le meilleur endroit pour ce genre de choses.

Ashley déboutonna son corsage.

— Embrasse-moi, dit-elle, lui offrant ses seins, renversée sur son siège.

Au lieu de l'embrasser, il mit le moteur en marche, fit

marche arrière et redescendit la colline. Il roula jusqu'au Lake Breeze Motel, à l'entrée de la ville. Comme il s'engageait dans le parking, il lui adressa un regard.

— C'est O.K. pour toi?

Cinq minutes auparavant, elle était prête à faire l'amour, mais à présent, dans ce lieu public, troublée par l'éclat des lumières, elle n'était plus si sûre de ce qu'elle voulait.

— Je ne sais pas, dit-elle.

Il coupa le moteur et la regarda sous la lumière rose du néon.

— Rien ne nous y oblige, tu sais. Dis-moi, tu l'as déjà fait?

Elle secoua la tête.

— C'est bien ce que je me disais, déclara-t-il avec un large sourire. Mais je ne veux pas te forcer à faire quelque chose que tu ne désires pas. J'ai envie de te faire l'amour. J'en ai envie depuis le premier soir où je t'ai vue. Mais seulement si tu le veux aussi. Et je ne veux pas faire ça sur un siège de voiture. Un motel bon marché n'est pas non plus pour m'emballer, mais je ne vois pas d'autre possibilité.

Il était charmant. Ashley s'était demandé si elle était amoureuse de lui, mais lorsqu'il la toucha, lorsqu'il l'embrassa, toute question lui sembla superflue.

Elle reboutonna son corsage et ouvrit la portière.

Comme il descendait à son tour de voiture, il lui lança par-dessus le toit :

— Si tu ne veux pas, je continuerai quand même à te voir. Je ne t'en voudrai pas.

— Essaies-tu de me dissuader?

— Bien sûr que non, dit-il avec un grand sourire.

Il se dirigea vers la réception et prit une chambre, qu'il paya. Il revint en balançant une clef.

— Chambre 11, au bout du couloir, annonça-t-il.

Il voulut garder la lumière allumée pour la voir.

— Voir fait partie des choses de l'amour, lui dit-il.

Il se déshabilla en plein milieu de la pièce. C'était la première fois qu'elle voyait un homme dans toute sa nudité.

— Tu as un corps superbe, déclara-t-elle, essayant de surmonter sa nervosité.

Son corps est presque aussi admirable que son esprit, pensa-t-elle. Peut-être était-elle amoureuse.

— Ce serait à moi de te dire cela.

Mais il ne le lui dit pas. Jamais il ne lui disait quels étaient ses sentiments pour elle.

Elle fut surprise de ne pas être plus gênée, car c'était la première fois qu'elle se trouvait nue devant un homme, mais, loin de provoquer son embarras, les baisers de Roger, ses caresses ne firent que l'enflammer. Il prit son temps, jouant avec son corps comme un violoniste virtuose avec son instrument jusqu'à ce qu'elle n'aspire plus qu'à le recevoir.

Elle n'eut pas très mal, mais cela suffit à l'empêcher d'atteindre l'extase vers laquelle semblait tendre tout son corps ; lorsqu'il jouit, elle n'en vibra pas moins dans le transport de leur union.

Un peu plus tard, ils reposaient l'un à côté de l'autre, main dans la main, quand il éteignit la lumière en disant :

— Passons la nuit ici. Nous recommencerons demain matin, lorsque tu n'auras plus mal. Lorsque je pourrai te donner ce que tu m'as donné.

Touchée par tant d'attentions, elle faillit dire : « Je t'aime », mais ne le fit pas. Elle s'endormit, pelotonnée contre lui.

Il faisait encore nuit lorsqu'elle se réveilla en sentant ses mains sur son corps, son membre dur contre ses reins. Elle s'allongea sur le dos, avec un soupir de bien-être.

Elle connut cette fois un tel plaisir qu'elle s'entendit crier : « Oh, mon Dieu ! »

— Oui, dit-il. Voilà !

Comme l'aube teintait le ciel de nacre, Roger s'écarta d'elle.

— Retournons au campus, dit-il.

— Rien ne nous y oblige. Tout le monde découche de temps à autre.

— O.K., dit-il, si tu veux.

Ils firent l'amour toute la matinée jusqu'à ce qu'Ashley eût trop mal pour continuer. Il resta alors allongé, la tête sur son ventre, à la regarder.

— J'irais en prison pour toi, déclara-t-il.

C'était la première fois qu'il exprimait un sentiment à son égard.

Bien qu'endolorie, Ashley éprouvait une joie d'une intensité indicible.

Et c'est ainsi que toute l'intelligence de Roger, son esprit, son intégrité, leurs discussions politiques et philosophiques passèrent au second plan. Tous les soirs, ils s'aimaient sur le siège arrière de la voiture d'Ashley. Comme les jours se réchauffaient, ils emportaient parfois une couverture et trouvaient un coin isolé dans le parc à proximité du lac Cayuga ou dans un pâturage, plus haut dans les montagnes.

Ashley perdit son froid intellectualisme. Elle qui s'était toujours efforcée de rester à distance de tout ce qui pouvait la rendre dépendante ne put bientôt plus se passer des étreintes de Roger. Ses études en souffrirent. Quand elle essayait de lire, au lieu des mots, c'étaient les yeux de Roger posés sur elle qu'elle voyait.

Elle voulait l'emmener à Oberon à la fin de l'année scolaire. Ils pourraient faire l'amour partout dans l'île. Elle voulait s'allonger sur la terre meuble de la forêt de Martha avec lui. Elle voulait nager dans les petits lacs avec lui. Elle voulait lui faire connaître et partager avec lui ce lieu qu'elle aimait le plus au monde. Elle voulait qu'il en fît partie, qu'il fît partie d'elle.

Mais elle n'eut jamais l'occasion de lui parler d'Oberon.

Tout en regardant par la fenêtre les jacinthes s'assombrir dans le crépuscule, elle songeait à cet après-midi où elle lui avait annoncé :

— Je suis enceinte.

A l'exception de la première nuit, où le désir de faire l'amour les avait pris à l'improviste, il avait toujours utilisé un préservatif.

Silence.

Puis :

— Comment est-ce possible?

— Ça doit être cette première nuit. Je suis enceinte de très peu, je pense. Je n'ai que quelques jours de retard.

— Tu as vu un médecin?

Ashley secoua la tête.

— Je voulais t'en parler d'abord.

— Eh bien, merde! dit Roger, regardant au loin.

Elle ne se sentait pas prête à avoir un enfant, à arrêter ses études, à être mère. Elle pensait qu'elle était amoureuse, mais elle n'était pas prête à sacrifier sa vie. A épouser un homme qui risquait de retourner en prison.

Même s'il lui avait dit : « Marions-nous. Je t'aime », elle ne pensait pas qu'elle aurait voulu l'épouser. Mais ils n'avaient jamais parlé d'amour.

— Eh bien, dit-il, l'air embarrassé. Combien coûte un avortement? Je pourrais sans doute en payer la moitié. Après tout, c'est également mon problème.

Elle n'avait pas la moindre idée du prix d'un avortement.

— Tu... tu ne veux pas de cet enfant, j'espère? demanda-t-il, inquiet.

Elle secoua la tête.

— Pas vraiment.

— Nous trouverons un moyen. Je t'accompagnerai, si tu le souhaites.

Elle trouva que c'était là une délicate attention.

— As-tu quelques scrupules? Je veux dire, tu n'es pas croyante, n'est-ce pas?

Elle secoua de nouveau la tête. Il ne savait pratiquement rien d'elle.

— Je vais donner quelques coups de fil. Je te le répète : je suis prêt à t'accompagner.

Ashley, de son côté, appela Sydney.

— Aimes-tu ce jeune homme? demanda sa mère.

— Je ne sais pas.

— Quels sont ses sentiments à ton égard?

— Je ne sais pas.

— Ma chérie, je serai là demain vers midi.

— Tu n'es pas obligée de venir.

— J'y tiens. Je me suis fait avorter il y a plusieurs années et je n'étais pas toute seule. Je ne veux pas que tu le sois.

Sa mère s'était fait avorter? Sa propre mère?

— Ce n'est rien du tout, ma chérie. Maintenant que c'est légal, il n'y a plus aucun risque.

— Est-ce que je te déçois?

— Ma chérie, quelle idée! Si tu avais pu supposer une telle chose, tu ne m'aurais pas appelée. Il est normal que tu ne veuilles pas d'un enfant à moins d'être mariée et de l'avoir décidé. Je serai là entre 11 heures et midi.

Ashley raccrocha, réconfortée. Elle remerciait le ciel d'avoir une pareille mère. Elle commençait à comprendre pourquoi Sydney se gardait de porter des jugements, pourquoi le blâme était rare chez elle. Sa mère s'était fait avorter! Etait-ce avant qu'elle rencontre Jordan ou après leur divorce? Et si c'était le cas, Adam était-il le père de cet enfant non désiré ou bien y avait-il eu quelqu'un d'autre encore dans la vie de sa mère?

Roger ne l'appela pas le lendemain.

Sydney accompagna sa fille à la clinique du planning familial, après lui avoir demandé préalablement si elle ne préférait pas consulter leur gynécologue, à New York.

Sydney n'insista pas quand Ashley lui répondit qu'elle préférait faire cela ici, en finir au plus vite, et reprendre les cours le lundi.

Elles prirent un rendez-vous pour le lendemain matin. Ashley sortit de la clinique à 4 heures de l'après-midi et passa la nuit dans un hôtel avec Sydney.

Ashley savait qu'elle n'oublierait jamais que sa mère avait partagé ces moments avec elle. Elle comptait plus pour Sydney que ce qui se passait au *Chronicle* et dans le monde.

Elle n'eut plus jamais de nouvelles de Roger. Une fois, elle le vit qui traversait le campus, et elle lui fit un signe de la main. Il regarda droit devant lui.

41

Johnny ne la traitait bien qu'au lit ou lorsqu'ils se rendaient quelque part ensemble. Les gens les regardaient, non seulement parce qu'il était Johnny Mars, mais aussi parce qu'elle était ravissante.

Mais ces regards admiratifs ne procuraient guère de plaisir à Juliet. Ils ne me voient pas moi, se disait-elle toujours, mais seulement mon apparence, mon enveloppe. Johnny lui achetait de beaux habits dont elle n'avait que faire, des manteaux en fourrure qu'elle détestait, car elle ne cessait de penser au nombre d'animaux qu'il avait fallu tuer pour les confectionner.

Il n'était pas cruel avec elle, se contentant la plupart du temps de l'ignorer. Lorsqu'ils dînaient en tête à tête, ce qui était exceptionnel, ils n'avaient jamais rien à se dire.

Elle était lasse de ces salles de répétition, froides et sombres, lasse de chanter éternellement la même chose.

Il la voulait toujours près de lui. Si elle manifestait l'envie d'aller seule faire des courses ou de visiter une des villes où ils s'arrêtaient, il l'accusait d'avoir rendez-vous avec un homme. Elle ne répondait jamais à ces accusations, parce qu'il devait savoir, pensait-elle, qu'aucun homme n'oserait s'approcher de la femme de Johnny Mars.

Elle se sentait prisonnière. Parfois elle se demandait ce

que diable elle était en train de faire. Pourquoi ne le quittait-elle pas ? Elle ne trouvait pas de réponse. C'était une existence confortable, et la plupart du temps elle n'avait pas à penser. De plus, elle connaissait à présent une grande partie des Etats-Unis. Elle avait bien dû voir la moitié des campus universitaires du pays, et c'étaient des lieux qui lui plaisaient. Il se dégageait des campus, de leur atmosphère ouatée, quelque chose de sacré, et elle se demandait toujours ce qu'elle avait raté en ne poursuivant pas ses études. Elle aimait l'allure des étudiants qu'elle voyait marcher sur le tapis craquant des feuilles mortes, elle aimait suivre du regard les amoureux se promenant la main dans la main aux beaux jours, lorsque les feuilles naissantes étaient d'un beau vert doré.

Ce que Johnny aimait c'étaient les cris et les applaudissements du public. Juliet ne comprenait pas pourquoi il avait besoin, comme ses musiciens, de prendre de la coke pour s'éclater. Elle aurait cru que l'adulation dont ils faisaient l'objet aurait suffi à les combler. Ce qui lui plaisait quand elle chantait avec le groupe, avec Johnny et Grace, c'était le rythme. La musique rendait son corps vivant. La musique la caressait, et les paroles la pénétraient. Il y était toujours question d'amour perdu et de solitude.

Peut-être n'avait-elle jamais connu l'amour, mais elle connaissait bien la solitude. Elle la transportait avec elle, semblait-il.

Elle avait refusé d'essayer des drogues autres que le haschisch et la coke. Elle soupçonnait Johnny de prendre parfois de l'héroïne, tout en espérant se tromper. Cool en prenait, de cela elle était sûre. Cool et quelques autres. Cool ne lui prêtait plus guère attention. Il collectionnait les jolies filles, une dans chaque ville où ils s'arrêtaient, parfois même deux en même temps, dans les villes universitaires. Elle se demandait s'il avait appris à embrasser.

Une des choses appréciables chez Johnny était qu'il ne

faisait jamais l'amour à la va-vite. Il prenait son temps, ne s'autorisant à jouir qu'après elle. Et, comme pour le mettre à l'épreuve, elle se retenait. Mais Johnny continuait jusqu'à ce qu'elle perde le contrôle d'elle-même. Avec Johnny, même s'ils faisaient cela deux fois par jour, elle avait toujours un orgasme. Parfois, bien que comblée physiquement, elle était furieuse. Elle aurait voulu qu'il n'eût pas une telle emprise sur elle. Mais Johnny savait vraiment faire l'amour, et il aimait tellement cela qu'il inventait toujours quelque chose de nouveau. Juliet pensait ne plus rien avoir à apprendre sur ce plan. D'une certaine manière, elle estimait avoir de la chance.

Et pourtant, elle n'était pas heureuse.

Elle passait des heures, seule, dans les chambres d'hôtel. Les nouvelles villes se succédaient à un tel rythme que, parfois, elle n'arrivait plus à les distinguer les unes des autres.

Ils traînaient dans les bars et les dancings jusqu'à l'aube, qu'ils eussent un concert ou non. Ils dormaient une bonne partie de la journée, Johnny se réveillant rarement avant 3 heures. Souvent Juliet, défoncée elle aussi, restait allongée auprès de lui, à regarder les rayons dorés du soleil filtrer par les rideaux de leur chambre d'hôtel, se demandant dans quelle ville ils se trouvaient.

Quand elle était dans son état normal ou presque, qu'elle s'était contentée de boire de l'alcool et n'avait qu'une légère migraine, elle se levait sans le réveiller et se rendait à la cafétéria de l'hôtel, avalait un jus d'orange, puis sortait et parcourait les rues tout l'après-midi, bien que Johnny fût toujours furieux de ne pas la trouver à côté de lui à son réveil.

Elle passait des heures à gratter sa guitare, à composer des airs, à inventer des paroles, qui allaient de sa tête à ses mains, des paroles dont elle n'était consciente que lorsqu'elles sortaient de sa bouche. Elle aimait alors leur saveur, la façon dont elles roulaient sur sa langue.

Un jour d'hiver, rentrant à l'improviste en fin d'après-midi, Johnny l'entendit chanter et s'arrêta sur le seuil.

— C'est quoi, cette chanson ? demanda-t-il.

— Je ne sais pas, répondit-elle, continuant à jouer.

Il haussa les sourcils.

— C'est une de tes mélodies ?

Il trouvait toujours amusant de la voir s'essayer à de nouveaux airs et à de nouvelles paroles. Toutefois, il était rare qu'il s'intéressât vraiment à ce qu'elle faisait, quoi que ce fût.

— Oui.

Il s'assit sur le lit pour l'écouter.

— Il y a des paroles ?

— Si on veut.

— Chante-les-moi.

Elle savait qu'il se moquerait probablement d'elle, mais lorsque Johnny lui demandait de faire quelque chose, elle s'exécutait toujours.

Elle se mit à chanter, d'une voix rauque qui ne remplirait jamais un auditorium à moins d'une bonne sono, mais dont le timbre particulier imposait le silence, donnait envie d'écouter, de saisir chaque mot, chaque nuance.

Je suis partie hier,
Aux premières fleurs des pommiers.
Souriants, naïfs, innocents,
Leurs visages furent ma dernière vision.

De pas en pas,
Les saisons pavent ma route,
Jonchée de souvenirs confus,
De visages éphémères
Et de rêves agités.

Dans un adieu plus poignant
Qu'un simple bonjour,
Je dérobe de chauds sourires,
De douces attentions et de suaves paroles.

De pas en pas,
Les saisons pavent ma route,
Jonchée de souvenirs confus,
De visages éphémères
Et de rêves agités.

Dans la poussière que je soulève,
Les liens se relâchent, l'intimité s'oublie,
A chaque pas les portes se ferment,
Et la peur grandit.

De pas en pas,
Les saisons pavent ma route,
Jonchée de souvenirs confus,
De visages éphémères
Et de rêves agités.

Sous la pâleur bleue des néons,
D'autres soucis attendent
Tandis qu'un nouveau cercle de visages
Se dispute ce même cœur.

De pas en pas,
Les saisons pavent ma route,
Jonchée de souvenirs confus,
De visages éphémères
Et de rêves agités.

Tandis que Juliet chantait, Johnny était resté sans bouger, le souffle comme suspendu. Lorsqu'elle eut fini, il vint s'agenouiller auprès d'elle.

— Eh bien, mon chou, c'est géant ! Peux-tu noter les paroles ?

Juliet estima cela possible.

— Laisse-moi les montrer aux gars. Peut-être qu'on pourrait jouer ça.

Juliet le regarda avec de grands yeux.

— Tu veux dire : chanter ça devant un public?

— Chérie, dit-il en se penchant pour l'embrasser, je vais chanter cette chanson et je te parie qu'elle figurera en tête du hit-parade.

Et c'est exactement, après qu'il se fut chargé de l'arrangement, ce qu'il advint.

Comme elle n'écrivait jamais à la famille et qu'elle pouvait rester plusieurs mois d'affilée sans téléphoner, Juliet ne sut pas que la semaine où sa chanson fut au hit-parade — chanson qui devait ultérieurement valoir à Johnny son onzième disque d'or — fut également celle de la mort de Grand-Maman, décédée à l'âge de quatre-vingt-quatorze ans.

Elle mourut dans son sommeil, après une excitante partie de poker.

Bien qu'infiniment triste d'avoir perdu celle qu'elle considérait comme « son roc », Sydney constata que le plus affligé de tous était Carlos. Il tint à venir à Oberon avec Oliver, Sydney et oncle Billy, et s'assit près de sa tombe dans le petit cimetière entouré de pins, le visage sombre, impénétrable, le regard aussi mort que l'était Grand-Maman.

Dans son testament, Grand-Maman laissait sa Rolls — et Carlos — à Sydney. Elle voulait assurer un emploi pour la vie à Carlos, et elle ne pouvait comprendre comment, durant toutes ces années, Sydney avait pu se passer de voiture. Elle laissa également à Carlos cent mille dollars; au cas où il ne voudrait pas être le chauffeur de Sydney, il avait là de quoi subsister un bon bout de temps. Mais Carlos n'avait pas l'intention d'aller voir ailleurs. « Je ne sais pas ce que je ferais si je ne faisais pas partie de la famille Hamilton », avait-il dit à Sydney.

Sydney se mit donc à rouler en Rolls, à la plus grande satisfaction d'Adam. Ils ne prenaient plus de taxi pour se rendre à leur travail; Carlos se garait devant chez eux à huit heures trente exactement chaque matin. Et lorsque

Sydney et Adam avaient besoin d'aller quelque part, Carlos était toujours prêt.

Oncle Billy, qui depuis plus de quinze ans participait aux parties de poker du vendredi soir, insista pour que Carlos rejoignît le groupe. Avec le temps, Carlos retrouva le sourire, mais jamais sa gaieté d'antan. Une partie de sa vie était enterrée à Oberon.

Quand Juliet apprit la mort de son arrière-grand-mère, deux mois plus tard, elle pleura pendant des heures. Bien qu'elle n'eût pas vu celle-ci depuis trois ans, elle savait qu'elle avait perdu un être irremplaçable.

Elle craignait d'être en train de se perdre également, et qu'il ne fût trop tard pour faire machine arrière. Elle avait vingt ans, sa première chanson avait produit de l'or, et elle n'avait pas de vie à elle.

Elle ne dit pas à Johnny que Grand-Maman lui avait laissé un demi-million de dollars, placés dans une banque à New York, où ils rapportaient des intérêts. Ne sachant comment l'utiliser, elle fit comme si cet argent n'existait pas.

Sydney se demandait quel regard Grand-Maman avait dû avoir sur sa vie ainsi que sur sa progéniture. Quant à Evan, il en était à son troisième mariage. Son troisième enfant, le seul qu'il ait eu de sa seconde femme, était responsable de la mort d'un autre adolescent; conduisant trop vite la puissante vedette de son père, il avait fauché un jeune homme qui faisait du ski nautique, le tuant sur le coup. Sydney avait idée qu'Oliver était intervenu et avait acheté le silence de sa famille, car celle-ci n'avait engagé aucune poursuite.

Malgré des efforts répétés pour rencontrer Juliet, malgré ses propositions de la rejoindre en avion où qu'elle fût, Sydney n'avait pas vu sa fille cadette depuis plus de trois ans... Juliet avait sombré dans la drogue. Elle en était pratiquement sûre. Elle avait lu des échos la concernant dans le *Daily News* ou dans ces journaux à scandales que l'on trouvait dans les épiceries. Ces grandes stars du rock se droguaient toutes. Et ces photos de Juliet, qui se faisait maintenant appeler Julie... Julie, mariée à un homme deux fois plus âgé qu'elle.

Sydney devait reconnaître que Juliet était devenue la beauté de la famille. Un soir, Ashley l'appela d'Ithaca pour lui dire : « Maman, Juliet passe à la télé. Mets la onzième chaîne. Ils diffusent un concert de Johnny Mars. »

Le cœur de Sydney avait fait un bond dans sa poitrine, sa main avait volé vers sa gorge tandis que les larmes lui piquaient les yeux. Sa petite fille, Juliet, chantant devant des millions de téléspectateurs! Julie chantant à la télévision! Une Hamilton se donnant ainsi en spectacle! Eh bien, elle était aussi la fille de Jordan, non? Et elle avait belle allure, même si ses cheveux donnaient l'impression de n'avoir jamais connu de peigne.

Et ce Johnny Mars — son gendre! —, quelle présence sur scène! Sydney pouvait voir que son aura magnétisait Juliet.

— C'est quelqu'un! dit-elle à Adam qui faisait des mots croisés, allongé de son côté du lit. Tu ne trouves pas?

— Il est plus près de mon âge que du sien. C'est ce qu'elle recherchait, n'est-ce pas? L'image du père.

Elle se retourna vers lui.

— Je n'avais jamais pensé à cela.

— C'est parce que tu n'as pas voulu le voir, dit Adam, concentré sur la page pliée de son journal.

Le concert achevé, Sydney, après avoir éteint la télévision, fit remarquer :

— Ashley est la seule qui ait bien tourné. Les enfants d'Evan sont de vrais démons. Et Juliet fait... ce qu'elle fait. Je suis heureuse qu'Ashley s'en sorte aussi admirablement.

— Admirablement ? dit Adam. Tu trouves un avortement admirable ?

Eh bien, ce n'est pas quelque chose dont on doive avoir honte, pensa-t-elle, mais elle ne le dit pas. Elle savait quelle était l'opinion d'Adam à ce sujet. C'était comme transgresser l'un des dix commandements. Lui-même les avait transgressés pourtant, mais il ne semblait pas s'en souvenir.

Grand-Maman avait dû se demander ce qui était arrivé à ses petits-enfants et à ses arrière-petits-enfants, songeait Sydney. Evan et elle avaient tous deux divorcé et leurs enfants menaient une vie pour le moins inattendue.

Elle éteignit la lumière à son chevet et tira les couvertures sur ses épaules.

Adam continua ses mots croisés.

42

— Maman! (La voix tout excitée d'Ashley jaillit du téléphone.) Tu as entendu?

— Entendu quoi, ma chérie?

Sydney sortait de son bureau quand Andrea lui avait annoncé :

— Votre fille, sur la ligne 3.

Andrea avait pour consigne d'interrompre Sydney si Ashley ou Juliet appelait. Ashley l'appelait rarement à son travail, et Juliet jamais. Elle ne l'appelait pas davantage à son domicile.

Debout, le combiné dans une main, un bloc-notes jaune dans l'autre main, Sydney écoutait sa fille :

— Papa a été nominé aux Oscars. J'ai essayé de l'appeler chez lui, mais la gouvernante m'a dit qu'il n'était pas encore rentré du Kenya, alors que je l'en croyais parti depuis quatre jours.

— Tu connais ton père, dit Sydney en s'asseyant. On ne sait jamais où il est. Il avait été également nominé il y a quatre ans.

— Je sais, dit Ashley, la voix pleine d'orgueil. Mais deux nominations, n'est-ce pas merveilleux?

— Bien sûr, ma chérie.

— Les lauréats ne seront pas désignés avant deux mois, mais j'espère l'avoir bientôt au téléphone.

— Quand tu l'auras, transmets-lui mes félicitations.

— J'espère que Julie est au courant.

Même Ashley l'appelait Julie à présent.

Avant qu'Ashley eût joint son père, celui-ci appela Sydney. Il passait juste une nuit à New York avant de reprendre l'avion pour la Californie, le lendemain.

— Tu es libre pour dîner? lui demanda-t-il.

Généralement, Adam l'accompagnait quand elle voyait Jordan. Il les écoutait parler de leurs filles, s'apitoyer sur le sort de Juliet, s'interroger sur les raisons de son silence. S'inquiéter de sa santé, de son bonheur.

Sydney se demandait constamment si Juliet aurait été différente si elle s'était sacrifiée et était restée à Hollywood, tenant son rôle d'épouse et de mère. Lorsqu'elle formulait tout haut ces questions, Adam la rassurait, lui disant que Juliet aurait probablement été une enfant difficile de toute manière.

— Si tu n'avais pas été heureuse, si tu avais été aigrie par la vie que tu menais, ton insatisfaction se serait probablement communiquée à tes filles. Et Juliet aurait peut-être tourné d'une autre manière, mais en étant sans doute tout aussi paumée.

— Elle aurait dû avoir une autre mère.

Adam la regardait et éclatait de rire. Ils avaient joué plusieurs fois cette scène.

Mais ce soir-là, Sydney voulait Jordan pour elle toute seule. Elle ne voulait pas se sentir coincée entre ces deux hommes, avec le sentiment de marcher sur une corde raide. Adam saisirait la moindre manifestation d'affection de sa part à l'égard de Jordan pour lui dire qu'elle était toujours amoureuse de lui, et que, de toute évidence, Jordan ne s'était jamais remarié parce qu'il était encore fou d'elle.

Et elle lui répéterait comme elle l'avait déjà fait une bonne douzaine fois depuis leur mariage : « Adam, pour l'amour du ciel, souviens-toi que c'est *moi* qui l'ai quitté!

— Oui, mais pas parce que tu ne l'aimais plus. — Parce que je ne pouvais vivre avec lui », répondait-elle inlassablement.

Il n'aurait pas beaucoup de temps, lui avait dit Jordan, son avion décollait le lendemain à six heures trente. Pouvaient-ils se voir de bonne heure, à cinq heures et demie par exemple ?

Ils convinrent de se retrouver à *l'Auberge*, à proximité du *Plaza*. Il n'y aurait pas beaucoup de monde à cette heure.

Quand elle annonça à Adam qu'il n'était pas invité, celui-ci hocha la tête et dit simplement : « O.K. »

Il mangerait un morceau avec son directeur de la rédaction. Ils avaient quelques points à discuter, qu'ils n'avaient pu aborder durant la journée.

Sydney ne dîna pas seule avec Jordan. Il était accompagné d'une femme si jeune qu'elle aurait pu être sa fille.

Sydney eut le sentiment de recevoir un coup de poignard. Elle était au courant des liaisons de Jordan depuis des années, mais jamais il n'avait amené une femme avec lui quand ils se voyaient.

Elle était jalouse !

Elle était surprise d'éprouver de la jalousie après toutes ces années. Depuis combien de temps étaient-ils séparés déjà ? Dix-huit ans, et elle était blessée de le voir avec une femme, alors qu'Adam avait toujours été présent à leurs rendez-vous !

Lorsque Sydney mentionna sa nomination aux Oscars, Jordan hocha la tête.

— C'est drôle, mais je ne me sens pas concerné. J'ai terminé ce film il y a un an et demi. C'est déjà le passé. Ce n'est même pas un film dont je suis fier. J'ai seulement accepté ce rôle parce que j'avais envie de retravailler avec Kirk O'Malley. Il est nominé, lui aussi.

Le film l'était également.

— Il est regrettable que Lili ne puisse trouver de travail. Elle fait une brève apparition dans ce film, histoire de ne pas rester inactive. Elle demeure la plus grande actrice avec qui j'aie jamais joué.

— Pourquoi n'a-t-elle pas de travail?

Jordan haussa les épaules.

— Elle a le même âge que moi. Quarante-huit ans. Ce qui est trop vieux pour une actrice, mais pas pour un acteur.

— Ils sont toujours mariés, n'est-ce pas?

Il acquiesça.

— L'un des mariages les plus durables d'Hollywood, à la surprise de tout le monde.

Puis il demanda :

— Tu as des nouvelles de Juliet?

— Aucune, répondit-elle. Mais elle était à la télévision il y a quelques mois, lors de la retransmission d'un concert de Johnny Mars. Et voilà que notre fille chérie se met à chanter! Jouant de la guitare, avec pratiquement rien sur elle. Enfin, un jean, mais pas grand-chose en haut.

Jordan rit.

— Je lui ai passé le virus de la scène, on dirait. Je les ai vus à Hollywood quand ils y sont venus l'année dernière. Lui n'a pas dit grand-chose. Notre superbe fille non plus, mais je devrais sans doute m'estimer heureux qu'ils aient levé les yeux sur moi. J'ai le sentiment que cette rencontre était son idée à lui, pas celle de Juliet. Il est plus jeune que moi, mais pas de beaucoup.

Sydney jeta un regard à la jeune femme assise auprès de Jordan. Brenda? Etait-ce bien son nom? Elle avait à peine prononcé une parole, mais qu'aurait-elle pu dire, alors qu'ils parlaient de leurs enfants?

— Comment va Ashley, selon toi? demanda Jordan.

Sydney se mit à rire.

— Lorsque je l'ai eue au téléphone la semaine dernière

et que je lui ai demandé si elle avait un homme dans sa vie, elle m'a répondu : « Tu ne m'entends pas pleurer, n'est-ce pas ? » Elle va donc bien maintenant.

— Je me demande si Juliet est heureuse.

— Je me le demande aussi.

Quand ils se séparèrent, Jordan l'embrassa sur la joue, puis Brenda le prit par le bras pour parcourir les quelques mètres qui les séparaient du *Plaza*. Il tombait de légers flocons de neige, dont l'un vint fondre sur les cils de Sydney. A moins que ce ne fût une larme ?

La vie était bien compliquée. Si elle l'aimait, pourquoi n'était-elle pas restée avec lui ? Et alors son cœur ne se briserait pas à chaque fois qu'elle le voyait, en chair et en os ou à l'écran, et peut-être Juliet serait-elle à l'université. Et elle appellerait sa mère et son père tous les dimanches soir. Mais serait-ce vraiment comme ça ?

Lorsqu'elle arriva chez elle, Adam l'attendait. A son regard, elle crut qu'il allait lui faire sa crise de jalousie, insistant pour savoir tout ce que Jordan avait dit. Il ne s'agissait pas de cela.

— Sydney, je t'ai cherchée partout ! Ton père est à l'hôpital, annonça-t-il.

Elle lui saisit le bras.

— Qu'est-ce que c'est ? Une crise cardiaque ?

— Une voiture l'a renversé. J'attendais ton retour pour aller à l'hôpital. Cinq minutes plus tard, je partais sans toi.

Elle songea que peut-être Adam aimait plus Oliver qu'elle ne l'aimait. Toutefois, la pensée de son père souffrant ou peut-être à l'agonie la fit frissonner.

— J'appelle Carlos, dit Adam.

Oliver était alité, les jambes et le bassin cassés. Le médecin dit à Sydney qu'il doutait que son père remarche un jour.

Elle supplia Oliver de venir vivre avec eux, mais il

refusa. Il avait grandi dans cet appartement, c'était son foyer. Pourquoi Adam et Sydney ne viendraient-ils pas s'y installer avec lui ? De toute manière, il serait un jour à eux. S'ils voulaient l'aménager autrement, il n'y voyait pas d'inconvénient. Mais il n'avait pas l'intention d'aller vivre ailleurs.

Sydney et Adam se consultèrent. Cet appartement était trois fois plus grand que la maison où Sydney avait emménagé lorsqu'elle avait créé *Focus*. Et, elle devait le reconnaître, elle avait toujours aimé cet endroit, il faisait partie d'elle, un peu comme Oberon. Elle avait toujours aimé regarder la ville de ce vingt-sixième étage. Aimé les jardins sur la terrasse que sa mère et sa grand-mère avaient conçus, et dont s'occupait encore Warren.

Adam aimait cette magnificence.

— Pour un garçon du Midwest, j'ai un certain goût pour le luxe.

Jordan était du Midwest, lui aussi, et Sydney se demandait pourquoi son père s'était montré aussi hostile à l'égard du premier et aussi bien disposé envers le second.

Estimant que tout dans l'appartement familial était démodé, Sydney se mit à le redécorer entièrement, à l'exception de la chambre et du bureau de son père. Ils installèrent un ascenseur pour le fauteuil roulant d'Oliver, de façon à ce qu'il puisse accéder directement à sa chambre.

Sydney embaucha deux personnes pour s'occuper de lui ; l'infirmière de nuit occupait la chambre attenante à celle d'Oliver. Si elle le convainquit qu'il lui fallait durant la journée un infirmier capable de le soulever, son père insista pour employer une femme, jeune et belle, pour ses nuits, qu'il passait à regarder la télévision dans sa chambre. Il voulait une compagnie, féminine de préférence.

C'était un malade difficile — exigeant, coléreux, attendant avec impatience que Sydney et Adam rentrent à la maison pour lui faire un rapport détaillé de leur journée.

Entre son travail au journal, les exigences de son père et la décoration de l'appartement, Sydney était la plupart du temps épuisée. Elle aurait même oublié de regarder la cérémonie de remise des Oscars si Oliver n'avait envoyé Miss Higgins interrompre son dîner avec Adam pour leur signaler la retransmission télévisée de l'événement. Cela durait plus de trois heures, mais il avait pensé que Sydney pourrait être intéressée.

Sydney ordonna que leur dîner fût transporté dans la bibliothèque, où tout en mangeant ils écoutèrent les discours de réception des Oscars, qui leur parurent aussi interminables qu'insipides. Si Adam ne quitta pas la pièce, il se plongea dans la lecture de la presse internationale jusqu'à ce qu'Audrey Hepburn annonce : « Et l'heureux lauréat est... ». Elle ouvrit une enveloppe, et ses yeux lumineux brillèrent de plaisir quand elle déclara : « Jordan Eliot ! »

Un tonnerre d'applaudissements retentit, témoignant de la popularité du lauréat.

Sydney sentit son cœur se serrer, et sans s'en rendre compte, porta la main à sa poitrine.

Le discours de Jordan fut d'une platitude égale au reste, mais jamais il n'avait paru plus beau à Sydney. A la fin de son bref laïus, il regarda droit vers elle et dit : « Elles n'ont peut-être rien à voir avec mon Oscar, mais je tiens à remercier mes filles, Ashley et Juliet, de tout simplement exister, ainsi que leur mère, d'avoir eu foi en moi à une époque où personne d'autre ne croyait en mon talent. »

Les yeux de Sydney se brouillèrent de larmes tandis qu'un couple, dans un costume des plus succincts, se mettait à danser, tournoyant au son d'une musique qu'elle n'entendait même pas.

Ce n'est que lorsque Adam passa précipitamment devant elle et claqua la porte derrière lui qu'elle réalisa qu'elle avait murmuré : « Oh, Jordan ! »

43

Si, durant toutes ses années à Cornell et à l'école vétérinaire, Ashley n'avait jamais obtenu une note inférieure à « A », on aurait pu lui attribuer un « F » en ce qui concernait les hommes.

Lors de sa première année à l'école vétérinaire, elle eut une liaison avec un professeur de chimie organique, un bel homme dans les trente-cinq ans, aux cheveux blond-roux et aux yeux verts, qui se trouvait être le professeur le plus brillant qu'elle ait eu. Il était passionné par son sujet et transmettait sa passion à ses étudiants.

A la fin du trimestre, il l'appela chez elle un soir après les cours.

— Je ne sors jamais avec mes étudiants, dit-il, mais vous n'êtes plus dans ma classe. J'aimerais vraiment vous voir. Pourrions-nous dîner ensemble un soir ?

« Un soir » se transforma en plusieurs soirs. Ils allèrent au cinéma, assistèrent à des matches de football, où elle s'ennuya, mais elle voulait aimer tout ce qui plaisait à Whit. Il lui dit qu'elle excellerait dans la recherche. Envisageait-elle cette voie ?

— Non, je veux être vétérinaire.

— L'un n'exclut pas l'autre.

— Non, insista-t-elle. J'ai toujours su ce que je voulais.

Chaque soir, lorsqu'il la raccompagnait chez elle, elle attendait qu'il l'embrasse. En vain.

— Vous êtes l'un des plus beaux esprits que j'aie rencontrés parmi tous mes étudiants, lui dit-il un jour.

Ce n'était pas exactement ce qu'elle avait envie d'entendre.

Un soir, comme l'année scolaire s'achevait, Whit suggéra d'aller faire de la voile sur le lac Cayuga au crépuscule.

— J'apporte le dîner. La lune sera pleine, ce soir.

Enfin! se dit Ashley. Enfin!

La nuit était douce. Il n'y avait pratiquement pas de brise, et ils se balançaient sur le lac éclairé par la lune, après un repas de langouste froide arrosé de champagne.

— J'ai envie de toi, fit Whit.

Ashley lui sourit.

— Il n'y a pas de mal à m'embrasser.

Il se pencha vers elle, l'entoura de ses bras et posa sa bouche sur la sienne, lèvres fermées.

— Tu es vierge? demanda-t-il.

— Non. Et toi?

Il se mit à rire.

— Viens! Retournons chez moi.

Une fois chez lui, il alluma l'électricité et lui demanda :

— Eh bien?

Son appartement ressemblait à une cellule monacale, austère, net, peint dans de doux tons minéraux.

— Tu pourrais être un peu plus romantique, lui dit Ashley sans savoir si c'était vraiment ce qu'elle voulait.

— Je voudrais faire l'amour avec toi, dit-il.

Pensait-il que ces seuls mots éveilleraient ses instincts romantiques?

Il la prit par la main et la conduisit à la chambre, dont le mobilier se limitait à un futon et un bureau, avec une petite lampe dans un coin. Il ne dépensait manifestement pas son argent en biens matériels.

Il commença à se déshabiller, pliant soigneusement ses vêtements sur le bureau.

Quand il fut nu, il s'allongea sur le futon et la regarda. D'un coup de pied, elle enleva ses chaussures, puis ôta son pull en coton à col cheminée et son jean. Il éteignit la lumière.

— Caresse-moi, murmura-t-il.

— Embrasse-moi ! dit-elle.

Il l'embrassa. Mais, comme la première fois, sa bouche resta close, ses lèvres rigides. Ce n'était pas un baiser.

Il ne lui toucha pas les seins, ne la caressa pas.

Elle resta allongée, dans l'attente.

— Je ne peux pas embrasser, dit-il. Je n'aime pas ça.

Voilà qui est bien étrange, pensa Ashley.

— Dans mon enfance, ma mère me serrait contre ses seins quand elle venait me souhaiter bonne nuit. J'en suis venu à haïr ces seins qui m'étouffaient. Puis, une nuit, alors que j'avais seize ans, elle m'a enfoncé sa langue dans la bouche. J'ai fait un bond et me suis mis à hurler. Je lui ai dit de ne jamais recommencer, et elle est tombée à genoux, en me suppliant de ne rien dire à mon père. Je suis normal, Ashley. Tout à fait normal. J'aime faire l'amour. Mais je n'aime pas les seins et à chaque fois que j'embrasse une femme, cela me rappelle ma mère et je suis paralysé.

Il l'empoigna et monta sur elle, la pénétrant avant qu'elle n'eût réalisé ce qu'il faisait. Il commença à se mouvoir en elle avec frénésie, les mains appuyées sur le lit. Elle ne ressentait pas le moindre plaisir. Il n'y eut ni baisers, ni attouchements.

Elle se força à accompagner ses mouvements, essayant de faire naître en elle du désir, mais n'y parvint pas. Il jouit, avec à peine un gémissement.

Comme ils reposaient l'un à côté de l'autre, d'une voix embarrassée il demanda :

— Tu as joui ?

Non, elle n'avait pas joui.

Il ne la rappela pas, et lorsqu'elle revint à l'automne, ils ne se croisèrent même pas.

Elle s'acheta un chien, une petite boule de fourrure blanche et noire. Il ne lui fallut pas longtemps pour lui trouver un nom : Boo Boo, d'après celui de la sœur de Holden Caulfield dans *Dressez haut la poutre, charpentiers*, une de ses nouvelles préférées. Boo Boo et Ashley devinrent inséparables. En dehors des cours, Boo Boo l'accompagnait partout. Ses amis s'habituèrent à la voir venir dîner chez eux avec Boo Boo, amener son chien aux fêtes, aux pique-niques. Boo Boo devint l'un des personnages les plus populaires du campus.

Ils dormaient ensemble, et Ashley se réveilla même une fois avec les pattes de Boo Boo autour de son cou. Le samedi, escortée de Boo Boo, elle se rendait au laboratoire, généralement désert ce jour-là. Un samedi de janvier, il était presque midi quand elle fut interrompue dans son travail par cette question :

— Dois-je demander à ton chien l'autorisation de t'inviter à déjeuner?

Levant la tête, elle aperçut sur le seuil un des étudiants les plus âgés de sa classe. Jonathan Seibert devait bien approcher de la trentaine, grand garçon maigre aux cheveux châtains et aux yeux bruns chaleureux, avec un visage plutôt long. Ses lunettes étaient de celles qui fonçaient au soleil, et il venait apparemment du dehors, car les verres en étaient encore noirs.

— Salut! dit-elle.

— Je t'ai cherchée partout. Tu déjeunes avec moi?

— Laisse-moi seulement travailler encore une demi-heure, demanda-t-elle.

Il eut un sourire d'enfant qui lui plut. Il ressemblait un peu à Robert Redford, en beaucoup moins beau.

— Je reviens dans une demi-heure.

— Nous pourrons ramener Boo Boo chez moi.

— Non, emmenons-le.

Il lui était déjà sympathique.

Ils déjeunèrent dans un petit restaurant italien sur une butte dominant le lac. La vue était spectaculaire, les collines couvertes de neige et de pins. En contrebas, le lac Cayuga s'étirait, tel un long doigt.

— Je n'étais jamais venue ici. J'ignorais jusqu'à l'existence de cet endroit.

— C'est ouvert depuis peu, dit Jonathan. J'ai un faible pour les petits restaurants italiens.

Il avait enseigné les sciences naturelles pendant cinq ans, dans une petite ville du nom de Morris. Mais, l'enseignement payant mal, il avait décidé qu'il préférait les animaux aux collégiens.

— En fait, je cherchais peut-être tout simplement une excuse pour retourner à l'école. Je pourrais passer ma vie à étudier.

Ses mains, longues et minces, étaient expressives, et il les utilisait souvent, dans des gestes théâtraux. Ses yeux souriaient et Ashley lui trouva un grand sens de l'humour.

— J'estime que le sens de l'humour est l'une des qualités les plus importantes.

— Voilà qui m'étonne, dit-il. Tu as toujours l'air si sérieux.

Il avait grandi à Albany et il n'aimait pas les villes, même de cette taille. Il rêvait d'exercer dans une bourgade de province où il aurait à soigner aussi bien des vaches et des chevaux que des chiens et des chats. Il aimait tout particulièrement les chevaux. Il n'avait jamais pu s'offrir un cheval, mais il avait bien l'intention d'en avoir un quand il serait vétérinaire.

— Y a-t-il un domaine dans lequel tu souhaites te spécialiser, Ashley?

— J'aimerais travailler sur les oiseaux.

— Les oiseaux?

— L'endroit où j'ai grandi, ou du moins où j'ai passé tous mes étés, regorge d'oiseaux. Je les considère comme une des plus belles créations de la nature. Je peux les regarder pendant des heures.

— Alors pourquoi ne pas être ornithologiste?

Ashley s'était souvent posé cette question.

— Je veux soigner. Par ailleurs, j'aime tous les animaux.

— Tu ne pourrais jamais gagner ta vie en ne t'occupant que d'oiseaux, observa-t-il en riant.

Il lui fit découvrir d'autres restaurants qu'il aimait : *Anatolia's*, un grec; *Los Papayos*, un mexicain; un restaurant chinois, et même un sushi japonais qu'elle détesta. Il l'emmena également dans un restaurant indien dont elle apprécia les plats tandoori, et dans un libanais où la nourriture ne ressemblait à rien de ce qu'elle connaissait et pour lequel elle développa une véritable passion.

En retour, elle l'invitait à dîner chez elle.

— Bon sang, je n'ai jamais vu un logement d'étudiant aussi joliment aménagé! s'exclama-t-il la première fois qu'il vint, parcourant du regard l'appartement qu'Ashley louait au premier étage d'une maison. Elle avait passé un temps considérable à le décorer, avec simplicité mais élégance. Elle s'y sentait chez elle, et le propriétaire avait accepté la présence de Boo Boo.

— Tu es une fameuse cuisinière, lui dit Jonathan. Je pourrais prendre goût à ta cuisine comme j'ai pris goût à ces petits restaurants italiens.

Il était rarement là le week-end, seulement une fois par mois. Il rentrait chez lui, disait-il, pour voir ses amis, prenait le car le samedi matin et revenait le dimanche soir. Il l'appelait généralement vers 10 heures, à son retour.

Cela convenait parfaitement à Ashley, qui avait ainsi le temps de rattraper le retard pris dans son travail durant la semaine.

Ils faisaient de la recherche ensemble, rédigeaient ensemble leurs devoirs et parlaient de leurs projets respectifs. Et ils s'embrassaient beaucoup. Ils se fréquentaient ainsi depuis trois mois quand un soir, après la vaisselle, Jonathan lui dit :

— Tu dois te douter que j'ai envie de faire l'amour avec toi.

Ashley lui sourit.

— Je m'étonnais que tu ne m'aies pas encore dit ça.

Il la prit dans ses bras et se pencha pour l'embrasser dans le cou. Elle sentit son souffle dans son oreille et des frissons la parcoururent quand il se mit à la caresser.

— C'est agréable, soupira-t-elle.

— Et comment !

Elle se tourna pour lui faire face et leurs bouches se rencontrèrent, tandis que Jonathan faisait courir sa main sur tout son corps. Elle avait oublié comme c'était merveilleux d'être caressée. Un doux gémissement s'échappa de ses lèvres.

Il releva sa jupe écossaise et ses doigts s'aventurèrent entre ses cuisses. Elle ferma les yeux tandis que, de son autre main, il remontait son pull-over de cachemire rouge.

— Viens, dit-elle, lui tendant la main. Ce sera plus confortable dans la chambre.

Elle n'omit pas de s'arrêter dans la salle de bains pour mettre son diaphragme.

Jamais plus de grossesse non désirée.

Il prit son temps, lui embrassant le visage, le cou, les oreilles, les seins. Il lui embrassa le ventre, l'intérieur des cuisses, le creux derrière les genoux, les bras.

Il l'amena à plusieurs reprises au bord de l'orgasme mais s'arrêta à chaque fois, si bien que lorsqu'elle put enfin jouir, ce fut avec une intensité qu'elle n'avait encore jamais connue.

— Tu es formidable ! s'exclama-t-il quand ils s'arrêtèrent, épuisés.

— Je peux te retourner le compliment. Tu sais comment faire plaisir à une fille !

Et ils se firent plaisir nuit après nuit. Ils cessèrent d'aller au restaurant pour dîner chez Ashley. Ils sortaient de temps en temps pour voir un film, continuaient à étudier, mais tout au long de la journée Ashley attendait fébrilement ce que la nuit lui apporterait.

Au printemps, ils passèrent plus de temps ensemble, faisant, par les chauds après-midi, du canoë sur le lac. Ils roulaient dans la campagne, pour regarder labourer la terre, voir les saules pleureurs prendre un beau vert doré et les arbres fruitiers fleurir.

Ashley appela sa mère pour lui dire qu'elle était tombée amoureuse. C'était la première fois qu'elle exprimait de tels sentiments à l'égard d'un homme.

— Quand vas-tu me le présenter ? demanda Sydney.

— Peut-être que je l'amènerai à Oberon cet été.

— Oh ! C'est donc sérieux ?

— Eh bien, nous n'en avons pas encore parlé, mais je vais l'inviter. Je crois qu'il est obligé de travailler l'été, mais peut-être qu'il pourra descendre la première semaine des vacances.

Au début de mai, un mois avant les vacances d'été, Ashley aborda le sujet avec Jonathan.

Ce fut comme si un voile tombait sur les yeux du jeune homme.

— Je ne peux pas, dit-il

— Tu as une bonne raison ? demanda Ashley, parcourant d'un doigt sa poitrine nue. J'aimerais te présenter à ma mère.

— Je ne peux pas, répéta-t-il.

— N'y a-t-il pas un moment au cours de l'été où cela soit possible ?

— Je ne peux pas, dit-il à nouveau.

— Tu ne peux pas ou tu ne veux pas?

Il s'assit sur le lit, s'écartant d'elle.

— Oh, zut, Ashley! Je savais qu'il faudrait un jour que je te le dise. J'espérais que ce serait plus tard.

— Me dire quoi?

Elle s'assit près de lui et le regarda intensément.

— Je suis marié.

C'était comme si elle avait reçu un seau d'eau glacée sur la tête.

— Ma femme travaille pour que je puisse faire ces études. Elle enseigne la peinture. Ça et un petit héritage de mon grand-père me permettent d'être ici. Les week-ends, je pars retrouver ma femme et mon fils, Caleb.

L'espace d'une seconde, Ashley crut qu'elle allait se trouver mal. Elle inspira profondément. Elle se rendit compte qu'elle crispait les poings; elle les regarda un instant, puis elle frappa Jonathan à la mâchoire.

Il sauta du lit.

— Pourquoi fais-tu ça? Nous n'avons jamais parlé d'avenir. Reconnais que tu as eu d'aussi bons moments que moi. Faire l'amour avec quelqu'un n'engage à rien. Voyons, Ashley, ces cinq mois ont été pour moi les plus beaux de ma vie! Tu es formidable. Si je n'étais pas déjà marié, je te jure que je t'épouserais. Tu es...

— Sors d'ici, dit Ashley d'une voix glaciale. Sors de ma vie.

Durant tout le long et magnifique été qu'elle passa à Oberon, Ashley pansa les plaies de son cœur brisé. Boo Boo lui léchait la main, jouait avec enthousiasme au Frisbee, courait à ses côtés quand elle faisait du cheval, l'accompagnait dans ses promenades à travers les prés, aimait faire du bateau et lui tenait chaud la nuit. Les chiens donnent un amour inconditionnel. Aucun homme n'était capable de cela. Ashley se demanda si les hommes savaient même ce que signifiait le mot amour.

44

Juliet avait mal au cœur. Elle essaya d'ouvrir les yeux, mais la chambre se mit à tourner autour d'elle et elle vomit de nouveau. L'odeur la suffoquait.

Elle se demandait où elle était.

Tout son corps était endolori. Elle pouvait à peine bouger. Elle tâta l'espace autour d'elle, pour sentir quelque chose. Un tapis. Elle était allongée à même le sol.

Elle fit un nouvel effort pour ouvrir les yeux, mais ils étaient comme collés. Où était-elle allée? Ah oui, elle avait fait des kilomètres en voiture pour aller voir, seule — personne n'avait voulu l'accompagner —, les présidents. Impressionnant! Dans la froidure de ce jour d'hiver, elle était restée là, debout sous le ciel d'un bleu éclatant. Un pâle soleil éclairait ces quatre visages, parmi lesquels les yeux tristes de Lincoln regardaient par-delà le paysage rocheux.

Même le pince-nez de Teddy Roosevelt était étonnant. Penser qu'un homme avait pu sculpter tout cela, avait été capable de rendre les particularités de ces regards, les muscles des joues! Gravés dans cette roche dure, les moindres détails ressortaient, et Juliet avait eu le sentiment d'être face à quelque chose d'extraordinaire. Les musées l'ennuyaient, mais le mont Rushmore l'avait transportée. Seule dans le parc déserté, en bottes fourrées et parka doublée, elle avait passé des heures à contempler les visages de pierre, sous le charme.

Elle avait attrapé froid. Au volant de la voiture qu'elle avait louée, elle n'avait cessé de frissonner. Quand elle arriverait au motel, Johnny serait peut-être réveillé.

Non seulement Johnny était réveillé mais il avait bu. Dès qu'elle pénétra dans la pièce, avant même qu'elle ait pu enlever sa parka, il la frappa du revers de la main, la projetant contre le mur.

Elle se souvenait qu'il l'avait rouée de coups, lui avait dit des choses abominables. Qu'elle était une putain, qu'elle avait fait de lui un maquereau avec ses chansons. Elle ne savait pas ce qu'était la loyauté, sinon elle n'aurait jamais vendu des chansons à Hank Williams et à Patsy Cline. Il avait pris soin d'elle pendant toutes ces années et chaque chanson qu'elle écrivait devait être pour lui.

Sale putain ! Espèce de garce ingrate ! Pour qui se prenait-elle ? Elle lui appartenait.

Peut-être lui avait-elle appartenu à une époque, mais c'était bien fini.

Instinctivement, elle leva un bras devant son visage, comme pour se protéger.

Il lui fallait partir. Loin de Johnny. Loin, avant qu'il ne revienne. Il la frapperait encore.

Elle regarda autour d'elle. Elle se força à fixer le plafond, qui tournait. Elle bougea la tête et cela lui fit mal.

Elle referma les yeux. Il lui fallait absolument quitter cet endroit avant le retour de Johnny. Elle se rappelait vaguement ses propos hargneux : « Tu veux un shoot ? O.K., mon chou, ce sera le dernier que tu demanderas. Tu ne verras plus rien d'autre. Pour toi, c'est le bout de la route. Et je serai loin alors. C'est ce qu'on appelle une overdose. »

Elle n'avait aucun autre souvenir. Elle se tourna sur le

côté. Chaque parcelle de son corps était douloureuse. Elle réussit à s'asseoir et parcourut la pièce du regard. Un miroir recouvrait la porte du placard. Elle rampa jusque-là en pleurant, tant elle souffrait.

Devant le miroir, elle leva la tête et étudia son image, se reconnaissant à peine. Le tour de ses yeux était noir et bleu. Pas étonnant qu'elle ait eu du mal à les ouvrir. Ils n'étaient plus que des fentes dans un visage meurtri. Ses lèvres ensanglantées étaient enflées et fendues au point qu'elle ne pouvait pas les bouger. Son corsage était déchiré, ses cheveux formaient une masse enchevêtrée.

L'odeur de vomi et d'urine ne provenait pas du motel, réalisa-t-elle soudain, mais d'elle.

Juliet eut un haut-le-cœur.

Elle avait atrocement soif.

Elle se traîna à quatre pattes dans la salle de bains. S'accrochant au lavabo en porcelaine, elle se souleva et parvint tout juste à ouvrir le robinet et à se remplir un verre.

Juste une petite gorgee, se dit-elle, sachant qu'elle vomirait de nouveau si elle buvait davantage.

Elle s'allongea sur le carrelage et resta ainsi étendue sans aucune notion du temps. Au bout d'un moment, elle se hissa dans la baignoire et fit couler l'eau. Elle ne pouvait plus supporter cette puanteur. Il fallait qu'elle prenne un bain.

Quand elle atteignit le lit, l'odeur fétide flottait encore dans la pièce. Elle se glissa entre les draps, frissonnant et claquant des dents.

Ce n'est que plusieurs heures plus tard, peut-être même le lendemain, qu'elle reprit conscience. Elle avait besoin d'aide. Elle prit le téléphone sur la table de chevet et appela Ashley.

— Lee, je suis malade.

— Où es-tu?

— Je ne sais pas.

— Comment ça, tu ne sais pas?

— Attends une minute. (Il y avait près du téléphone une boîte d'allumettes, elle y déchiffra l'adresse du motel.) Je crois que je suis au Custer Inn, à Rapid City, dans le Dakota du Sud.

— Que diable fais-tu là?

— Je ne sais pas.

Elle avait besoin de toute sa concentration et de toute son énergie pour tenir le combiné.

— Quel est le numéro de téléphone?

Juliet étudia la boîte d'allumettes et communiqua le numéro à Ashley.

— Lee, je crois qu'on m'a injecté une overdose. J'ai regardé dans le placard et les affaires de Johnny ont disparu. Je pense qu'il a essayé de me tuer.

— Oh, mon Dieu, Juliet! Rapid City, Dakota du Sud. Peut-on s'y rendre en avion?

— Je ne sais pas.

— O.K. Ne bouge pas. Je vais appeler le motel. Dans quelle chambre es-tu?

— Je ne sais pas. Je ne sais même pas si ces allumettes appartiennent au motel. Peut-être suis-je dans un tout autre endroit.

— J'appelle le motel. Si tu n'as pas de mes nouvelles d'ici un quart d'heure, rappelle-moi.

Quelques minutes plus tard, on frappait à sa porte. D'une voix faible, Juliet dit : « Entrez! »

Une clef tourna dans la serrure et un homme barbu, d'âge mûr, passa la tête dans l'entrebâillement. L'odeur lui fit froncer le nez. Il balaya la chambre du regard et aperçut Juliet, couverte d'ecchymoses, dans le lit.

— Seigneur! Il m'a dit de ne pas entrer pendant cinq jours. Que quelqu'un était en train d'écrire un livre et souhaitait ne pas être dérangé. Il m'a payé ces cinq jours et il est parti au milieu de la nuit.

Le téléphone sonna.

C'était Ashley, qui lui annonça :

— Le directeur du motel va s'occuper de toi, et blizzard ou pas, je serai là demain, bien que je sois censée passer un partiel. Ne t'en fais pas, ma chérie, je serai bientôt auprès de toi.

Juliet fondit en larmes.

« Et maintenant ? » se demanda Ashley après avoir raccroché. Comment se rendre à Rapid City, dans le Dakota du Sud ? Elle essaya de situer l'endroit par rapport à Chicago, mais elle y renonça. C'était à l'ouest, c'était tout ce qu'elle savait. Etait-il possible de s'y rendre en avion ?

Elle appela sa mère.

— Oh, mon Dieu ! s'exclama Sydney. J'appelle une agence de voyages et nous verrons ce que nous pouvons faire.

— Maman, veux-tu venir ?

Il y eut un moment de silence.

— Ashley, j'aimerais savoir quoi faire. Je n'ai jamais su comment agir avec Juliet. Elle me rend responsable de tous ses problèmes. Elle me reproche toujours d'avoir quitté votre père.

— Maman, tu as fait ce que tu pensais être le mieux.

— Merci, ma chérie. Mais qui sait ce qui est le mieux ? Je pense que je suis la cause de sa conduite insensée. En venant, je ne ferais qu'aggraver la situation. Je suis malade d'inquiétude depuis des années maintenant. Peut-être vaut-il mieux que tu appelles ton père. Elle a toujours voulu l'avoir auprès d'elle.

— Mais, maman, quand elle l'avait...

— Ma chérie, elle s'est enfuie parce qu'elle ne pouvait l'avoir tout à elle. Il est son chevalier à l'armure étincelante. Elle a toujours rêvé qu'il vienne pour la sauver, qu'il l'aime suffisamment pour l'aider à trouver les réponses qu'elle a cherchées sa vie entière. Pourquoi ne l'appelles-tu pas, pendant que moi je me renseigne sur les moyens d'accès à ce trou perdu ?

— Maman, je crois que Johnny la bat. Le directeur du motel dit qu'elle est dans un état affreux.

— Oh, mon Dieu ! Peut-être devrais-je envoyer le Dr. Beckwith là-bas. Je voudrais accourir et la prendre dans mes bras, la bercer et lui dire que tout va s'arranger, voilà ce que je voudrais.

La main d'Ashley se crispa sur le combiné.

— Alors, pourquoi ne le fais-tu pas ?

Elle entendit Sydney soupirer.

— Parce que Juliet m'enverra promener, qu'elle me traitera de menteuse et trouvera mille choses à me reprocher.

— Je crois que tu n'es pas juste.

— Ma chérie, je sais que je ne le suis pas. Je ne fais qu'exprimer mon amertume. Appelle ton père et vois s'il peut te retrouver là-bas.

Mais Ashley ne parvint pas à joindre Jordan. Elle se souvint lui avoir téléphoné quelques semaines auparavant : il lui avait dit qu'il allait quelque part, dans un pays dont elle n'avait pas retenu le nom ; il lui écrirait et l'appellerait. Mais il n'avait encore fait ni l'un ni l'autre.

Quand elle en informa sa mère, Sydney lui dit :

— Je vais appeler Monday. Il sait toujours où est Jordan.

Monday lui dit que Jordan était aux Seychelles.

— Pourquoi choisit-il toujours les endroits les plus exotiques pour ses films ?

Sur ces entrefaites, Billy entra. Sydney lui expliqua ce qui se passait.

— Ashley a déjà quitté Ithaca en voiture. Elle doit prendre un avion jusqu'à Chicago, puis un petit coucou jusqu'à Rapid City, mais s'il neige, comme prévu, qui sait s'il pourra atterrir ?

Billy exprima son inquiétude en apprenant l'état dans lequel se trouvait Juliet.

— Le Dakota? N'est-ce pas le pays de Buffalo Bill? Cela doit se situer quelque part entre ici et la Californie, je suppose. Que fait-elle donc là-bas?

— Comment le saurais-je? On ne sait jamais avec Juliet.

— Attends! dit soudain Billy. Je rejoins Ashley. Juliet peut avoir besoin d'un soutien moral. J'ai connu plus de drogués qu'elle, j'en suis sûr. Donne-moi le nom de la compagnie aérienne et l'heure du vol.

Sydney savait combien il coûtait à Billy de quitter Manhattan.

— Vous pouvez tous les deux attraper le vol d'American Airlines de six heures trente qui vous fera arriver à temps pour la correspondance à destination de Rapid City, à 7 heures du matin.

— S'il neige, nous pourrons toujours prendre un bus ou louer une voiture.

Billy se montrait plus que jamais un homme de ressource.

— Ah oui! Je vous vois rouler tous les deux dans le blizzard! Quoi qu'il en soit, je me sentirai rassurée si tu l'accompagnes. Que ferais-je sans toi, Billy?

Le directeur du motel apporta à Juliet du thé, du jus d'orange et des toasts, puis, sur instruction d'Ashley, appela un médecin. Celui-ci, après l'avoir examinée, conduisit lui-même la jeune femme à l'hôpital. Elle avait le bras fracturé, le nez cassé, et il voulait qu'un ophtalmologue l'examine.

Le lendemain en fin d'après-midi, quand Ashley arriva avec Billy, le médecin crut que ce dernier était son père. Il lui conseilla de faire entrer Juliet dans un centre de désintoxication.

— Désintoxication? releva Ashley.

— Oui, drogues et alcool, répondit le docteur. Elle est

en train de se détruire. A moins que l'homme qui lui a fait ça ait essayé de la tuer. Elle a besoin d'aide, et elle n'est pas en état de prendre cette décision elle-même. Prenez-la à sa place.

Il ajouta que le meilleur établissement pour ce genre de pathologie était Saint Louis, mais que c'était cher.

Billy lui demanda de les appeler pour qu'on y admette Juliet le plus tôt possible.

Juliet ne fit aucune objection. Elle était si heureuse de voir sa sœur et Billy qu'elle fondit en larmes. A toutes leurs questions elle n'avait qu'une réponse : « Je ne sais pas. »

Ashley voulait poursuivre Johnny Mars en justice, mais Billy lui dit que c'était impossible.

— Pense aux gros titres dans les journaux, dit-il. Une Hamilton mêlée à de telles choses ? Ta mère ne pourrait le supporter.

— Maman est-elle au courant ? demanda Juliet d'une voix faible.

— Oui, répondit Ashley.

— Elle était trop occupée pour venir ?

Ashley prit la main de Juliet.

— Tu sais très bien que ce n'est pas la raison.

Elle n'avait pas oublié que sa mère avait tout laissé pour venir la soutenir quand elle s'était fait avorter.

— Elle croit que c'est à cause d'elle que tu prends de la drogue et que tu te mets dans de tels pétrins.

Comme les deux jeunes filles restaient silencieuses, Billy ajouta :

— Sydney pense que tu ne lui as jamais pardonné d'avoir quitté ton père, que tu essaies de la fuir et que sa venue n'aurait fait qu'aggraver la situation.

Juliet fut persuadée que ce n'était là qu'une excuse. Sa mère avait estimé le *Chronicle* plus important que sa fille cadette.

45

Depuis quelque temps, Oliver dînait avec eux, dans son fauteuil roulant. Sydney était surprise de sa transformation. Après une période difficile, la maladie l'avait adouci, le rendant d'un commerce plus agréable. Il paraissait prendre plaisir à ces dîners, posant des questions judicieuses au sujet du *Chronicle*. Adam lui apprit que, sans réaliser encore de bénéfices, ils ne perdaient plus que soixante mille dollars par an.

— Ce qui est en partie dû à la bonne gestion de notre chaîne de télévision par Sydney.

Il adressa à sa femme un sourire affectueux qui persista et resta figé sur son visage jusqu'à lui donner un air étrange.

— Adam, tu vas bien? demanda Sydney, se penchant par-dessus la table.

C'était comme si quelque chose lui était resté en travers de la gorge. Il continuait à sourire d'un air absent, la fourchette immobilisée dans l'air. Sa main ne bougeait plus du tout.

Inquiète, Sydney se leva précipitamment, le prit dans ses bras et, le regardant au fond des yeux, lui demanda :

— Adam, mon chéri, ça va?

Elle savait pertinemment que ça n'allait pas.

— Warren! cria-t-elle, prise de panique.

Le majordome ne devait pas être très loin, car il apparut aussitôt.

— Appelez le docteur !

— Que se passe-t-il, Miss Sydney ?

— Je ne sais pas.

Son cœur battait à tout rompre. La main d'Adam restait toujours levée.

— Je vais l'appeler moi-même, dit-elle avec un mouvement d'humeur.

Elle monta quatre à quatre l'escalier et appela le docteur.

— Je suis désolé. C'est la permanence. S'agit-il d'une urgence ?

Elle assura que c'en était bien une et retourna dans la salle à manger attendre le coup de fil du médecin. A sa grande surprise, il la rappela presque tout de suite.

— Je ne sais pas ce qu'il a, dit-elle, pleurant au téléphone. Il n'a pas bougé depuis cinq minutes. Mon Dieu, Jeff ! Qu'est-ce que c'est ?

— Sydney, je ne soigne pas Adam. Appelez son médecin. Ça m'a tout l'air d'une attaque d'apoplexie.

— Pour l'amour du ciel, Jeff ! Je ne sais même pas qui Adam consulte. Sa santé a toujours été excellente et il ne va chez le médecin que pour les bilans annuels.

— J'arrive tout de suite.

Elle entendit des rires et de la musique en arrière-plan et elle se dit qu'il devait être en train de dîner.

Quand il arriva une demi-heure plus tard, Adam avait la main baissée, mais il serrait toujours sa fourchette, et son regard vide indiquait que son cerveau ne commandait plus son corps. Il était inconscient.

Avec l'aide de Warren, le Dr. Beckwith l'allongea par terre.

— Je vais appeler l'hôpital et demander une ambulance. Il faut attendre le résultat des examens pour en être sûr, mais je crains bien que ce ne soit une attaque d'apoplexie.

— Si jeune!

Le Dr. Beckwith hocha la tête et se dirigea vers le téléphone.

— Je l'accompagne dans l'ambulance, au cas où il reprendrait conscience, dit Sydney.

Le sourire hébété avait maintenant disparu du visage d'Adam et sa peau avait viré au gris cendré.

— C'est à moi que cela aurait dû arriver, pas à lui, répétait inlassablement Oliver. Il n'a pas encore cinquante ans, bon Dieu!

Pendant tout le trajet jusqu'à l'hôpital, Sydney tint la main glacée d'Adam dans la sienne. Elle se demandait s'il était encore vivant, si le froid de la mort qui avait saisi son corps était passé dans le sien, car elle ne cessait de frissonner et de claquer des dents. Bien qu'assise, elle ne pouvait contrôler le tremblement de ses jambes.

Le Dr. Beckwith lui conseilla d'attendre. Cela lui parut une éternité. Un garçon de salle vint lui demander si elle voulait du café. Non. Elle était incapable d'avaler quoi que ce soit, tant elle avait l'estomac noué.

Puis le médecin revint pour la conduire, un bras passé autour de son épaule, dans la chambre où on avait installé Adam.

— Il s'agit bien d'une attaque. J'ignore à quel point c'est grave, s'il pourra de nouveau parler ou marcher.

En entrant dans la pièce, Sydney aperçut Adam dans un lit qui ressemblait à un berceau.

— Il va mourir? demanda-t-elle.

— Il est trop tôt pour se prononcer. Mais il est jeune, et la question est plutôt : sera-t-il réduit à une vie végétative ou recouvrera-t-il ses capacités?

— Oh, mon Dieu! gémit Sydney.

Elle posa la tête sur l'épaule du médecin et se mit à pleurer. Il lui tapota le dos.

— Il faut que j'appelle ses fils, dit Sydney.

Elle attendrait le lendemain matin pour avertir Ashley, mais ses fils devaient être auprès de lui.

Sydney avait peur de s'effondrer, de se briser en mille morceaux.

Les deux hommes de sa vie les plus forts, les plus résistants, étaient maintenant dépendants d'elle. Aucun des deux ne supportait de rester seul. Ils avaient peur, constatait-elle. Ils étaient alités et attendaient son retour toute la journée.

Adam l'avait suppliée de dormir avec lui dans leur chambre, mais elle avait besoin de repos. Elle dirigeait le journal à présent et ne savait pas où elle en trouvait l'énergie.

Il parlait à nouveau et passait désormais son temps devant ce petit écran qu'il avait autrefois méprisé.

La paralysie avait atteint la moitié gauche de son corps. Sydney le regardait s'assoupir, réalisant combien il lui était cher. C'étaient leurs divergences idéologiques qui avaient assombri leur mariage.

Ils s'étaient querellés au sujet de Martin Luther King et de Nixon, que Sydney détestait cordialement. Si Adam n'aimait pas l'homme, il respectait néanmoins ce qu'il représentait. Il ne savait toutefois que penser de l'ouverture amorcée par Nixon avec la Chine communiste.

Ils avaient eu de vives discussions à propos des droits civiques, de l'assistance médicale aux personnes âgées, de Juliet, et même de l'existence de Dieu.

— Si tu n'es pas sûre de croire en Dieu, s'était-il écrié, qu'est-ce qui va t'empêcher de commettre un crime, de voler quelqu'un ou de...

— Ou de commettre l'adultère? avait rétorqué Sydney avec un sourire perfide. Il semblerait que ton sens moral ne t'ait pas empêché de commettre certains péchés. C'est ma conscience, au plus profond de moi-même, qui est mon guide moral, pas un Dieu abstrait.

— Fichtre, Sydney ! Tu ne vaux guère mieux qu'un païen.

Sa remarque l'avait surprise. Elle se considérait plutôt comme une personne possédant une certaine spiritualité. Elle adorait la nature et avait une plus grande foi en l'être humain qu'Adam et son père, tous deux convaincus que seule la peur de Dieu maintenait les gens dans le droit chemin. Elle croyait en la bonté fondamentale de l'homme, ce dont Adam et elle avaient débattu durant des années.

A présent, elle découvrait que ces discussions lui manquaient.

Elle ne regrettait cependant pas les façons autoritaires de son père. Il était devenu docile, presque trop, la suppliant du regard de lui accorder un peu de son temps.

Elle était si fatiguée qu'elle avait du mal à tenir jusqu'à la fin du dîner. Elle suggéra d'installer une petite table dans la chambre d'Adam, où elle pourrait dîner en compagnie d'Oliver pendant que l'infirmière s'occuperait de son mari. Ils voulaient, bien sûr, savoir ce qui se passait au journal. Oliver se montrait chaque matin impatient d'avoir son exemplaire du *Chronicle*, et il entourait au crayon les éditoriaux et les nombreux articles dont il voulait discuter avec sa fille. Au grand étonnement de Sydney, Oliver n'essaya pas de diriger le journal depuis son lit.

Elle s'endormait à 9 heures du soir dans sa chambre d'enfant, ayant abandonné la chambre conjugale à Adam. Elle avait l'impression d'avoir atteint ses limites, de ne plus savoir qui elle était, depuis le temps qu'elle n'avait pas d'identité propre. Fille d'Oliver, épouse de Jordan, Mrs. Adam Yarborough à présent...

Je ne me remarierai jamais, se disait-elle. Dans le mariage, elle s'était perdue deux fois. Elle se demandait si elle avait vraiment aimé Adam. Les heurts avaient été si nombreux qu'ils avaient refroidi les sentiments qu'elle avait cru éprouver au début. Il avait voulu être aimé d'elle. Mais il avait une telle étroitesse d'esprit, et ressemblait tellement à son père de ce point de vue !

On frappa légèrement à la porte.

— Votre frère est ici, annonça Warren à voix basse.

— J'arrive, dit-elle en enfilant sa robe de chambre.

Il l'attendait dans la bibliothèque. Il s'était déjà servi un verre de bourbon, sa boisson préférée, et avait allumé une cigarette tout en sachant très bien que cela indisposerait sa sœur. Il était nonchalamment assis, le pied gauche sur le genou droit, dans le fauteuil le plus confortable. Des flammes dansaient dans la cheminée, et Sydney réalisa soudain combien elle aimait cette pièce, bien qu'elle l'eût peu utilisée ces derniers temps.

Elle embrassa son frère. Il sentait l'after-shave de bonne marque et avait l'air, comme toujours, d'une gravure de mode.

— Comment va Adam ? demanda-t-il.

— Je crois qu'il est en train de mourir. Et papa est bien mal en point, lui aussi.

Evan hocha la tête. A quarante-deux ans, il était aussi mince qu'à dix-huit, mais toutes les années qu'il avait passées au soleil avaient tanné et ridé son visage.

— C'était bien, Majorque ? demanda-t-elle en se servant un verre de Chivas.

— Comme ci comme ça. Il n'y avait pas grand monde là-bas.

— Ce n'est pas ce que j'ai entendu dire. Les échotiers ont relaté ta liaison avec une certaine Thérèse.

— C'est déjà fini.

Sydney s'assit sur la causeuse en face de son frère. La chaleur du feu lui faisait du bien, tout comme le scotch. Peut-être devrait-elle en boire plus souvent.

— Je ne savais pas que tu étais de retour aux Etats-Unis.

— Je suis arrivé cet après-midi.

— Papa dort.

— C'est pour toi que je suis venu. Je le verrai demain.

Ah ! Il voulait obtenir quelque chose, subodora-t-elle.

— Comment vont les filles ? demanda-t-il.

— Ashley est diplômée, ce que tu dois déjà savoir, car tu n'es pas parti depuis si longtemps. Quant à Juliet, tu n'es sans doute pas encore au courant...

Il se pencha, la regardant avec intensité.

— Il lui est arrivé quelque chose ?

— Elle est en traitement au centre de désintoxication de Saint Louis.

— Un centre de désintoxication ? Pour drogue ?

— Drogue et alcool. C'est une longue histoire.

— Bon Dieu !

Sydney savait qu'Evan touchait au haschisch et, d'après ce qu'elle avait entendu dire, à la cocaïne.

— Raconte-moi.

Elle lui raconta le plus succinctement possible, sans laisser transparaître la moindre émotion, les épreuves qu'avait traversées Juliet.

— Elle va s'en tirer ?

— Nous l'espérons. Je suis allée la voir une fois par mois depuis son entrée au centre, mais, entre Adam et papa, c'est tout juste si j'ai le temps d'aller au bureau à présent.

Evan prit une profonde inspiration.

— Le bureau. C'est à ce sujet que je suis venu te voir.

— J'aurais dû me douter que ta visite n'était pas désintéressée.

Il lui jeta un regard furibond.

— Ne sois pas absurde ! Quand nous étions enfants, le soleil se levait et se couchait avec toi. Tu étais ma vie, toute ma vie... Et puis...

— Et puis nous avons grandi.

— Oui, mais je suis resté le petit frère. Celui qui n'est jamais arrivé à égaler sa sœur, toujours si brillante, toujours si sûre d'elle-même. Une sœur qui épouse un acteur qui remporte un Oscar... Une sœur qui devient directeur de journal.

— Je n'ai jamais eu la moindre influence sur le journal, quoi que tu puisses en penser. Papa ne m'a jamais cédé un iota de pouvoir. A Adam, oui, mais pas à moi.

— Tu n'en es pas moins une des femmes les plus influentes du pays. Eh bien, le vieux renard étant en bout de course, je crois que le moment est venu de réclamer ma part. Je veux travailler au journal.

Elle éclata de rire.

— Je ne suis pas exactement un crétin. Je pense que nous pourrions nous partager les tâches. Adam manifestement se meurt et papa est handicapé, l'entière responsabilité du journal te revient donc. Je crois que je pourrais t'aider.

Sydney appuya sa tête contre le haut dossier et toisa son frère.

— J'ai passé quinze ans à apprendre le métier, et toi, tu t'imagines que tu n'as qu'à te présenter pour pouvoir faire ce que je fais?

— Le faire *avec* toi.

— Evan, tu as perdu l'esprit. Sais-tu quelle formation il te faudrait pour cela?

— Papa n'en avait aucune quand il a acheté le journal.

Comme sa sœur se taisait, il poursuivit :

— On me dit que j'écris de superbes lettres.

Sydney ne savait pas si elle devait rire ou le plaindre.

— Je suppose que tu ignores que le journal perd de l'argent chaque année. Ce n'est pas la route qui mène à la fortune.

— Je ne le crois pas. C'est impossible, fit Evan après un bref silence.

— Nous serions beaucoup plus riches si papa n'avait pas acheté ce journal. Il y a englouti des millions. Et aussi s'il n'avait pas toujours payé pour tes frasques, tes voyages, tes divorces. Il a probablement dépensé autant de millions pour toi.

— Je suis son fils. Que pouvait-il faire d'autre? Tu en as eu autant!

Jamais elle n'avait ressenti aussi fort cette injustice. Du jour où elle avait quitté l'université et épousé Jordan, son père ne lui avait plus donné un centime. Tout ce qu'elle avait, elle l'avait obtenu en travaillant.

— Je vais aller trouver papa, discuter de la chose avec lui. Je suis son fils. L'héritier présomptif, en quelque sorte.

Sydney le fusilla du regard.

— L'héritier présomptif, parce que tu es du sexe masculin?

Elle se demanda soudain si ce n'était pas ainsi qu'Oliver voyait les choses. Il avait refusé de lui passer les rênes, à elle, ne lui donnant d'autre choix que d'épouser Adam si elle voulait participer à la direction du journal. Pour Oliver, la place des femmes était à la maison. Si Adam mourait, laisserait-il le journal à son frère? Non, il ne pouvait tout de même pas faire cela, même s'il avait juré, il y a bien longtemps, de la déshériter.

Quand avait-il fait son testament? Il les avait sûrement inclus, elle et Adam, dans ses dernières volontés... Elle se détesta pour ces pensées.

— Ne le réveille pas, Evan. C'est un vieil homme malade et il a besoin de sommeil. Reviens demain matin.

Evan se leva et reposa son verre vide.

— Dis-moi, le questionna-t-elle, tout en le raccompagnant, es-tu fauché au point de devoir envisager de travailler?

— Je le suis, avoua-t-il. Voilà où mène une vie de plaisirs. Voilà ce que c'est de verser de généreuses pensions alimentaires à plusieurs ex-femmes.

— Et de batifoler avec des starlettes dans des îles exotiques.

Il lui adressa un large sourire.

— Sydney, je suis content que ce soit toi qui aies hérité de l'éthique puritaine de la famille ! Tu rates tellement de choses dans la vie...

— Parce que toi, mon cher frère, tu ne rates rien ?

— Si je rate quelque chose, je m'empresse d'y remédier.

Comment, se demanda-t-elle après son départ, l'existence qu'il menait pouvait-elle lui donner satisfaction ? Il ne faisait rien de sa vie. Il n'en avait jamais rien fait. A l'époque insouciante de leur enfance, ils étaient proches et passaient de si bons moments ensemble ! A présent, il y avait toujours une certaine tension entre eux.

Au petit matin, bien avant l'aube, oncle Billy réveilla Sydney.

— Je viens de rentrer, murmura-t-il, et je suis allé jeter un œil sur ton père, comme je le fais toutes les nuits. Il est mort, Sydney.

La peine transparaissait dans sa voix.

— Mort ? Papa, mort ?

Elle se leva en sursaut et gagna en toute hâte la chambre de son père. L'infirmière confirma ce que venait de lui annoncer Billy.

— Je suis descendue à la cuisine pour me préparer du thé, dit-elle d'un ton coupable, et à mon retour, il... il...

Oliver Standish Hamilton.

La fin d'une époque.

Sydney avait pleuré sa mère et Grand-Maman. Elle pleurait souvent à cause de Juliet. Elle avait extériorisé son chagrin à la mort de Chessie, le retriever, et de Silver, le cheval disparu quand elle avait treize ans.

Mais, pour Oliver, les larmes ne lui vinrent pas.

Ashley, alors en troisième cycle, s'absenta pour assister aux obsèques, et Juliet descendit de Saint Louis, accompagnée d'une infirmière. Des centaines d'amis affluèrent, venant de Washington et du monde entier. Un quart des membres du Congrès et deux juges de la Cour suprême assistèrent aux funérailles d'Oliver. Tous les patrons de presse new-yorkais étaient présents, ainsi que le gouverneur et le maire de la ville.

L'inhumation aurait lieu plus tard, dans l'intimité, à Oberon. Sydney devrait quitter Adam pour la journée, Billy l'accompagnerait; Evan également, elle pouvait en être certaine.

Le notaire personnel d'Oliver, Richard Rubens, annonça à Sydney qu'il appelait la famille à se réunir chez lui, le lendemain matin à 11 heures, pour l'ouverture du testament.

Ashley, qui avait des examens à passer, repartit pour Ithaca en voiture l'après-midi même de la cérémonie des funérailles. A Oberon, Juliet et elle avaient partagé leur ancienne chambre, celle qu'elles occupaient quand elles rendaient visite à leurs grands-parents. Elles étaient restées éveillées à bavarder jusqu'à plus de 3 heures du matin et s'étaient endormies enlacées.

Ashley confia à sa mère qu'à son avis Juliet n'avait jamais été aussi en forme depuis des années.

Juliet et l'infirmière prirent un vol de nuit pour le Missouri.

Seuls Evan, oncle Billy et Sydney étaient présents à la lecture du testament.

Rubens leur expliqua qu'Oliver le révisait chaque année à la même date, le 30 septembre. Certifié conforme à la loi lors de sa rédaction, il ne datait donc que de sept mois.

A ma fille, Sydney, dont j'ai plus appris que je ne lui ai appris, je laisse le *New York Chronicle*. Elle est la seule à l'avoir aimé autant que moi. Je suis conscient que c'est un cadeau en partie empoisonné et, afin qu'elle puisse continuer à le faire paraître, je lui laisse tout ce que j'ai, en dehors des quelques autres legs que je désire attribuer.

Tant qu'elle sera mariée à Adam Yarborough, et tant que ce dernier voudra de ce travail au journal, il en restera le codirecteur.

En outre, je lègue à Sydney l'appartement familial qui occupe les deux derniers étages de l'immeuble construit par mon grand-père. Le reste de l'immeuble appartiendra, en copropriété, à Sydney et à son frère, Sydney en assurant la gestion. L'argent des loyers sera partagé chaque année entre elle et Evan.

Evan, ah, Evan ! Quels soucis tu m'as donnés, mon fils ! En ce jour du 30 septembre 1971, tu m'auras coûté approximativement vingt-deux millions de dollars, en divorces et extravagances de toutes sortes. Je te laisse cinq millions de dollars.

A Ashley qui, comme sa mère, est une femme de convictions et de grande intégrité et qui cherche à donner un sens à sa vie, je laisse également cinq millions de dollars. Je suis fier qu'elle soit une Hamilton.

A Juliet qui, comme son oncle, n'a apporté que des soucis à la famille, je laisse cent mille dollars, ce qui, selon moi, est plus qu'elle ne mérite.

Oberon ! Je sais quels étés merveilleux Evan et Sydney y ont passés dans leur enfance : je leur lègue conjointement Oberon. Si Sydney meurt avant Evan, sa part ira à Ashley et Juliet. Si Evan meurt avant Sydney, celle-ci héritera de la part de son frère.

Ni l'un ni l'autre, je suppose, n'ont idée des frais qu'exige son entretien. J'espère qu'ils jugeront bon de dépenser le nécessaire afin d'assurer la pérennité d'Oberon au sein de la famille Hamilton.

Je laisse à chacun des enfants d'Evan — Nicholas, Diane, Anthony, Roma et Rianna — une somme de cinq cent mille dollars qui, s'ils n'ont pas hérité de l'insouciance de leur père, devrait leur durer au moins le temps de leurs études.

A mon beau-frère, William Seabright Holister, je laisse un million de dollars. Il a apporté le rire dans ma vie, a étépour moi le frère que je n'ai jamais eu, toujours présent quand la famille a connu de mauvaises passes. Merci, Billy.

Si j'ai décidé de léguer l'essentiel de ma fortune, biens et possessions à ma fille chérie, Sydney, c'est qu'elle est le fils que je n'ai pas eu. Je regrette de n'avoir pas su, je le crains, lui montrer mon admiration. Je meurs avec la certitude que ce qui a été édifié par mes ancêtres et moi-même se perpétuera grâce à elle.

Sydney jeta un regard à Billy, ému jusqu'aux larmes. Elle-même pleurait. Pourquoi Oliver ne lui avait-il pas dit cela de son vivant?

— C'est une plaisanterie? s'écria Evan, déchirant le silence. Je conteste ce testament.

— Inutile, mon cher, dit le notaire. Il est parfaitement valable. Votre père et moi nous y avons veillé. Vous avez cinq millions de dollars. Vous voilà un homme riche. Avec de bons investissements...

— Et à elle, ça lui fait combien? demanda Evan avec hargne, un doigt pointé sur Sydney.

— Une assez jolie fortune, je dois l'avouer.

46

Sydney contempla un long moment le téléphone avant d'appeler sa secrétaire.

— Trouvez-moi Brock Thomas au *Times*.

Elle attendit trois ou quatre minutes avant d'obtenir la communication.

— Sydney Yarborough à l'appareil.

— Oui, Mrs. Yarborough?

— Est-il possible que nous déjeunions ensemble?

— Quand?

— Aujourd'hui.

— Me faites-vous des avances ou s'agit-il strictement d'un déjeuner d'affaires?

Sydney se mit à rire.

— Acceptez mon invitation et vous verrez.

— Eh bien, c'est tout à fait possible aujourd'hui. Quand et où?

— Chez *Caruso* à 1 heure? C'est près de votre bureau.

— Très bien.

Elle raccrocha, le sourire aux lèvres.

Elle était installée à sa table habituelle chez *Caruso* quand Brock entra. Il avait toujours l'air de sortir du lit. Sa cravate, que Sydney jugea élégante, pendait de travers, et ses lunettes étaient sales au point qu'on pouvait se demander s'il y voyait quelque chose.

Le serveur lui indiqua la table de Sydney. Il lui adressa un sourire et prit une chaise.

— Que voulez-vous boire?

— Un scotch, demanda-t-il. Avec des glaçons.

— De l'eau minérale, dit Sydney, avec un zeste de citron.

Le garçon savait déjà ce qu'elle boirait.

— La blanquette de veau est une réussite, ajouta-t-elle à l'adresse de Brock.

— La blanquette de veau, hein? (Brock plissa les yeux et la dévisagea.) Vous n'êtes plus aussi mince qu'autrefois. Je crois que la dernière fois que je vous ai vue, c'était au ranch de LBJ.

— Ça ne peut pas remonter aussi loin!

— Quel week-end mémorable, n'est-ce pas?

Elle l'observa tandis qu'il étudiait le menu. Il triturait d'un doigt l'intérieur de son col, comme s'il voulait le desserrer. Ses cheveux blonds grisonnaient aux tempes.

— Je prendrai le carpaccio, dit Sydney au serveur quand il leur apporta les boissons. Avec une salade à l'huile d'olive et au citron.

Brock ne tint pas compte de son conseil et choisit une grillade.

— Je ne m'attendais certainement pas à ce que la patronne du *Chronicle* m'appelle, surtout à une heure aussi matinale.

Sydney s'adossa à sa chaise.

— Que pensez-vous de mon journal?

— En voilà une question insidieuse! Dites-moi plutôt l'objet de ce déjeuner.

— Je tiens à avoir une petite discussion au préalable.

— Vous êtes bien une femme, dit-il avec un large sourire.

Elle le trouva bien grossier.

— Alors ?

— Alors ? C'est un journal bien écrit, mais un peu vieux jeu à mon goût. Trop prudent, bien que votre rubrique politique semble s'améliorer, mais lentement.

— Suggéreriez-vous un style presse à scandales ?

Il but une rasade de scotch.

— Dieu m'en garde. C'est pour l'Américain moyen, et vous ne voulez pas de ce public. Vous voulez un journal qui continue à gagner le prix Pulitzer, tout en s'attirant davantage de lecteurs. Est-ce la raison pour laquelle vous me demandez mon avis ? Vous avez décidé de le changer maintenant que vous êtes la patronne ?

— C'est en gros mon idée.

— Pourquoi vous adresser à moi ? Je ne suis pas conservateur.

— C'est justement pour cela. Et aussi parce que je vous aime bien.

Il haussa les sourcils.

— Savez-vous que vous êtes la première femme à me dire ça ?

— Ce n'est pas la femme qui vous parle, mais la patronne du *Chronicle*.

Il attendit.

— Je veux tout réorganiser, reprit-elle. J'ai évolué avec le temps, contrairement à mon père et à mon mari. J'ai à présent l'occasion de servir mes convictions. Je veux prendre position. Je ne suis pas favorable à la guerre contre le Viêt Nam. Lorsqu'elle a commencé, j'ai cru que, comme toutes les guerres menées par les Etats-Unis, c'était une guerre juste. Je n'en suis plus si sûre maintenant. Je crois que nous n'avons rien à faire là-bas. Ce n'est pas comme la Seconde Guerre mondiale. Les étudiants ont raison. J'admire ceux qui brûlent leur ordre d'incorporation sans craindre la prison, ou ceux qui s'exilent au Canada ou en Suède, plutôt que de participer à une guerre qu'ils jugent immorale.

Brock pencha la tête, perplexe.

— Est-ce bien la patronne du journal le plus conservateur de New York qui tient ces propos ?

— J'estime d'autre part que nous sommes en train de détruire notre air, notre eau, et notre planète tout entière.

— Bon, bon. Vous commencez à m'intéresser.

— J'ai manifesté à Selma.

— Ça alors ! Je risque de tomber amoureux de vous avant le dessert.

Le serveur leur apporta leurs plats.

— Combien gagnez-vous ? demanda-t-elle à brûle-pourpoint.

Il leva les yeux de son assiette, le sourcil interrogateur.

— Trente-cinq mille dollars.

— Devenez mon rédacteur en chef, avec carte blanche. Faites-en un des meilleurs journaux de New York, ou du moins qu'il devienne aussi bon mais plus lisible que le *Times*. Que diriez-vous de cent mille dollars pour commencer ?

La fourchette de Brock Thomas resta en suspens au-dessus de son assiette.

— A qui d'autre vous êtes-vous adressée ?

— A personne. Vous êtes le seul. Quand j'ai su ce que je voulais, Brock Thomas est le seul nom qui me soit venu à l'esprit.

— Moi, travailler pour une femme ?

— Je peux retirer mon offre.

— Je ne faisais que plaisanter. Je suis au comble de la stupeur. La dernière fois que je suis resté sans voix, c'était... Je ne peux même pas m'en souvenir.

Sydney se mit à manger avec appétit. Elle savait qu'elle l'avait appâté.

— Moi au *Chronicle ?* Savez-vous combien de fois au cours des années j'ai tourné en ridicule vos éditoriaux, vos prises de position, votre orientation politique ?

— Pensez au pouvoir que vous aurez, dit Sydney. Vous avez la possibilité de changer un journal du tout au tout. Je ne vous permettrai pas de licencier les gens qui sont là depuis toujours, mais libre à vous d'embaucher qui vous voulez. C'est un tout nouveau départ pour le *Chronicle*.

— Pour vous aussi ?

Sydney lui sourit.

— Pour moi et pour vous.

Ils se regardèrent, le verre à la main.

— Plus de sujet tabou, dit Sydney, ni J. Edgar Hoover, ni JFK, ni personne. Aucun grand nom ne sera épargné.

— Bon Dieu ! Un nouveau départ ne me fera pas de mal. J'ai quarante-huit ans et bien besoin d'une gageure. Et la voilà qui s'offre à moi.

— Vous dites oui ?

— Il est possible que nous nous affrontions.

— Je ne suis pas rancunière.

— Je vous ferai enrager.

— Seuls les chiens attrapent la rage. Je peux toutefois me mettre en colère. Cela m'est déjà arrivé, mais je me suis généralement tue jusqu'à présent. Avec ce nouveau départ, en revanche, et puisque je suis désormais la propriétaire du journal, j'ai bien l'intention d'ouvrir la bouche. C'est vous qui serez furieux contre moi.

— Voilà qui s'annonce comme le début d'une parfaite idylle, n'est-ce pas ? plaisanta Brock. Ça alors ! J'étais loin d'imaginer une chose pareille ce matin en me réveillant !

— Vous voulez une autre boisson ?

— Oui. Un Coca, dit-il au serveur. Avec un doigt de citron vert.

Sydney se sentait extraordinairement heureuse.

— Je veux un changement à cent quatre-vingts degrés. Je refuse de servir plus longtemps le sectarisme, l'étroitesse d'esprit, les préjugés. Je veux combattre tout ce qu'il est du devoir d'un être humain doté de sens moral de combattre : l'ignorance, la superstition, la haine. Mon père et mon mari, je dois l'admettre, possédaient un étonnant manque d'objectivité pour des hommes de presse. A partir de maintenant, la subjectivité sera limitée à la page éditoriale. Dans le reste du journal, je veux des faits objectifs, quelles que soient les retombées. Je me fiche pas mal de ce que peuvent faire un Roosevelt, un Kennedy ou un Hoover, mais si cela mérite d'être publié, ça le sera. Sur la page éditoriale, je souhaite prendre position en faveur de l'avortement, ou du moins de la liberté de choix. En faveur des droits civiques, de l'assistance médicale pour chacun...

— Oh là là! Un tel programme pour le *Chronicle*?

Sydney se mit à rire.

— Absolument. Et je compte sur vous pour me bousculer lorsque je serai tentée de faire un compromis.

— Sapristi!

Il se renversa sur sa chaise, l'air franchement admiratif.

Sydney mit les coudes sur la table, le menton entre ses mains.

— Ecoutez, l'un de mes principaux soucis est d'ordre financier, il concerne la vente des espaces publicitaires. J'ignore tout des tarifs, et j'imagine que ce n'est pas l'affaire de la direction. Mais trouver de nouveaux annonceurs, sans perdre les anciens, est pour moi un point crucial. (Elle marqua une pause.) Nous ne faisons pas de bénéfices.

Brock digéra la nouvelle, fronça les sourcils et hocha la tête.

— Nous continuons à y injecter régulièrement de l'argent, poursuivit-elle. Toutefois, j'ai bien l'intention de faire en sorte que notre compte soit créditeur dans six mois.

— Sinon?

Elle lui pressa le dos de la main.

— Non, votre poste n'est pas menacé, mais je voudrais vraiment que nous sortions du rouge rapidement.

Il hocha de nouveau la tête, visiblement soulagé.

— Nous devons, bien sûr, augmenter le tirage pour gagner de nouveaux annonceurs, continua-t-elle, avant de se pencher vers lui en baissant la voix. Je suis prête à investir un demi-million de dollars pour nous tirer d'affaire. Mais je ne peux agir seule. (Elle le regarda.) Quand pouvez-vous commencer?

— Je dois donner un préavis. Dans deux semaines, peut-être?

Sydney sortit un petit bloc et griffonna un numéro de téléphone.

— Voici mon numéro personnel. Apprenez-le et ne le communiquez à personne. Vous pouvez m'appeler à toute heure. J'annoncerai votre nomination dès que vous aurez prévenu votre patron.

— C'est ce que vous serez? Mon patron?

— Le nom de mon mari continuera à figurer dans l'ours, mais, pour être franche, il est dans l'incapacité de travailler. Et je suis propriétaire du journal. Vous serez mon bras droit. Tout le personnel sera sous vos ordres, et vous n'aurez de comptes à rendre qu'à moi.

— Bien, bien. Comment dois-je vous appeler? Mrs. Yarborough ou Mrs. Hamilton?

— Appelez-moi Sydney tout simplement.

— Eh bien, c'est parti!

Il manifestait un enthousiasme juvénile qui plut à Sydney. Elle ne s'attendait pas à cela de sa part. Il était connu pour sa grossièreté, son insolence, son agressivité, pour son habitude de ne pas se laisser marcher sur les pieds, son humour irrévérencieux et aussi pour un usage immodéré des jurons.

— Vous avez la réputation d'être un bulldozer. C'est pourquoi je vous ai appelé. En gros, ce que je veux, c'est un journal libéral avec une bonne dose d'humour et un intérêt pour tout ce qui est humain, qui inclura, sans y accorder toutefois trop de place, le sexe en tant qu'élément important de la condition humaine. Mais sans le traiter à la façon des journaux à sensation. Je veux la priorité à l'information, pas au scandale ni aux insinuations malveillantes.

Il eut un signe d'assentiment.

— Je ne travaille bien que sous pression, dit-il. J'exige des journalistes des articles bien écrits et donc bien pensés. Nous avons besoin de meilleurs éditorialistes que ceux que vous avez. Quel budget m'accordez-vous pour cela ?

— Je vous le ferai savoir le moment venu, dit Sydney. Mais faites-moi une faveur : embauchez des femmes talentueuses.

— Génial ! (Il la regarda.) Vraiment génial !

— Vous n'êtes pas du tout comme je l'avais entendu dire.

— Attendez de travailler avec moi.

— J'en meurs d'impatience.

Il pleuvait à verse. Elle ôta son imperméable dans l'ascenseur et le tendit à Warren.

Oncle Billy l'attendait, un gin-tonic à la main.

— Je me suis dit que tu pourrais avoir besoin d'un remontant. Je prends un verre avec toi.

Sydney accepta la boisson et pénétra dans la salle de séjour, s'avançant vers les hautes fenêtres qui ouvraient sur la terrasse et au-delà sur la ville. La pluie tambourinait contre les vitres.

Elle était ravie de son déjeuner, ravie d'avoir débauché Brock Thomas. Finalement, le *Chronicle* pourrait devenir ce qu'elle souhaitait qu'il fût.

A quarante-quatre ans, elle allait enfin pouvoir diriger sa propre vie, commencer à accomplir ce dont elle s'était toujours contentée de rêver.

— Je me fais l'effet d'être sans cœur, dit-elle, mais je me réjouis de pouvoir enfin prendre les rênes et agir à ma guise.

Soudain, elle éclata en sanglots. De gros sanglots qui lui serraient la gorge et qu'elle ne pouvait réprimer.

Billy s'assit et croisa les jambes.

— Je n'ai guère la manière avec les femmes en larmes, lui dit-il. Aussi, pleure tout ton soûl, mais n'attends rien de moi.

— Je ne sais même pas pourquoi je pleure, prétendit Sydney, prenant le mouchoir que lui tendait son oncle.

Billy la laissa sécher ses larmes, puis déclara :

— Il y a quelque chose qui me tourmente depuis l'enterrement, Sydney. Je sais que je ne suis pas un Hamilton, mais j'espère que tu m'enterreras dans le cimetière familial, à Oberon. Je n'ai peut-être jamais séjourné longtemps dans l'île, mais je ne me vois pas rester pour l'éternité séparé des Hamilton.

Sydney se leva pour aller l'embrasser.

— Tu es de la famille. Cela va de soi.

— Est-ce une promesse?

— C'en est une.

Oncle Billy resta silencieux, mais Sydney sentit son soulagement.

Elle termina son verre et s'assit sur le canapé, le regard perdu.

— Je me sens coupable de ne pas être plus affectée par la mort de mon père. Je me sens... Oh, je ne sais même pas.

— Libre, dit oncle Billy. Libre pour la première fois. Il souffrait, ma chérie. Il ne supportait plus d'être ainsi dépendant. Il m'a dit une fois qu'il avait toujours voulu s'occuper de toi et qu'il ne comprenait pas pourquoi tu refusais son aide. La pilule a été amère quand il est devenu impotent. Il était prêt à mourir, Sydney. J'en suis persuadé.

Sydney se renversa sur le canapé et ferma les yeux.

— Eh bien, tu es libre de faire ce qui te plaît maintenant, ajouta son oncle.

Au bout de quelques minutes, les yeux toujours fermés, elle lui annonça :

— J'ai engagé un nouveau directeur de la rédaction aujourd'hui.

Elle entendit Billy se lever pour aller se resservir à boire. Elle rouvrit alors les yeux et le regarda.

— Nous avons été si prétentieux, si naïfs, si coupés de tout.

Elle se demanda si Billy avait la moindre idée de ce qu'elle voulait dire. Et pourtant, cela le concernait également.

— Je pense qu'il en faut pour tous les goûts, dit-il. Nous avons besoin de quelqu'un comme Walter Winchell ou Dorothy Kilgallen, pour informer les masses des faits et gestes du gotha. (Il se mit à rire.) Cela dit, j'espère que le *Chronicle* ne va pas devenir un journal à scandales, Sydney. Tu as trop de classe pour cela.

— Certes oui, et je ne veux pas faire de l'argent avec les frasques des gens riches et célèbres, mais on ne peut empêcher les lecteurs de s'intéresser... à nous, fit-elle avec un sourire ironique. Qui a été vu, en quel lieu, oui, mais pas qui a une liaison avec la femme d'Untel. Pas ce genre de saletés. Je ne veux que des faits qui ne blesseront personne, mais donneront à l'homme du peuple une idée de... du monde que tu fréquentes, Billy.

— Ainsi, tu veux que je te conseille quelqu'un susceptible d'écrire de bons articles à ce sujet?

— Pas du tout. Je veux que tu les écrives, toi.

Billy regarda sa nièce, la mine stupéfaite.

— Je ne saisis pas. Tu ne parles pas sérieusement?

Sydney éclata de rire. Peut-être était-ce l'effet du gin, peut-être était-ce dû au sentiment de puissance qu'elle avait éprouvé toute la journée. Et qu'elle éprouvait depuis qu'elle était libre de faire du *New York Chronicle* ce qu'elle voulait.

— Je parle tout à fait sérieusement. C'est mon vœu le plus cher. C'est quelque chose que je souhaite depuis des années, mais papa et Adam pensaient que cela déprécierait le journal. Il ne faut pas que cela soit de mauvais goût, mais piquant et plein d'humour. Que dirais-tu de trois articles par semaine? Et peut-être un de temps en temps dans *Focus*. Nous n'avons rien eu de semblable depuis que Miranda a renoncé à ses interviews pour présenter l'émission du soir sur CBC.

— Mais enfin! Tu ne sais même pas si je suis capable d'écrire! Un travail, à mon âge? Bonté divine!

— Pas un travail, mon cher oncle. Une carrière. C'est tout à fait différent.

Visiblement, il pesait le pour et le contre. Il se leva, alla jusqu'aux fenêtres et promena son regard sur la ville.

— Cela mettrait de la discipline dans ma vie, n'est-ce pas?

Billy était un homme d'ordre et d'habitudes. Ses chaussettes étaient rangées en piles bien nettes dans sa commode, ses chaussures cirées tous les soirs, rien n'avait changé dans sa chambre depuis qu'il l'occupait. Il ne connaissait l'improvisation que lorsqu'il volait au secours d'un membre de la famille. Oncle Billy avait des principes.

Il tourna un visage souriant vers Sydney, qui constata qu'il n'avait pas une ride. Un visage aussi lisse que celui d'un bébé. Sa seule concession à l'âge était des lunettes sans monture, presque invisibles, estimait-il. Elle se demandait s'il avait des maîtresses. Il rentrait parfois très tard dans la nuit et elle espérait qu'il passait une partie de ce temps au lit avec l'une d'elles, bien qu'elle l'imaginât plutôt inhibé sur ce plan.

— Sydney, je pense que ce pourrait être fort amusant d'essayer. J'espère que je ne te décevrai pas. Et j'exige ma photo à côté de ma signature.

Sydney partit d'un grand éclat de rire.

47

De sa fenêtre d'hôpital, Juliet pouvait voir les grandes arches du pont enjambant le Mississippi. Au cours de sa séance de thérapie, cet après-midi-là, elle avait brusquement réalisé qu'elle était soignée à Saint Louis depuis cinq mois.

Pour la première fois depuis le début de sa cure, elle s'estimait capable d'affronter à nouveau le monde, se sentait prête à quitter ce cocon.

Un pas après l'autre. C'est ce qu'on lui avait recommandé. Elle ne serait pas à l'abri de la tentation. « Téléphonez-nous même si vous n'êtes que tentée. Ne vous fixez pas d'objectifs à long terme. Vivez au jour le jour. » Devait-elle aller à Nashville ? Johnny y passerait-il ? Que ferait-elle s'il la frappait encore ?

« Nom de Dieu ! » s'écria-t-elle tout fort. Où avait-elle la tête ? Retourner vers un homme qui avait voulu la tuer ?

Du calme, mieux valait réfléchir posément et regarder les choses en face.

Elle avait cherché le succès en faisant interpréter ses chansons par des gens comme Willie, Patsy et Hank. C'était là son erreur. Si elle était restée un auteur-compositeur de second ordre, écrivant une chanson de temps à autre pour Johnny, il n'y aurait pas eu de problème.

Vraiment? Ce style de vie était-il celui qui lui convenait? Vivre la nuit et dormir le jour?

Le sexe... Peut-être en avait-elle fini avec le sexe comme avec la drogue. Tous ses rapports sexuels avaient été dégradants — les hommes l'avaient utilisée sans se préoccuper de ses sentiments. Seul Johnny s'était soucié de la faire jouir, même si c'était surtout par amour-propre. Il lui faisait des choses qui lui donnaient l'impression d'être sale, bien qu'elle en soit venue à y prendre plaisir.

Ç'avait toujours été ainsi. Un mélange de plaisir et de répulsion, de pics et d'abîmes, de jouissance semblable à aucune autre mêlée d'un sentiment de culpabilité. Ses parents ne lui avaient pourtant pas donné une éducation puritaine. Sa mère avait toujours été disposée à parler librement de sexualité, considérant qu'il n'y avait aucune honte à cela. Sydney répondait toujours aux questions d'Ashley, tandis que Juliet, elle, se contentait d'écouter.

Et cependant, le sexe était devenu pour elle un mode de vie. Tout comme la drogue. D'ailleurs, les deux dépendances étaient étroitement mêlées. Où s'arrêtait l'une, où commençait l'autre? Elle ne savait plus. Elle n'avait que très peu de souvenirs de ces dernières années. Elle ne s'était abstenue de stupéfiants que durant les quelques mois où elle avait composé ces chansons que tout le monde avait réclamées à cor et à cri, et il n'y avait alors pas un jour sans qu'un nouvel air lui passât par la tête et par les doigts. Puis Johnny avait mis fin à cela. Tout comme il avait failli mettre fin à sa vie.

Elle inspira profondément. Peut-être irait-elle faire un tour dans le parc. C'était la fin d'un hiver gris et humide le long du plus grand fleuve des Etats-Unis. Elle enfila une chemise et un pull. Où étaient ses baskets? Ah, oui, tout en haut du placard. Elle avait envie d'exercice, envie de sentir l'air froid emplir ses poumons jusqu'à ce que cela lui fasse mal. Envie de courir contre le vent, de se battre pour quelque chose.

Au détour d'un virage, j'ai vu,
Le regard tourné vers le passé,
Entre le ciel et mon souffle,
Toutes les chansons de mon enfance...

Elle leva les bras en l'air et se mit à rire.

Un nouveau départ. Elle le sentait. Elle le sentait par tous les pores de sa peau, et jusque dans son cœur...

Quelle différence y avait-il, se demanda-t-elle, entre le cœur et l'âme ? Peut-être pourrait-elle écrire une chanson à ce sujet ? Peut-être pourrait-elle écrire des chansons qui parleraient de toutes les choses importantes autres que l'amour. Les chansons devaient-elles toujours parler d'amour ? Eh bien, pourquoi ne pas prendre pour sujet la Bannière étoilée et l'Amérique ? Mais ne seraient-ce pas encore des chansons d'amour ?

Elle ouvrit la porte et se mit à courir dans le couloir lugubre au linoléum usé, pensant à tout ce qui avait trait à l'amour sans passer par le sexe. Elle pensa aux brins d'herbe, au beau vert tendre des feuilles printanières, aux ruisseaux bondissants, aux montagnes. Elle s'imagina dans un *skipjack* dans la baie de Chesapeake tandis que le soleil brillait sur les vaguelettes. Elle pensa à la forêt de Martha et aux taxis klaxonnant dans les rues de Manhattan, à sa sœur Ashley, aux plages baignées de soleil et bordées de palmiers, et elle ressentit un besoin impérieux de se remettre à écrire.

Tandis qu'elle courait à petites foulées dans le parc de l'hôpital, un thème musical s'élabora dans son esprit. Une mélodie lente sur un battement de tambour irrégulier, faible au début, puis de plus en plus forte, couvrant tous les autres bruits. Elle se mit à courir plus vite, et ses poings crispés se desserrèrent.

Cette nuit-là, elle appela Ashley, comme tous les dimanches soir. Sa sœur, qui attendait son coup de fil, fut surprise d'entendre Juliet lui annoncer :

— Je songe à sortir.

Ashley eut un moment d'hésitation, qui n'échappa pas à Juliet, avant de demander :

— Et que comptes-tu faire ?

— Aller à Nashville.

Cette fois, le silence s'éternisa.

— Tu crois que c'est raisonnable ?

— Je ne peux pas me terrer, Lee. Je ne peux pas fuir la vie.

— Mais Nashville ?

— Eh bien, j'ai beaucoup réfléchi. Je veux continuer à écrire de la musique. De la musique country. Et c'est à Nashville que mes chansons ont le plus de chances d'être interprétées. D'autre part, j'aime cette ville.

Du moins ce qu'elle pouvait s'en rappeler...

— Nashville n'est pour rien dans ce qui m'est arrivé. Je suis seule responsable. Mais je ne commettrai plus la même erreur. Je ne suis pas prête à retomber sous la coupe d'hommes comme Johnny Mars. Jamais plus je ne laisserai un homme régir ma vie. Je ne toucherai plus à la poudre. Il y a des tas de choses dans la vie que j'ai envie de faire, Lee. Je veux montrer à tout le monde que je suis capable d'atteindre le sommet. Je veux arriver à quelque chose par moi-même, et non parce que je suis la fille de Jordan Eliot, ou une descendante des Hamilton, ou encore l'ex-femme de Johnny Mars... Tu sais, je commence juste à comprendre maman.

Ashley se mit à rire.

— J'espérais bien qu'un jour tu y parviendrais.

Juliet demanda :

— Alors, qu'en penses-tu ?

— Je pense que tu dois essayer, si tel est vraiment ton désir. J'aimerais pouvoir te rejoindre à Nashville, t'aider à t'installer, mais cela m'est impossible.

— Non, non, il n'en est pas question ! Il faut que je me

débrouille seule. Peut-être sortirai-je lundi. Je prendrai le car; Nashville n'est pas très loin.

Que n'aurait-elle pas donné pour avoir sa moto! Les cars étaient si lents, elle s'y sentait prisonnière, obligée de regarder défiler le paysage par des vitres poussiéreuses. A moto, elle communiait avec la nature. En car, elle n'était plus qu'un spectateur. Mais patience...

— Tu as prévenu maman?

— Dois-je la prévenir?

— Elle sera inquiète si, en téléphonant, elle apprend que tu es partie.

— Tu le lui diras, veux-tu?

Le lundi matin, Juliet empilait dans une valise les quelques affaires qu'elle possédait quand le téléphone sonna. La réceptionniste lui annonça qu'elle avait un visiteur.

Bon sang! Juliet jeta un coup d'œil à sa montre. Il lui restait une heure et demie avant le départ du car, et la gare routière se trouvait dans le centre-ville.

— J'arrive, dit-elle.

Et plutôt que d'attendre l'ascenseur, elle dévala l'escalier quatre à quatre.

A la réception, sa tenue recherchée le faisant paraître déplacé en ce lieu, c'est oncle Billy qui l'attendait.

— Ah, te voilà! s'exclama-t-il en embrassant Juliet.

— Oncle Billy! Que fais-tu ici?

— Comme je n'avais rien de prévu avant vendredi, j'ai pensé que je pourrais t'accompagner à Nashville. J'ai loué une voiture à l'aéroport, elle nous attend. J'espère seulement que tu sais encore conduire.

Cher oncle Billy! Il était là pour s'assurer qu'elle allait bien. Pas une seule fois il n'avait abandonné un membre de la famille.

— C'est maman qui t'a envoyé?

Il prit un air hautain.

— Personne ne m'a envoyé. Je me suis dit que tu

apprécierais peut-être ma compagnie durant quelques jours. Pour une période, euh... de transition, pourrions-nous dire. Mais si tu n'en veux pas...

Juliet se jeta au cou de son grand-oncle.

— Ta compagnie me fait le plus grand plaisir, comme d'habitude. Tu es un amour. Je suis seulement un peu nerveuse. Et puis c'est tellement étonnant de te voir quitter New York, toi qui détestes ça.

Il eut l'air embarrassé.

— Eh bien, il y a des choses plus importantes. La famille...

— Je vais chercher ma valise.

— Ne peux-tu envoyer quelqu'un la chercher?

Juliet se mit à rire.

— Oncle Billy, tu vis dans un monde si raffiné! Je n'en ai que pour une seconde.

Il alluma une cigarette. La réceptionniste le fusilla du regard.

— On ne fume pas ici, lui dit Juliet. Ni dans aucune des voitures où je monte. Mieux vaut que tu ailles tirer une dernière bouffée dehors.

— Tu as aussi arrêté de fumer?

— J'ai tout arrêté, tout ce qui crée une dépendance. Rien n'aura plus d'emprise sur moi, du moins ce qu'il est en mon pouvoir de contrôler.

— Ça alors! dit-il avec son drôle d'accent. Hum, il doit bien y avoir un moyen terme entre ici et... l'univers de la musique country. Jamais tu ne choisiras une voie acceptable, n'est-ce pas? Cela fait peut-être partie de ton charme, ma chérie.

Il était si collet monté, pensa Juliet, tandis qu'elle regagnait l'étage en ascenseur. Et pourtant, il comptait parmi les êtres qui lui étaient le plus chers au monde. Elle se demanda si oncle Billy avait une vie en dehors de la famille. Des femmes? Des amis? Quelqu'un avec qui il passait du temps quand il n'allait pas d'un night-club à un autre, quand il n'était pas au théâtre ou à l'Opéra, ou encore en week-end à Southampton? Curieusement, il était toujours impatient de se rendre à Southampton, alors qu'il avait rarement envie d'aller à Oberon.

Oberon!

Soudain, elle fut envahie par la nostalgie de cette île qui pour elle avait toujours représenté la sécurité, la pureté. Peut-être un jour vivrait-elle là-bas. Lorsqu'elle serait connue et qu'on viendrait lui demander d'écrire des chansons, elle pourrait vivre là où elle voudrait. Elle élirait alors domicile à Oberon. Pas seulement l'été, mais toute l'année.

Billy installa Juliet dans un appartement plus beau qu'elle ne l'aurait choisi si elle avait été seule. Il paya les trois premiers mois de loyer. Pour la première fois de sa vie, il se rendait vraiment utile. C'était là un sentiment qu'il trouvait agréable.

Elle aurait pris la première chambre meublée venue, mais Billy avait tenu à ce qu'elle eût de l'espace et de la lumière. Ce n'était qu'un deux-pièces, mais une lucarne laissait le soleil entrer à flots dans la salle de séjour. Il occupait le deuxième étage d'une maison victorienne en excellent état. Les hautes fenêtres donnaient, à l'arrière, sur un jardin où les jonquilles se balançaient sous la brise. Les branches d'un cornouiller frottaient contre la vitre. Le mois prochain, il se parerait de couleurs éclatantes juste pour elle, se dit Juliet.

Oncle Billy meubla sa chambre d'un lit et d'un bureau avec une chaise à haut dossier. Il lui suggéra de choisir un canapé et un fauteuil confortable pour la petite salle de séjour, et insista pour acheter un poste de télévision, bien que Juliet prétendît ne pas en avoir besoin.

— Je préférerais une chaîne hi-fi et une radio.

Il les lui offrit également.

Dans le coin cuisine-salle à manger se trouvaient déjà une table en Formica et quatre chaises dépareillées.

L'appartement avait été peint récemment ; le petit réfrigérateur était neuf, mais la cuisinière laissait à désirer.

— Après tout, je ne sais pas faire la cuisine.

Oncle Billy haussa les sourcils.

— As-tu les moyens de faire autrement ?

Elle ne l'avait jamais entendu parler d'argent.

Après avoir acquis des draps, des oreillers et des couvertures, il lui demanda sur quoi elle comptait composer sa musique.

— Que veux-tu dire ?

— Tu composes au piano ?

Juliet se mit à rire.

— Ce serait agréable. Mais j'opterai pour la guitare.

Billy lui acheta un piano et une guitare.

Lorsqu'il la quitta cinq jours plus tard, elle était à la fois soulagée de le voir partir, impatiente d'affronter sa nouvelle vie et au bord de la panique.

48

Ashley passa l'été à faire le trajet d'Oberon à Saint Michaels, puis jusqu'à Easton, à vingt minutes en voiture, en quête d'un endroit où installer son cabinet ainsi qu'une clinique et un chenil.

Il y avait déjà deux vétérinaires à Easton, mais Ashley aimait tellement cette ville qu'elle avait décidé que c'était là qu'elle voulait s'établir. Elle estimait Saint Michaels trop petit, bien que ce fût l'une des plus charmantes localités qu'elle connût. Easton était une ville constituée de maisons à deux étages bâties avant la guerre de Sécession, élégantes et bien entretenues.

Sa mère lui avait suggéré de faire construire des locaux selon ses vœux, mais Ashley ne voulait pas paraître prétentieuse. Elle voulait être acceptée par la population, faire partie de la ville. Elle était contente de ne pas porter le nom des Hamilton, ainsi personne ne pourrait l'associer à Oberon. Curieusement, il lui fallait cacher ses liens avec l'endroit qu'elle aimait le plus au monde si elle voulait être prise au sérieux.

Elle parcourut les rues d'Easton en tous sens, et trouva, le 2 août, ce qu'elle cherchait dans la dernière rue à l'est de la ville.

Ashley était passée une dizaine de fois devant le pavillon sans y prêter attention, car on n'y avait pas encore accroché le panonceau À VENDRE. C'était une maison en brique avec des volets noirs et un heurtoir de cuivre poli contre une porte d'entrée violette. Elle avait ri tout haut. C'était la première porte de cette couleur qu'elle voyait.

Plantées dans des jardinières, des fleurs grimpaient aux fenêtres, et une clôture en fer forgé délimitait le jardin devant l'habitation, une pelouse bien entretenue embellie d'une plate-bande de marguerites et de pétunias — et d'un grand érable solitaire, au centre. Une large véranda entourait la maison.

Elle se gara et descendit de voiture. Malgré l'indication « Carlton immobilier », elle frappa à la porte avant de contourner la maison ; à l'arrière, elle découvrit un cornouiller, deux lilas, trois arbres fruitiers et une ancienne grange aménagée qui pourrait être convertie en chenil. Les fenêtres de la grange étaient agrémentées de bacs débordant de fleurs. Elle regarda par l'une d'entre elles et aperçut une grande pièce avec un escalier sans rampe qui conduisait à l'étage où devait autrefois être entreposé le foin.

Elle regagna la maison. Un magnolia ombrageait les fenêtres en saillie d'une cuisine spacieuse aux placards bleus et au sol carrelé. Elle longea la véranda et jeta un coup d'œil dans la salle à manger, susceptible d'être transformée en salle d'opération. Dans la salle de séjour, où qu'elle fût, elle pourrait installer son bureau et son cabinet de consultation. La maison était assez grande pour qu'il y eût aussi une salle d'attente. L'excitation la submergea.

Elle se recula pour observer les lignes carrées du pavillon, d'un style semblable aux autres maisons d'Easton. Il devait y avoir quatre ou cinq chambres à l'étage, qui pourraient constituer un espace habitable tout à fait suffisant.

Elle se demanda si la rue ne comptait que des résidences secondaires. Elle sentait dans tout son être qu'elle voulait cette maison. Oh, Dieu ! comme elle la voulait !

Elle nota l'adresse de l'agence immobilière et partit à sa recherche. Elle n'eut aucune difficulté à la trouver. Il était impossible de se perdre à Easton.

Une jeune femme un peu fade lui sourit tandis qu'elle pénétrait dans le petit bureau.

— Je viens au sujet de cette maison... (Elle ne savait pas même le nom de la rue.) Eh bien, celle qui a une porte violette.

— Nous avons placé le panneau seulement ce matin. Désirez-vous la visiter?

— Cela ne sera pas nécessaire. Mais j'ai besoin de me renseigner sur les règlements d'urbanisme.

La jeune femme l'interrogea du regard.

— Comme elle n'est pas en plein cœur de la ville, poursuivit Ashley, j'ai pensé que je pourrais en faire mon lieu de travail.

— Mieux vaut que je vous adresse à Mrs. Carlton, dit la jeune femme, avec un sourire si charmant qu'Ashley la trouva soudain jolie.

Mrs. Carlton était une femme aux cheveux gris approchant de la cinquantaine, à la poignée de main vigoureuse et au visage ouvert.

— Oh, la maison des Tremblyn! dit-elle quand Ashley la lui eut décrite.

Ashley lui fit part de ses projets, et Mrs. Carlton haussa les épaules.

— Je ne vois pas pourquoi vous ne pourriez y installer un cabinet.

— Combien en demandent-ils?

— Ils viennent juste de la mettre en vente et ne sont pas disposés à marchander. Ils en demandent soixante mille dollars.

Ashley s'assit et sortit son chéquier de son sac.

— A quel ordre dois-je faire le chèque? demanda-t-elle.

— Je vous suggère d'aller d'abord voir un notaire qui

s'occupera de toutes les formalités. Renseignez-vous auprès de lui sur les règlements d'urbanisme, mais je suis sûre qu'il n'y aura aucun problème.

— Je veux cette maison. Je suis prête à payer le prix demandé.

— Je vais en informer le propriétaire.

— Pouvez-vous l'appeler maintenant?

— Impossible. Il est parti ce matin pour Richmond.

— Je vous fais un chèque du montant total, que vous pourrez conserver en attendant. Pourriez-vous me conseiller un notaire?

— Noah Butler est un charmant jeune homme, et il a besoin de clients. Son étude est juste au-dessus.

Mrs. Carlton montra l'escalier à l'extérieur du bâtiment.

— Je mets ce chèque à votre ordre, dit Ashley.

Elle le déposa sur le bureau de Mrs. Carlton et se dirigea vers la porte.

— Vous ne voulez vraiment pas visiter la maison?

— Ce que j'ai vu me suffit. Je reviens.

Elle sortit dans la chaleur suffocante, bien qu'il ne fût pas encore midi. La moiteur de ce mois d'août l'épuisait. Elle monta au premier étage et pénétra dans le cabinet du notaire, par chance climatisé.

La salle d'attente était claire et agréable. Derrière un bureau crème assorti aux autres meubles, dont une bibliothèque, se tenait une très séduisante jeune femme en tailleur. Elle était au téléphone et fit signe à Ashley de prendre un siège. Elle raccrocha et demanda avec un sourire radieux :

— Puis-je vous aider?

— Je voudrais voir Mr. Butler.

— Il sera de retour dans quinze minutes, si vous voulez bien attendre. Il n'a pas d'autre rendez-vous avant 3 heures.

— J'attendrai.

Ashley ne parcourut même pas les magazines qui recouvraient la table basse, ne pensant qu'à la maison et à ce qu'elle pourrait en faire. Elle avait peine à contenir son enthousiasme. C'était probablement stupide de ne pas la visiter avant de l'acheter. Elle irait la voir, en définitive. Elle pourrait ainsi réfléchir à l'aménagement et à la décoration.

Noah Butler arriva vingt minutes plus tard. Il pénétra dans le bureau en coup de vent, ses cheveux blonds lui tombant sur le front, ses lunettes noires semblables à des lunettes d'aviateur, le col de sa chemise ouvert, sans cravate. Il portait un jean soigneusement repassé et une chemisette en coton bleu marine. Il avait négligemment jeté une veste blanche sur son épaule gauche.

Il n'avait pas encore fermé la porte que sa secrétaire lui désignait Ashley du doigt. Il lui adressa un sourire, l'invitant d'un signe de tête à le suivre.

Son bureau était recouvert, du sol au plafond, de rayonnages et, comme dans l'antichambre, tout ce qui pouvait être peint était de couleur crème, ce qui conférait à la pièce clarté et gaieté — à l'exception du bureau en chêne massif, abîmé par endroits mais bien entretenu. C'était un meuble ancien, et Ashley supposa qu'il faisait partie d'un héritage.

— Je voudrais acheter une maison et la directrice de l'agence en dessous m'a indiqué votre étude.

Il jeta sa serviette sur le bureau et se tourna vers Ashley, lui tendant la main.

— Je me présente : Noah Butler.

— Ashley Eliot.

— Café ? demanda-t-il, en se dirigeant vers la cafetière électrique posée sur un bahut.

Cela ne lui ferait pas de mal.

— Oui, merci, dit-elle.

La climatisation l'avait calmée. Elle prit place sur la chaise en face du bureau. Elle remarqua le tapis persan aux tons bleu marine et bordeaux. Il avait dû autrefois coûter une petite fortune. Les carreaux des fenêtres étaient anciens, comme tout le reste de la maison. Comme de nombreux bâtiments à Easton.

Il lui tendit une tasse de café.

— Du sucre?

Elle secoua la tête.

Il but une gorgée de son café, puis reporta son attention sur Ashley.

— Quelle adresse?

Ashley se mit à rire.

— Je ne sais pas. Je ne l'ai vue que ce matin. Elle est située aux portes de la ville, et vous allez me trouver ridicule, mais je n'y suis même pas entrée. J'ai besoin de connaître les règlements d'urbanisme. Puis-je ouvrir un cabinet vétérinaire dans cette maison?

— Dans le quartier qui vous intéresse, tout ce dont vous avez besoin, c'est de l'accord de vos voisins immédiats. Des lois plus strictes sont à l'étude, mais elles ne sont pas encore en vigueur.

Il avala une gorgée de café et demanda :

— Vous êtes nouvelle dans le coin?

— Oui et non.

Il leva un sourcil.

— En réalité, je viens de New York, mais je passais l'été dans la région quand j'étais enfant.

— Quelle chance! dit le notaire. J'ai découvert Easton et ses environs il y a seulement deux ans.

— Je viens de décrocher mon diplôme vétérinaire et je voudrais m'établir ici. J'ai pensé utiliser le rez-de-chaussée comme cabinet, faire de la grange un chenil et habiter à l'étage.

— Et vous n'avez pas vu l'intérieur?

— J'ai jeté un coup d'œil par les fenêtres et j'ai eu le coup de foudre.

— Vous souhaitez discuter le prix?

— Non. J'ai déjà fait un chèque du montant total, mais Mrs. Carlton est pour le moment dans l'impossibilité de joindre le propriétaire.

Il lui sourit.

— Vous n'avez pas l'adresse ? Eh bien, Mrs. Carlton nous la donnera. Empruntons-lui la clef et allons visiter cette maison. Vous comptez demander un prêt ?

— Non.

Ils firent le trajet dans la Fairlane noire du notaire. Ashley était dans un tel état d'excitation qu'elle ne prêta guère attention à Noah Butler.

Il y avait au rez-de-chaussée cinq pièces, grandes et claires. Partant du salon principal, un long escalier montait à l'étage, qui s'avéra plus vaste qu'Ashley ne l'avait espéré. Elle décida de faire de la plus grande pièce du haut sa salle à manger. Et il lui faudrait transformer une des autres pièces en cuisine, car si elle aimait la grande cuisine à l'ancienne du rez-de-chaussée, elle se voyait mal monter et descendre pour préparer les repas. Une kitchenette lui suffirait. En abattant une cloison elle pourrait créer un vaste espace cuisine-salle à manger. La grande pièce à l'arrière donnait sur le jardin, et Ashley décida que ce serait sa chambre. Les branches du magnolia dansaient contre les vitres. Le lambris et le papier mural qui couvraient les murs lui plaisaient. Il ne serait pas nécessaire de les retapisser.

La salle de bains, en revanche, avait besoin d'être modernisée.

La maison était tellement idéale que les mots lui manquaient.

— Je la veux, dit-elle tout simplement, en s'adressant plus à elle-même qu'au notaire.

Comme ils retournaient à son bureau, il déclara :

— Cela fait deux ans que je vis ici. J'ai renoncé à la vie de fou que l'on mène à Chicago et j'ai préféré m'établir comme notaire et avocat dans une petite ville de province plutôt que de vivre riche et stressé dans une grande agglomération.

— Pourquoi Easton?

— J'aime les oiseaux.

Elle tourna la tête vers lui, l'observant pour la première fois.

— Je sais, je sais, vous me prenez sans doute pour un dingue, dit-il avec un sourire. J'aime le bateau également. Est-ce plus convenable?

— Non, je ne vous prends pas du tout pour un dingue, protesta Ashley. Moi-même j'adore les oiseaux. Et j'ai fait de la voile toute ma vie. Juste là, dans la baie de Chesapeake.

— Eh bien, nous vous obtiendrons cette maison. Mais vous pourriez essayer de l'avoir pour moins cher. Vous allez devoir investir beaucoup d'argent pour la transformer. Le prix demandé par le propriétaire est élevé.

— Je la veux, Mr. Butler.

— O.K., dit-il en penchant la tête. Et appelez-moi Noah.

Lorsqu'ils rendirent la clef à Mrs. Carlton, celle-ci leur annonça qu'elle pensait pouvoir joindre le propriétaire chez son fils, ce soir ou demain matin. Elle s'enquit des coordonnées d'Ashley, qui estima préférable de passer la nuit à Easton.

— Je serai à l'auberge, dit-elle.

Elle remonta avec Noah.

— Vous voulez un acompte? questionna-t-elle.

— Non. Ce sera vite réglé. Je vous parie que ça ne vous coûtera pas cent dollars.

— Alors, à demain matin, dit Ashley, lui tendant la main.

— Au plaisir, dit-il, en lui donnant une ferme poignée de main.

Comme elle franchissait la porte, il lui demanda :

— Vous avez besoin qu'on vous fasse visiter la ville?

— Ne puis-je tout voir en cinq minutes?

— Si, certainement.

Tout en descendant l'escalier, elle se dit que ce soir elle téléphonerait à sa mère pour lui annoncer la nouvelle.

Elle inaugurait sa vie d'adulte. Dr. Ashley Eliot. Dans une ville où personne ne la connaissait, où elle devrait se faire, seule, une situation, une ville où elle avait trouvé la plus merveilleuse maison du monde — à proximité d'Oberon, bien sûr.

Il lui tardait de pouvoir consulter des catalogues d'ameublement et de choisir ce dont elle avait besoin. Elle demanderait à Noah ou à Mrs. Carlton s'ils connaissaient de bons artisans, pour les travaux de plomberie, d'électricité et de menuiserie.

Charmée par Easton, elle remonta la grand-rue, en pensant que, si elle devait dormir en ville, mieux valait se procurer des affaires pour la nuit, ainsi que des sous-vêtements de rechange et une brosse à dents. Elle avait l'intention d'aller dans l'après-midi à Saint Michaels pour prévenir Walt qu'elle ne rentrait pas à Oberon ce soir.

Elle entra dans la première boutique pour femmes qu'elle rencontra et acheta des sous-vêtements et une chemise de nuit qui ne méritait guère ce nom, tant elle était courte et moulante. Elle la couvrait à peine, mais elle était en satin lilas, et Ashley fut surprise de trouver dans une aussi petite ville une boutique de cette qualité. Elle était franchement chère, mais d'une certaine manière, cela la rassura.

Elle se gara dans le parking près de l'agence Carlton et se rendit à pied à l'auberge, où elle prit une chambre pour la nuit. Elle s'aperçut qu'elle mourait de faim et descendit à la salle à manger. On lui servit une salade et un pain maison tel qu'elle n'en avait pas mangé depuis longtemps. Peut-être même n'en avait-elle jamais goûté d'aussi délicieux. La salle à manger, sombre et fraîche, donnait sur la rue. Le couple attablé près de la fenêtre lui sourit, et

Ashley se sentit infiniment heureuse. Elle savait qu'elle avait choisi la bonne ville. Elle se demanda comment disposer les meubles, organiser son cabinet, lui donner un aspect professionnel tout en le rendant confortable, quel style choisir pour ses placards, quelle place réserver à ses dossiers.

Après le déjeuner, elle regagna le parking et monta dans sa voiture, regrettant, par cette magnifique journée, de ne pas avoir une décapotable.

Elle se rendit à Saint Michaels, avertit Walt qu'elle ne rentrerait que le lendemain, puis prit la direction du sud et roula sur la langue de terre qui s'avançait dans la baie vers l'île de Tilghman. Elle ne pouvait imaginer plus bel endroit. Elle pensa à son aïeule, Martha, qui avait donné la vie au premier Hamilton né dans cette partie du monde.

Elle était sûre de trouver là un sentiment de plénitude qui, tout comme à Juliet, lui avait été toute sa vie refusé, bien que Juliet eût certainement connu plus de satisfactions qu'elle. Elle n'avait jamais eu l'énergie de sa sœur, n'avait jamais ressenti le besoin de prendre des risques, n'avait jamais jugé nécessaire de se remettre en question ni de se demander si elle était aimée ou non. La seule fois qu'elle s'était posé cette question était lorsqu'elle avait eu un homme dans sa vie. Et désormais, il n'y en aurait plus. Du moins pas avant longtemps. Elle n'avait personne dans sa vie depuis Jonathan, et leur histoire remontait à deux ans. C'était le seul domaine où elle eût échoué.

Elle était différente de sa mère, pensait-elle, en ceci qu'elle n'avait rien à se prouver. Sydney avait grandi à une époque où les femmes, considérées comme inférieures aux hommes, devaient prouver au monde qu'elles étaient aussi capables qu'eux. Mais Ashley, elle, estimait ne pas avoir à convaincre quiconque de sa valeur, y compris elle-même. Elle s'aimait bien.

A présent, tout ce à quoi elle aspirait était de se sentir

chez elle quelque part, et elle pensait avoir trouvé ce quelque part. Elle désirait vivement s'intégrer à la ville. Et elle savait qu'elle trouverait le bonheur si elle y parvenait.

Lorsqu'elle revint à l'auberge, elle s'allongea sur le lit et se recroquevilla sur elle-même. Je suis la personne la plus chanceuse du monde, se dit-elle avant de s'endormir.

Il était 5 heures passées quand le téléphone la réveilla. C'était Noah Butler.

— Si nous dînions ensemble? proposa-t-il.

Pourquoi pas? Elle n'avait rien d'autre à faire.

Noah arriva à 7 heures.

— C'est une belle soirée et j'ai pensé que vous aimeriez peut-être voir un peu les environs, dit-il. Nous irons à Oxford en voiture : ce n'est pas très loin, et l'on trouve là-bas l'un des meilleurs restaurants de fruits de mer du monde. La ville possède aussi le plus vieux ferry de l'hémisphère, toujours en circulation, avec des services réguliers et les trajets les plus courts qui soient.

— Où va-t-il?

— Nulle part. C'est une traversée de dix minutes seulement.

Il faisait encore chaud, mais la climatisation de la voiture de Noah rendit le voyage agréable. Sa conversation était aisée et délicieuse. Il lui signalait ce qui était intéressant, lui racontant des anecdotes à propos de divers lieux. Elle n'avait encore jamais emprunté cette route.

La soirée fut merveilleuse.

Cette auberge d'Oxford servait également le meilleur roast-beef du monde, qu'Ashley préféra au crabe dont Noah se régala.

Il lui posa d'innombrables questions sur elle-même, sur l'école vétérinaire, sur les raisons qui l'avaient poussée à embrasser cette carrière. Elle réfléchissait avant de répondre à chacune de ses questions. Elle ne lui dit presque rien de sa mère, absolument rien de Jordan, et pas grand-chose de sa sœur.

— Lorsque je pourrai m'offrir le luxe de ne plus avoir

à me soucier de mes revenus, lui dit-il, je souhaite devenir juriste spécialisé dans la défense de l'environnement. C'est vraiment mon objectif.

— Je ne savais pas qu'un tel métier existait.

— C'est nouveau, mais il faut être motivé par les idéaux plus que par l'argent. Veiller à ce que cette partie du monde ne soit jamais urbanisée, voilà mon combat. Je ne veux pas que les oiseaux d'ici disparaissent.

Ashley rit.

— Mais cela n'arrivera jamais.

Il secoua la tête, agitant sa fourchette dans l'air.

— Je sais. C'est ce que tout le monde dit. Et personne ne veut voir que l'écosystème de la baie est en péril. J'espère me tromper, mais je vous prédis que dans vingt ans il ne restera plus une huître.

— Allons ! Il y a dans la baie de Chesapeake plus d'huîtres que nulle part ailleurs.

— Je voudrais être dans l'erreur, mais je crains d'avoir raison.

— Ainsi, vous voulez protéger la baie ? Mener à vous seul une croisade pour la défense des huîtres ?

— J'ai le sentiment que vous me prenez pour un fou, mais lorsque vous aurez vécu ici un certain temps, vous comprendrez de quoi je parle. La baie est chaque année un peu plus polluée, par le pétrole répandu par des milliers de bateaux, par les égouts, les fosses septiques. Je veux faire quelque chose pour empêcher que cela empire.

Ashley s'adossa à sa chaise et l'observa. Elle aimait ses yeux bleu foncé, si sombres qu'ils paraissaient presque violets. Les blonds avaient rarement des yeux d'une couleur aussi intense. Elle aimait la passion avec laquelle il s'exprimait quand quelque chose lui tenait à cœur.

— O.K., dit-il avec un sourire. Je descends de ma tribune. De quoi voulez-vous parler ?

— Parlez-moi de vous. Dites-moi par exemple pourquoi vous avez quitté Chicago.

— Oh, ça ! dit-il. (Il se mit à nettoyer le fond de son assiette.) Ne vous ai-je pas dit que c'était un excellent restaurant ? Eh bien, j'ai trente-deux ans et j'ai renoncé à l'exercice lucratif du métier de juriste à Oak Park, qui est en fait à côté de Chicago. Je suis divorcé, sans enfants.

— Divorcé ? Combien de temps avez-vous été marié ?

Noah croisa les bras sur la table et la regarda.

— Six ans.

— Et ?

— Je soupçonne mon ex-femme de m'avoir épousé dans l'espoir d'avoir une vie aisée. Quand j'ai décidé de renoncer aux mondanités et à l'argent pour m'installer dans une petite ville, ç'a été la fin. Rétrospectivement, je me dis que j'aurais dû voir que nous nous acheminions vers une rupture depuis presque quatre ans. Nous nous sommes séparés à l'amiable. Nous continuons à nous envoyer des cadeaux d'anniversaire et des cartes de vœux. Elle est remariée.

— Je n'ai jamais vécu dans une petite ville. Est-ce qu'on s'y sent seul ?

Noah eut un rire qui évoqua à Ashley le bruit d'une rivière.

— Je suis plus occupé ici que je ne l'étais auparavant. Je n'ai peut-être pas autant de clients, mais j'ai plus d'amis, plus de choses à faire. Je fais partie de la commission d'urbanisme et, un soir par semaine, j'enseigne dans le cadre de la formation pour adultes ; j'ai une classe différente chaque trimestre. Je possède un petit canot automobile. Par beau temps, le week-end, j'explore toutes les voies navigables possibles. J'aime partir seul et je ne souffre jamais de la solitude. J'ai un chien qui m'accompagne partout en week-end. Je ne pourrais pas vivre sans chien. Ma femme estimait que ces sales bêtes ne faisaient que répandre des poils partout dans la maison et que je l'aimais moins que n'importe lequel de mes chiens. (Il sourit.) Peut-être était-ce vrai.

— Vous vous êtes donc trouvé ici en plein accord avec vous-même ?

Noah acquiesça.

— Il en sera de même pour vous. Je le sens. Ce n'est pas un endroit pour tout le monde. Pour certains, il ne s'agit que d'y passer un bon week-end ; en revanche, ceux d'entre nous qui ont décidé de vivre là forment selon moi une race à part. Enfant, je me demandais pourquoi je n'étais pas comme les autres, et j'ai essayé de m'adapter. Il m'a fallu atteindre vingt-cinq ans pour comprendre que je pouvais être fier de ma différence. Je ne pense pas être un iconoclaste, mais j'aime l'indépendance. N'ayant pas à me conformer à la norme, je peux être ici ce que je souhaite être.

Quand il la déposa devant son auberge, Ashley lui dit :

— J'ai passé une excellente soirée. Merci de m'avoir si amicalement accueillie dans ma nouvelle ville.

— Vous êtes la bienvenue. Eh bien, à demain matin.

Il lui fit un signe de la main tout en redémarrant.

49

Trois mois après l'achat de la maison, Ashley posa sa plaque : DR. ASHLEY ELIOT. VÉTÉRINAIRE.

Elle avait été débordée. Un menuisier, un électricien et un plombier s'étaient pratiquement installés à demeure.

Ashley se trouva aussi excitée qu'un enfant à Noël quand les médicaments et son matériel de vétérinaire arrivèrent et qu'elle rangea le tout dans les meubles vernis réalisés avec soin et sur mesure par le menuisier. Elle les remplit également d'instruments chirurgicaux en inox brillant et recula de quelques pas pour les admirer.

Elle meubla le salon d'un sofa et d'un fauteuil aux coussins confortables dans ses tons préférés : lilas, rose et vert pastel, avec quelques touches de bleu. Elle choisit la même harmonie colorée pour la salle de séjour et sa chambre. Les planchers étaient si beaux qu'elle préféra y jeter quelques tapis plutôt que de les recouvrir d'une moquette. Quand elle eut fini, elle exultait. Sa première vraie maison ! Elle avait vécu dans son appartement d'Ithaca en sachant que ce serait provisoire, même si ce provisoire avait duré cinq ans. Elle espérait rester vivre à Easton. A un peu plus d'une heure de l'endroit qui l'avait vue naître.

Sa mère descendit en avion, un week-end d'octobre,

pour venir admirer la nouvelle maison d'Ashley, son installation, et lui demander ce qu'elle pouvait faire pour l'aider. Bien qu'Ashley se proposât de dormir sur le canapé, Sydney préféra passer la nuit à Oberon, où sa fille l'accompagna après avoir consacré la journée à faire les boutiques d'Easton.

Elle n'arrivait pas à comprendre le désir d'Ashley de s'installer dans une bourgade du Maryland où, avec le temps, l'avertit-elle, elle connaîtrait tout le monde et tout le monde la connaîtrait, serait au courant de ses moindres faits et gestes. Elle ne pourrait avoir aucune vie privée, devrait se surveiller en permanence.

Mais Ashley n'aurait rien à cacher. Elle voulait soigner les animaux, étudier les oies et les canards, faire du bateau sur les rivières de Chesapeake, participer à la vie d'Easton. Tout comme Noah Butler, songea-t-elle avec un sourire.

Sur la grand-route, à un kilomètre et demi d'Easton, elle avait découvert un restaurant qui servait le petit déjeuner. C'était, dans sa spécialité, le restaurant le plus fréquenté de la ville. Il existait depuis les années quarante, et tout le monde allait y prendre son repas du matin.

Elle y restait à lire le journal, discutait du temps avec la même serveuse chaque jour et observait les gens qui venaient y déguster des gaufres coiffées d'une montagne de fraises ou de petits pains faits maison avec leurs œufs brouillés aux oignons ou aux poivrons rouges. Les propriétaires faisaient leurs propres saucisses et fumaient leur bacon, et leurs petits déjeuners étaient les meilleurs qu'Ashley eût jamais connus.

Assise à la même table jour après jour, elle fit bientôt partie des meubles ; au bout de quelques semaines, les clients s'arrêtaient pour se présenter ou lui souriaient à travers la salle. Certains l'appelaient même « Doc », et elle se dit que tout vétérinaire, médecin ou pharmacien de la région devait avoir droit à ce titre. Elle n'y voyait pas d'inconvénient. Le terme était respectueux et finirait, espérait-elle, par devenir une marque d'affection. Ashley n'était jamais la première à dire bonjour, mais elle regardait autour d'elle, invitant manifestement les gens à lui adresser la parole.

Pendant des années, elle s'était battue contre sa timidité. Sydney lui avait répété bien des fois que la timidité était une forme d'orgueil, que le timide s'imaginait tous les regards tournés vers lui, qu'il n'osait parler par peur de se ridiculiser. Elle se disait que les gens la trouvaient peut-être ennuyeuse tant c'était pour elle un effort de converser avec des étrangers. Durant toutes ses années d'études à Cornell, elle n'avait jamais réussi à se faire des amis. Des relations, oui, mais très peu de vrais amis.

Et pendant sa dernière année, elle n'avait presque jamais parlé à un homme, échaudée qu'elle était par ses déboires amoureux.

Noah ignorait ses mésaventures, mais il devait s'en être douté. Il était passé à plusieurs reprises quand les coups de marteau résonnaient sans discontinuer. Il venait, disait-il, voir où en étaient les travaux et l'inviter à dîner. A chaque fois, Ashley refusait, sans lui donner la moindre excuse.

Le matin où elle posa sa plaque à l'entrée, Noah lui amena son retriever.

— C'est la date de ses vaccins annuels, dit-il.

Vêtu d'un pantalon en velours vert sombre et d'un pull-over couleur océan tricoté à la main, il ne ressemblait à aucun des notaires qu'elle avait rencontrés.

— De plus, ajouta-t-il, j'ai pensé qu'il était temps qu'il fasse votre connaissance.

Ashley avait engagé une secrétaire, Gladys Hollwedel, une séduisante jeune femme aux cheveux cuivrés et aux immenses yeux bruns. Elle était excessivement nerveuse, bien qu'elle connût tout le monde dans la ville.

— Vous avez bien choisi votre assistante, dit Noah en pointant le menton vers l'antichambre. Hé, je n'en reviens pas de ce que vous avez fait. Je reconnais à peine la maison.

Ashley examina le chien, qui lui lécha les mains et agita la queue.

— C'est une bête magnifique, dit-elle.

Noah acquiesça, ses mains sur le chien, mais les yeux sur Ashley.

— Une fois, j'ai cessé de fréquenter une femme parce qu'elle n'avait pas retenu son nom. Nous sommes sortis ensemble deux ou trois mois. Nous partions à bicyclette et j'emmenais Barney. Nous allions faire du bateau, et Barney venait avec nous. Barney m'accompagne partout. Cette femme savait à quel point j'aimais mon chien, mais jamais elle ne semblait faire attention à lui. Une nuit, je lui ai demandé si elle connaissait son nom. Elle a été incapable de s'en souvenir. Cela a mis un terme à nos relations. Je me suis dit qu'elle ne pouvait avoir beaucoup d'affection pour moi si elle n'avait même pas retenu le nom de mon chien.

Ashley fut forcée de sourire. Elle fit à Barney une triple injection et demanda à quand remontait son dernier vaccin contre la rage.

— L'année dernière, répondit Noah.

— Parfait. Inutile de lui en refaire un pour l'instant.

— Je vous vois le matin courir avec votre chien, dit Noah.

Comme Ashley restait silencieuse, Noah poursuivit :

— Barney aime tous les chiens qu'il rencontre.

— Vous réglerez la visite à la secrétaire, se contenta de répondre Ashley.

— Holà ! dit Noah, tandis que Barney sautait de la table de soins, un bon conseil : vous n'irez pas loin par ici avec vos manières de grand docteur. Vous devez vous montrer plus amicale.

Ashley le regarda, réalisant qu'elle serait plus sociable s'il n'était pas un homme.

— Désolée, dit-elle, mais je crois que je suis nerveuse. C'est mon premier jour de travail.

— Accepteriez-vous de dîner plus souvent avec moi si je n'étais pas une menace pour vous?

— Une menace? Je ne vous considère pas exactement comme...

— Mais si. Vous avez été blessée dans le passé et vous n'êtes pas prête à avoir une relation, même amicale, avec un homme, n'est-ce pas?

— Etes-vous psy ou juriste?

Il hocha la tête, souriant.

— Je suis fier de pouvoir comprendre les gens.

Ashley lui tendit la main.

— Merci de m'avoir amené mon premier patient, monsieur Butler.

— Vous vous souviendrez alors de moi, je suppose. Je me souviens encore de mon premier client.

En cette première journée, elle eut trois clients.

Le lendemain matin, elle courait avec Boo Boo dans la rue qui menait hors de la ville quand Noah surgit avec Barney. Aussitôt les deux chiens commencèrent à se renifler et à tourner l'un autour de l'autre dans l'air vif du matin.

— Il n'y aura certainement plus beaucoup de journées pareilles avant l'arrivée de l'hiver, dit Noah, adoptant une foulée souple aux côtés de Sydney. Alors, vous avez eu un succès fou, pour votre premier jour de travail?

— Fou n'est pas le mot.

Ils couraient avec aisance, sans parler; Noah, visiblement, ralentissait son allure pour ne pas dépasser Ashley. Les chiens aboyaient, sautaient, galopaient ensemble.

Ashley se surprit à prendre plaisir à la compagnie silencieuse de Noah. Comme ils arrivaient devant sa maison, elle lui adressa un sourire.

— Peut-être vous joindrez-vous encore à moi une prochaine fois.

Dans les champs derrière sa maison, une brume matinale s'élevait de l'herbe haute et dorée. Les oies et les canards étaient de retour et l'air retentissait de leurs cris.

— Je dois aller à Chestertown mardi, en fin d'après-midi, pour affaires. C'est une jolie ville, à seulement une heure de route. Je connais un excellent petit restaurant là-bas. Puis-je vous convaincre de m'accompagner?

Devant son hésitation, il s'empressa d'ajouter :

— Nous serons de retour avant 9 heures.

— Voilà qui est tentant, dit Ashley. Eh bien, c'est oui.

Il lui sourit et elle pensa qu'il avait un très joli sourire. Il n'était peut-être pas beau, mais il était sans aucun doute séduisant, et elle aimait sa spontanéité.

— Vous voyez? dit-il. La persévérance finit toujours par payer.

Ashley le suivit du regard tandis qu'il s'éloignait à petites foulées, son grand et beau chien courant à ses côtés. Elle avait bien besoin d'un ami, homme ou femme. Elle se pencha pour passer la main dans la fourrure de Boo Boo et s'aperçut que celui-ci tremblait tout en regardant Noah et Barney disparaître au coin de la rue.

Le trajet jusqu'à Chestertown et le dîner dans le restaurant dominant la rivière Chester furent un régal. La façade du restaurant située côté rivière était entièrement vitrée. Il faisait nuit quand ils dînèrent, et des chandelles éclairaient les tables aux nappes à carreaux bleus et blancs, conférant une certaine intimité à la salle pourtant spacieuse.

Comme ils dégustaient leur vin, tout en observant les reflets de la lune sur la rivière, Noah déclara :

— Ça crée une atmosphère romantique, un clair de lune.

Ce moment excepté, la journée n'avait rien eu de romantique. Ils avaient bavardé, une conversation émaillée de silences agréables. Il ne lui avait posé aucune question qui fût trop personnelle. Elle lui avait répondu qu'elle était originaire de New York et il savait déjà qu'elle avait fait des études à Cornell. Elle lui dit qu'elle avait une sœur et que ses parents étaient divorcés. Ils avaient privilégié d'autres sujets... Noah lui apprit qu'il comptait présenter sa candidature au conseil municipal. La politique locale l'intéressait. Il pensait que cela lui permettrait de changer certaines choses. C'était l'une des raisons pour lesquelles il était venu s'installer dans une petite ville — pour s'investir dans un projet.

— Un de mes grands plaisirs est d'aller dans l'île de Tilghman et de regarder la flotte de *skipjacks* partir le matin. Saviez-vous qu'il y avait une course de *skipjacks* chaque année? J'envisage d'en construire un, de passer l'hiver à cela, et de participer à la course l'année suivante.

Ashley se mit à rire.

— Vous connaissez le travail du bois?

Noah secoua la tête et lui adressa un large sourire.

— Dans une certaine mesure. J'aime bricoler et je voudrais construire un bateau. Pour moi aucun bateau n'est plus beau qu'un *skipjack*. Je n'ai pas l'intention de pêcher des huîtres, mais je parie que je pourrais revendre mon *skipjack* après la course. A moins que je ne le garde pour le cas où mes pires craintes se vérifieraient, de façon à avoir dans mon garage un spécimen de ces embarcations rendues obsolètes par la disparition des huîtres.

Quand il déposa Ashley devant chez elle, il ne descendit pas de voiture pour la raccompagner à sa porte.

— C'est l'un des derniers week-ends où je sors mon bateau avant de le mettre en cale sèche, lui dit-il. Je vais samedi au recensement annuel des oiseaux pour la société Audubon. Ça vous dit de venir?

Ashley posa la main sur son bras.

— J'ai passé avec vous d'excellents moments, Noah, mais...

— Barney et... comment s'appelle-t-il déjà? Boo Boo!
— Mon Dieu, mieux vaut que je retienne son nom tout de

suite, n'est-ce pas ? — s'amuseront comme des fous. A moins que Boo Boo n'ait le mal de mer.

— Boo Boo est un grand navigateur, répondit Ashley. (Qu'avait-elle à faire ce samedi ?) Eh bien, ça me paraît une bonne idée.

— Super ! dit-il avec un grand sourire. Vous vous chargez du déjeuner et j'apporte une Thermos de café.

Elle eut tout juste le temps d'avaler un jus d'orange, la moitié d'un petit pain et une tasse de café avant l'arrivée de Noah. Elle avait préparé un pique-nique, la veille au soir, ce que sa mère ne lui avait jamais appris à faire. Elle se sentait tout à fait heureuse, bien que de toute la semaine elle n'eût soigné que douze animaux, ce qui n'était guère prometteur.

Elle avait tenu compte des recommandations de Noah, qui l'avait invitée à se montrer plus amicale, moins réservée.

Elle s'était forcée à sourire, et s'était vite aperçue que cela lui était devenu naturel, tant les gens étaient eux-mêmes affables.

Mais, en consultant son agenda la veille au soir, elle avait été consternée de découvrir qu'elle n'avait aucun rendez-vous pour la semaine suivante.

A huit heures moins sept exactement, Noah frappa à sa porte.

— Habillez-vous chaudement, lui recommanda-t-il. Il fait assez frais. Sur l'eau, il fera carrément froid.

Elle savait cela. Elle avait mis un tricot irlandais, ce qui ne l'empêcha pas d'emporter plusieurs pulls supplémentaires, d'épaisses mitaines et de solides bottes.

— Nous irons à Saint Michaels, où je remise mon bateau. Vous y êtes déjà allée ?

Pourquoi ne lui dit-elle pas que c'était également là qu'elle remisait le sien ?

Sans attendre de réponse, il se pencha pour prendre le

panier de pique-nique en osier qu'elle avait déniché dans un magasin d'antiquités.

— Hé, j'aime ce panier, dit-il, le soulevant pour l'admirer.

Boo Boo, qui pressentait une aventure, se tenait devant la porte, haletant, agitant la queue. Quand Noah ouvrit, il fila droit à la voiture.

Le bateau de Noah était robuste et marchait bien. Il n'avait pas la grâce d'un voilier ni des yachts de croisière beaucoup plus onéreux sur lesquels Ashley avait passé ses étés, mais il en était fier et le touchait avec amour, caressant de la main le bois poli.

— Nous arrivons en eau libre, dit-il.

Ashley savait que Walt serait parti à la chasse, comme tous les samedis en cette saison. Un de ses jeunes employés salua Ashley comme s'il la connaissait sans pouvoir se rappeler son nom, ce dont elle ne se formalisa pas.

Ils descendirent la familière rivière Miles, et comme ils entraient en eau libre, Ashley eut la soudaine intuition que Noah se dirigeait vers Oberon.

— Nous allons voir une merveille, du moins l'ai-je entendu dire. Le recensement des oiseaux exige une autorisation préalable, aussi sommes-nous attendus là-bas. Une île de rêve, dit-on. Des millions de dollars. Une des plus vieilles demeures de la région, bien qu'il y ait des tas de maisons qui datent d'avant la guerre d'Indépendance. Toute la région est imprégnée d'histoire. (La voix de Noah était pleine de respect.) Vous savez quelque chose au sujet de cette île?

Pourquoi ne lui dit-elle pas : « Oui, je sais beaucoup de choses. C'est là que je suis née »?

— Je ne manque jamais d'être impressionné par cette grande maison, dit Noah, tandis qu'ils contournaient la pointe méridionale et qu'Oberon s'offrait à leur vue. Saviez-vous que la partie centrale de cette demeure a été construite dans les années 1600? Regardez-la bien, voulez-vous. Quelle parfaite conservation! N'est-ce pas un délice architectural? Vous imagineriez-vous avoir autant d'argent?

Durant les dix dernières minutes, Ashley s'était demandé si elle devait lui dire ou non quels étaient ses liens avec Oberon. Il était jusqu'à présent son seul ami ici. Ne risquait-il pas d'être furieux s'il l'apprenait plus tard, et par quelqu'un d'autre? Il lui était impossible de garder cela caché très longtemps.

Elle prit une profonde inspiration et lui toucha le bras. Il se retourna pour lui jeter un regard interrogateur.

— Noah, cette maison appartient à ma famille.

Il regarda Ashley, puis la maison et dit :

— Pardon?

— J'ai passé tous mes étés ici. Et tous mes Noëls. C'est parce que j'ai vécu ici tous les moments les plus heureux de ma vie que je me suis installée à Easton.

— Incroyable!

Il continua à la fixer pour reporter ensuite son attention sur la maison, tandis qu'ils la dépassaient, se dirigeant vers les marécages à l'extrémité septentrionale de l'île où, à cette époque de l'année, les oies seraient rassemblées. Malgré les crachotements du moteur, on pouvait entendre le cri des oiseaux sauvages.

— Et moi qui croyais vous faire plaisir!

— Vous me faites plaisir. (Ashley se tenait debout près de lui, leurs bras se touchant. Elle était presque de sa taille.) Je viens ici tous les week-ends depuis que j'habite Easton, mais je n'étais encore jamais allée, en cette période de l'année, jusqu'aux marécages voir les oies et les canards.

Noah resta silencieux. Attentif aux courants, il étudiait la carte et l'île, cherchant une crique.

Puis il s'enfonça dans les terres, remontant l'anse qui serpentait jusqu'au centre de l'île, et arrêta le bateau. Il sauta par-dessus bord et, chaussé de ses hautes bottes en caoutchouc, tira l'embarcation sur un banc de sable.

— Peut-être vaut-il mieux que vous me guidiez.

Elle sourit :

— Je connais chaque pouce de cette île.

— Vous auriez pu m'avertir.

Elle prit le panier à pique-nique.

— Cela aurait changé quelque chose ?

Il la souleva et la porta jusqu'à la rive, retenant sa main après l'avoir posée à terre.

— Non, répondit-il, la regardant dans les yeux. Je suis heureux de votre compagnie. Seulement c'est un choc de penser que vous avez autant d'argent.

Les cris des oies étaient assourdissants à présent.

— Avant de continuer, dit Noah, prenant dans le bateau la Thermos et deux tasses en plastique, buvons un peu de café et décidons d'un plan d'action.

— Vous savez, nous n'avons jamais autorisé la chasse sur l'île, dit Ashley en prenant la tasse de café fumant.

— Tout le monde sait qu'Oberon est une terre sacrée.

— C'est exact, dit-elle, s'asseyant sur un rondin et regardant par-delà la brume qui s'élevait de l'eau. « Sacrée » est le mot. Quel est ce poème d'Emily Dickinson ? « *Certains observent le repos du dimanche en allant à l'église. Je l'observe en restant chez moi...* »

Noah sourit et poursuivit :

— « *Avec un passereau babillard pour choriste, et un...* »

A l'unisson, ils récitèrent :

— « *... un verger pour dôme.* »

Ils se souriaient, chacun attendant que l'autre continue. Puis, réalisant que ni l'un ni l'autre ne connaissaient la strophe suivante, ils éclatèrent de rire.

— Eh bien, il est ensuite question des gens qui vont à l'église dans l'espoir d'accéder au paradis après leur mort, mais Emily, elle, est au paradis depuis longtemps, au milieu de la nature.

Noah lui jeta un regard admiratif.

— J'ai toujours eu ce sentiment à propos d'Oberon, continua Ashley. Ma sœur Juliet disait toujours que c'était le seul endroit où elle se sentait vraiment en sécurité. Je n'irais pas aussi loin, mais l'île a pour moi toujours représenté la pureté. Mon grand-père venait chasser tous les automnes, mais sur le continent. Je n'ai jamais pu comprendre comment quelqu'un qui aime la nature peut tuer les animaux sauvages.

— Moi non plus. (Noah but son café à petites gorgées et lui demanda :) Vous connaissez un bon endroit pour observer les oiseaux? D'où il serait possible de procéder à un dénombrement approximatif?

— Bien sûr.

— Eh bien, je suppose que je ne pouvais pas mieux tomber en vous demandant de passer cette journée avec moi.

Il observa les alentours, mais ne put voir grand-chose dans l'herbe épaisse du marécage.

— Bon sang! dit-il, la regardant. Pourquoi vétérinaire? Pourquoi un métier? Vous devez avoir tellement d'argent que vous pourriez vous passer de travailler.

— Croyez-vous que les gens travaillent seulement pour l'argent?

Il la contempla un long moment, puis sourit.

— O.K., dites-moi alors pourquoi les gens travaillent.

— Vous en êtes un excellent exemple. Pas seulement pour l'argent, sinon vous retourneriez à Chicago gagner des millions de dollars. Bien sûr, la majorité des gens travaillent pour avoir un toit sur leur tête, pour se nourrir, eux et leur famille, et peut-être pour s'offrir quelques produits de luxe. Mais, dans l'idéal, on travaille pour la satisfaction personnelle.

— Et à votre avis, pourquoi est-ce que je travaille?

Elle médita la question.

— Pour vous valoriser. Vous aimez croire que vous aidez les gens. Votre esprit apprécie les défis.

— Les gens qui aiment leur travail n'ont pas tous le désir d'aider leurs prochains. Regardez les affairistes.

Ashley haussa les épaules.

— J'ignore les motivations de tous ceux qui travaillent. Ils se nourrissent peut-être de gageures, de risques. Mais ils ont leurs propres raisons, lesquelles ne se limitent que très rarement à l'argent.

Noah termina son café et revissa le couvercle de la Thermos. Il jeta sur son épaule un sac à dos et avança la main vers le panier à pique-nique.

— Laissez-moi le porter.

Ashley le lui tendit.

— Etes-vous d'accord ? Plus un seul mot à propos d'argent, proposa-t-elle.

— Certains jours, je dois vraiment me démener pour arriver à joindre les deux bouts, mais, oui, c'est d'accord.

— Je ne crois pas que vous sachiez vous démener.

Il lui sourit, lui tendant la main pour l'aider à se lever de son rondin.

— Vous auriez dû me voir à Chicago. A côté de moi, la salle de la Bourse vous aurait paru un havre de paix.

— Etes-vous sérieux ?

— Venez, dit-il, la tenant toujours par la main, conduisez-moi.

50

Walt était de retour. Non, il n'avait pas eu un seul oiseau ; aucun de ses compagnons non plus. Mais ils avaient passé une superbe matinée. Il leva les sourcils tout en observant Ashley et Noah, sans toutefois se permettre la moindre remarque.

— Mieux vaut remiser le bateau en cale sèche, lui dit Noah.

Ils étaient gelés.

— Nous ne sommes peut-être pas présentables après une journée en pleine nature, mais il faut bien songer à diner, non ? ajouta-t-il à l'adresse d'Ashley. On ne se souciera pas de notre apparence chez *Rolfe*.

— J'ai une meilleure idée. Je me charge du dîner si vous faites un feu dans la cheminée. Je nous préparerai un cidre chaud. J'ai un jambon, que je pourrai accompagner de pommes de terre nouvelles sautées à l'ail. J'ai même préparé une tarte aux pommes hier, tellement j'avais de temps entre chaque client.

— Vendu, acquiesça-t-il d'une voix joyeuse. Et j'ai une idée sur la manière dont vous pourriez vous faire une clientèle.

— Quoi ?

— Oui, oui. Attendez de m'avoir séduit avec un cidre

chaud et de me voir installé bien confortablement devant un feu de cheminée.

Il s'occupa du feu, tandis qu'Ashley s'activait dans la cuisine, mettant le jambon au four, faisant chauffer le cidre avec des épices. Puis après avoir enlevé ses chaussures, Noah s'assit devant l'âtre, jambes allongées.

Lorsque Ashley entra dans la salle de séjour, vêtue du pull irlandais couleur ivoire qu'il lui avait vu toute la journée, mais également d'un pantalon sec, en flanelle grise, Noah, assis sur des coussins pris au canapé, leva les yeux sur elle. Ses boucles d'oreilles en or reflétaient la lumière dansante des flammes.

— Dites-moi, qu'est-ce qui amène quelqu'un d'aussi riche à faire ses propres tartes ?

— Le désir d'authenticité, répondit-elle, tirant un pouf pour s'asseoir près de lui.

Il prit le verre de cidre chaud qu'elle lui tendait.

— Eh bien ! Ça, c'est la vie ! s'exclama-t-il en jetant un regard autour de lui. Quand vous naissez avec une telle fortune, peut-être le bon goût vous est-il donné en prime. Ce que vous avez fait de cette maison est remarquable, Ashley.

— Je suis de celles qui ont besoin de se construire un nid, chuchota-t-elle, absorbée dans la contemplation des flammes. J'aime être chez moi, entourée de choses qui me plaisent.

Lorsque la sonnerie du minuteur retentit, Ashley se leva pour aller retirer le jambon du four.

Après le dîner, Noah mit de nouvelles bûches dans la cheminée et s'étendit sur le canapé. Les mains sous la tête, il regardait Ashley qui s'était installée dans le grand fauteuil.

— Voulez-vous que je vous expose mon idée ? Oui, j'en suis sûr. C'est un moyen pour amener les gens à vous connaître. Fixez une matinée — un mercredi, par exemple — et faites savoir que, ce jour-là, vous castrez gratuitement les animaux.

Ashley réfléchit.

— Cela ne va-t-il pas m'attirer l'animosité des autres vétérinaires ?

Noah leva un sourcil.

— Probablement. Mais il y a beaucoup de gens qui possèdent des animaux sans avoir les moyens de les faire castrer. Vous offririez un service bénévole, et quand leurs bêtes tomberont malades, ces mêmes personnes se souviendront de vous.

Comme elle restait songeuse, Noah poursuivit :

— Nous vivons dans un monde de compétition.

Un léger sourire flotta sur le visage d'Ashley.

— Votre idée me plaît.

— Vous m'en voyez ravi.

Ils observaient le feu, écoutant ses crépitements.

— Bon, parlez-moi de vous, dit Noah au bout d'un moment.

— Que voulez-vous savoir ? Vous voulez que je vous parle de ma famille, que je vous apprenne comment elle a bâti sa fortune, ce que mes parents et mes ancêtres ont fait, que je vous raconte toute l'histoire de l'Amérique ?

— Pourquoi vous fermez-vous aux hommes ?

— Je ne me ferme peut-être pas à tous les hommes.

Il secoua la tête.

— Je ne suis pas dupe.

En le regardant, elle sut qu'il avait raison. Et elle comprit que, si elle devait s'ouvrir à quelqu'un, ce serait à lui.

— Si nous en arrivons à un point où j'estime qu'il est important que vous sachiez pourquoi, je vous le dirai. Ça vous va ?

— Pas vraiment. J'en suis à un point où j'ai besoin de savoir pourquoi vous n'avez pas confiance. Je veux savoir ce que je dois faire pour que vous vous sentiez en sécurité avec moi.

Ashley se pelotonna, les bras autour de ses genoux.

— La journée d'aujourd'hui était un bon début.

Noah se leva, et, en chaussettes, alla jusqu'à elle, s'assit sur le bras de son fauteuil et la regarda.

— Ma vie amoureuse n'est pas non plus une réussite. Je me suis demandé si en faisant plus d'efforts j'aurais pu sauver notre couple. Si j'avais accepté de faire des compromis, de me laisser porter par le courant, de choisir la réussite financière, cela aurait-il marché? Mais sachez-le, Ashley, je suis incapable de concessions. Il faut que je sois moi-même. Aucune femme, rien ne peut s'interposer entre moi et ce que j'estime devoir faire, quoi que cela soit. Lorsque vous avez monté ces marches jusqu'à mon bureau, il y a trois mois, il m'a suffi d'un regard pour savoir que, vous aussi, vous étiez incapable de compromis, incapable d'imposture. Que vous ne pouviez qu'agir en toute intégrité, et j'ai eu alors envie de vous embrasser. Vous parliez de cette maison, et moi je ne pensais qu'à me lever pour venir vous prendre dans mes bras.

Peut-être, après tout, était-il celui qu'elle avait attendu, pensa-t-elle. Peut-être toutes ses autres relations n'avaient abouti à rien parce que Noah l'attendait sur la côte est de la baie de Chesapeake.

Il se pencha et sa bouche rencontra la sienne. Elle ferma les yeux et savoura la caresse de sa langue tandis que celle-ci effleurait ses lèvres et les ouvrait.

Elle s'abandonna dans les bras qui l'enserraient, réchauffée par le feu, par ses mains. Cela faisait si longtemps.

— Ça valait la peine d'attendre, dit-elle dans un murmure.

Il rit tout en se levant, et lui tendit la main.

— C'est cette fichue position. Lève-toi et embrassons-nous correctement.

« Correctement » n'était pas vraiment le terme adéquat.

— Eh bien, dit-il à voix basse, je serai peut-être disposé à faire quelques petites concessions.

Peu de temps après leur excursion dans les marécages d'Oberon, Noah invita Ashley à dîner chez lui.

— J'aimerais te présenter quelques amis, lui dit-il. Il faut que tu connaisses des gens.

Ainsi, le mercredi, après son travail — enfin, son dernier client était parti à 11 heures du matin, mais elle n'avait cessé d'attendre d'autres visites —, Ashley et Boo Boo se rendirent à pied chez Noah, six rues plus loin en direction du centre-ville. La nuit tombait à 5 heures, et les lampadaires étaient déjà allumés. Elle portait, la tenant telle une relique, une bouteille de vouvray.

Noah l'accueillit à la porte ceint d'un tablier de cuisine orné d'oies en tissu matelassé.

— Ai-je l'air ou pas d'un homme d'intérieur? demanda-t-il. (Il eut une seconde d'hésitation, puis effleura sa joue de ses lèvres.) Brrr, tu es gelée.

Il la fit entrer dans la maison, lui prit la bouteille de vin et se pencha pour caresser Boo Boo, tout en lui disant :

— Barney est dans la cuisine. J'ai fait des spaghettis. C'est l'un des rares plats que je sois capable de cuisiner.

— J'aurais dû apporter du vin rouge alors.

— Eh bien, nous boirons cette bouteille en apéritif et dînerons ensuite au chianti. Ça te va?

Il pendit le manteau d'Ashley dans le placard et jeta un regard approbateur à sa robe de laine rouge. Hormis de petites perles à ses oreilles, elle ne portait aucun bijou. Il lui prit la main et l'invita à le suivre dans la cuisine. Comme ils traversaient la salle de séjour où ronflait un feu, elle remarqua combien celle-ci était agréable. Des tapis faits à la main mettaient en valeur le parquet ciré. Un fauteuil à bascule couleur cerise était placé devant le feu et de lourds meubles recouverts de tartan conféraient à la pièce chaleur et gaieté. Ashley ne s'était fait aucune idée précise de l'appartement de Noah, mais celui-ci ressemblait davantage à une ferme du Vermont qu'au logement d'un jeune notaire.

— J'aime ta maison, lui dit-elle.

— Je savais qu'elle te plairait.

Il se retourna pour lui sourire tandis qu'elle le suivait à travers la petite salle à manger meublée d'une belle table de chêne et de chaises pivotantes.

— Je les ai faites moi-même, déclara Noah.

— Je suis impressionnée.

— Parfait. J'espérais que tu le serais. J'ai très envie de t'impressionner.

Il se remit à la confection de sa salade, hachant laitue, épinards, oignons, poivrons et tomates sur une planche à découper. On sonna à la porte.

— Veux-tu aller ouvrir? lui demanda Noah. Ils sont charmants, ils ne mordent pas et sont impatients de te connaître.

— Pourquoi impatients? Ils ne connaissent rien de moi.

Il lui prit le bras et se pencha pour l'embrasser — sur la bouche, cette fois.

— Ils savent ce que je sais.

— Ah, ainsi tu as parlé de moi?

— Et pensé à toi plus encore.

Bill O'Rourke enseignait l'histoire au lycée de la ville et Briana Carey, que l'on appelait Bree, était pharmacienne au drugstore. Ashley estima qu'ils avaient approximativement son âge. Bill avait peut-être quelques années de plus. Il mesurait bien un mètre quatre-vingt-huit, il était bâti en athlète, avec des cheveux bruns coupés court et des yeux marron qui vous réchauffaient le cœur dès l'instant où vous y plongiez votre regard.

Bree était rousse et, sans être de ces femmes sur le passage desquelles on se retourne, séduisante. Elle n'était pas vraiment grasse, mais presque, et elle était vêtue avec un « savant négligé », expression qui vint immédiatement à l'esprit d'Ashley pour qualifier sa tenue. Ses yeux étaient les plus verts qu'elle eût jamais vus.

Ils pendirent leurs manteaux dans le placard et suivirent Ashley jusqu'à la cuisine. Manifestement, ils étaient venus plus d'une fois chez Noah et s'y sentaient à l'aise. Bill était originaire de Webster, une ville située dans la partie nord de l'Etat de New York, près de Rochester, et Bree venait des environs de Cleveland.

Bill et Noah étaient arrivés à Easton à la même époque.

— Parlez-moi d'Oberon, dit Bill à Ashley. J'ai entendu raconter bien des choses à propos de cette île, comme tout le monde, mais je ne l'ai jamais vue. Est-ce vrai que c'était une plantation devenue importante à la fois grâce à l'esclavage et à son rôle au sein de la filière clandestine aidant les Noirs à fuir le Sud, que ceux-ci y étaient accueillis et cachés, puis envoyés plus au nord, le danger passé ?

Ashley acquiesça.

— C'est vrai, mais les deux choses ne se sont pas passées en même temps.

Noah lui servit un verre de vin et la regarda, mais elle était incapable de lire ses pensées. Ses sentiments à l'égard du jeune homme avaient changé depuis qu'il l'avait embrassée.

— Il faut que vous veniez à Oberon un jour, dit Ashley à Bill. Je me ferai un plaisir de vous faire visiter l'île.

— Super ! s'exclama Noah, frappant dans ses mains. Pourquoi n'irions-nous pas tous là-bas le week-end prochain avant qu'il ne fasse trop froid ?

Puis il se tut et regarda de nouveau Ashley.

— Désolé. Ce n'est pas à moi d'inviter des gens dans ta maison familiale.

— Mais si ! C'est une excellente idée, le rassura Ashley. La maison est vide tout l'hiver, sauf à Noël. Vous aurez la possibilité de faire du cheval, ce qui n'exclut pas de longues promenades à pied. Je ferai quelques courses et peut-être pourrions-nous partir avant la nuit, vendredi. Je préviendrai la gouvernante. (Elle se tourna vers Bree.) Ce serait merveilleux si nous pouvions y passer le week-end. Je n'ai aucun rendez-vous de prévu pour samedi.

Bree accepta d'un signe de tête.

— Je ne travaille pas le week-end. Je suis partante. Il va falloir sortir les vêtements d'hiver.

Ashley sentait une douce chaleur se répandre dans ses veines. Etait-ce le vouvray ou la perspective de se faire des amis, de s'ouvrir au monde et d'inviter des gens à partager son univers, afin de pouvoir faire partie du leur?

51

Noah fut élu au conseil municipal et il annonça à Ashley que son champ de compétence serait le plan d'occupation des sols.

— Bientôt seuls les gens riches pourront vivre par ici. Des gens qui ne se soucient que de leur plaisir immédiat.

Ashley craignait qu'il n'eût raison. Le pont sur la baie, ouvert depuis maintenant plus de vingt ans, était en grande partie responsable de l'invasion que connaissait la région. Les habitants de Washington désiraient acquérir des résidences secondaires, cherchant à échapper au stress de la capitale dans un endroit où ils pourraient inviter des amis et soigner leurs relations d'affaires.

Un endroit où ils pourraient s'habiller simplement, une retraite où il leur serait possible d'avoir un petit hors-bord, un joli voilier, ou peut-être même un modeste yacht de croisière. Un endroit où ils pourraient dire à leurs citadins d'enfants : « Tu vois, c'est dans une petite ville comme celle-ci que papa et maman ont grandi. » Et son pittoresque suranné ferait rire ces enfants. La côte est du Maryland comblerait non seulement le désir d'accession à la propriété des habitants de Washington, mais éveillerait aussi leur nostalgie.

La région était déjà jonchée des détritus abandonnés par ceux qui la traversaient en trombe ; moins visibles, mais tout aussi inquiétantes, il y avait les ordures absorbées par la baie, par les marécages, menaçant l'habitat des oiseaux. L'étendue de la pollution préoccupait Noah.

Quand Ashley se proposa, ou plutôt, comme elle le lui fit remarquer, se trouva contrainte de l'aider dans sa campagne au printemps, elle prit conscience de la popularité de son ami, pourtant relativement nouveau dans la ville. Ils avaient déjà passé plusieurs week-ends à Oberon, pour le plus grand plaisir de Noah.

Ils partaient pour l'île généralement à midi le samedi, après leur travail, et marchaient à travers champs, l'herbe givrée crissant sous leurs pas, montrant du doigt un lapin ou un cerf qui bondissait dans les bois. Ils apportaient des patins et glissaient sur la surface gelée de l'étang.

Ashley avait invité Noah à passer Noël à Oberon dans sa famille. Oncle Billy avait accepté de descendre en avion avec Sydney le 24, à condition de pouvoir être de retour le 26. Sydney avait décidé de rester à Oberon jusqu'au nouvel an, et de faire deux fois l'aller-retour jusqu'à Washington. Le transport d'Adam fut aussi compliqué qu'onéreux. Il avait eu une nouvelle crise et avait désormais perdu l'usage de la parole. Elle loua une ambulance — rien ne la tiendrait éloignée d'Oberon pour Noël. Elle n'avait failli à la tradition familiale que lors de ses deux premières années en Californie.

Cela faisait maintenant quatre ans qu'elle n'avait pas dîné dans un restaurant à New York ni passé un week-end dans sa chère île. Elle veillait à être de retour de son travail vers 6 heures pour dîner avec Adam et lui parler, même si elle n'était pas sûre qu'il l'entendît ni comprît ce qu'elle lui disait. S'il s'avérait nécessaire d'avoir une réunion le soir, elle insistait pour qu'elle eût lieu dans son appartement.

Heureusement, Adam ne sut jamais ce que Brock Thomas et elle faisaient du *Chronicle*. Il ignorait, n'étant même pas au courant de l'affaire du Watergate, que Kay Graham et Sydney Eliot étaient les deux directeurs de journaux les plus courageux de tout le pays.

« Elles ont du cran », disait Brock. Bien que Ben Bradlee, avec ses journalistes d'investigation, Woodward et Bernstein, le surpassât en vigueur, Brock — avec la totale approbation de Sydney — suivait l'exemple du *Washington Post*, dénigrant bien haut Ehrlichman et Haldeman, dénonçant la morgue de l'administration Nixon. Sydney, comme toute la nation, avait passé des heures les yeux rivés sur son écran de télévision cet été-là ; elle avait même acheté un poste pour son bureau, de façon à pouvoir suivre les séances du Sénat.

Elle aurait voulu pouvoir dire à son père et à Adam : « Je vous l'avais bien dit », à propos de Nixon. C'étaient chaque jour de nouvelles allégations scandaleuses, semblait-il. Comment une démocratie pouvait-elle manifester un tel mépris pour les gens qui l'avaient mise en place ?

Noah s'arrangea pour prendre deux jours supplémentaires, avant et après Noël. La perspective de passer Noël dans sa famille le rendait aussi joyeux qu'un enfant, remarqua Ashley.

Sydney appela sa fille aînée le dimanche pour lui dire :

— J'amène des orphelins. J'espère que tu n'y verras pas d'inconvénient.

— Bien sûr que non. J'en amène un moi-même.

Elle n'avait pas encore parlé de Noah à Sydney. Elle savait que sa mère se montrerait vivement intéressée, et elle avait dû s'interroger sur les raisons qui l'avaient poussée à se taire.

— Mary et son bébé — bon sang, il a presque quatre ans ! Eh bien, ils viennent, et Monday prétend qu'il n'a nulle part où aller cette année, mais je suis persuadée qu'il veut faire la cour à Mary et souhaite lui montrer combien une vie de famille peut être agréable. Et, à ma grande surprise, Brock, mon dur à cuir de directeur de la rédaction, a pris un air de chien battu quand je lui ai parlé de Noël.

Ashley se demandait si sa mère et lui avaient une liaison. Tant mieux si c'était le cas. Sydney n'était pas si vieille que ça. Quel âge avait-elle à présent? Quarante-six ans? Eh bien, elle supposait qu'elle avait besoin d'un compagnon, même si elle avait dépassé l'âge des folles passions.

— Ne t'imagine rien, lui dit sa mère, comme lisant dans ses pensées. Nous ne sommes pas si bêtes. Il adore son travail et le journal n'a jamais eu une telle réputation. En plus, nous gagnons enfin de l'argent. Je le garde à ce poste définitivement. C'est une idée qui n'est pas non plus pour lui déplaire. Pas de liaison amoureuse qui risquerait de mettre un terme à une belle complicité. D'autre part, je suis bien trop fatiguée par le journal et Adam. Et toi? Quelle est cette personne que tu amènes?

— Eh bien, avoua Ashley, j'amène un... ami.

— Bien, bien. Et tu ne m'en as rien dit?

Ashley connaissait assez bien sa mère pour savoir qu'elle était blessée par son silence.

— Il est notaire, et nous nous sommes en quelque sorte vus ces derniers temps.

— Que veux-tu dire par « en quelque sorte »?

— Eh bien, ce n'est pas la grande et folle passion, mais il est gentil comme tout. C'est l'un des hommes les plus charmants avec qui je sois sortie. Peut-être l'une des personnes les plus adorables que j'aie jamais connues.

— J'ai intérêt à l'aimer, alors!

— Oh, maman! Je suis sûre que ce sera le cas.

— Et toi, tu l'aimes?

Ashley passa la main dans la fourrure de Boo Boo, occupé à la lécher.

— Je n'ose même pas prononcer ces mots tout haut.

— Très bien, ma chérie. Je suis impatiente de le rencontrer.

Ashley prévint Noah :

— Ne te laisse pas intimider par ma mère. Elle n'essaiera pas de t'impressionner, mais elle fait l'effet d'une femme toujours très sûre d'elle-même.

— Parle-moi d'elle.

— Mieux vaut que je te parle d'abord de mon père.

— Tu ne m'en as pas dit grand-chose, si ce n'est qu'il vit en Californie. Je présume que tu n'as guère de rapports avec lui.

— Faux, dit Ashley, se demandant quelle serait la réaction de Noah.

Il s'était montré discret à propos d'Oberon. Il n'avait plus jamais mentionné l'argent de sa famille ni sa position sociale. Mais elle ne lui avait pas encore dit qui était son père.

— Je lui téléphone plusieurs fois par mois. Nous sommes toujours en contact, sauf lorsqu'il est à l'étranger, auquel cas il m'appelle quand cela lui est possible, bien que les pays où il va semblent avoir des installations téléphoniques déplorables.

— Un homme d'affaires international? Un diplomate?

— Non. Il est dans le cinéma.

— Eliot? Oh, mon Dieu! Jordan Eliot?

Ashley acquiesça, avec un brin d'orgueil.

Noah éclata de rire.

— Eh bien! Personne ne pourra me dire que je n'ai pas bon goût.

La famille regretta vivement l'absence de Juliet. Cela faisait des années qu'elle n'avait pas manifesté la moindre envie de venir. A part cela, les vacances furent des plus agréables. La veille de Noël, une fois tout le monde arrivé, ils décorèrent l'arbre et chantèrent des chants de Noël. Ashley fut ravie de discuter avec Monday, qu'elle n'avait pas vu depuis une éternité. Elle lui trouva une allure distinguée avec ses tempes grisonnantes et ses lunettes à monture d'écaille perchées au bout du nez. Il avait grossi et paraissait en forme. Quand elle le lui fit remarquer, il lui dit qu'il s'était mis au jogging, bien qu'il n'aimât pas vraiment cela. Il avait vu Jordan en septembre, lors d'un voyage en Californie ; ils avaient passé pas mal de temps ensemble dans la maison de Malibu. Jordan lui avait promis de venir dans l'Est assister à la première de sa nouvelle pièce, en mars, mais bien sûr, qui savait où il serait alors ? Il avait dit à Monday qu'il allait désormais réduire ses activités à un film par an, faire le difficile et apprendre à se détendre un peu plus.

Monday, regardant Sydney à travers la pièce, superbe dans une robe fourreau de laine mauve, dit à Ashley :

— Je ne sais pas comment Juliet y a échappé. Mais vous en avez certainement hérité.

— Hérité de quoi ?

— De leur frénésie d'activité. Vos parents sont tous les deux des bourreaux de travail. C'est un péché, vous savez, ou tout au moins un défaut.

— Je t'ai entendu, lui cria Sydney, se dirigeant vers eux. Guéris-moi ! J'ai toujours regretté de ne pas avoir une mentalité de tire-au-flanc, ne serait-ce que de temps à autre.

— Ma chère Sydney, dit Monday, lui saisissant la main, tu ne sais guère ce que se détendre veut dire. Tu ne prends même pas de vacances.

— Comment appelles-tu cela ? Une semaine entière !

— Moi, j'apprends à me détendre, dit Ashley. Noah a, dans ce sens, une excellente influence sur moi.

— Il m'est sympathique, fit remarquer Monday.

— Tu avais raison, ajouta Sydney, s'adressant à sa fille. C'est un jeune homme charmant, ma chérie.

— Je sais.

Ashley jeta un regard à Noah et à Brock, en grande conversation au fond de la pièce.

Oncle Billy s'assit sur le canapé à côté de Monday :

— Je vous écoutais, dit-il. Devrai-je bientôt compter parmi mes proches parents quelqu'un qui n'est pas un bourreau de travail? Ce garçon me semble en effet capable de se détendre. Ce serait là un trait de caractère intéressant dans cette famille. Je crois que je suis le seul à savoir me décontracter.

— Décontracté et célèbre, n'est-ce pas, oncle Billy? Vous êtes pratiquement devenu une célébrité avec vos mots d'esprit, lui rappela Monday.

— Je pense que même Brock a de la sympathie pour moi, dit-il avec fierté. J'ai pris goût à la chose, vous savez. La renommée n'est pas pour me déplaire. Si j'avais su qu'il en serait ainsi, je me serais peut-être mis à travailler plus tôt.

— Eh bien, dit Ashley avec un grand sourire, Noah me paraît recueillir l'approbation générale. Pensez-vous qu'il soit temps que je le séduise?

Ils éclatèrent tous d'un rire sonore.

Brock et Noah les regardèrent.

— Qu'est-ce qui vous fait rire? demanda Noah.

— Votre destin, jeune homme, répliqua oncle Billy. La chance incroyable que vous avez.

A ce moment-là, Mary revint. Elle avait disparu pendant une demi-heure et, dès qu'elle entra dans la pièce, Monday se leva pour la rejoindre.

— Il n'a pas l'habitude de jouer les seconds rôles, dit Sydney. Il n'a jamais digéré qu'elle l'ait quitté pour Denton. Pour gagner le cœur d'un homme, peut-être faut-il le faire souffrir.

— Papa n'a jamais vraiment eu de relation sérieuse avec une autre femme, tu sais. Je crois qu'il souffre encore, dit Ashley.

Sydney se leva et regarda sa fille.

— Ma chérie, c'était il y a plus de vingt ans. Je ne crois pas, d'après tout ce que je lis dans les journaux, que ton père soit resté à se morfondre, se défendit-elle, le regard soudain lointain, serrant la main de sa fille. Je n'ai jamais retrouvé quelqu'un comme lui. C'est là où le bât blesse.

Ashley se dit qu'une fois tout le monde parti, elle reviendrait avec Noah dans l'île. C'est à Oberon qu'elle souhaitait faire pour la première fois l'amour avec lui.

Mais, le moment venu, ce fut Noah qui prit l'initiative, et cela se passa chez lui, dans sa salle de séjour, sur le tapis rouge et bleu marine, devant le feu crépitant, sous le regard de Barney et de Boo Boo.

En fait, ils étaient tous couchés sur le tapis quand l'horloge sonna minuit, marquant le début de l'année 1974.

A l'instant même où Ashley et Noah s'engageaient l'un envers l'autre, Adam quittait cette vie. Sydney ne devait apprendre son décès que le lendemain matin. Il ne parlait plus depuis un an, mais elle avait toujours été persuadée qu'il la reconnaissait.

Après la visite du docteur et de l'entrepreneur de pompes funèbres, elle dit à son oncle :

— Je n'ai pas dîné au restaurant depuis si longtemps que j'ai oublié ce que c'était. Veux-tu dîner dehors avec moi, ce soir, dans un merveilleux restaurant? Je vais me mettre sur mon trente et un, et si l'on se demande pourquoi je ne porte pas le deuil, peu importe. Cela ne regarde personne. Je suis en deuil. Mais je suis aussi infiniment soulagée.

Ils commandèrent du champagne, et oncle Billy porta un toast.

— A l'avenir, ma chérie! A notre avenir et à celui du monde. Et au bonheur!

Mais le lendemain matin commençait dans la presse une grève qui allait tourner à la catastrophe.

52

Oncle Billy la quitta après le dîner, et Sydney rentra, seule, à son appartement. L'enterrement n'aurait pas lieu avant le surlendemain. Ashley viendrait d'Easton, bien sûr, et les fils d'Adam devaient arriver le lendemain, mais ils resteraient avec leur mère, supposait-elle. L'un d'entre eux était à San Francisco et l'autre à Boston. Elle décida de ne rien dire pour l'instant à Juliet.

Allongée dans son lit, elle fit le point sur sa vie. Elle avait quarante-six ans, avait fait deux mariages, aucun ne s'était révélé une réussite éclatante.

Eh bien, tout était fini. Sa première réaction avait été le soulagement, aussi fut-elle surprise de se sentir submergée par la tristesse. C'était vraiment fini depuis déjà longtemps, mais la mort d'Adam mettait un point final à leurs relations.

Une de ses filles avait fait un séjour dans un centre de désintoxication. Si elle s'était satisfaite de sa vie d'épouse et de femme au foyer, ou même si elle s'était contentée de son sort en dépit de l'insatisfaction, si elle avait été là chaque jour, si elle n'avait pas eu d'exigences personnelles, peut-être s'en seraient-ils tous mieux portés. Jordan et elle auraient-ils pu être heureux?

Jordan. Elle avait essayé de ne pas penser aussi souvent à lui. Mais comment pouvait-elle s'en empêcher? Ses photos en couverture des magazines, ses films — au moins un film à gros succès par an... Et bien sûr, elle les avait tous vus. L'âge avait épargné Jordan. Assise dans les salles obscures, il lui arrivait de voir deux ou trois fois le film : elle fixait son image à l'écran, écoutait sa voix, observait ses yeux quand il déclarait à l'héroïne qu'il l'aimait. Elle se rappelait ce ton de voix, ce regard séducteur, cet entrain. Une fois, elle avait dû sortir précipitamment de la salle, ne pouvant s'arrêter de pleurer. Comment avait-elle pu le quitter, sachant qu'elle ne pourrait jamais aimer quelqu'un comme elle l'avait aimé?

— Mais qu'est-ce qui lui prenait de penser à Jordan alors qu'Adam venait de mourir?

Lorsqu'elle se réveilla le lendemain matin, le journal n'était pas sur la table. Elle appela Brock.

— La grève, Sydney. Elle a commencé à minuit. Je ne voulais pas vous ennuyer, sachant que...

— Il n'y a rien que je puisse faire de toute manière. Combien de temps devrait-elle durer, cette fois?

— Nous ne sommes pas membres de l'Union de la presse, vous savez, dit Brock, ce qui n'était pas une réponse à sa question.

— Alors, pourquoi devrions-nous suspendre la parution?

— Eh bien, le *Trib* et le *Mirror* l'ont fait par solidarité, nous ne pouvions agir autrement.

— Oh, flûte! Quel est l'enjeu? Ce sont les revendications habituelles?

Elle pouvait presque voir Brock acquiescer d'un signe de tête.

— Les salaires et les horaires de travail, bien sûr.

— Je croyais que nous pratiquions des tarifs au-dessus de la norme.

— C'est un fait, dit le directeur de la rédaction, ce qui n'est pas pour plaire à nos confrères. Raison de plus pour suivre le mouvement.

Sydney ne comprenait pas très bien ce raisonnement. Qu'avait-elle à faire de l'opinion de ses confrères, ou plutôt de ses concurrents ?

— D'un autre côté, poursuivit Brock, tous les autres étant fermés, nous pourrions réussir un beau coup. Les annonceurs ne peuvent plus passer de publicités. Nous pourrions récupérer les lecteurs des autres journaux.

— Et en accrocher certains de façon à les garder une fois la grève terminée.

— Exactement.

Ils gardèrent tous les deux le silence, rompu au bout d'un moment par Sydney :

— A tout à l'heure au bureau, dit-elle, semblant oublier que Brock s'y trouvait déjà. Dans une demi-heure, si Carlos réussit à traverser les embouteillages. Avec cette neige...

— Vous allez bien, Sydney ?

— Oui, bien sûr.

— Au moins, voilà qui détournera votre esprit de... de...

— Oui, merci, Brock. A tout à l'heure.

Brock rejoignit Sydney dans son bureau une minute après son arrivée. Ils se regardèrent tandis qu'elle se débarrassait de son manteau et l'accrochait dans la penderie. Puis elle s'assit, appela Andrea et lui demanda d'apporter deux cafés.

Ils continuèrent à se regarder en silence, puis, avec un sourire amer, Sydney finit par dire :

— Nous ne pouvons faire cela, n'est-ce pas ? Paraître, quand tous les autres à New York ont cessé de le faire ?

— Ce ne serait pas honnête, admit Brock. En fait, le *News* a déjà appelé. Ils voudraient vous avoir à la table des négociations.

Sydney rit.

— Pour être sûrs que nous ne nous démarquons pas ?

Brock fit signe que oui, tout en prenant la tasse de café que la secrétaire lui tendait.

— Combien de temps cela risque-t-il de durer? demanda Sydney.

Brock haussa les épaules.

— Je ne sais pas. La dernière a duré quarante jours.

— Oh, mon Dieu! s'exclama-t-elle, pensant à la perte financière qu'une telle grève entraînerait.

— Nous devons continuer à payer nos employés, évidemment, puisqu'ils ne sont pas grévistes.

— Vous avez tout compris, dit Brock, se levant.

— Faites savoir au *News* que j'ai un enterrement dans deux jours, mais qu'en dehors de cela je suis à leur disposition.

— Ils le savent. Cela peut attendre la semaine prochaine. Il n'y aura pas de véritables négociations cette semaine. Peut-être même pas avant que, d'un côté ou d'un autre, la situation ne devienne désespérée.

Sydney y réfléchissait quand le téléphone sonna. La secrétaire lui passa un appel d'Evan.

— Sydney, il y a quelqu'un que je voudrais te faire rencontrer.

— Pourquoi donc?

Evan, Kitty et leurs deux enfants vivaient maintenant en permanence à New York, mais Sydney avait pour Kitty une telle antipathie, et ils menaient par ailleurs une vie tellement différente qu'elle les voyait très rarement. Deux fois par an, elle retrouvait son frère pour dîner, mais sans sa femme.

Elle lui apprit la mort d'Adam.

— Eh bien, dit-il, je viendrai, bien sûr, à l'enterrement, Syd. Mais, entre-temps, je voudrais que tu rencontres quelqu'un.

Cette fois ce n'était pas l'amour fraternel qui le motivait.

— De quoi s'agit-il? lui demanda-t-elle.

— Il te le dira lui-même. Je t'en prie, Syd. Combien de fois t'ai-je demandé quelque chose?

Il était vrai qu'il ne lui demandait jamais rien. Mais Evan faisait le mystérieux, ce qui mit Sydney mal à l'aise.

— D'accord, Evan. Quand?

— Cet après-midi?

Sydney sortit son agenda et dit :

— Disons quatre heures et demie, d'accord?

Peter Pryce, que lui présenta Evan, était un homme trapu, élégamment vêtu, avec des cheveux noirs comme le charbon coiffés en arrière, une fine moustache, un teint basané et des yeux brillants comme de l'obsidienne.

Sydney crut un instant qu'il allait lui baiser la main, tant il faisait montre d'une galanterie d'une autre époque.

Evan lui expliqua qu'il était le promoteur du complexe de Charlemagne, « une réalisation dotée d'une âme », dit Evan, sans situer l'endroit. Les maisons y étaient regroupées en petits villages, et le projet incluait la préservation de vastes espaces verts. Au centre se dressait un immense centre commercial et d'affaires, mais les maisons étaient entourées de clairières naturelles, de bois et de ruisseaux. Des pistes cyclables se déployaient partout et un lac artificiel peuplé de truites offrait ses plages aux baigneurs. Des tonnes de sable blanc avaient été apportées là.

C'était parfait. Trop parfait, pensa Sydney.

— Je suis convaincu, lui dit Pryce, que des personnes de races et de milieux différents peuvent vivre en harmonie. Plus de dix pour cent de la population de Charlemagne est noire, ce dont je suis fier, mais mon rêve d'y inclure des gens aux revenus faibles ou modérés s'est écroulé quand l'administration Nixon a supprimé l'aide au logement.

Il avait prononcé Nixon comme si c'était un mot sale. Sydney était d'accord avec lui sur ce point.

— Je veux faire encore mieux dans la baie de Chesapeake, déclara-t-il.

Soudain, Sydney comprit. Evan souhaitait s'investir dans ce projet et il voulait qu'elle y participe, enfin que son argent y participe.

— Je veux protéger l'environnement. Je pense qu'un développement excessif de la région aurait des conséquences néfastes sur l'équilibre naturel, poursuivit Pryce. Ils abattent les forêts, et j'estime que c'est un crime. J'ai envoyé des naturalistes sur place et nous avons fait une étude approfondie, en toutes saisons.

Ses yeux brillaient d'une intensité et d'une ardeur qui se communiquèrent à Sydney. Evan, manifestement, partageait les mêmes sentiments; penché en avant, il ne perdait pas un mot des paroles de Pryce, bien que Sydney le soupçonnât de les avoir déjà entendues.

— Nous avons trouvé des fauvettes et des loriots, des pinsons et des colins de Virginie à l'intérieur, et découvert des nids d'aigrettes le long de la côte. Je veux les protéger. Je veux réglementer la chasse sur l'île.

L'île?

— Je suis partisan de créer un refuge privé où la chasse serait réservée aux résidents et à leurs hôtes, où nous pourrions aménager de nouveaux marécages, où les espèces en voie de disparition pourraient être étudiées et se reproduire.

Non sans en éprouver un choc, Sydney réalisa qu'il parlait d'Oberon. Elle se tourna vers Pryce, interrompant son laïus.

— Mais que voulez-vous donc faire?

Il jeta un coup d'œil à Evan, puis reporta son regard sur Sydney.

— Mrs. Yarborough, nous travaillons à ce projet depuis plus de six mois. Nous avons des scientifiques qui étudient le terrain, la faune et la flore, le niveau de l'eau, les mesures qui seraient nécessaires pour que ce bijou ne s'érode pas...

— La baie s'érode naturellement, année après année, dit Sydney. L'hiver, les tempêtes grignotent petit à petit la terre. La navigation détruit l'écologie de toute la région. En 1962, peu après la construction du pont, il y avait moins de soixante mille bateaux dans la baie. A présent, elle en compte plus de cent vingt-cinq mille. Tout comme les tempêtes, l'hiver, les remous provoqués par les bateaux l'été contribuent à cette érosion. C'est une région fragile, Mr. Pryce. Ceci dit, Oberon n'est pas à vendre.

Pryce regarda Evan, dont le visage était de pierre.

Un silence suivit. Evan se tourna vers Sydney et lui dit :

— Peut-être peux-tu assumer ta part des frais annuels d'entretien, mais moi, je n'en ai pas les moyens. Tu dois savoir que cela nous coûte un million de dollars par an. Il m'est impossible de continuer à payer la moitié de cette somme. Je suis à court d'argent.

— Je paierai la totalité, dit Sydney d'une voix glaciale.

— Mrs. Yarborough, nous pouvons gagner une fortune. Vous n'êtes pas obligée de vendre. Laissez-nous exploiter l'île, et nous partagerons les profits. Ou alors, nous vous l'achetons cinquante millions.

— Cinquante millions ?

— Vous en gagnerez beaucoup plus si au lieu de tout céder d'un seul coup, vous vendez par parcelles en vous associant avec nous au sein d'une joint-venture de lotissement et de promotion. Les Constructions Pryce ont l'intention de bâtir une école, de financer tous les travaux, de construire des marinas... Vous devez savoir que, de toute manière, la région entière fera l'objet d'un développement progressif. C'est un processus inévitable, que ce soit le fait d'hommes cupides se fichant pas mal de l'écologie et de l'environnement, ou de gens comme nous, estimant que c'est le plus bel endroit du monde et désireux qu'il le reste.

— Pourquoi Oberon? demanda Sydney. Il y a tant d'espace libre. Pourquoi Oberon?

Pryce sourit, et Sydney s'aperçut que ses yeux étaient un puits sans fond. Par-delà l'éclat d'encre de ses prunelles, elle ne pouvait voir à qui elle avait affaire. Il ne lui répondit pas.

Sydney se leva.

— Oberon n'est pas à vendre. Oberon ne sera jamais à vendre.

Evan posa une main sur le bras de Pryce.

— Cela peut prendre du temps.

D'une voix monocorde, Sydney ordonna :

— Sortez.

Pryce lança un regard à Evan, ramassa son chapeau noir sur la table près de l'entrée et referma doucement la porte derrière lui.

Sydney se tourna vers son frère.

— Evan, tu dois avoir perdu l'esprit! Même si j'avais un besoin désespéré d'argent, je ne vendrais pas Oberon.

— L'île n'est pas seulement à toi. Elle m'appartient également. Bon Dieu, sais-tu ce que nous pourrions faire chacun avec cinquante ou soixante millions de dollars?

— Tu les dépenserais, j'en suis sûr.

— A quoi donc sert l'argent, si ce n'est à être dépensé?

Sydney ne lui répondit pas; elle regarda par la fenêtre, sans rien voir. Jamais elle n'avait été aussi furieuse contre son frère.

Evan frappa le bureau du poing.

— Oberon nous appartient à tous les deux, Sydney. Je te poursuivrai en justice, si j'y suis obligé. Tu n'es pas la seule à avoir ton mot à dire à son sujet. Bon Dieu, je n'y ai pas passé un seul moment depuis plus de vingt ans! Je dépense un demi-million de dollars chaque année pour l'entretien d'un endroit où je ne vais jamais.

Elle se tourna vers lui, les yeux brillants de colère.

— J'ai dit que je prenais en charge tous les frais d'entretien.

— Eh bien, la justice tranchera.

— Evan, pour l'amour du ciel, Oberon appartient à notre famille depuis 1672 !

— Et alors, que veux-tu que ça me fasse? dit-il.

53

Juliet avait trouvé refuge à Oberon depuis trois semaines. Son rêve était devenu réalité : elle était assez riche et assez célèbre pour vivre où elle en avait envie. Aussi avait-elle quitté Nashville pour venir ici.

Elle se levait tous les matins à l'heure qu'elle voulait, et la nouvelle gouvernante, Cora, préparait son petit déjeuner. Puis elle sellait un des trois chevaux et se promenait dans les sentiers cavaliers, à travers bois. Elle s'arrêtait parfois à 11 heures, plongeait dans un des étangs de l'île et regardait canards et cygnes nager à l'ombre des chênes surplombant la rive. C'était comme un retour à l'enfance, n'était l'absence d'Ashley. Juliet se sentait d'une sérénité qu'elle n'avait jamais connue fillette ni, assurément, adolescente. Elle était alors la proie d'une instabilité constante, comme si elle cherchait à fuir quelque chose.

Elle revenait à la maison pour prendre un léger repas et, à 2 heures, elle était dans la bibliothèque devant le demi-queue désaccordé. Elle aurait dû se mettre en quête d'un accordeur de pianos sur le continent. On lui avait dit qu'il y en avait un à Logan's Point, un vieil homme qui accepterait peut-être de faire le trajet jusqu'à Oberon.

Le premier samedi de juin, par une journée plus printanière qu'en offrait d'habitude la baie de Chesapeake, Juliet traversa la baie et amarra le voilier chez Walt pour prendre sa moto. L'affaire de Walt continuait à prospérer, surtout pendant les week-ends ; le chantier s'était agrandi de bassins logeant des centaines de bateaux. Quand Juliet était arrivée, en mai, Walt l'avait saluée comme s'il l'avait vue l'été dernier, et non presque dix ans auparavant. « Je vous aurais reconnue n'importe où, avait-il dit. J'ai été très fier de vous voir à la télévision recevoir un de ces Grammies[1]. »

Elle sortit sa moto du hangar et mit le cap sur Logan's Point. Elle ne connaissait même pas le nom de l'accordeur de pianos, mais comme la ville ne comptait que quatre cents habitants, elle s'imaginait qu'elle n'aurait guère de mal à le trouver.

C'était une journée idéale pour un tour à moto. Le vent de la vitesse, même chaud, était agréable sur le visage. Elle n'était jamais plus heureuse que lorsqu'elle roulait sur les routes de campagne, en paix avec le monde, en communion avec la nature, dans l'oubli de tout le reste.

Elle avait abordé une phase positive de sa vie et elle le savait. Les quatre dernières années lui avaient été profitables et elle en avait profité.

Elle ne s'était pas autorisé une goutte d'alcool, ni la moindre cigarette, ni la moindre aventure amoureuse pendant tout ce temps. Elle s'entraînait dans un gymnase, avait acheté une petite maison dans la banlieue de Nashville où elle avait des poulets et un potager biologique. Et chaque fois qu'une grande star de la variété était en ville, elle passait voir si Juliet avait une chanson à lui proposer. Elle composait une douzaine de chansons par an, quelquefois plus. Elle en avait toujours au moins trois ou quatre qui figuraient au hit-parade.

L'année précédente, elle avait franchi le pas, passant de

1. Grammy : distinction récompensant les meilleures œuvres musicales américaines de l'année (classique exclu).

la country à la pop. Voilà comment le réalisateur Darell Hotchkiss l'avait contactée. Elle avait refusé de prendre l'avion pour Hollywood et c'est lui qui était venu dans le Tennessee pour s'entretenir avec elle, lui parler du film qu'il voulait réaliser et du genre de musique qu'il envisageait. Il lui donna le scénario à lire en lui offrant de composer la partition. Elle aurait six mois si elle acceptait.

Juliet lut le scénario trois fois, puis une nuit, vers 11 heures, s'assit et composa une chanson en moins de trois heures.

Elle avait sept chansons à écrire, ainsi qu'un motif de fond, un thème que chacun fredonnerait en sortant de la salle, espérait Darell. Une fois le contrat signé, elle décida d'envoyer tout promener pour ne plus penser qu'à la musique. Pour cela, il lui fallait un lieu sans possibilités de distractions, sans... Oberon ! Personne n'y viendrait cet été.

Chaque minute qu'elle y avait passée depuis son arrivée l'avait rendue heureuse. Elle s'y sentait en paix avec l'univers comme jamais auparavant. Mais au bout de trois semaines, il était temps de trouver l'accordeur de pianos ; elle avait également besoin d'enfourcher sa moto, de rouler dans la douceur de la campagne, de sentir la route filer sous son puissant engin, de le reprendre en main.

Sans s'arrêter pour rendre visite à Ashley, qu'elle avait déjà vue deux fois, elle traversa Easton, qui restait la charmante ville assoupie chère à son cœur. Elle continua encore trois quarts d'heure jusqu'à Logan's Point, localité à cheval sur une pointe de terre avec la baie d'un côté, un bras de mer de l'autre. *Stratford House*, une auberge qui existait déjà avant la naissance de Juliet et accueillait les chasseurs de canards en automne et les pêcheurs depuis le mois d'avril jusqu'à l'ouverture de la chasse, s'élevait sur une anse du bras de mer. Elle la dépassa rapidement et suivit la route menant à ce qui constituait l'agglomération de Logan's Point. La poste et la bibliothèque se partageaient un bâtiment qui devait dater de la guerre d'Indépendance. Chaque partie était exiguë, mais les habitants tenaient à leur bibliothèque. Que faire pendant les longues soirées d'hiver sinon lire ?

Dans le salon de la maison faisant face à l'unique pompe à essence, Mrs. Metalius vendait lait, café, Coca-Cola, bière, petits gâteaux maison recouverts de sucre glacé, bretzels, beurre de cacahuètes et nourriture pour chiens. Au printemps, sa véranda était égayée de fleurs nouvelles fraîchement mises en pot.

Juliet s'arrêta en vrombissant devant la pompe à essence. Personne ne sortit du garage pour la servir. Elle enleva ses lunettes, son casque, un de ses gants de cuir. Dieu ! Quelle belle journée ! Elle ne s'était jamais sentie si bien. Elle franchit une porte laissée ouverte et entra dans une petite pièce sombre comportant une caisse enregistreuse sur une haute table de bois et un téléphone mural. Plus loin, c'était l'atelier de réparation où attendaient deux voitures.

Mais ce qui capta son attention fut une moto, la plus belle qu'elle eût jamais vue : une Kawasaki argent munie de tous les perfectionnements possibles. Elle s'en approcha, comme attirée par un aimant. Elle était neuve, pensa-t-elle, et personnalisée par son propriétaire. Les pare-chocs d'aluminium, les pédales de frein, tous les accessoires avaient été enlevés, nickelés, polis et dotés d'une finition de chrome. Le siège de série, très acceptable, avait été remplacé par une selle faite sur mesure. Au pot d'échappement d'origine avait été substitué un tube spécialement façonné, d'une valeur de deux mille dollars, terminé par de petits silencieux réglables. C'était ce que l'on attendait d'une moto : qu'elle révèle la personnalité de celui qui la montait. Jamais elle n'aurait pensé trouver un si bel engin dans une petite ville comme celle-ci. Elle passa la main sur le siège, toucha les poignées, et regarda dans le pare-brise.

Une voix retentit derrière elle :

— On peut vous aider?

— Elle n'a que quatre-vingts kilomètres, murmura-t-elle, le souffle coupé.

— Je la sors pour sa première virée demain, dit la voix. Je voulais le faire aujourd'hui, mais il est déjà plus de midi et j'ai encore du travail.

Elle se retourna et vit l'homme étendu sur une plateforme, les pieds tout près d'elle. Il s'essuya les mains avec un chiffon et se redressa avec grâce. Il avait quelques centimètres de plus qu'elle. C'était un blond-roux, d'apparence quelconque, aux doigts tachés de cambouis, avec des yeux bleus qui semblaient avoir fixé trop longtemps le soleil.

Elle s'apprêtait à lui dire qu'elle avait besoin d'essence, mais les mots ne sortaient pas. Elle s'appuya contre la Kawasaki et le regarda. Il avait un visage aimable, mais sans l'ombre d'un sourire. Ils restèrent les yeux dans les yeux, une minute, ou peut-être une heure, Juliet ne le sut jamais. Finalement, il secoua la tête et traversa le garage pour aller à la pompe à essence.

Elle le suivit et le vit se tourner vers elle en souriant.

— Ah, vous aussi! C'est une grosse machine pour une jeune fille comme vous!

Il détacha le tuyau d'essence et l'introduisit dans le réservoir de la Harley de Juliet.

— Je pars demain en excursion dans le Delaware. Si vous voulez venir... Retour en fin d'après-midi.

Elle se contenta de le regarder.

— Vous logez à la *Stratford*, je suppose. Je pourrais vous prendre à 8 heures, proposa-t-il. Vous n'aurez qu'à vous asseoir sur le siège arrière.

— Oui, je suis descendue à la *Stratford*.

— Cela vous coûtera cinq dollars.

— A 8 heures, dit-elle.

Il resta là jusqu'à ce qu'elle eût démarré. Elle se rendit à

Stratford House, où elle réserva une chambre pour la nuit.

Juliet apprit que l'accordeur de pianos — et luthier — était un certain Homer Crandall, qu'elle trouva en train de tailler un violon dans une grande pièce de bois. Il lui promit de venir un jour de la semaine prochaine, si elle pouvait attendre tout ce temps. Il prendrait un bateau pour traverser. Oui, il avait accordé ce piano bien des fois, mais pas depuis des années.

A l'auberge, elle se régala de tourte au crabe en se demandant ce qu'il mangeait, lui, où il vivait, comment il s'appelait. Elle se rappelait vaguement un nom écrit sur la porte du garage, avec une peinture écaillée : MATHEWS. Etait-ce là son nom ?

De retour dans sa chambre, elle contempla le clair de lune sur l'eau. Un air de flûte la hantait. Et des paroles surgirent.

Les feux de l'hiver enfouis dans l'oubli,
Bien plus loin que le souvenir de l'ancolie
Je mettrai des couleurs, moi aussi,
Et tout sera joli.

54

— Tu es une femme comme Logan's Point et moi n'espérions pas en voir, dit Bart Mathews à Juliet.

Juliet, installée pieds nus sur le lit, dans la position du lotus, sourit avec sérénité, les yeux brillants.

— Tu as mis du temps à agir en conséquence.

Bart acquiesça. C'était un homme mince, de taille moyenne, musclé, qui avait toujours du cambouis sous les ongles bien qu'il se lavât souvent et longuement les mains. Ses cheveux blond-roux coiffés sur le côté étaient coupés court et ses yeux étaient d'un bleu clair transparent.

— Nous avons encore des dragons à tuer, ajouta-t-il.

Juliet le savait. Elle se pencha pour l'embrasser. Il était assis par terre, appuyé contre le lit, jambes allongées.

— J'aime le « nous », releva-t-elle avec un sourire.

— Regarde-toi ! s'émerveilla-t-il. Nom de Dieu ! Quand tu as débarqué dans ma station-service sur cette Harley Sportster, avant même que tu n'enlèves ton casque, j'ai été soufflé. Une femme qui arrivait en vrombissant comme ça, tout habillée de cuir noir... Ça, alors ! Et encore, je n'avais pas vu cette magnifique chevelure noire !

Il leva le bras pour en enrouler doucement une boucle autour de sa main, la caressant comme si c'était de la soie. Il allongea le cou et avança les lèvres. Juliet se pencha de nouveau pour lui donner un long et tendre baiser.

— Tu as ôté ton casque et j'ai failli devenir fou quand tu t'es approchée de ma nouvelle Kawasaki et que tu l'as palpée amoureusement.

— Tu sais, j'ai peine à croire qu'en trente-trois ans tu n'aies jamais été avec une autre femme qu'Ellen, d'autant plus qu'elle n'aime même pas faire l'amour.

Juliet abandonna d'un mouvement la position assise pour se mettre sur le ventre, ses jambes battant l'air. Elle tendit la main gauche et caressa la nuque de Bart.

— J'aime te toucher.

— Cela reste un miracle pour moi, dit-il, lui prenant la main et faisant glisser sa langue sur sa paume. Je n'ai jamais rencontré une femme s'intéressant aux motos. Ellen ne savait que demander pourquoi je dépensais de l'argent pour un engin de mort, pourquoi je ne restais pas à la maison le dimanche au lieu de faire de la route, qui est le seul endroit où je me sois jamais senti libre, jusqu'à ce que tu m'aies entraîné dans ton lit.

— Moi, je t'ai entraîné ? s'exclama Juliet. Je dirais que cela a été réciproque.

— J'ai eu envie de toi dès l'instant où tu t'es détournée de ma Kawasaki pour me dire : « Elle n'a que quatre-vingts kilomètres ! »

— Alors, c'est ce qui t'a plu en moi ?

— Non. (Il avait le fort accent des gens qui ont toujours vécu sur la côte est du Maryland.) C'est la manière dont tes doigts ont caressé ma moto, ce sont tes cheveux, c'est ta façon de passer ta langue sur tes lèvres comme si tu étais prête à embrasser, ta façon de te camper, les mains sur les hanches, ton attitude désinvolte comme si je te connaissais très bien et t'attendais. N'as-tu pas eu cette impression, toi aussi ?

Juliet secoua la tête, et sa longue chevelure tomba en cascades sur son visage. Elle la rejeta en arrière et se mit à rire.

— J'ai pensé que tu n'avais absolument pas une tête à

posséder une telle moto. Une moto si imposante, si belle, alors que tu avais l'air insignifiant.

— J'ai toujours eu ce sentiment, moi aussi. C'est peut-être pour cela que j'aime les motos. Parce qu'on se sent important et puissant sur elles.

— Tu es important, dit-elle d'une voix douce. C'est seulement que tu ne le parais pas. Je n'ai jamais rencontré un homme qui m'inspire de tels sentiments. Et cela fait quoi ? Cinq semaines ?

— Cinq semaines, deux jours, et...

Bart jeta un coup d'œil à sa montre.

— ... et dix-sept heures, précisa-t-il en caressant le sein gauche de Juliet. Tu as le plus beau corps du monde.

— Il me semble qu'à chaque fois qu'un homme veut coucher avec moi, il me dit cela.

— J'en ai envie, moi aussi, mais je t'assure, tu as le corps le plus somptueux que j'aie jamais vu, et même imaginé. Effectivement, c'est au lit que j'ai envie de passer l'essentiel de mon temps avec toi, sauf que j'aime aussi que nous parlions. Je n'ai jamais parlé avec une femme auparavant. Elles me reprochent de ne rien dire.

— C'est drôle. Je n'ai jamais si bien communiqué avec un homme. Même quand nous ne parlons pas.

— Déshabille-toi. Laisse-moi te regarder sans tes vêtements.

Juliet se mit debout, glissa avec grâce hors de son jean moulant et envoya d'un coup de pied son slip au milieu de la pièce, puis elle dégrafa prestement son soutien-gorge, qu'elle enleva d'un seul mouvement avec son T-shirt.

Bart, la tête levée, la contempla.

— Tu es une femme splendide !

Juliet le rejoignit sur le lit, lui entourant la taille de ses jambes ; elle lui déboutonna sa chemise de travail kaki, la lui arracha et frotta sa poitrine contre son torse. Il couvrit ses lèvres de sa bouche, elle sentit sa langue les effleurer, chaque fibre de son corps vibrer. Elle fit sauter la boucle de sa ceinture en murmurant :

— Aide-moi ! Je veux te sentir tout entier contre moi. Sur moi. Sous moi. En moi.

Quand il fut dévêtu, elle lui sourit.

— Nous parlions de corps splendides ?

— Pas le mien, et tu le sais.

Elle fit courir sa langue sur son ventre et passa la main à l'intérieur de ses cuisses.

— Aucune femme ne m'a jamais fait cela.

— Pauvre chéri, je vais te faire rattraper ce retard. Si tu crois que je n'enfourche que les motos, tu n'as encore rien vu ! Je vais te conduire au paradis.

Et elle se mit à bouger sur lui, se serrant contre son corps.

— Oh, Juliet ! murmura-t-il.

Quand, épuisés, ils s'immobilisèrent, ils restèrent silencieux, allongés côte à côte, main dans la main. Bart s'appuya sur un coude pour regarder Juliet.

— Je veux vivre avec toi, passer ma vie avec toi.

— Comment le pourrais-tu ? Tu es marié, tu as des gosses.

— Je sais, dit-il, ne la quittant pas des yeux. Mais on divorce couramment. J'avais quatorze ans quand j'ai connu Ellen. Je l'ai épousée trois semaines avant mes dix-huit ans.

— Tu y étais obligé, n'est-ce pas ? Tu vois, c'est une chose que je ne comprends pas. Tu as couché une fois avec elle, elle est tombée enceinte et tu as dû l'épouser. Pourquoi ne pas recourir à l'avortement plutôt que de gâcher sa vie ?

— Holà ! Je ne veux pas parler de morale, mais de toi et de moi.

— Toi et moi, cela a à voir avec ton mariage. C'est l'éternelle histoire. Si je n'étais pas marié... Mais, Bart, cela n'a pas d'importance, du moins pour le moment. Tu n'as pas besoin de m'épouser pour que je sois à toi. C'est très bien comme cela.

— Non. Un jour tu t'en iras. Tu n'es pas le genre de femme qui se contente d'un second rôle dans la vie d'un homme. Ma vie, je veux la vivre avec toi, passer chaque jour et chaque nuit à tes côtés. Je renais et je ne veux pas continuer à passer mon existence dans cette prison.

— Comment pourrais-tu quitter tes gosses ?

— Tout le monde le fait. Je les verrai. Je ne vais pas partir pour la lune. Le problème, c'est l'argent. Ma station me rapporte tout juste assez. Elle se plaint continuellement de ne pas pouvoir acheter des rideaux neufs, un lave-vaisselle. Elle a failli piquer une crise à propos de la moto. Oh ! les affaires marchent bien en été, quand les pêcheurs descendent sur la pointe, mais il n'y a presque pas de travail en hiver. J'ai réfléchi. Si je divorçais, nous ne pourrions de toute façon pas vivre à Logan's Point. Aucun des quatre cents habitants ne m'adresserait plus la parole, je serais le mauvais garçon de la ville. Et si je cherchais à vendre et que nous déménagions ? Où que nous allions, quel que soit mon emploi, j'enverrai à Ellen et aux enfants la moitié de mes gains. Dans une ville plus importante, où on trouve du travail toute l'année, Chestertown, peut-être, je devrais m'en tirer. C'est difficile d'être plus fort que moi en mécanique. Donne-moi un moteur, n'importe quel moteur, je saurai le faire ronronner.

Juliet le considérait, bouche bée. Il parlait sérieusement de divorcer.

— Tu es la meilleure mécanique que j'aie vue. Il te faut du temps, mais c'est autant par application qu'à cause de ta lenteur naturelle. C'est un des traits que j'aime en toi. Tu n'es pas pressé.

Il sourit.

— C'est le mode de vie d'ici. (Il la regarda dans les yeux.) Eh bien, qu'en penses-tu ? M'épouseras-tu si j'arrive à ce que je veux ?

Juliet se redressa et lui tourna le dos, laissant pendre ses jambes au bord du lit. Elle se leva et alla dans la salle de bains. Bart entendit l'eau couler. Puis il la vit se sécher et venir à la porte où elle s'arrêta, le coude appuyé au chambranle.

— Ecoute. Je suis flattée. Moi aussi, je suis tombée follement amoureuse. Mais tu ne me connais pas assez pour remettre ta vie entre mes mains.

Bart se redressa et tira le drap sur lui.

— Eteins cette fichue climatisation, s'il te plaît.

Juliet alla tourner le bouton du thermostat, puis elle remit son slip, son soutien-gorge, son jean et s'assit, jambes croisées, au bord du lit, fixant Bart.

— Un beau samedi après-midi, j'arrive dans ce trou de Logan's Point, alors que tu comptais faire prendre la route à ta nouvelle Kawasaki. Et c'est ainsi que le lendemain, nous avons passé une merveilleuse journée ensemble. Le seul moment où nous avons parlé, ce fut au déjeuner. Tu as cru que je mangeais peu; eh bien, c'est que je n'avais pas d'appétit pour les sandwiches au jambon que tu avais apportés.

Il haussa les sourcils et elle poursuivit :

— Quelque chose d'important pour moi, qui peut te faire rire, toi comme les autres, mais que tu dois savoir si tu penses vivre avec moi, c'est que je suis végétarienne.

Pendant une minute, il resta silencieux.

— Je ne crois pas avoir jamais rencontré de végétarienne. Mais je n'ai jamais rencontré quelqu'un comme toi.

— C'est important pour moi. Une sorte de religion.

Il prit un air solennel et secoua la tête.

— Que me faut-il encore connaître d'important à ton sujet?

— Je ne sais pas. Depuis, nous avons fait de la moto chaque week-end et, au dernier, cela s'est terminé dans un motel, exactement comme aujourd'hui. Je n'ai jamais eu d'amant qui m'ait témoigné une telle tendresse et qui se soit autant préoccupé de mes sentiments. Il faut reconnaître qu'avec vous, monsieur, le sexe, c'est magnifique.

— C'est le moins qu'on puisse dire. Mais ce n'est pas seulement le sexe qui me donne envie de vivre avec toi. Le sexe est responsable de mon mariage, lequel ne m'a jamais donné satisfaction, ni sur ce plan ni sur le reste. J'avais dix-sept ans et je n'ai pas pu résister à mes pulsions sexuelles. Ellen était la fille avec qui je sortais, alors nous avons couché ensemble, et ce seul écart a fait de moi un prisonnier. Mais toi...

— Moi? Tu ne sais rien d'important sur moi. Tu ne sais même pas d'où je suis, si je travaille, ni même si je suis mariée.

Il bondit sur ses pieds.

— Bon sang! Je n'y ai jamais pensé. L'es-tu?

— Plus maintenant. Mais je n'ai pas eu ce qu'on appelle une vie exemplaire.

— Peu m'importe ce que tu as fait avant ces cinq semaines. Tout ce que je sais, c'est que tu m'as ensorcelé. Quand je suis avec toi, j'ai la même impression qu'à moto, un sentiment de liberté, de pureté. La vie prend un sens.

Juliet l'observa, puis ramassa son T-shirt sur le sol et l'enfila.

— J'ai probablement plus parlé avec toi qu'avec n'importe qui d'autre jusqu'à maintenant. Certainement plus qu'avec Ellen.

— Aimes-tu tes enfants?

Cela demandait réflexion.

— J'imagine que oui, mais ils représentent pour moi la prison où je me suis enfermé. Ils sont ce qui me lie à Ellen. Elle leur dit tout ce qui lui déplaît chez moi. Elle fait toute une histoire parce que je bricole au garage le soir au lieu de rester assis avec deux à regarder la télévision.

Elle dit que je ne les écoute pas. C'est vrai. Elle dit que je ne parle pas. C'est également vrai. Elle se laisse envahir par la graisse, n'a jamais rien d'intéressant à dire, mais n'arrête pas de jacasser. Elle n'aime pas faire l'amour. Du moins avec moi.

— Peut-être que le mariage est, pour elle aussi, le piège où elle est tombée.

Bart la regarda un moment.

— Je n'ai jamais vu les choses sous cet angle. Elle voulait se marier.

— Evidemment, à cette époque, on n'envisageait pas la possibilité d'avorter. Et bien sûr, elle avait dix-sept ans et elle était amoureuse de toi. Mais cela n'a pas été tout rose pour elle non plus. Tu dois la comprendre.

— Juliet, essaies-tu de me dissuader de la quitter pour t'épouser ?

Juliet rampa sur le lit pour venir lui donner un baiser passionné.

— Tu m'as donné tout ce dont je rêvais. Mais avant de faire ce pas de géant, je veux m'assurer que tu ne vas pas être déçu. (Elle fit une pause.) J'ai pris de la drogue. Je veux dire beaucoup.

Il s'empara de sa main.

— Cela, c'est le passé.

— Je veux que tu saches ce que je suis : une révoltée. Je combats l'autorité, quelle qu'elle soit. Je suis la brebis galeuse de la famille. J'aime mon père, c'est à peu près certain, bien qu'il ait rarement été présent pour moi ou pour ma sœur. J'aime et je déteste ma mère.

— Pourquoi ?

Elle réfléchit une minute.

— Surtout parce qu'elle a quitté mon père. Et parce que son travail a pour elle autant d'importance que moi.

— Quel âge avais-tu quand ton père est parti ?

— Deux ans. Mais il n'est pas parti. C'est elle qui a rompu.

Bart lui pressa fortement la main.

— Tu n'as pas pu bien le connaître, si tu avais deux ans quand ils se sont séparés.

— Même aujourd'hui, je ne le connais pas bien. Il a illuminé ma vie, et il l'illumine encore quand il entre dans une pièce. Mais il a eu d'autres femmes qui ont plus compté pour lui que moi. Et ma mère, eh bien, il semble que ce qui l'intéresse, ce soient le pouvoir et l'argent.

— Alors, elle casse les pieds à ton beau-père?

Juliet le regarda en riant.

— Qu'est-ce qui te fait croire que j'ai un beau-père?

— Sinon, comment aurait-elle pouvoir et argent?

— Es-tu prêt pour une révélation? Ma mère est la patronne du *New York Chronicle*.

Bart pâlit.

Juliet éclata de rire et battit des mains.

— Et moi, j'écris des chansons.

Il sourit.

— Tu peux continuer à le faire.

— Tu ne connais même pas mon nom de famille.

Il haussa les épaules.

— Peu importe. Ce qui compte, c'est que je t'aime.

— Je m'appelle Juliet Eliot.

Il pâlit de nouveau. Juliet commença à chanter :

— « *Quand la flamme s'éteint...* »

Il sourit encore et se mit à fredonner. Puis peu à peu son expression changea.

— C'est toi? C'est toi qui as composé cette chanson?

Elle acquiesça, et en nomma trois autres.

— Maintenant, ce sont Willie et Dolly qui les chantent, et moi, je travaille sur une musique de film.

— C'est une plaisanterie?

Mais il savait que ça n'en était pas une.

— Je me suis terrée dans la maison familiale cet été

pour composer. Mais tu me perturbes. Je n'ai pas produit grand-chose parce que je ne pense qu'à toi.

— Où habites-tu ?

— En toutes sortes d'endroits. Ma famille est surtout à New York, mais j'ai passé les quatre dernières années à Nashville. En ce moment, je réside à Oberon, dont nous sommes propriétaires depuis des siècles.

— Oberon ? Oh ! mon Dieu !

— Peut-être pourrions-nous y vivre.

Bart se leva et arpenta la pièce en se passant la main dans les cheveux. Puis il déclara :

— Il faut que j'aille faire un tour. Seul. Je vais revenir.

Il s'habilla, puis claqua la porte derrière lui.

A son retour, il dit seulement :

— Allons-nous-en.

Le samedi suivant, Juliet, après avoir traversé la baie et fait la route en moto jusqu'à Logan's Point, fut accueillie par un Bart glacial.

— Je suis occupé, ce week-end, dit-il, fuyant son regard.

Juliet, encore en selle sur sa Sportster, sentit son cœur se serrer.

— Si j'étais serveuse ou fauchée, serais-tu occupé ?

Il avait une expression tendue.

— Nous n'appartenons pas au même monde. Je le sais. Tu le sais.

— Quel monde ?

Elle essayait de retenir ses larmes.

— Je n'ai jamais appartenu au tien, en tout cas.

— Moi non plus. Je ne m'y suis jamais sentie à l'aise.

Bart la regarda et lui demanda :

— Tu veux de l'essence ? Sers-toi.

Elle voulait bien être pendue si elle laissait couler une seule larme sur sa joue.

— C'est plutôt moche comme adieu.

Bart se glissa sous une voiture boueuse et Juliet ne vit plus que ses pieds.

Elle alla au comptoir, y prit un crayon et un bout de papier sur lequel elle écrivit un numéro. S'agenouillant près des pieds qui dépassaient, elle enfonça le papier dans une des chaussettes de Bart.

— Voici mon numéro de téléphone si tu changes d'avis. Je serai à Oberon encore un mois au moins.

Il ne répondit pas, mais elle vit une lumière tremblotante bouger sous la voiture.

— Va au diable ! lui lança-t-elle.

Elle monta sur sa moto et mit le moteur en route.

— Va donc au diable ! cria-t-elle, plus fort que le vrombissement.

55

Il ne lui avait fallu, pour se remettre à composer avec rapidité et assurance, qu'une peine de cœur. C'était, pensait-elle, la première fois qu'elle souffrait ainsi depuis que Johnny Mars l'avait plaquée — si on pouvait dire — six ans auparavant.

Dans les trois semaines qui s'étaient écoulées depuis sa dernière rencontre avec Bart, elle avait pratiquement écrit toute la musique du film. Elle savait qu'elle était bonne. Elle était restée au piano tous les jours, de 3 heures de l'après-midi jusqu'à minuit, parfois plus.

Elle regarda la pendule de la cheminée : 4 heures exactement.

Malgré la chaleur, elle se refusait à mettre la climatisation. L'humidité faisait frisotter ses cheveux et elle les avait ramassés en chignon sur le haut de la tête. Elle ne s'était pas maquillée depuis la dernière fois qu'elle était allée sur le continent. Elle venait de nager dans la piscine avant de se mettre au travail et avait gardé sur elle son maillot mouillé. C'était la meilleure façon d'avoir de la fraîcheur avec cette température et elle eut envie d'aller reprendre un bain.

C'était son premier séjour solitaire à Oberon, et elle s'en délectait malgré sa souffrance. Elle n'était pas revenue dans l'Est depuis des années ; le hasard avait fait qu'à la fin du premier mois elle avait rencontré celui qui maintenant était tout pour elle. Et voilà qu'elle avait perdu le premier homme pour qui elle éprouvait une attirance autre que purement sexuelle. Et tout ça parce qu'elle était d'une famille trop riche et trop célèbre, et qu'elle-même avait du succès, un succès auquel elle renoncerait sur-le-champ pour vivre avec Bart. Elle n'écrirait jamais plus de chanson si c'était la condition qu'il y mettait.

La cloche du débarcadère retentit. Au bout de quelques minutes, elle se remit à sonner. N'y avait-il personne pour répondre ?

Elle se leva et s'approcha de la fenêtre à meneaux dont la vitre du bas était levée pour laisser pénétrer la brise dans la salle de musique.

Un bateau de pêche était amarré au quai, et un homme actionnait de nouveau la cloche. Mince, de taille moyenne, il portait un jean et une chemise bleu clair à col ouvert : ses yeux étaient protégés par des verres sombres et une casquette à visière. Il leva les deux bras pour faire signe à qui l'apercevrait. Juliet porta la main à sa gorge et laissa échapper un petit gémissement avant de voler, pieds nus, à travers le large hall, l'imposante entrée principale, et la pelouse.

Quand il la vit s'élancer vers lui, il se mit à courir lui aussi. Elle se précipita dans ses bras ouverts et il la serra comme s'il ne voulait jamais plus la lâcher.

— Je croyais ne plus te revoir, chuchota-t-elle, une larme roulant sur sa joue.

Quand il l'embrassa, elle se dit qu'elle ferait n'importe quoi, absolument n'importe quoi pour avoir cet homme.

— Je crois que je ne peux pas vivre sans toi, dit-il de ce ton nasillard qui lui était propre. J'ai été malheureux.

— Moi aussi, répondit-elle en l'étreignant.

Il leva les yeux sur la maison.

— Je suis déjà venu ici, tu sais. Au lycée, mon professeur d'histoire nous a amenés en *skipjack*. C'était à son mari, je crois — un marinier — et nous avions apporté un pique-nique. Nous avons visité la maison et les écuries. C'était censé être une leçon d'histoire, mais je n'en ai rien retenu. Le seul souvenir que j'ai, c'est de m'être demandé qui pouvait bien être assez riche pour vivre dans une pareille maison.

— Comment t'es-tu libéré un mardi? Qui s'occupe du garage?

— Je l'ai fermé. Pour la première fois depuis huit ans que je l'ai. Pas malade un seul jour. Qui veut de l'essence à Logan's Point n'aura qu'à aller en chercher ailleurs ou attendre jusqu'à demain. Ma priorité aujourd'hui n'est pas de vendre de l'essence. J'ai ouvert jusqu'à midi, mais je n'aurais pu supporter d'y rester une minute de plus.

— Qu'as-tu dit à ta femme?

— Rien. J'ai seulement enfourché ma Kawasaki et j'ai trouvé un bateau à louer. Le type m'attend.

— Non! Paie-le, laisse-le partir, et je te ramènerai. Demain.

Bart la regarda, lui prit la main et se dirigea vers le quai. Juliet reconnut le propriétaire du bateau — bien qu'ayant oublié son nom — et ils échangèrent quelques mots. Elle ne l'avait pas vu depuis des années. L'homme fit un signe de tête, remit son moteur en marche et démarra. Bart et elle restèrent à le suivre des yeux jusqu'à ce qu'il ne fût plus qu'un point à l'horizon.

— Je vais téléphoner à ma femme et l'avertir que je ne rentrerai pas ce soir. La première fois en quinze ans. Je me sens coupable, mais c'est bien pire sans toi dans ma vie.

Juliet l'embrassa et il la serra dans ses bras.

— Nous avons à parler d'un tas de choses, dit-il.

— Tu aurais dû attendre encore une semaine ou une dizaine de jours, plaisanta-t-elle. J'ai presque fini de composer une mélodie, mais si je suis heureuse, il est possible que je ne la termine jamais.

— J'ai faim, annonça-t-il, tandis qu'ils traversaient la

pelouse, enlacés. Je mangerais bien un sandwich au beurre de cacahuètes. As-tu cela?

— Si ce n'est pas le cas, Cora sera ravie de te préparer quelque chose d'autre. Elle me reproche de manger comme un oiseau. J'ai perdu presque cinq kilos.

Il s'arrêta et la tint à bout de bras.

— Tu veux dire, à cause de moi?

Elle soupira, si heureuse de le voir que rien d'autre n'existait.

— A cause de toi. Je n'ai jamais eu l'occasion de te le dire mais je n'avais jamais été réellement amoureuse auparavant, tu sais. Tu es le seul être qui ait jamais compté dans ma vie. J'ai cru mourir sans toi.

— Tu avais ta musique!

— C'est vrai. C'était comme une sorte de flot qui s'échappait de moi. Je ne suis pas sûre de l'avoir composée. Je m'asseyais au piano, et la musique venait d'elle-même. Je n'ai jamais eu cette impression d'éprouver des sentiments si forts qu'ils paraissaient couler de mes doigts sur les touches.

Ils entrèrent dans la maison et Bart s'arrêta, regardant autour de lui.

— Mon Dieu! J'avais oublié. C'est très impressionnant, tu sais.

Juliet secoua la tête, et son chignon se défit.

— Oui, je sais. Dans mon enfance, je trouvais cela normal. Mais depuis, j'ai vécu dans assez d'endroits pour apprécier la beauté de ce lieu, que j'aime plus qu'aucun autre au monde. Viens, allons à la cuisine avant que tu ne tombes d'inanition.

Cora fut ravie d'avoir quelqu'un à nourrir. Elle coupa de gros carrés de pain fait maison, qu'elle tartina de beurre avant d'y déposer d'épaisses tranches de fromage du pays.

— Vous restez à dîner? demanda-t-elle.

— Je crois.

Il sourit à Cora, plissant le coin des yeux, et Juliet trouva que c'était le plus beau sourire du monde.

— Bien, dit Cora, je vais cueillir des baies et faire une tarte. Elle ne mange rien de ce que je lui prépare.

— Je mangerai ce soir, promit Juliet.

— C'est bien ce que je pensais.

Cora ouvrit le réfrigérateur, sortit un bocal de pickles au fenouil et dit :

— Emportez cela dans le patio, j'irai vous servir un verre de limonade. A moins que vous ne préfériez de la bière ?

— Non, la limonade ira très bien.

Main dans la main, ils traversèrent la maison et gagnèrent le patio. Il s'arrêta à la porte pour contempler la piscine :

— Sensationnel !

— Ne te laisse pas impressionner, tu vas me rejeter une nouvelle fois.

Il accentua la pression de sa main sur la sienne, tandis qu'il la suivait jusqu'à la table abritée d'un parasol à fleurs bleues et blanches.

— Aucun risque, dit-il en s'asseyant sans lui lâcher la main. J'ai eu quelques discussions avec moi-même. Et j'en ai conclu que ma réaction stupide n'avait été guidée que par un orgueil mal placé. Si cette attitude — que j'ai du mal à surmonter — doit présenter une menace pour nos relations, je pense que c'est à moi de changer, et j'estime que je ne suis pas trop vieux pour cela.

Il mordit dans son sandwich.

— Qu'est-ce qui fait qu'un sandwich peut être tellement meilleur qu'un autre ?

Cora apparut avec deux grands verres de limonade glacée.

— L'ennui avec mademoiselle, fit-elle, désignant Juliet d'un signe de tête, c'est qu'elle ne veut pas manger de viande. Et vous ? Je peux vous préparer un plat spécial.

J'ai un congélateur plein de bonnes choses. Aimeriez-vous du roastbeef? De l'agneau? Du jambon cuit de Virginie?

Tout cela semblait bien appétissant, mais Bart secoua la tête.

— Non, je veux essayer de manger comme elle.

Juliet sourit. Quand Cora fut partie, Bart annonça :

— Autant commencer aujourd'hui à s'adapter.

— Tu n'as pas à devenir végétarien. Je ne peux rien changer à mes origines familiales, mais je n'exige pas que tu manges comme moi. Cependant, j'abandonnerais volontiers mes activités musicales si cela te mettait plus à l'aise.

Bart finit son sandwich, avala sa limonade et répondit enfin à Juliet, qu'il n'avait pas cessé de regarder.

— Quelle espèce d'homme serais-je, si je te demandais cela! Je te le répète, c'est à moi de changer. J'ai été pendant trente ans une certaine sorte d'individu. Et je ne me suis jamais beaucoup aimé, pas plus que mon existence. Je crois qu'il est temps de vivre dangereusement.

— D'où vient qu'Ellen trouve que tu ne parles pas beaucoup?

Il se mit à rire.

— Je n'ai jamais rien à lui dire. Et maintenant, je découvre que j'ai tant de choses à exprimer que je me demande quand nous pourrons aller dormir.

— Ce ne sera peut-être pas facile de dormir cette nuit. (Juliet posa la main sur la jambe de Bart et fit courir ses doigts le long de sa cuisse.) Je ne crois pas que je vais te laisser dormir de bonne heure.

Il poussa un soupir d'évidente satisfaction.

— Julie, tu n'as pas la moindre idée du bien que tu me fais. Je ne parle pas seulement de mon corps, mais de tout mon être. Tu sais quoi? J'ai tellement envie de toi que je ne peux penser à rien d'autre. J'ai des monceaux de choses à te dire, mais je suis incapable de tenir un discours sensé, tellement je te désire.

— Eh bien, nous allons choquer Cora et disparaître jusqu'à l'heure du dîner.

Elle lui prit la main et le conduisit jusqu'à l'aile de la maison qu'elle s'était appropriée pour l'été. Elle avait hâte de retrouver les caresses de Bart, de sentir son corps contre le sien.

Elle ôta son maillot de bain.

— Sais-tu comme c'est excitant d'avoir une femme qui me désire ?

— Une femme ? N'importe quelle femme ? le taquina-t-elle.

— Je ne sais pas, dit-il en souriant. Tu es la première. Et j'ignore s'il en existe d'autres comme toi.

Il prit ses seins dans ses mains, puis remarqua le miroir qui couvrait tout un mur. Ils lui faisaient face, lui debout derrière elle, ses mains lui caressant la poitrine.

— Je n'ai jamais rien vu de pareil, murmura-t-il dans son cou, une main descendant doucement sur son ventre, la pressant contre lui pour lui faire sentir l'ampleur de son désir. Soudain il la souleva pour la porter sur le lit.

— Je veux embrasser chaque centimètre de ton corps.

Mais avant d'avoir fait le quart du chemin, ils avaient atteint une telle frénésie de désir qu'il s'allongea sur elle, et ils créèrent un rythme aussi puissant que la musique de Juliet, bougeant ensemble, l'un contre l'autre, avec la violence d'un ouragan. Elle l'entoura de ses jambes au moment où il entrait en elle, le serrant tandis qu'il allait et venait, et elle poussa un grand cri.

Ils retombèrent épuisés et tremblants. Puis restèrent un moment enlacés.

— Juliet ! chuchota Bart.

— Je ne pourrai jamais me rassasier de toi, même si nous devons vivre cent ans.

— C'est de cela dont nous devons parler.

Ils s'habillèrent ; Juliet passa une ample robe à fleurs, sans rien dessous.

— Allons nous asseoir à un endroit d'où nous pourrons contempler la baie, proposa-t-il. Au bord de l'eau.

— J'irai sur la lune avec toi, si tu le veux.

— Tu sais? dit-il comme ils descendaient la pelouse en direction de l'embarcadère. Tout cet amour ne me fait pas peur. Il faut que tu le comprennes.

— A moi non plus. Pour la première fois de ma vie, je n'ai pas peur d'aimer, mais de te perdre. Tu dis que tu es prêt à changer. Moi aussi. Tu veux que je renonce à chaque centime que je possède? Je le ferai.

Il se mit à rire.

— Ce n'est pas tout à fait ce que j'avais à l'esprit. D'ailleurs, j'ignore combien tu possèdes.

— Peut-être pas autant que tu le crois.

— En tout cas, plus que moi. Mais cela me pose, nous pose quelques problèmes.

— Doivent-ils être tous résolus ce soir?

— Ne me coupe pas dans mon élan. Tu as été ma seule pensée depuis la dernière fois que je t'ai vue. D'abord, mon orgueil m'a tenu éloigné. Une épouse plus riche que moi, qui n'aurait pas à dépendre de moi pour sa subsistance? C'est un peu dur à admettre. Mais j'ai réfléchi, ce n'est pas aussi terrible que de te perdre.

Il passa son bras autour d'elle, la serrant contre lui tandis qu'ils contemplaient l'eau calme.

Le soleil était encore haut dans le ciel bien qu'on approchât de 7 heures. Juliet aimait les longues soirées d'été. Elle se sentait au comble de la félicité.

— Je veux te faire découvrir la forêt de Martha, t'emmener nager dans les lacs, te montrer les daims quand ils viennent boire au coucher du soleil. Je veux que nous fassions du cheval...

Il s'assit et l'attira près de lui.

— Cela attendra que nous réglions certaines questions. J'ai passé des nuits blanches à songer à tout cela. Je ne sais ce que tu ressens, mais il faut que je te dise ce que j'ai en tête avant de pouvoir penser à autre chose.

Elle s'adossa contre un gros tronc de chêne, entoura de ses mains ses genoux repliés et le regarda.

— Je ne suis pas le genre d'homme à rester inactif; je dois travailler, peu importe l'argent que tu as. Si je suis longtemps sans toucher un moteur, il me prend des démangeaisons. J'ai besoin de me respecter.

Comme Juliet ne répondait pas, il ajouta :

— C'est vital pour moi.

— Je comprends, dit-elle.

Sa voix était d'une infinie douceur. Elle n'avait jamais connu un tel amour. Elle regardait cet homme, l'écoutait et s'estimait la plus heureuse des femmes.

— Tu sais que je ne pourrai pas rester à Logan's Point si je quitte Ellen. J'ai envisagé de vendre le garage et de lui en donner l'argent, jusqu'au dernier centime. Elle pourra s'estimer riche, pratiquement.

Juliet en doutait. Le garage ne rapporterait pas de quoi vivre très longtemps.

— Je lui laisserai tout ce que je possède, y compris la maison. Si cela ne lui suffit pas, je pourrai lui donner une partie de ce que je gagnerai. Et de toute façon, je verserai une pension pour les enfants.

Juliet l'écoutait toujours attentivement.

— Enfin, je ne suis pas fait pour habiter dans des villes comme Nashville, Hollywood ou New York. Je t'accompagnerai si tu dois y aller de temps à autre, mais j'ai besoin de vivre par ici. Je veux être près de mes enfants, les voir grandir. Je veux bien essayer, si tu l'exiges, d'aller ailleurs, mais j'aimerais vraiment vivre par ici.

— Ça me convient.

Il se pencha, lui tapota la main, préoccupé par ce qu'il avait encore à lui dire.

— Je ne vois pas d'inconvénient à ce que tu continues à composer des chansons. Et même plus : ça me plaît.

J'aime penser que je serai le premier à entendre la musique que tu as dans la tête. Ça ne me ferait rien que tu sois célèbre, mais je préfère qu'on ne m'appelle pas Mr. Eliot. Je ne sais pas parler avec les gens comme ceux que tu dois fréquenter.

— Je ne les fréquente pas vraiment.

— J'aimerais aussi que tu prennes mon nom : Juliet Mathews. C'est mon côté vieux jeu. Ça m'est égal que nous ayons des enfants ou non. Ce sera à toi de décider. Ou au hasard, ajouta-t-il avec un sourire.

Juliet ne le quittait pas des yeux, jusqu'au moment où il conclut :

— Eh bien ? Que penses-tu de ce que je viens de dire ?

— Il n'y a rien de plus simple. J'avoue que je m'attendais à pire. Eh bien, tu as mon accord sur tous les points.

— Non. Pas de cette manière. Je veux que tu restes toi-même. Je ne veux pas que tu aies peur que je te quitte si tu n'es pas de mon avis. Je vois s'ouvrir devant moi toute une nouvelle vie. Une vie passionnante comme je n'en ai jamais connu. Mais il n'est pas question que tu te plies à mes volontés. Ne craignons pas les querelles et les heurts s'ils nous permettent d'aboutir à la satisfaction mutuelle. Je ne veux ni contrarier tes désirs ni régenter ta vie. Et, de même, puisque c'est toi qui as de l'argent, je ne veux pas que tu régentes la mienne. Alors ?

— Alors quoi ?

— Dis-moi quels sont tes sentiments sur tout ça.

Juliet se pencha pour l'embrasser.

— Je crois que je t'aime plus que tout au monde. Je serai heureuse d'être Juliet Mathews, de vivre ici. Je veux dire à Oberon. Accepterais-tu ? Le continent n'est pas loin. Tu pourrais faire tous les jours la traversée, quel que soit ton lieu de travail. J'aimerais que nous vivions dans notre île, à l'écart du monde, ensemble, au calme.

— Bon sang, ici ? Je ne sais pas. Je n'ai jamais eu ce genre d'existence.

— Tu t'y habituerais très facilement. Et j'ai une autre idée. Mais est-ce que ça marcherait? Nous pourrons en parler demain.

L'autre idée concernait le chantier de Walt.

Le lendemain au déjeuner, elle exposa son projet à Bart.

— Si nous l'achetions? J'entends, ensemble. Tu y mets une partie de l'argent que tu retires de la vente de ton garage — n'en donne pas tout de suite la totalité à Ellen — et je mettrai le reste.

Elle ne suggérait pas de l'acheter seule, pensant qu'il avait besoin de ressentir que le projet était commun. Et elle savait aussi qu'il n'aurait jamais les moyens de tout payer de sa poche.

— Tu t'y connais en moteurs. Et c'est assez loin de Logan's Point pour que tu ne voies personne de là-bas tout en restant près de tes enfants. La traversée te prendrait seulement vingt minutes. Tu pourrais gagner là de quoi assurer une existence aisée à Ellen et aux enfants.

— Je ne connais pas grand-chose aux bateaux.

— Tu sais tout sur les moteurs. Et, à trente et un ans, on n'est pas trop vieux pour apprendre. Nous serions associés.

Il la regarda un long moment, puis il sourit.

Elle aurait été heureuse d'offrir à Ellen la totalité du demi-million de dollars que Grand-Maman lui avait laissé, mais elle se garda bien d'y faire ne serait-ce qu'allusion.

Elle prévint Bart qu'elle parlerait à Walt et, cet après-midi-là, il partit affronter sa femme.

— Vendre? (Walt se gratta la tête.) J'y ai songé. Le chantier est trop lourd pour un vieil homme. Mais j'ignore ce qu'il vaut.

— Faites-le estimer, suggéra Juliet.

La banque l'évalua à cent quatre-vingt mille dollars.

— Ecoutez, dit Juliet. Je veux épouser ce garçon, mais il est trop orgueilleux pour accepter de moi tout l'argent. Alors, il faut que j'arrange un peu la vérité.

Walt haussa les sourcils.

— Je vais vous donner cent vingt mille dollars, dont vous ne soufflerez mot à Bart, d'accord ? Et dites-lui que vous le vendez soixante mille. Ça vous convient ?

Walt réfléchit.

— Laissez-moi d'abord le rencontrer. Voir quelles sont ses connaissances en matière de moteurs et de bateaux. Me faire une opinion sur lui.

— Ses connaissances sur les bateaux tiendraient dans une tête d'épingle. Mais sur les moteurs, elles vous impressionneront.

Ce fut effectivement le cas.

56

Sydney était exaspérée.

— Pour l'amour du ciel, dit-elle à Brock en fulminant, nous en sommes au centième jour de grève ! Nous perdons une fortune.

— Juste au moment où nous étions arrivés à nous remettre à flot.

— Pas seulement à flot. Ces trois dernières années, nous avons gagné de l'argent. (La voix de Sydney était pleine de fierté.) Je n'aurais pu le faire sans vous.

— Mais si, vous auriez pu, protesta-t-il avec un sourire.

— Non, certainement pas. Maintenant, calculons vous et moi comment arrêter cette hémorragie financière. Dans cette fichue Union de la presse, personne ne me respecte. Ils ont souhaité ma présence à leur table de négociations uniquement pour m'avoir sous leur coupe. Ils n'ont tenu compte d'aucune de mes suggestions. Ils sourient poliment et m'ignorent totalement. Avant même d'ouvrir la bouche, je sais qu'ils n'écoutent pas, ou s'ils le font, c'est avec amusement, comme si je n'étais pas quelqu'un avec qui il faille compter. Je suis une femme, propriétaire unique — même si aucun d'eux n'y attache d'importance — d'un journal qui n'est pas vraiment connu hors de New York. Ce n'est pas comme le *Times* ou le *News*.

— C'est vrai que, dans le métro, tout le monde lit le *News*.

— Cependant, nous gagnons de l'argent. Ou plutôt nous en gagnions jusqu'à ces trois derniers mois. Vous savez, Brock, je suis du côté du syndicat.

— Oh ! Que personne n'entende cela !

— Nous payons au-dessus des tarifs syndicaux. Pourquoi les grands journaux ne peuvent-ils pas en faire autant ?

— Parce qu'ils ne sont pas favorables à ce que les employés dictent leur conduite aux patrons. Et surtout parce qu'alors ils n'auraient plus les mêmes bénéfices. Ils sont dirigés par de grands groupes, Sydney. Et les grands groupes ne s'intéressent qu'aux résultats financiers.

Sydney jeta un coup d'œil à sa montre.

— C'est peut-être tôt pour déjeuner. Il n'est pas encore midi. Mais je meurs de faim. Et j'ai besoin de boire quelque chose de réconfortant. Vous m'accompagnez ?

— C'est vous qui payez ?

Il y avait une lueur d'amusement dans ses yeux.

— Vous êtes galant ! Bien sûr que c'est moi qui paie. Venez. Le temps de me laver les mains, et je suis prête.

— Je vous retrouve dans le hall. Accordez-moi dix minutes.

Ils traversèrent la rue pour aller chez *Columbo*, où d'ordinaire presque tout le personnel du journal venait déjeuner. Aujourd'hui, c'était quasiment vide.

— Quand va finir cette grève ? Je cours à la faillite, dit Columbo, qui s'appelait en réalité Ross Smith. Vingt-huit ans au même endroit et d'un seul coup, c'est la dégringolade.

Oui, se dit Sydney, tout ce pour quoi nous avons travaillé ces vingt dernières années part à vau-l'eau.

Sydney et Brock reprirent leur conversation quand Columbo leur eut servi leurs boissons. Brock, qui avait pour habitude de ne pas boire au milieu de la journée, fit une entorse à ses principes. Après tout, aucun travail ne l'attendait à son retour au bureau.

— Je garde mon sang-froid aux réunions, mais je bous à l'intérieur, dit Sydney à son directeur de la rédaction. Ils me rendent complètement folle. Les commerces perdent de l'argent, plusieurs affaires ont déjà périclité. Je vais me rétracter publiquement !

Brock faisait durer sa Heineken.

— Vous savez, patronne, en des circonstances comme celles-ci, je suis prêt à livrer bataille pour vous. Je ne pourrais pas vivre avec vous, mais je suis fort surpris que nous n'ayons pas encore couché ensemble.

Sydney le regarda avec étonnement, puis se mit à rire.

— Je crois que l'idée m'a traversé l'esprit plusieurs fois. Et alors, que se passerait-il quand ce serait fini ? Je suis absolument certaine de ne pas vouloir me remarier avec quelqu'un qui travaille avec moi. Mais c'est merveilleux d'avoir un ami avec qui parler de tout cela.

Brock ne poursuivit pas sur ce sujet. Il était en grande partie d'accord avec elle. Une chose était certaine, il n'avait jamais travaillé pour ou avec quelqu'un qu'il admirât autant.

— Alors, vous voulez vous venger ?

Columbo leur apporta lui-même les hamburgers qui faisaient sa réputation.

— J'ai dû me séparer de quatre de mes serveurs, gémit-il. Et des bons. Ils auront probablement trouvé un autre emploi quand cette fichue grève sera terminée. Il me faudra former de nouveaux garçons.

Après son départ, Sydney enfourcha à nouveau son cheval de bataille.

— La façon dont me traitent les autres journaux ! Pourquoi s'obstiner à les soutenir et à nous ruiner quand ils se fichent pas mal de mon opinion parce que je suis une femme ?

— Si nous les désavouons, les annonceurs publicitaires

ne risquent-ils pas de prendre des mesures de rétorsion? Je ne veux pas en assumer la responsabilité.

— Vous n'aurez pas d'autre responsabilité que celle de remettre le journal au travail.

Brock mâchonnait son sandwich tout en réfléchissant.

— Bon, si vous voulez vraiment essayer, je vous suggère de tenir une conférence de presse pour tirer le maximum de votre rupture avec l'Union.

— Une conférence de presse? (La voix de Sydney se brisa.) Il n'y a pas de presse!

— Il y a la télévision. Mais les autres membres de l'Union vont être hors d'eux.

Sydney acquiesça et finit son hamburger avant de répondre.

— Je m'attends à des critiques. Ils vont me traiter de rapace. Rapace? Désireuse de survivre, oui. Si cela dure encore, nous allons nous trouver dans une situation désespérée.

— A mon avis, nous y sommes déjà.

Elle s'adossa à sa chaise et fit un signe à Columbo.

— Café! commanda-t-elle. Vous en voulez?

— Et comment, si je veux être prêt à l'action.

— Vous l'êtes. Brock, quel est votre avis sur toute cette affaire?

— Mon argent n'est pas en jeu. Mais je suis tout à fait d'accord. Ils se conduisent comme des idiots. Si nous pouvons payer au-dessus des tarifs syndicaux, ils le peuvent aussi. Nous ne sommes pas le journal le plus riche de la ville, que diable! Et je m'ennuie tellement que j'en perds les pédales. Je suis prêt à reprendre le travail.

Sydney posa une main sur la sienne, par-dessus la table.

— Bien. Préparez-vous. Contactez les chaînes de télévision. Demandez aux services de publicité d'avertir les annonceurs, y compris ceux qui n'ont jamais fait appel à nous, et fixons la conférence à dimanche. Cela nous laisse quatre jours. Pouvons-nous mettre la machine en marche dans ce laps de temps ?

— Naturellement.

Elle prit son sac et se leva, souriante.

— Patronne, la démarche la plus intelligente que j'aie faite, c'est d'être venu travailler pour vous.

— Je sais, dit-elle, le précédant vers la sortie.

Il avait laissé Sydney payer l'addition.

— Si j'étais un homme, la moitié de la ville me trouverait héroïque. En l'occurrence, ils me traiteront probablement de garce.

— Peu importe ce que disent les autres, répliqua Brock tandis qu'ils traversaient la rue. C'est votre opinion sur vous-même qui compte. Et vous savez ce qu'ils penseront ? Ils penseront que vous vous comportez en homme, et ils en seront étonnés.

Dans l'ascenseur, Sydney demanda :

— Que pensez-vous de moi ? C'est important, d'une certaine manière.

— Renonceriez-vous à cette conférence de presse si je vous désapprouvais ?

Elle réfléchit une minute.

— C'est bien possible.

— Je vous trouve... formidable.

Elle sourit et lui prit la main.

— C'est important pour moi. Très important.

— Il s'est passé ce soir, au conseil municipal, la chose la plus renversante qui soit, annonça Noah, en lançant sa veste sur une chaise. Tu ne me croiras jamais !

Ashley détourna son regard de l'épisode de *MASH*. C'était le seul feuilleton qu'elle regardait régulièrement et elle détestait être dérangée.

— Attends cinq minutes, veux-tu ? demanda-t-elle sans quitter l'écran des yeux.

— Tu n'imagines pas à quel point c'est important, marmonna Noah.

Sur quoi, il alla dans la cuisine se préparer du décaféiné instantané.

Il en était à la première gorgée quand Ashley arriva en souriant.

— Excuse-moi, ce n'est qu'une fois par semaine que Hawkeye Pierce et BJ ont plus d'importance que toi.

Elle s'assit en face de lui à la table de chêne qu'il avait achevée dix jours auparavant et qui gardait son bel aspect lustré.

— Il y a un type nommé Peter Pryce qui a déposé une demande de permis pour l'aménagement en lotissements — tiens-toi bien ! — d'Oberon !

Ashley le regardait, bouche bée.

— Maman ne voudra jamais vendre Oberon.

L'affirmation, péremptoire, ne laissait place à aucune discussion.

— Nous le savons tous les deux. Mais Mr. Pryce ne semble pas le savoir.

Ashley alla au téléphone et composa le numéro de sa mère Sydney répondit à la première sonnerie.

— Maman, Noah a appris une nouvelle inquiétante, ce soir. Tu sais, il fait partie des gens qui s'occupent de l'administration de la région.

Sydney ne se souvenait jamais de toutes les occupations de Noah et d'Ashley.

— Eh bien, à la réunion mensuelle, il a appris... attends, je te le passe, pour ne pas tout emmêler. (Elle étira le fil du téléphone jusqu'à la table et tendit le combiné à Noah.) Je te parlerai quand il aura fini.

— Oh, mon Dieu ! s'écria Sydney après les explications de Noah. Comment peut-il faire cela quand il s'agit d'une terre qui n'est pas à lui et ne le sera jamais ? Oui, je l'ai rencontré et je lui ai dit que je ne vendrais jamais la moindre parcelle de la propriété. Quel culot de demander un permis de construire sur l'île alors qu'il n'a aucun droit sur elle !

— Je pense qu'il veut savoir si cela vaut la peine de se battre. Si son projet a le feu vert, il proposera de payer le paquet.

— Il m'a déjà offert cinquante millions de dollars comptant si Evan et moi faisions affaire avec lui.

— Bon sang ! souffla Noah.

— Je n'en ai pas parlé parce que je croyais que c'était réglé. Je n'ai même pas voulu écouter ses projets. Je lui ai simplement dit de ne plus y songer.

— Bien sûr, approuva Noah. Nous pensions que vous deviez être au courant.

— Je ne sais pas ce que je peux faire sinon déclarer à qui veut l'entendre que je refuse de vendre.

— Heureusement ! Je vous repasse ma femme chérie.

— Qui est aussi ma fille chérie.

Quand Ashley reprit l'appareil, Sydney lui dit :

— Cela me met hors de moi. Mais ne t'inquiète pas, je ne vendrai jamais.

Ashley se remémora toutes les histoires que sa mère lui avait contées au fil des années, tout le passé de cette île, qui était devenue pour elle une personne au même titre que son arrière-grand-mère, que la Martha d'autrefois, que ses ancêtres propriétaires d'Oberon depuis 1672, bien avant la formation des Etats-Unis.

C'était une part d'elle-même, elle l'avait dans son sang, Oberon coulait dans ses veines.

Au moment où Ashley raccrochait, la sonnette de l'entrée retentit. Noah regarda sa montre puis Ashley, haussa les épaules et se dirigea vers la porte. En ouvrant, il découvrit une petite fille de douze ou treize ans peut-être, accompagnée d'un homme, son père de toute évidence. Elle tenait, enveloppé dans une serviette qu'elle serrait contre elle, un oiseau à l'aile brisée. Il reposait, inerte, sur le tissu éponge, sans chercher à s'échapper.

— Je suis George Burnham, se présenta l'homme.

Voici Nina, ma fille. Nous habitons un peu plus loin sur la route, après Saint Michaels. Nous avons trouvé cet oiseau et Nina s'est mis dans la tête de le sauver. Deryck et Katie Berry nous ont dit que c'était ici qu'il fallait s'adresser.

Noah ouvrit plus largement la porte et les invita à entrer.

Ils avaient acheté le terrain voisin du premier cabinet d'Ashley et construit là une autre maison, une grande maison qu'ils espéraient bien voir se remplir d'enfants. Ashley avait toujours remis la maternité à plus tard, déclarant qu'elle voulait faire d'autres choses avant. Mais, à trente ans, elle décida que ce serait pour l'année suivante.

Elle arriva à la cuisine et prit aussitôt l'oiseau des mains de Nina. Elle sourit.

— C'est facile ! Viens avec moi à la clinique, si cela te plaît de me regarder faire.

— Eh bien, je ne sais pas, intervint George. Il est tard et il y a école demain.

— Je suis sûre que votre fille apprendra davantage à me regarder faire qu'en allant à l'école demain matin. Pourquoi ne pas venir, vous aussi ?

La petite fille suivit l'opération sans cligner des yeux, tant elle était fascinée. Elle ne disait pas un mot, mais Ashley était sûre que son cœur battait la chamade.

— C'est mon amour pour les oiseaux qui m'a fait devenir vétérinaire, confia-t-elle à Nina.

La fillette tourna vers elle ses grands yeux bruns.

— Laissez-le-moi deux jours, suggéra Ashley, et je vous montrerai comment le rendre progressivement à la vie sauvage. Tu devras peut-être prendre soin de lui pendant quelques semaines.

— Je le ferai, oh oui !

En partant, Mr. Burnham remercia Ashley.

— Nous reviendrons probablement demain, si cela ne

vous ennuie pas. Je sais que Nina sera impatiente de savoir si tout va bien.

Ashley les regarda s'en aller. Rien ne lui faisait plus plaisir que de rendre un enfant heureux. Elle se demanda d'où elle tenait cette disposition. Aucun membre de la famille, ni d'un côté ni de l'autre, n'avait manifesté ce trait de caractère. Il était vraiment temps de songer à la maternité.

Elle traversa la pelouse pour rentrer à la maison. Toutefois, si elle avait un bébé, n'aurait-elle pas à sacrifier une grande partie de ce travail qui lui donnait le sentiment de faire du bien en ce monde ? Lui faudrait-il renoncer à trop de choses pour être mère ? Elle devait en parler sérieusement avec Noah. Ils étaient mariés depuis cinq ans.

Quelle chance elle avait eue ! Même après ces années de vie commune, elle continuait à s'étonner de son bonheur. Elle aimait son mari chaque jour davantage. Il était l'homme le plus gentil, le plus attentionné, le plus intéressant qu'elle eût jamais connu ; chaque jour, grâce à lui, avait un charme nouveau. Et leurs rapports intimes n'avaient pas perdu de leur ardeur. Quand il la regardait, il lui donnait le sentiment d'être la plus belle au monde. Elle aussi aimait le regarder, contempler le battement de sa tempe, quand il dormait près d'elle. Elle aimait quand ses cheveux devenaient longs — probablement trop longs au goût des habitants d'Easton.

Elle aimait le regarder s'habiller le matin, trouvant belles ses jambes finement musclées, appréciant chaque partie de son corps. Il n'y en avait pas une qu'elle ne connût intimement. Ce qu'elle aimait le mieux, peut-être, c'était l'effet qu'il produisait sur elle, à la fois sur son corps et sur son esprit. Et aussi sur son cœur. Il n'y avait pas un jour où, d'une certaine façon, il ne touchât son cœur, ne fût-ce que par le passage d'une ombre sur son visage ; ou quand, à table, il lui prenait la main pour y déposer un baiser. Ou quand il lui faisait part d'une idée, ou d'un fait nouveau. Ou quand il l'appelait pour aller contempler le soleil couchant.

Il était plein d'attentions. Elle était émue par la passion qu'il manifestait dans tous les domaines. Il s'intéressait à tant de choses ! Et il ne se contentait pas de discours : il agissait. Dans cette région du Maryland, on parlait de sa candidature au Congrès, mais l'idée ne lui inspirait que mépris.

« Quoi, aller s'enfermer au Congrès ! Pour que rien ne se fasse de ce qui me tient à cœur ! »

Sitôt rentrée, Ashley alla rejoindre Noah dans son bureau.

— Que se passe-t-il, demanda-t-elle, quand deux personnes ont une propriété en commun et que l'une d'elles ne veut pas vendre ?

— Elles vont en justice.

Oui, et la justice peut-elle imposer la vente ? Sinon, comment Sydney pourrait-elle sortir assez d'argent pour racheter la part d'Evan, et un million de dollars en plus, par an, pour l'entretien de l'île ? Certes, elle pourrait probablement réunir une telle somme à condition de liquider tous ses biens. Cela ne lui laisserait aucune réserve pour le journal, ce qu'elle refuserait.

Quand Ashley eut fait part de ses réflexions à Noah, celui-ci lui répondit :

— Tu as de l'argent. Cela n'aiderait-il pas ta mère ? Nous pouvons vivre de ce que nous gagnons.

Cela l'aiderait, bien sûr. Mais ce n'était pas assez. Pas assez pour s'assurer à jamais la possession d'Oberon, pour racheter la part d'Evan. Et Peter Pryce, convaincu que le projet était en bonne voie, avait déjà englouti une petite fortune à étudier toutes les possibilités.

— Cela m'effraie, dit Ashley. Il doit être terriblement sûr de lui pour avoir investi une telle somme avant même d'être propriétaire du domaine !

— Je pense que nous pouvons bloquer l'affaire en justice pendant plusieurs années.

— Oui, mais un jour ou l'autre... Mon Dieu, Noah, que pouvons-nous faire ?

Il n'avait pas de réponse.

Ashley s'approcha de lui.

— Je ne veux pas cesser de travailler, mais nous pouvons envisager d'avoir un enfant, n'est-ce pas ?

Noah leva les yeux, posa sa plume, ôta ses lunettes qu'il plaça sur le bureau.

— Qu'est-ce qui te fait aborder ce sujet ?

— Je pense que le moment est venu. Je veux des enfants. Je veux qu'Oberon reste la propriété des Hamilton durant des centaines d'années. Cela ne signifie pas que je doive arrêter le travail. Je le réduirai juste un peu. Nous pouvons nous offrir une nounou à domicile. Je ne suis pas obligée de renoncer à ce qui me donne le sentiment de ma valeur pour changer des couches. Je peux faire les deux, avec ton aide. Je veux tout de suite un bébé. Ton enfant. Notre enfant. Je veux me perpétuer. C'est une sorte d'immortalité, ne crois-tu pas ?

Noah sourit et la prit par la taille.

— Eh bien, une chose est sûre, la tentative ne peut être qu'agréable.

— Débarrasse ce bureau, ordonna Ashley.

Rayonnante, elle entreprit de s'extirper de son pullover.

Noah alla tirer les rideaux. Il se retourna pour regarder sa femme qui se déshabillait, ce qui lui donnait toujours beaucoup de plaisir. Il prit ses lunettes et son stylo et les rangea dans un tiroir avec les dossiers sur lesquels il travaillait.

— Sur le bureau, Lee ?

— N'importe où, mais tout de suite !

— Sur le bureau ! Ainsi soit-il.

Et, souriant, il déboucla sa ceinture.

57

Sur la multitude de plans établis pour le projet Oberon, Peter Pryce, finalement, en retint trois. L'un implantait dans le centre même de l'île une ville de deux mille deux cents habitations, avec quelques résidences éparpillées aux alentours.

Le second plan prévoyait des résidences aussi bien que des maisons individuelles, réparties en douze quartiers groupés aux abords des criques et des ruisseaux, autrement dit des lieux les plus pittoresques.

Le troisième projet, celui qui avait la préférence de Pryce, envisageait la construction de trois villages autour de trois ports. Le nord était laissé aux marécages, mais dans la partie méridionale et au centre de l'île, on avait prévu un terrain de golf environné d'immeubles en copropriété. Ce plan prévoyait mille six cents logements.

L'architecte de Pryce précisait que la construction devrait être strictement réglementée. Pour chaque maison ou bâtiment, Pryce serait l'unique entrepreneur, et les plans devraient être dressés par son architecte. Si on optait pour la création de plusieurs villages, l'architecte suggérait de les bâtir chacun sur un thème spécifique, donnant à l'un un aspect méditerranéen, une touche anglaise au deuxième, quant au dernier, il pouvait s'inspirer des chalets suisses.

Pryce fronça les sourcils. Il voulait savoir ce que cela coûterait. Il avait déjà investi plus d'un demi-million de dollars en frais de géologues, architectes, urbanistes, ingénieurs. Il devrait, lui disait-on, débourser un million et demi de dollars pour aménager le paysage de l'île, et au moins un autre million pour consolider le littoral, qui perdait régulièrement du terrain sur la mer. Il faudrait construire des routes. On estimait au même montant l'installation d'un système de tout-à-l'égout, alors que, selon un autre avis, les fosses septiques étaient la seule solution. Pryce fit la grimace. Les fosses septiques finiraient par polluer la baie. Ils pouvaient également, pour un prix exorbitant, mettre en place leur propre système de traitement des eaux usées. Partout, cela choquerait la vue et parfois répandrait de mauvaises odeurs. Et puis il faudrait creuser des puits, construire une station d'épuration, sans compter un château d'eau et des stations de pompage.

— La note est déjà assez salée sans tous ces frais supplémentaires, dit Pryce en regardant les chiffres étalés devant lui. Sans compter les canalisations, les bouches d'incendie, le débroussaillage, les sentiers et les pistes, les quais, un club de tennis en plus du terrain de golf! Nous allons investir au moins soixante-dix millions de dollars à Oberon.

Cette somme incluait les cinquante millions cash pour l'achat de sa part de l'île à Mrs. Hamilton. Il savait que ce serait lourd, il savait que ce serait l'investissement de toute une vie.

— Nous n'avons pas la moindre chance d'obtenir le permis, dit un ingénieur, si nous prévoyons plus de mille logements. Un tel projet ne serait même pas pris en compte.

Pryce eut un signe d'assentiment. Même s'ils se limitaient à mille logements, à un prix unitaire compris entre sept cent cinquante mille dollars et un million, on approcherait le milliard d'investissement. Il n'appréciait pas l'idée d'implanter sur l'île un trop grand nombre de maisons, ce qui la saccagerait. Moins il y aurait de maisons, plus elles se vendraient cher, ainsi que les terrains.

— Je ne veux pas qu'on touche aux forêts, déclara Pryce d'un ton qui ne souffrait pas la discussion. Je veux qu'Oberon demeure idyllique. Je veux que les gens regardent ces chênes le long des rivières, ces pins hauts et majestueux si caractéristiques de la région, les saules, les copayers, les hêtres, et sachent qu'ils ont là un paradis, qu'ils vivent dans la pureté, loin des foules aliénantes de Washington et Baltimore, et même de Philadelphie et de Newark. Remarquez... (il se laissa aller à rire) personne à Newark ne pourra jamais se payer une propriété ici.

Il voulait garder tels quels les marécages du nord. Il voulait y voir les oiseaux hiverner, du maïs pousser, de sorte que les habitants d'Oberon aient les meilleures chasses de la région : elles seraient réservées aux résidents et à leurs invités.

Il imaginait les députés, les nantis de Washington ou de New York le jeudi après-midi, en octobre et novembre, tout excités à l'idée de quitter la ville, de traverser Bay Bridge, de mettre le cap sur Oberon; le samedi matin, ils seraient tapis dans des affûts à canards, dans leur chasse gardée de l'île et, le soir, leurs cuisinières leur serviraient à dîner des canards à l'orange, ou une oie succulente qui, le mois précédent, volait encore dans les régions sauvages du nord du Canada.

« Regardons les choses en face, avait dit Pryce à sa femme. Cette partie du pays fut fondée par des riches. Il n'y a aucune raison pour que cela change. »

Mais les mariniers natifs de la côte est n'étaient pas riches. Ils n'auraient plus les moyens de vivre là. Déjà qu'ils vivotaient tout juste sur une terre que leurs pères et grands-pères avaient payée en se tuant à la tâche. La culture du tabac et la pêche des huîtres et des crabes ne menaient pas à la fortune. Celui qui possédait une plantation de tabac, une grande maison au centre de cette plantation, celui qui héritait de la grande grange à tabac, souvent plus belle que la plupart des petites maisons qui parsemaient la campagne, pouvait gagner de l'argent. Mais le petit cultivateur de tabac avait de la chance s'il s'en tirait.

On dressa des plans de bataille. Les écologistes conclurent une étrange alliance avec les conservateurs. Ceux-ci voulaient garder le Maryland tel qu'il avait toujours été, ils ne voulaient pas d'étrangers qui envahiraient leur région et feraient monter les prix. Ils craignaient pour le bien-être de ceux qui vivaient là depuis des générations, et qui risquaient de perdre leur terre parce qu'ils ne pourraient faire face à la hausse des prix causée par l'urbanisation. L'autoroute serait souillée de détritus, les motels seraient bondés chaque week-end, avec tous les problèmes suscités par l'arrivée dans la région de citadins combinards. La criminalité s'ensuivrait, inéluctablement. On pouvait encore pour le moment rester jour et nuit sans fermer sa porte.

Les écologistes brandissaient l'argument du fragile équilibre naturel de la baie. Les bateaux à moteur la polluaient et faisaient fuir les oiseaux, les renards et les daims. Qu'arriverait-il quand la baie serait érodée et polluée au point qu'on n'y trouverait plus une huître ?

Cela faisait rire le parti adverse. Plus d'huîtres dans la baie ? Des prophètes de malheur, voilà ce qu'étaient les écologistes. Considérez quelles seraient les conséquences pour l'économie ! Pryce déclara qu'il embaucherait une main-d'œuvre locale de charpentiers, peintres, électriciens, plombiers et maçons. Cela voudrait dire que pendant des années, une dizaine probablement, les hommes des environs auraient un travail assuré et que toute la région en bénéficierait. Ils pourraient rembourser leurs emprunts immobiliers, acheter des vêtements, des voitures et des tondeuses à gazon. On aurait besoin de nouveaux postes à essence, et les restaurants se multiplieraient.

D'habitude, c'était le désert par ici en hiver. Aucun revenu, aucune activité. Depuis la fin de la saison de la chasse jusqu'à la saison de la pêche, toute la région était comme morte.

L'enseignement pourrait s'améliorer grâce aux nouveaux impôts et la population pourrait exiger des avantages sociaux. Peut-être les enfants iraient-ils dans des établissements d'enseignement supérieur de haut niveau. Il y aurait de nouveaux cinémas, peut-être un centre commercial.

Nous n'avons pas à craindre l'avenir pour le moment. Nous pourrons continuer à vivre dans la baie, à y vivre mieux même. Laissons l'avenir se charger de lui-même. Il y aura toujours des huîtres dans la baie de Chesapeake. Regardez la puissante Susquehanna qui se précipite, au printemps, vers le sud, pour se jeter dans la baie de Chesapeake. S'est-elle jamais arrêtée? Bien sûr que non.

58

Sydney leva les yeux de son bureau. Sa nouvelle secrétaire, Aileen Melby, était compétente, mais elle n'était pas encore rodée.

— Evan, j'ai du travail. Je n'ai pas le temps de parler d'affaires personnelles.

— Arrête, Syd ! répliqua son frère en allant s'asseoir dans un fauteuil en face d'elle. (Il croisa les jambes et tira sur sa moustache.) Tu refuses de répondre à mes coups de téléphone, aux messages que je laisse sur ton répondeur. Je n'ai pas le choix !

Sydney soupira. Depuis quand appréhendait-elle de voir Evan ? Quand avait-elle cessé de l'aimer ? Quand s'étaient-elles évanouies, les heures magiques de leur enfance où lui et elle étaient les seuls à se comprendre vraiment ?

— Je ne veux pas discuter d'Oberon. Le sujet est clos. Je ne veux pas vendre. L'île ne sera pas vendue tant que mes filles et moi respirerons. Si tu veux nous assassiner, c'est autre chose.

— Oh ! Et puis quoi encore ! Il est possible que tu n'aies pas le dernier mot. J'ai engagé Lee Atwater, et nous allons passer devant le tribunal.

Lee Atwater était un avocat avec qui il fallait compter.

— Tu n'as pas les moyens de payer les honoraires de Lee Atwater.

Evan sourit.

— Si, au tarif de dix pour cent de ce que j'obtiendrai de la vente. Et il pense qu'il peut gagner.

Sydney était en relation constante avec Noah, qui continuait à penser que, si Evan intentait réellement un procès, il pourrait faire traîner l'affaire en justice pendant une dizaine d'années, mais il n'en était pas absolument sûr. C'était des migraines en perspective, des soucis sans répit, et ça coûterait cher. Peut-être Evan ne tiendrait-il pas le coup. Par ailleurs, Sydney se demandait si Noah faisait le poids face à Lee Atwater.

— Je te donne dix millions cash, lança Sydney.

Elle devrait liquider une partie de ses biens, mais cela en valait la peine si elle pouvait ainsi se débarrasser de lui.

Evan eut un rire grinçant.

— Ma chère sœur, cette somme me permettrait de jouer juste une année ou deux. Mais il ne s'agit pas de cela. Je veux récupérer mes gosses. Kitty ne me laisse même pas les voir. Je veux la mettre au pied du mur et obtenir leur garde. Je dois être capable de prouver qu'elle a une conduite irrationnelle et déséquilibrée, qu'elle n'a pas une influence positive sur nos enfants.

Sydney l'observait, les coudes sur le bureau, le menton appuyé sur ses mains croisées.

— Parce que tu prétends avoir une influence positive sur eux?

— Je les aime. Elle, non. Elle les veut simplement pour me soutirer de l'argent.

— Ce que tu ne peux supporter, c'est qu'elle soit la première de tes épouses à te quitter. C'est toi qui as quitté les autres. Je ne me rappelle pas t'avoir entendu parler auparavant d'amour paternel.

— Pour l'amour de Dieu! Elle n'a même pas d'autre

homme dans sa vie. Elle n'avait aucun motif valable pour partir.

— La seule raison de ton comportement si paternel et de ta volonté d'avoir tes enfants, c'est ta soif de vengeance, continua Sydney d'une voix calme, en pianotant sur son bureau.

Evan alluma une cigarette et regarda sa sœur, les yeux mi-clos.

— Pourquoi diable dis-tu cela? Kitty m'interdit de les voir. J'ai tout de même des droits sur mes propres enfants!

Sydney remarqua le léger début de calvitie de son frère en imaginant combien il devait en être affligé. Mais il conservait son allure aristocratique. Sa moustache était poivre et sel, et le gris de ses tempes accentuait son air distingué.

— Pour autant que je me souvienne, tu as d'autres enfants, que tu n'as jamais pris la peine de voir.

Que je n'ai jamais rencontrés, ajouta-t-elle en elle-même.

Il garda le silence un moment.

— Ma chère, tu n'as jamais rien approuvé de ce que j'ai fait, n'est-ce pas?

Comme elle ne répondait pas, il reprit :

— Que veux-tu, ils sont éparpillés à travers le monde.

Se rappelait-il seulement tous leurs noms? pensa Sydney. Il répondit en partie à son interrogation.

— J'ai vu Roma à Santorin l'année dernière et il est possible que Nick vienne me rejoindre à Phuket en janvier.

Il comptait justement appeler Nick en sortant du bureau de sa sœur. Le bureau de Sydney. Parfois il se demandait s'il ne la haïssait pas.

— Je vais défendre ma cause au tribunal, naturellement. Je ne vais pas laisser Kitty s'en tirer comme cela.

— Eh bien, entre Kitty et moi, tu vas enrichir une foule

d'avocats durant les quelques années à venir, n'est-ce pas ?

Il ne disait rien, aussi ajouta-t-elle :

— En fait, sept ans, c'est un record pour toi, tu ne crois pas ? Et quel âge as-tu maintenant ? Cinquante ans ?

— Quarante-neuf, précisa-t-il, la voix crispée.

— Quatre mariages et une durée record de sept ans.

— Cela n'a rien à voir. J'aime ces enfants et je les veux. Je suis bien meilleur père que Kitty n'est mère.

Sydney se pencha en avant, les bras à plat sur le bureau.

— Je suis loin d'avoir assez d'argent, dit Evan, dont les mains tremblaient. Même avec les loyers de notre immeuble, je ne peux pas lui payer la pension alimentaire qu'elle exige.

Sydney s'enfonça dans son confortable fauteuil aux coussins noirs.

Elle s'était souvent demandé ce qui avait séduit Evan en Kitty, une femme qui ne semblait trouver de joie à rien. Mais elle avait dix-huit ans de moins qu'Evan, et une allure qui faisait se retourner les gens sur son passage.

Son frère avait confié à Sydney qu'au lit aucune de ses autres femmes n'égalait Kitty. Personne ne pouvait en juger, mais les dires d'Evan étaient confirmés par son absence totale d'infidélités au cours de ces sept ans. Après tout ce temps, elle trouvait encore de nouveaux moyens de le satisfaire et, malgré de nombreuses prises de bec, il n'avait jamais envisagé la séparation. C'était la première fois qu'il était resté marié assez longtemps pour arriver à connaître ses enfants. A sa grande surprise, il avait découvert — là où il s'y attendait le moins — de l'amour. Et ses enfants l'adoraient. Il les emmenait faire du cheval à Central Park et passer de longs week-ends d'été à Oberon, les premiers qu'il y passait depuis son enfance. Là, il avait eu des accrochages avec les occupants permanents, Juliet et Bart. Il avait apporté une moto sur l'île ; il circulait en tous sens sur les chemins de terre, les vrombissements de son moteur provoquant l'envol des oiseaux qui piaillaient, surpris et affolés. Les daims, leurs grands yeux bruns pleins de stupeur et d'épouvante, s'enfuyaient, désertant des pâturages habituellement paisibles.

Pour Juliet et Bart, pourtant passionnés de moto, en voir une sur l'île était une abomination. Le départ d'Evan fut pour eux un grand soulagement, quand bien même ils auraient pu vivre dans des ailes séparées de la maison sans se rencontrer, sauf à l'heure des repas.

Evan était endetté. De plus, il s'était mis à boire, et pas seulement les deux ou trois verres de vodka qu'il prenait ordinairement chaque soir. Quand Kitty entama une procédure de divorce, cela le mit hors de lui. Il ne pouvait guère parler d'autre chose.

Kitty déclara qu'il dilapidait leur argent au jeu et dans les bars, accumulant d'énormes ardoises qu'il était incapable de payer. De son côté, il prétendait qu'elle avait la manie des achats, qu'elle lui jetait des objets à la tête et qu'elle avait même essayé de le pousser dans l'escalier. Chacun accusait l'autre d'être mauvais parent et réclamait la garde des enfants — avec droit de visite pour l'autre.

Evan regarda par la fenêtre, les bras pendants et les poings serrés.

— Ah, Sydney ! dit-il, se tournant vers elle avec un sourire pincé. Chère sœur ! Tu as toujours tout eu, n'est-ce pas ? Même Juliet a finalement bien tourné. Tout ce que tu as touché s'est changé en or. Quel est ton secret, ma vieille ?

« Ma vieille » ? Sydney se hérissa. Après tout, elle l'était peut-être. Cinquante et un ans. Pourtant, elle ne se sentait pas vieille.

— Tu as même vieilli avec grâce. Tu es plus jolie qu'à vingt ans. As-tu un amant ? Brock Thomas ? Est-ce que Jordy te fait encore l'amour quand il passe en coup de vent ? Mon Dieu ! Sydney, je parie qu'en matière de baise, aucun des hommes de ta vie n'a jamais trouvé mieux que toi. J'imagine que même Kitty ne peut te surpasser. Mais quel gaspillage ! Tu dors probablement seule la plupart du temps.

Sydney s'interdit d'être choquée. Evan s'arrangeait en général pour donner de déplaisantes connotations sexuelles à n'importe quelle conversation. C'était révoltant.

Elle ne laissa pas vaciller son regard.

— Sans mes gosses, quel intérêt de garder cette île ? Et d'ailleurs, je ne l'ai jamais utilisée pour une valeur de cinquante millions de dollars. Bon sang, nous pouvons en tirer bien davantage ! De soixante à quatre-vingts millions chacun, comprends-tu ? C'est mon héritage et je veux qu'il me rapporte.

Sydney recommença à pianoter sur le bureau.

— Que veux-tu, Evan ? J'ai du travail. Je ne vendrai jamais, jamais, tu m'entends, une parcelle d'Oberon.

Il s'assit sur sa chaise en regardant sa sœur.

— J'en arrive à t'admirer, ma chère.

— Evan, dit Sydney en se levant. Sors d'ici !

— A bientôt au tribunal, chère enfant ! D'une façon ou d'une autre, tu vendras Oberon, et moi, je récupérerai mes enfants.

— Je préférerais donner l'île à la World Wildlife Federation pour en faire un parc naturel plutôt que de la vendre.

Il se mit à rire.

— Essaie seulement. Pryce travaille à l'aménagement de lotissements sur l'île et, dans ce coin perdu, les gens ont une peur bleue d'un parc national. Ordures, encombrements de bateaux sur les voies navigables pendant les week-ends, bruit... Un parc national ? Ils pousseront les hauts cris. Mais un gentil groupement de maisons de luxe, des yachts de croisière et des voiliers, une importante source de recettes fiscales pour la région ? Ah ! C'est autre chose ! Et du travail assuré pour des années.

Ils voteront pour leur portefeuille, Syd. Et ils nous enrichiront du même coup. Tu ne peux pas m'échapper, ma chère sœur. (Une note menaçante se glissa dans sa voix.) Kitty non plus. Aucune femme ne m'arnaquera.

Il claqua la porte derrière lui.

Sydney resta un long moment assise, les yeux dans le vague. Puis elle se mit à arpenter son bureau de long en large. Pouvait-il l'obliger à vendre? Quels propos écœurants il avait tenus!

Elle pensa aux enfants d'Evan. Il ne s'était jamais soucié de ses aînés, sauf quand il y allait de son intérêt. Deux de ses fils avaient tué ou estropié des gens. Ils n'étaient même pas allés en prison. Evan avait acheté la police, ou le juge, ou peu importe qui d'autre, et on leur avait accordé la liberté sous caution.

Elle prit le téléphone et appela Noah à son bureau. Elle lui raconta l'entrevue.

— Que peut-il faire? demanda-t-elle à son gendre. Peut-il gagner?

— Je ne sais pas. Pryce prend son temps et se livre à des études approfondies. Il dépense une fortune en écolo gistes, chimistes, savants, urbanistes, architectes. Il doit s'attendre à gagner, sinon il n'aurait pas investi tout ce temps et cet argent. Il emploie les bons moyens, et il est bien supérieur aux autres promoteurs, mais il est d'une race dont on peut se passer.

— Noah! On ne peut pas me forcer à vendre Oberon, n'est-ce pas?

Noah hésita.

— Je ne sais pas, Sydney. A priori je dirais non. J'ai l'affaire bien en main, mais sait-on jamais quel tour peut nous jouer le hasard? Dommage que vous n'ayez pas trente millions de dollars à balancer à votre frère pour vous débarrasser de lui.

— Je les ai, mais ils sont bloqués dans différents secteurs, le journal et d'autres biens, notamment immobiliers. Je ne peux pas réaliser tout ce capital dans l'espoir de sauver Oberon.

— Je sais. Ce serait vous dépouiller. Sydney, attendons qu'ils bougent pour agir. Ils n'en sont qu'aux démarches préliminaires.

Sydney resta immobile, le regard perdu dans les premières ombres du crépuscule. Noah était-il à la hauteur ? Elle en était venue à l'aimer et à l'admirer. Et elle ne voulait pas s'adresser à un autre avocat, elle ne voulait pas le blesser en manifestant un manque de confiance. Mais cette arrière-pensée la poursuivait. Au tribunal, Noah pourrait-il résister à un Lee Atwater ?

Un juge pouvait-il l'obliger à verser à Evan l'équivalent de ce que Pryce était prêt à lui payer ? Où trouverait-elle cinquante millions ? C'était impossible. En réalisant tous ses biens, elle arriverait peut-être à cette somme — elle n'en était même pas sûre — mais alors elle ne pourrait plus payer l'entretien d'Oberon ni vivre comme elle avait vécu toute sa vie. Elle n'aurait plus les moyens de préserver la beauté originelle de l'île. Oberon était une partie de son âme. Elle refusait de voir des milliers de personnes parcourir la forêt de Martha, un millier de bateaux polluer les eaux, la chasse se pratiquer sur cette terre sacrée.

Oui, une terre sacrée. C'est ce qu'elle était pour elle, et pour Ashley, et pour Juliet. Elle n'était pas certaine d'arriver à traduire en mots ses sentiments, mais elle allait se battre contre Evan et contre Pryce avec toutes les armes à sa disposition. Et elle espérait que Noah serait à la hauteur.

59

Evan avait trop bu, et il le savait. Il errait parmi les invités, écoutant et observant. Dans la bibliothèque, il essaya de s'asseoir à la table de poker, mais les joueurs ne se montraient pas disposés à lui faire une place. Il se demanda si c'était à cause des dettes qu'il était incapable d'honorer ou parce qu'il avait trop bu.

En s'approchant, il avait entendu Manning Hope murmurer :

— Bon Dieu ! Il ne fait que parler d'enlever ses enfants à son ex-femme. Il est obsédé !

Manning quitta la partie et Evan se joignit au trio restant pour reformer le quatuor.

Obsédé ? Le suis-je ? pensa-t-il. Je vais leur faire voir ! Mais il se contenta d'allumer une cigarette sans se mêler à la conversation. L'espace d'une minute, il crut qu'il allait s'évanouir. Il s'excusa et essaya de trouver les toilettes, mais il déboucha sur la terrasse. Il s'effondra sur une chaise et ferma les yeux. Obsédé ? Et même si c'était vrai ? Comment réagiraient-ils, eux, si on leur interdisait de voir leurs enfants ?

Et ils ne voulaient pas le laisser jouer au poker ! Ils ne l'invitaient pas ! Lui, Evan Hamilton !

Sans doute s'endormit-il car, lorsqu'il reprit

conscience, il avait froid, mais son esprit était nettement plus clair.

Ils se moquaient de lui. Tous. Il était fauché. Il avait perdu son procès contre Kitty. Sydney et toute la justice qui pouvait s'acheter essayaient de le priver de sa moitié d'Oberon. Eh bien, il avait quelques atouts dans sa manche.

Le samedi après-midi était le seul moment où il pouvait voir ses enfants.

Il avait pris l'habitude de se poster sur le trottoir d'en face et de les regarder sortir de l'appartement, tôt le matin, et aller à l'école, main dans la main, accompagnés de leur nurse.

La domestique venait les rechercher l'après-midi, et de nouveau il suivait à distance les enfants inconscients de sa présence.

Bon Dieu ! Quand il toucherait ces cinquante millions de dollars et plus d'Oberon, il ferait rouvrir le dossier et cette somme changerait l'attitude du juge. La garde serait partagée, au moins.

Partagée ? Qu'avait fait Kitty pour les mériter, sinon les porter neuf mois ? Elle n'avait jamais vraiment eu la fibre maternelle. Elle ne les avait jamais emmenés, comme lui, faire naviguer leur bateau à Central Park ; elle ne leur avait pas appris à monter à cheval, n'était jamais allée aux matinées du samedi avec eux. Autant d'activités auxquelles il s'était surpris à prendre du plaisir. En somme, il était un bon père de famille. Son propre père l'aurait approuvé.

Depuis le départ de Kitty, pendant tous ces mois de procès et de vie solitaire, il ne s'était pas tourné vers d'autres femmes. En comptant sur ses doigts, il constata qu'il avait été célibataire six mois, presque sept. Il n'était jamais resté si longtemps sans femme depuis l'âge de seize ans.

Cela aurait pu arriver plus tôt si Sydney ne s'était pas

enfuie en courant ce jour où ils avaient nagé dans l'étang près de la forêt de Martha. Il se le rappelait encore, presque quarante ans après. Il avait presque douze ans, et Sydney treize, avec un corps en formation, ses jeunes seins en boutons. Il lui avait demandé à voir comment elle était faite et, timidement, elle avait dégrafé le haut de son maillot de bain bleu marine et blanc, qu'elle avait lancé sur le sable.

— Maman dit que je commence à être une femme.

Elle riait. Lui trouva qu'elle ressemblait aux déesses grecques sur lesquelles ils avaient lu des histoires en classe.

Il avait voulu étendre la main pour la toucher, sentir si ses nouvelles rondeurs étaient douces ou dures.

— Je deviens un homme, fanfaronna-t-il.

— Maman dit que les hommes et les femmes sont faits différemment de façon à avoir des bébés.

— Tu parles ! Je sais déjà tout ça, moi. Mais raconte quand même.

— Je ne suis pas sûre de la manière dont cela se passe.

— Je te laisserai me regarder si tu m'autorises à faire la même chose.

Sydney hésita, mais la curiosité l'emporta.

— Tu promets que tu ne diras rien ?

Evan acquiesça.

Sydney se leva et tira d'un coup le bas de son maillot. Evan se rappelait comment le soleil, filtrant à travers les feuilles, jouait sur le corps mince de sa sœur. Elle se tenait là, debout, chair d'albâtre aux endroits non hâlés.

— Maintenant à toi.

Elle ne semblait pas du tout embarrassée.

Evan ôta son maillot sans quitter des yeux le corps de sa sœur.

— Oh ! s'exclama-t-elle.

Ils étaient debout à s'examiner sans que leurs regards se rencontrent.

Il s'approcha et prit un mamelon entre ses doigts.

— Touche-moi, chuchota-t-il.

Elle glissa la main sur son sexe et écarquilla les yeux de surprise quand elle le vit se dresser.

— Je crois... (Il avait peine à parler :) que, pour avoir des bébés, je dois mettre cela ici.

Il introduisit la main entre les jambes de sa sœur. Sydney resta plantée comme un piquet tandis qu'il explorait son anatomie, puis elle eut un brusque mouvement de tête et un regard étrange quand il glissa un doigt à l'intérieur.

Elle recula et, avec un air de biche effarouchée, courut plonger dans le lac, le laissant avec une érection d'adulte, avec une envie d'elle, un désir que jamais il ne retrouva auprès d'aucune femme. Quand elle sortit de l'eau, les cheveux brillants et pendant sur le dos, il ne s'était pas encore habillé. Sans le regarder, elle remit vite son maillot de bain.

— Le dernier arrivé à la maison a perdu, dit-elle, filant à grandes enjambées.

Ils n'avaient jamais parlé de l'incident.

Depuis lors, elle avait toujours eu un grand pouvoir sur lui, il en était parfaitement conscient. C'était une excellente élève; elle savait qu'il n'était pas disposé à abandonner l'amusement pour le travail scolaire, et c'était sa manière à elle de le dominer. Bon sang! Comme leurs vies auraient pu être différentes si, à ce moment-là, dans la forêt de Martha, il l'avait prise, s'il lui avait montré qui menait la barque.

Sa rêverie fut interrompue par une tape sur l'épaule. Quelqu'un lui demandait :

— Vous avez du feu, mon vieux?

Il alluma la cigarette de Richard Kennelworth et lut de la sympathie dans les yeux de cet homme plus jeune que lui.

— Navré pour vos enfants, dit Kennelworth en hochant la tête. On devrait un jour leur montrer, à ces garces ! Les tribunaux accordent toujours la garde des enfants aux femmes et nous mettent sur la paille.

« Un jour, se répéta Evan avec amertume... On devrait un jour leur montrer, à ces garces ! » Pourquoi pas maintenant ? Ces garces ! S'élever contre ces femmes qui dépouillent les hommes de leurs droits et de leur argent. Toutes ces femmes qui volent aux hommes leur pouvoir et leur paternité — leur virilité. Peut-être pourrait-il prendre position au nom de tous les hommes. Les femmes ne l'auraient pas volé.

Prendre position ? Quelle sorte de position ? Comment se débarrasser de Kitty ?

Se débarrasser ?

Le souffle lui manqua.

Se débarrasser ?

Il respirait à grands coups rapides.

Il regarda autour de lui tous les visages souriants. Il fallait quitter tous ces gens. Trouver le temps de réfléchir.

Sans saluer personne, il alla prendre un taxi pour rentrer. Chez lui, il prit une douche, bien qu'il fût 2 heures du matin, et se prépara du café très fort. Il se sentait changé d'une manière étrange, qu'il ne pouvait définir. *Prendre position contre les femmes en se débarrassant de Kitty.*

Sans rien d'autre sur lui qu'une serviette autour de la taille, il se versa du café, qu'il emporta dans la salle de séjour. Il s'assit, jambes étendues, sur le canapé.

Se débarrasser...

Il eut un passage à vide, puis il dit à haute voix : « Regardons les choses en face. Un meurtre. » Un sourire flotta sur son visage anguleux. « Voilà à quoi cela revient, n'est-ce pas ? »

Mais comment l'exécuter ?

L'exécuter.

Son sourire s'élargit.

Faire croire à un cambriolage. Ou à un viol. Il devrait consoler les enfants. N'importe quel juge les lui rendrait et, une fois Oberon vendu, une fois récupérés les gosses et les millions, le monde serait à lui. Il n'aurait plus à mendier, il ne subirait plus le pouvoir des femmes.

Mais comment ?

Il savait qu'il lui fallait élaborer un plan infaillible.

Et vite. La patience n'était pas sa principale qualité.

Demain.

Dimanche. Il allait chez les Metcalf pour la projection d'un nouveau film. C'était le soir de congé de la nurse. Kitty restait toujours à la maison le dimanche pendant que la nurse s'absentait jusqu'à 11 heures ou même minuit.

Il pouvait quitter subrepticement la projection et être de retour avant la fin du film. Les gens jureraient qu'il avait été là tout le temps.

Mais comment s'y prendre ? Il jeta un coup d'œil à sa montre. Dix-neuf heures pour dresser un plan et dormir. Bien dormir pour que tous ses sens soient éveillés et aiguisés. Il savait qu'il devait tout planifier soigneusement de façon à ce qu'il n'y eût pas de bavure. Dix-neuf heures pour changer de vie, pour se venger des femmes, se débarrasser de cette garce...

Le sourire s'épanouit sur son visage. Il ne s'était pas senti un tel pouvoir depuis longtemps. Peut-être jamais. Il tenait entre ses mains le pouvoir de vie et de mort.

Et il choisissait la mort.

Il ne fut pas du tout surpris de sentir venir une érection. Une forte érection.

60

Evan savait comment se passaient les dimanches soir dans le bâtiment de grès brun d'East End Avenue. C'était toujours la même chose. D'abord il y avait *Lassie.* Il avait été surpris de trouver du plaisir aux émissions enfantines du dimanche soir. Les enfants s'agrippaient à lui, criant de frayeur quand Lassie était en danger. Kitty s'étalait sur l'autre canapé et disait : « Pour l'amour de Dieu, éteins le poste ! Ils sont morts de peur. » Mais il était arrivé à la convaincre qu'ils devaient voir Lassie se tirer d'affaire. On restait sur une impression de satisfaction et de réussite. Après cela, c'était Disney. Les gosses aimaient particulièrement les aventures d'animaux réels.

Maintenant Kara et Steve étaient assis blottis dans les bras de Kitty. Ce n'était pas lui, mais cette garce qui leur donnait un sentiment de sécurité. Son poing gauche se serra.

Kitty avait changé les serrures, mais quand elle était allée à Westport, deux semaines auparavant, il avait fait faire une nouvelle clef pour la porte de la cuisine. En imperméable humide de la bruine d'août, il entra silencieusement dans la pièce obscure. Ses mocassins de luxe à semelles de caoutchouc ne faisaient aucun bruit.

Ils devaient tous être dans la salle de séjour à l'étage. Il était resté dehors, surveillant la lumière, tandis que Lassie secourait celui ou celle qui était en danger cette semaine, attendant le commencement de Disney pour entrer dans la maison.

A huit heures et demie, Kitty les enverrait au lit. Peu après le début du film de 9 heures, elle descendrait et se préparerait un chocolat chaud couvert de crème Chantilly, puis elle remonterait et s'installerait confortablement pour regarder un film, envoyant promener ses mules roses à hauts talons. Elle s'endormirait probablement sur le divan avant la fin du film.

Evan connaissait bien le traintrain familial.

Il dévissa l'ampoule du plafonnier de la cuisine, celle qui pouvait s'allumer avec l'interrupteur mural. Kitty serait dans le noir quand elle descendrait.

Il sourit. Quelle surprise ! Au lieu du chocolat chaud, ce serait lui qui l'attendrait.

Il avait quitté les Metcalf, dépassé en courant les trois pâtés de maisons, était allé mettre un pantalon en velours côtelé gris foncé et son imperméable anthracite, puis il avait couru, sept rues plus loin, jusqu'à l'East End.

Il avait apporté un lourd tuyau de plomb. Pas de revolver. Cela laisse des traces. Il avait lu qu'il fallait frapper plusieurs fois pour tuer quelqu'un de cette manière. Cela lui convenait. Il savait que, s'il avait un revolver, sa fureur ne le laisserait pas s'arrêter après une seule balle.

Debout dans l'obscurité, il attendait, attendait. La sueur coulant sous ses aisselles, il ouvrit la fermeture Eclair de son imperméable. Il n'enleva pas ses gants. Il avait la bouche sèche, mais il n'osait pas faire couler l'eau. Finalement, il entendit la voix des enfants. Ils devaient être sortis du living et se diriger vers leur chambre. Il attendit. Dix minutes après, une lumière s'alluma dans le couloir du bas. Kitty devait maintenant être au pied de l'escalier. Il écouta le bruit de ses pas dans le couloir. Sa silhouette se profilait à contre-jour. Il la vit appuyer sur l'interrupteur de la cuisine et l'entendit chuchoter « Bon sang! ». De ses deux mains, il éleva le tuyau bien haut et, avec une force qui le stupéfia, il l'abattit sur la tête de sa victime, d'un coup si direct qu'elle s'affaissa sans autre réaction qu'un faible gémissement. Il leva le tuyau encore et encore, frappant jusqu'à ce que le sang, de la cuisine obscure, giclât jusque sur le parquet de l'entrée.

Il continua à la frapper même après avoir acquis la certitude qu'elle était morte.

Puis il s'arrêta : on descendait l'escalier. Les pas s'arrêtèrent à mi-chemin. Il entendit la voix de sa fille appeler : « Susie? Susie, où es-tu? »

Qu'allait-elle faire? Il ne fallait pas qu'elle le voie, qu'elle sache qu'il était venu. Oh, mon Dieu!

Susie? Et alors, il entendit la voix de Kitty qu'un rhume rendait nasillarde. « Ne t'inquiète pas, ma chérie. Elle est juste allée faire un thé pour maman. Attends, je vais descendre. » Il entendit le claquement de hauts talons sur les marches.

Susie?

Dieu tout-puissant!

Il était pétrifié, incapable de bouger, même quand le staccato pointu des pas de Kitty se rapprocha.

« Susie! » appela-t-elle d'une voix stridente. Puis elle s'arrêta.

L'obscurité de la cuisine. Les éclaboussures de sang sur le parquet.

Elle haletait de frayeur. Elle cria : « Monte, mon chou! Ne descends pas! Dis à Steve d'appeler le 911. Il y a quelque chose qui ne va pas. Dépêche-toi! Préviens la police que... »

Il enjamba le corps ensanglanté et se dressa sur le seuil; sa main serrait toujours le tuyau.

— Toi? murmura-t-elle en reculant quand, de sa main gauche, il lui saisit le poignet.

Il brandit le tuyau et l'abattit sur elle de toute sa force. Mais Kitty détourna la tête et le tuyau heurta son épaule, l'envoyant au sol. Elle lui décocha un coup de pied qui visait l'aine. Le bout pointu de sa mule alla se planter dans ses testicules. Il poussa un cri et laissa retomber le poignet de Kitty par réflexe, mais sans lâcher le tuyau.

Il le leva de nouveau.

Du bout du couloir, en bas de l'escalier, ses enfants le regardaient avec de grands yeux étonnés. Il perçut la voix de Kara, qui lui parut distante de millions de kilomètres : « Papa ? »

Kitty gisait à terre, se tenant l'épaule.

Pour tous quatre, le temps se figea.

Evan fut le premier à bouger. Il se retourna, passa par-dessus le cadavre, traversa la cuisine, déboucha dans la bruine nocturne et se mit à courir. L'éclairage des rues se reflétait en cercles phosphorescents rouges et verts dans les traces d'huile brillant sur la chaussée mouillée.

61

Sydney n'avait pas vu Jordan depuis dix-huit mois. Elle avait passé la matinée à terminer des bricoles au bureau afin de pouvoir prendre dix jours de congé, bien nécessaires, à Oberon. Dans l'après-midi, elle resta assise à lire, envisageant de se faire une omelette pour le dîner. Elle libérait les domestiques le dimanche et appréciait sa solitude. A 5 heures, elle eut la surprise de recevoir un coup de fil de Jordan.

— Je suis à Kennedy. J'arrive à l'instant de Buenos Aires.

— D'Argentine? Mon Dieu!

Comme toujours quand elle entendait sa voix, un frisson la parcourut.

— Je ne m'attendais pas vraiment à te trouver. Je pensais que tu serais à Oberon, mais j'ai décidé de tenter ma chance.

— C'est bon d'entendre ta voix.

Il parlait à toute vitesse.

— Ecoute, je sais que je te préviens tard, mais pouvons-nous dîner ensemble? Je ne sais pas encore combien de temps je resterai à New York. J'aimerais bien passer la soirée avec toi. Dîner dans un endroit agréable et tranquille. Chez *Giorgio* peut-être?

Le ton de sa voix lui laissa penser qu'il souriait. C'était

maintenant le petit-fils du vieil homme qui tenait le restaurant.

— *Giorgio* me semble un excellent choix. Mais viens loger ici. J'ai une demi-douzaine de chambres qui ne servent à rien. Il n'y a qu'oncle Billy et moi.

Après un moment d'hésitation, il répondit :

— Tu es sûre ?

Elle était sûre qu'il appréciait son offre.

— Je pars demain pour Oberon. Si tu veux venir voir les filles... Quoique Juliet soit à Nashville et n'en revienne que jeudi.

Elle prit une douche, se passa une brosse dans les cheveux. Elle se faisait faire des mèches maintenant pour cacher ses cheveux gris. Peu de rides à part de légères pattes-d'oie au coin des yeux, et elle préférait penser qu'elles étaient dues aux étés passés au soleil plutôt qu'à l'âge. Elle se mit un rouge à lèvres carmin, et alors qu'elle fixait à ses oreilles des pendants d'or brun, on sonna à la porte.

Elle avait donné un coup de fil à Sam, le portier, pour qu'il fasse monter directement Mr. Eliot dès son arrivée.

Elle jeta un dernier coup d'œil au miroir avant de dévaler le couloir, puis l'escalier, tâchant de reprendre haleine avant d'ouvrir. Jordan, un sac à la main, s'arrêta un moment pour la regarder. Puis il posa son bagage à terre et alla vers elle, bras tendus, l'étreignit, se penchant pour frôler sa joue de ses lèvres.

Sydney ferma les yeux, engloutie dans ses bras, pensant qu'elle resterait bien ainsi à jamais.

— Je n'ai rien mangé de toute la journée, dit-il, reculant pour l'examiner, les mains sur ses épaules.

Sydney lui sourit, heureuse de sa présence. Il ramassa son sac.

— Montre-moi ma chambre et laisse-moi prendre une douche. Nous avons une table réservée pour huit heures moins le quart.

— Tu sais où sont les chambres. Tu peux prendre n'importe laquelle.

Il la regarda droit dans les yeux.

— N'importe laquelle ?

Elle rit. Il lui faisait sentir qu'elle était encore désirable.

Au bout de vingt-cinq minutes, il reparut, semblant aussi dispos qu'après une bonne nuit de sommeil.

Sydney lui tendit une margarita.

— Ah ! s'écria-t-il, tu y as pensé.

Le petit-fils de Giorgio n'était pas au restaurant et le maître d'hôtel ne les reconnut ni l'un ni l'autre. Ils s'installèrent à une table dans un coin sombre, éclairé seulement par une chandelle, et Jordan passa la commande. Au cours des années, ses goûts s'étaient affinés.

— Je me rappelle que tu aimais le vouvray. Est-ce toujours ton vin préféré ?

— Ça n'a pas changé ! acquiesça-t-elle.

Bien qu'appuyé au dossier de sa chaise, Jordan lui prit la main. Ils s'adressèrent un sourire.

— Dis-moi... Parle-moi de la famille. Quand je pense que nous allons être grands-parents !

— Il était temps. Ashley a dépassé trente ans.

— J'en suis tout ému. Je serais ravi de prendre l'avion avec toi demain pour Oberon, si tu es sûre que je ne suis pas importun. Je pourrais même rester quelque temps. Si Juliet n'y est pas, qui d'autre s'y trouve ?

Sydney se mit à lui raconter des choses qu'elle ne pouvait confier à personne d'autre.

— Bart est là-bas, mais en cette saison il ne rentre qu'à la nuit, rarement avant 10 heures. Tu sais, j'ai du mal à trouver un sujet de conversation avec lui. Il est tellement... je ne sais pas si taciturne est le mot juste.

Jordan sourit.

— Je ne l'ai pas beaucoup vu, mais c'est à peine si je l'ai entendu prononcer deux mots.

— Pourtant, Juliet est si heureuse avec lui ! Elle éprouve un sentiment de plénitude pour la première fois de son existence.

— J'ai remarqué que les yeux de Bart la suivaient partout où elle allait. On sent qu'elle est tout pour lui. C'est tout ce que j'ai réellement besoin de savoir à son sujet. Et Ashley a l'air de l'aimer.

— Quand nous étions ensemble là-bas, pour Noël — au fait, le croiras-tu, depuis cinq ans oncle Billy passe les fêtes avec nous à Oberon —, eh bien, Ashley et Noah ne semblaient avoir aucune difficulté à communiquer avec Bart. Il y avait entre eux beaucoup de rires et d'échanges animés.

— Nous restons tous deux surpris du choix de nos filles, n'est-ce pas ? Et de leur genre de vie.

— J'ai appris, et cela a été dur, dit Sydney en choisissant soigneusement ses mots, j'ai appris à me taire quand ce qu'elles font dépasse mon entendement.

Jordan approuva d'un signe de tête et lâcha enfin sa main.

— Il y a longtemps que j'ai appris cela, moi aussi. Avoir des enfants n'est pas ce qu'il y a de plus facile. Mais c'est le plus gratifiant, peut-être.

— Je crois, dit Sydney d'un ton pensif, que ma réussite et ma célébrité ont creusé un fossé — parfois un abîme — qui n'aurait jamais existé si je n'avais pas accordé la priorité à ma réussite personnelle. Si j'avais accepté de vivre par procuration à travers mon mari (elle s'arrêta, le temps d'un soupir et d'un regard) et à travers mes enfants, nous aurions probablement toujours eu les relations étroites auxquelles j'aspirais.

— Mais il te fallait tracer des pistes.

— C'est drôle que tu emploies ce terme. Pour Noël, Ashley m'a offert un petit livre intitulé *Pistes*, écrit par une femme qui a traversé le désert australien à dos de chameau. Elle l'a dédicacé « A Maman qui a toujours voulu tracer ses propres pistes ».

— Qu'est-ce que tu as ressenti ?

— Cela m'a fait un plaisir extraordinaire.

Le garçon leur apporta le meilleur minestrone de la terre.

Jordan parla de son séjour en Argentine et conclut :

— J'en ai fini avec les voyages.

Il pensait que le film serait bon, même si ce n'était pas son meilleur. Il avait apprécié le réalisateur, avec qui il n'avait encore jamais travaillé, un jeune d'une trentaine d'années.

— Et toi ? Tu as l'air tendue. Je le vois dans tes yeux. Qu'est-ce qui ne va pas ?

Jordan percevait toujours ses états d'âme, même après toutes ces années de séparation. Il était le seul à lire aussi bien dans son regard.

— J'ai peur de perdre Oberon.

Jordan haussa les sourcils et lui tendit la main par-dessus la table.

— Comment est ce possible ?

— Evan. Tu sais que nous en sommes copropriétaires, or il veut vendre ; pour une somme faramineuse.

— Qu'est-ce qu'une somme faramineuse ?

— Nous pourrions toucher chacun entre cinquante et quatre-vingts millions. Cinquante si nous vendons au comptant, plus si nous participons au projet de construction de trois agglomérations sur l'île.

— Il y a des choses plus importantes que l'argent ; quoique peut-être pas pour les gens qui n'en ont pas. Le plus regrettable, c'est qu'Evan se contente de le gaspiller. Il pourrait être milliardaire s'il avait mené une autre vie.

Sydney ne dit rien, mais poussa un énorme soupir.

— Je lui ai offert dix millions de dollars cash. Je ne peux faire plus. L'entretien des lieux coûte environ un million par an, et je dois avoir un certain capital disponible pour le *Chronicle*, au cas où, même si nous gagnons maintenant de l'argent. (Sydney n'avait pas oublié la grève qui avait bien failli couler le journal.) Je ne peux pas donner jusqu'à mon dernier centime à Evan, et pourtant je ferais n'importe quoi pour protéger Oberon. Jordan, l'aménagement en lotissements de l'île est inconcevable. Je ne veux pas qu'on abatte la forêt de Martha pour faire place à des centaines de nouvelles maisons. Je ne veux pas que les marais se remplissent d'affûts et de chasseurs. Les oiseaux ont toujours été en sécurité à Oberon.

— J'imagine qu'Evan ne juge pas leur sécurité aussi importante pour l'avenir du monde que la possession de ces... Combien dis-tu? Cinquante millions ou plus?

Sydney eut un sourire mélancolique.

— C'est bon de parler avec toi, Jordan. Tu comprends bien les choses.

— Alors, que compte-t-il faire? Il ne peut pas vendre l'île sans ton assentiment.

— Et apparemment, je ne peux pas la garder sans le sien. C'est à double tranchant. Donc, puisque nous ne sommes pas d'accord, l'affaire va passer en justice. Et Evan a pris Lee Atwater comme défenseur.

— Bon sang! Et puis après? Tu peux au moins te payer le meilleur avocat de la place.

— J'ai Noah.

Ils se regardèrent.

— C'est notre gendre, dit Sydney. J'ai beaucoup d'affection pour lui. Je ne voudrais pour rien au monde le blesser, lui ou Ashley, en prenant un autre avocat.

— Je comprends ta loyauté, mais fera-t-il le poids face à un Lee Atwater?

— Je ne sais pas. Mais je dois lui faire confiance. Il dit que nous pouvons faire traîner le jugement pendant des années.

— Que puis-je faire pour t'aider?

Sydney haussa les épaules.

— Rien, à ma connaissance.

— Combien cela coûterait-il de racheter la part d'Evan ?

— Cinquante millions minimum. Peut-être plus.

— Je peux t'en passer quelques-uns. Peut-être deux, trois.

Elle se mit à rire.

— Quel long chemin nous avons parcouru depuis l'époque où nous vivions dans cet appartement sans eau chaude de Bleecker Street. En tout cas, merci, mon chéri. Mais deux ou trois millions ne seront jamais qu'une goutte d'eau.

— Je suppose qu'Evan ne fera pas de sentiment.

— Ça non ! Mais s'il le faut, peut-être aurai-je le courage de liquider tous mes biens, de renoncer au journal, de renoncer à tout.

— Tu penses qu'il peut gagner ?

— Noah pense qu'il a une chance. J'ai failli devenir folle entre les études d'aménagement de la région, les enquêtes des élus et celles du promoteur. Noah m'a conseillé un avocat qui a la réputation d'être le meilleur et qui a l'habitude des grosses affaires portant sur des millions ; il a peur que je lui en veuille si nous perdons. Mais j'aime mon gendre. Je veux travailler avec lui. Ce qui n'est pas sans le rendre quelque peu nerveux.

Au moment du dessert, Sydney secoua la tête.

— Un café seulement. Je ne pourrais rien avaler d'autre.

Ils n'étaient pas pressés.

Elle se pencha et lui passa un doigt sur la joue, son autre main posée sur le bras de Jordan.

— Comme c'est bon de te voir ! De parler d'affaires de famille !

— Es-tu sûre que tu pourras me supporter une semaine ou deux à Oberon ?

Disait-il cela pour la taquiner?

— Je peux du moins essayer. Non, se reprit-elle aussitôt, j'en serais très heureuse, Jordan. Je ne te vois jamais assez.

Pendant le retour en taxi, ils se tinrent la main.

En rentrant dans l'appartement, il remarqua le *Chronicle* étalé sur la table basse du salon et le prit.

— Maintenant, je le lis avec plaisir.

— J'en suis fière.

— Je suis fier de toi.

— Tu sais, personne ne m'a jamais dit cela. Je croyais que tu serais le dernier à me le dire.

— Je suis aussi fier de tes succès que si... tu étais encore une partie de moi-même.

Elle ne sut que répondre.

Cela faisait presque un quart de siècle qu'ils n'avaient pas fait l'amour. Pour elle, il y avait eu Adam. Pour lui, de nombreuses liaisons.

Pourtant, cette nuit, Sydney avait envie de Jordan, une envie aussi intense que trente ans auparavant, plus forte que ne lui en avait inspiré aucun homme.

Mais après l'avoir tenue dans ses bras et embrassée, il disparut dans le couloir pour aller dans sa chambre.

— L'avion nous attend à 7 heures, lui cria-t-elle.

Elle s'assit à sa table de toilette, brossa ses cheveux sans même se regarder dans la glace, dévorée de désir, se demandant si elle aurait le courage d'aller le rejoindre et de se glisser dans son lit.

Dans le miroir, elle vit la porte ouverte. Jordan, en pyjama de soie grise, était debout sur le seuil à la contempler. Il s'avança dans la pièce, et elle remarqua que sa démarche n'avait rien perdu de sa grâce féline. Elle vit un sourire danser dans son regard quand il lui prit la brosse. Il se mit à brosser ses cheveux en longues, lentes caresses, ses yeux rivés aux siens dans le miroir. Puis il se pencha pour l'embrasser dans le cou, tandis que sa main gauche glissait pour aller effleurer sa poitrine.

— Je n'ai jamais cessé de t'aimer, lui chuchota-t-il à l'oreille.

— Moi non plus, dit-elle dans un souffle, tout son corps tendu de désir.

— Regarde-moi !

Il la fit se lever et tourna son visage vers lui, cherchant dans ses yeux la réponse qu'il attendait depuis toujours. La prenant par la taille, il l'attira à lui et s'empara de sa bouche avec une douce précipitation.

Une sonnerie retentit.

— Ne réponds pas, murmura Jordan sans quitter ses lèvres.

— C'est ce que je ferais si c'était le téléphone, mais c'est l'interphone, Jordan.

— Qui que ce soit, dis-lui de s'en aller.

Sydney s'échappa de ses bras et pressa le bouton. Le concierge annonça :

— Désolé de vous déranger, Mrs. Yarborough, mais votre frère est là.

Evan, à cette heure ?

— Bien, Sam.

Elle adressa à Jordan un regard signifiant son impuissance et prit la robe de chambre de satin rose assortie à sa chemise de nuit.

— Je vais me débarrasser de lui. A moins qu'il ne soit ivre, je sais pourquoi il est ici.

Jordan attira de nouveau Sydney à lui.

— Fais vite ! Il y a trop longtemps que j'attends, dit-il en déposant un tendre baiser sur son front.

Elle dévala les marches, ouvrit la porte et Evan entra, trempé, les cheveux plaqués sur la tête. Du haut de l'escalier, Jordan remarqua son regard hagard.

Lançant à peine un coup d'œil à Sydney, il passa devant elle et alla tout droit au meuble où il savait trouver du whisky. Il s'en versa un bien tassé et alla s'asseoir, avec le verre, près de la cheminée. Après avoir avalé une bonne gorgée, il dit, fixant le tapis :

— J'ai tué une femme.

Sydney se figea, les yeux rivés sur son frère.

Evan avala une nouvelle rasade de whisky et se tourna vers sa sœur :

— Tu ne m'as pas entendu?

Sydney vint vers lui. Du haut de sa position stratégique, Jordan la trouvait plus belle que jamais.

Elle s'assit en face d'Evan.

— Un accident? Avec ta voiture?

Il secoua la tête.

— Comment alors?

Evan termina son verre et alluma une cigarette.

— Avec un tuyau de plomb. Avec une intention criminelle. Un assassinat.

— Mon Dieu! dit Sydney d'une voix forte.

— Sauf que je me suis trompé de femme.

Ai-je bien entendu? se demanda Jordan.

Evan expliqua ce qu'il avait projeté de faire et ce qu'il avait réellement fait.

Quand il eut fini, ce fut le silence. Sydney, enfin, s'enfonça dans son fauteuil, croisa les jambes et demanda :

— Qu'attends-tu de moi?

— Bon sang, Sydney! Que tu m'aides!

Comme elle ne disait rien, il se leva pour aller se remplir un autre verre.

— Ce n'est pas le moment d'avoir l'esprit embrumé par l'alcool.

Elle crut qu'elle allait avoir un malaise. Evan avait tué la nurse de ses enfants en voulant tuer leur mère.

Evan posa son verre près de la bouteille mais ne se resservit pas.

— Que comptes-tu faire?

Il secoua la tête.
— J'espérais que tu aurais une idée.
— Kitty et les enfants t'ont vu. Ils ont déjà dû appeler la police.
Evan jeta un coup d'œil à sa montre : il était à peine 1 heure.
— Fais quelque chose ! la supplia-t-il, les épaules affaissées, ses yeux effrayés implorant Sydney.
— Pourquoi moi ?
— Bon Dieu, tu es ma sœur ! Ma famille ! Nous sommes du même sang !
— Cela ne paraissait pas compter, il n'y a pas si longtemps, fit-elle remarquer.
Son ton était froid. Peut-être sous l'effet du choc, pensa-t-elle.
— Sydney, ma vie est en jeu !
— Il me semble...
La voix de Jordan résonna dans la pièce. Evan leva la tête, et, en voyant son ancien beau-frère, il lança un regard épouvanté à Sydney.
— Il me semble, fit Jordan, que vous venez d'en supprimer une... de vie !
Evan sentit monter en lui la rancœur qu'il avait toujours éprouvée à l'égard de Jordan. Ainsi, même maintenant, Sydney et Jordan étaient en train de faire l'amour ! Il avait envie de frapper ce beau visage hollywoodien. Il aurait plutôt dû tuer Sydney. Ainsi, elle ne le regarderait pas avec l'expression quelle avait en ce moment : celle de la compassion ressentie par un être supérieur et vertueux.
Jordan alla s'asseoir sur le divan, s'enfonçant dans les coussins, bras étendus le long du dossier.
— Tu me demandes de t'aider après avoir commis un meurtre ! s'exclama Sydney, ulcérée,
— Je ne veux pas aller en prison. Je ne pourrais pas le supporter.

Il fouilla dans sa poche et en tira une autre cigarette qu'il eut peine à allumer tant ses mains tremblaient.

— Je ne t'aiderai pas, déclara Sydney. Il est temps que tu assumes la responsabilité de tes actes. Tu as tué quelqu'un, Evan.

— Pas la prison! (Sa voix se cassa.) J'en mourrai.

— A moins que ce ne soit la chaise électrique, intervint Jordan. Ou peut-être une injection mortelle.

— Ne vous mêlez pas de cela! le rembarra Evan, les yeux flamboyants.

— Trop tard, maintenant, répliqua doucement Jordan.

Sydney se pencha vers son frère, fronçant les sourcils.

— Evan, tu dois appeler la police et te livrer.

— Non!

— Je ne t'aiderai pas.

— A cause d'Oberon, dit-il avec hargne. Ce foutu endroit que tu aimes plus que n'importe quoi au monde!

— Non, répondit-elle, plus à elle-même qu'à son frère. Ce n'est pas à cause de cela. Si je ne peux pas t'aider, c'est parce que tu es un assassin.

Un lourd silence s'instaura.

— J'ai une idée, proposa Jordan.

Ils se tournèrent tous les deux vers lui.

62

— Vous n'avez pas une chance, vous le savez. C'est la prison à vie. Qui sait? Peut-être la liberté conditionnelle au bout de vingt, trente ans. Je ne connais pas le Code pénal. En attendant, vous subirez coups, sodomie et toutes sortes de sévices.

La voix de Jordan était inflexible, sans une ombre d'émotion.

— Un procès qui coûtera cher aux contribuables. Où trouverez-vous l'argent pour payer un ténor du barreau, Evan? Et vous aurez besoin du meilleur, avec Kitty et les gosses comme témoins. Le gouvernement dépense chaque année — qu'ai-je lu là-dessus? — quarante mille dollars pour un prisonnier. Quelque chose comme ça. Quel fardeau vous allez imposer à la société, Evan! Tout ça pour s'assurer que vous ne recommencerez pas!

Evan fixa Jordan.

— Cela vous amuse, n'est-ce pas?

Jordan fut surpris de ressentir un plaisir sadique.

— C'est à Sydney et à nos filles que je pense. Il leur faudra du temps pour oublier. Et à vos enfants aussi. C'est une tache sur le nom des Hamilton. Mais ce n'est pas le pire. Croyez-vous en l'Ancien Testament? Œil pour œil...

— Rengainez vos fichus grands discours ! fit Evan avec brusquerie.

Les lèvres de Jordan s'infléchirent en un sourire qui ne s'accordait pas avec le bleu glacial de ses yeux.

— Combien vaut votre vie ?

Sydney regarda Jordan, se demandant où il voulait en venir.

Jordan consulta sa montre.

— Impossible que vous quittiez le pays sur un vol commercial. La police doit déjà être à vos trousses, dit-il avant de se tourner vers Sydney. Ton avion peut-il aller jusqu'à la côte pacifique du Mexique ?

Elle acquiesça.

— A condition de s'arrêter pour faire le plein de carburant.

— Je reviens à l'instant de Rio. Vous vous y plairez. La vie y est bon marché. Avec cent mille dollars vous irez loin, si vous faites attention, au moins jusqu'à ce que vous trouviez du travail.

— Du travail ?

Jordan laissa planer un silence, considérant son ex-beau-frère avec une compassion mêlée de mépris. Puis, penché en avant, les mains serrées entre les genoux, il reprit :

— Evan, vous avez perdu le sens des réalités. Voilà ce que je vais faire : je vous achète votre part d'Oberon cent mille dollars et je veille à ce que vous sortiez vivant du pays.

Comme une lampe qui s'allume, Sydney comprit soudain les intentions de Jordan.

Tandis qu'Evan fixait sur lui des yeux flambant de haine, Jordan expliqua à Sydney :

— Nous devons conduire Evan à son avion, maintenant, et décoller comme convenu à l'aube. Nous appellerons Noah pour le tenir au courant.

Il s'adressa de nouveau à Evan :

— Eh bien, affaire conclue? Vous n'avez pas une minute à perdre.

— Jordan, que suggères-tu? demanda Sydney, qui le savait fort bien. Tu vas aider Evan à s'échapper? Lui, un meurtrier!

— Sydney, je ne pense pas que ma suggestion soit immorale. Il va devoir se mettre à travailler. Les cent mille dollars ne dureront pas longtemps. Il ne pourra jamais revenir aux Etats-Unis, jamais revoir ses enfants. Il devra vivre caché sous une fausse identité. Il perd son argent, son identité, ses enfants. Et nous faisons du même coup économiser quarante mille dollars par an aux contribuables, ainsi qu'un long et coûteux procès. A mon avis, le châtiment que je propose est aussi sévère que la prison. Tu sais qu'ils ne le condamneraient pas à la peine de mort.

Il s'approcha de Sydney et la prit par le bras. Elle plongea son regard dans le sien et chuchota :

— Et c'est toi qui m'a appris ce qu'est la morale!

— Si cela heurte ta conscience, appelle la police.

Sydney alla à la fenêtre, où elle resta un moment immobile et silencieuse, scrutant l'obscurité au-dehors.

Jordan se tourna vers Evan.

— Eh bien?

Celui-ci était conscient qu'il n'avait pas le choix.

— Cent mille dollars! murmura-t-il. Bon Dieu, Jordan, vous savez ce que vaut Oberon!

— Oui, je sais. Mais demandez-vous plutôt combien vaut votre vie.

Jordan observa Evan une minute avant de se lever pour prendre le téléphone. Sydney comprit ce qu'il faisait et se demanda quel coup du sort lui avait envoyé Jordan ce soir-là.

— Ashley, c'est papa. Oui, je suis à New York. Avec ta mère. Nous arriverons ensemble tôt dans la matinée. Dans l'immédiat, j'ai besoin de parler à Noah.

Evan et Sydney gardaient les yeux fixés sur lui tandis qu'il patientait.

— Noah, je suis content d'entendre ta voix. Je te verrai demain et nous ferons le point sur nos vies respectives. Mais pour l'instant je n'ai pas le temps. Tu ne dormiras pas beaucoup cette nuit, j'en ai peur. Voici ce que je te demande. On réglera les détails dans la matinée. Et ne me dis pas que c'est impossible. J'achète à Evan sa part d'Oberon.

Il fit une pause pour pouvoir répondre à une éventuelle intervention de Noah et reprit en riant :

— Oui, c'est vrai ! Tu sauras tout demain. Ce que je voudrais que tu prépares dès maintenant, c'est le titre de propriété, le contrat, tout le nécessaire, pour qu'il signe à notre arrivée, tôt dans la matinée. Nous partirons un peu avant l'aube, j'espère. Tout cela doit se faire au plus vite. Evan signera tout ce qu'il faut signer, et décollera aussitôt. N'écoute ni la radio ni la télévision. Viens nous retrouver à l'avion. Oui, ce matin. Ah, j'oubliais, l'acte de vente et tous les autres papiers doivent être mis aux noms d'Ashley et de Juliet et antidatés, que ce soit légal ou non, de cinq jours. Je t'expliquerai. A demain matin !

Il raccrocha sans laisser à Noah le temps d'exprimer la moindre objection.

Jordan consulta sa montre, reprit le téléphone, et composa un numéro à Los Angeles.

— Carl, c'est Jordan. Non, je suis à New York. Je ne sais pas quand je rentrerai. J'ai besoin que tu me rendes un service. Demain, en premier lieu, retire cent mille dollars de la banque... Oui, en espèces. Envoie-les par porteur spécial à ce petit aéroport privé — je ne me rappelle pas son nom —, à la sortie de San Diego. Vers la fin de l'après-midi, je pense, mais j'aurai plus de précisions demain. Un homme de grande taille (il jeta un coup d'œil à Evan, qui tressaillit), un peu chauve, dans les cinquante ans, se présentera. Tout ce qu'il aura à faire sera de donner mon nom au coursier. Celui-ci prendra un taxi et conduira l'homme au pont de Tijuana qu'il lui fera traverser à pied ; puis il lui remettra l'argent en coupures de cinquante dollars au maximum, d'accord ? Il reviendra ensuite à Los Angeles. Pas un mot de tout cela à qui que ce soit. Je t'appellerai dans la matinée, à 10 heures, pour voir si tout est O.K. Voilà, merci mon vieux.

Jordan raccrocha.

— Mon comptable, expliqua-t-il à Sydney avant de baisser les yeux sur son pyjama. Si nous allions nous changer, boire un café, et nous préparer ?

Evan semblait tombé en catalepsie. Combien de temps pouvaient durer cent mille dollars ? Qu'allait-il devenir ? Il ne savait rien faire.

— Evan, tu n'as pas de remords ? Tu as tué une femme !

Evan fixa sa sœur.

— Je ne reverrai jamais mes enfants.

Et elle ne reverrait plus jamais Evan. Sydney se sentit coupable d'éprouver un soulagement immense.

63

Sydney tremblait. Pourtant elle avait gardé son calme toute la nuit et jusqu'à maintenant. Noah et Ashley étaient venus les retrouver au petit aéroport d'Easton. Se bornant à des regards interrogateurs, ni l'un ni l'autre ne posèrent de questions.

Jordan et Noah se mirent à l'écart pour discuter tandis qu'Evan restait dans l'avion. Noah pensait préférable de ne pas mêler le pilote régulier de Sydney à cette affaire.

— Engageons l'homme qui s'occupe d'affrètement ici, proposa-t-il. Envoyons-le jusqu'à Nashville, où on transférera Evan sur un autre avion qui le conduira jusqu'à Phoenix. De là, on lui fera prendre un charter pour San Diego. L'avion de Sydney doit rester ici, de telle sorte que si la police s'avise de le chercher, il soit bien là où il doit être.

— Et si Evan s'échappe à la faveur d'un de ces transferts ? demanda Jordan.

— Mon assistant, un jeune homme de toute confiance, muet comme une tombe, accompagnera Evan. Peter sait se servir d'un revolver. Si Evan ne coopère pas, nous serons prévenus en moins de cinq minutes. Mais ce serait idiot de sa part. Nous lui sauvons la vie, Jordan. Il doit le savoir.

— Mon comptable fera parvenir l'argent, par l'intermédiaire d'un coursier, lequel ira chercher Evan à l'avion et lui fera passer la frontière au pont de Tijuana ; puis il lui remettra les cent mille dollars en petites coupures. Evan trouvera là quelqu'un qui l'embarquera sur un avion pour le Costa Rica ou le Guatemala d'où il pourra aller, s'il veut, à Buenos Aires.

— N'est-ce pas immoral? demanda Sydney pour la énième fois.

— C'est illégal, je le sais. Mais cela me paraît la solution la plus simple. Elle fera souffrir Evan autant que la prison. Il lui faudra trouver du travail et comme il ne sait rien faire, il risque de passer le reste de son existence à vivoter dans la marginalité. L'argent que je lui donne ne durera pas longtemps. Il ne reverra jamais ses enfants, son pays. Il ne pourra plus jamais mener la vie qu'il a toujours connue. Sydney, je ne sais comment la société jugerait mon acte, mais je ne le trouve pas immoral. Je suis en accord avec moi-même. S'il n'en est pas ainsi pour toi, arrêtons tout. La décision t'appartient.

Il la pénétra de son regard.

Sydney se demandait pourquoi elle non plus n'avait pas le sentiment de quelque chose d'immoral. Elle estimait que c'était un châtiment bien sévère et qu'il épargnerait une longue et douloureuse épreuve. Comment les enfants d'Evan allaient-ils vivre en sachant que leur père était un meurtrier? Elle se félicitait qu'Oliver ne fût pas là pour voir cela.

Cela mettait un terme à tous ses tracas concernant Oberon, et elle en éprouvait un soulagement immense, bien que teinté de remords. Jordan avait été habile.

Quand l'avion de fret eut décollé pour Nashville, ils se rendirent en voiture chez Ashley et Noah. Ashley était enceinte de sept mois. Ils s'assirent autour de la table de la cuisine et elle prépara du müesli et du yaourt pour le petit déjeuner.

Müesli et yaourt? Cela ne disait rien à Sydney; elle se sentait incapable d'avaler quoi que ce soit. Elle se força toutefois à boire un jus d'orange et trois tasses de café fraîchement moulu avec une goutte de lait.

C'est alors que Jordan raconta toute l'histoire à sa fille et à son gendre. Ashley écoutait, yeux écarquillés, visiblement en état de choc. Noah hochait continuellement la tête.

Sydney s'excusa de manquer une partie du récit, bien qu'elle sût ce que Jordan allait dire. Elle alla vomir dans la salle de bains. Elle avait l'impression que ses entrailles étaient nouées.

Au bout d'un quart d'heure, comme elle ne revenait pas, Ashley frappa à la porte et demanda :

— Maman, ça va?

Sydney ne répondant pas, Ashley poussa la porte pour trouver sa mère assise sur le bord de la baignoire, incapable de bouger. Ashley s'assit près d'elle et l'entoura de ses bras. Sydney ne cessait de trembler.

— Ça va aller, maman, chuchotait Ashley dans ses cheveux. Tout va bien maintenant.

Noah apparut sur le seuil.

— Sydney, c'est illégal, c'est immoral, et c'est merveilleux! Pas le meurtre; ça, c'est tragique. Mais force m'est d'admirer le plan de Jordan. Je n'en aurais pas été capable.

La voix de Jordan parvint de la cuisine.

— Tu aurais été inhibé par ton formalisme de juriste.

— Il faut que nos récits se tiennent, ajouta Noah.

Sydney se leva, soutenue par Ashley, et ils revinrent à la table de la cuisine.

Ashley sortit du réfrigérateur un Coca-Cola pour sa mère. Sydney l'accepta et appuya le verre froid contre son front avant de le boire.

— Tout peut tourner au désastre si les autorités découvrent la vérité, dit Noah en s'asseyant en face de

Jordan. Moi, naturellement, je serai rayé du barreau. Nous irons tous en prison pour complicité d'évasion. Alors, coordonnons nos récits. Etes-vous sûre que votre pilote n'ira jamais raconter qu'il y avait un autre passager avec vous ?

Sydney secoua la tête.

— J'en suis sûre.

— Bon. Ils ne vont pas contrôler les avions de fret partis d'ici pour Nashville. Du moins, je ne le crois pas. Nous devrons tous mentir. (Il se mit à rire.) S'il y a une famille qui croit à l'honnêteté et qui s'en targue, c'est bien nous. Or voici que nous allons devoir tous mentir comme des arracheurs de dents.

— Ce ne sera la première fois pour aucun d'entre nous, intervint Ashley, la main posée sur le bras de sa mère. Ni la dernière, j'imagine.

— Nous nous bornerons à mentir par omission, rétorqua Jordan. Le pilote avait déjà fait enregistrer le vol prévu pour ce matin. Quant à Sydney, elle n'a pas de contacts avec Evan depuis des mois du fait du procès qu'il lui a intenté à propos d'Oberon.

— Certes, mais la presse et la justice auront entre les mains le transfert d'Oberon à Ashley et Juliet daté de la semaine dernière, dit Noah ; ils voudront connaître tous les détails de l'opération. Nous devrons faire face à leurs questions quand ils viendront. Alors mettons-nous d'accord sur un scénario.

Assis autour de la table, ils réglèrent tous les détails pour le cas où ils seraient interrogés.

Sydney cessa de trembler, mais son estomac était toujours noué. Jordan avait les yeux cernés et le teint blême. Elle voyait bien qu'il n'était pas à l'aise. Cependant, il était évident qu'il n'éprouvait aucun remords à agir comme il le faisait.

Sydney ne cessait de penser : mon frère est un meurtrier. Evan avait tué une femme de sang-froid et n'avait pas exprimé le moindre regret, sinon de s'être trompé de personne. Aurait-il été emprisonné, forcé à passer le restant de ses jours dans une minuscule cellule ? N'était-ce pas là le châtiment qu'il méritait ? Aurait-il pu être condamné à mort ? Un avocat intelligent aurait-il pu le tirer d'affaire, lui éviter la peine capitale et obtenir une courte peine d'emprisonnement ? S'il en avait été ainsi, le châtiment qu'ils lui infligeaient, eux, était plus juste.

Le plan élaboré par Jordan constituait-il une peine suffisante ? Rester vivant, mais ne jamais revoir ses enfants, lesquels ne sauraient jamais si leur père était vivant ou mort. Elle essaya d'imaginer Evan travaillant pour subsister mais n'y parvint pas.

Le *Chronicle* aurait à couvrir cette affaire, d'une manière ou d'une autre, pensa-t-elle, mais elle préférait ne pas y penser aujourd'hui. Ce à quoi elle devait s'efforcer pour l'instant, c'était de tenir le coup.

Son regard fit le tour de la table. C'était la première fois qu'ils étaient assis ensemble, en famille, depuis l'enfance d'Ashley. Malgré sa nausée et son désarroi, Sydney ne pouvait s'empêcher de ressentir un certain bien-être. Jordan lui saisit la main et la tint serrée.

— Quelle ironie du sort ! dit Sydney.

Ils se regardèrent tous.

— Quoi ? demanda Jordan.

— Justice immanente serait plus exact. Quand je pense à papa qui m'a toujours reproché de m'être jetée au cou d'un serveur de restaurant, un acteur de pacotille qui ne m'épousait que pour l'argent ! Et aujourd'hui c'est toi qui sauves les Hamilton du déshonneur et qui leur permets de garder Oberon.

— C'est bien de se sentir utile une fois de temps en temps, plaisanta Jordan.

Ashley observait la scène.

— Vous voulez rester ici cette nuit, tous les deux ? Mon

congélateur est plein de nourriture. Je vais faire les lits des chambres d'amis.

— Non, dit Sydney. Ton père veut peut-être rester, mais en ce qui me concerne, il faut que j'aille sur l'île. Bart y est-il?

— Il loge probablement au chantier naval pendant l'absence de Juliet. Au fait, si je lui passais un coup de fil pour...

— Ne lui dis rien, lui recommanda Noah. Laissons-les, lui et Juliet, en dehors de tout ça. Tout ce qu'ils doivent savoir, c'est que les soucis à propos d'Oberon sont terminés, et même ça, nous le leur dirons plus tard.

— Je dirai seulement que maman et papa aimeraient être seuls un certain temps, à moins que (elle se tourna vers Jordan) tu préfères rester ici, même si maman...

— Non, interrompit Jordan. Nous avons certes besoin d'être seuls... Mais seuls ensemble. (Il regarda Sydney.) Tu es d'accord?

— Tout à fait, soupira-t-elle.

— Bon, dit Noah en se levant, nous allons vous conduire à Saint Michaels. Nous verrons Bart à la marina. Cela vaut mieux que de l'appeler. Tout ce qu'il doit savoir, c'est que vous voulez le bateau, et Ashley laissera entendre que ce serait bien de vous ménager une soirée de solitude.

— Nous l'inviterons à dîner, proposa Ashley. Et s'il veut, il peut coucher ici. Nous parlerons de tout, sauf de la disparition d'Evan, à moins qu'il ne l'ait entendu annoncer à la radio.

— Un jour, dit Sydney à Ashley, il faudra que tu mettes Juliet au courant. Elle doit partager ce secret familial.

— Non, maman. Un jour, c'est toi qui devras le faire.

Sydney poussa un nouveau soupir et acquiesça. Elle se sentait si lasse qu'elle pouvait à peine tenir debout.

C'était le crépuscule quand elle s'éveilla, après avoir

dormi tout l'après-midi. Jordan avait fait la sieste sur l'une des chaises longues près de la piscine. Noah leur avait suggéré de ne pas répondre au téléphone. Si la presse ou la police se manifestaient, il trouverait le moyen de s'en débarrasser.

Cora avait préparé un dîner léger, et Sydney lui suggéra de prendre sa soirée : ils se débrouilleraient.

Cora et son mari habitaient, au premier étage de l'ancienne écurie, un appartement de quatre pièces donnant sur la baie, à environ cinq minutes à pied de la maison principale.

Quand Sydney s'éveilla, elle resta étendue un long moment, à écouter le silence, à contempler les ombres qui s'étiraient sur le mur.

Elle s'aperçut soudain qu'elle mourait de faim, et réalisa qu'elle n'avait pas mangé depuis presque vingt-quatre heures.

Sans prendre le temps de se peigner, elle descendit l'escalier, chercha Jordan et le trouva endormi sur la chaise longue. Elle alla à la cuisine et confectionna des margaritas, pour elle et pour lui, dont c'était toujours la boisson favorite. Elle trouva dans le réfrigérateur des tranches de jambon de Virginie, une salade de pommes de terre, réussite incomparable de Cora, des pickles, une salade verte et du thé glacé. Sur une étagère, elle aperçut une tarte aux baies.

Elle sortit les boissons sur le patio et s'assit auprès de Jordan, en faisant juste assez de bruit pour le réveiller avec douceur.

Il voulut lui prendre la main, mais elle lui tendit un verre.

— Eh bien, c'est un retour au foyer, dit-il.

Sydney ne répondit pas, occupée à boire sa margarita.

— Comment vas-tu ? demanda-t-il, le front plissé d'inquiétude.

— Je vais bien. Seulement, cela faisait beaucoup à digérer.

Au bout d'un moment, elle se leva et annonça :

— Je vais apporter le dîner ici.

Elle disposa une nappe gaie, à carreaux rouges et blancs, et deux lampes tempête à bougies rouges. Probablement une acquisition de Juliet, pensa-t-elle. Mais c'était joli. Il faisait déjà sombre, et les bougies et l'éclairage de la piscine émettaient une douce lumière. L'air était doux et les feuilles des arbres bruissaient au souffle de la brise.

Il semblait impossible qu'un tel bouleversement ait pu se produire en une seule journée. Seuls les nerfs encore à vifs de Sydney lui rappelaient la tragédie.

Le téléphone sonna de façon insistante au moment où elle arrivait avec le dîner froid. Jordan se leva et alla chercher quelques cassettes pour couvrir la sonnerie.

— Frank Sinatra. Eydie Gormé, dit-il en riant. Mon genre de musique.

Cela ne nous rajeunit pas, pensa-t-il.

Quand ils se furent assis, il demanda :

— Es-tu prête pour une conversation sérieuse? J'ai à prendre des décisions dont j'avais espéré parler avec toi. Et je dois les prendre vite.

Sydney tartina de moutarde un jambon qui fondit dans sa bouche. Elle eut un signe d'assentiment. C'était toujours un plaisir, bien que trop rare, de discuter avec Jordan de sa vie.

— Premièrement, j'ai deux offres; j'aurais aimé n'en décliner aucune, mais je dois faire un choix. J'ai besoin que tu me conseilles.

Elle resta silencieuse, haussa les sourcils et but son thé glacé.

— Auparavant, continua Jordan, laisse-moi te dire quelque chose que tu as su dès le jour où je t'ai rencontrée. (Il se pencha au-dessus de la table pour mettre sa main sur celle de Sydney.) Je t'aime; plus encore, je suis amoureux de toi. Je n'ai jamais vraiment aimé une autre femme. Jamais. Depuis plus de trente ans, c'est toi que j'aime.

— Tu as eu d'autres femmes, beaucoup d'autres, lança-t-elle.

— C'est vrai. Mais aucune ne m'a inspiré les mêmes sentiments que toi. Et ton souvenir m'a toujours empêché de tomber amoureux d'une autre.

Sydney le regarda.

— Je t'aime aussi.

— Je sais. Et c'est là la question la plus importante dont je désire que nous parlions.

Elle se pencha en avant.

— As-tu seulement compris pourquoi j'avais dû te quitter ?

— Ça n'a pas été le cas pendant des années, dit-il, sa fourchette piquant des pommes de terre qu'il avala avant de continuer. C'est drôlement bon. Je n'ai jamais rien mangé à Oberon qui ne soit excellent.

Sydney eut un faible sourire.

— Je ne suis pas le dernier des imbéciles, reprit-il. Les changements de ces vingt dernières années ont amené chez moi une prise de conscience. Il me plaît de penser que j'ai acquis une sensibilité qui me manquait peut-être dans ma jeunesse. Et nos filles, avec toi comme modèle, sont devenues des femmes fortes, indépendantes. Oui, maintenant je comprends tout à fait. Enfin.

Sydney s'appuya sur le dossier de son siège tout en contemplant Jordan. C'était toujours le plus bel homme qu'elle eût connu.

— Sans toi et tes pareilles, continua-t-il, nos filles ne connaîtraient pas une telle réussite dans leur carrière et leur union conjugale. Mais cela a coûté bougrement cher.

— C'est sûr. Je me suis demandé chaque jour depuis que je t'ai quitté si c'était une bonne décision.

— C'est ce que j'ai pensé. Tu n'as pas vraiment aimé

Adam, n'est-ce pas? Non, ce n'est pas la peine de répondre. Quels qu'aient été tes sentiments pour lui, ils n'ont jamais été ceux que nous avons toujours éprouvés l'un envers l'autre. Et je me demande si nous ne pouvons pas reprendre ces relations, Syd. Nous voici à une autre phase de notre vie. Nous ne sommes plus les mêmes qu'il y a trente ans. Regarde ce que nous sommes devenus.

— Que suis-je devenue?

— L'une des femmes les plus respectées du pays.

Elle eut cette fois un vrai sourire.

— Pas aussi célèbre que toi!

— J'en suis venu à penser que si tu étais restée avec moi, tu m'aurais pris en grippe. Tu étais dans mon ombre. N'avons-nous pas tous deux, maintenant, assez de réalisations à notre actif pour repartir sur de bonnes bases? Ecoute! Cessons de regretter le passé et pensons à l'avenir. Delbert Raynes, tu sais, le réalisateur du film pour lequel j'ai obtenu un Oscar, m'a appelé en Argentine pour m'offrir le rôle principal dans *Remparts*.

C'était le gros succès de librairie de l'année passée. Sydney observa Jordan. Bien sûr. Il serait merveilleux. Il se donnerait à fond pour interpréter le rôle de cet être apparemment minable, qui, comme tous les personnages de Jordan et comme Jordan lui-même, révélait finalement son intégrité.

Jordan et l'honnêteté? La manière dont il avait agi avec Evan ne l'avait-il pas compromis?

— Alors, où est le dilemme?

Jordan eut un large sourire.

— Monday a finalement écrit une pièce pour moi et il pense que c'est la meilleure qu'il ait faite.

Sydney garda un long moment les yeux fixés sur lui.

— Un rôle à Broadway? Le seul de tes rêves à ne pas s'être réalisé?

— Pas le seul, il y en a un second.

Sydney se leva, entra dans la maison, puis revint avec

une cruche de thé glacé. Il allait lui faire une déclaration, elle le savait. Dieu, quel week-end! Mais on était lundi! Ce n'était plus le week-end. Quelles vingt-quatre heures, de toute façon!

— Pourquoi ce soupir?

— Je crois que j'ai peur.

Jordan prit le verre qu'elle venait de remplir.

— Sydney, faisons un nouvel essai. Rompons avec la routine. J'adorais New York quand j'étais jeune, mais maintenant... Ces hivers si froids, la neige, le ciel gris. Les foules. J'ai besoin d'être proche de la nature pour être heureux. Mais New York est une ville passionnante et qui me tenterait si j'étais certain de ne pas être emprisonné dans le béton. Voilà à quoi j'ai pensé.

Sydney s'exhorta au calme pour pouvoir l'écouter. Elle aimait l'écouter. Seulement, elle n'était pas sûre d'être prête à apporter à sa vie un changement capital, ce qu'elle le soupçonnait de vouloir lui demander.

— Tu n'as plus à travailler aussi dur, maintenant, non? Le temps n'est-il pas venu de t'accorder un peu de répit? De profiter de l'existence?

C'était peut-être vrai.

— Propulse-toi présidente du conseil d'administration. Et ce directeur de la rédaction, dont tu dis monts et merveilles depuis des années, nomme-le directeur. Forme-le, lui ou quelqu'un d'autre.

— Mais je ne pourrai jamais le remplacer!

— Donne-lui le choix, alors. Tu seras toujours la patronne. Après tout, c'est toi la propriétaire; mais commence à abandonner un peu de ton pouvoir. Attention, pas la totalité! Fais-le progressivement. En un an peut-être. Mais maintenant, accorde-nous du temps.

— Que proposes-tu?

— Pars avec moi et sois ma bien-aimée!

Elle rit.

— On dirait un poème ou une réplique de théâtre.

— Oui, un poème. Fais un essai ! Accorde-nous un mois pour commencer. Viens au Kenya avec moi. Viens voir mon paradis. C'est un des climats les plus cléments du monde. Viens voir ce que j'essaie de réaliser. Viens, refaisons connaissance. Refaisons l'amour, sous toutes ses formes.

Sous le regard de Jordan, Sydney fondait.

— Nous reviendrons pour le début des répétitions en septembre. J'ai dit à Monday que je ne jouerais pas dans sa pièce, que je ne pourrais pas être à New York si tu ne partageais pas tout cela. Je vais travailler. Tu vas travailler. Mais pendant les week-ends, nous pourrons descendre ici. Nous pourrons vivre en famille, ici, à Oberon. Et même quand les représentations commenceront, nous pourrons prendre l'avion le dimanche matin et ne retourner en ville que le lundi après-midi.

C'était tentant.

— Et *Remparts* ?

— Je laisse Newman gagner son second Oscar.

— Je ne sais que dire.

— Veux-tu y réfléchir ?

— Bien sûr. Seulement, il me semble bien tard pour opérer de tels changements.

Il se leva et l'attira à lui en la prenant par les épaules.

— Est-il jamais trop tard pour aimer ? Nous n'avons pas besoin de nous remarier... Du moins pas tout de suite.

— Mais tu me proposes d'essayer de vivre ensemble ?

— Oui. Je n'ai jamais pleinement vécu depuis que tu m'as quitté. Je veux que nous essayions encore. Nous n'avons plus les mêmes exigences ni les mêmes désirs...

Ils éclatèrent de rire ensemble.

— Pour les désirs, je ne suis pas sûr, reprit Jordan. Chaque chose en son temps.

— Cela a toujours été le vœu de Juliet : ses parents unis, une famille... dit Sydney d'un ton rêveur.

— Ne pense qu'à toi pour décider.

Il prit son visage entre ses mains et plongea son regard dans le sien, puis posa sa bouche sur la sienne. Il avait conservé ce pouvoir de lui donner le vertige, de mettre tout son être en émoi.

— Jordan, je ne peux pas réfléchir à cela maintenant, dit-elle en le repoussant gentiment. Cette affaire avec Evan m'a bouleversée.

— Alors, accordons-nous cette semaine en Afrique. Faisons fi des commentaires. Que rien ne compte d'autre que nous deux.

— Quand dois-tu donner ta réponse à Monday?

Il haussa les épaules.

— Bientôt. Del et lui attendent que je les appelle.

Et lui attendait la réponse de Sydney.

— Accorde-moi une nuit de sommeil, demanda-t-elle. Je ne peux pas me décider aussi vite.

— Tu ne peux pas lâcher les rênes aussi vite? Eh bien, ne décide pas encore. Je sais que tu n'as jamais pris plus de deux semaines de vacances au cours de toutes tes années d'activité et que tu n'es jamais allée ailleurs qu'à Oberon. Viens t'intégrer à l'univers. Pas seulement mon univers, comme je le considérais. Fais-en ton univers, ma chérie.

« Ma chérie. »

— Pour l'instant, asseyons-nous pour écouter cette merveilleuse musique. Je suis trop fatiguée pour réfléchir sainement.

Ils se prirent les mains et Frank Sinatra les transporta jusqu'aux étoiles.

Quand ils montèrent se coucher, Jordan la serra contre lui.

— J'ai un réel désir que nous reprenions à l'endroit où nous en sommes restés la nuit dernière. Mais je vois que tu es trop fatiguée, n'est-ce pas?

Elle acquiesça. Elle avait peine à garder les yeux ouverts.

— Je me suis demandé si cette jeune femme, celle qu'Evan a tuée, avait de la famille. Elle doit en avoir. Quelle chose terrible !

Les larmes perlèrent au bord de ses cils. Jordan les essuya avec des baisers.

— Juliet va être émue de te trouver ici. De nous trouver ensemble, lui lança Sydney par-dessus son épaule en entrant dans sa chambre. Elle avait pris la succession de Grand-Maman dans la vaste pièce de devant et elle avait logé Jordan dans la chambre d'amis.

Etendue dans le lit, flottant entre l'état de veille et le sommeil, elle réalisa qu'elle n'avait pas remercié Jordan. Elle ne lui avait pas dit que la nuit dernière, avant l'arrivée d'Evan, elle était prête à faire l'amour avec lui, prête à...

« Je reviens courir ma chance en amour... »

C'est ce qu'avait chanté Frank Sinatra. *Je reviens.*

Derrière les nuages, au pâle clair de lune, elle imagina le Kilimandjaro. Là-bas, les étoiles étaient plus brillantes. Et un lion rugissait au loin. Des roses poussaient près de la porte du pavillon de Jordan. Elle en fut surprise. Des roses en Afrique ?

Elle avait cinquante et un ans et elle était consciente de son corps enflammé par le désir. Peut-être était-il temps de rattraper ce qui lui avait échappé, qu'elle avait rejeté, tenu à distance.

S'ils habitaient New York et passaient les week-ends ici, au moins pendant que Jordan jouait la pièce, s'il la jouait... Si Monday estimait que c'était la meilleure qu'il eût écrite, cela durerait certainement longtemps, des années peut-être... Alors, elle pourrait rester directrice du journal. Elle n'aurait pas à renoncer à tout. Elle n'était pas prête à tout abandonner après ce qu'elle avait réalisé. Elle aimait son travail, mais peut-être pourrait-elle ralentir un peu. Prendre le temps de jouir de la vie, comme le suggérait Jordan. Ne pas se contenter de diriger le *Chronicle.*

Elle pourrait avoir du temps — non, se réserver du temps — pour l'amour. Pour voyager un peu, pour ranimer les sentiments anciens et en faire naître de nouveaux, pour se consacrer au seul homme qu'elle eût jamais aimé.

Elle se leva comme une somnambule, ouvrit la porte, descendit le couloir, puis l'escalier, traversa le grand hall central et sortit dans l'air nocturne. Elle traversa en courant la pelouse, se souvenant d'avoir remarqué des marguerites près du débarcadère quand ils avaient accosté cet après-midi.

Eclairée par le clair de lune, elle en cueillit tant qu'elle ne pouvait plus les tenir. Elle enleva sa chemise de nuit et s'en fit une corbeille, qu'elle remplit en riant.

La portant devant elle, elle revint en dansant sur la pelouse, comme ensorcelée par le clair de lune, qui n'était pas pâle comme celui de son rêve, mais resplendissant, illuminant le monde.

Elle remonta l'escalier en courant et, sans même frapper à la porte de Jordan, elle fit irruption dans sa chambre en criant :

— J'espère que tu ne dors pas !

Il n'alluma pas.

— Mes efforts pour me retenir d'aller dans ta chambre m'ont tenu éveillé.

Elle jeta les marguerites sur son lit et s'étira.

— Qu'est-ce que c'est ? demanda-t-il d'une voix rieuse.

— J'ai suivi ton conseil et je cueille les fleurs de l'existence.

Ses yeux s'habituant à l'obscurité découvrirent Jordan assis dans le lit et elle le serra dans ses bras.

— J'ai réfléchi. Je vais m'échapper avec toi, pour commencer. Pas à la minute, mais peut-être plus tard cette semaine, ou la suivante. Je vais d'abord parler avec Brock. Mais appelle tout de suite Monday et dis-lui que tu prends le rôle.

Il réalisa soudain qu'elle était nue.

Il lança un coup d'œil à la pendule, dont les aiguilles brillaient dans l'obscurité.

— Il est 1 heure, dit-il en tendant la main vers elle.

— Et alors? (Elle trouva à tâtons le téléphone sur la table de nuit et, en prenant l'appareil, demanda :) Connais-tu le numéro de Monday?

— Oui, mais je ne vais pas l'appeler.

Elle alluma la lampe de chevet, mais il ne regardait pas le téléphone.

— J'ai mieux à faire pour l'instant, dit-il, la main sur la cuisse de Sydney.

— Donne-moi son numéro.

Quand elle l'eut composé, elle tendit le combiné à Jordan.

Presque aussitôt, il eut la communication.

— Monday, c'est moi. Oui. Non, je suis à Oberon avec Sydney. J'ai pensé que je devais t'informer de ma décision. J'accepte. Non, je n'ai pas besoin de lire le texte au préalable.

Monday dit quelque chose et Jordan reprit :

— Nous serons ici toute la semaine, ensuite nous rentrons à New York avant de nous envoler pour le Kenya. Donc on se voit la semaine prochaine.

Il pressa la main de Sydney.

— Ça te convient, la semaine prochaine?

Elle acquiesça tout en lui embrassant l'épaule.

— Je lirai alors la pièce. Quoi? Tu veux t'essayer à la mise en scène? Eh bien, ça peut me faire changer d'avis. Non, non, je plaisante. Je crois que c'est une bonne idée. On dîne tous les trois, lundi prochain, chez *Giorgio*, d'accord? Oui, toi aussi, mon vieux.

Il reposa le combiné et attira Sydney à lui.

— Je sens, dit-il en la prenant dans ses bras, que nous avons réintégré le foyer. Après toutes ces années.

— Sois le bienvenu, murmura-t-elle. C'est une délicieuse sensation.

— Pas aussi délicieuse que celles que nous allons éprouver dans un instant.

Ses prévisions étaient justes.

Achevé d'imprimer en octobre 1997
sur presse Cameron
par ***Bussière Camedan Imprimeries***
à Saint-Amand-Montrond (Cher)
pour France Loisirs, Paris

Cet ouvrage a été imprimé
sur du papier sans bois et sans acide

- N° d'édition : 29148. - N° d'impression : 4/990. -
Dépôt légal : août 1997.

Imprimé en France